∞ (3) Anna de Fine (1) ∞ Conrad de Fine
(1288–1324) (1272–1304)

Richard de Fine
(1301–1348)

Sophia Cornelis ∞ Jan Lewen
(*1318) (1312–1338)

Ruben Cornelis
(*1342)

Colard de Fine
(*1335)

Das flandrische Siegel

MARIE CRISTEN

Das flandrische Siegel

Roman

Weltbild

Besuchen Sie uns im Internet:
www.weltbild.de

Genehmigte Lizenzausgabe für Verlagsgruppe Weltbild GmbH,
Steinerne Furt, 86167 Augsburg

Ein Unternehmen der Droemerschen Verlagsanstalt
Th. Knaur Nachf. GmbH & Co. KG, München
Umschlaggestaltung: ZERO Werbeagentur GmbH, München
Umschlagmotiv: Bridgeman Art Library, Berlin
Gesamtherstellung: CPI Moravia Books s.r.o., Pohorelice
Printed in the EU
ISBN 978-3-8289-9734-9

2013 2012 2011 2010
Die letzte Jahreszahl gibt die aktuelle Lizenzausgabe an.

Für Christoph,
weil sein Start ins Leben auch
mein Aufbruch zu neuen Zielen war.

Prolog

Freiheit ist der Schlüssel zum Glück
und Mut der Schlüssel zur Freiheit.

Perikles

Brügge, am letzten Tag des Jahres 1411

Christina konnte es nicht begreifen. Wie sollte ihr Leben weitergehen?
Großvater lag stumm in dem großen Alkoven. Die Familie hatte sich um sein Bett versammelt. Niemand achtete auf sie. Langsam zog sie sich aus dem Raum zurück, um der bedrückenden Stille zu entgehen. Sie verließ das Haus und ging ziellos durch das Portal auf den Hof.
Kein Sonnenstrahl erreichte sie mehr. Alles um sie herum war in einen grauen Nebel getaucht. Warum musste Großvater sterben? Er war der Einzige, der immer ein offenes Ohr für sie gehabt hatte. Geschichten und Träume, große und kleine Nöte, alles vertraute sie nur ihm an. Wenn sie aufgeregt in sein Kontor stürzte, nahm er sie zu jeder Zeit liebevoll in die Arme, um sie zu beruhigen. »Mein lieber kleiner Feuerkopf, in der Ruhe liegt die Kraft. Und nun erzähle mir schön eins nach dem anderen. Wo drückt dich der Schuh? Ich glaube, wir werden eine Lösung finden.«
Er fand sie immer.
»Großvater, wie kannst du mich alleinlassen!«, schrie es in ihr. »Du weißt, wie sehr ich dich brauche.«
Christina war völlig in Gedanken versunken. Sie verließ den Hof so blind, wie sie ihn betreten hatte. Erst im Kontor ihres Großvaters nahm sie ihre Umwelt wieder wahr. Sie sah ihn im Geiste in seinem Armstuhl sitzen; lebendig, spöttisch, streng und nachgiebig zugleich.

In dem vertrauten Raum verlor das Bild des Fiebernden, der um jeden Atemzug kämpfte, ein wenig von seinem Schrecken. Sie umklammerte die Lehne des hohen Stuhls. *SEINES* Stuhles. Ihre Augen flogen über den Tisch. Alles stand bereit, wie er es wünschte. Das Tintengefäß und die Federn neben der Münzwaage, Siegelwachs und Kerze, die Schreibtäfelchen für schnelle Notizen, ein rechteckiger Kasten mit kostbaren Papierbögen. Das gewohnte Bild, aber das Wichtigste fehlte. *ER*.

»Christina! Da bist du ja. Endlich habe ich dich gefunden.«

Keine Regung verriet der Mutter, ob sie gehört worden war.

»Warum hast du dich entfernt? Dein geliebter Großvater ist gestorben. Ich weiß, wie sehr du leidest, aber du musst der Wahrheit ins Auge sehen.«

Sie löste die Hände des Kindes gewaltsam vom Schnitzwerk des Stuhls. Christina in Bewegung zu bringen brachte sie außer Atem. Es wurde ihr warm dabei, denn das Mädchen war mit elf Jahren schon fast so groß wie ihre Brüder. Mit hölzernen Schritten stolperte Christina neben der Mutter zur Todeskammer zurück. Sie hörte nicht ihre Stimme, sie vernahm nur die ihres Großvaters.

»Beherrsche deine Gefühle, Feuerkopf. Folge der Stimme deines Herzens, aber gebrauche auch deinen Verstand. Nur so kannst du deine Ziele im Leben erreichen.«

Wozu, Großvater? Wozu brauche ich Erfolg, wenn du nicht länger da bist, um stolz auf mich zu sein.

»Bete für deinen Großvater«, forderte ihre Mutter sie auf. »Der Herr hat ihn von seinen Leiden erlöst. Er ist in Frieden gegangen.«

Gebete. Als ob sie etwas bewirken konnten. Nie zuvor hatte sie so viel gebetet wie in den vergangenen Tagen. Christina schluckte hart.

Die gesenkten Köpfe ihrer Brüder und die Miene ihres Vaters sprachen für sich. Jeder von ihnen bekämpfte Trauer und Schmerz auf seine Weise. Simon Contarini stand wie versteinert. Matthis, sein Ältester, ahmte ihn nach. Lucas trat unruhig von einem Fuß auf den anderen. Von ihnen konnte sie keinen Trost erwarten. In diesem Augenblick nicht einmal von Großmutter, die sie, wie ihren Großvater, über alles verehrte und liebte.

Christina wandte sich verzweifelt an den Menschen, der für immer schweigend vor ihr lag. Seine Hände ruhten still über dem Herzen gefaltet.

Sie kannte sie nur in ständiger Bewegung, die Worte beim Reden unterstreichend, an ihren roten Zöpfen ziehend oder auf ihrer Schulter liegend. Seine Ratschläge, so zahllos wie die Glocken von Brügge, wirbelten durch ihre Gedanken. Ihre Augen brannten. Sie machte einen Schritt auf den Alkoven zu und küsste seine Hände.

»Großvater, ich verspreche dir, deine Ratschläge nie zu vergessen.«

Erster Teil
Die Flucht

1. Kapitel

Brügge, 30. August 1419

Die Liebenden fuhren erschrocken auseinander.
Das Bild brannte sich in Christinas Augen. Lucas und seine Mädchen. Sie machten es ihm stets leicht. Ein Lächeln, ein Scherz und sie waren sein. Hier also fanden seine Eroberungen statt.
Die Decke auf dem Diwan funkelte in allen Farben des Orients. Ihre Seidenfransen fielen bis auf den gefliesten Boden. Obwohl das große Gartenfenster die Sonne hereinließ, brannten überall Kerzen und Öllampen. In ihrem Schein wirkten die Brüste, die Schultern und das Gesicht des Mädchens wie aus Elfenbein geschnitzt. Sie war nackt. Nackt wie Eva im Paradies, und Lucas war ihr Adam.
Christina schwankte zwischen Entrüstung und Faszination. Sie waren schön in ihrer Nacktheit. Leidenschaftlich. Unerhört. Verführerisch.
»Bist du von Sinnen? Was tust du hier?«
Ihr Bruder fasste sich als Erster und zog die Decke über seine Männlichkeit. Nicht schnell genug, denn Christinas Pupillen weiteten sich in unverhohlenem Erstaunen. Lucas fluchte unterdrückt. »Deine Neugier wird dich eines Tages umbringen, Schwester. Woher weißt du von diesem Haus?«
»Großmutter schickt mich zu dir.«

Lucas hatte sich fern vom Hause Contarini eine Zuflucht geschaffen, die nicht nur ein Liebesnest, sondern auch eine Bilderwerkstatt war. Sein Vater hatte ihm das Hantieren mit Farben und Kreiden zu Hause, nach dem letzten Streit, strikt untersagt. Hier fand Christina die Schweinsblasen voller Farben, die Töpfchen mit Pigmentstaub, die bauchigen Ölflaschen, Pinsel, Holzleisten und Leinwandballen wieder, die er auf Befehl des Vaters fortgebracht hatte. Simon Contarini erwartete, dass sein Sohn die Familientradition fortsetzte und Kaufmann wurde. Dass Lucas hinter seinem Rücken sein Ziel weiterverfolgte, Bildermacher zu werden, überraschte Christina keineswegs.

In diesem Moment entdeckte sie auch das angefangene Porträt auf der Staffelei. Bekleidet erkannte sie die Frau auf Anhieb. Sie hatte sie oft genug gesehen. Auf Festen, Turnieren, Empfängen, Banketten …

»Madame«, hauchte sie verlegen und versank in einen verspäteten Hofknicks. So nahe hatte sie der künftigen Herzogin von Flandern nie kommen wollen.

Michelle von Frankreich, die Schwiegertochter des Herzogs Johann von Burgund, dem die Kaltblütigkeit im Umgang mit seinen Feinden den Beinamen Ohnefurcht eingetragen hatte, schlüpfte mit Lucas' Hilfe hastig in ihre Kleider. Sie stieß einen Seufzer aus.

»Keine Angst, sie wird schweigen«, hörte Christina Lucas beschwörend raunen. »Wenn es einen Menschen gibt, auf dessen Verschwiegenheit man sich verlassen kann, dann ist es meine Schwester.«

Was die junge Prinzessin flüsternd antwortete, konnte sie zwar nicht verstehen, aber dass sie sich sorgte, lag auf der

Hand. Ihr Gemahl, Philipp von Burgund, Graf von Charolais, war der Statthalter seines Vaters Johann Ohnefurcht in Flandern. Obwohl Philipp seine Frau laufend betrog, erwartete er von ihr bedingungslose Treue. Umso mehr, als ihre Ehe bislang kinderlos geblieben war. Sollte ruchbar werden, dass sie ihn mit einem Patriziersohn aus Brügge hinterging, würde das einen Skandal entfachen, der schwerwiegende Folgen am burgundischen und französischen Hof, bis hin zu den Geschäften des Hauses Contarini haben würde.

»Ihr müsst fort.« Christina entsann sich endlich ihres Auftrags. »Vater ist auf dem Weg hierher. Du weißt, dass er deine Malerei für Zeitverschwendung hält. Kannst du dir vorstellen, was er sagt, wenn er dich zudem in solcher Gesellschaft antrifft? Auch musst du das Bild von der Staffelei verschwinden lassen.«

Lucas riss die Leinwand aus dem Rahmen, während er gleichzeitig mit einem Fuß nach seinem Schuh angelte.

»Von wem weiß Vater, wo ich bin? Wer hat mich verraten? Matthis? Seit er Hendrik van der Molen seinen Freund nennt, ist ihm nicht mehr zu trauen.«

Christina konnte ihren ältesten Bruder nicht anschwärzen. Wenn Hendrik van der Molen den Contarinis schaden wollte, dann war dies ihre Schuld und nicht die von Matthis.

»Großmutter hat zufällig erfahren, dass Vater hierherkommen will. Ich weiß nicht, von wem. Er darf dich hier auf keinen Fall finden. Sie hat mich geschickt, dich zu warnen.«

Sie half Michelle, den schmucklosen Kapuzenumhang zu schließen, und mied dabei ihren Blick. Stattdessen flogen ihre Augen zum offenen Skizzenbuch des Bruders, das neben dem Diwan auf dem Boden lag. Mit präzisen Strichen hatte Lucas die zarten Züge und das verträumte Lächeln der Königstochter festgehalten. Das Haar gelöst, die Schultern bloß. Niemand, außer dem eigenen Gemahl, durfte sie so sehen. Schon gar nicht ein Kaufmannssohn, dem eine Laune des Schicksals das Talent eines Künstlers verliehen hatte, das er nicht gebrauchen durfte.

»Schenkt mir das Blatt«, bat Michelle, nahm es und faltete es sorgsam zusammen. »Es wird mich immer an diese Stunden erinnern.« Sie tauschte einen innigen Blick mit Lucas, der Christina ausschloss.

War das Liebe? Wie typisch, dass er sich in eine solche Leidenschaft verstrickte. Im Gegensatz zu Matthis tat er nie das Erlaubte, das Statthafte. Er strebte nach dem Idealen, dem Schönen, und versuchte es in Skizzen und Bildern festzuhalten. Dass er die bezaubernde, empfindsame Gräfin anbetete, konnte sie verstehen. Ihr Vater jedoch würde die Sache anders beurteilen.

Sie drehte sich noch einmal um, während ihr Bruder Michelle hinausgeleitete.

Im Gegensatz zu ihrem Vater bewunderte Christina die Arbeiten ihres Bruders. Sie hätte gerne mehr Zeit gehabt, all die Zeichnungen genauer zu betrachten.

Das Fenster öffnete sich auf einen Kanalarm der Reie hin. Es ließ so viel Licht ein, dass Lucas bei jedem Wetter malen konnte. Die Wände waren über und über mit Skizzenblättern bedeckt. Sie hingen an Schnüren, waren mit Nägeln befestigt oder rollten sich bereits in der feuchten Luft: Porträts seiner Freunde, seiner Familie, von Kranmännern und Bootsleuten. Ländliche Szenen am Kanal und Aktskizzen von angewinkelten Armen, Beinen in vollem Lauf. Er musste unendlich viele Stunden für alles aufgewandt haben.

»Christina, wo bleibst du?«

Lucas hielt ihr ungeduldig die Hoftür auf. Michelle saß in dem Kahn, der soeben vom Kanalufer ablegte. Christina bemerkte erleichtert, dass es sich um eine Barke mit geschlossenem Heckaufbau handelte. Auch trug der Mann am Ruder keinerlei Livrée. Die Prinzessin war außer Gefahr.

Was man von Lucas weniger sagen konnte.

»Hast du nicht schon genügend Schwierigkeiten?«, machte sie ihrem Herzen empört Luft. »Alle Mädchen von Brügge sind hinter dir her. Musst du ausgerechnet die Gräfin von Charolais umwerben? Du bringst dich um Kopf und Kragen mit dieser Liebschaft.«

»Wie könnte ich ihr widerstehen? Du hast sie gesehen. Sie muss nur lächeln, und man tut alles, was sie sich wünscht. Sie will von mir gemalt werden.«

»Du bist ein Narr, Lucas Contarini«, schalt Christina und betrachtete den Bruder. Wie Matthis war er blond und blauäugig. Aber im Gegensatz zum Älteren hatte er ein so strahlendes Lächeln, dass er auch den letzten Griesgram damit gewinnen konnte. »Schlag dir die Gemahlin des Herzogssohnes ein für alle Mal aus dem Kopf. Sag mir lieber, wie wir von hier wegkommen, ohne dass wir unserem Vater direkt in die Arme laufen.«

Lucas deutete auf die Mauer zum Nachbargrundstück und war schon halb hinüber, ehe Christina die Röcke raffen konnte. Dank eines Apfelbaums mit tief herabhängenden Ästen gelangte auch sie problemlos in den Gemüsegarten des Nebenhauses. An der Seite ihres Bruders hastete sie durch die anschließenden Hinterhöfe, an Ställen und Verschlägen vorbei, ehe sie in das Netz verwinkelter Gassen tauchten, die in ein noch schäbigeres Viertel der Stadt führten.

Es blieb Christina kaum der Atem für ihre bruchstückhaften Erklärungen, mit denen sie gestand, dass sie der eigentliche Grund des väterlichen Zornes war, der nun auch Lucas treffen sollte.

»Du hast dich geweigert, Hendrik van der Molen zu heiraten?«, wunderte sich Lucas schwer atmend. »Warum nur? Der Mann ist reich, sieht gut aus und wird von allen hofiert. Was passt dir nicht an ihm? Irgendwann und irgendwen musst du schließlich heiraten. Du kannst nicht alle Freier zum Teufel schicken.«

»Vermutlich«, entgegnete sie knapp. »Aber Hendrik van der Molen wird es bestimmt nicht sein, den ich mir zum Mann nehme. Ich bin mir sicher, dass er und sein habgieriger Erzeuger ihren Einfluss geltend gemacht haben, um Vaters Kandidatur für den Vorsitz im Schöffenrat im letzten Augenblick zu verhindern. Winkelzüge dieser Art passen zu ihm. Er ist ein Ränkeschmied, und er führt etwas im Schilde.«

»Sei vorsichtig mit solchen Verdächtigungen. Die van der Molens sind mächtig und einflussreich.«

»Meinetwegen. Es wird mich trotzdem nicht daran hindern, einen Wolf im Schafspelz bei seinem richtigen Namen zu nennen.«

»Hendrik ist völlig vernarrt in dich, das weiß inzwischen halb Brügge. Wenngleich ich nicht verstehe, was er mit einer rothaarigen Hopfenstange will, die einen Mund so

groß wie ein Scheunentor und eine spitze Zunge wie ein Stilett hat.«
Christina japste und grinste zugleich. Der Spott verletzte sie nicht, denn ihre Eitelkeit hielt sich in Grenzen. Die Tatsache, dass sie fast alle Frauen Brügges überragte, kümmerte sie ebenso wenig wie ihre Haarfarbe. Die Freier, die um ihre Hand anhielten, kamen wegen ihrer Mitgift, und sie wären ihrer Meinung nach auch erschienen, wenn sie als Zwergin zur Welt gekommen wäre. Sie hatte keine besonders hohe Meinung von ihnen.
»Spar dir deine Luft für das Gespräch mit Vater«, riet sie Lucas trocken. »Er ist wütend über unseren Ungehorsam und nicht länger bereit, unsere sogenannten Eskapaden zu dulden. Dem Unfug mit deiner Malerei will er ebenso ein Ende bereiten wie meinem Trotz. Großmutter hat versucht, Einfluss auf ihn zu nehmen, aber er wollte nichts davon hören. Nachdem er herausgefunden hatte, dass sie dir den Schlüssel für das Weberhaus überlassen hat, hat sie mich eilig zu dir geschickt.«
Lucas wurde auf der Stelle wieder ernst.
»Schwesterherz, lass dich küssen. Ich werd es dir nie vergessen, dass du mich gewarnt hast.« Er sah sich besorgt über die Schulter um. »Lass uns schneller gehen. Es kommt mir vor, als würden wir von irgendwelchen Galgenvögeln verfolgt. In dieser Gegend trifft sich der Abschaum Brügges.«
Seine Mahnung zur Vorsicht, weckte nur Christinas Neugier. Sie fasste die Häuser, deren Dächer so eng gegeneinandergeneigt waren, dass kaum Tageslicht auf die Gasse fiel, näher ins Auge. Es gab nicht viele Ecken in Brügge, wo sich Schmutz und Armut so ungehindert ausbreiten

konnten. Aber irgendwo mussten wohl auch untätige Weber, verletzte Fuhrknechte und zwielichtige Gauner ihren Unterschlupf finden. Gestank und Lärm schlugen über ihnen zusammen. In den Hütten und Absteigen johlten Betrunkene, Frauen kreischten schrill, und Kinder stritten miteinander.

Unvermittelt teilte sie Lucas' Unbehagen. Das war nicht die Stadt, die sie kannte.

»Erschlagt das Judenpack!«

»Christusmörder! Ungläubige!«

»Brunnenvergifter!«

Über das normale Geschrei erhoben sich plötzlich diese Beschimpfungen. Gebrüll, das schnell näher kam. Lucas griff beschützend nach Christinas Arm und schaute erschrocken um sich. In welche Richtung sollten sie flüchten?

Zu spät. Die Meute strömte bereits in ihre Gasse. Ein paar junge Männer verfolgten ein Paar, das sich in Sicherheit bringen wollte. Wurfgeschosse aller Art prasselten ihnen hinterher. Steine. Torfstücke. Holzscheite. Abfall. Pferdekot.

Ein Stein traf die Frau mit solcher Gewalt in den Rücken, dass sie stolperte und in die Knie brach. Ihr Begleiter versuchte vergeblich, sie wieder hochzuzerren, aber auch er schien am Ende seiner Kräfte. Dennoch trat er vor sie, erkennbar bereit, es mit dem johlenden Pöbel aufzunehmen, um sie zu schützen.

Lucas' Entscheidung fiel in Gedankenschnelle.

»Ohne Hilfe wird ihn das Pack in der Luft zerreißen. Kümmere dich um das Mädchen.«

Christina wich geschockt vor der Flutwelle aus Gewalt

und Hass zurück, die ihr entgegenbrandete. Ihre Beine zitterten, der Wunsch, einfach davonzurennen, wurde übermächtig. Auch zu dritt hatten sie keine Chance gegen diesen Pöbel. Dennoch beeilte sie sich, dem Mädchen auf die Beine zu helfen.

»Bist du verletzt? Stütz dich auf mich, komm schon …«

In ihrem Rücken vernahm sie Lucas' Flüche und das Klatschen seiner Fäuste. Der dumpfe Aufprall weiterer Steine jagte ihr Angst ein, aber der brüderliche Schrei »He, Freunde, helft mir!« ließ auf Verstärkung schließen.

Sie schaute sich nicht um. Ihre Aufgabe war es, das Mädchen in Sicherheit zu bringen. Die zierliche Person bebte am ganzen Körper, aber als sie endlich den Kopf hob, entdeckte Christina hinter den aufgelösten Haaren vertraute Züge.

»Hannah? Du lieber Gott, Hannah, du? Was hast du mit diesen Verrückten zu schaffen?«

Hannah Salomon, ihre vertraute Freundin schon aus Kindertagen, fand keine Worte. Sie schluchzte und klammerte sich in solchem Schrecken an sie, dass sie Christina um ein Haar ebenfalls zu Boden gerissen hätte. Um sie herum tobte eine Prügelei, wie sie keine von ihnen je erlebt hatte. Lucas' Ruf hatte eine Gruppe Patriziersöhne alarmiert, die sich, ohne Fragen zu stellen, für ihn in die Schlacht warfen. Was hatten sie in diesem Viertel zu suchen? Aufregung, Abenteuer, Gefahr? Die meisten von ihnen machten den Eindruck, als seien sie betrunken.

»Steh auf, ich bitte dich.« Obwohl Hannah einen guten Kopf kleiner und feingliedriger war, hatte Christina Mühe, sie aufzurichten. »Reiß dich um Gottes willen zusammen, Hannah. Mut. Wir … Oh!«

Schmerz und Zorn verschlugen ihr gleichermaßen den Atem. Ein Stein hatte sie hart an der Hüfte getroffen. Sie wankte, aber zwei kräftige Arme verhinderten ihren Sturz in einen Kehrichthaufen. Sie nahm den Geruch einer übelkeiterregenden Mischung aus Bier und Männerschweiß wahr, doch die Berührung mit ihrem Helfer verriet feinsten Florentiner Samt, und im Grunde überraschte es sie schon nicht mehr, dass sie beim Aufsehen in die wasserblauen Augen von Hendrik van der Molen blickte. Gab es eigentlich einen Tag, an dem er ihr nicht über den Weg lief?

»Lasst Euch helfen, Demoiselle Contarini.«

Er gab sich besorgt, putzte vermeintlichen Staub von ihrem Kleid und nutzte die Gelegenheit, sie dabei viel zu vertraulich zu berühren.

»Helft lieber Lucas und seinen Freunden«, befahl sie kratzbürstig und trat beim Versuch, sich ihm zu entziehen, mitten in den Unrat. Sie quittierte die beschmutzten Rocksäume mit einem herzhaften »Verdammt!« und registrierte, dass Hendrik erkennbar wütend abzog. Er kämpfte sich zu Lucas durch. Von dort grinste er noch einmal frech zurück, ehe er sich wieder in die Schlacht warf. Christina würdigte ihn keines Blickes.

Hannah schluchzte indes hemmungslos. Sie war völlig außer sich, und keines von Christinas Worten erreichte sie in ihrer blinden Panik. Ihr blieb nur eine Möglichkeit, sie aus diesem Zustand zu reißen. Sie schlug ihr heftig auf die Wange.

»Hör auf zu kreischen und zu heulen, Hannah! Komm zu dir.«

»Seid Ihr närrisch? Was tut Ihr?«

»Einen panischen Anfall gewaltsam beenden«, erwiderte Christina aufgebracht und sah Hannahs Begleiter direkt in die Augen. Der Gebetsschal unter seinem Wams verriet ihn als Juden. Seine glattrasierten Wangen und die kurzen braunen Haare zeigten, dass er als solcher nicht gleich erkannt werden wollte. Er trug keine Kopfbedeckung, und Christina fragte sich, ob er den Judenhut verloren oder nie einen getragen hatte. Sein rechtes Auge schwoll unter der Folge eines Fausthiebes an, aus einer Schramme an seiner Schläfe tropfte Blut, doch die Entstellungen beeinträchtigten die ausgeprägten Züge seines Gesichts nicht. Vom ersten Blick an war Christina bewegt. Wie unter einem seltsamen Bann, erwiderte sie sein entrüstetes Starren ohne die geringste Scheu.

»Daniel!« Hannah hatte sich tatsächlich etwas beruhigt. »Bring mich fort von hier. Bitte«, flehte sie ihren Begleiter an.

»Eine gute Idee«, stimmte Christina aufatmend zu. »Ihr hättet gar nicht erst in diese Gegend kommen sollen.«

Daniel warf einen Blick auf das Schlachtfeld in der Gasse, auf dem Lucas, Hendrik und die anderen Patriziersöhne langsam, aber sicher die Überhand gewannen. Es schien, dass sie Spaß an der Prügelei hatten. Sie lachten, johlten und schlugen sich in gegenseitiger Anerkennung auf die Schultern.

Mit einem Mal wurde es jedoch ganz still. Alle Blicke gingen in eine Richtung. Zu Boden.

Alarmiert trat Christina näher.

»Das ist Jan van der Buerse …«, murmelte sie tonlos, während die jungen Patrizier entsetzt zurückwichen. Einer der Ihren lag bewegungslos im Staub. »Was ist mit ihm?«

»Lucas' Messer steckt in seinem Rücken. Erkennt Ihr es nicht?«, murmelte eine Stimme kaum hörbar an ihrem Ohr. Hendriks Stimme.
Erst jetzt sah sie das Blut. Ein rotes Rinnsal drang unter Jans Leib hervor und wurde zusehends größer.
»Wie ist das passiert?«
Vor Christinas Augen drehte sich alles. Die Mauern rückten enger zusammen, ihre Nerven drohten ihr zu versagen.
»Holt die Stadtwache!«
Die Forderung riss sie aus ihrer Benommenheit. Ausgerechnet Lucas wollte die Büttel alarmieren. Die anderen versuchten ihn davon abzuhalten. Alle redeten zugleich auf ihn ein. Nur Hendrik sagte nichts. Er bückte sich, um den leblosen Körper auf den Rücken zu drehen. Mit einem Ruck entfernte er dabei das Messer aus der Wunde. Blut tropfte von der Scheide. Langsam richtete er sich auf und betrachtete den Rubin, der den Griff der Waffe zierte.
Großvater hatte Lucas diesen Dolch geschenkt. Christina hatte das kostbare Andenken stets bewundert. Doch jetzt: Ihr wurde übel, danach eiskalt. Lucas ein Mörder? Nein und nochmals nein. Nicht einmal in der Hitze der größten Prügelei würde er eine andere Waffe als seine Fäuste gebrauchen. Trotzdem hatte sie mit eigenen Augen gesehen, wie Hendrik das Mordwerkzeug aus dem Rücken des Opfers zog. Ihr Verstand weigerte sich, daraus die einzig möglichen Schlüsse zu ziehen.
»Dein Messer.« Hendrik hielt Lucas den Dolch entgegen.
Ihr Bruder wich entsetzt zurück. Seine Hand tastete nach der Scheide an seinem Gürtel.
»Das ist unmöglich …«

Seine Hand fand nur eine leere Hülle.

»Van der Buerse ist tot. Du hast in der Hitze des Kampfes den Kopf verloren«, hörte Christina Hendrik voller Verständnis sagen. »Du hast dich bedroht gefühlt, in die Enge getrieben. Du musstest deine Schwester beschützen und ihre Freundin dazu. Jeder von uns versteht das.«

»Nein!« Lucas schüttelte den Kopf. »Nein«, wiederholte er. »Ich weiß, dass ich das Messer nicht gezogen habe. Die Stadtwache wird das klären, bestimmt ...«

»Bist du noch zu retten?« Hendrik dämpfte die Stimme, aber seine Worte klangen drängend. »Wie willst du die Anwesenheit deiner Schwester in diesem Viertel erklären? Der *Bunte Hahn* dort vorne ist die übelste Kaschemme von Brügge. Willst du Christinas Ruf für immer ruinieren? Die beiden Frauen müssen hier verschwinden und der Jude am besten auch, sonst läuft er Gefahr, dass man ihn des Mordes an van der Buerse beschuldigt ...«

»Mein Name ist Katz, Daniel Katz, und ich bin ein unbescholtener freier Bürger von Gent«, warf Hannahs Begleiter wütend ein. »Ich habe diesen Mann noch nie gesehen. Wieso bringt Ihr mich mit dem Mord in Verbindung?«

»Wie dem auch sei«, tat Hendrik den Einwand arrogant ab. »Ihr seid Jude, und ein Jude ist allemal ein gutes Opfer für den Volkszorn, wenn sich sonst niemand findet. Noch dazu ein Jude, der aus Gent stammt. Die Bürger von Brügge mögen die Genter nicht besonders, wie Ihr sicher wisst, und die van der Buerses werden auf strengster Bestrafung des Schuldigen bestehen.«

Christina schnappte entsetzt nach Luft. Hendriks unerträgliche Art änderte wenig am Wahrheitsgehalt seiner Worte.

Lucas blickte düster von seiner Schwester zu Hannah. Er kannte die Enkelin Abraham ben Salomons, der ein Freund seines Großvaters gewesen war. Beide Mädchen waren zu seinen Lebzeiten gemeinsam erzogen worden. Auch wenn sich die Familien danach ein wenig entfremdet hatten, so war ihm Hannah doch wie eine zweite Schwester, denn Christina hatte von ihrer Freundin nie abgelassen.

»Was er sagt, hat Hand und Fuß«, räumte er ein und erstickte Christinas Protest mit einer Geste. »Ihr müsst fort, alle drei, und zwar schnell.«

»Und du?«, fragte Christina angsterfüllt. Sie mied den Blick auf den Toten. Bei Festen hatte sie mit ihm gescherzt und getanzt. Noch immer konnte sie es nicht fassen. Dieser Mord würde Brügge in helle Aufregung versetzen. Wer hatte ihn begangen? Wie sollten sie Lucas' Unschuld beweisen? Von den Patriziern zog sich einer nach dem anderen bereits zurück. Sie ließen Lucas im Stich.

»Wir werden das Rätsel gemeinsam lösen. Lauft. Fort mit euch!« Hendrik war als Einziger an Lucas' Seite geblieben. Er lächelte Christina zu, und sie war so erstaunt von seiner überraschenden Parteinahme für ihren Bruder, dass sie sein Lächeln dankbar erwiderte.

Hannah und Daniel zogen sie hastig mit sich. Sie konnte sich gerade noch ein letztes Mal umsehen, ehe sie die nächste Ecke erreichten. Etwas an der Art, wie Hendrik sich zu Lucas beugte und auf ihn einredete, wollte ihr nicht gefallen. Sie fühlte sich bestätigt in ihrem Misstrauen.

Erst heute Vormittag hatte sie seinen Antrag abgelehnt. Er trug sogar noch das übertrieben gezaddelte Wams nach neuester Mode, mit dem er vergeblich versucht hatte, sie zu beeindrucken. Dass er nur wenige Stunden später ihrem

Bruder selbstlos zur Seite stand, war durch und durch ungewöhnlich.
Was trieb ihn an? Hendrik steckte Niederlagen nicht ohne Rache ein. Dass er Lucas aus reiner Nächstenliebe beistand, entsprach keineswegs seinem Charakter.
Christina erinnerte sie sich an seine letzten Worte, als er sie nach dem abgelehnten Antrag verlassen hatte.
»Das wird dir noch leidtun, Christina Contarini!«

2. *Kapitel*

Brügge, 30. August 1419

Haltet still, wie sonst soll ich Euch helfen?«

Christina tupfte achtsam Blut und Schmutz von Daniels Schläfe. Sie legte einen tiefen Riss frei. Kein Wunder, dass er so unruhig auf dem Hocker hin und her rückte. Dass dies freilich weniger auf den Schmerz als auf ihre Nähe zurückzuführen war, kam ihr nicht in den Sinn.

Obwohl es ihnen gelungen war, das Haus Salomon ungesehen durch die Hintertür zu betreten und allen Fragen zu entgehen, wusste sie, dass ihr nur eine vorübergehende Atempause vergönnt sein würde. Sie sorgte sich um ihren Bruder. Mein Gott, wie würde ihr Vater reagieren? Er war ohnehin nicht gut auf sie beide zu sprechen. Simon Contarini liebte seine Kinder, aber er erwartete Gehorsam und Respekt von ihnen.

Lediglich Matthis erfüllte diese Erwartung mühelos. Gegensätzlicher als er und Lucas konnten kaum zwei Brüder sein. Der Ältere gewissenhaft und ruhig, ganz dem Handel und dem Bankgeschäft verschrieben. Der Jüngere leichtfüßig und rebellisch. Ein Ärgernis für den Vater, weil er seine Pflichten im Handelshaus versäumte und sich stattdessen in den Werkstätten der Bildermacher herumtrieb.

Hannah hatte sich inzwischen ausgebürstet, die verlorene Haube ersetzt und das Gesicht gewaschen. Sie sah fast wie

gewohnt aus. Lediglich in ihren Augen, deren leicht schräge Mandelform und helles Braun ihr so besonderen Reiz verliehen, stand noch der Schrecken.
»Willst du mir nicht erzählen, wie ihr in diesen Tumult geraten seid?« Christina wollte es von Hannah wissen, während sie Daniels Wunde mit einer grünlich schillernden Paste bedeckte, für die das Rezept noch von Hannahs Großvater mütterlicherseits stammte. Sein Ruf als Arzt hatte ihn weit über Brügges Grenzen hinaus bekanntgemacht. »Ich traute meinen Augen nicht, als ich dich erkannte.«
»Eigentlich wollte ich Daniel nur den Belfried zeigen«, murmelte Hannah unglücklich.
»Der Turm des Tuchhauses steht am Rand des großen Marktes und nicht neben dem *Bunten Hund*«, warf Christina ein. Sie kannte ihre Freundin gut genug, um sie zu durchschauen. Sie hatte den Umweg bestimmt nicht gewollt, aber sie wollte Daniel keinesfalls belasten.
Wer war eigentlich dieser Daniel? Zu Hannahs Verwandtschaft zählte er nicht. Die kannte sie fast vollzählig.
»Was führt Euch nach Brügge?«, fragte sie ihn ohne Scheu. Als sie keine Antwort erhielt, nahm sie ihn zum ersten Mal genauer in Augenschein. Ihr Herz begann schneller zu schlagen. Welche Ähnlichkeit! Schmutz und Blut hatten das bislang verborgen.
Das schmale Gesicht, die feurigen schwarzen Augen, das kurze Haar, schimmernd wie Kohle, und der dunkle Teint waren ihr in Erinnerung. Der Unterschied zum Aussehen ihrer Brüder und dem aller Männer ihres Standes war wie … ja, wie einst der ihres venezianischen Großvaters zu dem der blonden Flamen, die Brügge beherrschten.

Christina konnte die Augen nicht mehr von ihm abwenden.
»Ist dir nicht gut?« Das Schweigen beunruhigte Hannah. »Entschuldige, ich sollte euch endlich miteinander bekanntmachen. Das ist Daniel Katz aus Gent, Christina. Mein Vater hat ihn eingeladen, unter unserem Dach zu wohnen. Er ist nach Brügge gekommen, um beim Rabbi unserer Gemeinde die Schriften des Talmud zu studieren.«
Ein Heiratskandidat?, fragte sich Christina.
Zwar gaben sich auch im Hause Salomon die vielversprechenden jungen Männer die Klinke in die Hand, aber bisher hatte Hannahs Vater noch jede Verbindung abgelehnt. Töchter wurden feilgeboten wie Stoffe oder exotische Gewürze. Wer den besten Preis bot, erhielt den Zuschlag. Die jüdische Gemeinde in Gent war reich. Christina bezweifelte nicht, dass auch das Haus Contarini Geschäfte mit einem Geldwechsler namens Katz machte. Sein Sohn war eine glänzende Partie. Früher hätte sie ihren Großvater fragen können, um sich Sicherheit zu verschaffen, aber ihr Vater weigerte sich, solche Dinge mit ihr zu besprechen.
»Daniel trägt keine Schuld an dem, was passiert ist.« Christinas Wortkargheit machte Hannah ungewohnt mitteilsam. »Er hat sich nur eingemischt, als eine Gruppe von Tagedieben am Minnewaterhafen einem der Botenjungen meines Vaters den Weg verstellte. Sie hänselten ihn und wollten ihm die Schläfenlocke abschneiden. Danach geriet alles außer Kontrolle. Ich wusste nicht, dass Menschen so sein können. In Brügge werden doch keine Juden verfolgt …« Ihre Stimme versagte.
Christina atmete tief ein. Sie versuchte ihre Gefühle zu

ordnen. Erst als sie Daniel den Rücken zukehrte, gelang es ihr einigermaßen.
Er studierte die Schriften, wollte er etwa Rabbi werden? Hannah und er gingen freundschaftlich um miteinander, aber sie kamen ihr nicht wie ein verliebtes Paar vor. Sie verspürte den dringlichen Wunsch, Daniel näher kennenzulernen, mehr über ihn zu erfahren. Einfach alles wollte sie von ihm wissen.
»In Gent wäre so etwas nie passiert«, behauptete er soeben entrüstet. »Seit Philipp von Burgund, der Graf von Charolais, hier ist, unterdrücken die Stadtbüttel jede Art von Aufruhr. Auch an Juden oder jüdischem Gut vergreift sich deswegen kein Mensch.«
Christina fuhr so heftig herum, dass Daniel innehielt.
»Ihr versteht nicht?«, fragte er.
»Ihr Name ist Christina – Contarini«, holte Hannah auch diese Vorstellung nach. »Meine christliche Freundin aus Kindertagen. Lass dich nicht in eine Debatte mit ihm ein, Christina. Er argumentiert bereits wie ein Talmudgelehrter. Am Ende weißt du nicht mehr, ob der Mond von oben oder von unten scheint.«
»Du tust mir Unrecht, Hannah Salomon«, verwahrte sich Daniel. »Dieser Ausbruch sinnloser Gewalt, ausgelöst durch Vorurteile und unbewiesene Gerüchte, zeigt schließlich, wie wichtig es ist, die Juden zu schützen. Die Suche nach der ewigen Wahrheit ist gewichtiger als das Zinsgeschäft unserer Väter.«
»Ach, Daniel.« Hannahs Tonfall verriet deutlich, dass sie ein Gespräch dieser Art nicht zum ersten Mal führten. Es missfiel ihr.
Obwohl Christinas Gedanken inzwischen abgeschweift

waren, sich wieder ihrem Bruder zuwenden wollten, beantwortete sie Daniels Frage.

»Ich verstehe gut, Daniel Katz. Ich verstehe die Gefühle der Juden. Da Hannahs und mein Großvater befreundet waren, habe ich viele Gespräche und Diskussionen schon als Kind mitbekommen. Auch ich halte es für ungerecht, dass Juden nirgendwo richtig Fuß fassen können, für vieles Schreckliche auf der Welt zu Unrecht verantwortlich gemacht werden und dafür sogar mit dem Leben bezahlen. Heute jedoch kann ich mit Euch darüber nicht diskutieren. Meinem Bruder soll ein Mord in die Schuhe geschoben werden, ausschließlich das bewegt mich.«

»Vielleicht könnt Ihr gerade in dieser Situation nachempfinden, wie es ist, wenn man zu Unrecht beschuldigt wird.«

»Hört auf!« Hannah mischte sich ärgerlich ein. »Wollt ihr jetzt über Glaubensdinge debattieren und Unrecht gegen Unrecht abwägen? Ein Mensch ist getötet worden, und Lucas wird verdächtigt, der Mörder zu sein. Wir wissen, dass er es nicht ist, dass es absurd ist, ihn zu verdächtigen. Er ist nicht fähig einer Fliege etwas zuleide zu tun. Jemand muss ihm seinen Dolch entwendet haben. Ich bin sicher, Lucas und Hendrik werden den Schuldigen finden. Sorge dich nicht, Christina.«

Christina nahm den Kopf in beide Hände und starrte vor sich hin. Auch Hannah verstummte. Aber später, als Daniel sich mit steifer Höflichkeit verabschiedet und die Kammer verlassen hatte, legte sie ihre Zurückhaltung ab.

»Sie erzählen sich in der Stadt, dass du Hendrik van der Molen zum Mann nehmen wirst. So steht er also auf der Seite von Lucas? Bisher waren die van der Molens keine Freunde der Contarini.«

»Mein Vater sähe meine Verbindung mit Hendrik schon deshalb nur zu gerne, aber ich habe seinen Antrag abgelehnt. Doch reden wir nicht von ihm. Erzähl mir lieber von Daniel. Wirst du ihn heiraten?«
»Gewiss nicht, und er will es ebenso wenig.« Sie waren unter sich, aber Hannah dämpfte trotzdem die Stimme. »Unsere Familien sähen es gerne, doch Daniel ist lediglich nach Brügge gekommen, um den Talmud zu studieren. Sein Vater erwartet, dass er seine Studien so schnell wie möglich beendet und sich um das Geschäft kümmert. Er hingegen will nicht das Leben eines Geldwechslers führen.«
»Und was will er stattdessen?«, fragte Christina neugierig.
»Du hast ihn erlebt. Ihn beschäftigen ausschließlich philosophische und religiöse Fragen. Er lebt in seiner eigenen Welt, und ich kann mir gut vorstellen, dass er seinen Vater zur Verzweiflung bringt.«
»Er ist klug und faszinierend, findest du nicht? Wenn er mich ansieht, kommt es mir vor, als würde ich ihn schon lange kennen …«
Hannahs Augen weiteten sich vor Überraschung.
»Christina. Verstehe ich dich richtig? Fängst du an, dich in Daniel zu verlieben?«
Christina fühlte Hitze in ihre Wangen steigen und beeilte sich den Kopf zu schütteln. »Natürlich nicht.«
»Denk daran, er ist Jude.«
»Das sollte kein Hindernis sein.«
»Du träumst, Christina. Wach auf.«
Ihre Blicke trafen sich. Hannahs flehentlicher Blick spiegelte die Angst um Christina. Doch es widerstrebte ihr, die Probleme aufzuzählen, die Christina erwarteten. Die Freundin kannte sie alle.

Lucas schob den vollen Bierkrug angeekelt von sich. Dass er tatsächlich Hendrik gefolgt war und den Toten in seinem Blut hatte liegenlassen, hielt er mittlerweile für einen kapitalen Fehler. Was suchte er in dieser Gassenschenke, auf dieser Bank? Er wühlte missmutig in seinen Haaren.

»Ruhig Blut.« Hendrik setzte seinen Krug leer ab und wischte sich den Mund mit dem Handrücken trocken. »Die anderen halten dicht. Du hast keinen Grund, mit dir zu hadern. Es war ein Missgeschick.«

»Wir hätten auf die Stadtwache warten müssen«, antwortete Lucas vorwurfsvoll. »Wenn es ein Unfall war, hätte er auf der Stelle geklärt werden müssen.«

»Wie denn? Wir waren beteiligt und wissen auch nicht genauer, was geschehen ist. Es war ein einziges Höllendurcheinander. Nimm Vernunft an, Lucas. Die van der Buerses werden Zeter und Mordio schreien. Jan van der Buerse war zwar der Taugenichts der Familie, aber jetzt wird er zum Heiligen werden. Wer weiß schon, wie sie auf die Tatsache reagieren, dass du in die Sache verwickelt bist. Hat nicht das Haus Contarini erst in diesem Frühjahr den van der Buerses vorgeworfen, dass sie Wucherpreise für ihre Maklerdienste verlangen?«

Dem konnte Lucas wenig entgegensetzen. Zwischen den Handelshäusern der Stadt herrschte stets eine gewisse Rivalität. Man stand lediglich zusammen, wenn Gefahr von außen drohte. Bot sich indes die Gelegenheit, einem Konkurrenten zu schaden und sein Geschäft zu übernehmen, zählte der Gewinn meist mehr als jede Zunftbrüderschaft.

Die Ereignisse der vergangenen Stunde hatten ihn geradewegs aus dem Himmel in die Hölle katapultiert. Er wusste nicht mehr, was er tun sollte und wo ihm der Kopf stand. Eines jedoch war ihm völlig klar. »Ich habe dieses verdammte Messer nicht zwischen den Fingern gehabt. Irgendeiner muss es mir im Verlauf des Kampfes entwendet haben.«

»Möglich.« Hendrik betrachtete zufrieden den Bodensatz in seinem Bierkrug. »Aber wie willst du das beweisen?«

»Ich kann mein Wort darauf geben. Und die anderen werden bezeugen, dass ich nur mit meinen Fäusten gekämpft habe. Ich habe zugeschlagen, nicht zugesto...«

»Still.« Hendrik legte blitzschnell die Hand auf Lucas' Arm, obwohl in der überfüllten Schenke keiner den anderen beachtete. »Lass uns von anderen Dingen reden, ehe du zu viel sagst, mein Freund. Es gäbe da eine Sache, bei der du mir behilflich sein könntest.«

Lucas richtete sich alarmiert auf. Im Gegensatz zu seinem Bruder Matthis zählte er weder zu Hendriks Freunden, noch hatte der ihn jemals um etwas gebeten.

»Wie du weißt, beabsichtige ich, deine Schwester zur Frau zu nehmen. Sie sträubt sich, aber ich bin mir sicher, dass sie ihre Haltung überdenken wird, wenn ihr der Bruder zu dieser Verbindung rät, nicht wahr?«

Lucas schluckte trocken. Er begriff, in welcher Falle er steckte. »Du erpresst mich?«

»Welch hässliches Wort. Ich baue auf deine Hilfe, so wie ich dir geholfen habe. Ist es denn falsch, dass ich verhindern möchte, dass die Familie meiner Braut in Skandale verwickelt wird?«

»Gleich mehrere?« Lucas rettete sich in Spott, aber es klang eher betroffen als zynisch. »Was wirfst du uns noch alles vor?«

»Ich bin deiner Schwester gefolgt, als sie heute Nachmittag das Haus verließ. Ich weiß über jeden ihrer und deiner Schritte Bescheid. Was denkst du, warum wir so schnell zur Stelle waren, als ihr in Gefahr wart, mitsamt den beiden Juden im nächsten Kanal zu landen?«

Michelle von Frankreich! Wenn Hendrik die Wahrheit sagte, musste er auch sie gesehen haben, als sie in die Barke stieg. War es möglich, dass er sie trotz des Kapuzenumhangs erkannt hatte?

»Sei unbesorgt. Ich bin ein Mann, der Geheimnisse zu wahren weiß, Lucas Contarini.«

Wenn es dir dient, ja, stimmte Lucas stumm zu und wich Hendriks Blick aus. Er griff nach dem Bierkrug und schüttete den Inhalt in sich hinein. Es schmeckte wie aufsteigende Galle, und beinahe hätte er sich übergeben. Kalter Schweiß stand ihm auf der Stirn.

Hendrik blieb ungerührt. »Sprich mit deiner Schwester. Bring sie zur Vernunft. Sag ihr, dass ich bereit bin, ihren unseligen Auftritt von heute Morgen zu vergessen, wenn sie mir die Hand reicht.«

»Und wenn ich mich weigere?«

»Ziehst du das wirklich in Betracht?« Hendrik stand auf, kam auf Lucas' Seite und stemmte eine Hand auf den Tisch. Danach beugte er sich so nahe an sein Ohr, dass sein Atem ihm die Schläfenhaare bewegte. »Ich habe das Messer, mit dem Jan van der Buerse abgestochen wurde. Jeder, der heute Nachmittag mit uns gekämpft hat, wird vor dem Magistrat einen heiligen Eid darauf schwören, dass es dir gehört.«

Er wartete. Als er keine Antwort erhielt, warf er ein paar Münzen auf den Tisch und klopfte Lucas gönnerhaft auf den Rücken.

»Ich bin sicher, du weißt, was du zu tun hast, mein Freund. Wenn die Feste zu Ehren des Eintreffens der Flanderngaleeren stattfinden, möchte ich deine Schwester als liebende Braut an meiner Seite wissen.«

»Warum ausgerechnet sie?« Lucas kämpfte mit Zorn und Verzweiflung zugleich. »Sie wird dir nur Ärger bereiten. Lohnt das die Mitgift?«

»Ich denke schon.« Hendrik zog sich eitel das Wams glatt und schüttelte die Zaddeln an Ärmeln und Saum auf, ehe er zum Gruß an die Kante seiner Federkappe tippte. »Lass dir gesagt sein: mit dem größten Vergnügen werde ich Contarinis Feuerkopf in meinem Bett zähmen. Grüße sie von mir.«

Lucas starrte ihm erschüttert nach. Christina hatte recht. Hendrik van der Molen war eine Ratte.

3. Kapitel

Brügge, 2. September 1419

»Was ist das?«

Christina blickte kopfschüttelnd auf das Blatt, das ihr Vater ihr gegeben hatte. Ein Dutzend Männernamen las sie. Etwa die Hälfte davon kannte sie, die andere Hälfte war ihr fremd.

»Die Heiratskandidaten, Christina. Alle sind vielversprechende junge Männer aus Brügge, Gent und Antwerpen. Unter ihnen wirst du bis zum fünfzehnten Tag dieses Monats deinen künftigen Gemahl wählen. Entscheide dich klug.«

»Ich verstehe nicht«, gab sie vor. Ihr war sehr wohl klar, welches Dilemma sich hier auftat. Sie sollte zu einer Heirat gezwungen werden. Das Blatt in ihrer Hand begann wie von selbst zu zittern.

»Führe es auf meine väterliche Gutmütigkeit zurück, dass ich dir wenigstens eine Wahl lasse, Tochter. Ich könnte auch einen von ihnen einfach bestimmen. Lionel van Liewe beispielsweise, den Reedersohn aus Antwerpen, oder Albinus van der Molens Sohn Hendrik. Er hätte den Vorteil, dass du auch künftig in Brügge leben würdest.«

Ein erstickter Laut drang aus Christinas Kehle, aber Contarini ließ sich nicht unterbrechen. Viel zu lange hatte er seiner Meinung nach Geduld bewiesen.

»Deine Verlobung wird in der darauffolgenden Woche verkündet, und die Heirat wird ihr auf dem Fuße folgen.«
Es war ihm bitterernst. Christina hatte den Bogen überspannt.

»Was geschieht, wenn ich mich weigere«, wagte sie trotzdem zu fragen.

»Dann werd ich den Mann bestimmen, den du heiratest. Es ist Zeit, dass du erwachsen wirst. Besinne dich auf deine Pflichten als Tochter, Frau und Teil dieser Familie. Du solltest längst Kinder haben, die dich davon abhalten, deinen Hirngespinsten nachzujagen.«

Hirngespinste sind es also, wenn ich im Kontor zur Hand gehen will, schoss es Christina durch den Kopf, wenn ich schneller als Matthis rechnen kann und bessere Ideen für das Handelshaus habe als mein Bruder. Von mir will er nur eines: Enkelkinder. Womöglich noch von Hendrik van der Molen. Der Himmel bewahre mich vor diesem Schicksal. Lieber vergrabe ich mich für immer bei den Beginen.

»Weiß Großmutter davon?«

Aimée Contarini war die oberste Instanz des Hauses, obwohl sie diese Macht nur noch selten in die Waagschale warf.

»Erwarte nicht, dass sie mich umstimmt«, durchschaute ihr Vater den Grund für diese Frage. »Du weißt, dass ihr Herz schwach geworden ist. Wir müssen sie schonen. Wenn du ihre Zuneigung dafür missbrauchen willst, deine Torheiten mir gegenüber zu rechtfertigen und sie sich dabei aufregt, so ist das rücksichtslos.«

Christina hätte ihn gerne daran erinnert, dass er selbst seine Mutter vor wenigen Tagen bedrängt hatte, Lucas' Versteck preiszugeben. Ein Rest von Vernunft hielt sie davon ab. Sie kannte ihren Vater gut genug, um ihn in einer solchen Unterredung nicht herauszufordern.

»Du schuldest deinen Eltern Gehorsam«, setzte er seine Rede ungerührt fort. »Und nun geh. Überleg dir genau, was du tust und wen du wählst. Du beschließt damit über dein zukünftiges Leben.«

Christina verließ die Kaminstube ohne Gruß. Das Blatt mit den Namen ließ sie zurück. Doch als sie Stunden später in ihre Kammer kam, lag es mitten auf dem Tisch vor dem Fenster. Eine Mahnung, unübersehbar und bedrohlich.

Sie war versucht, die Liste im nächsten Feuer zu verbrennen. Aber zum einen brannte an diesem milden Septembertag kein Feuer in ihrem Kamin, und zum anderen löste sie damit nicht das eigentliche Problem.

Ich werde keinen dieser Männer heiraten! Wenn ich mich mit Haut und Haaren einem Mann ausliefere, dann einem, den ich liebe, einem der mich liebt.

Ist das zu viel verlangt?

In der Burg der Grafen von Flandern herrschte ein ständiges Kommen und Gehen. Die Torwachen bewahrten nur mit Mühe den Überblick. Niemand hielt Lucas auf, als er, einen Stoffballen auf der Schulter, die privaten Gemächer der Gräfin von Charolais aufsuchte. Die Kammerfrau, der er im Vorzimmer in die Arme lief, machte indes Anstalten, ihn nicht einzulassen. Ihr Leibesumfang und ihre Autorität hinderten ihn daran, einfach an ihr vorbeizuschlüpfen.

»Madame Michelle hat jetzt keine Zeit für solche Dinge, guter Mann. Liefert den Stoff nach Gent.«

Lucas schenkte ihr sein umwerfendstes Lächeln. »Ihr werdet Ärger bekommen. Eure Herrin sucht eben diesen aquamarinblauen Stoff für eine neue Robe. Sie hat darum gebeten, dass man ihn unverzüglich liefert, sobald er in Brügge eintrifft. Sie wartet darauf.«

Die Hörnerhaube der Kammerfrau geriet ins Schwanken, als sie die Arme in die Hüften stemmte. Sie hüllte Lucas mit dieser Bewegung in eine Wolke aus Schweiß und Rosenöl. Sein Lächeln wurde starr.

»Wir sind mitten im Packen, junger Mann«, schnaufte sie unwillig. »In Gent wird Madames Anwesenheit dringend erwartet.«

Seit wann legte der Graf von Charolais solchen Wert auf die Gesellschaft seiner Ehefrau? Lucas wusste wie jedermann, dass dort eine Maitresse für seine Zerstreuung sorgte. Eine Spur von Beunruhigung veranlasste ihn, diplomatischer vorzugehen.

»Dann wisst Ihr sicher nicht, wo Euch vor lauter Arbeit der Kopf steht«, sagte er. »Lasst Euch von mir keine Zeit stehlen. Weist mir einfach eine Kammer an, wo ich auf Eure Herrin warten kann, und sagt ihr, dass ich untertänigst warte, bis sie die Zeit findet, den Stoff zu begutachten.«

»Nun denn, ich werde sehen, was ich für Euch tun kann.« Einmal mehr hatte sein Charme gesiegt.

Die Kammerfrau schob ihn durch eine Tür. Sie walzte davon, während Lucas seine Last auf einer Kleidertruhe ablegte und sich umsah. Man hatte die Wandteppiche bereits abgenommen und das Bettzeug aus dem Alkoven geholt. Michelles Bett? Er kämpfte noch mit seinen Gefühlen, als sie eintrat. Hinter ihr wippte die Hörnerhaube. Somit verbot sich jedes private Wort.

»Gott zum Gruße, Herr Contarini«, sagte sie, ehe er auch nur eine Silbe über die Lippen brachte. »Zeigt mir die mitgebrachte Herrlichkeit, für die ich alles stehen- und liegengelassen habe.«

Du selbst bist die Herrlichkeit, dachte Lucas und verneigte sich tief. Die Anmut ihrer Bewegungen, ihr Geschick, sich modisch zu kleiden, ihr ganzes Wesen entflammten wieder und wieder sein Malerauge. Die meisten Farben hatte er nur für seine Bilder von ihr gemischt, wobei der Alabasterton ihrer Haut die größte Herausforderung an die Herstellung des Inkarnats stellte. Nur mit einwandfrei gebleichtem Leinöl hatte er die schwierige Farbe nach mehreren Versuchen gewonnen. Am Auripigment, mit dem er die Lichter in ihr Haar setzen wollte, die ihm sein natürlicher Glanz vorgab, arbeitete er noch immer.

»Urteilt selbst«, sagte er heiser und befreite sich aus seiner Verzückung. Er löste das Leinen und wickelte eine Länge des darunter verborgenen Stoffes ab.

»Erlaubt.«

Kühn warf er das Gewebe von hinten über ihre Schultern und raffte es in Taillenhöhe mit dem Geschick eines Mannes, der Stunden damit verbracht hatte, Faltenwürfe zu studieren und sie zu schattieren.

»Oh, Madame«, schnaubte die Kammerfrau. Es blieb unklar, ob sie damit die Verletzung der Etikette rügte oder den Effekt bewunderte, den das Blau der Seide bei ihrer Herrin bewirkte.

Es war Michelles Farbe. Lucas hatte es bereits gewusst, als er den Ballen im Lager entdeckt hatte. Es brachte ihre Haut zum Leuchten und ihre Augen zum Strahlen. Es machte die Prinzessin aus ihr, die sie von Geburt war.

»Welch herrliches Gewebe.«
Sie strich bewundernd darüber und berührte dabei seine Hand.
Lucas hätte nichts lieber getan, als diese Hand zu halten. Aber da war die doppelhörnige Kammerfrau, die dem Schlagfluss geneigt schien. Sie mussten sie loswerden.
»Rigoberta, seid so gut und lasst Euch vom Haushofmeister einen Beutel Silber geben, damit wir Herrn Contarinis Seide bezahlen können. Ich möchte bei meiner Abreise keine Schulden in Brügge hinterlassen.«
Michelle fügte ihrer Bitte eine Bewegung in Richtung Tür hinzu, die kein Zögern zuließ. Kaum war sie allein mit Lucas, lagen sie sich in den Armen.
»Dem Himmel sei Dank, dass du gekommen bist«, flüsterte Michelle und berührte sein Gesicht zärtlich mit den Fingerspitzen. »Wie geht es dir? Ich habe Nachricht in das Haus geschickt, aber ich wusste nicht, ob du sie erhalten hast. Konntest du deinen Vater beruhigen? Ich kann nicht länger in Brügge bleiben. Mein Mann hat mich nach Gent zurückbeordert.«
»Seit wann legt er Wert auf deine Gesellschaft?«
»Das frage ich mich auch, vielleicht möchte er bei den Feiern zum Erntedankfest die Form wahren. Dass er mir Rigoberta geschickt hat, stimmt mich jedoch bedenklich. Vielleicht lässt er mich ausspionieren.«
»Kann es sein, dass er von uns weiß?«
Michelle erwiderte mit einem innigen Kuss: »Nein, wir waren wohl vorsichtig genug. Aber wir dürfen kein neues Risiko eingehen. Du wirst mein Bild nie fertigmalen können.«
»Ich trage es in meinem Herzen.«

Sie wich zurück und fasste sich nur mit Mühe.
»Ich wünschte …«, begann sie, aber ein Geräusch an der Tür unterbrach sie.
Rigoberta segelte herein, erkennbar außer Atem. Obwohl ihre Augen kritisch von Michelle zu Lucas wanderten, fand sie keine Bestätigung für Unschicklichkeiten. Michelle stand inzwischen neben dem Fenster, Lucas faltete die Seide sorgsam wieder auf den Ballen.
»Ich hoffe, es ist ausreichend, Herr Contarini.« Die Kammerfrau ließ einen Beutel mit Münzen gönnerhaft neben die Seide fallen.
Michelle ignorierte Rigobertas herablassende Geste. Ihre Blicke umfingen Lucas. Wie unter einem Zwang hielt sie ihm die Hand zum letzten Kuss entgegen.
Er beugte sich respektvoll darüber. Sie nicht küssen zu dürfen stellte seine Selbstbeherrschung auf eine unerträgliche Probe.
»Gott sei mit Euch, mein Freund«, vernahm er ihre leisen Worte, ehe sie die Kammerfrau noch bat, die Seide in ihre Truhen zu packen. Sie war fort, bevor er sich wieder gesammelt hatte.
Eine Weile verharrte Lucas wie angewurzelt im Raum, unfähig, irgendetwas zu tun. Die Kammer schien ihm völlig leer. Lediglich ein leiser Duft erinnerte an Michelle. Er befestigte mechanisch die Börse mit den Silberstücken am Gürtel, ohne sich um Inhalt oder Gewicht zu kümmern, dann verließ er die Burg.
Sie hatten beide gewusst, dass es ein kurzes Glück sein würde. Dass sie dem Schicksal nur eine Handvoll davon abtrotzen können würden und dass ihnen auch das in Wirklichkeit nicht zustand. Dennoch, der Abschied ver-

wundete ihn, ließ ihn den ganzen Schmerz des Verzichts spüren.

»Contarini, auf ein Wort.«
Lucas sah irritiert über die Schulter. Hendrik löste sich von einer Säule in der Eingangshalle der Burg. Verfolgte er ihn schon wieder?
»Ich bin in Eile«, antwortete er schroff. Ihm war klar, dass Hendrik nach dem Gespräch im *Bunten Hund* auf eine Antwort von ihm wartete.
»Kein Problem, ich begleite dich.« Hendrik blieb an seiner Seite, als wären sie die besten Freunde.
»Wie ich sehe, macht das Haus Contarini immer noch Geschäfte mit den Fürstenhäusern«, schwadronierte er. »Was war es dieses Mal? Stoffe? Edelsteine? Duftelixiere? Es hält ein Handelshaus am Leben, wenn seine Herren es verstehen, die geheimen Wünsche der hohen Herrschaften zu erfüllen, nicht wahr? Wohin bist du unterwegs? Hast du schon Ersatz für deine Zuflucht im Weberviertel gefunden? Jeder Mann braucht einen Ort, an den er sich zurückziehen kann.«
»Was willst du?«, unterbrach Lucas ungehalten das Geschwätz.
»Mit dir plaudern«, entgegnete Hendrik. »Hast du schon gehört, dass die Familie van der Buerse eine Belohnung für die Ergreifung von Jans Mörder ausgesetzt hat? Fünf Goldstücke wollen sie für den richtigen Hinweis geben.«
Natürlich. Hendrik hatte ihm aufgelauert um die Schlinge enger zu ziehen. Lucas blieb unvermittelt stehen und maß ihn mit einem abschätzigen Blick. »Was erwartest du? Dass ich dir meine Schwester mit gebundenen Händen ins Haus

liefere? Sogar wenn ich es könnte, würde ich es nicht tun. Sie soll nicht für meine Fehler büßen. Dafür muss ich schon selbst einstehen.«

»Wie ehrenhaft«, lobte ihn Hendrik, übertriebene Bewunderung heuchelnd, ehe er sich für die Abfuhr rächte. »Vergiss aber über deiner edlen Gesinnung nicht, wohin das für dich führen kann. Du solltest in Ruhe nachdenken, ehe du Entscheidungen triffst. Vielleicht an deinem Fluchtort. Ich bin sicher, dass dein Edelmut noch auf eine harte Probe gestellt sein wird. Aber du weißt ja, wo du mich dann findest.«

Sie wechselten keinen Gruß. Jeder ging in eine andere Richtung. Lucas kämpfte mit sich. Sein Scharfsinn sagte ihm, dass er die Gefahr nicht unterschätzen durfte.

Hendriks Fingerzeig auf das Haus im Weberviertel war besonders hinterhältig. Seit dem Nachmittag mit Michelle war er nicht mehr dort gewesen. Er hatte gehofft, der Zorn seines Vaters würde sich schneller legen, wenn er es mied. Doch jetzt plötzlich verspürte er ein fast irrationales Verlangen nach diesem Refugium. Er wechselte die Richtung und beschleunigte die Schritte. An der Einmündung zu seiner Gasse musste er einer Gruppe von Schweinen und einem Ochsenfuhrwerk ausweichen. Das Fuhrwerk zog eine Wolke von Staub hinter sich her, die sich auch nicht lichtete, als es längst vorbeigerattert war.

Der Staub nährte sich aus einer anderen Quelle.

Die letzten Schritte rannte Lucas, doch er kam zu spät.

4. Kapitel

Brügge, 3. September 1419

Nachts lag Christina im Bett und grübelte über ihre Zukunft nach. Keinen von der Liste ihres Vaters wollte sie zum Mann nehmen.

»Schwester!«

Christina fuhr aus den Kissen. Sie blinzelte verstört in die Flamme einer Kerze, die jemand über ihrem Lager in die Höhe hielt.

»Lucas. Hast du den Verstand verloren? Du hast mich zu Tode erschreckt. Was ist los?«

Sie strich sich die Haare aus der Stirn. Scharf stieg ihr der Geruch von Bier, gemischt mit dem von Körperausdünstungen, die die Kleider des Bruders verströmten, in die Nase. Ohne Fragen zu stellen, verließ sie das Bett, hüllte ihren Körper in einen Hausmantel und entzündete noch weitere Kerzen. Erst dann wandte sie sich zu Lucas um, der mitten im Raum stand, als hätten ihn die Dämonen der Hölle berührt.

Sein Anblick verursachte Christina einen Schock. Bleich wie der Tod, das Haar wirr und vor Schmutz starrend, sah er aus, als wäre er zum zweiten Mal innerhalb weniger Tage in eine Prügelei geraten.

»Um Gottes willen, was ist mir dir?« Christina hielt eine Kerze zur Tür hinaus, um sich zu vergewissern, dass ihm niemand gefolgt war. Erst dann wagte sie ihre Befürchtungen auszusprechen. »Geht es um den Mord an van der Buerse? Hat dich jemand beschuldigt? Musstest du fliehen?«

Lucas schüttelte stumm den Kopf, stellte seinen Leuchter ab und ließ sich auf einen Hocker sinken. Die Hände auf den Knien, die Schultern müde gebeugt, starrte er auf den Boden. Seine Kleidung war völlig zerrissen und staubig. Erst nach einer Weile fühlte er sich in der Lage zu antworten. Seine Stimme klang monoton.

»Wusstest du, dass Vater das Haus am Kanal verkauft hat?«

»Deine Werkstatt? Das kann er nicht. Das Haus gehört Großmutter.«

»Er kann sehr wohl. Er hat es dem alten van der Molen in den Rachen geworfen. Es wurde abgerissen. Die ganze Straßenzeile gehört jetzt Albinus van der Molen. Er will dort neue Häuser für seine Weber bauen.«

»Abgerissen? Heute?« Christina begriff.

»Heute.« Er sah sie mit Augen an, in denen jedes Leben erloschen war. »Alles, woran mein Herz hing, ist weg. Farben, Leinwände, Skizzen. Ich habe nur noch Steine und Trümmer vorgefunden.«

Stumm legte Christina ihm eine Hand auf die Schulter. Sie wusste, dass ihn keine Worte trösten konnten. Die Konsequenz, mit der ihr Vater seine Drohungen in die Tat umsetzte, war furchteinflößend.

»Ich wollte nicht glauben, dass er mir den Raum zum Leben nimmt. Er hat mich beordert, morgen von Sonnenaufgang bis Sonnenuntergang im Kontor zu sein. Er ... er nimmt mir die Luft zum Atmen, aber das ist ihm egal. Ein Contarini darf nur atmen, wenn er es erlaubt.«

Der Bruder beschrieb ihre eigene Lage. Auch sie hatte der Vater gewarnt. Er würde sein Wort wahrmachen und sie gegen ihren Willen verheiraten. Dass er sie damit für ein ganzes Leben lang unglücklich machte, zählte nicht.

»Was willst du tun? Gehorchen?«

»Bleibt mir eine andere Wahl?«, fragte Lucas.

Ihr Herz stockte. Woher sollte sie den Mut nehmen, sich den väterlichen Befehlen zu widersetzen, wenn sogar Lucas resignierte?

»Man hat immer eine Wahl«, entgegnete sie mit zusammengebissenen Zähnen. »Und sei es nur die zwischen ja und nein.«

»Ach ja?« Lucas lachte, aber es klang entsetzlich. »Sag mir, Schwester, wozu hast du dich entschieden? Wirst du Hendrik van der Molen zum Gemahl nehmen? Vater hält ihn für eine gute Partie.«

»Er ist allenfalls einer für eine Frau, der man jede Spur von Selbstachtung und Stolz ausgetrieben hat«, zischte sie aufbrausend.

»Ich fürchte, einer Ehe wirst du trotzdem nicht entrinnen können.« Lucas erhob sich schwerfällig. »So wenig, wie ich den Folgen einer Tat entkommen kann, die ich nicht begangen habe. Wenn Vater davon erfährt, wird er mich im Kontor anketten, falls ich nicht zuvor auf den Richtplatz geführt werde.«

»Sag nicht solche Dinge«, beschwor ihn Christina leidenschaftlich. »Du bist kein Mörder! Ich weiß es ebenso sicher wie du selbst.«

»Aber wir können es nicht beweisen.« Lucas rieb sich die zerschundenen Hände.

»Man redet davon, dass der Tote seinen Mörder im *Bunten*

Hund getroffen hat. Niemand bringt auch nur den Hauch eines Verdachts gegen dich ins Spiel. Von denen, die es besser wissen, hat keiner den Mund aufgetan. Deine Freunde stehen loyal zu dir.«
Lucas verzog das Gesicht. Sie hatte den Eindruck, er wollte etwas sagen und nähme im letzten Augenblick davon Abstand.
»Machst du dir Sorgen wegen Hannah und Daniel? Das musst du nicht. Sie werden nicht sagen, was geschehen ist. Du weißt, wie sehr Hannah dir zugetan ist, und Daniel ist ein kluger Kopf.«
»Lob für einen Mann aus deinem Mund? Wie kommt's? Was ist mit dir geschehen, Schwester?«
Ungewohnt verlegen mied sie seinen Blick. »Dort ist die Waschschüssel. Du solltest dich lieber säubern, statt alberne Vermutungen anzustellen. Was hast du eigentlich mit deinen Händen gemacht?«
»Den übriggebliebenen Schutt nach meinen Sachen durchwühlt. Umsonst. Sie haben sogar die Herdstelle beseitigt und den Steintisch zerschlagen, den ich aufstellen ließ, um meine Farben zu reiben.«
Lucas wusch sich die Hände und warf sich Wasser ins Gesicht. Er rieb sich die Wangen und die Stirn, als wolle er von ihr die Erinnerung an die Zerstörung spülen.
»Keine Skizze, kein Entwurf, nichts ist mir von Michelle geblieben.«
»Was hast du von Michelle gehört?«, fragte sie nach.
Der Versuch, ihn auf andere Gedanken zu bringen, war erfolgreich. Lucas trocknete sein Gesicht und die Hände, während er berichtete.
»Ich habe ihr einen Ballen Seide aus der Lieferung ver-

kauft, die gestern aus Florenz eintraf. Aquamarinblau. Der Stoff wird sie wenigstens an mich erinnern, wenn sie einmal unsere Herzogin ist.«

»Noch ist sie es nicht. Johann Ohnefurcht regiert und er wird es noch viele Jahre tun, wenn er nicht vorzeitig auf dem Schlachtfeld zu Tode kommt. Bis dahin ist sie lediglich die Gemahlin des Statthalters von Flandern.«

Christina verfolgte die politischen Geschehnisse, wie ihr Großvater es sie gelehrt hatte. Jeder gute Kaufmann müsse seine Geschäfte mit Blick auf die Mächtigen des Landes führen, war seine Rede gewesen. Ihre Kriege, ihre Feste und ihre Pläne seien das Brot des Handels. Von ihrem Vater jedoch erntete sie meist unwillige Blicke, wenn sie Fragen stellte und mehr wissen wollte.

Sie drängte ihre abschweifenden Gedanken zurück und nahm ihrem Bruder das nasse Handtuch ab. Er strich sich die feuchten Haare aus der Stirn und suchte ihre Augen.

»Nun, Schwester, was denkst du sollten wir tun? Resignieren?«

Christina schwieg, aber Schulterhaltung, Blick und Gesichtsausdruck sagten eindeutig *NEIN*.

»Kann es sein, dass du dir Daniel Katz in den Kopf gesetzt hast?« Lucas kam auf die Frage zurück, die sie ihm nicht beantwortet hatte. »Wie gedenkst du das unserer Mutter klarzumachen? Es fehlt ihr an der Toleranz, die unsere Großmutter in so reichem Maße besitzt. Wobei ich bezweifle, dass sie in diesem Fall einverstanden wäre.«

Christina konnte ihm nicht widersprechen.

»Ich habe mir niemanden in den Kopf gesetzt«, sagte sie schließlich. Weniger aus Überzeugung, sondern weil sie nicht länger darüber reden wollte.

»Versuch nicht zu lügen, Schwester. Du konntest es noch nie, man sieht es dir an.«
Christina schüttelte unwirsch den Kopf. Was sollte sie sagen?
Innerhalb weniger Tage war ihr Daniel auf eine Weise ans Herz gewachsen, die sie selbst beunruhigte. Die Zeit verging wie im Flug, wenn sie bei Hannah mit ihm sprach. Wenn sie ihm zuhören und ihn sehen konnte. In seiner Gegenwart leuchteten die Farben heller, und sie atmete leichter. Sie empfand eine Freude am Leben, die neu und berauschend für sie war. Kein Mann hatte je solche Empfindungen in ihr geweckt.
»Zum Donner, Christina! Du träumst mit offenen Augen.« Lucas fasste sie an den Schultern und drehte sie wieder zu sich herum. »Komm zu dir, Schwester! Der Mann ist Jude. Es ist völlig ausgeschlossen, dass aus euch beiden etwas wird. Es liegen Welten zwischen euch, ganz zu schweigen von den Verboten.«
»Musst ausgerechnet du mir einen Vorwurf daraus machen, dass ich mein Herz an den falschen Mann hänge?«, verlor sie die Fassung. »Kannst du so einfach aufhören, Michelle zu lieben?«
Sie nahm ihm den Wind aus den Segeln. Beide sahen sich an und wussten nicht weiter.
»Es gibt keinen Ausweg, weder für dich noch für mich«, stellte Lucas nüchtern fest. »Vater ist das Familienoberhaupt, und du siehst, was geschieht, wenn man sich ihm widersetzt. Sein Einfluss reicht so weit, dass mich keine Bilderwerkstatt in ganz Flandern je aufnehmen wird. Ich habe die Wahl, auf der Straße zu verhungern oder zu gehorchen. Versprich mir, dass du keine Dummheiten

machst, Schwester. Schon gar keine, die irgendetwas mit Daniel Katz zu tun haben. Auch wenn sein Vater ein reicher Mann ist, so ist doch für ihn die Verbindung seines Sohnes mit einer Contarini so undenkbar wie für dich eine mit einem Katz.«

»Sei's drum. Ich lasse mich nicht von meinem Vater wie einen Handelsposten an den meistbietenden Freier versteigern«, widersprach sie erbittert. Sie befreite sich aus seinem Griff und holte die Liste vom Tisch. »Da sieh. Welchen der Herren möchtest du mir für die Übung in Gehorsam empfehlen?«

Lucas blieb an einem Namen hängen. Hendrik van der Molen. »Vater scheint tatsächlich an dieser Verbindung etwas zu liegen.«

Christina nickte grimmig. »Eine Tochter im Austausch gegen den Einfluss Albinus van der Molens im Schöffenrat. Ein gutes Geschäft in seinen Augen. In deinen auch, Bruder?«

Lucas zuckte zusammen und trat einen Schritt nach hinten.

»Wenn ich Vaters Denkweise hätte, würde ich dir zuraten. Hendrik will mich übrigens erpressen, meinen Einfluss für diese Heirat bei dir geltend zu machen.«

Christinas Augen wurden schmal. Mit einem Schlag durchschaute sie Hendriks Plan.

»Es ist das Messer, nicht wahr? Mit deinem Messer wurde van der Buerse erstochen. Damit erpresst er dich.« Ihr Blick funkelte zornig. »Ich wünschte, er wäre das Opfer.«

»Hör auf«, gebot Lucas ihr Einhalt. »Er wird keine Gelegenheit haben, mich unter Druck zu setzen. Du musst dir keine Sorgen machen.«

»Wie willst du ihn davon abhalten?«
»Das wird sich zeigen. Es ist spät, geh wieder zu Bett. Verzeih, dass ich dich so rüde aus dem Schlaf gerissen habe. Ich musste mit einem Menschen reden, sonst wäre ich verrückt geworden.«
Gerührt von seinem Vertrauensbeweis, hielt ihn Christina am Arm fest. »Versprich mir, dass du nichts gegen Hendrik unternimmst, ohne zuvor mit mir zu reden. Er ist gefährlich.«
»Gute Nacht und Gott schütze dich, Schwester.«
Lucas beugte sich vor und küsste Christina auf die Stirn. Sie sah ihn erstaunt an. Es war lange her, dass er sie mit einer zärtlichen Geste wie dieser bedacht hatte. Er war schon gegangen, als sie zu dem Schluss kam, dass es nur eine Erklärung für sein Verhalten gab. Er hatte bereits einen Plan, über den er nicht mit ihr sprechen wollte.
Sie kippte mit Schwung das schmutzige Waschwasser aus dem Fenster direkt in den Kanal. Die Nacht war so rabenschwarz, dass sie die Umrisse des Hauses am anderen Ufer kaum erkennen konnte. Eine dichte Wolkendecke verbarg die Gestirne. Die Luft roch nach Regen.
Sie fröstelte und bekämpfte ihr zunehmendes Unbehagen. Dass Vater Lucas den Zufluchtsort so gewaltsam genommen hatte, machte ihr mehr Angst, als sie dem Bruder gegenüber zugegeben hatte. Nie hätte sie ihrem Vater ein so mitleidloses Vorgehen zugetraut. Es war auch ein Signal an sie, denn er wusste, wie eng sie und Lucas miteinander verbunden waren.
Sieh, Tochter, was passiert, wenn du nicht gehorchst. Ich spreche keine leeren Drohungen aus.
Handelte so ein liebender Vater?

Bisher war sich Christina trotz allem sicher gewesen, dass Simon Contarini seine drei überlebenden Kinder liebte. Seine gewaltsame Unterdrückung säte zum ersten Male Zweifel in ihrem Herzen. Liebte er sie nur, wenn sie gehorchten?
Der Wind frischte auf und eine Kerze erlosch knisternd. Christina warf das Fenster zu. Als sie schließlich wieder zu Bett ging, fand sie keinen Schlaf, sondern wälzte sich ruhelos von einer Seite auf die andere. Die Sorge um ihren Bruder und um das eigene Schicksal lag ihr schwer auf der Seele.
Um Hendrik van der Molen die Stirn zu bieten, musste man aus anderem Holz geschnitzt sein als wie Lucas. Wie wollte er sich gegen so viel Hinterlist wehren? Was konnte sie tun, ihm zu helfen? Und wie sollte sie sich selbst aus der Falle befreien?
Gebrauche deinen Verstand, Feuerkopf! Er ist dein bestes Handwerkszeug.
Sie würde nachdenken müssen. Morgen.

5. Kapitel

Brügge, 5. September 1419

»Du verlierst dich in dumme Träume, Daniel. Es gibt nirgendwo auf dieser Welt einen Platz, an dem Juden in Frieden mit ihrer Umgebung und ihrer Religion leben können.«

Hannah hieb die Sticknadel mit solchem Zorn in das straff gespannte Leinen, dass der leise Knall Christina erschreckte.

»Du erstichst deine Arbeit«, mahnte sie, aber Hannah war nicht nach Scherzen zumute. Die Debatten zwischen Christina und Daniel langweilten sie zunehmend. Statt darüber nachzudenken, wie man Lucas helfen konnte, erörterten sie religiöse Spitzfindigkeiten.

»Du hast unrecht, Hannah«, widersprach ihr Daniel. Er hob den Kopf von seiner Schriftrolle. Sie saßen unter einem Apfelbaum im Garten von Hannahs Elternhaus am Walplein.

»Wenn du meinst.«

Hannah war zwar nicht überzeugt, aber ihre angeborene Friedfertigkeit zwang sie, jeden Streit zu vermeiden. Von Christina konnte sie ohnehin keine Unterstützung erwarten, ihre Freundin hatte nur Augen für Daniel. Seit sie ihn kannte, hatte sich ihr Äußeres verändert. Die Erregung belebte ihr Gesicht und vertrieb die übliche Blässe. Sie ver-

lieh ihren Zügen einen Reiz, der sie mädchenhaft und anziehend machte. Was hatte Daniel bloß an sich, dass ihre Freundin sich derart für ihn ereiferte? Sie konnte Christinas Gefühle weder begreifen noch nachvollziehen.
»Ich spreche von Venedig, Hannah. Dort können die Juden in Frieden leben.« Daniel begann in jenem getragenen Tonfall, den er für Belehrungen reserviert hatte. »Die Lagunenstadt zeichnet sich durch Toleranz und Weltoffenheit aus. Der Doge von Venedig hat längst begriffen, dass ihm die Juden Einfluss und Reichtum bringen, dafür genießen sie unter seiner Herrschaft optimalen Schutz und Anerkennung. In Venedig lehren hervorragende Rabbis, und die Stadt besitzt umfangreiche hebräische Bibliotheken.«
»Woher willst du das wissen? Warst du schon einmal da?« Hannah war keineswegs überzeugt.
»Das ist nicht nötig. Ich weiß es von vielen Juden, mit denen wir Geschäfte machen. Und überdies …«
Er wandte sich an Christina, die wieder einmal ihren Gedanken nachhing. »Stammt nicht deine Familie aus Venedig? Dann kannst du Hannah sicher bestätigen, dass in Venedig ein friedliches Miteinander von Juden und Christen die Regel ist. Sogar Muselmanen und Heiden haben dort das Recht, ihre Religion zu praktizieren. Ich stelle es mir wunderbar vor, unter solchen Verhältnissen zu lernen und zu lehren. Venedig ist eine glückliche Insel. Ein Paradies, in dem Juden glauben und leben dürfen wie Mosche ben Maimon zu seiner Zeit in Ägypten.«
»Heißt das, du willst nach Venedig? Das ist nicht dein Ernst.« Christina sah ihn fragend an.
»Ich hoffe auf das jährliche Eintreffen der Flanderngalee-

ren aus Venedig«, erläuterte Daniel seinen Plan. »Es wird sich bestimmt ein Kapitän finden, auf dessen Schiff ich reisen kann. In der Lagunenstadt will ich dann entscheiden, ob ich dort bleibe oder ob ich gleich nach Bologna gehe, um dort meine Studien des Talmuds und der frommen Überlieferungen fortzusetzen.«

»Was wird dein Vater dazu sagen?«, warf Christina neugierig ein.

»Das möchte ich gar nicht wissen. Der Fehler liegt bei ihm. Geld ist ihm wichtiger als sein eigen Fleisch und Blut. Ich widersetze mich seinen Befehlen, weil ich nicht anders kann.«

»Sagt nicht auch der Talmud, dass man seine Eltern ehren soll?«

»Er sagt, man solle seinen Eltern Gehorsam schenken, aber auch das eigene Herz sprechen lassen. Der Mensch hat einen freien Willen. Gäbe es ihn nicht, wo wäre dann der Unterschied zwischen Himmel und Hölle?«

Christina nickte gedankenvoll.

Hannah schüttelte den Kopf. Ihr fehlte jedes Verständnis für diese Haarspaltereien.

»Venedig also«, hörte sie die Freundin in einem Ton antworten, als habe Daniel damit eine höhere Weisheit verkündet.

Sie biss verärgert das Ende eines Stickfadens ab. Waren sie sich ihrer Anwesenheit eigentlich noch bewusst?

Ihre Freundin hing Daniel an den Lippen. Sie schien Feuer und Flamme von seiner abwegigen Idee zu sein, vor dem Vater zu fliehen und mit nach Venedig zu reisen. Sie strahlte ihn an, als habe er ihr soeben die Sonne und den Mond geschenkt.

»Die Galeeren werden in diesem Monat in Brügge erwartet. Lucas kennt sicher den einen oder anderen Kapitän«, hörte sie Christina sagen.
Auch Daniel schien heute völlig von Christina angetan zu sein. Bisher war er nur von ihrem Verstand eingenommen gewesen, aber Hannah begriff, dass er zunehmend die Frau in ihr entdeckte. Seine sonst so ernste Miene machte einem Lächeln Platz.
»Du kannst Lucas gern selbst fragen«, bot Christina ihm nun an. Sie richtete sich auf, dabei wischte sie Gras und Blätter vom Kleid. »Begleite mich nach Hause, dort werde ich es einrichten, dass du mit ihm sprechen kannst. Vater beaufsichtigt ihn in diesen Tagen strenger als je zuvor. Er begräbt ihn unter Rechnungen und Lagerlisten.«
»Armer Lucas. Weiß dein Vater denn nicht, was er ihm damit antut? Lucas liebt seine Freiheit und den Himmel über sich.« Hannah mischte sich wieder in das Gespräch der beiden, und ihre Stimme klang traurig. »Aber er ist nicht der Einzige, der unterdrückt wird und sich nach Unabhängigkeit sehnt.«
In der Meinung, dass sie von Daniel sprach, nickte Christina mitfühlend. Hannah zögerte, aber dann entschloss sie sich, den Irrtum zu korrigieren.
»Ich rede von mir. Seit meine Mutter tot ist, lässt mich Vater kaum mehr aus dem Haus. Wir reden fast nur noch hebräisch, und abends liest er mir aus dem Talmud vor. Ich lebe von einem jüdischen Gedenktag zum nächsten. Schabbat, Jom Kippur, Chanukka, Pessach, Laubhüttenfest und Purim bestimmen mein Leben. Ist mal kein Gedenktag, so haben wir Schiwe, die Trauertage. Einer aus der Familie stirbt immer. Die übrige Zeit verbringe ich ausschließlich

damit, die Mägde zu beaufsichtigen und den Haushalt zu führen. Daran wird sich nie etwas ändern, denn mein Vater wird nur die Ehe mit einem Juden billigen, der bereit ist, unter unserem Dach zu wohnen. Für ihn bin ich die einzige Erinnerung an meine Mutter. Mich freizugeben kommt ihm nicht in den Sinn.«
Sie sagte Dinge, die sie bisher nicht auszusprechen gewagt hatte. Ein Gefühl der Vergeblichkeit, des Ausgebranntseins verengte ihr die Kehle. »Mir fehlt die Luft zum Atmen. Ich weiß nicht, wie ich das länger aushalten soll.«
Erstaunt starrten Christina und Daniel Hannah an. Über ihr eigenes Schicksal hatte die Freundin nie ein Wort verloren. Wie schwer sie es hatte, zeigte ihr unerwarteter Ausbruch.
Christina nahm sie in die Arme. »Du bist nicht alleine, Hannah! Wir werden einen Weg für dich finden. Glaube mir, ich werde über alles nachdenken. Im Augenblick allerdings wachsen mir die Probleme über den Kopf. Ich muss jetzt dringend nach Hause. Mein Vater kontrolliert mich in diesen Tagen so wie dich der deine. Er hat genaue Vorstellungen davon, was ich zu tun habe. Leider habe ich aber ganz andere Ziele und Wünsche.«
Hannah fasste sich mühsam. »Seid vorsichtig auf dem Heimweg. Du weißt, was Daniel und mir in der Stadt passiert ist, Christina.«
Eigentlich hätte sie verhindern müssen, dass Christina und Daniel gemeinsame Sache machten, doch als beide jetzt hastig aufbrachen, konnte Hannah ein Lächeln nicht unterdrücken. Sie waren einander so ähnlich in ihrem Wunsch, sich näherzukommen, dass sie einfach alles leugneten, was sie trennte. Sie wünschte, sie könnte es ihnen gleichtun. Es

hatte ihr Erleichterung verschafft, auch einmal über die eigenen Schwierigkeiten zu sprechen. Nur, wie sollte es weitergehen?

Christina entging nicht, dass einige Bürger ihnen verblüfft nachschauten. Ein Jude und die Contarini-Tochter. Daniels Gebetsschal verriet ihn. Die Klatschmäuler würden sich überschlagen.

Wie lange würde es wohl dauern, bis ihre Mutter davon erfuhr?

Daniel nahm die Menschen gar nicht wahr.

»Ich kenne keine junge Frau wie dich«, sagte er unvermittelt.

»Was ist denn Besonderes an mir?«, murmelte sie.

»Es ist die Freiheit des Geistes und der Rede, die mir bei einer Frau bislang nie begegnet ist.«

Christina schwieg. Sie bemühte sich, eine gewisse Enttäuschung zu unterdrücken. Lieber hätte sie im Augenblick gehört, dass sie sein Auge entzückt.

Dumme Gans!, rief sie sich selbst zur Ordnung. Sei froh, dass er nicht so äußerlich ist.

»Mein Großvater hat darauf bestanden, dass ich dieselbe Erziehung und Ausbildung wie meine Brüder erhielt«, entgegnete sie. »Genaugenommen war meine Ausbildung sogar vielfältiger. Weder Lucas noch Matthis fanden Gefallen an der Philosophie oder gar an Fragen der Religion. Ich war daran schon immer interessiert und habe mich deshalb dem auch mehr gewidmet.«

»Dein Großvater ist ein kluger Mann.«

»Er ist leider tot.«

Daniel hörte den Schmerz in ihrer Stimme.

»Er hat dir die unschätzbare Erkenntnis mitgegeben, dass Bildung ein wichtiges Gut ist.«
»Ja, und nicht nur dafür bin ich ihm dankbar. Aber meine Bildung ist im Gegensatz zu deiner ein Nichts«, sagte Christina leidenschaftlich. »Ich habe so unendlich viele Fragen!«
»Stell sie mir. Ich werde versuchen sie zu beantworten.«
»Wohl kaum hier auf der Straße«, lächelte Christina.
Nicht zuletzt wollte sie von ihm wissen, ob seine religiöse Toleranz so weit ging, dass er eine Christin lieben konnte.
Als sie in die Cornelisgasse einbogen, die zu dem Anwesen führte, das mit seinem palastartigen Hauptgebäude, den zahllosen Nebenhäusern, Speichern und Ställen ein riesiges Geviert einnahm, versuchte sie ihr Zuhause mit seinen Augen zu sehen.
Der Brügger Tuchhändler Piet Cornelis hatte vor fast hundertfünfzig Jahren den Grundstock für den Reichtum des Handelshauses gelegt. Christinas Großmutter, seine letzte direkte Nachfahrin, hatte gemeinsam mit ihrem Mann, Domenico Contarini aus Venedig, das Spektrum vom Tuchhandel auf Luxuswaren, vorgefertigte Kleidungsstücke und Geldgeschäfte ausgeweitet. Inzwischen erinnerte nur noch der Straßenname an den alten Cornelis.
Beim ersten Blick auf das Wohnhaus änderte Christina ihren ursprünglichen Plan. Ihre Mutter trat soeben aus dem Portal. Ein Zusammenstoß mit Daniel würde unvermeidlich sein, es sei denn, sie gingen ihr blitzschnell aus dem Weg. Sie zog ihn gewaltsam in das erste Lagerhaus am Torbogen, dessen Doppeltür halb offen stand. Im Laufen bedeutete sie ihm, mit dem Finger auf den Lippen, ihr leise in einen Gang zwischen hohen Regalen zu folgen. Nur weni-

ge Augenblicke später kam ein pfeifender Schreiber aus der Tiefe des Nebengangs, ohne sie zu entdecken. Er verließ den Speicher und verschloss die Tür hinter sich.
Das Geräusch des schließenden Riegels entlockte Christina einen erstickten Laut. Eingesperrt. Und nun?
»Ich wollte nur, dass du hier wartest, bis ich Lucas gefunden habe«, stieß sie erschrocken hervor.
Obwohl völlige Dunkelheit sie umgab, spürte sie, dass Daniel eher verblüfft als bestürzt reagierte. Kannte er keine Angst? Er stand so eng neben ihr, dass sie an ihren Fingerspitzen die Fransen seines Gebetsschals fühlte. Jetzt waren sie wirklich alleine. Seine unmittelbare Nähe bedrängte sie, wie sie sie betörte.
»Was lagert dein Vater hier?«, erkundigte sich Daniel ruhig. »Besteht die Möglichkeit, dass in nicht allzu langer Zeit wieder jemand erscheint und uns befreit?«
Christina war so aufgeregt, dass sie keinen klaren Gedanken fassen konnte. Sie kämpfte mit aller Macht gegen ihre aufsteigende Panik an. Sie ertrug keine absolute Dunkelheit. Wenn sie die Hand vor Augen nicht mehr erkennen konnte, bekam sie Atemnot und Todesangst.
Matthis hatte sie vor vielen Jahren beim Spielen in eine Truhe gesperrt. Bis man sie gesucht und gefunden hatte, war sie halb verrückt geworden. Seit dieser Zeit setzten ihr Enge und Dunkelheit so sehr zu, dass sie jedes Mal außer sich geriet, wenn sie damit konfrontiert wurde.
Daniel spürte ihre Angst.
»Was ist mit dir? Du zitterst.«
Schutz suchend ergriff sie seinen ärmellosen Mantel, den er über dem Wams trug. Sie konnte nicht ahnen, wie sehr sie Daniel mit dieser freimütigen Annäherung verwirrte.

Bislang hatte er sich für Frauen nicht sonderlich interessiert. Auch Hannah weckte nur die Gefühle eines Bruders in ihm. Begehren empfand er nicht nach ihr. Unter Christinas Berührung jedoch sprang ihn das Verlangen mit der Wucht eines Löwen an. Jede Spur von Vernunft verwischte. Es loderte wie das Feuer an einem kalten Wintertag.
Das Blut rauschte durch seine Adern. Blind ertastete er mit beiden Händen ihr Gesicht, dann den Hals und die Schultern, bis er schließlich ihre Brüste erreichte. Die Zeit schien stillzustehen. Seine Finger ruhten auf den weichen Rundungen, fühlten, gerieten in Bewegung, streichelten. Erst vorsichtig, dann immer fordernder. Seine Männlichkeit entwickelte ein nie gekanntes Eigenleben. Stark. Hungrig.
Christina spürte, wie er sich an ihre Schenkel presste. Ihr Körper begann zu glühen. Es überkam sie ein übermächtiges Verlangen, ihm noch näher zu sein. Angst und Vernunft waren außer Kraft gesetzt.

»Meine schöne Geliebte.« Daniels Stimme drang an ihr Ohr.

Sie vergaß die Panikattacke, den Ort, an dem sie sich befand, ihre missliche Lage, ihre Fragen, die Bedrängnis, der sie ausgesetzt war. Sie wollte die Liebe Daniels, wollte sie als Geschenk, als die Verwirklichung ihres Traums, als die Erfüllung ihres Wunsches nach der wirklichen Liebe. Es musste Liebe sein, was sie beide übermannte.

Seine Hände glitten nach unten, wo sich ihre Beine trafen. Beim Versuch, ihr noch näher zu kommen, stieß er einen Ballen vom Regal. Der Sturz ließ die Leinenumhüllung aufplatzen, und mit leisem Flüstern rutschte das Tuch auf den Boden.

Am Rande ihrer Wahrnehmung vermutete Christina, dass

es sich um die Winterumhänge handeln musste, die vor wenigen Tagen von der Manufaktur in der Nähe von Male geliefert worden waren.
Daniel zog sie auf das provisorische Lager, das das fallende Tuch gebildet hatte. Wie im Fieber suchte er die Berührung ihrer Haut unter all dem Stoff. Sie wusste, dass sie ihm Einhalt gebieten sollte, aber sie tat es nicht. Sie wollte mit einem Mann zusammen sein, den sie wirklich begehrte. Es war ihr Leben. Sie wollte die Liebe kennenlernen. Niemand durfte ihr das verweigern.
Behutsam löste er die Bänder ihres Kleides.
»Gebiete mir Einhalt. Ich verliere den Verstand«, hörte sie ihn raunen.
»Verlier ihn!«, flüsterte Christina und ließ zu, dass er ihre Röcke hochschlug.
Der leidenschaftliche Wortwechsel riss sie freilich so weit aus ihrem Traumzustand, dass ihre Befürchtungen kurzzeitig die Überhand gewannen. Er ist Jude, und er wird dich verlassen, sagte ihr eine warnende Stimme. Er will nach Venedig, nach Bologna oder Salerno. Er will studieren. Die Liebe ist ihm nicht so wichtig.
Egal, meine Liebe reicht für uns beide. Ich werde mit ihm gehen, erwiderte es trotzig in ihr.
Brügge verlassen?
Daniel setzte ihren Zweifeln ein schnelles Ende. Liebkosend strich er über ihre bloßen Oberschenkel nach oben und erreichte ihre Mitte. Ihr Herz überschlug sich. Sie öffnete die Beine und gab sich ihm hin. Sie spürte sein Glied in sich eindringen. Der kurze Schmerz ließ sie erstarren, ehe er von einem Gefühl der Schwerelosigkeit und nie erlebter Beglückung abgelöst wurde. Von der Gewissheit

völliger Übereinstimmung und Sicherheit. Sie liebte Daniel. Wie sollte sie es ihm besser beweisen als durch ihre Hingabe? Sie vernahm seinen harten Atem, spürte, dass er sich zurückhielt. Seine Worte gingen im Rauschen ihres Blutes unter.

Sie hatte eine vage Vorstellung von dem, was zwischen ihnen geschah. Ein neugieriges Kind sieht in einem Hausstand mit vielen Menschen stets mehr, als die Erwachsenen ahnen. Der Aufruhr der hitzigsten Emotionen, der sie durchlief, als Daniel seinen Samen in sie ergoss, erfasste sie dennoch unerwartet. Seine Heftigkeit erschreckte sie und tat ihr weh. Als er ächzend über ihr zusammenbrach, bekam sie kaum noch Luft in all ihrer Verwirrung.

»Habe ich etwas falsch gemacht?«

Die atemlose Frage erhielt keine Antwort.

»Daniel?«

Sein Lachen war lautlos, aber es bebte durch die innige Verbindung in ihrem Körper nach.

»Du hast mir den Himmel geschenkt«, seufzte er. »Was sollte daran falsch sein?«

Erst jetzt konnte sich auch Christina entspannen. Der Schmerz verblasste zur vagen Erinnerung, und berauschendes Glück erfüllte sie bis in die letzte Pore. Daniel in den Armen zu halten schenkte ihr Sicherheit und Stärke. Er ist mein! Niemand kann ihn mir nehmen!

Es widerstrebte ihr, den Triumph gegen die Wirklichkeit zu tauschen. Dass sie jeden Augenblick in einer höchst anstößigen Situation überrascht werden konnten, drang nur zögernd in ihr Bewusstsein.

»Wir müssen uns ankleiden«, unterbrach sie schließlich bedauernd die Liebesworte, die er ihr ins Ohr raunte. »Ich

weiß nicht, wie viel Zeit vergangen ist, aber ehe die Feierabendglocke läutet, werden die Speicher kontrolliert. Man darf uns nicht zusammen finden.«
Sie spürte sein Beben und wünschte sich brennend, ihn zu sehen. Im Dunkeln fanden sich ihre Lippen zu einem innigen ersten Kuss. War es dies, was auch Lucas und Michelle verband? Das Gefühl, nicht mehr allein, eine Einheit zu sein?
»Dir ist klar, dass sie alle gegen uns sein werden?«, fragte Daniel nach einem gepressten Atemzug.
»Mir ist klar, dass ich dich liebe. Es wird einen Weg für uns geben«, antwortete Christina bezwingend. Sie umklammerte ihn mit aller Leidenschaft. »Gott hat uns diese Liebe geschenkt, also muss sie gut und richtig sein. Wir müssen in der Welt, wie sie ist, einen Platz für uns finden.«
Es fiel ihr nicht auf, dass Daniel, der sonst immer zu allem eine Meinung vertrat, ausgerechnet jetzt schwieg.

6. Kapitel

Brügge, 5. September 1419

Die Friedenspläne des Herzogs von Burgund beherrschten wie schon so oft das Gespräch im engsten Familienkreis der Contarinis, als man an diesem Tag die Abendmahlzeit einnahm. Niemand traute dem Gerücht, dass der verheerende Bürgerkrieg, der das Königreich Frankreich in die verfeindeten Parteien der Anhänger des Hauses Burgund und jene der königstreuen Armagnacs teilte, vor dem Ende stand.

»Herzog Johann Ohnefurcht kann es sich nicht länger leisten, die Friedensverhandlungen zu blockieren«, argumentierte Simon Contarini dennoch für den Friedensschluss. »Wenn Frankreich nicht in die Hände Englands fallen soll, wird er sich mit dem Thronfolger einigen müssen. Egal, ob er Karl für einen Schwächling oder einen Bastard hält, offiziell ist Karl der Erbe der Krone. Sobald sein geistig umnachteter Vater stirbt, wird er regieren.«

»Du vergisst, dass Johann Ohnefurcht den englischen König bereits als rechtmäßigen König von Frankreich anerkannt hat. Geht es nach unserem Herzog, wird Heinrich V. von England die Krone Frankreichs tragen«, warf die Großmutter ein, die sich an diesem Abend so gut fühlte, dass sie die Gesellschaft ihrer Kinder und Enkel suchte. Die alte Dame, obwohl hinfällig und krank, beherrschte dennoch die Tafel. An der Seite ihres einzigen Sohnes aß sie kaum mehr als ein Vögelchen, aber ihr Verstand arbeitete nach wie vor messerscharf.

»Da sei Gott vor«, fuhr Matthis entrüstet auf. »In diesem Fall ist es nur eine Frage der Zeit, bis die Engländer von Calais aus auch begehrliche Blicke nach Flandern werfen. Ohnefurcht treibt ein gefährliches Spiel mit unserer Sicherheit. Glaubt Ihr wirklich, dass er noch einmal die Seiten wechselt, Vater?«

»Ich schließe es nicht aus, mein Sohn.«

Christina hörte zu, aber sie beteiligte sich nicht an dem Gespräch. Sie hatte sich vorgenommen, ihre Liebe zu Daniel zu offenbaren, und war deshalb angespannt. Lucas sah ab und zu fragend in ihre Richtung, aber sie hielt hartnäckig den Blick gesenkt. So kannte er seine Schwester gar nicht. Sie war anders als sonst. Über die Malerei hatte er gelernt, jede noch so kleine Veränderung in einem Gesicht zu erkennen. Sie war gedanklich völlig abwesend.

Was ging in ihr vor?

Als Matthis wieder zu einer seiner Erklärungen ansetzte, merkte Lucas, dass er den Faden verloren hatte. Man sprach inzwischen über andere Dinge. Die Politik hatte den Alltagsproblemen Platz gemacht.

»Wir sollten unsere Speicherhäuser noch öfter als bisher kontrollieren«, verkündete sein Bruder. »Es hat den Anschein, als würde dort im Schutz der Dunkelheit allerhand Unzucht getrieben. Heute wurde ein Ballen mit nagelneuen Mänteln aufgerissen und sein Inhalt auf dem Boden verstreut.«

Ihr Vater gab einen unwilligen Laut von sich. »Wir werden nie verhindern können, dass der eine oder andere Fuhrknecht einer Hausmagd schöne Augen macht, Matthis. Dazu müsste man diesen Frauen den Leichtsinn gewaltsam austreiben können.«

»Wenn es denn nur eine Hausmagd gewesen wäre, die sich dort herumgetrieben hat«, antwortete Matthis mit höchst seltsamer Betonung. »Ich habe die eigene Schwester aus der Tür kommen sehen. Ihre Kleidung voller Staub und das Haar nachlässig unter die Haube gestopft.«

Matthis' Worte verfehlten ihre Wirkung nicht, plötzlich herrschte eisiges Schweigen im Raum. Die Großmutter suchte den Blick Christinas und ließ den Löffel sinken. Etwas war geschehen mit ihrer Enkelin.

»Ich warte.« Die wenigen Silben des Vaters durchschnitten die Stille. »Was hast du dazu zu sagen, Tochter?«

»Du hattest mir befohlen, mich für einen Freier zu entscheiden, Vater. Genau das habe ich getan.«

»Das kann nicht sein.« Matthis beugte sich vor. Er wollte Christina in die Enge treiben. »Ich war mit Hendrik in der Tuchhalle. Wir hatten uns eben erst getrennt, als ich den Speicher betrat. Wann willst du mit ihm gesprochen haben? Er hätte mir etwas davon gesagt.«

Christina gestattete sich ein Lächeln voller Verachtung. Sie lag mit Matthis im Streit, seit sie sprechen konnte. In ihren Augen war er langweilig, engstirnig und von Ehrgeiz zerfressen. Immer bemüht, dem Vater nach dem Mund zu reden und seine Geschwister anzuschwärzen.

»Es ist auch nicht Hendrik van der Molen, den ich zum Mann nehmen werde, Matthis. Es ist Daniel Katz.«

»Der Jude?«

Im Gegensatz zu Matthis wusste Lucas, um wen es sich handelte. Die Frage rutschte ihm heraus, ehe er die Folgen bedachte. Es tat ihm sofort leid, aber was Christina da ihrer Familie abverlangte, war auch unmöglich.

Simon Contarini erblasste bis unter die buschigen grauschwarzen Brauen. Er schwieg. Keiner am Tisch gab einen Laut von sich. Als er Christina endlich ansah, war sein Blick kalt und streng.

»Deine Mutter hat also recht behalten«, sagte er eisig. »Es ist von Übel, einem Mädchen zu viel Freiheit zu lassen und es mit überflüssiger Bildung auf falsche Wege zu leiten. Ein Jude! Du hast dich tatsächlich mit einem Juden eingelassen.« Contarini atmete tief, um seine flammende Wut im Zaum zu halten. »Du weißt, dass wir nie judenfeindlich waren. Dein Großvater war sogar mit einem Juden befreundet, was nicht selbstverständlich ist. Wir haben dich mit einem jüdischen Mädchen zusammen erzogen und dadurch nicht nur Freunde gewonnen. Aber du bist entschieden zu weit gegangen, falls du dich mit diesem Mann eingelassen hast. Und es ist unverzeihlich, weil du alle gesellschaftlichen Probleme und Unterschiede kennst, über die du dich damit hinwegsetzt. Wenn du eine Verbindung mit einem Juden eingehst, wirst nicht nur du geächtet, sondern auch der junge Mann. Die Juden dulden eine Ehe mit Christen so wenig wie die Christen eine mit Juden.«

Christina hörte die Worte, aber im Stillen wiederholte sie beschwörend die eigenen Vorsätze. Ich darf und will mich nicht unterwerfen. Es ist mein Leben. Ich liebe Daniel. Wir gehören zusammen.

»Es ist nicht überall so«, widersprach sie unnachgiebig. »In der Heimat unseres Großvaters, in Venedig, könnten wir leben, ohne Anstoß zu erregen. Großvaters Familie ...«

»Schweig!«

Der Befehl kam schneidend.

»Übereile nichts, mein Sohn«, riet ihre Großmutter diplomatisch. »Ich denke wir kennen nicht die ganze Geschichte, und …«

»Ich will sie nicht kennen.«

Keiner konnte sich daran erinnern, dass ihr Vater der eigenen Mutter je so rüde ins Wort gefallen war. Ehe sie jedoch sein Verhalten tadeln konnte, erwachte Christinas Mutter aus ihrem Schock.

»Bei allen Heiligen des Himmels, wie konntest du dich nur so vergessen, Christina. Deine Familie lebt hier in Brügge und nicht in Venedig. Wir sind es, denen du Achtung und Gehorsam schuldest.«

»Ich liebe Daniel«, antwortete Christina, obwohl sie wusste, dass sie sich damit noch tiefer ins Unglück redete. Es gab eine Reihe von Entscheidungen, die ihr Vater einer Frau nicht zubilligte, selbständig zu treffen. Seine Antwort bewies es ihr.

»Hinaus mit dir.« Er deutete mit ausgestrecktem Arm auf die Tür. »Geh in deine Kammer.«

»Und was soll ich dort tun?«

Lucas bewunderte die Haltung, mit der seine Schwester sich erhob. Nie hatte er auch nur die Spur einer Ähnlichkeit zwischen ihr und dem verstorbenen Großvater entdeckt; jetzt fiel es ihm wie Schuppen von den Augen. Ob Domenico Contarini sie so geliebt hatte, weil er diese Wesensverwandtschaft bereits in dem kleinen Mädchen erkannt hatte?

»Das erfährst du, wenn ich es für angebracht halte«, erwiderte ihr Vater gebieterisch. »Bis dahin bleibst du dort.

Man wird dich mit Fastenmahlzeiten versorgen, und du solltest die Zeit nutzen, um zu beten.«

Ihre Selbstachtung ließ es nicht zu, wie eine verurteilte Sünderin davonzuschleichen. Sie ging zu ihrer Großmutter und entbot ihr eine stumme Reverenz. Lucas schämte sich insgeheim bereits, dass die alte Dame die Einzige gewesen war, die es gewagt hatte, für Christina zu sprechen.

»Ich will ebenfalls für dich beten, Kind«, hörte er sie leise sagen. »Die heilige Anna steh dir bei.«

Sie hielt ihr die Wange zum Kuss hin. Die Geste entlockte Matthis einen unterdrückten Laut. Lucas wusste, dass der Bruder Christina jede Liebesbezeugung der alten Dame neidete. Diese heimliche Eifersucht war der tiefere Grund für all die Reibereien zwischen den beiden. Matthis legte Wert auf seine Sonderstellung als ältester Sohn und Erbe. Er wollte sie auf jede Weise bestätigt wissen.

Christina maß ihn mit einem herablassenden Blick, als sie an ihm vorbeiging. Hoch aufgerichtet verließ sie den Raum, ohne jeden Gruß. Lucas wünschte sich, er hätte die Kraft, seinem Vater ebensolchen Widerstand zu leisten.

»Diese ganze Angelegenheit ist nie passiert!« Ein Faustschlag, der die Becher und Krüge auf dem Tisch zum Klirren brachte, unterstrich den Befehl Simon Contarinis. »Keine Silbe. Kein Tratsch. Keine spöttische Andeutung. Haben wir uns verstanden?«

Sein Blick glitt über die Köpfe hinweg, ehe er sich erhob. »Maria, wenn meine Mutter dich nicht mehr benötigt, wünsche ich dich in meinem Arbeitskabinett zu sprechen. Und was euch betrifft ...« Lucas zuckte ebenso zusammen wie Matthis. »Kümmert euch beide um eure eigenen Angelegenheiten. Sie bedürfen eurer ganzen Kraft.«

Obwohl sich Christina den Unwillen ihrer Familie schon öfter zugezogen hatte, so konsequent wie dieses Mal hatte man sie noch nie in Acht und Bann getan. Sogar die Hausmagd, die ihr in den nächsten Tagen das Waschwasser und die kargen Mahlzeiten brachte, sprach kein Wort mit ihr. Sie mied eingeschüchtert ihren Blick, und so konnte sie weder in Erfahrung bringen, wie die Stimmung im Haus war, noch was ihr Vater plante.
Nicht einmal mit Lucas hatte sie Verbindung aufnehmen können. Ganz zu schweigen davon, dass sie ein Gespräch zwischen ihm und Daniel hätte vermitteln können. Vor allem konnte sie Daniel keine Nachricht zukommen lassen. Der hastige Abschied im Lager hatte keine Zeit gelassen, eine Verabredung zu treffen. Sobald sich die Tür geöffnet hatte, weil zwei Fuhrknechte unter dem Befehl eines Kontoristen Tuchballen anschleppten, war es ihr nur darum zu tun gewesen, Daniel ohne Aufsehen nach draußen zu schmuggeln. Matthis musste sie bei dieser Gelegenheit wohl gesehen haben. Was dachte Daniel von ihr? Ihr langes Schweigen musste ihn besorgt machen.
Bis ihr Vater der Unsicherheit ein Ende machte, war die Woche fast vergangen und Christina am Ende ihrer Nervenkraft. Sie hatte alle Mühe, dem Vater mit einem Rest von Würde zu begegnen, als er endlich nach Tagen ihre Kammer betrat.
Contarini maß seine Tochter mit prüfendem Blick. Ihre Züge waren von Schlaflosigkeit gezeichnet, aber ihre Schultern in vertrautem Eigensinn gestrafft. Sie würde es sich und ihm nicht leicht machen. Er hatte kaum anderes von ihr erwartet. Seine Tochter glich keiner Frau, die er kannte. Weder fand er die demütige Sanftheit ihrer Mutter in ihr noch

die Schönheit seiner eigenen Mutter. Christina war vom ersten Tag an spröde, abweisend und eigensinnig gewesen, fast männlich in ihrer Art. Aber sie war keiner seiner Söhne, so musste er dieses unliebsame Gespräch mit ihr führen.

»Da du deine Frauenehre so leichtsinnig verspielt hast, kannst du von Glück sagen, dass wir dennoch einen Bräutigam für dich gefunden haben. Hendrik van der Molen ist dir so zugetan, dass er über deinen Fehltritt hinwegsehen will. Bis zur Hochzeit stehst du unter der strengen Obhut deiner Mutter. Du wirst das Haus nur in ihrer Begleitung zum Kirchgang verlassen. Du wirst keine Besuche machen und keine Besuche empfangen. Ich erwarte, dass du dich fügst, dass du deinem künftigen Mann den Respekt und die Zuneigung entgegenbringst, die sein hochherziges Verhalten verdient.«

Die Befehle bewirkten endgültige Rebellion bei Christina. Van der Molen heirate ich nie und nimmer!

»Das kannst du mir nicht antun, Vater.«

»Du hast dir selbst viel Schlimmeres angetan, Tochter.«

Sie fand keinen Funken Zuneigung in seinen Augen. Nur männliche Autorität. Das unangefochtene Bewusstsein, immer und überall das Rechte zu tun.

»Was verlangt Hendrik dafür, dass er sich mit beschädigter Ware zufriedengibt?«, lehnte sie sich auf.

»Die Einzelheiten des Ehevertrags sind festgelegt und brauchen dich nicht zu bekümmern. Sei ihm eine gute Gefährtin. Ich weiß, du hast die Anlagen dazu. Du musst allerdings deinen unbezähmbaren Drang überwinden, Dinge zu tun, die einer Frau nicht zustehen. Du hast schwer gefehlt, und ich erwarte, dass du bereust. Gib mir dein Wort darauf.«

So sollen die Augenblicke in Daniels Armen alles bleiben, was ich je von der Liebe erfahre, schoss es Christina durch den Kopf. Sie presste die Hände dermaßen fest zusammen, dass ihr der Rücken schmerzte. Soll ich bis an das Ende meiner Tage von den Männern meiner Familie unterjocht sein, nie eigene Entscheidungen treffen dürfen? Wer erlaubt ihnen, über mein Leben zu bestimmen?

»Auch wenn ich schwer gefehlt habe, Vater, eine lebenslange Bestrafung habe ich dafür nicht verdient«, platzte sie voller Ungestüm heraus. »Ich wünschte, Großvater wäre noch am Leben. Er würde für mich sprechen. Es war sein Wunsch, mich Christina zu nennen, im Angedenken an die kluge Christine von Pisan. In ihren Schriften führt sie den Beweis, dass die Minderwertigkeit des weiblichen Geschlechts eine Erfindung der Männer ist, um die Frauen besser unterjochen zu können. Ich schwöre dir, lieber sorge ich mit meiner Hände Arbeit selbst für mich, als mich bis zu meinem Tode den Launen und Gelüsten Hendriks van der Molen ausliefern zu lassen.«

Das war Anklage und Gehorsamsverweigerung. Contarinis Züge verhärteten sich zusehends. Christina wusste, dass sie verloren hatte, noch ehe er den Mund öffnete.

»Deine Halsstarrigkeit übersteigt jedes Maß, Christina. Du bist kein Kind mehr, das sich hinter der gütigen Liebe seines Großvaters verstecken kann. Du wirst die Folgen deiner Taten tragen müssen. Du enttäuschst mich tief.«

Und du mich, wollte sie sagen, aber sie schwieg.

Dass ein Vater, der seine Kinder liebte, dermaßen ihren Willen brach und ihre Träume zerstörte, war für sie unbegreiflich. Er empfand keine Liebe für sie, nur deswegen konnte er ihre Gedanken und Gefühle so unerbittlich mit

Füßen treten. Sie war ein Handelsposten. Gegenstand eines Kontrakts. Eine Tochter, die er für die Wahl zum Vorsitzenden des Schöffenrats verkaufte.
Sosehr sie sich auch bemühte, ihre Verzweiflung nicht zu erkennen zu geben, ihre Augen konnten sie nicht verbergen. Contarini stieß einen gereizten Laut aus und umfasste ihre Schultern. Obwohl sie sich gegen seine Nähe sträubte, nötigte er sie, ihn anzusehen.
»Wenn du einmal eigene Kinder hast, wirst du mich verstehen. Es ist zu deinem Besten, dass ich diese Entscheidung für dich getroffen habe. Du wirst mir noch einmal dankbar sein. Ich kann nicht zulassen, dass du dein Leben aus kindischer Selbstsucht zerstörst.«
Christina spürte nur den Zwang und nicht das Flehen um Verständnis. Sie lehnte sich dagegen auf, bot dem Blick ihres Vaters flammenden Trotz. Warum konnte er nicht sein wie ihr Großvater? Sie weinte nicht, aber in ihren Augen stand neben allem Elend so viel Auflehnung, dass Simon Contarini ohne jedes weitere Wort ging und seine Tochter sich selbst überließ. Er misstraute der eigenen Beherrschung.
Dankbar sollte sie ihm sein? Wofür?
Dafür, dass er sie Hendrik van der Molen zum Fraße vorwarf? Einem Mann, der Lucas mit einem Mord erpresste und Matthis' Freundschaft kalt lächelnd missbrauchte?
Inzwischen hielt sie es sogar für möglich, dass er selbst den Mord an van der Buerse begangen hatte. Wie seine Rache an einer Frau aussehen würde, die ihn abgewiesen und beleidigt hatte, wollte sie lieber nicht wissen.
Christina ballte die Fäuste und traf ihre Entscheidung.

Wie eine Antwort auf dieses Aufbegehren stieß völlig unerwartet ein scharfer Schmerz durch ihren Unterleib. Sie krümmte sich und rang nach Luft. Was geschah mit ihr?

7. Kapitel

Brügge, 9. September 1419

Die Kirche des heiligen Jakob, in der gleichnamigen Straße, war ein bescheidenes Gotteshaus mit dem Grundriss eines Kreuzes. Seit jedoch immer mehr wohlhabende Kaufleute und Patrizier im Viertel von Sankt Jakob wohnten, zeigte sich der Reichtum des Pfarrsprengels auch in der Ausstattung des Kirchenschiffes. Neues Beispiel dafür war ein prachtvoller dreiflügliger Altar, der Szenen der Kreuzabnahme Christi zeigte. Robert Campin, der Maler, der dieses Meisterwerk geschaffen hatte, war selbst nach Brügge gekommen, um das Triptychon aufzustellen.

Lucas war Campin in der Werkstatt von Paulus Laurinus begegnet, wo er sich hinter dem Rücken seines Vaters die grundlegenden Techniken des Bildermacher-Handwerks aneignete, wann immer es seine Zeit zuließ. Damit war es nun auch zu Ende. Zu mehr als einem Besuch in Sankt Jakob, mit Robert Campin, der dort von seinem Werk Abschied nehmen wollte, reichte die Zeit nicht, die ihm sein Vater an diesem Morgen freigegeben hatte.

»Ihr wisst nicht, wie gerne ich Euch nach Tournai folgen würde, Meister Campin«, sagte er sehnsüchtig, ohne die Augen von den Bildtafeln zu nehmen.

»Redet nicht nur davon, Lucas, tut es!«, forderte Campin. »Ich habe Euch schon einmal gesagt, dass Ihr bei Laurinus nichts mehr lernen könnt. Der Alte ist ein braver Handwerker, aber kein Künstler. Ihr überflügelt ihn schon jetzt. Was es über die Farbherstellung und die Maluntergründe zu lernen gibt, wisst Ihr doch längst. Ihr seid ein Gewinn für meine Werkstatt in Tournai und herzlich willkommen in meinem Haus.«

Die Begeisterung des Malers schmeichelte Lucas, aber er sah keine Möglichkeit, der herzlichen Einladung zu folgen. »Mein Vater will, dass ich Kaufmann werde, wie er und alle anderen Contarini und Cornelis vor ihm. Er hat mir verboten zu malen. Er wird mir auch verbieten, in Eure Werkstatt einzutreten.«

»Seid Ihr sicher, dass da das letzte Wort schon gesprochen ist?« Campin klopfte Lucas aufmunternd auf den Rücken. »Vielleicht bedarf es nur der richtigen Fürsprache, damit Euer Vater zustimmt. Was haltet Ihr davon, wenn ich ihn aufsuche und ein gutes Wort für Euch einlege? Wenn er aus meinem Mund erfährt, welche Fähigkeiten in seinem Sohn schlummern, wird er einsehen, dass sie ausgebildet und vervollkommnet werden müssen.«

Lucas schwankte zwischen Hoffnung und Mutlosigkeit. »Ihr kennt meinen Vater nicht, Meister Campin.«

»Was ich von ihm gehört habe, ist nur das Beste«, widersprach der Maler. »Ein ehrenwerter Mann, ein erfolgreicher Handelsherr und angesehener Bürger dieser Stadt. Wenn er ein Vorurteil gegenüber unserem Berufsstand hegt, so bin ich der Richtige, es ihm zu nehmen. Immerhin habe ich, in aller Bescheidenheit, einen Ruf, der bis an den Hof des Herzogs reicht.«

Obwohl der Maler in allem, was er sagte, recht hatte, beschlich Lucas das Gefühl, einen Fehler zu machen, sobald sie unter den Torbogen des Hauses Contarini traten. Ohnehin herrschte eine bedrückte Stimmung, seit Christina sich dem Vater widersetzt hatte und in ihre Kammer verbannt worden war. Ihre rätselhafte Krankheit trug nicht dazu bei, dass sie sich besserte.

Das Gesinde huschte eingeschüchtert umher. Die Mutter hatte verweinte Augen, und sogar Matthis sorgte sich erstaunlicherweise um die Gesundheit Christinas. Seine Großmutter sprach seit Tagen kein Wort.

Sein Vater beaufsichtigte gerade die Anbringung eines neuen Schlosses am Tuchlager. Er trat ihnen in den Weg, noch ehe sie den Hof überquert hatten.

»Was kann ich für Euch tun, Seigneur?«, wandte er sich höflich an Campin.

Lucas bemerkte sehr wohl, dass er mit einem scharfen Blick das freundschaftliche Einvernehmen erfasst hatte, das zwischen ihm und dem Maler herrschte.

»Das ist Robert Campin aus Tournai, Vater«, stellte er seinen Begleiter vor. »Er …«

»Der Maler?«

Es klang wie eine Beleidigung. Lucas wollte Einspruch erheben. Campin hielt ihn mit einer Geste davon ab.

»Ganz recht, Herr Contarini. Campin, der Maler. Auch Campin, der Siegelbewahrer von Tournai, der Stadtrat. Man versagt mir in meiner Heimat nicht die Anerkennung für meine Arbeit.«

»Und was führt Euch zu mir, Meister Campin?«

»Es geht um Euren Sohn. Um seine ungewöhnlichen Fähigkeiten …«

»Um seine Fähigkeiten«, wiederholte Contarini und warf Lucas einen zornigen Blick zu. »Seine herausragende Fähigkeit ist sein Ungehorsam, Meister Campin. Entschuldigt sein Betragen. Vertut nicht Eure sicher kostbare Zeit damit, Euch mit seinen Belangen zu befassen. Es ist nicht in meinem Sinne, dass er Euch behelligt.«

Die kaum verbrämte Abfuhr erstaunte und erzürnte den Maler. Ohnehin von stürmischem Temperament, fiel es ihm schwer, seine Empörung zu zügeln. »Ihr tut Lucas Unrecht, Herr Contarini! Ihr solltet stolz auf Euren Sohn sein. Wenn er in meiner Werkstatt ...«

»Die wird er nie betreten, dessen könnt Ihr gewiss sein, Meister Campin. Verzeiht, dass ich nicht die Muße habe, Euch ins Haus zu bitten. Dies ist ein Handelskontor. Ich muss mich um meine laufenden Geschäfte kümmern. Lebt wohl. Komm, Lucas.«

Er gab dem verblüfften Campin nicht einmal Gelegenheit, den knappen Gruß zu erwidern. Seinen stummen Sohn vor sich herschiebend, schritt er zum Haus.

Lucas bebte vor Zorn. Auch wenn er in den vergangenen Tagen Schlimmeres erlebt hatte als diese demütigende Szene, so machte sie ihn doch sprachlos.

Bis es ihm gelang, Robert Campin am nächsten Tag noch einmal in aller Eile bei Petrus Laurinus in dessen Werkstatt zu sprechen, hatte er sich noch immer nicht gefasst.

»Ihr habt ihn erlebt«, rief er völlig außer sich. »Er wird es zu verhindern wissen, dass ich jemals wieder einen Pinsel in die Hand nehme. Geht es nach ihm, werde ich mein Leben als sein Laufbursche verbringen, bis ich am Ende nach der Pfeife meines älteren Bruders tanzen muss.«

»Beruhigt Euch, mein Freund.« Campin führte ihn in die Werkstatt des alten Laurinus. Es war bereits Feierabend. Nur eine Talglampe flackerte am Fenster und verbreitete etwas Licht. »Ihr habt es nicht leicht, dem muss ich beipflichten. Aber es gibt immer einen Ausweg.«

»Welchen?«

Lucas klang so brummig, dass der andere in Gelächter ausbrach. »Ihr müsst Flandern verlassen. Euer Vater wird Euch sowohl in Brügge als auch in jeder anderen Stadt des Landes Steine in den Weg legen. Ihr müsst sogar damit rechnen, dass seine Verbindungen bis in das Königreich Frankreich reichen. So bleiben Euch nur zwei Ziele: Florenz oder Venedig.«

Lucas suchte vergeblich nach Worten.

Campin nickte, als habe er das erwartet und sprach weiter. »In beiden Städten gibt es hervorragende Künstler, die anerkannte Schulen und Werkstätten leiten. Man legt dort den nötigen Wert auf die plastische Ausgestaltung der Figuren und auf die naturnahe Tiefe der Räume, die ein Bild erst unverwechselbar machen. Das Licht und die Farben im Süden sind zudem für jeden Maler beflügelnd. Ach, ehrlich gesagt, am liebsten käme ich mit Euch, Lucas. Aaah, Florenz, wenn ich nur daran denke, die berühmte Kuppel des Doms mit eigenen Augen schauen zu dürfen …«

Wie aus einem Traum erwachend, murmelte Lucas abwesend: »Venedig. Wenn, dann würde ich Venedig vorziehen. Die Familie meines Großvaters lebt dort, und wir haben als Kinder die Sprache Venedigs von ihm gelernt.«

»Gut, dann also Venedig. Eine Stadt ist so gut wie die andere«, behauptete Campin. »In beiden leben genügend wohlhabende Familien, die einem begabten Künstler Aufträge zukommen lassen. Ihre Protektion braucht ein Künstler, damit der Ruhm seines Namens über die Grenzen hinaus bekannt wird. Wann wollt Ihr reisen?«

»Wie soll das gehen?«
Campin sah sich um, als müsse er sich vergewissern, dass außer Lucas niemand ihn hörte. Er senkte die Stimme. »Wenn es Euch wirklich ernst ist damit, der Kunst zu dienen und nicht dem Mammon, Lucas, dann müsst Ihr Euch von dem mächtigen Schatten des Vaters befreien. Reist ohne seine Zustimmung! Wenn Ihr erst ein Künstler seid, der Anerkennung gefunden hat, und das werdet Ihr erreichen, dann könnt Ihr Eurem Vater großzügig die Hand zur Versöhnung reichen.«
»Vorerst bin ich nicht einmal ein Schüler«, wandte Lucas selbstkritisch ein.
»Nichts leichter als das. Ich stehe in Korrespondenz mit Jacobello del Fiore, der in Venedig eine Werkstatt leitet. Bei ihm entstehen sowohl fromme Tafelbilder wie auch Wandgemälde und schmückende Bilder für die venezianischen Paläste. Er wird Euch in seine Schule aufnehmen, wenn Ihr ihm meinen Brief zeigt. Wartet einen Augenblick. Am Arbeitsplatz des Buchmalers gibt es Tinte und Papier, ich werde dieses Schreiben sogleich ausfertigen.«
Die leidenschaftliche Überzeugungskraft Robert Campins bewegte Lucas. Den kostbaren Brief unter dem Wams verborgen, ging er wie in Trance nach Hause, nachdem er sich von Campin verabschiedet hatte.
War er fähig, alles hinter sich zu lassen?

Das Kontor der Contarini mit ungeduldigen Schritten durchmessend, sprach Hendrik van der Molen mit erhobener Stimme. Es ging um die bevorstehende Vermählung mit Christina. Dass sie ihn nicht begrüßte, weil sie krank

zu Bett lag, erfüllte ihn mit Ungeduld, und nicht mit Besorgnis.
»Beruhigt Euch, die Hochzeit findet wie geplant statt«, versicherte Contarini gerade zum wiederholten Mal, als Lucas eintrat.
»Christinas Hochzeit?«, unterbrach er das Gespräch und vergaß vor Verblüffung das eigene Anliegen. »Du kannst das unmöglich über Christinas Kopf hinweg entscheiden.«
»Deine Schwester weiß, was sich für eine Contarini gehört.« In der väterlichen Antwort schwang deutlich eine Zurechtweisung mit. Lucas missachtete sie.
»Ich bin sicher, sie hat dir gesagt, dass sie Hendrik weniger denn je heiraten will. Sie hat seinen Antrag abgelehnt.«
»Was schwatzt du da?« Mit wenigen Schritten stand Hendrik vor Lucas. Eine unverhüllte Drohung glitzerte in seinen fahlblauen Augen.
»Solltest du nicht meine Interessen vertreten? Auf meiner Seite stehen? Du weißt, dass du keine andere Wahl hast, mein Lieber.«
Statt Lucas einzuschüchtern, bewirkte der Erpressungsversuch genau das Gegenteil. Zorn vertrieb bei Lucas alle Bedenken. »Lieber verrotte ich im Steen, bevor ich zulasse, dass du meine Schwester unglücklich machst!«, beantwortete er die Drohung mit einer Kriegserklärung.
»Das kannst du gerne haben. Ich werde ...«
»Lucas! Hendrik! Ich wünsche keinen Streit zwischen euch. Und was die Hochzeit betrifft, Lucas, so hast du kein Mitspracherecht in dieser Sache. Wenn du das nicht einsiehst, wirst du zwar nicht im Stadtgefängnis darüber nachdenken, aber möglicherweise hinter der verriegelten Tür deiner eigenen Kammer.«

Lucas fuhr zusammen. So war das also.
Wenn er bisher noch in einem Winkel seines Herzens seine Entscheidung in Frage gestellt hatte – jetzt war sein Entschluss endgültig besiegelt.
Hendrik lächelte falsch. »Ich werde Euch in Kürze Vater nennen dürfen. Es liegt mir fern, mir Euren Unmut zuzuziehen, Herr Contarini. Ihr sollt versichert sein, dass ich Euch stets ein gehorsamer Sohn sein werde.«
»Aber ich werde nicht dein Bruder sein!«
Wutentbrannt rannte Lucas aus dem Raum.

8. Kapitel

Brügge, 12. September 1419

Keine Krämpfe an diesem Morgen? Christina setzte sich vorsichtig auf und prüfte ihr Befinden. Sie fühlte sich so zerschlagen, als wäre sie zwischen zwei Mühlsteine geraten. In den neunzehn Jahren ihres Lebens war sie kaum krank gewesen. Die Spasmen und Schmerzen, die sie in den vergangenen Tagen gequält hatten, waren für sie äußerst beunruhigend. Für kurze Zeit hatte sie sogar gefürchtet, sterben zu müssen. Es war seit Tagen das erste Mal, dass sie sich schmerzfrei fühlte.

Ihr unwahrscheinlich starker Mondfluss hatte endlich ein Ende gefunden. Dafür verspürte sie Hunger und Durst sowie den heftigen Wunsch nach einem Bad. Die Laken des Bettes rochen so penetrant nach Krankheit und Schweiß, dass sie, die Nase rümpfend, von der Matratze rutschte.

Sie musste sich festhalten, als sie den Alkoven verließ, weil sich die Kammer vor ihren Augen drehte, aber sie hielt durch, bis die Dinge wieder an ihrem Platz blieben. Es gelang ihr sogar, nach einer Magd zu rufen.

Statt einer Dienerin erschien ihre Mutter. Die Hände ringend, klagte sie über die Sorgen, die sie ihr als Tochter machte. Gleichzeitig bekundete sie die Hoffnung, dass sie nun zur Vernunft gekommen sei. Bis Christina mit angezogenen Knien in lauwarmem Wasser saß und in Milch getauchtes Rosinenbrot aß, hatte sie ihre gesammelten Sünden aufgezählt. Anschließend bat sie ein gutes Dutzend Heilige, den starren Sinn ihrer Tochter zu beugen, und sorgte sich gleichzeitig um ihre Gesundheit.

»Du wirst jetzt doch deinem Vater gehorchen?«, fragte sie schließlich bang.

Christina begegnete ihrem Blick und hätte am liebsten genickt. So wohlig im Warmen, Hunger und Durst gestillt, fiel es ihr schwer, den nötigen Kampfgeist aufzubringen, um zu widersprechen. Sie war ihrer Mutter zugetan, obwohl sie wusste, dass sie sie nicht verstand. Auch jetzt lieferte sie einen Beweis dafür, denn sie hielt das nachdenkliche Schweigen für Kapitulation.

»Ich werde Apollonia rufen, damit sie dir beim Bad und beim Ankleiden zur Hand geht«, sagte sie befriedigt. Apollonia war ihre persönliche Kammermagd, die sie aus ihrem Elternhaus in die Ehe mitgebracht hatte. Christina in ihre Obhut zu geben sollte zeigen, dass sie genügend Buße getan hatte und wieder am normalen Familienleben teilnehmen durfte.

Apollonia nahm sich ihrer mit der Vertraulichkeit der alten Dienerin an, die zur Familie gehört. Sie wusste über alles Bescheid, daran hegte Christina keinen Zweifel, aber sie kam mit keinem Wort darauf zu sprechen. Sie erging sich im neuesten Klatsch über die Prinzessin Michelle, die vom Sohn des Herzogs noch immer kein Kind empfangen hatte, über die Rätsel rund um den Mord an Jan van der Buerse. Christina hörte nur zu, bis sie sicher sein konnte, dass auch in den vergangenen Tagen kein Verdacht auf Lucas gefallen war, dann ließ sie das Gerede einfach vorbeiplätschern. Sie gab sich den eigenen Gedanken hin.

»Weißt du, dass die Vorbereitungen für deine Hochzeit schon begonnen haben?«

Apollonia schnaufte bei der Anstrengung, einen dickflüssigen Extrakt aus Walnussschalentinktur und Mandelöl in Christinas Haar zu kämmen. Er sollte das leuchtende Rot zu weniger aufsehenerregendem Rotbraun dämpfen.

»Meine Hochzeit …«, wiederholte Christina so verblüfft, dass Apollonia auflachte.

»Aber ja, in der Küche laufen schon die ersten Vorbereitungen für das Festmahl. Die Liebfrauenkirche soll mit allen Herbstblumen geschmückt werden, die noch zu finden sind. Wie gut, dass du rechtzeitig wieder gesund geworden bist. Ich glaube, man hat dir zu viel Absud aus Wermutblättern verabreicht.«

»Ich habe keine Wermutblätter …«

Christina brach mitten im Satz ab und verstummte. Sie verstand nicht so viel von Kräutern wie ihre Mutter oder ihre Großmutter. Dennoch wusste sie sehr wohl, dass man mit stark dosiertem Wermutblättersud zu Beginn einer Schwangerschaft verhindern konnte, dass ein Kind heranwuchs. Aber wann sollte sie ihn zu sich genommen haben?

»Im Gewürzwein mit dem Stärkungselixier …« Christina sprach nicht weiter.

Abend für Abend hatte ihre Mutter nach ihr gesehen. Dabei hatte sie ihr stets einen Becher Gewürzwein mitgebracht. Anfangs hatte sie sich geweigert, ihn zu trinken. Für ihren Geschmack roch er viel zu aufdringlich nach Zimt und schmeckte trotzdem bitter, aber die Mutter hatte keine Ausrede geduldet. »Trink, Kind. Du bist so blass, dass ich um deine Gesundheit fürchte. Ich habe diesen Wein mit einem Elixier gemischt, das wieder Farbe in deine Wangen bringen wird«, hatte sie sie überredet, und sie hatte ihr zuliebe das abscheuliche Zeug geschluckt. Jetzt wurde ihr klar, dass all der Zimt und die anderen Würzstoffe den eindeutigen Geschmack der Wermutblätter überdeckt hatten. Die Krämpfe, ihr heftiger Monatsfluss und das Fieber waren eine unmittelbare Folge.

»Heilige Anna, steh mir bei«, murmelte sie erschrocken. »Ich hätte sterben können.«

»Papperlapapp, so schnell stirbt sich's nicht«, tröstete Apollonia schlicht und wand ein trockenes Tuch um Christinas feuchte Mähne. »Du wirst noch viele starke Söhne austragen.«

Söhne von wem? Christina unterdrückte ein bitteres Auflachen. Ihre Mutter hatte dafür gesorgt, dass es auf jeden Fall kein Sohn von Daniel werden sollte. Wie sollte sie jemals wieder einem Menschen vertrauen können, wenn sogar die eigene Mutter sie hinterging?

»Vergiss, was gewesen ist«, riet Apollonia. »Bis du in drei Tagen vor den Altar trittst, wirst du wieder vollständig bei Kräften und eine wunderschöne Braut sein.«

In drei Tagen schon!

Christina zuckte innerlich zusammen, verzichtete jedoch auf jede Bemerkung. Sie ließ sich abtrocknen und sich das leichte Hausgewand anlegen, das ihre Mutter bereitgelegt hatte.

Alles, was sie gehört hatte, mahnte sie zur Vorsicht. Wenn sie die Heirat verhindern wollte, dann musste sie alle Klugheit einsetzen. Es galt die Eltern davon zu überzeugen, dass sie gesiegt hatten. Dass es ihnen gelungen war, den Stolz der Tochter zu brechen, und dass es somit nicht länger nötig war, sie zu bewachen.

Es widerstrebte ihr, Komödie zu spielen, doch sie wurde unverzüglich dafür belohnt. Ihre Mutter war derart erleichtert, als sie Einsicht heuchelte, dass sie alle Maßnahmen aufhob, die Christina isoliert hatten.
»Ich kann verstehen, dass du dich nach der Sonne sehnst. Willst du in den Garten gehen?«, fragte sie sogar.
»Noch lieber würde ich eine andere Kammer beziehen«, antwortete Christina mit bescheiden gesenkten Lidern. »In meinen vier Wänden herrscht ein fürchterlicher Geruch. Könnte ich nicht die letzten Tage in meinem Elternhaus in der Stube neben der Kapelle verbringen? Dort finde ich auch mehr Muße zu Gebet und innerer Einkehr.«
Gerührt von so viel Fügsamkeit und vermeintlicher Frömmigkeit, stimmte ihre Mutter zu.

Christina nutzte ihre Freiheit, um sich auf die Suche nach Lucas zu machen. Sie fand ihn nirgendwo, aber sie erregte mit ihren Fragen nach ihm Matthis' Neugier.
»Was willst du denn von ihm?«
»Das werde ich Lucas sagen, und nicht dir, Bruder.« Sie stieß die Anrede Bruder wie eine Beleidigung heraus. Niemals würde sie Matthis verzeihen, dass er sie so gemein verraten hatte.
»Lucas findest du nie da, wo er sein soll«, brummte Matthis unwirsch und vermied es, ihr in die Augen zu sehen. Hatte er so etwas wie ein Gewissen?
»Wenn du ihn siehst, so bitte ihn, zu mir zu kommen«, sagte sie drängend.
»Seit Vater ihm verboten hat zu malen, ist er so schwer zu ertragen wie eine Meute jaulender Hunde. Ich wünschte,

er käme zur Vernunft, so wie du, damit in dieser Familie wieder Frieden einkehrt.«
»Zur Vernunft, um was zu tun?«, rutschte es Christina heraus.
»Seine Pflicht eben, wie es sich gehört für einen Contarini«, gab Matthis zurück.
Christina biss sich auf die Zunge.
Sie wollte mit Lucas den Plan beraten, den sie sich zurechtgelegt hatte. Aber würde er Verständnis für sie aufbringen?, fragte sie sich jetzt. Würde er die Entscheidung, die sie für sich getroffen hatte, billigen? Vielleicht war es besser, seine Fehler alleine zu machen. Sie durfte niemand anderen mit hineinziehen.
»He, ich richte es ihm aus«, rief ihr Matthis nach, als sie sich abwandte.
»Schon gut«, erwiderte Christina, ohne sich umzusehen. »Es ist nicht wichtig.«
Es fiel Christina unerwartet schwer, den Schritt zu tun, der ihr der einzig mögliche zu sein schien. Sie verspürte sogar zwischendurch für ihre Eltern jähes Mitgefühl. Sie bereitete ihnen Kummer. Sie würden entsetzt sein, wenn sie ihre Entscheidung erfuhren, aber sie hatten ihr keine andere Wahl gelassen.

Weit nach Mitternacht nahm sie das Bündel aus den Tiefen ihrer Truhe, das sie untertags heimlich vorbereitet hatte. Es enthielt nur Kleidung zum Wechseln, ihren Schmuck, ihre Börse und die Skizzen, die ihr Lucas im Laufe der Zeit geschenkt hatte. Bilder von ihren Eltern, ihren Brüdern, der Großmutter. Sogar ein ungeschicktes Porträt ihres geliebten Großvaters gehörte dazu.

Damals hatte Lucas mit dem Kohlestift noch nicht die Fertigkeit besessen, die ihn jetzt auszeichnete. Es war ihm trotzdem gelungen, die markantesten Züge des Großvaters festzuhalten. Seinen spöttischen Mund, die scharfe Nase, den verhangenen Blick unter halb gesenkten Lidern. Davon wollte sie sich unter keinen Umständen trennen.

Eng in ihren Winterumhang gehüllt, trat sie auf die Galerie, die die private Kapelle der Contarinis mit der obersten Empore der nahen Liebfrauenkirche verband. Ein Luxus, über den auch unter den reichsten Handelshäusern von Brügge nur das der Contarinis verfügte. Dennoch kam zu hohen Festtagen oder anlässlich besonderer Feiern ein Priester, um in der Kapelle eine Messe ausschließlich für die Hausbewohner und das Gesinde zu zelebrieren. Da ihr Großvater einen eigenen Zugang zur Kapelle haben wollte, war für ihn nachträglich eine überdachte Außentreppe angebracht worden. Sie führte von der Gasse aus direkt in die Kammer der Sakristei.

Diese Treppe brachte Christina nun, Stufe für Stufe, auf Zehenspitzen, hinter sich. Jedes noch so leise Knarzen des Holzes ließ sie innehalten und jagte ihr kalten Schweiß auf die Stirn. Im Dunkeln den inneren Riegel zu bedienen, um die Tür zu öffnen, bedeutete den letzten, unwiderruflichen Schritt in eine ungewisse Zukunft.

Eng gegen die Hauswand gepresst, stand sie, einen Herzschlag später, in der nächtlichen Gasse und lauschte. Um sie herum schlief Brügge, behütet von den Männern auf dem Belfried und den Nachtwächtern, die durch die Gassen patrouillierten. Noch nie war sie um diese Zeit unterwegs gewesen.

Es war die Stunde der tiefsten Dunkelheit, und sie musste

gegen die Angst ankämpfen, bevor sie einen Fuß vor den anderen setzen konnte. Sie kannte den Weg so gut, dass sie keine Laterne benötigte.

Ihr Bündel eng vor die Brust gepresst, huschte sie von Haus zu Haus, immer gewärtig, einem späten Zecher oder einem Wächter zu begegnen. Aber weder die Männer, die zur Nachtzeit im Fackelschein die verschlammten Kanäle reinigten, noch die Stadtwache sahen mehr als einen flüchtigen Schatten, der sich kurz vor der Morgendämmerung in Richtung Walplein bewegte.

Mit jedem Schritt wurde sie mutiger. Unter den dünnen Sohlen ihrer Lederschuhe spürte sie den Wechsel von Pflastersteinen zu Unrat, von trockenem Staub zu verdorrtem Unkraut, ehe sie sich den Trampelpfad zum Seitenarm des Kanals hinuntertastete, der sich hinter dem Garten des Hauses Salomon befand. Er war in diesen Tagen kaum ein Rinnsal, denn es hatte seit langem nicht mehr geregnet. Das schlammige Brackwasser stank erbärmlich. Der Saum ihres Umhangs nässte im taufeuchten Gras. Die dunklen Umrisse der Apfelbäume in Hannahs Garten wiesen ihr den Weg, doch die Morgendämmerung konnte nicht mehr weit sein. Höchste Zeit, sich im Gartenschuppen zu verbergen.

Auf einem Stapel alter Säcke kauerte sie sich nieder und sandte ein bittendes Gebet zum Himmel.

9. Kapitel

Brügge, 14. September 1419

Hannah sprach das Morgengebet so zerstreut wie selten. Sie hatte kaum geschlafen. Es hielt sie nicht länger im Haus. Da es ohnehin zu ihren Aufgaben zählte, bei Sonnenaufgang die Kräuter zu ernten, die für den nahenden Winter gebündelt und getrocknet werden mussten, kleidete sie sich an. Sie verließ das Haus auf Zehenspitzen durch die Küche, um die anderen nicht zu wecken.

Sie liebte diese Morgenstunden, die ihr allein gehörten, und es kümmerte sie nicht, dass es kaum hell genug war, die Pflanzen zu unterscheiden. Zwischen den Beeten, die von niedrigen Buchsbaumrabatten vor dem Wind geschützt wurden, konnte sie sich der Illusion hingeben, dass es allein ihr Garten war. Ihr eigener Hausstand, in dem sie schalten und walten konnte, wie es ihr beliebte.

Sobald der Vater erwachte, fiel ihr wieder die Rolle der Tochter zu, die die Lücke der verstorbenen Mutter und Hausfrau ausfüllen musste. Sie neidete ihrem Bruder seine Freiheit. Er ging ihr aus dem Weg. Seine Zuneigung für die einzige Schwester hielt sich in Grenzen. Er kam lediglich zum Schlafen und zum Essen ins Haus. Wo er den übrigen Tag verbrachte, blieb sein Geheimnis und das ihres Vaters.

Ihre Gedanken weilten, wie so oft in diesen Tagen, bei Christina und Lucas. Seit sie Christina ihr Leid geklagt hatte, hatte sie von beiden nichts mehr gehört. Die Freundin fehlte ihr, sie vermisste sie. Weshalb hüllte sie sich in Schweigen? Und warum ging Daniel ihr aus dem Weg?

Mitten im Gemüsegarten blieb sie ein wenig stehen. Ihre Gedanken richteten sich ganz auf Lucas. Immer wieder hatte sie sie verdrängt. Ihre Träume drehten sich um ein Leben mit ihm. In seiner Gegenwart konnte sie lachen, den Alltag vergessen. Seine Art, die Dinge zu sehen und über sie zu reden, war so erleichternd. Um seinen freien Geist und um sein Talent beneidete sie ihn geradezu.

Von Christina verlangst du Vernunft und Einsicht, wies sie sich zurecht, aber du selbst verstrickst dich in Träume. Lucas Contarini hat dir keinen noch so kleinen Beweis einer Zuneigung gegeben, der solche Träume rechtfertigen würde. Er hat die Wahl unter den Begehrenswertesten und Reichsten von Brügge. Zu denen zählst du nicht.

Von der Küchentür führte der Pfad zum Schuppen, wo die Kräuterkörbe standen. Wie in Trance übersah sie im Weitergehen den Nachbarskater, der, eine Maus im Maul, einen Platz suchte, um mit seinem Opfer zu spielen, ehe er es verspeiste. Sie stolperte über das Tier und prallte gegen die Holztür der Hütte, die mit einem Knall nach innen aufging und gegen die Wand schlug.

Christina fuhr von ihrem Platz hoch. Hannah blieb fast das Herz stehen.

»Herrje, was tust du hier?«

»Mach die Tür wieder zu.« Christina überwand ihren Schreck als Erste. »Es muss uns ja niemand sehen. Ich habe hier auf dich gewartet.«

»In unserem Gartenschuppen?« Hannah rieb sich die Schulter. »Du machst dich lustig über mich.«

»Komm, setz dich. Hör mir zu. Ich brauche deine Hilfe.«
»Hilfe? Wobei?«
Hannah war fassungslos. Christinas Plan mehr als abenteuerlich. »Habe ich dich richtig verstanden? Du willst Brügge für immer verlassen und gemeinsam mit Daniel nach Venedig fliehen? Das ist das Verrückteste, was ich je gehört habe. Weißt du auch schon, wann eure Flucht sein soll?«
»Sobald die Stadttore geöffnet werden, müssen wir uns auf den Weg nach Antwerpen machen.«
»Warum, um Himmels willen, ausgerechnet Antwerpen? Es ist nicht viel mehr als ein Hafen mit Holzhäusern. Im Vergleich zu Brügge ein Dorf. Dort fallt ihr viel mehr auf als in Sluis.«
»Antwerpen ist ein Tiefwasserhafen, in dem Schiffe anlegen, die nicht nur im Kanal zwischen England und dem Kontinent kreuzen. Hinzu kommt, dass mein Vater und meine Brüder in Brügge, Gent, Sluis und Damme jede Schiffsplanke auf der Suche nach mir umdrehen werden. Auf Antwerpen werden sie zuletzt kommen, schließlich gehört es zum Herzogtum Brabant und nicht zu Flandern. Sie werden mir nicht zutrauen, dass ich mich nach dorthin absetze.«
Seit zwei Jahren lagen Brabant und Flandern im Streit. Die Bestrebungen des Herzogs von Burgund, seinem flandrischen Territorium auch noch Brabant hinzuzufügen, fanden dort keine Gegenliebe. Man belauerte sich misstrauisch. Gewalt lag in der Luft.
»Willst du nicht lieber auf die Flanderngaleeren warten?«, fragte Hannah aus diesem Grund.
»Das können wir nicht. Die Zeit drängt. Ich soll bereits heute Nachmittag mit Hendrik van der Molen verheiratet

werden. Hier und jetzt ist meine einzige Gelegenheit, dem zu entrinnen. Meine Eltern haben mich eingesperrt. Nur durch Lug und Trug ist mir die Flucht gelungen. Eine zweite Chance werde ich nie haben. Willst du Daniel für mich wecken?«

Hannah fühlte sich elend. Die Hiobsbotschaften prasselten wie Eiskörner auf sie ein.

»Weiß Lucas von deiner Flucht?«, fragte sie atemlos.

Christina schüttelte den Kopf. »Sie haben verhindert, dass er mir zur Seite steht. Ich konnte nicht einmal mit ihm sprechen. Mein Bruder hat genügend eigene Probleme, denk nur an Jan van der Buerse. Und, du weißt, wie schlimm die Dinge zwischen ihm und unserem Vater stehen. Mein Vater wird nicht Ruhe geben, bis er einen biederen Kaufmann aus ihm gemacht hat. Als Nächstes wird er auch ihn verheiraten wollen. Vielleicht mit Margarete de Fine, die ist in Lucas vernarrt, seit sie laufen kann.«

Lucas und die de-Fine-Tochter. Eine abscheuliche Vorstellung. Es würde sie umbringen, das mit ansehen zu müssen.

»Warte.« Hannah packte Christina hastig am Arm. »Du bist dir sicher, dass deine Verwandten in Venedig euch willkommen heißen?«

»Selbstverständlich«, entgegnete ihre Freundin überzeugt. »Wir sind vom selben Blut. Mein Großvater hat ihre Gastfreundschaft stets gerühmt. Immer wieder haben sie den Wunsch geäußert, uns zu sehen. Oh, Hannah, ich muss mit Daniel gehen. Ich weiß, dass du mich nicht verstehst, dass du mich für töricht hältst, aber ich liebe ihn. Ich kann nicht ohne ihn sein. Bitte hilf uns.«

Und was ist mit meinem Glück?, fragte sich Hannah, während sie diesem leidenschaftlichen Appell lauschte. Ich werde alle Vorwürfe ertragen müssen, wenn die beiden fort sind. Von meinem Vater, von Christinas Eltern und von Daniels Vater. Sie werden mir so lange zusetzen, bis ich alles verrate, und dann werden sie mich an ihrer Stelle strafen. Ich besitze nicht Christinas Stärke. Ich habe Angst vor dem, was auf mich zukommt. Auch Lucas wird zornig auf mich sein.

»Hannah!« Christina löste sich aus ihrem Griff. »Ich bitte dich: Hol mir Daniel aus dem Haus. Wenn du auch nur eine Spur von Freundschaft für mich empfindest, dann hilfst du mir. Wir haben uns doch immer gegenseitig geholfen.«

Hannah zögerte. Ihre Gedanken ordneten sich nicht so blitzartig wie bei Christina, aber sie kam auf ihre bedächtige Art ebenfalls zu einem Entschluss.

»Dein Plan hat einen schweren Fehler«, überraschte sie ihre Freundin. »Du kannst nicht ohne weibliche Begleitung mit einem Mann reisen. Du brauchst eine Gefährtin, eine Kammerfrau oder was auch immer, sonst werdet ihr überall Anstoß erregen.«

»Das stimmt«, räumte Christina widerstrebend ein. »Aber was soll ich tun? Ich kann keine unserer Mägde in diese Flucht hineinziehen. Nur meinen Ruf und meine Sicherheit darf ich aufs Spiel setzen. Alles andere wäre vermessen.«

»Nimm mich mit.«

Hannah erschrak. Laut ausgesprochen erhielten die Worte ein Gewicht, das sie beim bloßen Denken noch nicht besessen hatten. Sie stürzte sich so hastig in ihre Erklärungen, dass es ihr gelang, Christina zum Schweigen zu bringen.

»Willst du mich etwa zurücklassen? Soll ich den Sündenbock für euch abgeben und alle Vorwürfe auf mich nehmen? Du kennst meinen Vater und seine Strenge. Wenn ich hierbliebe, wäre ich die Einzige, die zur Verantwortung gezogen würde.«

»Wofür sollte er dich strafen? Du hast nichts getan.«

»Doch. Ich habe euren Plan nicht vereitelt. Genau das würde er mir vorwerfen.«

Christina mied ihren Blick und suchte nach Argumenten. »Wer weiß, was uns erwartet. Ich kenne dich, du schätzt deine Sicherheit, den Schutz deines Hauses.«

»Noch mehr schätze ich mein eigenes Glück und meine Freiheit.«

»Dein Glück?«, wiederholte Christina entgeistert. »Heißt das, du liebst jemanden?«

Hannah lachte freudlos. »So war das nicht gemeint. Ich will nur über mein Leben entscheiden, wie du es tust. Ist das zu viel verlangt?«

»Nein ... aber ...«

»Dann lass uns festlegen, wie wir vorgehen. Daniel ist unfähig in den praktischen Dingen des Lebens. Ich werde mich auch um sein Bündel kümmern müssen. Hast du Geld?«

Christina nickte. Ihr wurde klar, dass sie Hannah nicht mehr zurückhalten konnte.

Ehe die Glocken des nahen Beginenhofes vom Weingarten um sechs Uhr zur morgendlichen Prim schlugen, hatte Hannah Daniel von seinem Lager aufgescheucht und ihr beider Gepäck zusammengerafft. Im Schuppen fielen sich

Daniel und Christina in die Arme. Beide redeten zur gleichen Zeit. Die Beteuerung ihrer Gefühle ließ keine Erklärung zu, wie es zu diesem Schritt gekommen war.

»Lass es dir später erklären.« Resolut brach Christina alle Bekenntnisse ab. »Wir müssen die Stadt verlassen, sobald die Tore geöffnet werden. Der Vorsprung ist wichtig, denn die Suche nach uns wird beginnen, sobald mein Verschwinden entdeckt wird.«

Hannah stimmte zu. Daniel zögerte.

»Glaubt ihr wirklich, wir haben eine Chance, die Flucht nach Venedig zu schaffen? Allein hätte ich keine Bedenken, aber mit zwei Frauen … wie soll das gehen?«

»Daniel, bitte verlass dich auf mich. Ich habe einen genauen Plan.«

Christina verströmte eine Sicherheit, die ihn halb überzeugte, halb entwaffnete. Er hatte sie schon verloren geglaubt. Sie ein zweites Mal aufzugeben ging über seine Kräfte.

»Ich hoffe, dein Plan ist gut. Ein Scheitern können wir uns nicht leisten.«

Daniel behielt das letzte Wort. Christina ahnte, dass ein neuerlicher Widerspruch nur zeitraubende Diskussionen zur Folge hätte, deswegen schwieg sie.

Hannah folgte ihnen stumm. Sie berührte als Einzige die Mesusa an der Tür ihres Elternhauses. Sie flüsterte das vorgeschriebene Gebet auch für ihre Freunde.

»Gott schütze mich bei meinem Fortgehen und bei meinem Ankommen, jetzt und in Ewigkeit.«

Wo würden sie ankommen?

Die Wachen am Genter Tor schenkten den Menschen, die die Stadt verließen, wesentlich weniger Aufmerksamkeit

als jenen, die hereinkamen. Sie kontrollierten die Gemüsekarren und Körbe der Bauern, die, unterwegs zum großen Markt, eilig vorwärtsdrängelten. Wer zuerst erschien, ergatterte den besten Platz für sich und seine Waren.
Christina und ihre Begleiter erreichten Damme ohne Behinderungen. Hoch zu Pferd verließen sie den Brügger Vorhafen, nachdem Daniel Reittiere für sie erstanden hatte. Auch hier hielt sie niemand auf.

Zur selben Zeit trafen Nachrichten aus Frankreich in Brügge und Gent ein, die blankes Entsetzen verbreiteten.
Im Hause Contarini vergaß man im ersten Schock für kurze Zeit sogar die Hochzeit und die Braut.
In Gent sank Michelle von Frankreich ohnmächtig neben ihrem Gemahl, dem Grafen von Charolais, zu Boden. Die Neuigkeiten versetzten ihrer ohnehin gefährdeten Ehe den Todesstoß.
In Anwesenheit ihres Bruders Karl, des Thronfolgers von Frankreich, war vor fünf Tagen, am 10. September 1419, Johann Ohnefurcht, der Herzog von Burgund, der Vater ihres Gemahls, ermordet worden. Die Boten behaupteten sogar, Karl habe diesen Mord befohlen und selbst mit Hand angelegt, seinen Erzfeind für immer zu beseitigen.
Statt zu Friedensverhandlungen war der Herzog von Burgund auf der Brücke von Montereau dem Tod in die Arme geritten.

Zweiter Teil

Matthis (I)

10. Kapitel

Brügge, im September 1419

Sie werden mir dankbar sein, das war sein erster Gedanke an diesem Morgen. Für einen Moment verspürte Matthis ein erhebendes Gefühl. Dies war nicht nur der Hochzeitstag seiner Schwester, es würde auch sein Tag sein. Durch die Heirat mit dem Haus van der Molen stiegen der Einfluss und Reichtum des Hauses Contarini. Und wem würde dies alles zu verdanken sein? Ihm. Nur seiner Freundschaft mit Hendrik van der Molen und seinem beharrlichen Einwirken auf den Vater.

Mit einem Ruck schlug er die Decke zurück und trat nackt an das Fenster. Noch lag Morgennebel über dem Kanal unterhalb des Hauses, aber der Himmel zeigte bereits einen blauen Schimmer. Der Glockenschlag vom nahen Belfried verkündete die Öffnung der Stadttore von Brügge. Innerhalb der nächsten Stunde würde die geschäftige Handelsmetropole zum Leben erwachen. Zufrieden wandte er sich ab und griff nach seinen Kleidern.

Als er wenig später die große Wohnstube des Hauses betrat, in der sich die Familie zu ihren Mahlzeiten versammelte, empfing ihn jedoch keine Vorfreude. Die Magd, die sonst das Morgenessen auftischte, stand reglos hinter seiner Mutter. Alle Blicke ruhten auf seinem Vater. Simon Contarini sprach mit einem Kurier, dessen staubbedeckte

Kleider und erschöpfte Haltung nichts Gutes versprachen.

»Der Herzog ist tot? Stammt deine Information aus verlässlichen Quellen?«

Die rauhe Stimme seines Vaters riss Matthis jäh aus seiner guten Laune. Er war so fassungslos, dass die Antwort des Boten seltsam verzerrt in seinen Ohren nachhallte.

»Sie stammt von den wenigen Männern, die das Massaker auf der Brücke von Montereau überlebt haben, Herr. Es sind nicht viele. Als der Herzog von Burgund vor vier Tagen auf den Thronfolger von Frankreich traf, um über ein Ende des Bürgerkriegs zu verhandeln, wurde er nur von einem kleinen Tross begleitet. Er rechnete mit schwierigen Friedensverhandlungen, aber nicht mit einem heimtückischen Attentat auf sein Leben.«

Ein Wahnsinn. Matthis ahnte, dass auch sein Vater dies dachte. Johann Ohnefurcht hatte seinem Kriegsnamen einmal zu viel Ehre gemacht. Statt Vorsicht walten zu lassen, hatte er einem Feind vertraut.

Der Kurier berichtete weiter: »Es war zur fünften Stunde des Nachmittags, auf der Brücke über den Fluss Yonne bei Montereau. Die hohen Herren konnten sich nicht einigen. Nicht einmal angesichts der zunehmenden Gefahr, die von den Engländern ausgeht, fanden Karl, der Thronfolger, und der Herzog zu einer friedlichen Lösung. Beim Abschied ergab sich völlig überraschend ein blutiges Handgemenge, bei dem sowohl unser Herzog wie der größte Teil seiner Begleiter den Tod fanden.«

»Wer hat die ruchlose Tat begangen?«, unterbrach Matthis.

Erst jetzt wandte sein Vater den Kopf in seine Richtung und nickte ihm grüßend zu.

»Man sagt, es sei Tanguy du Châtel gewesen, der unserem Herrn mit einem Axthieb den Schädel gespalten habe.« Der Kurier räusperte sich, weil seine Stimme versagte. »Niemand weiß Genaueres. Sicher ist lediglich, dass die Armagnacs nur mit Mühe davon abgehalten werden konnten, den Leichnam unseres Herzogs einfach in den Fluss zu werfen. Nur durch den Einspruch des Pfarrers von Montereau wurde das verhindert. Die burgundischen Edelmänner, die sich gerettet hatten, verbreiteten die Nachricht des schmählichen Mordes. Jean de Thoisy und Athis de Brimeu sind auf der Stelle nach Gent aufgebrochen, um dem Grafen von Charolais die Botschaft vom Tode seines Vaters zu überbringen.«

Simon Contarini ließ den Blick in die Runde schweifen. Er sah bei Mutter, Frau und Sohn das gleiche Entsetzen, das er empfand.

»Damit sind wir vom Frieden weiter entfernt als je zuvor.« Er nickte dem Kurier zu. »Hab Dank für deine Nachrichten, wenngleich sie uns in tiefe Trauer stürzen. Die Magd wird dich in die Küche bringen und dir einen Platz zum Schlafen zuweisen. Du siehst aus, als könntest du eine Mahlzeit und Ruhe brauchen.«

»Dafür ist keine Zeit, Herr Contarini. Ich bin gehalten, die traurige Kunde auch dem Magistrat der Stadt Brügge zu überbringen. Gehabt Euch wohl.«

Der Kurier hinterließ betroffene Stille.

Matthis registrierte, dass die Neuigkeit dem Haus Contarini vor den Ratsherren zugestellt wurde. Die Freundschaft Philipps des Kühnen und seiner Gemahlin Margarete zu Aimée und Domenico Contarini trug Früchte bis zum heutigen Tage.

»Philipp von Burgund wird nach Rache dürsten. Er hat Johann Ohnefurcht bewundert und geliebt.«
Die Worte seines Vaters rissen alle aus ihrem Nachsinnen.
»Ihr geht davon aus, dass der Krieg auch Flandern erreichen wird?« Seine Mutter nahm augenblicklich das Schlimmste an.
»Das ist schwer zu sagen«, entgegnete Simon Contarini und rieb sich das glattrasierte Kinn, ehe er die Frage an seine Mutter weitergab, die bisher noch keinen Ton von sich gegeben hatte. »Wie schätzt Ihr die Reaktion Philipps ein, Mutter? Wie wird er die Botschaft aufnehmen? Erschlagen von den Männern eines Familienmitglieds, das vielleicht sogar den Befehl zum Mord gegeben hat? Da Michelle von Frankreich seine Gemahlin ist, ist der Verräter Karl ebenso sein Schwager wie vonseiten seines Vaters sein Großcousin.«
Die alte Dame hob den Blick von ihrem Diamantring, den sie gedankenverloren hin und her drehte. »Im Augenblick dürften auch bei ihm Kummer und Trauer überwiegen, Simon. Er hat seinen Vater geschätzt und war ihm stets verbunden. Zudem sagen die Gerüchte, dass er eben erst von einem jener rätselhaften Fieberanfälle genesen ist, die ihn unregelmäßig heimsuchen. Dies ist der denkbar schlechteste Zeitpunkt für eine seelische Erschütterung. Alle Hoffnungen ruhen auf seinen Schultern.«
»Ganz Flandern wird mit ihm trauern, Mutter. Aber welchen politischen Kurs wird er einschlagen, wenn die Tränen getrocknet sind?«
»Auch das weiß ich nicht, mein Sohn. Sein ausgeprägter Stolz wird unserem jungen Herzog die Versöhnung mit seinem Großcousin Karl, dem Thronfolger von Frank-

reich, schwermachen. Er wird sich in die Arme jener englischen Verbündeten werfen, die eine Allianz mit seinem Vater eingegangen sind. Er steuert sicher dieselben Ziele an, die Johann Ohnefurcht ins Auge gefasst hat. Man darf nicht vergessen, dass Ohnefurcht als Erster heimtückisch gemordet hat. Er ließ den Onkel des französischen Thronfolgers umbringen und entfachte damit den Bürgerkrieg zwischen Armagnacs und Burgundern. Karl könnte sich dafür gerächt haben. Die Frage ist nur, was wird unter diesen Umständen aus Flandern?«

Matthis fiel auf, dass sie einen langen schweigenden Blick tauschten. Er vermutete, dass sie dieses Thema nicht zum ersten Mal besprachen.

»Wichtig ist nur, dass unsere Handelsverbindungen nach England weiterhin bestehen bleiben und der Krieg seine Schatten nicht auf Flandern wirft«, warf er ein.

»Wolle Gott, dass es so bleibt, Matthis.« Seine Großmutter nickte ihm zu. »Aber wenn Flandern, aufgrund dieses feigen Mordes, zum Kriegsschauplatz werden sollte, ist es nicht nur um unsere Handelsverbindungen nach England geschehen. In diesem Fall sind unsere Sicherheit und unser Leben bedroht. Wir sollten keinesfalls eine Zuspitzung der Gewalt befürworten. Es wird eine schwere Aufgabe sein, beruhigend auf die erhitzten Gemüter in Brügge und anderswo einzuwirken. Dabei ist der unsicherste Frieden für die Menschen stets besser als der ehrenvollste Krieg.«

Wie üblich respektierte Simon Contarini die Meinung seiner Mutter. Er sah in die Runde.

»Welch ein Tag. Dabei hätten wir doch so viel Grund zur Freude. Wo steckt die Braut eigentlich? Ich war mir sicher, dass Christina an ihrem Hochzeitstag als Erste auf den

Beinen sein würde. Auch Lucas habe ich noch nicht zu Gesicht bekommen. Lass nach ihnen schicken, Maria. Sie müssen erfahren, was geschehen ist, und mit uns beraten, wie das Fest unter solchen Umständen verlaufen soll.«

»Ich hole sie selbst.«

Matthis sah seine Mutter hinauseilen und unterdrückte einen Anflug von Ärger. Wie typisch für seine Schwester, dass sie sogar an ihrem Hochzeitstag auf sich warten ließ. Er würde froh sein, wenn sie künftig in ihrem eigenen Haus für Aufregung sorgte. Hendrik glaubte, ihren Launen gewachsen zu sein. Man würde sehen, ob er sich überschätzte.

»Setz dich, Matthis. Der Nacken tut mir weh, wenn ich die ganze Zeit zu dir aufsehen muss. Weißt du denn nicht, wo Lucas steckt?«

»Lucas gibt mir keine Rechenschaft über sein Tun, Großmutter«, antwortete Matthis steif. »Er geht seine eigenen Wege.«

»Hoffentlich nicht am Hochzeitstag deiner Schwester«, grollte sein Vater. »Was ist?«

Letzteres galt seiner Gemahlin, die heftig atmend unter dem Türstock stand. Allein.

»Ich kann sie nicht finden.« Sie schloss hastig die Tür hinter sich. Ihr Antlitz unter der Haube war so weiß wie die Spitze, die die Kanten verzierte. »Christinas Kammer ist leer, ihr Bett scheinbar unberührt. Von Lucas konnte ich ebenfalls keine Spur entdecken. Ich fürchte …«

»Sprich es nicht aus!«

Contarini schlug die flache Hand auf den Tisch. Die neben dem grauen Haar an seinen Schläfen sichtbaren Adern pochten unheilverkündend. Er hatte das stürmische Tem-

perament seiner Tochter. Im Gegensatz zu ihr vermochte er es jedoch in der Regel zu zügeln. Matthis sah seine Mutter die Hände ringen. Die Großmutter strich sich abwesend mit den Fingerspitzen über die bebende Unterlippe.
»Kein Wort von dem, was du befürchtest, meine Liebe«, wiederholte Contarini seinen Befehl. »Wir brauchen Gewissheit, keine Vermutungen. Dieses Haus ist groß. Matthis, du wirst dich auf die Suche nach deinem Bruder machen. Maria, du kümmerst dich um den Verbleib unserer Tochter. Vielleicht ist sie ja in der Kapelle und bittet den Himmel um Beistand für diesen Tag. Ich will nicht gleich von beiden das Schlimmste annehmen.«
Die Wahrheit ließ sich nicht befehlen. Während in der Stadt die Hiobsbotschaft vom Tod des Herzogs ihre Kreise zog, sah sich die Familie Contarini gezwungen, einer zweiten hässlichen Tatsache ins Auge zu sehen.
»Christina hat dem Anschein nach heute Nacht in aller Heimlichkeit das Haus verlassen. Die Kammermagd hat sie gestern Abend zum letzten Mal gesehen. Möglicherweise ist sie in Begleitung von Lucas unterwegs, denn auch er ist nirgendwo zu finden.« Matthis bemühte sich um Sachlichkeit, als er wieder vor seinen Vater trat, der mit Frau und Mutter in seinem Kontor auf ihn wartete. »Sie hat ihren Winterumhang, ihren Schmuck, ihre Börse und wenige Kleidungsstücke mitgenommen. Auch fehlen persönliche Gegenstände. Lucas' Sachen sind, bis auf das Gewand, das er trägt, vollständig in seiner Kammer.«
Keiner brachte mehr ein Wort heraus. Die Stille wurde erst gebrochen, als die Großmutter ihren Gehstock auf den Boden stieß. Sie hatte eine Entscheidung getroffen, die ihr sichtlich schwerfiel. Ihre Stimme bebte. »Im Weberviertel

gibt es noch ein kleines Haus, das ich Lucas zur Verfügung gestellt habe. Möglicherweise ist er dort, und Christina hat bei ihm Unterschlupf gefunden.«

»Nein.«

»Nein?« Die alte Dame sah ihren Sohn fragend an. »Was willst du damit sagen, Simon?«

»Das Haus ist verkauft und abgerissen. Van der Molen hat uns einen guten Preis dafür bezahlt.«

Matthis sah seine Großmutter nicht an. Er wusste, wie schwer es ihr gefallen sein musste, Lucas' Versteck zu verraten. Sie liebte seinen Bruder mehr als ihn, vielleicht sogar noch mehr als Christina. Zu erfahren, dass sie von ihrem eigenen Sohn hintergangen worden war, musste sie tief treffen.

Er erschrak vor dem, was in ihren Augen stand, als sie endlich dem Blick seines Vaters begegnete.

»Was hast du dir dabei gedacht?«, zischte sie. »Wie kommst du dazu, etwas zu verkaufen, das dir nicht gehört? Dass du dich über deine Kinder hinwegsetzt, ist eine Sache, aber wer gibt dir das Recht, mit mir das Gleiche zu tun? Bist du von Sinnen? Ich bin empört über dein Verhalten. Wenn du das Haus verkauft und alles vernichtet hast, woran Lucas hängt, dann brauchst du dich nicht zu wundern, dass er weg ist und seine Schwester mitgenommen hat. Du hast sie vertrieben.«

Sichtlich erschüttert von ihrem Ausbruch, fragte Contarini: »Sollte ich etwa tatenlos zusehen, wie sie beide in ihr Unglück rennen?«

»Nun wird dir nichts anderes übrigbleiben.«

»Es tut mir aufrichtig leid, Mutter. Ich wollte die Kinder zur Vernunft bringen. Mutter, wir müssen handeln. Ich will dir später Rechenschaft ablegen, aber in diesem Augenblick müssen wir Entscheidungen treffen. Wir stehen vor einer Hochzeit ohne Braut.«

Matthis machte einen Vorschlag.

»So tragisch der Tod des Herzogs ist, uns kommt er jetzt gelegen. Das Haus Contarini ist den Herzögen von Burgund seit mehr als hundert Jahren verbunden. Deine Freundschaft mit der verstorbenen Herzogin, Großmutter, ist stadtbekannt. Dass wir immer wieder Bankgeschäfte für den Herzog übernehmen, ebenso. Wir können an einem solchen Tag nicht feiern. Wir sind gehalten, um unseren Fürsten zu trauern. Wir müssen schwarze Tücher aus den Fenstern hängen und uns zum Gebet in die Kirche begeben. Jeder wird begreifen, warum wir jetzt keine Hochzeit feiern.«

»Gut.« Sein Vater nickte zustimmend. »Es ist das Beste so. Wir wahren das Gesicht des Bräutigams wie auch das unsere. Die Vermählung wird verschoben.«

»Man wird dich fragen, auf wann«, warf Matthis' Mutter ein, die bisher keinen Laut von sich gegeben hatte. Sie rang die Hände. »Bist du dir sicher, dass du den Skandal nicht bloß aufschiebst, Simon? Vielleicht würde in diesen Tagen Christinas unberechenbares Verhalten weniger Gesprächsstoff liefern, weil alle Welt sich über den Tod des Herzogs entsetzt.«

»Das kommt nicht in Frage. Matthis' Vorschlag ist gut, denn er gibt uns die Zeit, den Skandal in Grenzen zu halten, vielleicht sogar ganz zu verhindern. Ich werde auf der Stelle veranlassen, dass mit größter Verschwiegenheit nach den beiden gesucht wird. Weit können sie nicht gekommen sein.«

»Lucas pflegt gute Verbindungen zum Haushalt des Grafen von Charolais. Möglicherweise hat er bei ihm in Gent Unterstützung für sich und seine Schwester gesucht«, fügte Matthis an.
»Ich werde es herausfinden. Wie gut, dass wir uns wenigstens auf dich verlassen können, Matthis«, lobte sein Vater. »Mittlerweile wird die Nachricht vom Tode seines Vaters den Grafen ereilt haben. In seiner Trauer wird er für die Mätzchen unserer Kinder wenig Geduld aufbringen. Bis dahin dringt kein Wort über die Geschehnisse aus unserem Haus. Maria, du instruierst das Gesinde. Ich schicke Boten auf den Weg, die die Hochzeitsgäste ausladen. Matthis, du suchst Hendrik van der Molen auf. Informiere ihn über die Verschiebung und erbitte sein Verständnis.«
»Du beginnst ein gefährliches Spiel, mein Sohn«, warnte seine Mutter.
»Die Ereignisse lassen mir keine andere Wahl«, antwortete Contarini und erhob sich. »Die Ehre unseres Hauses und unseres Namens steht auf dem Spiel. Ich habe mein Wort gegeben. Mach dich auf den Weg, Matthis.«
Respektvoll verneigte der sich vor Eltern und Großmutter, ehe er das väterliche Kontor verließ. Er tat es in dem stolzen Bewusstsein, die verlässliche Stütze des Hauses Contarini zu sein.

Hendrik van der Molen hatte sich für seinen Hochzeitstag wie ein burgundischer Edelmann gewandet. Die Schultern unter seinem bestickten Wams waren mit eingenähten Wülsten verbreitert, an seinem Gürtel klirrten silberne Schellen. Eine übertrieben große Brayette, wie die Schamkapsel in Frankreich genannt wurde, lenkte den Blick auf

seine Männlichkeit. So viel Geschmacklosigkeit war selbst für Matthis abschreckend.
Christina hätte einen Lachanfall bekommen. Geprägt von der Eleganz ihres Großvaters und Vaters, verachtete sie derlei Modetorheiten zutiefst.
»Es freut mich, dass du persönlich gekommen bist, mich abzuholen.« Hendrik schloss ihn überschwenglich in die Arme und klopfte ihm auf den Rücken. »Ab heute werden wir Brüder sein, Matthis Contarini.«
»Kann es sein, dass du noch nichts von dem Unglück vernommen hast?« Matthis befreite sich aus der Umarmung und trat zurück.
»Du sprichst von dem Mord an unserem Herzog?«
Hendrik war informiert, aber sichtlich ungerührt. Wie viele Brügger Patrizier brachte er kein Verständnis für den endlosen Konflikt zwischen Burgundern und Armagnacs auf. Dass er das Königreich Frankreich an den Rand des Abgrunds trieb, ließ ihn kalt.
Matthis fuhr sich mit zwei Fingern in den Halsausschnitt seines Wamses, um es zu lockern.
»Ich bin nicht gerne der Überbringer schlechter Nachrichten, Hendrik, aber mir bleibt keine Wahl. Ich komme im Auftrag meines Vaters. Er lässt dir mitteilen, dass deine Hochzeit mit Christina in Anbetracht der besonderen Umstände verschoben werden muss.«
»Wie das?« Hendriks Züge verhärteten sich, seine Stimme bekam einen unangenehmen Klang.
»Das Haus Contarini trägt Trauer, Hendrik. Wir sind Vasallen des Herzogs von Burgund. Die Eltern des verstorbenen Herzogs und meine Großeltern waren sich freundschaftlich verbunden. Ehre und Lehenstreue verbieten,

dass wir an einem Tag, an dem wir die Nachricht vom gewaltsamen Tod ihres Sohnes erhalten, eine Hochzeit feiern. Das siehst du doch sicher ein.«

»Hör zu, wenn das ein Versuch sein soll, meine Langmut zu erproben, dann wird er scheitern. Die Gäste sind geladen, die Kirche geschmückt. Die Hochzeit findet statt.«

Unangenehm berührt von Hendriks Ton und dem Speichel, den er versprühte, weil er die Worte wie Armbrustbolzen herausstieß, versuchte Matthis dennoch diplomatisch zu bleiben. Er verstand, was seinen Freund bewegte.

»Mein Vater kümmert sich um die offizielle Seite, er hat schon alles in die Wege geleitet. Ich bin sicher, sie alle haben Verständnis dafür, dass Christinas und deine Eheschließung erst nach der üblichen Trauerzeit stattfindet.«

»Aber ICH habe kein Verständnis dafür.«

Hendrik trat an den Tisch und goss sich Wein in einen Silberbecher, ohne Matthis etwas anzubieten. Er stürzte den Burgunder die Kehle hinunter. »Ich lasse mich nicht zum Narren machen. Deine Schwester schläft heute Abend unter meinem Dach. Das ist sicher.«

Nichts war weniger sicher.

Matthis holte tief Luft. So wütend hatte er seinen Freund noch nie erlebt.

»Sei vernünftig«, bat er achtsam. »Es handelt sich lediglich um einen Aufschub, den die guten Sitten erfordern. Der Tod des Herzogs erschüttert die Grafschaft. Es wird uns kein Lob eintragen, wenn wir unter solchen Umständen eine Hochzeit feiern.«

»Kann es sein, dass deinem Vater die Ereignisse zupasskommen? Dass er es sich anders überlegt hat«, entgegnete Hendrik mit schmalen Augen. »Ich hatte von Anfang an den Eindruck, dass ich kein Schwiegersohn nach seinem Herzen bin. Hat er eine bessere Partie für seine Tochter ins Auge gefasst? Einen Edelmann? Wieder einen Ausländer, der meint, in Brügge sein Glück machen zu können? Kriegen die Contarini den Hals nie voll?«

»Wovon sprichst du?« Matthis brach endgültig der Schweiß aus. Diese Unterredung lief nicht so, wie er es sich vorgestellt hatte. »Was faselst du von Edelmännern und Ausländern? Wir sind Bürger dieser Stadt, wie du. Mein Vater zählt zu den einflussreichsten Männern Flanderns.«

Hendrik lachte höhnisch. »Ihr seid mit den burgundischen Herzögen, die sich Flandern erheiratet haben, zu Macht und Einfluss gekommen, Matthis Contarini. Ohne ihre Protektion hätte dein Großvater nie solchen Einfluss und solchen Reichtum angesammelt. Burgunder, Venezianer, Franzosen, alles seid ihr, nur keine ehrlichen Flamen, deren Vorväter diese Stadt aufgebaut haben, wie es die meinen taten.«

Von seinem besten Freund als Fremder beschimpft zu werden brachte Matthis' Blut in Wallung. Er liebte die Stadt, in der er geboren worden war. Er war stolz auf die Traditionen des elterlichen Handelshauses, das sich in den Stürmen des vergangenen Jahrhunderts behauptet hatte. Vereinzelte Sticheleien von Hendrik und seinesgleichen, die ihn Venezianer, Burgunderknecht oder Diener des Herzogs nannten, wenn sie miteinander zechten, hatte er bislang nie ernst genommen. Erst jetzt ging ihm auf, dass es wohl keine Scherze gewesen waren.

»Ich kann nicht glauben, dass du solcher Missgunst fähig bist«, murmelte er fassungslos.

Plötzlich erinnerte er sich an die zahllosen Male, da Christina keinen Hehl aus ihrer Abneigung gegen Hendrik gemacht hatte. Anscheinend hatte sie ihn schon längst durchschaut.

»Die Dinge beim Namen zu nennen ist keine Missgunst, sondern ein Gebot der Stunde«, entgegnete Hendrik kalt. Er knallte den Becher auf den Tisch zurück. »Ich erwarte, dass mich deine Schwester zur festgesetzten Stunde zum Mann nimmt. Andernfalls sehe ich mich gezwungen, den Mord an Jan van der Buerse aufzudecken. Einen Mord, an dem sowohl dein Bruder als auch deine Schwester beteiligt waren.«

»Bist du verrückt?«

Matthis verlor die Beherrschung. Er hatte einiges an seinen Geschwistern auszusetzen, aber ihnen einen Mord vorzuwerfen, das ging zu weit. Was sollten Lucas und Christina mit dieser Geschichte zu tun haben?

»Jan van der Buerse war ein loser Vogel. Überlege besser, was du sagst, Hendrik van der Molen.«

»Ach ja? Und was, wenn ich dir verrate, dass dein lieber Bruder Lucas Jan erstochen hat? Deine Schwester ist Zeugin der Untat gewesen.«

Matthis zuckte zusammen. Steckte mehr hinter Christinas und Lucas' Verschwinden, als sie alle vermuteten? Er kämpfte um Haltung.

»Ich glaube dir kein Wort. Ein Contarini mordet nicht.«

»Dann lass dir sagen, dass van der Buerse mit einem Dolch erstochen wurde, dessen Griff ein tiefroter, geschliffener Rubin ziert. Einem Dolch, den die halbe Kaufmannschaft von Brügge kennt. Er hat einst dem Venezianer gehört, der deine Großmutter geheiratet hat. Was sagst du nun, Matthis Contarini?«

»Die Stadtwache hat keine Waffe bei dem Toten gefunden. Lediglich die tödliche Wunde lässt auf einen Dolchstich schließen.«

»Ich habe den Dolch an mich genommen. Zudem habe ich genügend Zeugen an der Hand, die beschwören, dass dein Bruder diesen Dolch bei der Rauferei gezückt hat, in der Jan getötet wurde. Also überlege dir gut, was du tust, mein Freund.«

Die Art, wie Hendrik ihn als Freund bezeichnete, ließ nur einen Schluss zu.

»Du drohst mir? Du drohst uns? Ist das dein Ernst? Was treibt dich an?«

»Ist das so schwer zu verstehen? Wir brauchen Christinas Mitgift. Dein Vater lässt sich nicht lumpen. Mein Vater spricht von Diamanten, die das Lösegeld eines Königs wert sein sollen. Sie bringen mir das Vermögen, das uns fehlt, nachdem es mit dem Tuchhandel in den letzten Jahren stetig bergab gegangen ist. Ich gedenke nicht, auf sie zu verzichten.«

Dass er weder die Drohung leugnete noch das Mäntelchen leidenschaftlicher Liebe um seine Werbung legte, bewies, dass er mittlerweile auf jede Verstellung verzichtete. Er glaubte, sie nicht länger nötig zu haben. Matthis' Gedanken rasten in seinem Kopf. Jedes Wort bedurfte ab sofort genauer Abwägung. Nur keinen überhasteten Fehler machen, dachte er bei sich. Egal, wie Hendrik in den Besitz des Dolches gelangt war, er war ein Beweisstück.

Seine Geschwister hatten keinen Mord auf ihr Gewissen geladen, dessen war er sich sicher. Aber er wusste auch, dass Hendrik jedes Mittel recht sein würde, diese Heirat doch noch zu erzwingen. Wie dumm war er gewesen, seinem Gefasel von Freundschaft und Liebe Glauben zu schenken. Seine Schwester hatte ihm schon oft vorgeworfen, dass er keine Menschenkenntnis habe.

Mein Gott, sie hat recht. Und ich habe Vater auch noch zu dieser Heirat zugeredet. Was bin ich doch für ein Idiot.

Er versuchte zu retten, was zu retten war.

»Ich verwahre mich entschieden gegen deine Verdächtigungen«, sagte er bedächtig. »Ich warne dich davor, irgendwelche Gerüchte über Christina und Lucas zu verbreiten. Wenn du ihren oder seinen Ruf ruinierst, wird sie eher ins Kloster gehen, als dich zu heiraten. Das muss dir klar sein. Sie liebt Lucas und wird immer zu ihm halten.«

Er hatte ins Schwarze getroffen. Hendrik machte ein mürrisches Gesicht und schenkte sich den nächsten Becher Wein ein.

»Und was schlägst du vor?«, knurrte er schließlich verdrießlich. »Gemeinsame Trauer um Johann Ohnefurcht?«

Er meinte es nicht ernst, aber Matthis nagelte ihn fest. »Genau das erwartet man von uns am heutigen Tag, Hendrik. Das verschafft uns zudem die Zeit, deine Behauptungen zu überprüfen. Du wirst von uns hören, Hendrik.«

Eilig verließ er den Mann, den er einmal für seinen besten Freund gehalten hatte.

An den Tischen der Geldwechsler der Venezianischen Loge herrschte noch mehr Gedränge als sonst. Matthis vernahm erregte Stimmen und schrilles Geschrei. Die ganze Stadt befand sich im Aufruhr. Die Kunde vom Tod des Herzogs war durchgedrungen.

Aufgewühlt von dem Gespräch mit Hendrik van der Molen, achtete er kaum auf seine Umgebung. Als er im

Gewühl mit einem dunkel gekleideten Mann zusammenstieß, wäre er einfach weitergegangen, hätte ihn der andere nicht am Wams festgehalten.

»Auf ein Wort, Matthis Contarini.«

Matthis stutzte und erkannte den bleichen Mann mit der Schläfenlocke erst auf den zweiten Blick. »Jakob ben Salomon. Seid gegrüßt. Was kann ich für Euch tun?«

Er wahrte lediglich die Höflichkeit, denn er war der Familie Salomon nicht so zugetan wie Christina oder Lucas. Er begrüßte es sogar, dass seine Mutter darauf bestand, etwas Abstand zu wahren, seit sein Großvater gestorben war. Er verstand nicht, was seine Schwester in das Judenhaus am Walplein zog. Hinzu kam, dass Jakob in seinen Augen ein Versager war, der das Geschäft seines Vaters ruinieren würde, sobald er es in die Hände bekam. Der alte Salomon besaß nach dem Tod seiner Frau nicht mehr die Kraft, die Geschäfte gewinnbringend zu führen.

»Man spricht davon, dass Eure Schwester heute heiratet. Ist das wahr? Wäre es dennoch möglich, ihr eine Frage zu stellen? Es handelt sich um eine dringende Angelegenheit, Hannah betreffend ...«

Mit einem Schlag wurde Matthis vieles klar. Hannah war Christinas engste Freundin und Vertraute. Es lag nahe, dass die beiden gemeinsam geflüchtet waren. Er wagte einen kühnen Vorstoß. »Sucht Ihr etwa nach Eurer Schwester? Ist sie verschwunden?«

»Woher wisst Ihr das?« Jakob wurde blass. »Wir vermissen sie seit heute Morgen. Vielleicht weiß ja Christina, wo sie steckt. Vater hatte ihr klargemacht, dass es undenkbar ist, dass sie an einer christlichen Hochzeit teilnimmt. Ist sie trotzdem zu Euch gekommen?«

»Nein.«
»Umso schlimmer. Wir wissen nicht, wo wir sie suchen sollen. Ungehorsam passt nicht zu Hannah. Wir sorgen uns um sie. Vater braucht sie so sehr, seit unsere Mutter tot ist.«
Matthis wollte sich den drängenden Fragen entziehen, aber Jakob ließ nicht locker.
»Wo sonst könnte meine Schwester sein, wenn nicht bei der Euren?«
»Haltet Ihr es für möglich, dass sie mit einem Mann durchgebrannt ist?« Vielleicht neigte Hannah zu Tollheiten wie Christina. Er kannte sie zu wenig, um sich ein Urteil zu erlauben. »Ich meine, einmal von meiner Schwester gehört zu haben, dass Hannah die häusliche Enge am Walplein bedrückt«, fügte Matthis vielsagend hinzu.
Jakob sah sich erschrocken um. Erst als er sicher sein konnte, dass ihnen niemand zuhörte, verriet er Einzelheiten. »Sie hat keinerlei Nachricht zurückgelassen. Sie ist fort, und unser Vetter Daniel Katz, der in unserem Haus zu Besuch ist, ebenfalls. Ich beschwöre Euch, behaltet die Sache für Euch. Unser Vater ist außer sich. Es widerspricht allen guten Sitten und jedem Glaubensgebot, dass eine Tochter das Elternhaus aus eigenem Antrieb verlässt. Er will sie verstoßen und ihren Namen nie wieder in den Mund nehmen. Ich muss sie finden, ehe ein Unglück geschieht.«
»Ihr habt wirklich keine Ahnung, wohin Hannah gegangen sein kann?«
»Ich hoffte, von Eurer Schwester mehr darüber zu erfahren.«
Für Matthis fügte sich ein Bild zusammen. Christina hatte

ihren Willen durchgesetzt. Sie war mit Daniel geflohen. Hannah begleitete die beiden, und Lucas kam diese Flucht gerade recht. Dennoch hielt ihn seine Geistesgegenwart davon ab, diese Vermutungen mit Jakob zu teilen. Je weniger Menschen Bescheid wussten, umso eher könnte es ihnen gelingen, die Ereignisse in Ordnung zu bringen und zu vertuschen.

»Was ist?« Jakob unterbrach ungeduldig seine Gedankengänge. »Ist es nun möglich, mit Eurer Schwester zu sprechen?«

»Nicht heute, Jakob ben Salomon. Unser Haus trauert um den ermordeten Herzog. Christinas Hochzeit wurde aus diesem Grund verschoben. Ihr werdet Euch gedulden müssen. Lebt wohl.«

Er ging ein paar Schritte und wandte sich noch einmal um. »Wenn Ihr etwas von Hannah hört, schickt einen Boten zu uns. Meine Schwester wird sich Sorgen um sie machen, wenn sie erfährt, dass sie verschwunden ist.«

Jakob ben Salomon konnte ihn nicht aufhalten. Matthis hatte es sehr eilig, nach Hause zu kommen.

»Welch ein Tag.«

Selten hatte Matthis seinen Vater derart ratlos erlebt wie in diesem Augenblick. Mit den abgehackten Bewegungen eines Schlafwandlers trat er an das breite Glasfenster des Hauptkontors und blickte in den Hof hinunter. Er hatte alle Schreiber, Gesellen und Lagerarbeiter nach Hause geschickt. Die Kontobücher lagen geschlossen auf den Stehpulten, die Korrespondenz wartete auf Erledigung. Auf den breiten Tischen lagen Warenproben, für die erst noch endgültige Preise errechnet werden mussten.

Dieser Raum war normalerweise der pulsierende Mittelpunkt des Handelshauses. Ihn so gespenstisch leer und still vorzufinden machte Matthis das Ausmaß der Geschehnisse noch bewusster. Alle waren wie gelähmt. Nach außen hin aus Trauer um den Herzog. In Wirklichkeit vor Ärger und Sorge um Christina und Lucas.

»Es sind nur Vermutungen«, murmelte er schließlich, weil er das väterliche Schweigen nicht länger ertrug. Seit seinem Bericht über die Begegnung mit Jakob ben Salomon war kein Wort mehr gefallen.

»Vermutungen, die der Wirklichkeit nahe kommen, befürchte ich.« Contarini wandte sich erbittert zu ihm um. »Es passt gut zu Christina. Dieser Daniel Katz muss ihr völlig den Kopf verdreht haben. Ich will zu Lucas' Gunsten annehmen, dass er glaubt, seine Schwester noch zur Vernunft bringen zu können. Und was die kleine Hannah betrifft, sie hat schon immer nur getan, was Christina wollte. Sie wird nie von ihrer Seite weichen. Sie ist ihr Schatten. Wenn wir nur wüssten ...«

Ein respektvolles Räuspern an der Tür ließ ihn abbrechen. Er winkte Kaspar Diest näher, der nicht nur der oberste seiner Angestellten, sondern auch sein Vertrauter war. Kaspar hatte die beunruhigende Fähigkeit, Gedanken lesen zu können. Vielleicht lag es auch nur daran, dass er sich mit seiner hageren, vornübergebeugten Gestalt auf eine Weise unsichtbar machen konnte, dass man in seiner Gegenwart stets mehr sagte, als man eigentlich wollte.

»Kaspar. Endlich. Was hast du herausgefunden?« Über Contarinis Züge flackerte eine Spur Hoffnung.

»In Damme hat ein Jude für teures Geld drei Reitpferde gekauft und sich dabei ordentlich übers Ohr hauen lassen.

Der Händler sagt, es sei ihm eilig gewesen. Für zwei Pferde habe er ausdrücklich Damensättel verlangt.«
»In welche Richtung …«, Contarini unterbrach sich selbst. »Drei Pferde? Nicht vier?«
Kaspar beschränkte sich auf ein Nicken.
»Was hat das zu bedeuten? Ist es möglich, dass Katz allein mit Hannah und Christina unterwegs ist?« Contarini rieb sich gedankenverloren das Kinn, und Matthis hörte das leise Rascheln der Bartstoppeln. »Wo ist dann Lucas? In unseren Ställen fehlt kein Pferd. Das habe ich kontrollieren lassen. Was zum Teufel hat er vor? Wo steckt er, wenn er nicht bei den anderen ist?«
»Und wenn sie nun unterwegs zu einem Hafen sind?« Matthis zögerte, einen weit hergeholten Gedanken auszusprechen, tat es aber dann doch. »Christina hat stets ein Loblied auf Venedig gesungen. Es war schon ihr Kindertraum, die Heimat unseres Großvaters kennenzulernen.«
»Gott steh uns bei«, ächzte sein Vater. »Du könntest recht haben. Wir müssen auch diese Spur verfolgen. Kaspar, du schickst auf der Stelle vertrauenswürdige Männer in alle umliegenden Häfen. Diese dummen Kinder haben keine Ahnung, worauf sie sich einlassen. Zwei Frauen, ein Jude und ein Träumer. Keiner von ihnen ist der Wirklichkeit einer Welt außerhalb von Brügge gewachsen.«
Während er seinem Vertrauten ausführliche Anweisungen gab, zerbrach sich Matthis den Kopf über das Gespräch mit Hendrik. Wie sollte er seinen Vater über ihn aufklären? Schließlich war er es gewesen, der ihm ständig mit Hendriks Vorzügen in den Ohren gelegen hatte. Ihm nun erklären zu müssen, dass er sich als Erpresser entpuppt hatte, steckte ihm wie eine Kröte im Hals. Ganz zu schwei-

gen von den persönlichen Kränkungen, die er von sich gegeben hatte.

»Nun, mein Sohn. Was geht in deinem Kopf vor?« Sobald Kaspar Diest den Raum wieder verlassen hatte, war klar, dass Matthis mit der Sprache rauskommen musste. »Hast du etwa noch mehr Hiobsbotschaften?«

»Ich fürchte, ja«, räumte er ein. »Hendrik van der Molen schäumt vor Wut über die verschobene Hochzeit. Er hat die Maske des Ehrenmannes fallenlassen und mir ins Gesicht gesagt, dass er mit Christinas Mitgift bereits Pläne schmiedet. Er besteht auf der Eheschließung. Er geht so weit, uns zu bedrohen, wenn wir uns seinem Willen widersetzen.«

»Du machst Scherze, Matthis. Womit sollte mein künftiger Schwiegersohn uns bedrohen können?«

»Er behauptet, Lucas und Christina seien in den Mord an Jan van der Buerse verwickelt. Er droht damit, es öffentlich zu machen.«

»Lächerliches Gerede. Die Contarini haben nichts mit Mord und Verbrechen zu tun. Was ist in ihn gefahren?«

»Hendrik behauptet, Jan sei mit dem Dolch erstochen worden, den Lucas von Großvater hat. Die Waffe befindet sich in seinem Besitz.«

»Du hast sie gesehen?«

»Nein, Vater. Aber ich bin sicher, er behauptet das nicht einfach so. Es ist schrecklich: Lucas hätte zu keinem schlechteren Zeitpunkt verschwinden können. Man wird sagen, er sei aus Angst geflohen.«

»Mein Sohn ist kein Mörder.«

»Wir wissen das. Aber unser Wort steht gegen das Hendrik van der Molens und seiner Freunde. Er sagt, er könne

Zeugen nennen. Das Wort ehrenwerter Flamen stünde dann gegen das von burgundischen Emporkömmlingen, die wir in seinen Augen offensichtlich sind. Nur Christinas Hand garantiere sein Schweigen.«

»Ist das der aufrichtige Freund, den du mir als Schwiegersohn empfohlen hast?«

»Er ist nicht länger mein Freund, Vater. Ich muss gestehen, ich habe mich von ihm täuschen lassen. Vielleicht hat es sein Gutes, dass Christina ihn heute nicht heiratet.«

»Sein Gutes?«, wiederholte Contarini.

Matthis meinte zu wissen, was seinem Vater durch den Kopf ging. Als er sich ihm nach einer ungewöhnlich langen Zeit des Schweigens zuwandte, rechnete er mit Vorwürfen, aber es kam völlig anders.

»Wir würden den Namen Contarini zu Unrecht tragen, wenn wir uns von einem Hendrik van der Molen einschüchtern lassen«, begann er. »Das Haus Contarini hat schon andere Stürme überstanden. Und zu dir gesagt, mein Sohn: Fehler werden von jedem Menschen gemacht. Entscheidend ist, dass man sich von ihnen nicht vom Weg abbringen lässt, sondern an ihnen wächst. Ich muss Großmutter beipflichten, auch ich habe in diesem Fall nicht richtig gehandelt. Ich wollte mit Gewalt Christina und Lucas meinen Weg weisen, es ist misslungen. Christina hat Großmutters freien Geist geerbt, und Lucas ihr schöpferisches Talent. Sie hat den Fehlschlag vorausgesehen. Wie kein anderer kann sie sich in diese beiden Kinder hineinversetzen. Sie ist eine weise und kluge Frau mit einem großen Herzen. Auch für dich, Matthis. Du bist ihr erstgeborenes Enkelkind, und sie liebt dich über alle Maßen. Ich habe oft gespürt, dass du dich von deinen Großeltern

weniger geliebt gefühlt hast. Das ist nicht richtig und erfüllt dich ganz unnötig mit Missgunst. Missgunst und Neid sind im Leben schlechte Ratgeber. Matthis, du wirst mein Nachfolger werden und somit auch verantwortlich für die ganze Familie und das Handelshaus sein. Gerade in dieser schweren Stunde halte ich es für angebracht, mit dir ein ernsthaftes Wort zu reden. Du hast allen Grund, Selbstbewusstsein zu haben, und das ist Voraussetzung für verantwortungsvolles Handeln. Glaube mir, ich weiß, wovon ich rede. Auch ich musste lernen, mit meinem Eigensinn und dem Temperament zu leben, das ich geerbt habe. Du bist deiner Mutter und deinem anderen Großvater sehr ähnlich. Die Welt deiner Mutter ist kleiner, aber sie hat dessen ungeachtet ein beständiges und aufopferungsbereites Herz. Ich liebe sie sehr. Komm, lass uns zu ihr gehen und ihr berichten. Sie benötigt Trost. Wir müssen sie davon überzeugen, dass Christina und Lucas bald wieder bei uns sind.«
Contarini legte einen Arm um die Schultern seines Sohnes und schob ihn aus dem Kontor.
Matthis war dankbar, dass sein Vater keine Antwort von ihm erwartete. Noch nie hatte er so mit ihm gesprochen.

Dritter Teil

An Bord der Espérance

11. Kapitel

ANTWERPEN, 16. SEPTEMBER 1419

Der Hafen von Antwerpen offenbarte Lucas eine nie gesehene Vielfalt an Blau-, Grau- und Brauntönen, die er am liebsten auf der Stelle für ein Bild gemischt hätte. Sie alle spiegelten sich, unterschiedlich schattiert, in der Flussmündung wider. Er war so fasziniert von dem Schauspiel, dass er seine Probleme für einen Moment darüber vergaß.

Geblendet verengte er die Augen, obwohl die Sonne hinter den Wolken verborgen blieb. Das Wasser der Schelde wogte graubraun gegen das Schiff, über dessen Reling er blickte. Wenn die Wellen zurückgingen, glänzte der Rumpf, mit seinen gebogenen und geklinkerten Holzplanken, wie Marmor. Die *Espérance* überragte alle anderen Wasserfahrzeuge am Flusskai. Sie war in Antwerpen gebaut worden. Ein Symbol für die erstarkte Wirtschaftskraft des Fischerdorfes, das an der Schwelle zur Stadt stand.

Seit die Engländer im vergangenen Jahrhundert Antwerpen ausgewählt hatten, um dort ihre eigenen Tuche zu verkaufen, und die Gewürzhändler nicht mehr bis ins Landesinnere kamen, sondern bereits hier ihre gewinnbringende Fracht entluden, gedieh der Ort. Schon hatte sich die Einwohnerzahl auf fast dreitausend Seelen verdoppelt. Unter die Holzhäuser mischten sich zunehmend Steingebäude und Handelskontore. Eines davon gehörte dem Reeder Hugo van Liewe, dessen Schiffe inzwischen alle bekannten Meere befuhren. Lionel, sein Sohn, kommandierte die *Espérance*.

Es fiel Lucas schwer, den Zweimast-Segler in eine Kategorie einzuordnen. Er glich weder einer Kogge noch einem Hulk oder einer arabischen Dau. Seine dreieckigen Lateinersegel erhoben sich weit über das Vorkastell. Sein Name leuchtete, weithin sichtbar, in Goldbuchstaben durch den trüben Herbsttag.

Kapitän van Liewe sang ein Loblied auf das Schiff, das die väterliche Reederei nach seinen Plänen gebaut hatte. Der Name *Hoffnung* drückte wohl auch die Hoffnungen des Schiffsbauers auf Ruhm und Anerkennung aus.

»Man nennt es Karavelle«, erklärte er. »Mit der *Espérance* können wir höher am Wind segeln als mit jedem anderen Schiff. Das verkürzt nicht nur die Fahrtzeit, sie ist auch den schwierigen Strömungsverhältnissen besser gewachsen. Der geringe Tiefgang macht sie zudem besonders geeignet, Flussläufe zu befahren. Man wird das in Brügge zu schätzen wissen, oder konntet ihr die Versandung des Zwins inzwischen wesentlich aufhalten?«

Lucas wollte weder über Brügge noch über die Fluss- und Kanalprobleme der Stadt sprechen. Er vernachlässigte die Frage einfach. »Wagt Ihr Euch deswegen zu dieser Jahreszeit auf große Fahrt, an der spanischen Küste entlang, ins Mittelmeer?«, erkundigte er sich stattdessen.

»Unter anderem. Die *Espérance* muss sich beweisen, damit unsere Reederei weitere Aufträge zum Bau dieses Schiffstyps erhält. Macht Euch indes darauf gefasst, dass die Fahrt an der Küste Frankreichs vorbei, zur Biskaya, dennoch

ziemlich rauh werden kann. Wir steuern gegen die aufkommenden Herbststürme an«, warnte der Kapitän. »Eilt Eure Reise wirklich so sehr, dass Ihr diese Strapaze auf Euch nehmen müsst?«
Lucas nickte. »Meine Geschäfte sind dringend. Jede Stunde, die Ihr früher ablegt, ist mir willkommen.«
Deutlicher konnte er nicht werden. Die Ereignisse in Brügge hatten ihn zu der Überzeugung gebracht, nicht länger bleiben zu können. Er wollte weder in ständiger Angst vor Hendrik van der Molen leben noch Kaufmann unter der Fuchtel seines Bruders werden. Das Schreiben Robert Campins an Jacobello del Fiore hatte ihm das Tor in eine Zukunft nach seinen eigenen Vorstellungen geöffnet.
Er schlug ohne Zögern ein, als ihm der Kapitän die Hand hinhielt.
»Dann sind wir uns einig, Herr Contarini. Wir brechen mit der Morgenflut auf. Bringt Euer Gepäck in die Kammer im Vorderkastell. Ihr werdet eine Menge Platz haben, denn Ihr seid unser einziger Passagier. Oder begleitet Euch etwa ein Gehilfe?«
Lucas hatte zwar nicht erwähnt, dass er im Auftrag seines Vaters für das Handelshaus unterwegs war, aber er hatte der Vermutung des Kapitäns, dass dem so sei, auch nicht widersprochen. In solchen Fällen reiste oft ein Schreiber oder ein Kontorist mit.
Eben wollte er den Kopf schütteln, als sein wachsamer Blick auf eine Gruppe junger Leute fiel, die auf dem Kai stand. Eine der Frauen trug ein blau-weiß gestreiftes Kopftuch, was sie als Jüdin auswies. Er erinnerte sich an Hannah, von der er sich ebenfalls nicht verabschiedet hatte. Wie ein Dieb … nein, wie ein Mörder auf der Flucht, war

er Hals über Kopf aus Brügge verschwunden und hatte sich nach Antwerpen gewandt. In die Grafschaft Brabant, weil er annahm, dass ihm dort kein Bürger seiner Heimatstadt über den Weg laufen würde. Von oder nach Brügge würde ein Reisender nie einen Umweg über Antwerpen nehmen.

Zu erkennen, dass er sich getäuscht hatte, versetzte ihn in Panik. Kalter Schweiß trat ihm auf die Stirn, und sein Herz begann zu rasen. Täuschten ihn seine Augen?

Leider nicht.

Was hatten Christina und Hannah hier zu suchen? Die Vertrautheit, mit der seine Schwester soeben die Hand auf den Arm des jungen Mannes an ihrer Seite legte, versetzte ihm den nächsten Schock. Gleichzeitig fiel ihm ein Tischgespräch zwischen Matthis und dem Vater ein. Es war um den Hafen Antwerpen gegangen. Um die Tiefe des Wassers und die steigende Zahl der Schiffe aus aller Herren Länder, die dort anlegten. Auch Christina hatte damals genau zugehört.

Der Mann an ihrer Seite war Daniel Katz. Jetzt erkannte er ihn. Mit steigendem Entsetzen wurde ihm klar, dass sie die *Espérance* ansteuerten. Er war so tief in die eigenen Probleme verstrickt gewesen, dass er kaum an Christina und ihre verzweifelte Lage gedacht hatte. Dass sie wie er aus dem Elternhaus und aus Flandern zu fliehen versuchte, weil sie den väterlichen Befehlen trotzte, überraschte ihn nicht länger. Sie träumte von Freiheit und Liebe. Und sie war dickköpfig genug, ihren eigenen Weg zu gehen.

Er wusste, dass er die Pflicht hatte, sie von diesem Plan abzubringen. Er ahnte aber auch, dass es ihm nicht gelin-

gen würde. Der Mann, der den Willen seiner Schwester brach, musste erst geboren werden. Was konnte er tun?
»Nun – seid Ihr allein oder mit einem Gehilfen, Herr Contarini …«, brachte sich der Kapitän mit einer Spur von Ungeduld in der Stimme in Erinnerung.
Lucas fuhr sich mit dem Handrücken über die nasse Stirn und traf seine Entscheidung. Er musste alle Möglichkeiten einplanen.
»Unter Umständen sind wir sogar zu viert, Kapitän«, sagte er heiser. »Es wird sich in Kürze entscheiden. Seht Ihr darin eine Schwierigkeit?«
»Zu viert? Nein, es ist Euer Platz, den Ihr mit ihnen teilt«, entgegnete der Schiffsherr gelassen. »Und Eure Essensration, wenn es eng werden sollte. Überlegt Euch das gut. Es ist keine Zeit mehr, zusätzliche Vorräte an Bord zu bringen. Jetzt entschuldigt mich bitte, es gibt noch eine Menge zu tun vor dem Auslaufen. Wenn Ihr die letzte Nacht an Land verbringen wollt, achtet darauf, vor Sonnenaufgang an Bord zu kommen. Meldet Euch bei der Deckwache. Gott zum Gruß, Herr Contarini.«
Sie trennten sich.
Lucas eilte über die schmale Laufplanke an Land zurück, während hinter ihm knappe Befehle über Deck hallten. Ein Schiffsjunge flitzte so überstürzt an ihm vorbei, dass er Christina dabei um ein Haar über den Haufen gerannt und ins Hafenbecken gestoßen hätte. Lucas erwischte sie eben noch an ihrem Umhang. Ihr verdutzter Gesichtsausdruck hätte ihn unter anderen Umständen zum Lachen gebracht.
»Kommt«, befahl er knapp. Er zog seine Schwester entschlossen hinter sich her, bis sie außer Sichtweite des Schiffes waren.

Alle waren so überrumpelt, dass sie kein Wort herausbrachten. Christina fing sich als Erste. Sie fiel Lucas um den Hals.

»Ich glaube, ich träume. Du hier? Und auch mit dem Vorsatz, Brügge zu verlassen? Das kann kein Zufall sein, das ist eine Fügung des Schicksals. Die ganzen Tage wollte ich dir von meinem Plan erzählen, aber du warst nirgends zu finden. Ich kann es nicht fassen. Du glaubst gar nicht, wie ich mich freue, dich hier zu sehen. Wir hatten wohl die gleiche Idee. Für eine Flucht kommt kein Hafen in Flandern in Frage.«

Lucas löste sich aus der überschwenglichen Umarmung und schüttelte Christina mit brüderlicher Derbheit.

»Beruhige dich und lass mich zu Wort kommen. Glaub mir, wenn du vorhattest, an Bord der *Espérance* zu fliehen, du wirst kein Glück mit diesem Schiff haben. Die *Espérance* nimmt euch niemals an Bord.«

»Warum nicht?« Christina sträubte sich und wurde wieder todernst. »Willst du uns etwa aufhalten? Das kannst du uns nicht antun. Du weißt, was in Brügge auf mich wartet.«

Lucas drängte sie zum Weitergehen, um jedes Aufsehen zu vermeiden. Er behielt auch Daniel und Hannah im Auge, die ihm hinter seiner Schwester wie zwei Kinder vorkamen, die ihrer Mutter nachtrotteten.

»Wir können nicht hier stehen bleiben. Wir fallen auf. Lasst uns in ein Wirtshaus gehen und über alles reden.«

»Ich muss so bald wie möglich mit dem Kapitän der *Espérance* sprechen«, beharrte Christina eigensinnig auf ihrem Plan. »Kennst du ihn? Woher willst du wissen, dass er keine Reisenden mitnimmt?«

»Reisende schon, aber keine Frauen. Hast du noch nie davon gehört? Seeleute sind abergläubisch. Frauen an Bord bedeuten ihrer Ansicht nach Unglück.«

Christina schwieg, bis Lucas sie in das Gasthaus führte, wo er sein Gepäck deponiert hatte. Man tischte ihnen Würzbier und Fischsuppe auf, und erst jetzt, während Hannah und Daniel heißhungrig Brotstücke in den Eintopf tauchten, nahm sie ihren Hunger wahr. Die erste warme Mahlzeit seit dem Morgen ihrer Flucht schmeckte ihnen sichtlich. Christina jedoch schloss trotz ihres knurrenden Magens lediglich die Hände um den dampfenden Holznapf. Alle drei sahen müde und erschöpft aus.

Lucas gab ihnen Zeit, sich zu fassen. Er schilderte seinen bisherigen Fluchtweg, der über Gent nach Antwerpen geführt hatte, bis auch Christina endlich ihre Suppe löffelte. Sie gab keinen Kommentar ab, aber er las in ihren Blicken, was sie ihm vorwarf.

»Ich wollte nicht darüber reden, meinen Entschluss alleine treffen, die Einwände nicht hören«, verteidigte er sich. »Ich weiß, dass ich es schwer haben werde, wenn ich nach Venedig komme. Es wird vermutlich Jahre dauern, bis ich von meiner Kunst leben kann, und ich werde keine Almosen von den Contarinis annehmen. Christina, du bist eine Frau, du hättest dich in dein Schicksal fügen sollen. Was willst du tun, wenn dich kein Schiffsherr mitnimmt? In Antwerpen auf ein Wunder warten? Über Land reisen? Eines ist so unmöglich wie das andere.«

Sie aß weiterhin schweigend, und er kratzte sich beunruhigt am Kopf. Sie bestätigte damit nur seine Vermutung, dass sie ohnehin nicht auf ihn hören würde.

»Wie auch immer, wir müssen fort sein, ehe Vater seine

Suche auf Antwerpen ausdehnt«, stellte sie endlich sachlich fest, als ihr Napf geleert war. »Die *Espérance* heißt nicht nur so, sie ist unsere einzige Hoffnung. Du sagst, der Kapitän nimmt an, dass du für das Handelshaus unterwegs bist? In dem Fall wird er sich nicht wundern, wenn du mit Begleitern reist. Wo bist du untergebracht?«

»In einer Kammer unter dem Vorderkastell. Das ist ein neuer Aufbau, von dessen Oberdeck aus das Steuerruder bedient wird«, erklärte er.

Seine Schwester ließ sich nicht ablenken. »Wenn wir im Dunkeln, eng in unsere Mäntel gehüllt, auf das Schiff gehen, wird keiner erkennen können, dass Hannah und ich Frauen sind. Wir können während der Reise in dieser Kammer bleiben. Meinethalben sag, dass deine Begleiter seekrank sind, wenn du gefragt wirst, warum wir uns nicht sehen lassen. Ich bin sicher, das ist keine Seltenheit. Man wird uns nie zu Gesicht bekommen. So einfach ist das.«

Einfach? Nur Christina konnte einen solchen Plan einfach nennen. Sie redete auf ihn ein, bis ihm jedes Argument ausging. Er sah zu Daniel. Wieso trug er keine Silbe zum Gespräch bei? Nach allem, was er wusste, waren er und seine Schwester ein Liebespaar. Dass er sich so problemlos damit abfand, dass Christina für alle bestimmte und handelte, verwunderte ihn. Gleichzeitig beneidete er ihn und verbot sich selbst jeden Gedanken an Michelle. Sie war jetzt die Herzogin von Burgund. Weiter von ihm entfernt als die Sterne am Firmament.

»Wieso hältst du sie nicht von diesem Wahnsinn ab?«, knurrte er Daniel an und ließ seiner Entrüstung freien Lauf. »Es ist ein Ding der Unmöglichkeit, dass ihr wie verbannte Seelen auf Wanderschaft geht. Meine Schwester kommt aus einer der ersten Familien Brügges. Sie hat keine Ahnung, was Entbehrungen sind. Wie stellst du dir eigentlich euer künftiges Leben vor, wenn es denn überhaupt eines geben sollte? Und warum habt ihr Hannah in dieses empörende Abenteuer mit hineingezogen? Denkt denn niemand von euch daran, was sie aus Freundschaft riskiert?«

»Gott wird uns einen Weg weisen und seine schützende Hand über uns halten. Er hat auch die Kinder Israels sicher an die Ufer von Babylon geführt«, antwortete Daniel so überzeugt, dass Lucas jede Erwiderung im Halse steckenblieb.

»Streitet euch nicht«, bat Hannah leise.

Lucas dämpfte die Stimme. Hannah sah bereits unglücklich genug aus. »Warum bist du mit diesen beiden Dickköpfen unterwegs?«, fragte er sie.

»Sie brauchen mich«, entgegnete sie sanft. »Christina kann nicht alleine reisen. Und außerdem war es mein Wunsch und Wille.«

»Du bist ihre Freundin, nicht ihre Magd. Dein Vater wird außer sich sein vor Sorge um dich.«

»Und was ist mit deinen Eltern? Hast du dir über sie auch solche Gedanken gemacht? Glaubst du, du wärst der einzige Mensch, der keinen anderen Ausweg als die Flucht findet? Mein Vater wird mich aus seinem Herzen tilgen. Er wird Schiwe für mich sitzen und Trost im Gebet finden.«

»Schiwe sitzen?«

Der Schmerz in Hannahs Stimme veranlasste Lucas zu der Nachfrage. Jüdische Bräuche waren ihm zwar bekannt, doch Schiwe klang fremd in seinen Ohren.

»Die Totenklage«, erklärte Christina anstelle ihrer Freundin. »Das Oberhaupt der Familie erklärt Hannah für tot, indem es sieben Tage um sie klagt. Nach dieser Zeit ist sie für ihre Familie gestorben. Ausgestoßen aus der Sippe und der Gemeinde.«

Hannah schob den Rest der Suppe außer Reichweite. Das Essen schmeckte ihr nicht mehr. Lucas verstand, weshalb. Er stützte die Ellbogen auf den Tisch und die Stirn auf die Handballen. Er wollte die Last dieser Verantwortung nicht tragen. Allein, welche Wahl blieb ihm?

Seine Vernunft sagte ihm, dass sie alle nach Hause gehen sollten. Sein Herz indes registrierte mit Erleichterung, dass er nicht allein in die Fremde aufbrechen würde. Christina und Hannah bedeuteten ein Stück Heimat. Und Daniel? Nun, den würde er wohl erdulden müssen. Vielleicht konnte er am Ende sogar verhindern, dass seine Schwester mit ihm unglücklich würde.

»Iss deine Suppe.« Lucas ließ die Arme sinken und rückte Hannah ihre Schale wieder näher. »Wir haben eine lange Reise vor uns, und du siehst ohnehin aus, als würde dich der nächste Windstoß von Bord wehen. Wir müssen einen Männerumhang und einen Hut für dich auftreiben. Kaufmannsgehilfen tragen keine Kopftücher.«

»Danke.« Christina atmete auf. Sie fasste nach seiner Rechten und drückte sie heftig. »Ich bin froh, dass wir dich getroffen haben und zusammenbleiben. Ich weiß nämlich noch nicht einmal, wie wir eine reguläre Passage hätten bezahlen sollen. Ein Teil meiner Ersparnisse ist für unsere Pferde dahingegangen, und in Antwerpen haben wir viel zu wenig für die Tiere bekommen. Was kostet die Passage eigentlich?«

»Da mach dir keine Sorgen.« Lucas klopfte auf die Börse

an seinem Gürtel. »Ich habe vor meinem Verschwinden einen Ballen florentinischer Seide verkauft und den Erlös für mich behalten. Bei allem, was man mir zu Hause anlastet, schien es mir auf einen Diebstahl nicht mehr anzukommen.«

Hannah fuhr entrüstet auf. »Du bist kein Dieb. Du konntest nicht anders, und was du dir genommen hast, gehört auch dir.«

Unter Lucas' überraschtem Blick errötete sie und senkte sofort wieder den Kopf.

»Auf jeden Fall warst du klüger als ich.« Christina rettete ihre Freundin aus der Verlegenheit.

Die mondlose Nacht war wie geschaffen für ihr Vorhaben. Lucas trieb die beiden Mädchen und Daniel eilig vor sich her. Windböen zerrten an ihren Umhängen. Sie mussten die Hüte festhalten. Die angekündigten Herbststürme schickten erste Boten voraus. Es roch nach Salzwasser, Fisch und Unrat, nach Regen und dem Torfrauch der Feuerstellen von Antwerpen. Er konnte kaum die Hand vor Augen erkennen.

»Dort vorn ist die *Espérance.* Gleich haben wir es geschafft. Erinnert euch an meine Anweisungen. Keinen Laut. Achtet darauf, außerhalb jeden Laternenlichts zu bleiben. Ich rede mit der Wache.«

Er bedeutete ihnen, am Fuße des Aufgangs zu warten, während er mit dem Matrosen verhandelte, der die Deckwache versah. Der Kapitän hatte ihn und seine Begleiter, wie versprochen, angekündigt.

»Hier ist Eure Laterne. Hängt sie an den Deckenhaken in Eurem Quartier«, sagte der Seemann und reichte ihm das

eiserne Gehäuse, in dem eine dicke Kerze brannte. »Seid sparsam damit.«
Der Mann verschwand im Dunkeln, ehe Lucas antworten konnte. Er schien keine Lust auf ein Gespräch zu haben, und er tat ihm damit sogar einen Gefallen. So konnte er die Wartenden, an Deckaufbauten und Taurollen vorbei, in sein Quartier führen. Aufatmend lehnte er sich von innen gegen die Tür und befestigte die Laterne, wie ihm geraten worden war.
Das flackernde Licht beleuchtete an jeder Wand zwei Pritschen mit Strohsäcken und Decken. Lucas warf seinen Mantelsack auf eine davon. Daniel richtete sich auf der zweiten ein, besorgt um sein schweres Bündel, das erkennbar mehr Bücher als Kleider enthielt. Hannah und Christina blieb die andere Seite. Er sah sie einen unsicheren Blick wechseln.
Die Geräusche des Schiffes klangen unheimlich. Das Holz der Wände und des Bodens knarrte, als würde es bersten. Die Masten ächzten dazu in tieferem Ton. Der Wind verfing sich sirrend im Tauwerk. Das Klatschen der Wellen am Rumpf erinnerte daran, dass sich nur Holz zwischen ihnen und den Tiefen der Schelde befand.
»Das ist ein nagelneues Schiff«, versuchte er die Befürchtungen zu entkräften, die er in den anderen Gesichtern las. »Kapitän van Liewe steuert es selbst, und man hat mir bestätigt, dass er trotz seiner jungen Jahre ein erfahrener Seemann ist. Wir müssen uns keine Sorgen machen.«
Christina strich sich die Kapuze vom Kopf und massierte ihre Schläfen mit den Fingerspitzen. Sie kam Lucas fremd vor, nicht länger die kleine Schwester, sondern eine erwachsene Frau. Groß, blass, dünn, mit sorgenvollen Augen, in

denen sich das Licht der Laterne spiegelte. Was hatte sie an sich, dass sie zwei so unterschiedliche Männer wie Hendrik van der Molen und Daniel Katz zur Unvernunft verführte?

Schon lange hatte er sie nicht mehr so genau angesehen. Ihre Haltung mochte stolz und zurückhaltend wirken, ihr Mund verriet Lebenshunger und eine gefährliche Sinnlichkeit. Schlagartig erkannte er, was Hendrik und Daniel anzog. Niemand würde sie je als Madonna malen. Der Maler in ihm konnte sie sich beim Tanz vor Herodes vorstellen, als Judith, die Holofernes den Kopf verdreht, oder als Delila, die Samsons Untergang bewirkt.

»Wenn das Schiff ausläuft, sind die Würfel gefallen«, sprach sie aus, was alle anderen dachten.

Sie lagen wach. Auch nachdem er das Licht gelöscht und sie zum Schlafen aufgefordert hatte. Mit dem Einsetzen der Flut begann das Getrappel der Füße über ihren Köpfen. Die Ankerkette knirschte, und die Bewegung des Schiffes übertrug sich auf die Pritschen.

Als hätte es einen Befehl dazu gegeben, standen sie alle vier gleichzeitig auf, traten in die Mitte des Raums und reichten sich die Hände.

»Nun gibt es kein Zurück mehr«, sagte Lucas, jedes Wort betonend. »Wir sind von jetzt an aufeinander angewiesen. Einer für alle, alle für einen, das muss unser Wahlspruch sein.«

»Gott schütze uns«, sagte Hannah leise, und sie meinte es bitterernst.

12. Kapitel

An Bord der *Espérance*, 17. September 1419

Wir haben den Kanal zwischen den Englischen Inseln und dem Kontinent verlassen und steuern aufs offene Meer.«

Lucas polterte ins Vorkastell der *Espérance*, in dem Christina und Hannah warteten. Er brachte zur Erleichterung aller einen Schwall frischer Seeluft mit. Seit sie die Scheldemündung hinter sich gelassen hatten, war erst ein Tag vergangen, dennoch empfanden sie bereits die Beengtheit ihres Quartiers.

Christina sprang von ihrer Pritsche. Gleichzeitig tauchte das Schiff in ein Wellental, und sie strauchelte. Blindlings griff sie nach einem Halt und fand ihn an Daniels Schultern. Er war nach Lucas eingetreten und hielt sie mit sicherem Griff. Ihre Hände umklammerten feuchte Wolle. Spritzwasser hatte seinen Umhang durchnässt, das dunkle Haar klebte ihm an den Schläfen. Langsam strich sie seine Arme entlang und verschränkte die Finger in den seinen.

»Hast du dem Kapitän gesagt, dass wir diese Kammer nicht verlassen, weil wir unter Seekrankheit leiden?«, fragte Christina ihren Bruder, ohne Daniel freizugeben. »Hoffentlich schickt er uns keinen Medicus, das wäre fatal.«

»Wir befinden uns auf einem Handelsschiff, Schwester.

Die Besatzung besteht aus erfahrenen Seeleuten. Du wirst vielleicht einen Schiffsschreiber unter ihnen finden, aber sicher keinen Arzt. Krankheiten oder Verletzungen werden auf hoher See mit Bordmitteln bekämpft, im Übrigen vertraut man auf Gott.«

Mittlerweile hatten sich Daniels eiskalte Hände erwärmt, und eine Welle der Erregung überkam Christina. Seit jenem Nachmittag im Lager waren sie einander nicht mehr so nahe gewesen. Die Erinnerungen überfielen sie mit Macht. Lucas' Stimme hörte sie nur wie von ferne. Sie sehnte sich danach, von Daniel in die Arme genommen zu werden. Sie wollte, dass er sie küsste. Dass er sie berührte, bis sie zu denken vergaß und nur noch fühlte. Ihre Wünsche spiegelten sich so deutlich auf ihrem Gesicht, dass Daniel sich ihrem Griff behutsam entzog.

Enttäuschung überflutete Christina und erstickte die Wärme. Dass er das Feuer, das zwischen ihnen schwelte, so mühelos verleugnen konnte, beunruhigte sie. Was ging in ihm vor? Liebte er sie noch?

»Was ist mit dir, Christina? Setzt dir die See zu?«

Lucas' Augen entgingen weder ihre Verwirrung noch ihre Niedergeschlagenheit.

»Eher der Hunger«, lenkte sie ihn geschickt ab, und es war nicht einmal gelogen. »Seit wir die letzten Reste unserer Reisevorräte gegessen haben, müssen wir darben. Was schlägst du vor?«

Lucas zuckte schuldbewusst zusammen.

»Am Kochfeuer, unterhalb des Hauptmastes, muss sich jeder seine Mahlzeit selbst holen. Ich werde sofort sehen, was ich für euch auftreiben kann. Es tut mir leid, ich habe völlig vergessen …«

»... an uns zu denken. Warum nur wundert mich das nicht im Geringsten?«

»Weil du mich kennst, Schwester.« Lucas schenkte ihr sein umwerfendes Lächeln, zwinkerte ihr verschwörerisch zu und eilte an Deck. Daniel machte eine Bewegung, ihm zu folgen, entschied sich aber dann doch, zu bleiben. Er setzte sich auf seine Pritsche und starrte vor sich auf den Boden.

Christina ließ ihn nicht aus den Augen. Sie hoffte vergeblich auf ein Wort von ihm. »Was geht dir durch den Kopf, Daniel? Warum sprichst du nicht mit mir?«

Daniel sah auf. Das Kerzenlicht zeichnete Schatten unter seine Augen und Wangenknochen. Christina hätte sie gerne liebevoll mit den Fingerspitzen nachgezeichnet, aber sie wagte keine Vertrautheit. Erst ein langsames, geistesabwesendes Lächeln schenkte ihr wieder Hoffnung.

»Es wird kaum möglich sein, jeden einzelnen meiner Gedanken mit dir zu teilen, Christina. Aber augenblicklich beschäftigen mich die Schwierigkeiten dieser Reise. Zum Beispiel die Frage, wie unser Kapitän sein Schiff navigiert. Ich wünschte, er nähme sich mehr Zeit, meine Fragen zu beantworten.«

Sie ging auf ihn ein, wollte nicht zulassen, dass sich Daniel erneut in Gedanken von ihr entfernte, obwohl er vor ihr saß.

»Ist der Kapitän wirklich so gut, wie Lucas glaubt? Hast du ihn kennengelernt? Was ist er für ein Mann?«

»Van Liewe ist ein flämischer Riese. Er hat eine Menge wirrer heller Haare auf dem Kopf, und seine Stimme könnte die Trompeten vor Jericho ohne Schwierigkeiten übertönen. Dieses Schiff bedeutet ihm alles. Er fühlt seinen Eigenwillen und seine Bewegungen wie eine Mutter die

Launen ihres Kindes. Er wird alles tun, um Schaden von ihm abzuwenden.«

Van Liewe. Der Name weckte plötzlich ein Echo in ihr. Sie kannte ihn. Woher? Sie musste einen Augenblick nachdenken, dann entsann sie sich der Liste ihres Vaters. Die Liste mit den Hochzeitskandidaten. Und jetzt fiel es ihr ein: Lionel van Liewe. Waren er und dieser Kapitän dieselben? Bestimmt. So viele Reedersöhne im passenden Alter, die ihr Vater für eine Ehe mit seiner einzigen Tochter in Betracht ziehen würde, gab es in Flandern und Brabant nicht. Hinzu kam, dass er seit geraumer Zeit davon sprach, ein Contarini-Kontor in Antwerpen zu eröffnen.

Wusste der Kapitän, dass ihr Vater eine Verbindung mit seiner Familie in Betracht gezogen hatte? Nein, sicher nicht, entschied sie. Die Liste war für ihn nur Mittel zum Zweck gewesen. Sie sollte seine wirklichen Pläne verbergen. Vermutlich hatte er von Anfang an die Ehe mit Hendrik van der Molen favorisiert. Alle anderen Namen sollten nur der Ablenkung dienen. Meine angeblich freie Wahl war nur Vorspiegelung falscher Tatsachen, dachte Christina niedergeschlagen.

Lucas kehrte zurück.

»Brot, Käse, Äpfel und einen Krug verdünnten Wein, mehr konnte ich nicht auftreiben. Der Kapitän geizt mit seinen Vorräten. Selbst das Wasser hat er nur ungern herausgegeben, aber ich nehme doch an, ihr wollt euch auch waschen.«

Etwas zu essen und Wasser. Noch nie war Christina ein so bescheidenes Angebot dermaßen luxuriös erschienen. Sie griff mit beiden Händen zu. Als Lucas auf dem Absatz kehrtmachen wollte, hielt sie ihn auf.

»Wohin gehst du?«
»Ich muss wieder an Deck. Der Ausblick dort ist phantastisch. Ich will mir die Bilder einprägen, um mir später Skizzen anfertigen zu können.«
»Ich komme mit dir.«
Daniel nahm seinen Umhang wieder auf und folgte Lucas so eilig, dass jeder Einspruch unmöglich war. Eben noch war Christina überzeugt gewesen, seine Gefühle zu kennen, nun zweifelte sie wieder. Es kam ihr vor, als ginge er ihr bewusst aus dem Weg. Musste er nicht ihre Gesellschaft suchen, wenn er sie wirklich liebte?
Sie lenkte sich ab, indem sie Hannah versorgte, die teilnahmslos auf ihrer Pritsche lag. Sie zeigte schon bei ruhiger See alle Anzeichen von Seekrankheit. Die Arme würde sicher die schlimmsten Erfahrungen machen müssen, wenn die *Espérance* einmal in einen richtigen Sturm geriet. Christina wusch ihr Gesicht und Hände und kühlte ihr die Stirn mit einer Kompresse. Gleichzeitig beschwor sie die Freundin, wenigstens ein Stück Brot und einen Becher Wein zu sich zu nehmen.
»Willst du, dass wir dich bei unserer Ankunft vom Schiff tragen müssen, weil du zu schwach bist, dich auf den Beinen zu halten?«
»Ich bin mir nicht einmal sicher, ob ich Venedig überhaupt erreichen werde. Ich fürchte, wir werden keine Freunde, das Meer und ich.«
Christina verdrehte die Augen und fand es an der Zeit, energischer zu werden. »Für solche Bedenken ist es nun wahrhaftig zu spät, Hannah Salomon. Du wolltest um jeden Preis mitkommen, also finde dich mit den Umständen ab. Wir sind auf hoher See, und niemand kann etwas daran

ändern. Je eher du das einsiehst, desto schneller wird es dir bessergehen.«

Ein leichtfertiges Versprechen, dachte Hannah, gehorchte aber und griff doch nach dem Brot. Es war alt und trocken. In Wein getaucht, konnte sie es schlucken. Beide Hände flach auf den Magen gepresst, sank sie danach auf den Rücken und horchte in sich hinein. Schweißtropfen erschienen ihr auf der Stirn.

Christina entdeckte sie und schob beunruhigt den Wassereimer mit dem Fuß näher an das Lager der Freundin. Hannah schien es nicht zu bemerken. Würde sie das Wenige bei sich behalten können? Während Christina den eigenen Hunger stillte, ließ sie sie nicht aus den Augen.

»Was willst du tun, wenn wir in Venedig ankommen?«, fragte Hannah unvermittelt mit geschlossenen Lidern. »Du kannst Daniel nicht heiraten. Unser Glaube verbietet ihm die Ehe mit einer Christin.«

»Und der meine untersagt es mir, einen Juden zu heiraten«, erwiderte Christina folgerichtig. »Es läuft darauf hinaus, dass einer von uns seinen Glauben ändern muss, wenn wir zusammenbleiben wollen. Wir wissen wohl beide, dass dies nicht Daniel sein wird.«

»Du würdest das aus Liebe zu ihm tun? Ist dir klar, dass dein ganzes Leben sich verändern würde? Dass du alle Traditionen hinter dir lassen müsstest und dass deine Familie kein Verständnis für diesen Schritt haben wird? Du liebst auch sie. Könntest du damit leben?«

»Ich kann nicht ohne Daniel leben. Ich liebe ihn«, erwiderte Christina. »Ich liebe ihn mehr als alle anderen und mehr als meine Seligkeit. Nenne mich eine Phantastin, eine Ketzerin. Ich werde dir nicht widersprechen. Die Schrift sagt, dass Gott die Liebe ist. Er hat mir die Liebe zu Daniel geschenkt, also muss er mich verstehen.«

Ungläubiges Staunen verschlug Hannah die Sprache. Christina begehrte gegen jede weltliche und himmlische Ordnung auf.

Auch wenn Christina selbst nicht wohl war dabei, sie nahm keine Silbe zurück. »Ich will die Bevormundung meines Vaters nicht länger ertragen müssen. Auch kann ich in der einen wie in der anderen Religion an einen liebenden und gerechten Gott glauben. Die Kirche als Institution ist mir nicht so wichtig. Auch meine Großmutter pflegt ein distanziertes Verhältnis zu ihr. Einmal hörte ich sie zu meinem Großvater sagen: Im Namen der Kirche geschieht viel Unrecht. Nicht alle Gottesväter sind auch gottesfürchtig.«

Hannah schob die religiösen Spitzfindigkeiten beiseite und wandte sich den praktischen Problemen zu.

»Was willst du tun, wenn du Kinder bekommst?«

»Sie werden Juden sein müssen. Etwas anderes kann Daniel nicht dulden.«

Christinas Bestimmtheit entwaffnete sie. Hätte ich den Mut zu einem solchen Schritt?, fragte Hannah sich. Könnte sie aus Liebe zu einem Mann dessen christlichen Glauben annehmen? Könnte sie mit der Tatsache leben, dass dieser Entschluss sie für immer von den Wurzeln ihres Glaubens und ihrer Kindheit trennte? Aus Christina sprach eine unbeirrbare Gewissheit, die sie in Unruhe versetzte. Warum bezog sie diese Fragen auf sich? Sie würde nie vor einer solchen Entscheidung stehen.

Sie schob den Gedanken von sich, wandte sich ihrer Freundin wieder zu. »Was sagt Daniel zu alldem? Hast du mit ihm darüber gesprochen?«

»Wann hätte ich das tun sollen? Er geht mir aus dem Weg, das musst du doch sehen.«

»Du kannst eine solche Entscheidung nicht ohne ihn fällen. Du musst mit ihm reden.«

»Ich weiß, aber dafür muss ich mit ihm allein sein. Sobald Lucas sich einmischt, kann es nur in Streit enden. Er wird sich für mich verantwortlich fühlen, sich als großer Bruder aufspielen und mir Befehle erteilen. Wenn er sich auch gegen das Leben auflehnt, das unser Vater für ihn vorgesehen hat, so ist er doch von seinen Grundsätzen geprägt. Es wird ihm nicht gefallen, was er zu hören bekommt.«

Würgend krümmte Hannah sich. Im letzten Augenblick gelang es ihr, den Brechreiz zu unterdrücken. Heftig atmend gab sie ihrer Freundin den letzten Rat: »Warte die Nacht ab. Im Dunkeln kannst du sicher irgendwo mit Daniel unter vier Augen sprechen.«

»Wenn es nur schon so weit wäre«, seufzte Christina.

Schweigen breitete sich aus.

Hannah hatte die Augen geschlossen, und schien zu schlafen. Die Erschöpfung hatte sie überwältigt.

13. Kapitel

An Bord der *Espérance*, 17. September 1419

Lucas stand, dem Wind trotzend, an Deck. So und nicht anders musste der Hintergrund aussehen, wenn er jemals die Schrecken der Sintflut einfangen wollte. Seine Phantasie entführte ihn aus der Wirklichkeit. Die *Espérance* wurde zur Arche Noah. Der Aufbau des Bildes entstand in seinem Kopf. Die Farben leuchteten natürlicher, als er sie je zuvor gemischt hatte.

»So in Gedanken, Contarini?« Ein freundschaftlicher Schlag auf seine Schulter riss ihn aus seinen Träumen.

»Warum so grüblerisch? Was beschäftigt Euch? Euer Auftrag, oder jemand, den Ihr in Brügge zurückgelassen habt?«

Lucas musste den Kopf heben, um Kapitän van Liewe ins Gesicht sehen zu können. Ein Grinsen teilte den Vollbart des Hünen, seine Zähne schimmerten weiß. Er war robust und kräftig. Er vermittelte seiner Umgebung den Eindruck, dass nichts auf der Welt ihn erschüttern konnte. Breitbeinig, mit den Planken seines Schiffes wie verwachsen, stand er selbstbewusst da. Ein Mann, dem man vertrauen konnte, das musste Lucas sich eingestehen.

»Es gibt nichts, was mich zurück nach Brügge zieht«, antwortete er deswegen wahrheitsgemäß.

»Das klingt nach Ärger. Lasst mich raten. Ärger mit Eurem

Bruder? Man sollte meinen, das Haus Contarini ist groß genug, um zwei Söhnen einen Platz einzuräumen.«

Lucas sah überrascht auf. »Ihr kennt meinen Bruder Matthis?«

»Antwerpen ist nicht aus der Welt. Wir machen Geschäfte mit Brügge, da ist es ratsam, die einflussreichen Männer dieser Stadt zu kennen. Simon Contarinis Nachfolger gehört dazu. Jeder Klatsch um das Handelshaus wird bis an die Schelde weitergetragen.«

Lucas begnügte sich mit einem Heben der Schultern, das van Liewe so oder so interpretieren konnte.

»Was ist also der Zweck Eurer Reise?« Der Kapitän gab nicht auf. »Werdet Ihr neue Kontore für die vielfältigen Geschäfte Eures Unternehmens eröffnen? Euer Großvater stammt aus Venedig. Die Familie Contarini ist nach wie vor sehr einflussreich an den Gestaden der Lagune von Venedig.«

»Das wird sich nach meiner Ankunft herausstellen«, wehrte Lucas ab. Er trat von der Reling zurück. »Entschuldigt mich. Ich muss nach meinen Gefährten sehen.«

Es missfiel ihm, einem solchen Verhör unterworfen zu werden. Der Kapitän interessierte sich entschieden zu sehr für ihn und seine Begleiter. Er würde am Ende auch Daniel befragen, wenn er Gelegenheit dazu bekäme. Lucas sah sich besorgt nach ihm um, aber er konnte ihn nirgends entdecken. Sollte er ihn suchen, um ihn davor zu warnen, oder sollte er darauf vertrauen, dass Daniel den Kapitän eher in eine seiner endlosen Diskussionen über Navigation und Sternkunde verwickeln würde, wenn er ihm über den Weg lief? Er hoffte es und ging zurück ins Vorkastell.

Unter der niedrigen Holzdecke stank es nach abgestandener Luft, Erbrochenem und Schweiß. Beide Mädchen ruhten reglos unter ihren Mänteln und Decken.

»Christina!«

Was er beim flüchtigen Hinsehen für seine Schwester gehalten hatte, waren nur Decken. Von Christina fehlte jede Spur. Er stieß einen inbrünstigen Fluch aus. »Wo zum Henker steckt sie?«

»Ich weiß es nicht«, hauchte Hannah. »Ich bin eingeschlafen. Als ich aufwachte, war sie fort. Sicher sucht sie Daniel.«

Ein weiterer Fluch folgte. Er wünschte, er hätte die Entschlossenheit besessen, Christina und ihre Begleiter in Antwerpen zurückzuweisen. Es war unverantwortlich, sie mitgenommen zu haben. Ein Zeichen seiner Schwäche.

»Ich muss sie suchen, bevor sie dem Kapitän in die Arme läuft«, knurrte er schließlich.

»Bitte bleib.« Hannah streckte die Hand nach ihm aus. »Christina weiß, was sie riskiert. Sie wird vorsichtig sein. Sie will doch nur kurz mit Daniel allein sein.«

»Um was zu tun?« Lucas raufte sich missmutig die Haare. »Dir ist doch so klar wie mir, dass die beiden nie und nimmer ein Paar werden dürfen. Sogar in Venedig ist es ein Skandal, wenn eine unverheiratete Patriziertochter sich mit einem Juden einlässt.«

»Sicher – aber du kennst doch Christina. Sie erträgt keinen Zwang. Du kannst sie nicht zum Gehorsam zwingen. Das hat schon euer Vater erfolglos versucht.«

»Sie wird sich unglücklich machen.«

»Unglücklicher als in einer Ehe mit Hendrik van der Molen? Wie kannst du das glauben. Hast du denn noch nie wirklich geliebt?«

Verblüfft von der direkten Frage, antwortete er, ohne es zu wollen. »Doch. Einmal.«
»Und? Wo ist sie? In Brügge?«
»In Gent.«
»Du hast sie verlassen.«
»Sie hat mich verlassen. Sie ist verheiratet. Verdammt, ich weiß nicht, warum ich dir das erzähle. Es geht um Christina und nicht um mich. Ich muss sie und Daniel holen.«
Das Mitgefühl in Hannahs Augen berührte ihn peinlich. Was war in ihn gefahren, dass er von Michelle sprach? Von seinen verletzten Gefühlen? Er mied ihren Blick und floh überstürzt nach draußen.
Es war Nacht geworden. Bis auf die vereinzelten Laternen am Steuerruder, an den Masten und im Mannschaftsquartier herrschte Dunkelheit auf dem Schiff. Lucas blieb stehen und versuchte sich zu orientieren.
Das Schiff vibrierte unter seinen Füßen. Der Wind heulte in der Takelage. Die menschlichen Ausdünstungen der Besatzung mischten sich mit dem fauligen Geruch des Bilgewassers im Kiel. Der Holzkohlenrauch des geflissentlich gehüteten Kochfeuers brannte in seinen Augen. Er hatte sich an das ständige Schwanken gewöhnt und musste sich nur noch selten festhalten. Aber wie sollte er seine Schwester und Daniel unter diesen Umständen finden?
Er konnte schlecht nach ihnen rufen.

Die Nische zwischen dem Beiboot im Heck und dem gestapelten Tauwerk davor bot kaum Platz für einen Menschen. Die Enge zwang Daniel und Christina zu intimer Nähe. Jeder spürte in der Dunkelheit den Atem des anderen.
»Wie kannst du so unvernünftig sein? Ausgerechnet du!

Hast du deinem Bruder nicht versprochen, keinen Fuß an Deck zu setzen?«

»Hör auf.« Christina wollte keine Vorwürfe von ihm hören. Sie schlang beide Arme um seine Schultern. »Ich brauche einfach deine Nähe«, beschwor sie ihn. »Denkst du, es fällt mir leicht, dich nicht berühren, dich nicht küssen zu dürfen? Ich sehne mich nach dir.«

»Wie ich mich nach dir. Aber wir können uns unserer Leidenschaft nicht vor den Augen von Hannah und Lucas hingeben. Du musst Geduld haben. Unser gemeinsames Leben fängt eben erst an.«

»Weißt du denn, wie es aussehen soll, dieses gemeinsame Leben?«

Daniel gab es auf, heldenhaft gegen die eigenen Empfindungen und Wünsche zu kämpfen. »Ich weiß nur, dass ich für immer mit dir zusammen sein will.«

Christina hatte zum ersten Mal das Gefühl, alles richtig zu machen. Ohne Umschweife kam sie zur Sache.

»Wir müssen Pläne machen«, sagte sie schlicht. »Ich will deine Frau sein. Ich will dein Leben teilen und deine Kinder zur Welt bringen. Sagen nicht eure Gelehrten, dass ein Leben ohne Partner kein vollständiges Leben ist?«

»Dazu müssten wir heiraten.« Daniels Hände lösten sich bedächtig von ihr. »Du weißt, was das bedeutet. Du bist keine Jüdin. Sogar wenn ich dich gegen alle Widerstände zur Frau nehme, ist diese Ehe nach jüdischem Gesetz ungültig. Daran würde nicht einmal der Segen eines Rabbiners etwas ändern.«

»Es sei denn, ich würde zum Judentum übertreten.«

»Das würdest du tun?«

»Ja.«

Dieses »Ja« sprach Christina mit so viel Aufrichtigkeit, dass Daniel die Tränen in die Augen traten. »Du würdest dich auch wie eine Jüdin benehmen müssen«, gab er schließlich zu bedenken. »Wie soll das gehen?« Überrumpelt von Christinas Schwung, protestierte er jedoch nur halbherzig.
»Du wirst es mich lehren. Diese Reise ist lang. Vieles weiß ich ohnehin schon von Hannah. Bis wir in Venedig sind, werde ich noch eine Menge lernen können. Dort gehe ich dann zu einem Rabbi ...«
Sie brach jäh ab, denn Daniel verschloss ihr geistesgegenwärtig den Mund. Eine Laterne näherte sich ihrem Versteck. Christina konnte es nicht sehen, weil sie dem Ankömmling den Rücken zuwandte.
»He da! Ist da jemand ...«
»Kapitän van Liewe, seid Ihr das? Ich habe Euch überall gesucht!«
Erst Lucas' Stimme machte Christina das volle Ausmaß der Gefahr bewusst. Sie erstarrte in Daniels Armen. Der Lichtschein würde sie im nächsten Moment aus dem Dunkel reißen. Aber der Kapitän wandte sich kurz zuvor ab und hob sein Licht in Lucas' Richtung.
»Contarini? Ihr solltet in einer solchen Nacht nicht länger an Deck sein. Es ist gefährlich. Die Planken sind rutschig, und es ist schon manch einer über Bord gegangen, den man erst am nächsten Morgen vermisst hat. Wartet, ich leuchte Euch den Weg zurück.«
Sie verstanden Lucas' Antwort nicht. Die Stimmen entfernten sich. Nach einem tiefen Atemzug wich die Spannung aus Christinas Körper, und sie sank gegen Daniel.
»Er hätte uns um ein Haar entdeckt«, sagte er entsetzt.
»Wir müssen sofort zurück in unser Quartier.«

14. Kapitel

An Bord der *Espérance*, 18. September 1419

Eure leichtsinnige Aktion hat uns alle in Gefahr gebracht.« Lucas maß Christina und Daniel mit zornigen Blicken. »Wäre ich nicht bereits auf der Suche nach euch gewesen, van Liewe hätte euch mit dem nächsten Schritt entdeckt. Habt ihr den Verstand verloren? Was soll er von einem Liebespaar halten, das sich hinter Tauwerk versteckt?«

Der Ärger, den er eine Nacht lang hatte für sich behalten müssen, weil niemand von ihnen wagte, Hannah in ihrem so dringend benötigten Schlaf zu stören, brach sich am Morgen gewaltsam Bahn.

»Beruhige dich, es ist schließlich nichts passiert«, versuchte Christina ihn zu besänftigen.

»Was keinesfalls euer Verdienst ist«, warf er ihr vor. »Wir haben uns geschworen, zusammenzustehen, hast du das schon vergessen? Haltet ihr so eure Versprechen?«

Daniel saß vornübergebeugt zu seiner Rechten.

»Verzeih uns, Lucas«, bat Christina ungewohnt friedfertig. »Ich habe einen Fehler gemacht und Daniel mit hineingezogen. Es wird nicht wieder vorkommen.«

»Sanftmut und Einsicht sind ja völlig neue Eigenschaften an dir. Aber ich muss dir wohl glauben«, bekundete er misstrauisch. »Was soll ich noch sagen, um euch die Gefahr zu verdeutlichen, in der wir schweben? Ich werde sehen, was ich zum Essen auftreiben kann, und diesen verdammten Eimer über Bord kippen. Ich hoffe nur, du hast deine Seekrankheit jetzt überwunden, Hannah.«

An Deck herrschte Hektik.

Vom oberen Vorkastell ertönten die Befehle des Kapitäns lauter und in schnellerer Folge als sonst.

Der Horizont, bislang von harmloser Bläue, nahm plötzlich ein beunruhigendes Schwefelgelb an. Eine kompakte Wolkenwand zog über das Wasser näher. Das Naturschauspiel faszinierte Lucas, weil gleichzeitig das Meer so ruhig wurde, als hätte eine unbekannte Hand Öl über die Wellen gegossen. Er vergaß Eimer und Essen.

»Was bedeutet das?«, fragte er den Matrosen, der ihn von der Taurolle vertrieb, auf der er saß.

Der Mann begann, das Seil zwischen den Masten zu spannen, ehe er ihm antwortete. »Sieht aus, als bekämen wir Sturm. Irgendwann heute Nacht wird er uns erwischen. Die Taue sind für die Männer, die an den Segeln arbeiten. Habt Ihr schon einmal erlebt, wie es ist, wenn die Brecher über ein Schiff stürzen? Die Taue bieten zusätzlichen Halt.«

Lucas warf einen besorgten Blick zum Vorkastell, wo der Kapitän mit dem Steuermann sprach, der mit weit ausholenden Gesten ebenfalls auf die Wolkenwand deutete. Er sah nicht viel vom Gesicht van Liewes, aber seine mächtige Gestalt kam ihm angespannt vor. Die Bewegung, mit der er seine Kappe tiefer in die Stirn zog, war die eines Mannes, der sich zum Kampf rüstet. Neugier und Sorge trieben ihn die steile Treppe zum Kapitän hinauf.

»Ihr kommt zur rechten Zeit, Contarini«, nickte der ihm

zu. »Sagt Euren Gefährten, dass wir für heute Nacht Sturm erwarten. Es wird besser sein, wenn ihr alle unter Deck bleibt. Achtet auf die Kerze und versorgt euch mit Nahrung. In den nächsten Stunden seid ihr auf euch selbst angewiesen.«

»Ihr rechnet mit Schwierigkeiten?«, wagte Lucas zu fragen und erntete ein Lachen.

»Jeder Seemann ist gut beraten, wenn er in diesen Breitengraden und zu dieser Jahreszeit mit Schwierigkeiten rechnet, Contarini. Wir haben den Schutz des Kanals verlassen und befinden uns auf See. Die Gezeitenströme und Winde darf man hier nie unterschätzen.«

Wie zur Bestätigung neigte sich die *Espérance* in diesem Augenblick in eine besonders langgezogene Dünung. Das unerwartet schräg stehende Deck zwang Lucas, die nächste Balustrade zu umklammern. Er wahrte nur mit Mühe das Gleichgewicht.

»Ich werde es weitergeben. Aber noch würde ich gerne an Eurer Seite bleiben, solange Ihr es erlaubt«, bat er den Kapitän. »Der heranziehende Sturm – es ist ein grandioser Anblick. Ich kann mich kaum sattsehen daran.«

»Ihr seid mir merkwürdige Kaufleute«, wunderte sich van Liewe. »Normalerweise verkriecht sich Euresgleichen bei herannahenden Stürmen und betet um seine Fracht. Ihr dagegen bewundert die Wolken, und Euer Begleiter stellt mir des Nachts Fragen über Sternbilder und stellt Vermutungen an, wohin die Sonne verschwindet, wenn sie ins Meer taucht. Meinetwegen bleibt an Deck, solange es geht, aber macht Euch darauf gefasst, dass wir uns am Schiff festbinden müssen, wenn es hart auf hart kommt.«

Als die ersten Ausläufer des Sturms die *Espérance* beutelten, musste sich Christina an ihrem Bettkasten festhalten, um nicht vom Strohsack zu rollen. Das Schiff bockte gegen die Wellen, hob den Bug aus dem Wasser und rauschte dann so unverhofft wieder in bodenlose Tiefen, dass sich sogar ihr robuster Magen dagegen empörte. Hannah stieß einen Entsetzensschrei aus und verstummte abrupt.

»Was ist mit dir?«

Christina rappelte sich auf und kämpfte um ihr Gleichgewicht. Die Laterne schwankte am Deckenhaken, das Licht tanzte über die Wände. Hannah hatte sich wie ein Säugling eingerollt und presste die Hände auf den Mund. Geistesgegenwärtig packte Christina den Eimer und kam gerade noch rechtzeitig. Spuckend umklammerte die Freundin den Lederrand.

Nachdem sie sich übergeben hatte, ergriff sie voller Verzweiflung Christinas Hand. »Ich bin froh, dass du bei mir bist. Ich habe schreckliche Angst. Das Meer ist so unendlich tief. Wenn wir ertrinken …«

»Hör auf. Wir werden nicht ertrinken«, antwortete Christina mit Nachdruck. »Denkst du, ich habe meine Heimat verlassen, um im Meer zu ertrinken? Gewiss nicht!«

Hannah würgte, statt zu antworten.

Das Schiff ächzte und keuchte, während der Sturm es in Wellentäler hinab- und auf der anderen Seite die Berge wieder hinauftrieb. Konnte es diesen Gewalten tatsächlich standhalten? Auch wenn die Planken noch so fugenlos und meisterlich gefügt waren, hier kämpfte ein Werk aus Menschenhand gegen Naturgewalt. Tief in ihr wuchs der Argwohn, das Schiff könnte bersten.

Wo steckten Lucas und Daniel? Christina hätte viel für den Trost von Daniels Gegenwart gegeben. Aber da war nur Hannah, die sie nicht mehr losließ, so dass sie sich zu zweit auf die schmale Lagerstatt kauern mussten.
Die Karavelle kippte jäh und steil nach links. Hannahs Schrei mischte sich mit Christinas. Sie rutschten ab und stürzten zu Boden. Ein schwerer Gegenstand traf Christina im Magen. Ihre Finger ertasteten Daniels Büchertasche. Dann prallte sie mit dem Kopf gegen eine Holzkante. Sterne zerplatzten vor ihren Augen.
Als sie wieder zu sich kam, war es absolut dunkel um sie herum. Das Heulen des Orkans übertönte jedes andere Geräusch. Kopf und Magen schmerzten grausam. Sie tastete suchend und voller Panik mit den Händen um sich. Sie fühlte Bodenbretter, das Holz einer Schlafstelle, den Stoff einer Decke, ein Bein.
»Hannah!«
Sie erhielt keine Antwort. Christina rappelte sich schluchzend auf die Knie. Sie ließ die Hände weiter nach oben wandern und fand Hannah. Reglos und schwer lag sie da. Sie gab keinen Laut von sich. Ihre Haut fühlte sich kalt und feucht an. Ihre Lider blieben geschlossen, sosehr sie auch an ihr rüttelte.
»Um Himmels willen, Hannah. So sag doch etwas. Sprich mit mir!«
Keine Reaktion.
Panik erfasste Christina. Offensichtlich hatte das flüssige Wachs den Kerzendocht in der Laterne ertränkt, als sich das Schiff zur Seite legte. Die rabenschwarze Dunkelheit legte sich wie ein dickes Tuch über sie und erstickte jede Spur von Vernunft. Ihr Herz begann flatternd zu schlagen.

Sie bekam kaum noch Luft, vor ihren Augen tanzten Funken. In ihrem Kopf existierte nur noch ein Verlangen.
Raus! Ich muss hier raus!
Sie kroch auf allen vieren wie ein Tier durch die Dunkelheit. Ihre Schläfe brannte, sie spürte Blut rinnen. Als sie endlich die Tür erreichte, stemmte sie sich hoch, riss am Riegel und taumelte hinaus. Sie schluchzte abgehackt, weil sie dieselbe tiefschwarze Finsternis wie drinnen empfing. Sie stieß sich schmerzhaft an irgendwelchen Balken, ehe sie voll gegen ein Hindernis rannte.
Von der Wucht des Aufpralls zurückgeworfen, suchte sie mit ausgestreckten Händen nach einem Halt. Im selben Augenblick vernahm sie eine dröhnende Männerstimme.
»Was hast du hier zu suchen, Mädchen? Und wer zum Henker bist du?«
Kapitän Lionel van Liewe war das Hindernis.

Wildes helles Haar und die Statur eines Herkules. Daniel hatte den Kapitän zutreffend beschrieben. Er hielt eine Laterne hoch. Die Empörung stand ihm ins Gesicht geschrieben. Christina zitterte am ganzen Leib. Sie wollte sprechen, aber kein Laut kam ihr über die Lippen.
»Contariniii!«
Der Ruf übertönte mühelos Wellen und Wind. Auch darin behielt Daniel recht. Christina wich zurück, obwohl er sich nicht ihr, sondern Lucas zuwandte, der über das nasse Deck heranschlitterte. Sein Gesicht verriet ihn.
»Also gehört die Frau zu Euch«, knurrte der Kapitän ungehalten. »Ihr habt mich hinters Licht geführt, Contarini. Weshalb?«
»Das ist eine lange Geschichte«, antwortete Lucas und be-

deutete Daniel, der ihm gefolgt war, sich herauszuhalten. »Ich werde Euch alles erklären, wenn wir diesen Sturm überstanden haben.«

»Das ist das mindeste«, sagte der Kapitän kurz und bündig, ehe er sich abwandte.

»Wartet.« Endlich drang genügend Luft in Christinas Lungen, und ihr Verstand begann wieder zu arbeiten. »Ihr müsst nach Hannah sehen. Sie liegt dort drinnen. Sie rührt sich nicht mehr, und ich fürchte ...«

Van Liewe stieß einen Fluch aus. Er packte ihren Arm, dass sie aufschrie.

»Willst du behaupten, dass außer dir noch ein Mädchen an Bord ist?«

Ihr stummes Nicken entlockte ihm einen zweiten Fluch. Er stapfte zu ihrer Kammer und stieß die offen pendelnde Tür mit dem Fuß weiter auf, ohne sie aus seinem Griff zu entlassen.

Hannah lag in einem Gewirr aus Röcken und Haaren vor ihnen auf dem Boden.

»Halt die Laterne!«, fuhr er Christina an, reichte sie ihr und hob Hannah auf eine der Holzpritschen, als wöge sie nicht mehr als eine junge Katze. Zwei Finger prüfend an ihren Hals gelegt, beugte er sich einen Moment lang über sie, ehe er sich aufrichtete.

»Sie lebt. Sie ist nur besinnungslos. Dies ist keine Nacht für schwache Nerven.«

»Gott sei Dank. Ich dachte schon an Schlimmeres. Ich bin wohl mit einer Beule am Kopf davongekommen.«

Christinas Hand mit der Laterne zitterte. Sie stützte sich an der Wand ab. Sie schnappte nach Luft, als er unverhofft ihr Kinn packte und die Haare an ihrer Schläfe zurückstrich.

»Richtig. Eine Beule«, stellte er fest.
Er gab sie frei, ehe sie sich über die unerwünschte Vertraulichkeit empören konnte.
Von draußen drang ein Ruf nach dem Kapitän. Er wandte sich unverzüglich zum Gehen. Etwas in Christinas Augen bewegte ihn indes zu einer zusätzlichen Erklärung.
»Kein Grund zur Sorge. Ihr bleibt hier und rührt euch nicht von der Stelle, bis ich euch holen lasse, verstanden? Ich habe keine Zeit für überflüssige Samariterdienste. Ich muss mich um mein Schiff kümmern.«
Gebückt unter der Tür stehend, drehte er sich noch einmal um. Sein Blick traf auf Lucas. »Morgen sprechen wir uns, Contarini.«
Christina hielt ihm die Laterne entgegen. »Euer Licht.«
»Behalt es. Ihr habt keines mehr. Ich hingegen kenne jede Planke dieses Schiffes und normalerweise auch jede Seele, die darauf fährt.«
Als die Tür gegen den Rahmen schlug und die Schritte des Kapitäns sich entfernten, ermannte sich Daniel und trat zu Christina.
»Ausgerechnet du, die Besonnenste und Mutigste von uns, gerätst in blinde Panik?« Er nahm sie tröstend in den Arm. »Wie ist das möglich?«
»Sie hat Angst vor der Dunkelheit«, antwortete Lucas an ihrer Stelle. »Es beruht auf einem Erlebnis in ihrer Kindheit. Sie ist bei plötzlich eintretender Dunkelheit ihrer Furcht ausgesetzt, ohne sie kontrollieren zu können.«
Christina antwortete mit einem schwachen Laut, ehe sie sich von Daniel löste. Sein Trost kam zu spät. Sie sank auf die Kante ihres Bettes und barg das Gesicht in den Händen. Sie hätte gerne geweint. Einfach geweint, um die

Anspannung zu lösen. Daniel musterte sie jedoch so besorgt, dass sie es nicht wagte. Sie wollte nicht, dass er sie für schwach hielt. Sie schluckte hart, gab sich einen Ruck und wischte sich die verräterische Feuchtigkeit aus den Augenwinkeln, bevor sie die Hände wieder sinken ließ.

»Ich muss mich um Hannah kümmern«, murmelte sie und beugte sich über ihre Freundin.

Ein schwaches Lächeln Hannahs beruhigte sie und bestätigte van Liewes Behauptung. Sie war wieder bei Sinnen und benötigte keine weitere Hilfe. Christina kehrte zu ihrer Pritsche zurück, und Daniel setzte sich neben sie. Als er sie nach einiger Zeit verlassen wollte, erhob sie Einspruch.

»Bleib«, flüsterte sie und tastete nach seiner Hand. Sie schlief ein, ihre Finger in den seinen und den Kopf auf seinem Schoß, während die *Espérance* ihren Weg durch die stürmische Nacht fortsetzte.

Lucas blickte nachdenklich auf sie.

15. Kapitel

An Bord der *Espérance*, 19. September 1419

Ihr habt mich bewusst hintergangen und belogen, indem Ihr diese beiden Frauen an Bord geschmuggelt habt. Was sind sie? Dirnen?«

Im ersten Morgengrauen, kaum dass der Sturm abgeflaut war, hatte der Kapitän Lucas zu sich gebeten. Christina hatte es sich nicht nehmen lassen, ihn zu begleiten, obwohl er sie davon abhalten wollte. Das Gespräch würde unerfreulich sein, hatte er sie gewarnt. Schon die ersten Sätze bestätigten ihn.

»Wählt Eure Worte bitte sorgfältiger, Kapitän van Liewe«, entgegnete er jetzt beherrscht. »Ihr habt keinen Grund, meine Begleiterinnen zu beleidigen.«

»Sie teilen gegen jede Ehrbarkeit die Kammer mit Euch. Gibt es eine andere Erklärung dafür?«

Christina richtete sich empört auf, aber Lucas kam ihr zuvor.

»Es hat alles seine Ordnung, Kapitän van Liewe. Christina Contarini, hier, ist meine Schwester.« Er sah keinen anderen Weg, als mit der Wahrheit herauszurücken. »Ihre Gefährtin heißt Hannah Salomon. Meine Schwester reist in ihrer Begleitung, wie es sich gehört. Daniel Katz hingegen ist Hannahs Vetter. Nachdem Ihr das wisst, könnt Ihr auch genauso gut erfahren, dass wir nicht mit dem Einverständnis unseres Vaters unterwegs sind. Meine Schwester und ich verlassen Brügge für immer.«

Van Liewe schwieg und rieb sich das Kinn. Christina fragte sich, was hinter seiner Stirn vorging. Sie betrachtete seine kantigen Züge, die dichte Masse blonden Haares, bemerkte die blauen Augen und die Nase mit dem leicht gekrümmten Rücken. Sie glaubte, eine Spur von ironischer Verwunderung in seinen Pupillen zu lesen.

»Ihr habt mich an der Nase herumgeführt, Contarini, das habe ich nicht gern. Aber es ist meine eigene Schuld. Ich habe auf Euren ehrenwerten Namen vertraut, und nun muss ich sehen, wohin das führt.«

»Unser Name ist nach wie vor ehrenwert«, brauste Christina auf.

»Das wird sich herausstellen, Demoiselle.« Seit er über ihre Herkunft Bescheid wusste, wahrte er diese förmliche Höflichkeit. »Tatsache bleibt, dass ich keine Frauen an Bord haben möchte, weil sie meist Anlass zu Ärger geben. Die Männer auf einem Schiff sind weder Klosterbrüder noch halbherzige Schreiber oder hochmögende Herrschaften. Wenn sie erfahren, dass zwei junge Frauen an Bord sind, ist die Hölle los. Lasst Eure Begleiterinnen nicht aus den Augen«, wandte er sich an Lucas. »Im nächsten Hafen werdet Ihr allesamt von Bord gehen. Wenn Euer Vater je erfahren sollte, dass ausgerechnet ich es war, der Euch zur Flucht verholfen hat, steht mir ohnehin genug Ärger ins Haus. Lasst ab von Eurem leichtsinnigen Vorhaben. Kehrt nach Brügge zurück.«

»Was ist der nächste Hafen?« Wieder war es Christina, die sich nicht einschüchtern ließ.

»Ich werde Euch nach London bringen, das wir über die

Themse erreichen können. Ihr wisst, dass dies die Probefahrt eines neuen Schiffes ist. Der Sturm hat uns in der Nacht von unserem südlichen Kurs abgetrieben. Auch hat er einigen Schaden angerichtet, der sofort behoben werden muss. Diese Karavelle segelt hoch am Wind, hat eine neue Takelage und eine größere Tonnage als alle Hulks, Koggen oder Karacken, die bisher die Meere befahren haben. Wenn sie sich bewährt, wird sie ein Meilenstein des modernen Schiffsbaues sein. Für unsere Werft hängt sehr viel von den Erkenntnissen dieser Reise ab.«

»Aber warum steuert Ihr nun London an? Unseretwegen?« Lucas konnte seine Besorgnis trotz dieser umfangreichen Erklärung kaum verbergen.

Van Liewe schüttelte den Kopf. »Das denn doch nicht. Aber die Fahrt über den Fluss kann die *Espérance* mit diesen Schäden leichter hinter sich bringen als den Weg über das offene Meer. Ich benötige einen geschützten Hafen für die Reparaturarbeiten. Anschließend werde ich nach Antwerpen zurücksegeln. Die Mängel, die während des Orkans aufgetreten sind, erfordern eine grundlegende Änderung der Besegelung, ehe wir wieder auf große Fahrt gehen können. Geht jetzt«, beendete er kurz angebunden das Gespräch. »Und vergesst nicht: Die Frauen bleiben unter Deck.«

Die Erfüllung ihrer Träume schien in weite Ferne gerückt. Bedrückt verließen Bruder und Schwester, jeder in seine eigenen Gedanken vertieft, van Liewes Kajüte.

Christina dachte mit zwiespältigen Gefühlen über den Kapitän nach. Sie wollte das Scheitern ihrer Pläne nicht akzeptieren, aber seine Zielstrebigkeit hatte etwas Bezwingendes. Es würde Mut und Stärke kosten, sich ihm zu

widersetzen. Brachten sie alle vier diesen Mut und diese Kraft auf?
Lucas bedauerte am meisten das schnelle Ende ihrer Seereise. Vor seinem inneren Auge erschienen mächtige Bilder von Schiffen auf hoher See. Würde er sie je auf Holztafeln oder gar Leinwand bannen können? Die kurze Zeit auf dem Meer hatte ihm Motive gegeben, die ihn zutiefst aufwühlten und beschäftigten. In seinem Kopf entstanden ohne sein Zutun Bilder von neuer, nie gemalter Art.
Kapitän van Liewe sah ihnen kopfschüttelnd nach.
»Sie sind Kinder. Sie kennen nur ihr wohlbehütetes Zuhause«, murmelte er für sich. »Ich werde sie nicht ihrem Schicksal überlassen können.«

Daniel erwartete Christina und Lucas schon ungeduldig an Deck.
Lucas stellte sich wortlos neben ihn. Christina übernahm es, Hannah die Neuigkeiten mitzuteilen. Daniel schaute ihr nach, als sie ohne ein Wort zu sagen zum Vorkastell ging. Inzwischen kannte er sie gut genug, um ihr anzusehen, dass das Gespräch mit dem Kapitän nicht zu ihrer Zufriedenheit verlaufen war. Er drang indes, seine Neugier bezähmend, nicht sofort auf Lucas ein. Es war ihm klar, dass er mit Überraschungen rechnen musste. Schon dass das Schiff nach dem Sturm seinen Kurs geändert hatte, was ihm gleich am Sonnenstand aufgefallen war, beunruhigte ihn. Es ließ ihn nichts Gutes vermuten.
Lucas beendete das Schweigen. Er fasste sich kurz und mied Daniels Blick. Es fiel ihm leichter, streng zu sein, wenn er auf das Meer hinaussah.
»Daniel, wir stehen vor einer neuen Situation. Wir werden

London ansteuern. Die Karavelle muss dort notdürftig repariert werden. Wir müssen in England das Schiff verlassen. Van Liewe fühlt sich von mir hintergangen und will keine weitere Verantwortung für uns übernehmen. Ich werde in London eine Passage nach Venedig für mich suchen. Christina und Hannah müssen jedoch nach Brügge heimkehren. Am besten begleitest du sie. Das sind die Tatsachen, Daniel, mögen sie uns gefallen oder nicht.«

Das war dann doch eine Anweisung zu viel für Daniel. Er akzeptierte Lucas als Begleiter und als Christinas Bruder, aber nicht als eine Art Vormund.

»Was denkst du dir eigentlich, Lucas? Du gehst deinen Weg, und Christina und Hannah unterwerfen sich ebenso gehorsam deinem Diktat wie ich?«

Eine Handbewegung Daniels hieß Lucas schweigen und zuhören.

»Van Liewes Idee ist es wohl kaum gewesen, uns nach Brügge zurückzubeordern. Ihm genügt es sicher, uns einfach loszuwerden. Du bist es, der sich anmaßt, uns Befehle zu erteilen. Lassen wir Hannah einmal aus dem Spiel. Was Christina betrifft, wirst du nicht viel Verstand aufwenden müssen, um zu erkennen, dass du bei ihr auf Granit beißen wirst. Denkst du tatsächlich, dass sie nach Brügge zurückgeht? In die Arme von Hendrik van der Molen? Nachdem sie alles aufs Spiel gesetzt hat, um dem zu entkommen? Eher riskiert sie Kopf und Kragen. Und blind scheinst du auch zu sein. Wir lieben uns. Sie will meine Frau werden. Wir haben …«

»Ihr habt was? Beschlossen zu heiraten? Sag nicht, ihr wollt heiraten.«

Lucas lief rot an und trat einen Schritt auf Daniel zu. Er

ließ sich nicht Bange machen. Wenn es um Christina ging, zeigte er Stärke.

»Jawohl, *großer Bruder*. Genau das werden wir tun. Christina wusste, wie du reagieren würdest. Lucas, der Beschützer seiner kleinen Schwester. Lucas, der plötzlich Verantwortung für sie tragen will. Sie ist dir aufrichtig zugetan, aber sie wird sich in der Liebe zu einem Mann weder von ihrem Vater noch von dir oder sonst jemandem bevormunden lassen. Ich sage es dir noch einmal: Sie liebt mich, und ich liebe Christina. Auch wenn du es nicht wahrhaben willst …«

Lucas musste sich zwingen, nicht laut zu werden.

»Du bist verrückt, Daniel. Von allen guten Geistern verlassen. Wie stellst du dir das vor? Willst du zum Christentum übertreten? Der Talmud ist dein Leben. Du wolltest in Venedig studieren. Willst du stattdessen eine christliche Familie gründen? Das ist doch überhaupt nicht mehr nachzuvollziehen. Du musst eine Frau deines Glaubens finden.«

»Ich habe die Frau gefunden, die für mich bestimmt ist«, fuhr Daniel unbeeindruckt fort. »Ich liebe Christina über alles, und es gibt unendlich viele Gründe dafür. Sie ist uneingeschränkt zur Liebe fähig und ein wundervoller Gesprächspartner für ein ganzes Leben. Kein Mensch hat mehr Einfühlungsvermögen als sie. Unerschrocken und tatkräftig nimmt sie alle Unannehmlichkeiten auf sich, um der Stimme ihres Herzens zu folgen. Und – wenn es erlaubt ist, ich begehre sie auch. Ich würde mir wünschen, dass du uns verstehst, denn trennen kannst du uns niemals. Meinen Plan zu studieren muss ich deswegen nicht aufgeben.«

Welche Argumente sollte Lucas dagegensetzen, fragte er sich. War er nicht ähnlich kompromisslos und geradlinig, wenn es um seine eigene Zukunft, die Verwirklichung der eigenen Wünsche ging?

Er erinnerte sich unverhofft einer Situation aus seiner Kindheit. Sein Großvater hatte vergessen, dass er unter dem Schreibtisch spielte, als sein Vater ins Kontor kam, um eine Unterredung bittend.

»Meine Frau befürchtet, dass ihr Christinas Erziehung aus den Händen gleitet«, trug sein Vater seinem Vater vor. »Immer wieder versteckt sie sich hinter dir, und du gibst ihr allzu oft recht und schützt sie. Sie ist ein Mädchen. Sie kann nicht die gleichen Rechte verlangen wie die beiden Jungen.«

Großvater war damals aufgestanden und hatte seinen Vater an den Schultern gefasst.

»Hör mir zu«, hatte er gesagt. »Christina ist wie deine Mutter. Nie im Leben hat sich Aimée zu etwas zwingen lassen. Stets ist sie ihrem Herzen gefolgt. Das habe ich vom ersten Tag an ihr geliebt, das habe ich akzeptiert. Das hat uns für ein Leben verbunden. Meide es, den Willen des Mädchens zu brechen. Christina würde es nicht ertragen, und am Ende würdet ihr euch nur die Zähne an ihr ausbeißen. Lucas ist ähnlich veranlagt, wenn auch weicher. Nur dein ältester Sohn schlägt nach dir. Versucht beide, eure Kinder mit Liebe und Verständnis zu erziehen, andernfalls werdet ihr sie verlieren.«

Von den Erinnerungen versöhnlicher gestimmt, nahm Lucas das Gespräch wieder auf.

»Gut, Daniel. Ich begreife. Bleibt dennoch die Frage: Wie wollt ihr eure Religionsverschiedenheit überwinden?

Willst du zum christlichen Glauben übertreten? Habt ihr darüber gesprochen?«

»Christina will sich zum Judentum bekennen. Sie sagt, wir haben alle den gleichen Gott. Die Kirche als Institution ist ihr nicht so wichtig. Auch ihre Großmutter stehe der Kirche kritisch gegenüber und habe ihre Enkeltochter trotzdem Ehrfurcht vor Gott gelehrt.«

Daniel in der Löwengrube. Lucas musste an die Geschichte aus dem Alten Testament denken. »Sie konnten keinen Grund der Anklage gegen ihn finden, denn er war treu.« Daniel Katz trug seinen Namen mit Recht, erkannte Lucas. Er war nicht nur treu, sondern auch furchtlos.

»Ich habe Angst, dass sich Christina nicht wirklich bewusst ist, welche Konsequenzen ihre Entscheidung für sie hat. Bist du es dir? Es ist einfacher, über Gott und die Welt zu diskutieren, als in einer Welt, in der ihr verfolgt werdet, euch sogar vielleicht der Todesgefahr aussetzt, miteinander zu leben. Du hast mir Christina in aller Liebe beschrieben, Daniel. Hast auch du ihre bemerkenswerte Stärke? Werdet ihr euch ein Leben lang unter den von euch gewählten Umständen treu bleiben können, wie dein alttestamentarischer Bruder seinem Gott treu geblieben ist?«

Dieses Mal war es Lucas, der Daniel mit einer Geste von der Antwort abhielt. Er war noch nicht fertig. Er blickte erneut über das unruhige Meer und sammelte seine Gedanken. Seine geheimsten Träume in Worte zu kleiden fiel ihm schwer.

»Ich hätte diese Stärke nicht. Mein Leben ist die Kunst. In meinem Kopf sind tausend Bilder. Bilder von Bäumen, Flüssen, Meeren, Bergen. Bilder, die die Natur in ihrer beeindruckenden Gewalt ebenso wie in ihrem anrührenden Frieden darstellen. Ich möchte malen können, was ich sehe, und mich nicht von den Vorschriften der Bildermacherzunft dabei einengen lassen. Du scheinst eine ähnliche Leidenschaft für deine Bücher und die Geschichte deines Volkes zu hegen. Einem Christen wie mir drängen sich viele Fragen auf.«

»Welche Fragen?« Daniel konnte den Zwischenruf nicht unterdrücken.

»Sag mir, warum ausgerechnet die Juden das auserwählte Volk sein sollen, und warum ihr trotzdem so viel zu erleiden habt. Warum ihr immer noch auf den Messias wartet. Eine Frage, die sich der Christin Christina nicht stellt. Sie muss sich nicht für die Ankunft des Messias rüsten. Für sie ist Christus geboren, der die Sünden der Menschheit auf sich genommen hat. Welchen Halt soll sie für sich finden, wenn sie diesen Glauben hinter sich lässt? Wenn sie als Jüdin Gott für alles danken soll, auch für Not und Schmerz. Daniel, ich flehe dich an. Christina ist kein Geschenk des Himmels für dich, sie ist eine getaufte Christin. Du musst ihr die Konflikte aufzeigen, die auf sie zukommen, wenn ihr für immer zusammenbleiben wollt. Das bist du eurer Liebe schuldig.«

Daniel war sichtlich bewegt. Er fasste Lucas an den Schultern und suchte seinen Blick.

»Lucas, du bist ein echter Freund. Glückliche Christina, die dich zum Bruder hat. Ich mag dir in manchem fremd erscheinen, und meine Religion mag dir Sorgen bereiten, aber zweifle nie daran, dass meine Liebe zu deiner Schwester unerschütterlich ist. Wir haben noch viel Zeit auf diesem Schiff. Ich werde mit Christina reden, ich verspreche

es. Lass uns jetzt nach ihr und der armen seekranken Hannah sehen.«
Lucas zögerte, dann nickte er. Es war alles gesagt.

Hannah träumte den gewohnten traurigen Traum. Sie rannte, um Lucas einzuholen. Der Atem wurde ihr knapp, die gerafften Röcke brachten sie am Kanalufer ins Stolpern. Tief hängende Weidenzweige rissen an ihrem Kopftuch. Sie taumelte vor Schwäche. Sie konnte nicht aufholen, ihn nicht erreichen. Er verschwand, ohne sich nach ihr umzusehen. Sie erreichte ihn nie.
Der vertraute Traum ließ sie stets mit leeren Händen und wehem Herzen zurück. Doch als sie sich dieses Mal zum Gehen wandte, stand eine junge Frau vor ihr. Ihre Augen waren voller Anteilnahme auf Hannah gerichtet. Ein verstehendes Lächeln lag auf ihren Lippen.
»Mutter!«
Hannah erkannte sie auf den ersten Blick. Vom Vater wusste sie, dass sie nur wenige Wochen nach ihrer Geburt gestorben war. Was sie an mütterlicher Liebe und weiblicher Wärme danach erfahren hatte, war ihr allein im Hause Contarini zuteil geworden. Christinas Großmutter hatte ihr Möglichstes getan, das mutterlose Mädchen in die Familie einzubinden. Dennoch war es ihr nie gelungen, die leere Stelle in Hannahs Herzen zu füllen, in die sich das Bild der stummen Frau so vollkommen fügte.
Nur ihrer Mutter konnte sie ohne Scheu anvertrauen, was sie bewegte.
»Hast du ihn gesehen, Mutter? Das war Lucas. Ich liebe ihn über alles und sehne mich nach ihm. Niemand ist wie

er. Sein Lächeln erleuchtet meine Tage, und seine Stimme bringt mein Herz zum Singen. Er hat mich bei unseren Spielen im Haus der Contarini beschützt und Matthis nie erlaubt, mich zu kränken. An seiner Seite bin ich ein anderer Mensch. Ich fühle mich sicher und frei zugleich. Ich wünsche mir inniglich, seine Frau zu werden. Ich will ihm die Widrigkeiten des Alltags aus dem Weg räumen, damit er allein für seine Kunst leben kann. Aber er sieht nur eine zweite Schwester in mir. Nie eine Geliebte. Was soll ich nur tun, Mutter?«

Sie erhielt keine Antwort. Die lächelnde Frau hob nur die Hand und berührte segnend ihre Stirn. Hannah wollte eben nach dieser Hand greifen, da drang Christinas Stimme in ihren Traum.

»Geht es dir besser?«

»Mutter?« Verwirrt fuhr Hannah hoch und blickte in die besorgten Züge ihrer Freundin. »Oh, du bist es …«

Sie mied Christinas Blick und rieb sich die brennenden Augen mit den Fingerknöcheln. Sie war wieder eingeschlafen, nachdem Christina und Lucas zum Kapitän aufgebrochen waren.

»Entschuldige, ich habe geträumt.«

»Von deiner Mutter?«

Hannah nickte stumm. Zum ersten Mal war ihr die Mutter im Traum erschienen. Sie verspürte heftiges Bedauern, dass der Traum so jäh unterbrochen worden war. Gleichzeitig durchflutete sie eine Welle der Wärme und Stärke. Ihre Mutter war ihr derart realistisch erschienen, dass sie daraus eine Gewissheit schöpfte. Die Gewissheit, verstanden zu werden. Der mütterliche Segen hatte sie mit Kraft und frischem Mut erfüllt. Lächelnd erhob sie sich.

Erst als sie ihre Kleider geordnet und sich, so gut es ging, gewaschen hatte, fiel ihr die Wortkargheit der Freundin auf.

»Was hat van Liewe gesagt?«

»Unsere Pläne missfallen ihm, und er will nicht in sie verwickelt werden. Er verlangt, dass wir im nächsten Hafen von Bord gehen.«

Hannah presste erschrocken die Hand aufs Herz.

»Und wo ist dieser Hafen? In Spanien?«

»Nein.« In knappen Worten berichtete Christina von der geplanten Kursänderung in Richtung London, ehe sie nachdrücklich hinzufügte: »Ich werde natürlich nicht nach Brügge zurückkehren, aber ich fürchte, dass Lucas anderer Ansicht ist. Ich weiß, dass er die Verantwortung für uns gern los sein würde, um seinen Weg ungestört gehen zu können. Ich werde einen schweren Stand gegen ihn haben. Er hat den Kapitän auf seiner Seite. Daniel wird sicher auch weiterreisen wollen. Und wie sieht es mit dir aus? Zieht es dich nach Hause?«

Christina war nicht so sicher, wie sie sich gab, erkannte Hannah. Wann hatte sie je an ihrer Fähigkeit gezweifelt, sich durchzusetzen? Welchen Grund gab es für ihre Unsicherheit? Sie fand nur einen.

»Hast du Angst?« Purer Unglauben färbte ihren Tonfall.

»Du etwa nicht?«

Hannah dachte gewissenhaft nach, ehe sie bedächtig antwortete: »Doch. Ich vermisse meine gewohnte Umgebung, die Geborgenheit unseres Hauses. Sogar die Nörgeleien kommen mir aus der Entfernung nicht mehr so schlimm vor. Trotzdem, ich bin froh, mich für die Flucht entschieden zu haben. Ohne dich und Lucas wäre mein Lebenskreis noch viel enger geworden. Mein Vater … du weißt, wie extrem gläubig er ist. Er hätte mir immer weniger Spielraum gelassen. Die Enge wäre irgendwann zu bedrückend geworden. Es kam mir schon jetzt manchmal vor, als wolle er mich lebendig einmauern. Allerdings habe ich, ehrlich gesagt, auch keine Ahnung, wie es jetzt weitergehen soll.« Unwillkürlich fing sie an zu zittern. »Wo werde ich am Ende eine neue Heimat finden?«

»Das fragst du? Bei Daniel und mir natürlich. Du bist meine einzige Freundin! Wir brauchen uns. Wir sollten uns gegenseitig nie verlassen. Außerdem bin ich auf deine Hilfe angewiesen. Ich habe keine Erfahrung darin, einen jüdischen Haushalt zu führen und eine Jüdin zu sein. Daniel wird in erster Linie mit seinen Studien beschäftigt sein. Ich sehe schon jetzt, wie schwer es ist, ihn nur ab und zu aus seinen Gedanken zu reißen. Ohne einen Menschen an meiner Seite, der mich durch das jüdische Jahr führt, bin ich unter diesen Umständen verloren. Wir werden eine Familie sein.«

Hannah verschlug es die Sprache. Wie konnte man freiwillig zum Judentum übertreten? Christina war doch nicht blind oder taub. Sie wusste genau, wie das Volk der Juden lebte. Es wurde verleumdet, vertrieben, gefoltert, getötet und war fast rechtlos. Das freiwillig auf sich zu nehmen war in ihren Augen Wahnsinn.

Nach einer Weile des Schweigens sagte sie endlich: »Du willst also ernstlich unseren Glauben annehmen. Du musst von Sinnen sein. Vielleicht denkst du ja, in Venedig sei das Leben für Juden einfacher. Aber auch dort lebt unser Volk in der Diaspora. Stets hängt die Drohung von Tod und Vertreibung über ihm.«

»In Venedig genießen wir den Schutz des Dogen und den der Contarini.«

»Erwarte dir davon nicht zu viel. Der nichtigste Anlass kann auch in Venedig Hetzkampagnen und Verfolgung auslösen. Den Mob hält auch der Doge nicht auf.«

»Du machst mir dein Judentum ja nicht gerade schmackhaft.« Christina versuchte den tiefen Ernst dieses Gespräches zu lockern.

»Ich will und kann dir nichts vorschreiben.« Hannah ging nicht auf die Ablenkung ein. »Du weißt, welche Probleme ich mit der Strenge und der Ausschließlichkeit des rechtgläubigen Judentums habe. Der Druck hat mich sogar zu einer völlig überstürzten Flucht getrieben, wie du siehst. Dabei bin ich sicher demütiger und geduldiger als du. Du bist ein fast fanatisch freiheitsliebender Mensch. Du vertrittst deine Meinung ohne Vorsicht und handelst auch dann danach, wenn es dir schadet. Du wirst als Jüdin anecken und unter Juden wenig Verständnis für deine Art finden. Aber wenn du den Schritt einmal getan hast, kannst du das Judentum nicht wieder abstreifen wie ein Hemd.«

»Ich werde nie abstreifen wollen, was mich mit Daniel verbindet.«

»In der Isolation, in der wir als ›eine Familie‹ leben würden, wie du sagst, stünden wir unter verschärfter Beobachtung von Christen *und* Juden. Jeder würde versuchen, uns bei der kleinsten Verfehlung an den Pranger zu stellen. Du hast keine Ahnung, was du auf dich nimmst.«

»Ich gehe meinen Weg und ich komme ans Ziel, sei gewiss.« Christina war nicht einzuschüchtern.

»Weiß Lucas inzwischen von diesen Plänen?«, fragte Hannah, als ihr kein Argument mehr einfiel.

»Ich denke, ja. Daniel spricht in diesem Augenblick mit ihm darüber«, erwiderte Christina. »Er wollte mit Lucas allein sein.«

»Gut. Dann lass uns sehen, wer wen überzeugt.« Hannah wandte sich einer ganz anderen Frage zu, die ihr nach der Traum-Begegnung mit ihrer Mutter noch dringlicher erschien. »Weißt du denn, was dein Bruder plant? Er wird kaum einen Platz unter deinem Dach suchen, wenn du zum Judentum übertreten willst.«

»Sicher nicht«, stimmte sie zu. »Er will in der Werkstatt eines Bildermachers sein Handwerk vervollkommnen. Ich vermute, dass er dort oder bei unseren Verwandten wohnen wird. Wir müssen uns wohl nicht länger um ihn sorgen. Wenn er endlich malen darf, ist ihm alles andere unwichtig. Wir werden ihn kaum zu Gesicht bekommen.«

Hannahs Herz wurde schwer. Christina hatte sicher recht. Lucas würde in seiner Kunst aufgehen. In Venedig würde er ihr ferner sein als in Brügge.

16. Kapital

An Bord der *Espérance*, 21. September 1419

Die Klippen von Dover liegen hinter uns. Erstaunlich, wie schnell die angeschlagene *Espérance* ihren Weg die Themse hinauf nimmt. Wenn der Kapitän seinen Plan umsetzt, sie gemischt zu besegeln, wird sich seine Werft vor Aufträgen nicht retten können.«

Daniel gab seinen Freunden weiter, was er gehört hatte, um das Schweigen zu brechen, das zwischen Lucas und Christina herrschte. Es trübte die Stimmung.

»Wann werden wir in London sein?«

Hannahs Frage klang ängstlich. Was sie von London wusste, besorgte sie. London stand für Greuel und Tod. Nach dem Ausbruch der Pest im vergangenen Jahrhundert, hatte man dort die Juden für die Seuche verantwortlich gemacht und getötet. Was würde sie dort erwarten?

»Das hängt vom Wind und der Kraft der Gezeiten ab, deren Ausläufer bis London reichen. In zwei Tagen spätestens, denke ich«, erwiderte Lucas. Er brachte es nicht übers Herz, auch Hannah anzuschweigen. Er wollte sie nicht in die Auseinandersetzung hineinziehen.

Christina beobachtete ihren Bruder, der, die Hände locker zwischen den Knien hängend, auf seiner Pritsche saß. Es fiel ihm offensichtlich schwer, ihre und Daniels Pläne zu akzeptieren. Zwar hatte er es aufgegeben, Einspruch zu erheben, aber seine stumme Missbilligung konnte er nicht verbergen.

»Lasst uns an Deck gehen«, schlug sie friedfertig vor.

»Die Frauen bleiben unter Deck. Das ist der ausdrückliche Befehl des Kapitäns, erinnere dich daran«, knurrte Lucas. »Wenn wir uns ihm widersetzen, handeln wir uns nur noch mehr Ärger ein.«

»Wir sind nicht seine Gefangenen«, bekam er von Christina zurück, »sondern Passagiere, die für ihre Reise bezahlen. Das wird er einsehen müssen. Begleite uns nach draußen, Lucas. An der frischen Luft findest du sicher deine Lebensfreude wieder.«

Mehr bedurfte es nicht, um Lucas auf die Beine zu bringen. Ohnehin neugierig auf den Fluss, der sie vom Meer ins Landesinnere trug, hatte er es plötzlich am eiligsten, zur Reling zu kommen. Die Uferböschungen der Themse zogen sich zu beiden Seiten des Schiffes westwärts und verengten sich zum Horizont. Die Treidelpfade und Weiden am Ufer versanken bereits im steigenden Abendnebel. Im Verein mit den Wolkenfetzen, die der Wind landeinwärts trieb, bot sich den vier Flamen ein so vertrautes, heimatliches Bild, dass sich Christina in jähem Misstrauen fragte, ob sie tatsächlich das Königreich England ansteuerten.

Daniel deutete auf den Sonnenuntergang im Westen. »London liegt in dieser Richtung. Ich habe gehört, es soll eine außergewöhnliche Stadt sein.«

»Auf jeden Fall wird es eine Stadt sein, in der es von Flamen und Burgundern nur so wimmelt«, vermutete Christina, erleichtert über diesen Beweis, dass sie nach Westen und nicht nach Osten segelten. »Unser Herzog hat sich bestimmt auf die Seite der Engländer geschlagen. Er wird mit ihrer Hilfe den Tod seines Vaters rächen wollen.«

»Dann habt auch ihr in Antwerpen noch von dem Mord an Johann Ohnefurcht gehört.« Zum ersten Mal drang die Politik wieder in die Gespräche, die sich bislang nur um ihr persönliches Schicksal gedreht hatten. »Woraus schließt du, dass Herzog Philipp englische Unterstützung suchen wird?«

»Denk nach, Lucas. Das Attentat auf der Brücke von Montereau ist der Vorwand, den er braucht, um dem Königreich Frankreich den Todesstoß zu versetzen. Dafür verbündet er sich vorübergehend mit den Engländern. Wenn Frankreich endgültig am Boden liegt, sind seinem Ehrgeiz keine Grenzen mehr gesetzt. Er will ein von den Engländern und Franzosen unabhängiges Königreich Burgund schaffen. Schon sein Vater hat mit diesem Ziel geliebäugelt und alles dafür getan. Großvater hat oft davon gesprochen, dass es irgendwann sicher dazu kommen wird.«

»Was hat das alles mit uns zu tun?«, fiel ihr Hannah ins Wort. »Die burgundische Politik kann uns doch gleichgültig sein.«

»Das sehe ich anders«, widersprach Christina. »Unser Vater hat gute Kontakte ins Königreich England. Das Haus Contarini bezahlt Agenten in London und Dover. In Anbetracht der politischen Lage wird der Austausch von Informationen zwischen England und Flandern intensiver und schneller als je zuvor. Ich müsste mich sehr in Vater täuschen, wenn er nicht auch in London nach uns Ausschau halten lässt. Sein Stolz verbietet ihm, Tochter und Sohn ungehindert ziehen zu lassen.«

Hannah umklammerte das Rundholz der Reling. Immer wenn sie gerade wieder Hoffnung und Ruhe empfand, erfuhr sie von neuen Schwierigkeiten.
Auch Lucas kämpfte mit Unbehagen. Daran hatte er nicht gedacht. »Was können wir tun?«, fragte er mehr sich selbst als die anderen.
»Vorsicht walten lassen.« Christina legte den Kopf in den Nacken und betrachtete die geflickten Segel, die über ihr vom Wind gebläht wurden. »Und: je schneller wir diesen Fluss in umgekehrter Richtung hinabfahren, umso leichter wird mir ums Herz sein.«
Als sie den Kopf senkte, begegnete sie dem Blick eines Seemanns, der wenig entfernt untätig an den Wanten stand. Barfuß, in Hemd und Kniehosen, bärtig und glatzköpfig. Jetzt fuhr er sich auf abstoßende Weise mit der Zunge über die Lippen. Befremdet wandte sie sich ab.
»So geht das nicht, Kamerad. Frauen an Bord sind für alle da. Ihr müsst diese beiden Hübschen schon mit uns teilen. Ich nehme mir die Kleine hier, wenn's recht ist.«
Christina sah, wie er sich in Bewegung setzte und nach Hannahs Hand grabschte.
»Das wirst du bleiben lassen, du Dreckskerl!«
Lucas stürzte sich mit geballten Fäusten auf den Seemann. Die Auseinandersetzung kam ihm gerade recht. Die Gespräche mit Daniel und Christina hatten zu viele Fragen aufgeworfen. Er musste Dampf ablassen.
Christina konnte Hannah gerade noch aus der Gefahrenzone ziehen, ehe die Fäuste flogen.
»Zum Donner, was soll das bedeuten?« Kapitän van Liewe fuhr wie der Blitz zwischen die Kontrahenten. Jeden am Kragen packend, riss er sie gleich Strohpuppen ausein-

ander und schüttelte sie wütend. »Habt ihr den Verstand verloren?«
»Euer Matrose hat uns belästigt«, erklärte Christina empört, ehe Lucas oder Daniel die passenden Worte fanden.
Unter dem kühlen Blick des Kapitäns bereute sie unverzüglich, sich in den Vordergrund gedrängt zu haben. Sie sah zu Lucas. Sein rechtes Auge schwoll nach einem Fausthieb an. Aus einem Riss an seiner Lippe rann Blut. Der Seemann rieb sich lediglich das Kinn und ließ kein Auge von van Liewe. Er zeigte erkennbar Respekt.
»Geh an deine Arbeit, Segelmacher«, blaffte van Liewe ihn an. »Du hast schon so viel Dreck am Stecken, dass du beim nächsten Ärger unwiderruflich von Bord gehst. Und nun verschwinde.«
Der Segelmacher trat schweigend den Rückzug an. Ein gieriger und hasserfüllter Blick traf Christina und Hannah noch. In ihm hatten sie einen Feind, dessen waren sie sich sicher.
Van Liewe machte gegenüber seinen ungebetenen Passagieren keinen Hehl aus seinem Ärger.
»Ihr seid offensichtlich unfähig, einen einzigen Befehl zu befolgen«, knurrte er Lucas an. »Ich brauche jeden Mann, um dieses Schiff nach London zu bringen. Euer Verhalten ist unverantwortlich und sträflich. Zudem gefährdet es den Frieden und die Sicherheit auf meinem Schiff. Verschwindet jetzt gemeinsam endgültig unter Deck. Es könnte sein, dass ihr an die Grenzen meiner Nachsicht stoßt, wenn ich einen von euch ohne meine ausdrückliche Genehmigung vor unserer Ankunft noch einmal hier oben sehe.«
Unfähig, den Blick von dem zornigen Kapitän zu nehmen,

setzte sich Christina erst in Bewegung, als Hannah ihre Hand ergriff und sie mit sich zog.

»Ich verstehe nicht, warum er überhaupt bis London fährt«, fragte sich Hannah danach unter Deck, während sie zusah, wie Christina Lucas' anschwellendes Auge mit einem kühlenden Umschlag bedeckte. »Warum beseitigt er die Schäden am Schiff nicht in Dover?«

»Er hat vermutlich Waren dabei, die er in Venedig zu verkaufen hoffte«, antwortete Christina. »Da er nun plant, in seine Werft zurückzukehren, wird er versuchen, diese Waren in England an den Mann zu bringen, sowie gewinnbringende Fracht nach Antwerpen aufzutun. In beiden Fällen hat er in London bessere Chancen als in Dover.«

Lucas verschränkte die Arme im Nacken und gähnte betont gelangweilt. »Manchmal kommt es mir vor, als hörte ich Matthis reden, wenn du so sprichst, Christina. Ihr beide habt das gleiche Kaufmannsblut in den Adern.«

Christina tauchte das Tuch wieder ins Wasser und wrang es aus, ehe sie antwortete. »Es ist das Blut unserer Großeltern und Eltern, Lucas. Ich bin stolz darauf.«

Lucas wusste nichts zu erwidern.

Die Luft war dermaßen feucht, dass sich winzige Tropfen an Christinas Wimpern bildeten. Sie blinzelte sie ungeduldig weg, damit ihr nichts entging.

Der Kapitän war an diesem Morgen wieder etwas nachsichtiger gestimmt. Er hatte sie alle nach Sonnenaufgang an Deck geholt.

»Bleibt in meiner Nähe«, hatte er sie freilich unmissverständlich gewarnt.

Selbst am Steuer stehend, lenkte er die *Espérance* flussaufwärts. Die hügelige Landschaft, die trotz des fortgeschrittenen Herbstes sattgrün und fruchtbar wirkte, zog langsam beiderseits vorüber. Wald und wenige Dörfer wechselten sich mit Flussauen und Sandbänken ab. Von den Herrensitzen, deren Anlegestellen sie passierten, sahen sie meist nur die Türme, dazu hohe Hecken und Mauern, die von Efeu überwuchert wurden. Das friedliche Dahingleiten besänftigte Christinas Unruhe. Für geraume Zeit überließ sie sich einfach, neben Daniel an der Reling lehnend, idyllischer Beschaulichkeit.

Zunehmend wurde der Fluss jedoch betriebsamer. Lastkähne und Fischerboote kamen in Sicht. Eine Hansekogge. Eine Galeere. Fährmänner mit ihren Flößen erschwerten das Vorankommen, und schließlich deutete der Kapitän auf ein verwahrlostes Häusergewirr am Südufer. »Dort beginnen die Vorstädte von London. Wir nähern uns Southwark. Hier überspannt die London Bridge den Fluss. Die City, wie die Engländer ihre Stadt nennen, befindet sich am nördlichen Ufer der Themse.«

Die Ansammlungen von windschiefen Holzhäusern, Scheunen und Ställen, an schlammigen, ungepflasterten Wegen, die sich jetzt am Ufer zeigten, sprachen von Not und Armut. Sie folgten in immer geringeren Abständen aufeinander, aber sie wurden deswegen nicht besser. Ein Ort schien elender als der andere. Der Wind blies den beißenden Gestank von Torffeuern, menschlichen Abfällen und Viehdung über die Themse. Die Menschen, die dort am Ufer Lasten schleppten, ihrem Tagwerk nachgingen oder apathisch auf den Fluss starrten, machten einen schmutzigen und schlecht genährten Eindruck.

Christina wollte eben ihrem Entsetzen Ausdruck geben,

als die London Bridge in Sicht kam. Mit offenem Mund blieb ihnen zu viert nur blankes Staunen. Von viereckigen Torhäusern auf jeder Seite flankiert, spannte sich auf zwanzig Pfeilern ein Bauwerk über den Fluss, das eine Stadt für sich bildete. Dicht an dicht war die Brücke bebaut mit Wohnhäusern, Schenken und Werkstätten. Sogar eine Kirche thronte in der Mitte über dem Wasser.

»Wir werden am Wool-Quay vor Anker gehen«, erklärte der Kapitän, den die Erleichterung darüber, sein Ziel erreicht zu haben, ungewohnt gesprächig machte. »Dass die *Espérance* nicht unter dieser Brücke hindurchfahren kann, erkennt ihr ja selbst.«

Danach ging es schnell und reibungslos. Sie standen noch und bestaunten das Gewimmel am Flusskai, als der Kapitän zu ihnen trat, und sich an Lucas wandte: »Ich weiß, dass Ihr es nicht hören wollt, Contarini. Aber ich kann Euch nur noch einmal raten, versäumt keine Zeit. Kehrt mit Eurer Schwester und Euren Freunden so schnell wie möglich nach Brügge zurück. Je eher Ihr Euch mit Eurem Vater aussöhnt, umso leichter wird es ihm fallen, Euch zu verzeihen. Er ist nicht der Unmensch, für den Ihr ihn haltet.«

»Wir haben uns entschieden, mein Bruder und ich, Kapitän. Wir gehören nicht zu den Menschen, die stündlich ihre Entscheidungen in Frage stellen.« Christina nahm Lucas die Antwort ab.

Van Liewe bedachte sie mit einem Blick, den sie nicht einordnen konnte.

Lucas fürchtete die lose Zunge seiner Schwester inzwischen wie ihr stürmisches Temperament. Er drängte sie zur Seite. Je weniger sie van Liewe in ihre Pläne einweihten, desto sicherer.

»Fürs Erste wüssten wir gerne wieder festen Boden unter den Füßen und eine gute Herberge, Kapitän«, sagte er betont unbeschwert. »Wisst Ihr, wo wir eine solche Unterkunft finden? Sauber sollte sie sein und gastfreundlich.«

»Sprecht Ihr die Sprache der Engländer?«

Van Liewes Frage provozierte einen stummen Austausch ratloser Blicke. Keiner von ihnen beherrschte sie. Nicht einmal Christina. Sie konnte Flämisch, Französisch, Latein, den venezianischen Dialekt ihres Großvaters und ein paar Brocken von dem Deutsch, das die Hansehändler untereinander benutzten. Hannah und Daniel waren des Hebräischen mächtig, aber keine dieser vielen Sprachen würde ihnen in London etwas nutzen.

Der Kapitän begriff und stieß schnaubend die Luft aus. Christina fiel auf, dass seine Haare vor Salz starrten und seine Augen tief in den Höhlen lagen. Sie glänzten allerdings, als sie unerwartet direkt die ihren trafen.

»Ihr werdet eine willkommene Beute für jeden Beutelschneider und Betrüger sein«, sagte er trocken. »Wenn ihr allerdings ausnahmsweise meinem Rat folgen wollt: In der Nähe der Lagerschuppen der Wollhändler findet ihr den *Löwen von Flandern*. Das Gasthaus wird von einer flämischen Wirtin betrieben. Sie versteht ihr Geschäft und verlangt gesalzene Preise. Aber sie spricht eure Sprache, und man sagt ihr nach, dass sie keine Landsleute betrügt. Wendet euch dorthin.«

Lucas und Daniel ließen sich den Weg genau beschreiben. Christina und Hannah folgten ihnen von Bord, sobald die ersten Planken ans Ufer gelegt waren und noch ehe die *Espérance* an ihrem Ankerplatz vollständig vertäut war. Die ersten Schritte auf dem Kai hätten sie nach der langen Seefahrt alle fast zum Straucheln gebracht.

Christina hielt inne und sah über die Schulter zurück. Van Liewe stand auf Deck, die Hände in die Seiten gestemmt, den Blick fest in die Takelage seines Schiffes gerichtet.

»Komm, Christina. Wir müssen beisammenbleiben. Wenn wir uns in diesem Gewühl verlieren, finden wir uns nie mehr wieder«, mahnte Lucas ungeduldig.

Sie folgte ihm schweigend.

Vierter Teil

In Quarantäne

17. Kapitel

London, 23. September 1419

Sobald sie den Wool-Quay mit seinen Speichern, Warenstapeln, Lastenträgern, Fuhrknechten und Seeleuten hinter sich gelassen hatten, wurde ihnen das ganze Ausmaß ihrer Verlassenheit bewusst. Sie hatten keine Vorstellung gehabt, was sie erwartete. Schon auf dem Schiff waren sie oft genug verzweifelt. Beim Anblick Londons begriffen sie freilich, dass sie dort ihre Zeit noch in wohlbehüteter Ordnung verbracht hatten.

Wachsam aneinandergeklammert bewegten sie sich in einer grauen Welt. An schäbigen Häusern entlang, deren Giebel sich niedrig aufeinander zuneigten, als fehle ihnen die Kraft, sich aufrecht zu halten. Sie standen schmalbrüstig, einstöckig, mehr Hütte als Haus, auf winzigen Arealen von kaum fünfzehn Fuß Breite. Morast, Unkraut und Schlamm umgaben sie. Ihre Bewohner hatten sich der Umgebung angepasst. Graue, grobe Stoffe verhüllten ihre Körper, grau und abgestumpft waren ihre Gesichter.

Stumm waren sie genau der Wegbeschreibung gefolgt, die der Kapitän ihnen vorgegeben hatte. Erst als die große London Bridge, die über die Themse in die City führte, vor ihnen auftauchte, löste Überraschung die Furcht ab. Aus der Nähe wirkte sie noch beeindruckender als vom

Schiff aus. Im Kontrast zu den elenden Gassen schwebte sie gleich einer Stadt für sich über dem Wasser.

»Mein Gott, hoffentlich ist die City von London nicht genauso trostlos wie die Hafenviertel an der Themse«, sagte Christina. Sie schwankte zwischen Enttäuschung und Entsetzen. »Unser Hauslehrer hat uns London als eine geschäftige Handelsstadt und eine der größten Metropolen Europas beschrieben. Über dieses Elend hat er kein Wort verloren.«

Von der Brücke aus konnten sie auch einen Blick auf die bedrohliche Masse des Towers werfen, der am Themseufer das Häusergewimmel beherrschte. Er schloss die Stadtmauer der City zum Fluss hin ab. Selbst dieses imposante Gebäude war abgrundtief hässlich und augenscheinlich vernachlässigt. Die Gassen, durch die sie trotz van Liewes präziser Beschreibung immer verzagter irrten, ehe sie die Herberge fanden, machten keinen besseren Eindruck.

Hannah hatte schließlich die bemalte Holztafel mit den ungelenken Buchstaben entdeckt. Der Löwe von Flandern war noch zu erkennen. Das Blau des Untergrundes blätterte großflächig ab.

»Hier sollen wir wohnen?«, fragte Christina entsetzt.

»Ich fürchte, ja«, beantwortete Lucas ihre Frage. »Hast du bisher eine bessere Herberge gesehen? Ich nicht.«

Die feuchte Luft, die im Verlauf der letzten Stunden in feinen Nieselregen übergegangen war, ließ sie ebenso frösteln wie der Anblick. Aber auch wenn der *Löwe von Flandern* nicht vertrauenerweckend wirkte, sie brauchten ein Dach über dem Kopf und etwas zu essen.

Beherzt betraten sie die Gastwirtschaft und schauten suchend um sich. Es dauerte nicht lange, und eine kleine, scharfgesichtige Frau mit ausladenden Hüften steuerte auf sie zu. Ihre gestärkte Flügelhaube wies sie als die Wirtin aus.

»Na, ihr vornehmen Täubchen, was hat euch zu mir geführt? Habt ihr euch verlaufen?«, brüllte sie lachend, obwohl ihre Augen kühl blieben. Sie stemmte die Arme in die Hüften und wirkte trotz ihrer geringen Größe einschüchternd.

»Kapitän van Liewe hat uns geraten, Eure Herberge aufzusuchen, Frau Wirtin«, erwiderte Lucas auf Flämisch und versuchte Selbstbewusstsein auszustrahlen. Er hatte sie nicht verstanden, aber er wusste sich in Schenken zu behaupten. »Wir benötigen zwei Kammern mit einem Kohlebecken sowie eine warme Mahlzeit für uns alle.«

»Ich kenne keinen Kapitän dieses Namens, junger Herr.« Die Wirtin erwiderte auf Flämisch. »Mein Haus ist bis unters Dach belegt. Ihr seht ja, was hier in der Gaststube los ist.«

Die Zecher saßen aneinandergedrängt, wie Heringe in einem Salzfass.

»Ihr werdet doch Eure Landsleute nicht auf der Straße stehen lassen, Meisterin.« Lucas setzte sein charmantestes Lächeln auf. »Es soll Euer Schaden nicht sein, wenn Ihr uns aufnehmt. Wir bezahlen für drei Tage im Voraus.«

Die letzten Worte wirkten wie ein Zauberspruch.

»Je nun, was tut man nicht für ehrliche Flamen«, lenkte sie geschäftstüchtig ein. »Lasst mich nachdenken, junger Herr. London ist in diesen Tagen der reinste Bienenstock. Händler, Söldner, Glücksritter und Bauernburschen meinen ihr Glück in der Stadt machen zu müssen. Der König wirbt neue Soldaten für den Krieg mit Frankreich an.«

Lucas war sich bewusst, dass sie den Preis mit jedem Wort nach oben trieb.
»Die üblichen Schlafräume sind alle belegt. Allerdings gibt es da noch eine Kammer neben dem Pferdestall. Einfach, aber das Dach ist dicht. Sie bietet Platz für vier Personen. Wenn euch damit gedient ist, könnt ihr gerne bleiben.«
Die Wirtin streckte auffordernd die Hand aus. Lucas zahlte den geforderten Preis, ohne zu verhandeln, obwohl Daniel Einspruch erhob.
»Euer jüdischer Freund ist nicht klug.« Die Münzen verschwanden unter einer schmuddeligen Schürze. Ein verächtlicher Blick streifte Daniel. Der Gebetsschal, den er trug, verriet ihn auch hier. »Normalerweise habe ich seinesgleichen nicht gern im Haus. Haltet ihn von meinem Brunnen fern, sonst geschieht ein Unglück.«
»Wir vergiften keine Brunnen.« Christina reagierte empfindlich auf derlei Verdächtigungen.
»Weiß man's?« An der dicken Wirtin prallte jede Empörung wirkungslos ab. »Kommt mit, ich zeig euch die Kammer. Wenn ihr essen und trinken wollt, müsst ihr es hier tun und extra bezahlen. Ihr werdet euch wie zu Hause fühlen. Mein flämisches Bier ist in der ganzen City berühmt.«
Sie folgten der davoneilenden Wirtin. Lucas mahnte Christina mit einem strengen Blick, den Mund zu halten. Zusätzlichen Ärger konnten sie sich nicht leisten.
Er sorgte sich umsonst. Christina und Hannah verschlug es beim Anblick der Unterkunft sowieso die Sprache. Ein Kastenbett gefüllt mit Stroh, dünne Decken, zwei Holzbänke und ein Tisch, mehr befand sich nicht im Raum. Zudem stank es bestialisch nach Stall und Pferdemist. Der Boden war mit verrottetem Stroh bedeckt.

»Der Hausknecht bringt euch noch zwei Strohsäcke und Decken vorbei«, sagte die Wirtin nach einem prüfenden Blick in ihre Gesichter. »Gehabt euch wohl.«

Sie walzte davon und ließ lähmende Stille zurück. Christina und Hannah pressten ihre Bündel an sich. Auch Daniel achtete darauf, dass seine Büchertasche nicht mit dem Schmutz in Berührung kam. Lucas fluchte stumm und erbittert in sich hinein.

»Ich weiß, dieses Loch ist abscheulich«, räumte er zähneknirschend ein. »Aber nach van Liewe ist es die einzige Herberge, in der man uns versteht und nicht ausraubt. Wir haben keine andere Wahl.«

»Du hast recht«, stimmte ihm Christina zu. »Ohnehin werden wir nicht lange hierbleiben. Wir müssen unverzüglich herausfinden, wann das nächste Schiff nach Süden ausläuft.«

»Aber nicht mehr heute.« Hannah versuchte das Problem praktisch anzugehen. »Als Erstes sollten wir einen Reisigbesen auftreiben, damit wir das alte Stroh hinausbefördern können. In diesen Halmen lebt wahrscheinlich mehr Ungeziefer als Menschen in der ganzen Stadt. Ich hätte mir nie träumen lassen, dass London ein solches Drecknest ist.«

Lucas musste ihr beipflichten. Nach der Faszination des Meeres und den lieblichen Auen der Flusslandschaft beleidigte die farblose Enge der City sein Künstlerauge. Sie war nur zu ertragen, wenn er sich klarmachte, dass sie ihr bald den Rücken kehren würden.

»In Ordnung, Hannah. Ich kümmere mich mit Daniel um Decken und Essen, während ihr hier saubermacht. Wir halten es wie auf dem Schiff. Je weniger man euch Frauen sieht, umso besser ist es.«

Christinas und Hannahs Begeisterung über diesen Vorschlag hielt sich in Grenzen, aber sie fügten sich. Oder waren sie nur zu erschöpft, um zu streiten?
Hannah sah matt und blass aus. Seiner Schwester fehlte die gewohnte Tatkraft. Die Aufregungen der letzten Tage zeichneten ihre Züge.

Es gab keine Kapitäne, die nach Süden fuhren. Zwar drängten sich die Schiffe in Höhe der City so dicht am Flussufer, dass einige von ihnen auf die andere Seite nach Southwark ausweichen mussten, aber nicht eines brach um diese Jahreszeit in Richtung Atlantik auf.
Die italienischen Wollaufkäufer, auf die Lucas eigentlich gehofft hatte, waren längst abgereist. Die anderen steuerten in erster Linie Häfen in Flandern und Brabant an, oder sie fuhren in nördliche Richtung. Als er mit Daniel in die Herberge zurückkehrte, brachten sie nur müde Füße mit, einige Ortskenntnis, die sie sich erfragt hatten, aber keine gute Nachricht über auslaufende Schiffe.
»Verdammt, man könnte meinen, das Schicksal lege es darauf an, uns nach Flandern zurückzutreiben«, murrte er ratlos und mied den Blick der beiden Frauen. »Unsere Wirtin ist die Einzige, die mir Hoffnung gemacht hat. Sie sagt, dass die Schifffahrt im Nordmeer üblicherweise erst zum Sankt-Martins-Tag eingestellt wird. Bis dahin könnten sehr wohl noch Handelsschiffe nach London kommen und gen Süden weiterfahren. Sie rät zur Geduld.«
»Eine Geduld, die ihren Beutel füllt.« Christina durchschaute die Beweggründe der Frau. »Wir bezahlen fürstlich für dieses Rattenloch. Morgen machen wir uns am besten alle gemeinsam auf die Suche nach einer Passage.«

»Unmöglich.« Lucas und Daniel lehnten wie aus einem Munde ab.
»Ihr könnt uns nicht begleiten. Habt ihr schon vergessen, wie grauenvoll ihr den Weg von der *Espérance* in diese Herberge fandet«, erinnerte Daniel. »Die Hafengassen sind noch schlimmer.«
»Es ist eine Sache der Gewohnheit«, antwortete Christina nüchtern. »Nach dem heutigen Tag ist der erste Schock abgeklungen.«
»Morgen wollten wir über die Brücke nach Southwark hinübergehen«, erklärte Lucas. »Schiffe, die keinen Platz an den städtischen Kais finden, müssen an den Docks auf der anderen Seite des Flusses ankern. Dort wimmelt es nur so von Spelunken und Hurenhäusern, und die Glücksspieler treffen sich zu Bärenhatz und Hahnenkampf. Keine anständige Frau setzt einen Fuß in ein solches Viertel. In Southwark trifft man nur Winchester-Gänse.«
»Winchester-Gänse?«, wiederholte Hannah fragend.
»Freudenmädchen. Man nennt sie dort so.« Lucas drückte sich absichtlich unverblümt aus, um die Debatte zu beenden.
Christina indessen schnaubte nur. »Was denkst du, was wir heute hier erlebt haben? Schankmägde, die sich nicht darum scheren, dass man ihnen zusieht, wenn sie sich einem Betrunkenen im Hof für ein paar Kupfermünzen hingeben. Zecher, die grölend an unsere Türe pochen und fordern, dass wir herauskommen und ihnen zu Gefallen sein sollen.«
Lucas traute seinen Ohren nicht. »Woher wissen die von eurer Anwesenheit?«
»Von unserer gastfreundlichen Wirtin, nehme ich an. Ein

Glück, dass dieser Stall eine feste Tür mit einem stabilen Riegel hat. Andernfalls hätten wir uns mit Gewalt zur Wehr setzen müssen.«

»Verflucht noch mal. Ich werde …«

»Nein.« Christina fasste Lucas am Arm und lächelte gleichzeitig Daniel beruhigend zu. »Es ist uns nichts passiert. Es hat keinen Sinn, sich mit der Wirtin anzulegen, wie du schon gestern festgestellt hast. Wir sind auf sie angewiesen. Aber ihr könnt nicht von uns verlangen, dass wir noch einmal alleine hier zurückbleiben.«

Hannah nickte so heftig, dass sich eine Haarsträhne aus dem Kopftuch löste und ihr über die Wange rutschte.

Lucas wechselte einen Blick mit Daniel und gab sich geschlagen.

»Schon gut. Keine Aufregung. Gehen wir also zu viert, aber macht euch keine Illusionen. Es wird kein vergnüglicher Spaziergang. Wir sind hier in einer anderen Welt. Man kann sich nicht vorstellen, dass unser schönes, sauberes Brügge irgendwo existiert. Diese Stadt zu malen würde ganze Eimer schwarzer und grauer Farbe erfordern.«

»Was habt ihr denn sonst erfahren?«

Christina wandte sich Daniel zu, der sich in einer langen Schilderung des enttäuschenden Tages verlor.

Lucas beobachtete währenddessen Hannah. Sie beteiligte sich nicht mehr am Gespräch. Sie saß mit geschlossenen Augen auf einer Ecke der Bank. Was ging wohl in ihrem Kopf vor?

Er hatte noch nie darüber nachgedacht, musste er sich eingestehen. Er hatte Hannah stets wie selbstverständlich hingenommen. Eine zweite Schwester, die ein wenig anders als die andere war, aber zu seinem Leben gehörte.

18. Kapitel

London, 24. September 1419

Am Morgen waren sie früh aufgestanden, um keine Zeit zu verlieren. Da die beiden Männer sich schon tags zuvor durch das Wirrwarr der engen Gassen gekämpft hatten, kamen sie, dank ihrer Ortskenntnis, etwas schneller voran. Ausgeruht und neugierig, setzte Christina ihrem Bruder mit Fragen zu. Besonders die breiten Holzplattformen, die weit in den Fluss hineinragten, verwunderten sie.

»Es handelt sich um die sogenannten Docks«, erklärte er geduldig. »Man kennt in London keine gemauerten Kais, wie man sie in Brügge und Gent für selbstverständlich hält. Man hat einfach Holzpfosten in das seichte Flussbett gerammt und mit Brettern eine künstliche Ebene geschaffen. An ihrem vorderen Rand ist der Fluss so tief, dass auch größere Schiffe problemlos anlegen sowie be- und entladen werden können.«

»Sobald ein Schiff bestückt oder leer ist, muss es aber sofort seinen Anlegeplatz räumen«, ergänzte Daniel. »Es gibt zu wenige Docks für die vielen Schiffe, die die Themse hinaufkommen. Sie müssen auf die andere Seite ausweichen oder mitten im Fluss ankern. Seht, dort geht es zur Brücke.«

Es hätte seines Hinweises nicht bedurft. Die London Bridge glich einem Marktplatz. Es grenzte an ein Wunder, wie sich Menschen, Tiere und Fuhrwerke, trotz der drangvollen Enge, aneinander vorbeibewegten. Christina klammerte sich an Daniel und Lucas nahm sich Hannahs an. Keiner von ihnen durfte verlorengehen. Es herrschte merkwürdiges Dämmerlicht zwischen den Brückenhäusern, obwohl es schon Mittag war. Das lag sowohl an den grauen Wolken wie auch an dem dunklen Qualm, der aus zahllosen Kaminen und Feuerstellen stieg.

Da nicht nur unendlich viele Personen, sondern auch jede Menge Karren, Ochsengespanne und Reiter aus der Stadt und in die Stadt drängten, dauerte es länger als gedacht, bis sie die andere Seite des Flusses erreicht hatten. Am Ende der Brücke flankierten zwei Ecktürme das gewaltige Stadttor. Daniel wies sie auf die schweren Eisenketten hin, die des Abends zusätzlich vor die geschlossenen Tore gespannt wurden. London wusste sich zu schützen.

»Nach dem Gerichtstag bringen sie dort oben über dem Tor die abgeschlagenen Köpfe an«, erklärte er.

Christina wandte den Blick schnell von den rostigen Piken ab. Glücklicherweise waren sie heute leer.

Um sich abzulenken, musterte sie die Schiffe, die zwischen den Häusern sichtbar wurden. Sie entdeckte auch die *Espérance* unter ihnen. Eine kaum fußbreite Planke führte vom Deck zum Ufer, aber an Bord schien alles ruhig. Es verwunderte sie, dass keinerlei Aktivitäten darauf hindeuteten, dass die Sturmschäden ausgebessert wurden. Was hielt van Liewe davon ab, seine Pläne in die Tat umzusetzen? Wo steckte er?

»Trödelt nicht.«

Lucas vergewisserte sich, dass sie alle gut über die Brücke gekommen waren. Er schlug einen Schlammpfad ein, der von ärmlichen Holzhäusern flankiert wurde und parallel am Fluss entlanglief. Eine Spelunke reihte sich an die nächste. Zecher quollen aus den Türen, Betrunkene torkelten ihnen entgegen. Mädchen und Frauen lehnten an den Hütten. Manche blutjung und verhärmt, mit knospenden Brüsten, die sie ungeniert vor Lucas und Daniel entblößten. Andere verlebt und krank, mit Körpern, von Hunger und Schlägen gezeichnet. Das also waren die Freudenmädchen, von denen Lucas gesprochen hatte.

Männer, dachte Christina. Sie rümpfte verstohlen die Nase. Wie können sie diese armen Geschöpfe als Freudenmädchen bezeichnen? Sie sind doch eher traurige Gestalten.

»Kommt«, drängte ihr Bruder besorgt. »Wir müssen so schnell wie möglich aus diesem Viertel heraus.«

Eine Gruppe johlender Seeleute hatte eine junge Frau mit zerrissenem Mieder eingekreist und betatschte sie grob. Christina sah, wie Münzen ihren Besitzer wechselten. Obszöne Gesten begleiteten den Handel. Einer der Kerle fuhr herum und starrte in ihre Richtung. Erschrocken erkannte sie den bulligen Segelmacher der *Espérance*.

Das Erkennen war gegenseitig. Der Glatzkopf verzog den Mund zu einem hämischen Grinsen. Er machte eine Bemerkung zu seinen Kameraden, dann schwankte er zielgerichtet auf sie zu. Er war betrunken. Angeekelt wich sie zurück.

»Wen haben wir denn da? Sind das nicht die beiden Täubchen, die sich auf unserem Schiff ohne uns vergnügt haben, Freunde? Die Hübschen sind uns noch etwas schuldig. Was meint ihr dazu?«

Ehe Lucas und Daniel die Gefahr erfasst hatten, waren sie von den johlenden Männern eingekreist. Daniel wurde rigoros zur Seite gedrängt. Als er sich wehrte, streckte ihn

ein Fausthieb zu Boden. Christina sah sich nach ihm um. War er verletzt?
»Gib uns den Weg frei, Segelmacher«, forderte Lucas kaltblütig. »Dein Kapitän hat dich davor gewarnt, uns noch einmal zu belästigen.«
Schallendes Gelächter war die einzige Antwort. Der Glatzkopf schlug sich vor Vergnügen auf die Oberschenkel, und die anderen johlten mit. Dann schubste er Christina, die sich zu Daniel durchzudrängen versuchte, rücksichtslos in die Arme seiner Kumpane und packte Hannah am Handgelenk. Ihr schriller Aufschrei ließ Lucas über sich selbst hinauswachsen. Er stürzte sich mit einer solchen Wucht auf den Segelmacher, dass er Hannah vor Überraschung freigab. Sobald er jedoch seine Verblüffung überwunden hatte, bekam Lucas zu spüren, dass er gegen den muskelbepackten Seemann keine Chance hatte.
Unter einem gewaltigen Hieb brach er in die Knie. Halb besinnungslos rappelte er sich wieder hoch und hob die Fäuste. Begleitet vom höhnischen Gegröle der Umstehenden, stürzte er jedoch beim nächsten Angriff des Segelmachers wie ein Stein zu Boden. Reglos blieb er im Schlamm liegen.
Einer Furie gleich, sprang Hannah in diesem Moment den Glatzkopf von hinten an. Sie krallte ihm die Fingernägel ins Gesicht, kratzte, biss und trat. Sie schrie und schluchzte zugleich. Er hatte Mühe, sie daran zu hindern, ihm die Haut abzuziehen.
Auch Christina wehrte sich mit Händen und Füßen, aber es gelang ihr nicht, sich aus den Klauen der betrunkenen Männer zu befreien.
Mittlerweile hatte der Segelmacher Hannah fest im Griff.

Sie rang nach Luft. Haltlos sank sie in sich zusammen. Von ihr war kein Widerstand mehr zu erwarten. Als er sie freigab, rutschte sie einfach zu Boden und blieb liegen. Eine Ohrfeige, hinter der die volle Kraft seiner Wut steckte, beförderte Christina neben sie in die Gosse.

Christinas Kopf dröhnte. Die Stimmen um sie herum klangen seltsam fern und gedämpft. Sie wollte schreien, aber kein Laut kam ihr über die Lippen. Irgendjemand zerrte sie mit grober Hand hoch und schleppte sie davon. Ihre Füße schleiften durch den Schlamm, danach über eine Türschwelle und schließlich über grobe Bohlen. Als sie ein Stoß nach vorne zu Boden schleuderte, blieb sie mit hämmernden Schläfen liegen. Was hatten diese Kerle mit ihnen vor? Wollten sie sie umbringen?

Immer noch dumpf, aber verständlicher, drangen die Bruchstücke einer Unterhaltung an ihr Ohr. Flämisch. Der Segelmacher und seine Kumpane.

»Was willst du mit den beiden? Sollen wir alle deinetwegen Schwierigkeiten bekommen? Nimm dir eine von den Straßengänsen.«

»Die Weiber sind zwar zwischen den Beinen alle gleich, aber ich habe schon auf dem Schiff einen Blick auf die hübsche Kleine geworfen. Jetzt will ich sie haben. Jetzt hält mich kein Kapitän mehr von dem Spaß ab.«

»Du blöder Hund, wenn du wieder nüchtern bist, wirst du es bereuen. Der Kapitän wird dich kielholen. Mit ihm ist in solchen Dingen nicht zu spaßen.«

Christina kämpfte gegen eine drohende Ohnmacht. Sie musste bei Bewusstsein bleiben. Was war aus Lucas und Daniel geworden? Hannah lag neben ihr und schien bereits halb tot zu sein.

Reiß dich zusammen, Christina Contarini. Versuch die Kerle zu überlisten. Auch Hannah ist auf dich angewiesen. Nur du kannst ihr helfen. Mit aller Macht stemmte sie sich gegen die Verzweiflung, während über ihr der Streit weiterging.

»Dazu müsste der erst einmal etwas erfahren.« Der Segelmacher gefiel sich in der Pose des starken Helden und ließ kein Argument gelten.

»Und wie willst du das verhindern, Mann? Wenn wir mit den zweien fertig sind, erheben sie ein Riesengeschrei. Wie sollen wir sie zum Schweigen bringen? Vielleicht sucht man sie bereits. Die Keilerei auf der Gasse hat genug Aufsehen erregt. Ich will keinen Ärger am Hals haben. Ich hab vier Mäuler zu stopfen und bin auf meine Heuer angewiesen.«

Das Gelächter des Segelmachers jagte Christina das Blut durch die Adern.

»Ich bringe die beiden zu Mutter Crowe, wenn wir mit ihnen fertig sind«, hörte sie ihn antworten. »Die Alte zahlt gut für Frischfleisch. Man sagt ihr nach, dass sie ihre Gänse eisern in der Zucht hat. Aus ihrem Haus läuft keine davon, ehe sie nicht jede Kupfermünze wieder eingebracht hat, die die Hurenmutter für sie bezahlen musste. Bei diesem Geschäft streichst du mehr ein als deine Heuer.«

»Du bist doch viel zu besoffen, um noch zu wissen, was du tust. Das hier sind keine dahergelaufenen Bauernmädchen, sondern flämische Jungfern aus gutem Haus. Ich mache da nicht mit. Ich hau ab.«

Christina stand das Herz fast still. Verkauf an ein Hurenhaus. Die leeren Gesichter und armseligen Körper der

Mädchen erschienen ihr vor Augen. So zu enden musste schlimmer sein als der Tod.
Aber was konnte sie tun? Durfte sie auf Hilfe von Daniel und Lucas hoffen, oder waren die beiden so zusammengeschlagen worden, dass sie um ihr eigenes Leben fürchten mussten? Würde sein Kumpan den Segelmacher zur Vernunft bringen?
Sie zwang sich den Kopf zu heben und sah eben noch seinen Rücken im Verschwinden. Der Segelmacher torkelte auf sie zu und zerrte an seiner Kniehose.

19. Kapitel

London, Southwark, 24. September 1419

Schlamm verklebte sein Gesicht. Halb erstickt gelang es Daniel endlich, den Kopf aus der Pfütze zu heben. Spuckend und keuchend rang er nach Luft. Sein Körper schmerzte, als wäre er unter ein Ochsenfuhrwerk geraten.

»Christina? Hannah? Lucas?«

Entsetzen stieg in ihm auf. Es raubte ihm zusätzlich den Atem. Er musste alle Kraft zusammennehmen, um sich aufzurappeln. Die Schmerzen ignorierend, kam er mühsam auf die Beine und kämpfte um sein Gleichgewicht. Er befand sich im Hofeingang einer windschiefen Spelunke. Keiner der Vorübergehenden nahm Notiz von ihm.

Um weiterzukommen, musste er sich an der Hauswand abstützen. Vom Segelmacher und seinen Kumpanen war nichts mehr zu sehen. Auch nicht von Christina und Hannah. Dafür lag Lucas, zusammengesunken und nur wenige Schritte entfernt, in einem Graben voller Unrat.

Mühsam schleppte Daniel sich zu ihm und drehte ihn auf den Rücken. Er sah übel zugerichtet aus, war bewusstlos. Aber er lebte, stellte Daniel beruhigt fest. Seine Brust hob und senkte sich, unter erkennbarer Anstrengung. Was war mit Christina und Hannah? Hatten sie fliehen können?

»Du suchst die Frauen?«

Die Frage wurde in hebräischer Sprache gestellt. Daniel fuhr so hastig herum, dass ein scharfer Schmerz durch seinen Schädel zischte. Die Gestalt eines Greises im schwarzen Mantel verschwamm vor seinen Augen, aber er hatte die Schläfenlocke erkannt.
»Hast du was gesehen? Wenn du ein Glaubensbruder bist, musst du mir helfen. Eine der Frauen ist Jüdin.«
Der Alte machte eine jener fatalistischen Gesten, die mehr besagen als alle Worte. Die Situation der Juden in England war nach wie vor bedrückend, auch wenn es inzwischen keine organisierten Verfolgungen wie zu Pestzeiten mehr gab. Auf Hilfe konnte kein Jude in dieser Stadt hoffen.
»Sie haben sie in den *Goldenen Hahn* geschleppt«, sagte er mitfühlend. »Wenn du noch etwas für sie tun willst, musst du dich beeilen. Aber besorge dir zuvor Verstärkung. Allein kannst du gegen diesen Haufen Barbaren nichts ausrichten. Gott sei mir dir.«
Der Greis schlurfte davon. In Daniels Kopf überschlugen sich die Gedanken. Auf Lucas konnte er nicht zählen, der benötigte selbst Hilfe. Wo konnte er Unterstützung finden? Mit Ausnahme des alten Juden verstand ihn keiner. Es sei denn … Er hatte, wie Christina, die *Espérance* gesehen.
Van Liewe! Nur auf ihn konnte er in dieser Situation vertrauen. Daniel rannte wie noch nie in seinem Leben. Die Angst um Christina und Hannah ließ ihn die Schmerzen vergessen. Sie zu retten war alles, was zählte.
Kapitän van Liewe starrte den Verrückten verwundert an, der ins Vorkastell des Schiffes gestürmt kam. Daniel schrie dermaßen wirr auf ihn ein, dass er zunächst kein Wort verstand. Mit einem Fluch drückte er ihn auf einen Stuhl, weil

er ihm ansah, dass er im nächsten Augenblick zusammenbrechen würde.
»Daniel Katz? Was ist nun schon wieder geschehen? Beruhigt Euch und redet langsam.«
»Ihr müsst uns helfen«, japste Daniel mit letzter Kraft. »Lucas wurde zusammengeschlagen. Christina und Hannah wurden entführt.«
Van Liewe geriet in solche Wut, dass seine Stimme wie der Ruf zum Jüngsten Gericht über das Schiff dröhnte. Er rekrutierte einige der Männer, die mit ihm an Bord geblieben waren.
»Greift euch Knüppel und folgt mir«, befahl er knapp.
Am Ufer warf er einem der herumlungernden Burschen eine Kupfermünze zu. »Bring uns auf dem schnellsten Weg zum *Goldenen Hahn*.«
Sie kamen an Lucas vorbei, der eben versuchte, sich hochzustemmen. Der Kapitän hielt sich nicht damit auf, ihn dabei zu stützen.
Mit der Wucht eines Unwetters drangen er und seine Männer in die heruntergekommene Kaschemme mit dem hochtrabenden Namen ein. Ein einziger Blick auf van Liewe und seinen Trupp reichte dem Wirt aus, um sich hinter seinen Bierfässern unsichtbar zu machen. Sollte der Segelmacher doch selbst sehen, wie er sich mit dem Hünen einigte.
Im hinteren Schankraum, wo sonst die Falschspieler ihre bleibeschwerten Würfel bei Trunkenbolden und ahnungslosen Bauernburschen zum Einsatz brachten, grölten die Bezechten. Van Liewe konnte nicht erkennen, was sich dort im Einzelnen abspielte. Die Mädchen sah er zunächst auch nicht. Erst als er die Männer rücksichtslos auseinan-

dergetrieben hatte, bot sich ihm das ganze schreckliche Bild. Seine Wut schwoll zu mörderischem Zorn an.

Von drei Männern an Beinen und Armen rücklings auf einem Tisch gehalten, lag, die Beine gespreizt und den Rock über das Gesicht hochgeschlagen, Christina. Sein eigener Segelmacher stand mit herabgelassenen Kniehosen zwischen ihren Schenkeln.

Ehe einer der Seeleute reagieren konnte, packte der Kapitän den Segelmacher am Genick. Mit einem unartikulierten Schrei riss er ihn zurück und versetzte ihm einen gewaltigen Fausthieb unter das Kinn. Der Glatzkopf stürzte wie ein gefällter Ochse neben dem Tisch zu Boden und regte sich nicht mehr. Danach nahmen sich van Liewe und seine Schiffsbesatzung die anderen Betrunkenen mit ähnlicher Erbitterung vor. Keiner entkam ihrem Grimm.

Inzwischen war Daniel ebenfalls in der Spelunke eingetroffen. Sein hämmernder Schädel hatte ihn immer wieder taumeln und hinter van Liewe zurückfallen lassen. Blind für alles, was um ihn herum geschah, drängte er sich durch die Schlacht. Er wich Fäusten und Knüppeln instinktiv aus und entdeckte endlich Hannah. Sie kauerte wie ein geprügelter Hund in einer Ecke.

Christina saß unweit von ihr auf dem Tisch und mühte sich fahrig, das zerfetzte Gewand über ihre Beine zu ziehen. Ihr Gesicht war von Schlägen gezeichnet. Ihre Augen blickten ins Nichts. Keine Träne war darin zu entdecken.

Dafür schluchzte Hannah umso mehr. Ihr ganzer Körper zitterte wie Espenlaub. Ihre Brüste quollen zerkratzt aus dem aufgerissenen Kleid. Die Arme hatte sie schutzsuchend um die angezogenen Beine geschlungen, das Gesicht blieb hinter dem zerrauften Haar verborgen.

Daniel beendete sanft Christinas hektische Bemühungen. Er fasste nach ihren Händen. Blutig, zerkratzt und mit eingerissenen Fingernägeln zeugten sie von ihrer vergeblichen Gegenwehr. Ihr Anblick verengte ihm die Kehle. Hass stieg in ihm auf. Hass gegen die, die ihr das angetan hatten, aber auch Hass gegen seine eigene Hilflosigkeit. Was war das für eine göttliche Ordnung, die so etwas zuließ?

»Christina, komm zu dir. Es ist vorbei.«

Sie schaute auf, erkannte ihn und löste ihre Hände aus seinem Griff. Kein Laut kam dabei über ihre Lippen. Sie wandte den Blick ab, senkte den Kopf.

»Kümmere dich um Hannah«, sagte sie schließlich mit tonloser Stimme.

Betroffen wich er zurück. Machte ihm Christina die Vorwürfe, die er sich selbst machte? Er fühlte sich für sie verantwortlich, auch wenn sie noch nicht verheiratet waren. Er hatte versagt.

Nie zuvor in seinem Leben hatte Daniel solche Hilflosigkeit verspürt. Weder Christina noch Hannah hatte er vor diesem Alptraum bewahren können. Die Erkenntnis, dass alles Wissen, alles Bemühen, jede Leidenschaft und aller Glaube nichts wert waren gegen rohe Gewalt und Dummheit, schmerzte unermesslich.

»Zum Henker, Daniel Katz. Steht nicht herum. Helft den Frauen. Wir müssen verschwunden sein, ehe der Wirt sich besinnt und Unterstützung holt. Ich habe keine Lust, vor dem Sheriff in London erklären zu müssen, was sich in dieser Spelunke zugetragen hat. Es könnte uns allen miteinander mehr Ärger bereiten, als wir bewältigen können«, bellte van Liewe ihn an.

Das Schlachtfeld sprach für sich. Verletzte Männer, Blut,

Stuhlbeine und Tonscherben bedeckten in wüstem Durcheinander den Boden. Der Kampf war kurz und vernichtend gewesen. Der Segelmacher war tot. Offensichtlich hatte er sich bei dem Sturz gegen die Tischkante das Genick gebrochen.

Sein Anblick löste Christinas Erstarrung. Langsam rutschte sie vom Tisch herunter und stand auf den Füßen. Van Liewe nahm seinen Umhang ab und legte ihn ihr sanft über die Schultern. Er hüllte sie von Kopf bis Fuß ein. Sie schwankte dabei ein wenig, aber sie blieb aufrecht. Er stützte sie nicht. Er nickte lediglich und vergewisserte sich, dass Daniel Hannah aufgeholfen hatte und sie ebenfalls mit seinem Mantel schützte.

»So ist es gut. Lasst uns gehen.«

Auf der Gasse warteten die Seeleute der *Espérance*. Auch Lucas war unter ihnen. Er hing zwischen zwei Männern, die sich seine Arme über die Schultern gelegt hatten. Auch er bot einen schrecklichen Anblick.

»Lucas!« Hannah schluchzte einmal auf, dann unterdrückte sie für den Rest des Weges gewaltsam jeden weiteren Laut.

Sie erreichten das Flussufer, wo die *Espérance* ankerte. Daniel, der Hannah hielt, sah, wie Christina vor dem ersten Schritt auf die Planke zögerte. Ehe er etwas sagen konnte, ergriff van Liewe das Wort.

»Ich will Euch helfen, nicht Euch gewaltsam zu etwas zwingen, das Euch widerstrebt«, hörte er ihn besänftigend murmeln. »Ihr seid am Ende Eurer Kräfte. In Eurem Zustand könnt Ihr nicht allein auf die Straße, geschweige denn durch das Stadttor von London. Ihr benötigt saubere Kleider, womöglich gar die Hilfe einer erfahrenen Heilerin.«

Sein zweckmäßiger Rat hatte eine erkennbar beruhigende Wirkung auf Christina. Sie ließ sich aufs Schiff bringen und in van Liewes Quartier führen. Lucas wurde auf das Kastenbett gelegt. Er gab mit keinem Laut zu verstehen, ob er bemerkte, was mit ihm geschah. Der Kapitän tastete vorsichtig seinen Körper ab.

»Ich kann keine lebensgefährlichen Verletzungen an ihm entdecken. Die Atmung ist gleichmäßig und der Puls stark. Euer Bruder verfügt über einen eisernen Schädel und einen jungen Körper. In ein paar Tagen ist er bestimmt wieder auf den Beinen«, fasste er nüchtern seinen ersten Eindruck zusammen. »Was hingegen Euch …«

Christina bat ihn mit einer so bestimmten Handbewegung um Schweigen, dass er abbrach.

»Wir sind Euch unendlich dankbar, Kapitän van Liewe, aber Ihr braucht Euch nicht länger um uns zu sorgen. Wir müssen selbst sehen, wie wir zurechtkommen. Der Segelmacher ist tot. Was Hannah und ich erlebt haben, ist vorbei. Niemand soll davon wissen. Ich glaube, dass ich damit auch für Hannah spreche. Durch Euer Eingreifen ist mir zwar das Schlimmste im letzten Augenblick erspart geblieben, aber auch ich will die Geschehnisse für immer aus meiner Erinnerung tilgen.«

Sie hielt van Liewes Blick stand. Bleich, aufrecht, aber immer noch mit einem Rest von Wildheit.

»Wenn Ihr es so wünscht, dann sei es so.« Sein Mitgefühl spiegelte sich in seinem Gesicht wider, ebenso eine Spur von Hochachtung.

Van Liewe wandte sich Daniel zu. »Ihr setzt Euch besser, Daniel Katz. Ihr habt eine Wunde am Hinterkopf. Sie sollte gereinigt und versorgt werden.«

»Es ist nicht nötig«, lehnte Daniel ab, obwohl ihm mittlerweile so schwindlig und übel war, dass er alles nur noch verschwommen sah. »Die Frauen sind es, die Hilfe brauchen. Nicht ich.«

»Wenn Ihr heißes Wasser, saubere Tücher, Wein und Wundbalsam oder Wundkräuter habt, dann kann ich sowohl meinen Bruder wie auch Daniel versorgen«, sagte Christina leise. »Von meiner Großmutter habe ich gelernt, wie man Wunden behandelt.«

»Aber du ...«

Daniel unterbrach sich selbst. Er konnte eben noch zum offenen Fenster taumeln, um sich nach draußen, in den Fluss zu übergeben. Van Liewe verließ fluchtartig den Raum, um Christinas Wünsche zu erfüllen.

»Was ist geschehen?«, krächzte Lucas in diesem Augenblick. Er versuchte sich aufzurichten.

»Bleib liegen, bis ich deine Wunden verbunden habe«, befahl Christina. Lucas war zu schwach, um zu widersprechen.

Hannah kauerte währenddessen mit angezogenen Beinen vor dem Kastenbett. Sie machte einen so verstörten Eindruck, dass Christina sich neben sie kniete und sie in die Arme nahm. Nach einem winzigen Moment der Abwehr duldete Hannah die Berührung, legte den Kopf an ihre Schulter und schloss die Augen.

»Wir müssen warten, bis wir Medikamente und Verbandszeug haben. Der Kapitän hat uns gerade verlassen, um alles zu besorgen, was nötig ist«, sagte Christina an niemand Bestimmten gewandt.

Sie erhielt keine Antwort. Keinem von ihnen war nach Reden zumute.

20. Kapitel

London, 25. September 1419

Die Wachen am Brückentor gönnten der reglosen Gestalt im Tragstuhl nur einen flüchtigen Blick. Es kam alle Tage vor, dass ein Bürger der Stadt von Familienangehörigen in Southwark aufgelesen und betrunken nach Hause gebracht wurde. Die Frauen und ihr hünenhafter Begleiter, der die Träger zur Eile drängte, passten ins Bild. Sie winkten die Gruppe weiter, damit sie den Verkehr nicht aufhielt, ehe sie sich den nächsten Ankommenden zuwandten.

Hannah ließ sich teilnahmslos von Christina an der Hand führen. Nur ihre Nähe duldete sie. Daniel ging neben van Liewe. Eine federgeschmückte Kappe verbarg seinen Verband, ein Umhang die notdürftig gereinigten Kleider und seinen Gebetsschal.

Sie hatten kein persönliches Wort gewechselt, seit van Liewe sie auf der *Espérance* in Sicherheit gebracht hatte. Die Abwehr ging von Christina aus. Wenn Daniel ihre Aufmerksamkeit suchte, tat sie so, als bemerke sie es nicht. Das Geschehene hatte jedes Gefühl in ihr begraben. Sie fand sich außerstande, über die Ereignisse zu sprechen.

Äußerlich sah man ihnen die gewalttätige Episode kaum noch an. Van Liewe hatte dafür gesorgt, dass sie sich waschen konnten, Salben und Verbandsmaterial zur Verfügung gestellt und Kleidung aufgetrieben.

Am nächsten Tag hatte er den Tragstuhl und Träger angemietet, damit sie Lucas zum *Löwen von Flandern* bringen konnten. Er war nicht fähig zu laufen. Nach längerer Überlegung waren sie gemeinsam zu der Erkenntnis gekommen, dass sie in der Herberge am besten aufgehoben sein würden.

Nur zögernd hatte van Liewe nachgegeben. Allerdings stellte er Bedingungen.

»Ihr müsst mir versprechen, in der Herberge zu bleiben und die Docks künftig zu meiden. Ehe ihr an eine Heimreise denken könnt, müsst ihr ohnehin die Schlechtwetterperiode abwarten, die alle Schiffe momentan im Hafen hält.«

Sie gaben dieses Versprechen, wohl wissend, dass sie nicht nach Flandern zurückgehen würden.

Van Liewes Auftauchen in der Herberge verwandelte die unfreundliche Wirtin in eine zuvorkommende Gastgeberin. Auge in Auge mit ihm war keine Rede mehr davon, dass sie seinen Namen nicht kannte.

»Mistress Mary, ich muss Euch im Vertrauen sprechen. Kommt für einen Moment mit vor die Tür.«

Draußen nahm er sie an den Schultern und forderte ihre ungeteilte Aufmerksamkeit. »Hört mir gut zu. Ihr beherbergt zwei Kinder der Contarini aus Flandern unter Eurem Dach. Ist Euch klar, was das bedeutet?«

Sie machte sich los und bedachte ihn mit einem mürrischen Blick, ehe sie ihre Schürze glattstrich.

»Verfluchter Kerl, seid Ihr verrückt, mir diese Brut auf den Hals zu schicken? Wenn denen etwas zustößt, gibt man

mir die Schuld und fordert Rechenschaft von mir. Der Londoner Agent der Contarini schnüffelt ohnehin überall herum, seit der Herzog von Burgund ermordet wurde.«
»Meine Liebe, ich sehe, Ihr habt begriffen, worauf es ankommt. In diesem Fall geht es nicht nur Euch an den Kragen, sondern auch mir und meiner Werft. Ich war so unvorsichtig, sie auf meinem Schiff mitzunehmen. Nun muss ich sehen, dass ich sie sicher wieder nach Flandern bringe. Bis dahin muss ich sie bei Euch in gutem Gewahrsam wissen.«

Mistress Mary schnalzte mitfühlend mit der Zunge, als sie Lucas aufs Bett legten. Sie versprach umgehend, einen Boten zum Apotheker zu schicken, damit Christina die Kräuter und Tinkturen erhielt, die sie zur Heilung ihres Bruders für nötig erachtete.
»Der arme junge Herr«, lamentierte sie. »Hätte er mich gefragt, ich hätte ihn vor einem Ausflug nach Southwark gewarnt. Sind alles nur Betrüger und Schlitzohren dort, die einen Ausländer nur …«
»Schon gut«, schnitt ihr Christina das Wort ab. »Wenn Ihr bitte den Boten holen wollt. Ich muss ihm genau sagen, was er bringen soll.«
»Ich schicke Euch Peter. Er ist ein gescheiter Junge und wird Euch gern zu Diensten sein.«
Der dürre Halbwüchsige mit einem Schopf, der wie Stroh um seinen Kopf stand, machte in der Tat einen pfiffigen Eindruck. Obwohl sein eckiger Körper in einem befleckten Wams steckte und bloße Knöchel aus seinen Schuhen schauten, funkelten schnelle Auffassungsgabe und Neugier in seinen wasserblauen Augen. Das breitflächige Gesicht mit den rotblonden Brauen ähnelte dem der Wirtin.

»Sie ist meine Mutter«, antwortete er knapp auf Flämisch, als van Liewe, der dieselbe Beobachtung gemacht hatte, ihn danach fragte.

Christina wollte ihn die Einkaufsliste wiederholen lassen, aber es erwies sich als unnötig. Schon beim ersten Mal behielt er jeden Posten im Gedächtnis.

»Dafür wird der Apotheker mehr als Kupferpennies verlangen«, sagte er knapp und streckte die Hand aus. Er beobachtete die Börse, aus der Christina die Münzen abzählte, genau.

Van Liewe hielt eine Warnung für angebracht. »Du wirst deinen Botenlohn hinterher erhalten und nicht zuvor abzweigen. Haben wir uns verstanden, Bursche?«

»Ist doch klar«, sagte er betont gleichgültig und verschwand, seinen Auftrag zu erfüllen.

»Können wir endlich miteinander reden«, ächzte Lucas kurzatmig. »Seit zwei Tagen schweigen wir uns nur an.«

Christina hatte seinen Oberkörper eng mit Leinenstreifen umwickelt. Einige seiner Rippen waren vermutlich angebrochen und bereiteten ihm Schmerzen. »Ich will wissen, was geschehen ist. In meiner Erinnerung klafft eine Lücke. Sagt mir die Wahrheit. Ich habe ein Recht darauf.«

»Dass wir dem Segelmacher der *Espérance* begegnet sind, weißt du sicher noch«, sagte Christina betont sachlich. »Leider war er mit seinen Spießgesellen in der Überzahl. Erst als es Daniel gelungen ist, Kapitän van Liewe mit einigen Männern zu Hilfe zu holen, wandte sich das Blatt zu unseren Gunsten. Dennoch hielten wir es für ratsam, die Sache nicht an die große Glocke zu hängen. Wir sind fremd in dieser Stadt. Der Segelmacher ist tot. Er hat sich bei einem Sturz das Genick gebrochen.«

Gab Lucas sich damit zufrieden?
Hannah hielt den Atem an, während sie ihn beobachtete. Sie sah ihm seine Schmerzen, seinen Wunsch, Christina möge die Wahrheit sagen, ebenso an wie seinen Verdacht, dass die Schwester ihm trotz allem etwas verheimlichte. Dann setzte Resignation ein. Er schloss die Augen.
Hannah war froh, dass das Gespräch zum Erliegen kam. Noch war sie nicht in der Lage, über die schrecklichen Erfahrungen zu reden. Schon gar nicht mit Lucas.
Auch van Liewe akzeptierte Christinas karge Zusammenfassung. Er wandte sich zum Gehen.
»Euer Umhang, Kapitän.«
Er nahm Christina das Kleidungsstück ab, zögerte aber, sich zu verabschieden.
»Ihr neigt dazu, meine Warnungen in den Wind zu schlagen«, sagte er eindringlich. »Ich kann nur hoffen, dass die Ereignisse euch Warnung genug waren. Dies ist kein sonderlich luxuriöses Quartier, aber ihr seid hier in Sicherheit. Wartet, bis ihr von mir hört. Solange Regen und Sturm die Schifffahrt behindern, müsst ihr ohnehin Geduld haben. Wenn es Probleme geben sollte, schickt Peter, den Sohn von Mistress Mary, zu mir.«
»Wir sind Euch für diese neuerliche Hilfe zu großem Dank verpflichtet«, antwortete Lucas für sie alle. »Aber ich hoffe, wir kommen erst einmal alleine zurecht.«
»Wolle Gott, dass Ihr recht habt, Lucas Contarini. Gehabt Euch wohl.«
Schweigen senkte sich wieder über die Kammer, als er fort war. Das stetige Rauschen des Regens und das Klappern der Dachschindeln, über die der Sturm hinwegbrauste, waren die einzigen Geräusche.

Hannah strich gedankenverloren über den Wollstoff ihres dunkelblauen Kleides. Auch Christina trug ein neues Gewand. Der graue Samt schimmerte im gleichen Silberton wie ihre Augen. Ihre roten Haare hätten einen wundervollen Kontrast dazu gebildet. Sie waren jedoch bis zur letzten Strähne unter einem weißen Gebende versteckt, das sie noch bleicher wirken ließ, als sie es ohnehin schon war. Die Blutergüsse an ihrer Schläfe verschwanden unter dem Leinen. Sie gemahnte Hannah an eine der Steinfiguren, wie sie die Portale christlicher Kirchen schmückten. Eine Steinfigur, die nicht bemerkte, wie sehr Daniel nach ihrer Aufmerksamkeit hungerte.
Hannah verstand es. Auch sie war zu keiner Gefühlsregung fähig. Das Entsetzen steckte ihr ungebrochen in den Gliedern. Sie würde den Schmerz, die Demütigung und die Scham nie vergessen können. Würde sie je in der Lage sein, ein normales Leben zu führen? Die Nähe zu einem Mann zu dulden und ihn auch noch zu lieben? Wie konnten Männer einer Frau so etwas antun und dabei auch noch Vergnügen empfinden? Das Grölen und das Gelächter würden auf ewig in ihren Ohren nachhallen.
Peter brach die Stille. Er kam hereinspaziert, den strohigen Schopf nass vom Regen, aber die Säckchen und Tiegel des Apothekers sorgsam in sein Wams gehüllt. Stumm wartete er, bis Christina ihm den versprochenen Botenlohn gab. Sie musste ihn festhalten, damit er nicht auf der Stelle wieder hinausging. Sie hatte ein weiteres Anliegen.
»Warum so eilig, mein Freund«, sagte sie. »Wärst du bereit, uns zu helfen und dir damit noch mehr zu verdienen?«
»Was muss ich tun?«

»Können wir dir vertrauen? Das heißt, wirst du uns nicht verraten?«
»Hängt davon ab, was ich tun soll. Ich will auf keinen Fall mit dem Gesetz in Konflikt kommen. Das lohnt sich nicht. Aber Schweigen kann ich gut.«
Daniel und Lucas tauschten einen erstaunten Blick, mischten sich jedoch in das Gespräch nicht ein. Christinas neu erwachter Tatendrang kam ihnen unheimlich vor.
»Du kennst dich sicher auf den Docks aus«, fuhr sie unterdessen fort.
Ein stummes Nicken bestätigte es.
»Alles, was du für guten Lohn tun musst, ist, uns Nachricht zu geben, sobald ein Schiff aus dem Mittelmeer in London eintrifft. Auch wenn eines der Schiffe am Kai zu einer Reise in den Süden aufbricht, wollen wir davon wissen. Wir suchen ein Schiff, das uns nach Venedig bringt. Im Notfall auch eines, das Messina, Neapel oder Genua ansteuert. Niemand darf von unseren Plänen erfahren. Nicht einmal deine Mutter.«
»Und der Kapitän? Er sagt, ihr gehört zu ihm. Warum reist ihr nicht mit ihm?«
»Wir haben gute Gründe, die niemanden etwas angehen.«
»Seid ihr sicher, dass ihr um diese Jahreszeit eine so weite Seereise antreten wollt? Ihr seht ziemlich lädiert aus.«
»Bis du unser Schiff gefunden hast, wird es uns wieder bessergehen«, antwortete Christina.
Ein Funke von Respekt glomm in Peters Augen auf. Er legte den Kopf schief und sah sie an. »Einverstanden. Ihr könnt euch auf mich verlassen. Ich werde zum Hafen gehen und mich umschauen.«
Christina musste trotz allen Elends über ihn schmunzeln.

Es war etwas an Peter, das sie an ihren Bruder Matthis erinnerte. Etwas Eifriges, Bedächtiges und alles Abwägendes. Lucas und sie waren nie so gewesen. Sie hatten einen angeborenen Mut zum Risiko, auch wenn es sie Kopf und Kragen kostete. Matthis dachte immer erst nach, ehe er handelte.

»Ich hoffe, es ist in eurem Sinne«, wandte sich Christina an die anderen. »Oder hat es sich einer von euch anders überlegt?«

Keiner widersprach.

Lucas war noch zu schwach für eine Debatte. Hannah starrte teilnahmslos vor sich auf den Boden. Daniel war froh, dass Christina zu ihrer Kühnheit zurückgefunden hatte. Es machte ihm Hoffnung, dass sie auch zu ihm zurückfinden würde.

21. Kapitel

London, 28. September 1419

Der Ziehbrunnen im Hof war das Herzstück des *Löwen von Flandern,* er stellte einen Reichtum dar, wie ihn in dieser Gegend nur wenige Häuser besaßen. Er lieferte Mistress Mary nicht nur das Wasser für ihr flämisches Bier, er versorgte auch die Küche und die Pferdetränke an der Gasse. Erst seit sie wusste, dass die vier jungen Leute unter van Liewes besonderer Protektion standen, erlaubte sie ihnen, auch ihr Wasser selbst heraufzuziehen. Als Christina den Eimer an diesem Tag erneut in den Brunnen hinunterlassen wollte, vernahm sie Daniels leise Stimme im Rücken. »Noch mehr Wasser? Du brauchst es nicht, meine Liebe. Du bist nicht unrein.«

Christina war es unangenehm, dass Daniel sie durchschaute. Sie fühlte sich tatsächlich besudelt. Der eigene Körper war ihr fremd geworden. Das Geschehene verfolgte sie. Immer wieder überkam sie das Bedürfnis, sich zu waschen. Das Wasser sollte den Schmutz und die Erinnerungen fortspülen.

»Ich fühle mich schuldig an dem, was passiert ist.« Daniel nutzte die Gelegenheit, endlich die Aussprache herbeizuführen, nach der es ihn verlangte. »Dass ich das Unheil nicht abwenden konnte, werde ich mir ewig zum Vorwurf machen.«

»Wie kannst du das sagen?« Christina fuhr herum und ließ den Eimer los. »Von dir habe ich nur Zärtlichkeit und Verständnis erfahren, nie Zwang oder gar Gewalt. Es gibt keinen Grund, warum ausgerechnet du dich schuldig fühlen solltest.«

Das sah Daniel anders, selbst wenn es ihm schwerfiel, darüber zu sprechen. Er hatte lange mit sich gerungen, ob er es überhaupt tun sollte. Dann hatte seine Liebe zu Christina über seinen Stolz gesiegt. Sie musste wissen, dass er für sie da war. Immer.

»Du bist meine Frau, auch wenn uns der Rabbiner noch nicht verbunden hat. Es ist meine Aufgabe, für dich zu sorgen und dich zu schützen. Was dir zugestoßen ist, ist eine Schande. Besonders für mich als Jude. Wir schätzen die Frau hoch. Sie ist uns nicht untertan. Ein gläubiger Jude würde auch den Beischlaf nie mit Gewalt erzwingen, da einem solchen Akt die Gegenwart Gottes fehlen würde. Der Talmud befiehlt uns, unsere Frauen zu lieben und zu achten. Was Hannah und dir von Christen widerfahren ist, widerspricht allen jüdischen Geboten. Ein Mann meines Glaubens, der einen solchen Übergriff wagt, würde aus jeder jüdischen Gemeinschaft ausgestoßen. Die Tat hätte ihn seiner Ehre beraubt.«

Christina antwortete ihm nicht. Daniel glaubte zu wissen, weshalb.

»Ich verstehe, dass du dich von mir abwendest und mir Vorwürfe machst. Ich zitiere unsere Gesetze, dabei habe ich beschämend versagt, dich zu beschützen.«

Mit zunehmendem Staunen hatte Christina dieser Selbstanklage gelauscht.

»Im Christentum ist die Rolle der Frau eine andere, Daniel.

Wir sollen schweigend gehorchen und unserem Mann in allem dienen«, sagte sie leise. »Die Priester geben der Frau die Schuld an der Vertreibung der Menschen aus dem Paradies. Die Erbsünde lastet auf ihrem Gewissen. Die Kirche wirft uns vor, die Verführung zur Sünde zu sein. Vermutlich würde ein Priester Hannah und mich sogar anklagen, dass wir den Segelmacher und seine Kumpane mit unserer Weiblichkeit zur Unzucht angestiftet haben.«

Ihre Blicke trafen sich endlich, und Christina konnte sich zum ersten Mal so weit von ihren eigenen Empfindungen lösen, dass sie die Verzweiflung in Daniels schwarzen Augen wahrnahm. Die Ereignisse hatten ihn in seinen Grundfesten erschüttert.

»Im Judentum ist es die Aufgabe des Mannes, die Ehre seiner Frau zu schützen«, antwortete er bekümmert. »Du hast jedes Recht, mir meine Schwäche vorzuwerfen. Mich nicht länger zu lieben.«

»Nie werde ich dir diesen Vorwurf machen, Daniel.«

Es kam ihr vor, als bräche ein Damm in ihr. Plötzlich konnte sie wieder durchatmen. Ihre Brust weitete sich. Die Verkrampfung, die sie seit Tagen gelähmt hatte, ließ endlich nach.

»Ich liebe dich, Daniel. Dieses Gefühl kann nichts und niemand zerstören. Was ich fürchte, ist dein Abscheu vor meinem beschmutzten Leib.«

Sie schlug sich mit der Faust gegen die Brust. Daniel umfing sanft ihre Handgelenke und hielt sie davon ab, sich weh zu tun.

»Kennst du mich so wenig? In mir ist ausschließlich Liebe für dich, Christina. Du musst dich nicht beschmutzt fühlen. Deine Seele, dein Herz, dein Geist sind unberührt. Du bist so ungebrochen und stark wie immer, und ich liebe dich, so wie du bist. Jeder Tag, der uns gemeinsam vergönnt ist, vertieft meine Empfindungen. Lass uns in die Zukunft sehen, und nicht in die Vergangenheit«, sagte er und suchte ihre Lippen zu einem Kuss.

Christina erstarrte zunächst, doch dann durchflutete sie reine Wärme. Erleichterung stieg in ihr auf. In seinen Armen war sie nicht länger Opfer. Im Gegenteil. Die Sehnsucht nach seiner Nähe und seiner Liebe weckte ein leidenschaftliches Echo in ihr. Sie erwiderte den Kuss mit zunehmender Erregung. Beide vergaßen, dass sie neben dem Brunnen standen und von allen gesehen werden konnten.

Ein frecher Pfiff ließ sie verlegen auseinanderfahren.

Peter lehnte an der Wand des Pferdestalls, ein Bein gegen die lehmverputzte Wand gestemmt und einen Strohhalm im Mundwinkel. Sein Grinsen brachte Christina zum Erröten.

»Du kommst spät«, fuhr sie ihn an. Sie versuchte, ihre Verlegenheit mit Schroffheit zu übertünchen.

»Ich hatte zu tun. Warum habt Ihr Mutter nach mir gefragt? Ein neuer Auftrag?«

Erst nach einem Moment des Überlegens entsann sie sich, worum Hannah sie gebeten hatte.

»Kennst du einen Händler, der in dieser Stadt geschnittene Papierblätter, farbige Kreiden, Rötel und Kohle zum Zeichnen verkauft?«

»Könnt schon sein«, antwortete Peter vage. »Es lassen sich immer mehr Bildermacher in der Stadt nieder. Wozu braucht Ihr das Zeug?«

»Mein Bruder braucht es. Je schneller du es besorgst, umso höher fällt deine Belohnung aus.«
»Du willst Lucas beschäftigen«, durchschaute Daniel den Auftrag. »Wie klug du bist.«
»Es war Hannahs Einfall, meinen zappeligen Bruder auf diese Weise zur Ruhe zu zwingen. Und Ruhe braucht er«, antwortete Christina. »Ich bete, dass wir umgehend eine Reisemöglichkeit finden. London ist weder unserer Geduld noch unserer Börse förderlich.«
»Du machst dir zu viele Sorgen. Sieh nur, sogar der Himmel lacht. Der Regen hat endlich aufgehört.«
Tatsächlich zeigte sich über dem spitzgiebeligen Dach des Wirtshauses seit Tagen die erste Spur von Blau.
Daniels Erleichterung, endlich mit Christina gesprochen zu haben, übertrug sich auf sie. Du wirst dich zusammennehmen müssen, ermahnte sie sich im Stillen. Wenn du dich von Angst beherrschen lässt, bist du verloren. Angst ist Gift.
Die Erinnerung an die klugen Ratschläge ihres Großvaters bestärkten sie.
Die wahre Stärke eines Menschen liegt nicht in seiner Körperkraft, sondern in der Kraft seiner Seele, hatte er ihr einmal gesagt, nachdem sie sich darüber beschwert hatte, dass sie bei einer Rangelei mit Matthis den Kürzeren gezogen hatte. *Frauen sind wahre Meisterinnen dieser Seelenkraft, denn sie verstehen es, sich mit den Umständen zu arrangieren, wenn sie sie nicht beherrschen können.*
Meine Seelenstärke muss auch Angst und Demütigung überwinden, sprach sie sich Mut zu.

Der Streit hallte bis auf den Gang hinaus.

»Lüg mich nicht an, Lucas«, vernahm Christina die Stimme ihrer Freundin. »Dir wäre es am liebsten, wenn du Christina und mich wie einen Sack Wolle nach Brügge zurückschicken könntest. Wenn du wirklich hinter unserem Rücken mit Kapitän van Liewe eine solche Allianz schmiedest, dann bist du ein Verräter. Dann brichst du den Schwur, den wir uns zu Beginn dieser Reise gegeben haben.«

»Ein Fehler wird nicht besser, wenn man ihn bis zum bitteren Ende bringt«, antwortete Lucas müde. »Was haben wir erreicht? Schau uns an. Meine Hände sind so geschunden, dass ich nicht einmal weiß, ob ich je wieder einen Pinsel halten kann. Und was Christina und dir zugestoßen ist, sollte man nicht in Worte fassen.«

»Woher weißt du …«

Christina hörte ihren Bruder bitter auflachen.

»Ich konnte schon immer im Gesicht meiner Schwester lesen. Sie vermag kein Geheimnis vor mir zu verbergen. Seien wir ehrlich, Hannah, wir sind gescheitert. Wir müssen endlich erwachsen werden und erkennen, dass wir uns die Welt nicht nach unseren Wünschen formen können.«

»Dann ist also Brügge die beste Welt?«

»Für mich nicht. Aber für Christina und dich mit Sicherheit.«

Christina tauschte einen stummen Blick mit Daniel. Er stand hinter ihr und wartete darauf, dass sie die Tür zum Zimmer der Streitenden öffnete. Dass Hannah wieder zum Leben erwacht war, erfreute sie beide.

»Es hat keinen Sinn, mich anzuschreien, Hannah.« Lucas versuchte nach besten Kräften, sie zu überzeugen. »Ich habe genügend Zeit gehabt, um zur Einsicht zu kommen.

Daniel und ich waren nicht fähig, euch zu beschützen. Sieh der Wahrheit ins Auge. Wir erleben weder eine romantische Rittergeschichte noch ein Heldenepos. Wir müssen uns der Wirklichkeit stellen. In dieser Wirklichkeit hat die Frau nur einen Platz, und der ist in ihrer Familie. Sobald sie sich aus diesem schützenden Kreis herausbegibt, ist sie vogelfrei. Du hast es doch in aller Härte am eigenen Leib erfahren müssen, was das bedeutet.«

»Pah!«

Von seiner Schwester hätte Lucas diese schnippische Reaktion erwartet. Bei Hannah verschlug sie ihm die Sprache.

Christina hielt den Zeitpunkt zum Eingreifen für gekommen. Sie stieß die Tür auf.

»Wir werden in Venedig eine Familie bilden, die uns schützt: Wir – Hannah, Daniel und ich«, sagte sie ruhig. »Du musst aufhören, der armen Hannah so zuzusetzen, Lucas. Siehst du nicht, dass sie den Tränen nahe ist?«

»Zum Kuckuck noch mal, was soll denn noch passieren, damit ihr beide zur Vernunft kommt?« Lucas richtete sich zornig auf. Er keuchte vor Schmerz, trotz der festen Bandagen um seinen Oberkörper.

»Bleib liegen«, befahl Christina ruhig. Hannah wandte ihnen den Rücken zu und kämpfte sichtlich mit ihren Gefühlen. »Du verzögerst deine Genesung. Hör auf, dich für alles verantwortlich zu fühlen.«

Lucas sank zurück. Sowohl von seiner eigenen Schwäche überwältigt als auch von der Autorität, die plötzlich wieder von Christina ausging. Während er seine Kräfte sammelte und weitere Argumente überlegte, schlug die Kammertür mit Wucht gegen die Wand. Alle Köpfe drehten sich dem Eintretenden zu. Peter stand grinsend vor ihnen.

»Das Schiff ist da.«

»Welches Schiff?«

Lucas konnte den Strohkopf nicht leiden. Er ärgerte sich sowohl über die Störung im unpassendsten Augenblick wie auch über sein ungehobeltes Verhalten.

»Das Schiff aus dem Süden.« Peter sprach langsam, als müsse er die flämischen Worte erst suchen, aber die Botschaft blieb klar. »Das Schiff, für das ich ein Silberstück kriegen soll, wenn ich seine Ankunft melde.«

Christina wirbelte zu ihm herum.

»Es ist eine Kogge aus Venedig, Mistress.« Da er von Christina bezahlt wurde, sprach er sie persönlich an. »Sie hat Wein, Öl, getrocknete Trauben, Messingzeug und fremdländische Gewürze geladen. Die Kaufherren warten ungeduldig darauf, dass die Ladung versteigert wird. Schon morgen soll es so weit sein.«

Mit einer auffordernden Geste hielt er Christina die Hand hin. Sie übersah es, denn sie hatte sich bereits wieder den anderen zugewandt.

»Das ist die Gelegenheit, auf die wir gewartet haben. Wir müssen augenblicklich mit dem Kapitän dieses Handelsschiffes sprechen.«

»Du willst doch nicht ernsthaft noch einmal zu den Docks laufen?«, flüsterte Hannah entsetzt.

»Das wirst du bleibenlassen«, erhob auch Lucas Einspruch.

Christina antwortete keinem von beiden. Sie trat auf Peter zu und drückte ihm die Münze in die Hand, auf die er sehnsüchtig wartete.

»Kannst du uns zum Ankerplatz des Schiffes führen? Zudem brauchen wir ein paar kräftige Männer, die uns begleiten und uns beschützen. Deine Mutter beschäftigt sicher Hausknechte und Pferdeburschen.«

»Keinem von denen würde ich mich anvertrauen«, antwortete Peter verächtlich. »Das sind Nichtsnutze und Faulenzer. Aber ich habe zwei Freunde, die sich gern ein paar Pennies verdienen. Hufschmiede, die nach Arbeit suchen. Kräftige und ehrliche Burschen, die sich so leicht von keinem Seemann ins Bockshorn jagen lassen.«

»Und warum beschlagen deine Freunde keine Pferde, wenn sie so begabte Handwerker sind?«, mischte sich Daniel neugierig ein.

»Sie kommen aus dem Norden. Die Schmiede in der City stellen nur Gesellen ein, die in London ihr Handwerk gelernt haben. Sie sorgen dafür, dass sie unter sich bleiben und ihren Verdienst nicht mit Fremden teilen müssen.«

»Wenn du ihnen vertraust, dann hol sie«, befahl Christina bestimmt.

Peter verschwand umgehend, noch bevor jemand Einspruch erheben konnte. Lucas machte erneut Anstalten, aus dem Bett zu steigen.

»Du wirst liegenbleiben.« Seine Schwester drückte ihn vorsichtig in die Kissen zurück. »Ich habe deinen Streit mit Hannah mitbekommen. Wage es nicht, uns im Stich zu lassen. Hannah wird an deiner Seite bleiben und darauf achten, dass du keine heimlichen Nachrichten zur *Espérance* schickst. Daniel und ich werden inzwischen herausfinden, wann und mit welchem Ziel die Kogge den Hafen von London verlässt.«

Lucas' Protest verstummte unter dem flammenden Blick seiner Schwester. Er war einfach noch zu schwach, um sich ihr zu widersetzen. Der Streit mit Hannah hatte ihn schon viel zu viel Kraft gekostet.

»Du machst Hannah zu meiner Wächterin?«, keuchte er. »Wer sagt dir, dass ich mir das gefallen lasse?«

»Die Umstände«, konterte Christina sachlich. »Du bist zu schwach, dein Lager aus eigener Kraft zu verlassen.« Sie suchte Hannahs Blick. »Wir beeilen uns. Wir lassen euch nicht lange allein.«

»Schon gut.« Hannah wischte sich verstohlen die Tränen aus den Augenwinkeln. »Ich bleibe hier. Ich habe ohnehin eine Todesangst davor, in die Stadt zu gehen.«

»Nur noch einmal musst du das«, tröstete Christina sie. »Wenn wir zum Schiff gehen, um London für immer zu verlassen.«

»Ich bete, dass das bald der Fall ist«, erwiderte Hannah beschwörend.

Lucas versank in düsteres Schweigen.

22. *Kapitel*

London, 28. September 1419

Peters Freunde, die Hufschmiede, waren imposante Gestalten. Sie hatten Hände wie Schaufeln und Schultern wie Gladiatoren. Wer ihnen entgegenkam, trat freiwillig zur Seite. Christinas Anspannung löste sich und machte, zu ihrer eigenen Überraschung, der Neugier Platz. Gut beschützt nahm sie die Stadt etwas genauer wahr. Sie ließ die Blicke schweifen.

Inzwischen wusste sie von Peter, dass nur der von Mauern geschützte Teil der Stadt City genannt wurde. Er lag zwischen dem Tower und dem Fleet, einem zweiten Fluss, der in die Themse mündete. Gepflasterte Straßen, in Brügges besseren Vierteln eine Selbstverständlichkeit, gab es kaum. Dafür lauerten auf Dachfirsten und Mauern zahllose Hühnergeier. Fast jedes Haus trug ein Schild, das eine Werkstatt, einen Laden oder eine Schenke auswies.

Der stechende Gestank von Schlick, Algen und Brackwasser verriet Christina bereits nach kurzer Zeit, dass sie sich dem Fluss näherten. Bei Ebbe zog sich das Wasser der Themse, ähnlich dem Meer, zurück. Dann hinterließ es am Ufer einen breiten, grünbraunen Schlammgürtel, dessen Ausdünstungen zu London gehörten wie die rauchenden Torffeuer.

Sie rümpfte die Nase, enthielt sich aber jeder Bemerkung.

Eine innere Stimme sagte ihr, dass es besser war, sich mit Kritik zurückzuhalten.

»Das venezianische Schiff liegt in der Nähe des Towers«, sagte Peter schließlich, gesprächiger als sonst. »Beim Kornmarkt. Gleich könnt Ihr es sehen.«

Wenig später wies sein Zeigefinger auf einen etwa siebzig Fuß langen und vielleicht zwanzig Fuß breiten Zweimaster. Zwei Decks mit einer Reihe von Fenstern deuteten darauf hin, dass er über den ungewöhnlichen Luxus mehrerer Kajüten verfügte.

»Eine venezianische Kogge, auch Cucari genannt«, murmelte Daniel leise, nur für Christina bestimmt. »Das muss freilich nicht heißen, dass das Schiff auch wirklich aus Venedig kommt, wie Peter behauptet. Es bezeichnet nur seine Bauart.«

»Aus dem Süden kommt es immerhin.« Peter hatte gute Ohren. »Hört Ihr das Gefeilsche der Weinhändler am Pier? So kurz vor dem Winter ist jeder von ihnen scharf darauf, noch ein paar Fässer zu ergattern. Das Gleiche gilt für das Öl und die getrockneten Trauben. Wenn der Kapitän geschickt verhandelt, kann er ein hervorragendes Geschäft machen.«

Inzwischen waren Christina schon einige englische Begriffe vertraut. Dass Peter die Kais Pier nannte, merkte sie sich, wie so vieles andere. Beflügelt vom Anblick des Schiffes, beschleunigte sie ihre Schritte. Sie tauchten in das Menschengewimmel ein. Die Hufschmiede schoben sich an ihrer Seite durch die Menge, so gut es eben ging. Erst in Höhe des Docks kam das hoch aus dem Wasser ragende Schiff wieder in ihr Blickfeld. Aus der Nähe konnte sie nun den Namen entziffern. Auf einem kunstvollen Schild, das den Bug zierte, stand er in geschnitzten Buchstaben: *Bona Confidentia – Venezia.*

Heilige Anna, schickte sie ein dankbares Stoßgebet zur Lieblingsheiligen ihrer Großmutter, das ist ein gutes Zeichen. Das Schiff stammt wirklich aus Venedig.

Vom Rand des Docks führte ein zwei Fuß breiter Holzsteg zur Kogge hinauf. An der Ordnung und Sauberkeit auf der *Espérance* gemessen, fiel Christina sofort auf, dass viele der Taue, die an Bord herumlagen, gesplissen waren. Dass man die Segel nachlässig eingeholt und gerefft hatte und dass Schlieren aus Salz und Algen das Deck verschandelten.

Kaufleute, Seeleute, Lastenträger und Schaulustige drängten sich vor dem Aufgang. Keiner von ihnen machte indes Anstalten, das Schiff zu betreten. Christina verstand zwar nicht was gesprochen wurde, aber sie spürte die ungewöhnliche Aufregung, die sie alle beherrschte. An den Trubel erinnert, der in Brügge ausbrach, wenn die Flanderngaleeren aus Venedig eintrafen, machte sie sich jedoch keine ernsthaften Gedanken darüber.

»Lass uns den Kapitän suchen. Ich kann es kaum erwarten zu hören, wann wir reisen können.«

Sie wartete keine Antwort ab. Sie griff nach Daniels Arm und zog ihn vorwärts. Die Hufschmiede ermöglichten ihnen, die Planke zu betreten. Das Geschrei wurde lauter, als sie hinaufliefen. Peter und seine Freunde blieben zurück.

»Wartet! So wartet doch. Ihr könnt nicht auf das Schiff«, erhob sich Peters Stimme in Flämisch über den Lärm. Christina und Daniel achteten nicht darauf. Die Vorfreude versetzte sie in einen regelrechten Rausch. So kurz vor dem Ziel durfte sie niemand aufhalten.

An Deck benötigte Daniel nur einen kurzen Blick, um sich zu orientieren. Im Gegensatz zur *Espérance* hatte die *Bona Confidentia* ein hohes Achterkastell im hinteren Teil des Schiffes. Von der Mannschaft war niemand zu sehen, und so liefen sie ohne zu zögern auf diesen Aufbau zu. Irgendwo dort musste der Kapitän zu finden sein. Von den Flanderngaleeren wusste Christina, dass die Kapitäne bevorzugte Händler gern vorab in ihre Lagerräume führten, damit sie die Ladung begutachten und die Preise kalkulieren konnten. Sie schrieb die Tatsache, dass sich an Bord niemand um sie kümmerte, einem ähnlichen Umstand zu.

Christina musste den Kopf einziehen, damit sie unter dem Türstock des Kastells hindurchkam. Die Decke war niedriger als üblich. Die Enge und die zunehmende Dunkelheit des Ganges ließen ihren Schritt langsamer werden. Daniel entdeckte eine Tür, aber sie war verschlossen. Auch die übrigen vier Türen, an denen sie rüttelten, waren offensichtlich von innen verriegelt.

»Hallo!« Christina klopfte energischer gegen das Holz und schlug schließlich sogar mit der Faust dagegen. »Ist hier jemand?«

Sie wiederholte die Frage in Venezianisch, aber auch jetzt erhielt sie keine Antwort. Jeder Seemann, egal ob er nun aus Venedig, Genua oder einem anderen der mächtigen südlichen Stadtstaaten kam, verstand diesen Dialekt. Das anhaltende Schweigen bedeutete nichts Gutes. Unvermittelt überwältigte Christina die Angst.

»Wie seltsam, dass uns keiner hört«, murmelte sie besorgt. »Wenn Kapitän und Mannschaft das Schiff bereits verlassen hätten, würden die Händler am Pier nicht so zahlreich

versammelt sein. Kannst du dir einen Reim auf diese Grabesstille machen?«
»Nein.« Daniel schob die Federkappe über seinem Kopfverband gerade. Er fasste nach Christinas Hand. »Komm ins Freie, wir …«
Er brach ab. Christina hatte es ebenfalls gehört. Irgendwo, ganz in ihrer Nähe, erklang ein Stöhnen.
»Was ist das?« Christinas Stimme zitterte.
»Das kann ich dir nicht sagen«, antwortete Daniel. »Aber eines steht fest, auf diesem Schiff ist Seltsames im Gange. Lass uns so schnell wie möglich wieder verschwinden.«
Sie stürmten nach draußen, dem Tageslicht entgegen. Plötzlich wurden sie aufgehalten. Ein bärtiger Mann taumelte über das Deck und brach auf den Planken direkt vor ihnen zusammen. Ein fürchterlicher Gestank ging von ihm aus. Seine Kleider waren mit Erbrochenem und Exkrementen beschmutzt. Unzusammenhängende Worte stammelnd, streckte er hilfesuchend die Hände nach ihnen aus.
»Um Himmels willen.« Christina riss Daniel an der Schulter zurück. »Fass ihn nicht an. Er sieht schrecklich aus. Wir wissen nicht, was ihm fehlt.«
Das allgegenwärtige Gespenst des Schwarzen Todes tauchte so jäh auf, dass sie sich entsetzt ansahen. Der Gedanke an die Pest war stets der erste, der in einem solchen Fall aufkam. Sie mussten an Land. Sofort!
Als sie gerade mit aller Vorsicht über den Mann hinwegsteigen wollten, verloren sie fast das Gleichgewicht. Im letzten Moment fanden sie aneinander Halt. Der Boden unter ihren Füßen begann zu schwanken. Das Schiff bewegte sich.

Kopflos rannten sie zur Reling und sahen eben noch, wie die Planke zurückgezogen wurde, die Schiff und Ufer verbunden hatte. Zwischen Kogge und Pier klaffte bereits ein breiter Spalt. Den Abstand konnte man auch mit einem Sprung nicht mehr überwinden.

Was konnten sie tun?

»Halt!«, schrie Christina aus voller Brust und fuchtelte, nach Aufmerksamkeit heischend, mit den Armen. »Lasst uns von Bord. Wir gehören nicht auf dieses Schiff.«

Weder ihre noch Daniels Rufe fanden Beachtung. Peter und die beiden Hufschmiede standen am Dock in vorderster Front, nahe genug, dass Peter das Grauen in Christinas Gesicht erkennen konnte. Ihre Arme sanken bleischwer nach unten, als er sich mehrmals bekreuzigte.

»Der Himmel sei mit uns.«

Daniel sah zu Boden. Der Kranke war ihnen nachgekrochen und umklammerte mit beiden Händen seine Fesseln. Er brabbelte im Fieberwahn Unverständliches, aber es war klar, dass er um Hilfe flehte.

»Verstehst du, was er sagt?«

»Er betet«, antwortete Christina mit brüchiger Stimme. »Ich fürchte, mehr können auch wir nicht mehr tun.«

Daniel bückte sich und löste sanft die Finger des Todkranken von seinen Füßen. Sie fühlten sich feucht und glühend heiß zugleich an. Christinas Warnung fiel ihm zu spät ein. Erschrocken wischte er sich die Hand am Wams ab.

Die Stadtwache war mittlerweile an Land aufgetaucht und drängte die Menschen mit quergelegten Speeren vom Dock zurück. Einer der Bewaffneten entrollte ein Pergament und begann mit weithin hallender Stimme vorzulesen. Offensichtlich war ihm daran gelegen, dass die offizielle

Bekanntmachung auch auf der *Bona Confidentia* verstanden wurde.

»Was schreit er nur«, fragte Christina erbittert. »Ich verstehe kein Wort.«

Daniel zuckte mit den Schultern. »Es bedeutet, dass wir das Schiff nicht wieder verlassen dürfen.«

Die Taue, die das Schiff mit dem Land verbanden, waren gelöst und an wartende Ruderboote weitergereicht worden. Die Männer auf diesen Booten legten sich jetzt in die Riemen, so dass die Seile straff gespannt vibrierten. Der Zug im Verein mit der Strömung setzte die Kogge langsam, aber unaufhaltsam flussabwärts in Bewegung.

Im allgemeinen Geschrei an Land wiederholten sich jetzt immer wieder bestimmte Worte, die auf diese Weise zunehmend verständlicher wurden. Christina erzitterte, als sie schlagartig ihren Sinn begriff.

»Quarantäne?«, wiederholte sie niedergeschmettert. »Quarantina di giorni? Das heißt vierzig Tage. Sie haben es übersetzt, damit die Venezianer es verstehen.«

Es fiel ihnen beiden im gleichen Atemzug wie Schuppen von den Augen. Auf dem Schiff wurde die Pest vermutet, und London schützte sich, wie andere Hafenstädte in solchen Fällen, indem man die *Bona Confidentia* mit der Mannschaft für vierzig Tage an einem abgelegenen Platz isolierte.

Daniel war kreidebleich. »Bisher habe ich nur davon gehört, dass solche Bräuche in Venedig und in Marseille gepflegt werden. Dass London diese Schutzmaßnahmen übernommen hat, ist mir neu.«

Mittlerweile lagen zwischen Schiff und Dock bereits viele Fußbreit Wasser. Christina versuchte das Beben zu unterdrücken, das in ihr aufstieg. Sie konnte sich kaum noch auf den Beinen halten.

Auf dem Dock war unvermittelt Stille eingekehrt. Die Männer sahen dem Manöver bewegungslos zu. Peter und seine Freunde hatten sich durch die Menschen gedrängt und waren davongestürmt. Niemand konnte ihnen mehr helfen. Sie waren ausweglos Gefangene auf diesem Schiff.

Die neuen Zimmer, die Mistress Mary ihren flämischen Gästen zur Verfügung gestellt hatte, waren zwar viel besser ausgestattet als die erbärmliche Kammer neben dem Pferdestall, aber sie waren ebenso düster. Wie weit der Tag fortgeschritten sein mochte, konnte Lucas nur vermuten. Erschöpft war er eingeschlafen, nachdem Christina und Daniel aufgebrochen waren. Langsam und unter Schmerzen drehte er sich um und entdeckte Hannah, die neben dem winzigen Fenster, das mit einer dünn geschabten Tierhaut bespannt war, saß. Keine Bewegung deutete darauf hin, dass sie bemerkt hatte, dass er erwacht war.

»Verdammt, ich möchte wissen, warum das so lange dauert«, platzte ihm schließlich der Kragen. »Sie wollten doch nur mit dem Kapitän des Schiffes sprechen und dann sofort zurückkommen.«

Hannah nickte und schwieg weiter.

Lucas hätte sie gerne nach unten zu Mistress Mary geschickt. Vielleicht hatte die etwas von Peter gehört. Aber unter Umständen war das gar keine so gute Idee. Mistress Mary könnte misstrauisch werden. Ihr Vorhaben musste geheim bleiben.

Beide fuhren sie zusammen, als Peter die Tür öffnete und eintrat. Ein Blick in sein Gesicht, und Lucas begriff, warum

Hannah so erschrocken aufgefahren war, dass ihr dabei der Korb mit den frisch aufgerollten Leinenbinden vom Schoß rutschte. Er setzte sich trotz seiner Schmerzen auf. Peters Gesichtsausdruck verriet nichts Gutes. Solche Nachrichten vernahm man besser nicht im Liegen.

»Was ist geschehen?«, fragte er heiser.

»Sie sitzen fest.« Peter wich den fragenden Blicken aus. Er nestelte an dem Gürtel, der sein Wams über den Hüftknochen zusammenschnürte. »Sie sind auf das Schiff gerannt, ehe ich sie davon abhalten konnte. Mistress Christina war so verflixt schnell, dass jede Warnung zu spät kam.«

»Verflucht noch mal«, schrie Lucas, von seinen eigenen Ängsten übermannt. »Was soll das heißen?«

»Der Sheriff des Hafens von London hat verboten, dass das Schiff entladen wird. Es sind Kranke an Bord. Eine fremdländische Seuche. Man weiß nichts Genaues darüber. Die Seeleute fiebern, kotzen sich die Seele aus dem Leib und scheißen sich voll, dann rafft sie der Tod dahin.«

»Die Pest?« Hannah flüsterte tonlos, aber sowohl Peter wie auch Lucas hatten sie verstanden.

»Kann man nicht sagen«, antwortete Peter knapp. »Sie wollen abwarten. Sie haben die Kogge flussabwärts geschleppt. An einen Platz, wo sie den anderen Schiffen nicht im Weg ist. Wo auch keine üblen Dämpfe der Krankheit die Stadt erreichen können. Der Magistrat von London will jede Gefahr für die Bevölkerung ausschließen. Er hat befohlen, dass die *Bona Confidentia* dort für vierzig Tage verankert wird. Wenn Kapitän und Besatzung danach noch am Leben sind, dürfen sie ihre Ladung löschen und die Stadt betreten.«

»Und was wird aus meiner Schwester und Daniel?«

»Der Magistrat hat befohlen, dass niemand das Schiff betreten und keine Menschenseele es verlassen darf. Sie waren an Bord, als die Leinen gelöst wurden. Sie teilen unentrinnbar das Schicksal des Kapitäns und seiner Männer.«

Hannah trat mit steifen Schritten an den Alkoven. Lucas fasste ihre Hände. Jeder suchte wortlos die Nähe des anderen. Allein vermochten sie die Last dieser Nachricht nicht zu ertragen.

»Vierzig Tage«, wiederholte Lucas gepresst. »Willst du uns sagen, dass Christina und Daniel für die nächsten vierzig Tage auf einem Totenschiff eingesperrt sind?«

»Ja, Master.«

Fünfter Teil

Matthis (II)

23. Kapitel

Brügge, 28. September 1419

Hendrik van der Molen und sein Vater Albinus waren der Einladung der Contarini gefolgt. Ihre anfängliche Höflichkeit wich jedoch schnell unterschwelliger Gereiztheit. Matthis betrachtete Vater und Sohn van Molen mit Abneigung und Misstrauen. Die letzte Unterredung mit Hendrik steckte ihm noch tief in den Knochen.

Albinus van der Molen verkörperte jenen Typus des Flamen, der seine bäuerlichen Vorfahren nicht verleugnen konnte. Vierschrötig mit buschigen Brauen, das Haar aschblond und die Haut ins Rötliche tendierend. Er hatte seine breiten Hände behäbig über dem Bauch gefaltet und überließ das Gespräch nach außen hin gutmütig seinem Sohn.

»Diese Hochzeit«, sagte Hendrik schroff. »Wann findet sie nun statt? Ist der Trauerpflicht um Johann Ohnefurcht in Eurem Haus endlich Genüge getan?«

Matthis bewunderte seinen Vater. Er ließ sich durch nichts aus der Ruhe bringen. Seinem Mienenspiel war keine Regung zu entnehmen. Gelassen lehnte er in seinem Stuhl. Seine Körperhaltung glich der des Großvaters auf verblüffende Weise, und Matthis schöpfte Zuversicht aus diesem Umstand.

»Die Trauer um einen verdienten Fürsten und Gönner

unseres Hauses ist uns weniger Pflicht als Anliegen, Hendrik«, erwiderte Contarini kühl. »Tatsache ist jedoch, dass ich Euch mitteilen muss, dass sich meine Tochter inzwischen nicht mehr in Brügge aufhält. Sie kann Euch in absehbarer Zeit nicht zum Manne nehmen.«

»Ihr habt sie fortgeschickt?« Hendrik sah seinen schlimmsten Verdacht bestätigt. »Ihr hattet kein Recht dazu. Sie ist meine Braut. Holt sie zurück.«

»Das ist einfacher gesagt als getan. Christina befindet sich, in Begleitung ihres Bruders Lucas, auf einer Reise nach Venedig. Sie wird dort die Verwandten unserer Familie besuchen. So unangenehm es mir auch ist, Euch diese Enttäuschung zu bereiten, ich habe keine andere Wahl. Ihr müsst ihre Rückkehr abwarten. Wenn Ihr das nicht tun wollt, bin ich damit einverstanden, dass Ihr in aller Form das Verlöbnis mit meiner Tochter löst.«

Contarini sagte nichts als die Wahrheit. Die Knechte, die nach Christina gesucht hatten, hatten die Pferde aus Damme schließlich in Antwerpen aufgetrieben. Dort hatten sie erfahren, dass sich in der fraglichen Zeit nur ein einziges Schiff auf den Weg nach Süden gemacht hatte, nach Venedig. Die neue *Espérance* aus der Werft Hugo van Liewes. Ob sich Christina und die anderen an Bord befanden, hatte ihnen niemand mit Sicherheit bestätigen können. Die Vermutung lag indes nahe, da sie sonst keine Spur von ihnen gefunden hatten.

»Ich bestehe auf der Erfüllung des Ehevertrages«, rief Hendrik erregt. »Christina ist meine Braut! Ich denke nicht daran, das Verlöbnis zu lösen.«

Vater van der Molen packte blitzschnell das Handgelenk seines Sohnes und bedeutete ihm zu schweigen. Man sah

Hendrik an, dass er sich nur mit Mühe zurückhielt, aber er gehorchte.

»Warum habt Ihr diese plötzliche Reise zugelassen?«, fragte Albinus van der Molen jetzt.

»Sie haben mich nicht gefragt«, gab Contarini knapp zu. »Im Augenblick scheint es mir für uns alle am sinnvollsten, kein großes Aufhebens darum zu machen.«

Albinus stimmte zu, aber sein Sohn ereiferte sich von neuem. »Wie stellt Ihr Euch das vor? Wie stehe ich denn da in Brügge? Ein sitzengelassener Bräutigam, über den sich die Leute das Maul zerreißen!«

»Mein Vorschlag ist, dass wir über die genauen Gründe der verschobenen Hochzeit Stillschweigen bewahren.« Contarini ließ sich nicht auf Debatten ein. »Wenn Ihr sagt, dass diese Reise mit Eurem Einverständnis stattfindet, wird man lediglich Eure Großmut bewundern.«

Matthis und sein Vater hatten sich auf diesen diplomatischen Vorschlag geeinigt. Sie hofften, die Zeit würde für sie arbeiten.

Die van der Molens tauschten einen beredten Blick, und der Vater ergriff wieder das Wort. »So einfach ist das nicht, Contarini. Ihr werdet ein Zeichen setzen müssen, das allen beweist, dass Hendrik sich weiterhin in Eurer Gunst befindet. Überschreibt uns Christinas Mitgift. Laut Vertrag gehört sie uns ohnehin.«

Matthis drohte vor Wut zu platzen. Sein Vater gab sich unbeeindruckt.

»Warum sollte ich das tun«, fragte er kühl.

»Um den Ruf Eurer Tochter zu schützen«, erklärte Albinus mit heuchlerischer Anteilnahme. »Und auch den Eures Sohnes. Wir lassen uns nicht bloßstellen. Matthis hat Euch sicher davon berichtet, dass es uns ein Leichtes ist, zu beweisen, dass Euer Sohn Lucas in den Mord an Jan van der Buerse verwickelt ist. Wir müssten das öffentlich machen und zur Begründung dafür nehmen, dass mein Sohn von der Heirat einer Contarini Abstand nimmt.«

»Ihr wagt Euch zu weit vor.« Contarini wies ihn barsch in die Schranken. »Mein Sohn Lucas ist kein Mörder. Achtet auf Eure Worte.«

»Ich habe Zeugen für die Tat.« Hendrik lächelte spöttisch. »Sie können beeiden, dass der Dolch des Venezianers Jan den Tod gebracht hat. Auch, dass Lucas die Waffe als seine eigene identifiziert hat.«

»Können sie auch beschwören, dass Lucas den Dolch Jan van der Buerse in den Rücken gestoßen hat? Ich bezweifle es. Ihr habt eine seltsame Art, Euch als mein Schwiegersohn zu empfehlen, Hendrik van der Molen. Ich kenne meinen jüngsten Sohn und weiß, dass er zu einer solchen Tat nicht fähig ist. Verlasst Euch darauf, dass ich alles unternehmen werde, diese Sache aufzuklären.«

Die unerschütterliche Ruhe, mit der Simon den perfiden Erpressungsversuch parierte, verunsicherte die beiden van der Molen. Hendrik sah nur einen Weg, sein Gesicht zu wahren. Er sprang auf.

»Ich werde Euch meine Zeugen präsentieren. Dann werdet Ihr es nicht mehr wagen, mich einen Lügner zu schimpfen, Simon Contarini!«

Er stürmte ohne Abschied aus dem Raum und überließ es seinem Vater, wenigstens den Anschein von Höflichkeit zu wahren.

»Das heiße Blut der Jugend«, sagte er mit glattzüngiger Scheinheiligkeit. »Ich bin sicher, wir werden zu einer Einigung kommen, die uns alle zufriedenstellt, mein lieber Zunftbruder.«

»Davon gehe ich aus«, antwortete Contarini unbeeindruckt.

Er begleitete seinen Gast hinaus. Bis er wiederkam, hatte sich Matthis wenigstens halbwegs beruhigt.

»Glauben diese beiden Halunken tatsächlich, wir würden ihnen auch nur eine einzige Kupfermünze überschreiben? Halten sie uns für Narren? Als Nächstes fordern sie noch den Diamantschmuck, den Großmutter Christina zur Hochzeit schenken wollte.«

»Fürs Erste müssen wir Zeit gewinnen und sie hinhalten.« Sein Vater deutete auf einen Stuhl, und Matthis setzte sich wieder.

»Albinus und sein allzu ehrgeiziger Sohn werden unsere Zwangslage hemmungslos nutzen wollen«, gab er schließlich zu bedenken.

»Ich sagte schon einmal, wir lassen uns nicht erpressen«, antwortete Simon und ließ sich ebenfalls nieder. »Sobald wir der beiden Ausreißer habhaft werden, wird sich alles aufklären.«

»Ich verfluche den Tag, an dem ich Hendrik van der Molen meinen Freund genannt habe, Vater. Wenn ich mir vorstelle, dass er um ein Haar Christina geheiratet hätte, wird mir übel.«

»Wir sind uns einig in unserem Urteil über Vater und Sohn van der Molen. Dennoch existiert der Ehevertrag, den ich zu voreilig mit eigener Hand unterzeichnet habe, Matthis.«

»Wenn es keinen Ausweg geben sollte, bleibt Christina lieber für immer fern von Brügge. Sie ist meine Schwester.

Auch wenn wir in vielen Dingen geteilter Meinung sind, wünsche ich mir, dass sie einen Mann findet, dem sie Achtung und Zuneigung schenken kann. Hendrik ist das nicht.«

»Daniel Katz ist das auch nicht, Matthis. Sie mag ihn lieben und schätzen, aber leben kann sie nicht mit ihm. Du weißt, was sie auf sich nimmt, wenn sie tatsächlich die Frau eines Juden wird.«

»Lucas wird es zu verhindern wissen«, entgegnete Matthis überzeugt.

Vater und Sohn sahen sich lange schweigend an, ehe Matthis mit heiserer Stimme fortfuhr: »Je mehr ich darüber nachdenke, umso klarer wird mir, dass Jan van der Buerses Tod weder ein Zufall noch ein Unfall gewesen ist, sondern geplanter Mord. Es muss eine Sache zwischen Jan und Hendrik sein. Ich will in Erfahrung bringen, was an diesem Tag geschehen ist und warum Jan sterben musste.«

»Lass die Finger davon.«

»Ich muss es herausfinden, Vater. Hendrik hat den Verdacht absichtlich auf Lucas gelenkt. Es muss einen Grund dafür geben.«

Er verließ den Raum, ohne auf eine Erwiderung zu warten. So sah er auch nicht, dass Simon Contarini das Gesicht in den Händen vergrub.

Aimée freilich konnte einen überraschten Ausruf nicht unterdrücken, als sie ihren so beherrschten und selbstsicheren Sohn in dieser Haltung vorfand. Sie schloss sorgsam die Tür und trat näher. »Schon wieder schlechte Nachrichten? Sag mir, was dich bedrückt.«

Simon richtete sich auf. Es hatte keinen Sinn, seiner Mutter etwas verheimlichen zu wollen.

Sein Bericht entlockte ihr ein zustimmendes Nicken. »Natürlich ist Lucas unschuldig. Wie gedenkst du, dir Albinus und seinen Sohn vom Hals zu schaffen?«
»Matthis vermutet, dass Jan und Hendrik ein Geheimnis teilen. Er will versuchen, das herauszufinden, um Lucas zu entlasten. Bis dahin müssen wir der Zwangslage mit Diplomatie begegnen.«
»Wenn Matthis so endlich etwas für seinen Bruder tut, dann hat die Sache wenigstens ihr Gutes«, stellte Aimée zufrieden fest. »Es ist an der Zeit, dass er Verantwortungsbewusstsein zeigt, wenn er das Handelshaus nach dir übernehmen soll.«
»Siehst du zuversichtlich in Matthis' Zukunft, Mutter? Ich habe den Eindruck, dass ich keines meiner Kinder richtig kenne. Ich wollte stets ihr Bestes. Ich habe zwei von ihnen aus dem Haus getrieben, und das dritte ist schwach und selbstgerecht. Wie soll ich das wiedergutmachen? Wie der Mutter meiner Kinder aufrecht in die Augen sehen?«
Aimée umrundete den Tisch und legte die schmalen Hände auf seine Schultern. »Ein Mann, der die Charakterstärke besitzt, eigene Fehler einzusehen, findet auch die Kraft, sie zu korrigieren, Simon. Lass dich von deinem Herzen leiten und nicht von deinem Verstand. Vaterliebe ist nicht gleichbedeutend mit Schwäche. Glaube mir, ich weiß, wovon ich spreche. Du bist der Sohn deines Vaters, und einen aufrechteren und ehrenwerteren Mann habe ich nie kennengelernt.«
Simon nahm seine Mutter in die Arme. Sie wehrte sich nicht gegen die ungewohnte Zärtlichkeit. Die Vorwürfe, die sie ihm nach Christinas und Lucas' Flucht gemacht

hatte, waren nie zurückgenommen worden. Nun jedoch verzieh sie ihm.
Er schloss erleichtert die Augen und nahm das Geschenk ihrer mütterlichen Liebe an.

Das Armenstift der Familie Contarini nahm einen ganzen Straßenzug in der Nähe des Beginenhofes vom Weingarten ein. Die Großeltern Contarini hatten den Bau der Häuserzeile veranlasst, in der alte Dienstboten und bedürftige Bürger von der Mildtätigkeit des Handelshauses lebten. Es gab einige reiche Patrizierfamilien, die solche Gebäude errichtet hatten. Das der Contarini war das größte. Der Volksmund nannte die Stiftungen Gotteshäuser, weil ihre Bewohner zum Dank für die erwiesene Mildtätigkeit einmal am Tag für die Familie beten mussten, unter deren Obhut sie lebten.
Im Gotteshaus der Contarini suchte Matthis die Kammer von Mathilda Diest auf. Sie war die älteste Schwester des Schreibers Kaspar und hatte im Hause Contarini die Kinderstube regiert, bis ihre Augen versagten. Wie üblich fand er sie am Fenster sitzend und auf die Gasse hinaus lauschend. Sie mochte blind sein, aber sie hörte das Gras wachsen. Kaum jemand ging vorbei, ohne ein Wort mit ihr zu wechseln. So war sie immer auf dem Laufenden.
Horchend drehte sie den Kopf in seine Richtung. Die Ohren ersetzten ihr mittlerweile die Augen. Ihr faltiger Mund verzog sich umgehend zu einem Lächeln, als sie den Schritt des Mannes erkannte, den sie als Wickelkind in den Armen gehalten und genährt hatte. Matthis war ihr Liebling unter den Contarini-Kindern. Ihm hatte sie die meiste Liebe und die größte Aufmerksamkeit geschenkt.

»Wie schön, dass du Zeit findest, mich zu besuchen«, sagte sie zufrieden und winkte ihn näher. »Komm, setz dich zu mir. Wie geht es dir, mein Junge? Bist du gekommen, mir zu sagen, dass deine Hochzeit bevorsteht? Es ist wahrhaftig an der Zeit, dass du dir eine Frau nimmst und deinen Eltern Enkelkinder schenkst.«

Es war ihre übliche Begrüßung. Matthis beugte sich geduldig zu ihr hinunter, damit sie seine Züge mit den Fingerspitzen ihrer rissigen Hände prüfen konnte. Als Kind hatte er sie sehr geliebt. Egal, was ihm zugestoßen war, immer hatte sie für ihn Zeit, und ihre tröstenden Worte linderten so manchen Schmerz. Mathilda hatte stets verstanden, wie sehr es ihn bedrückte, dass er das Leben nicht so unbeschwert wie Christina und Lucas nehmen konnte.

»Du warst lange nicht mehr hier, Matthis Contarini«, sagte sie und behielt seine Hände in den ihren. »Was hast du auf dem Herzen? Ich spüre, dass du sehr beunruhigt bist.«

Matthis wunderte sich schon längst nicht mehr über ihre Scharfsicht.

»Man sagt dir nach, dass du ganz Brügge kennst, Mathilda«, ging er ohne Umschweife auf sein Ziel los. »Was weißt du über Albinus van der Molen und seinen Sohn Hendrik?«

Ein Laut in seinem Rücken ließ Matthis herumfahren. Erst jetzt stellte er fest, dass er nicht Mathildas einziger Besucher war. Eine junge Frau stand neben dem Bett und strich die frischen Laken glatt.

Sie konnte keine Magd sein. Das Gewand war aus teurem Wolltuch, die gefältelte Haube aus Straßburger Batist. Das herzförmige Gesicht mit den weichen Zügen kam ihm bekannt vor. Der Name dazu wollte ihm jedoch nicht einfallen. Wer war sie?

»Gott zum Gruße, Jungfer«, entsann er sich seiner Erziehung und nickte ihr zu. »Ich habe Euch gar nicht gesehen. Entschuldigt meine Unhöflichkeit.«

»Seid gegrüßt, Matthis Contarini.«

»Ihr kennt mich?«, erwiderte er neugierig.

Mathilda lachte, als das Mädchen verlegen schwieg.

»Ihr kennt euch nicht? Das ist Anneke, aus der weitläufigen Sippschaft der van der Buerses. Sie besucht mich einmal in der Woche, um mir ein wenig zur Hand zu gehen, wenn es ihre Zeit zulässt. Tritt näher, Kind. Wer ein so gütiges Herz hat wie du, braucht das Licht des Tages nicht zu scheuen.«

Anneke beendete ihre Arbeit und richtete sich mit ernster Miene auf. Die Hände sittsam verschränkt, die Augen niedergeschlagen, war sie ein Muster an Wohlerzogenheit.

»Ich bin ohnehin über die Zeit und muss gehen. Herr Contarini will sicher unter vier Augen mit dir sprechen, Mathilda. Und ich, wenn es beliebt, will lieber nichts mehr von Hendrik van der Molen hören. Gehabt Euch wohl.«

Sie küsste die alte Frau auf die faltigen Wangen und verabschiedete sich mit einem stummen Knicks von Matthis. Dann huschte sie hinaus.

»Ein reizendes Kind, nicht wahr?«, sagte Mathilda, nachdem Anneke die Tür hinter sich geschlossen hatte.

»Sie klang, als könne sie Hendrik van der Molen nicht leiden. Was hat sie mit ihm zu schaffen?«, fragte Matthis fast schon alarmiert.

»Nun, das ist eine unerfreuliche Geschichte, die man besser vergisst und nicht von neuem aufrührt«, wehrte Mathilda ab. »Du zählst zu Hendriks Freunden, ich will dich nicht damit belasten. Weißt du nicht ohnehin alles über ihn und seinen Vater, was es zu wissen gibt?«

»Das dachte ich bisher, aber wie es scheint, ist es nötig, tiefer zu graben«, erwiderte Matthis. Er erzählte in knappen Worten, was sich im Hause Contarini seit der Nachricht von der Ermordung Johann Ohnefurchts ereignet hatte. Christinas Flucht und die Verdächtigungen, die Hendrik gegen Lucas aussprach, empörten Mathilda so sehr, dass sie keine Worte fand, ihre Gefühle auszudrücken.

Matthis strich beruhigend über ihre zitternden Finger.

»Leider habe ich zu spät durchschaut, dass Hendrik ein Mann mit zwei Gesichtern ist. Ich habe Vater dazu bewogen, seiner Bitte um Christinas Hand zu entsprechen. Heute graut mir vor dem Gedanken, dass sie ihn heiraten könnte. Aber es gibt einen rechtskräftigen Ehevertrag, auf dessen Erfüllung er pocht. Wenn es mir gelingt, nachzuweisen, dass er selbst in diesen Mord verwickelt ist, den er Lucas in die Schuhe schieben will, was ich vermute, haben wir einen Grund, diesen Vertrag aufzukündigen. Mein Gefühl sagt mir, dass Hendrik irgendetwas verbirgt, dass da eine Rechnung mit Jan van der Buerse offenstand.«

»Wenn du es genau wissen willst: es würde mich nicht wundern, wenn er Jan van der Buerse selbst ermordet hätte«, vermutete Mathilda nach kurzem Überlegen. »Männer wie er gehen über Leichen, wenn sie in die Enge getrieben werden. Und nach allem, was Anneke mir erzählt hat, bestand Anlass für ihn, Jan zu fürchten. Jan hatte tatsächlich eine Rechnung mit ihm offen.«

»Die unerfreuliche Geschichte?« Matthis schöpfte Hoffnung, etwas Wichtiges zu erfahren. »Komm, erzähl sie mir. Vielleicht ist sie wichtig für mich.«

Er unterstrich seine Bitte mit leisem Druck auf Mathildas

Hände. Ihr gegenüber war er von einer Zärtlichkeit, die niemand an ihm vermutet hätte. Sie gab Mathilda den letzten Anstoß, weiterzusprechen.

»Wie du weißt, erfreut sich die Herberge der van der Buerses größter Beliebtheit bei all den Fremden, die nach Brügge kommen, um hier Geschäfte zu machen. Annekes Base, Greta, bediente ab und zu in der Trinkstube des Hauses, wenn die Mägde dem Ansturm der Gäste nicht mehr Herr wurden.«

»Greta? Ich denke, ich kenne sie«, sagte Matthis nachdenklich. »Ein liebenswürdiges Mädchen. Jetzt, wo du sie erwähnst, fällt mir auf, dass ich sie lange nicht mehr gesehen habe.«

»Kein Wunder. Sie ist tot. Ihre Leiche wurde gegen Ende des Sommers in der Nähe des Rosenkranzkais aus dem Dyver gezogen. Man hat es als Unfall bezeichnet, damit sie in ihrem Heimatdorf in geweihter Erde beigesetzt werden konnte. In Wirklichkeit hat sie ihrem Leben mit eigener Hand ein Ende gesetzt.«

»Das wusste ich nicht.«

»Die van der Buerses haben alles unternommen, die Sache zu vertuschen. Außer Jan und Anneke hat niemand für die Tote gesprochen. Jan wollte sich an Hendrik van der Molen rächen. In seinen Augen ist er Gretas Mörder. Er stellte dem Mädchen nach. Als sie ihn abblitzen ließ, hat er sie am Himmelfahrtstag, nach der Prozession des Heiligen Blutes, entführt und ihr Gewalt angetan. Als Greta einsehen musste, dass sie in der Hoffnung war, ertrug sie die Schande nicht länger. Anneke hat mir gestanden, dass Jan und Greta sich liebten. Er wollte sie zur Frau nehmen, sobald er die Familie von den Vorzügen der armen Base überzeugt hatte. Ihr Tod hat ihn tief getroffen. Er sprach davon, van der Molen in aller Öffentlichkeit des Mordes zu bezichtigen, und schwor, dass Hendrik seines Lebens nicht mehr froh werden solle. Wer immer Jan van der Buerse getötet hat, er hat van der Molen damit den größten Gefallen getan.«

»Nun, Lucas war es nicht, so viel steht fest«, schnaufte Matthis und raufte sich die Haare. »Aber wie soll ich nachweisen, dass Hendrik dieses Handgemenge während der Verfolgung der beiden Juden für seine Zwecke genutzt hat?«

Mathilda legte ihre Hände über seine geballten Fäuste. »Denk nach, mein Junge. Es wird dir etwas einfallen. Du warst immer ein kluger Kopf.«

»Du verwechselst mich«, widersprach er. »Der kluge Kopf ist Christina, und Lucas ist der Junge, der alle Herzen bricht. Ich bin nur der Kaufmann. Und dazu noch ein Dummkopf, der sich die falschen Freunde sucht.«

»Hör auf, dir selbst leidzutun«, herrschte ihn die Blinde streng an. »Dafür ist jetzt keine Zeit, Matthis. Dein Vater braucht dich, deine Geschwister brauchen dich. Rede dir keinen Unsinn ein. Du kannst dieses Rätsel lösen, ich weiß es.«

Der vertraute Zuspruch riss Matthis schnell wieder aus seiner Resignation. »Es tut mir einfach gut, von dir ein Lob zu hören«, bedankte er sich.

»Die politische Lage in Flandern ist so verworren und gefährlich wie schon lange nicht mehr«, stellte Simon Contarini abends beim Essen fest. »Das Schreiben, das der Thronfolger von Frankreich an unseren Herzog geschickt hat, strotzt vor Lügen und schwülstigen Versicherungen. Der Thronfolger behauptet, dass er mit dem Mord nichts zu tun habe. Als Johann Ohnefurcht das Knie vor ihm beugte, habe der sein Schwert ergriffen, um die störende Waffe zur Seite zu schieben. Seine Begleiter hätten dies als Bedrohung aufgefasst und gedacht, mit sofortigem Handeln ihrem künftigen König das Leben retten zu müssen.«

»Du lieber Himmel, welch absonderliche Geschichte«, sagte seine Mutter spöttisch und stützte sich schwer auf ihren Stock, den sie in diesen Tagen kaum aus der Hand legte. »Wie reagiert Herzog Philipp darauf? Was hörst du von seinen Plänen, Simon?«

»Seine Sympathien liegen aufseiten Heinrichs von England. Wenn der sich bereiterklärt, Katharina, die Schwester des französischen Thronfolgers, zur Frau zu nehmen, könnte er anschließend für den geistesschwachen König von Frankreich die Regentschaft übernehmen. Wie du weißt, Mutter, wird die Legitimität des Thronfolgers von Frankreich ohnehin bezweifelt. Viele halten seinen ermordeten Onkel, den Bruder des Königs, für seinen wirklichen Vater. Der empörende Ruf seiner Mutter trägt nicht dazu bei, seine Position zu stärken. Der größte Teil der burgundischen Partei sähe lieber den englischen Heinrich als Regenten auf dem französischen Thron als einen sechzehnjährigen Prinzen zweifelhafter Herkunft, der ihre Todfeinde, die Armagnacs, anführt.«

»Er ist immerhin von königlichem französischem Blut«, warf die alte Dame ein.

»Er ist ein schmächtiges, schüchternes Bürschchen auf verlorenem Posten. Der letzte der Prinzen, verlobt mit Marie von Anjou, der Tochter eines weiteren Todfeindes der Burgunder. Wer konnte damit rechnen, dass ausgerechnet er, der letzte von vier Königssöhnen, am Leben bleibt und nach der Krone greift? Ehrlich gesagt, wenn uns der Engländer Frieden bringt, dann soll er auch mir willkommen sein. Es muss ein Ende mit dem Bürgerkrieg und dem gegenseitigen Abschlachten haben. Wir brauchen Frieden.«

»Je eher, umso besser«, stimmte seine Mutter zu und fügte leise an: »Sogar zu Friedenszeiten dauert es in dieser Jahreszeit mehr als einen Monat, bis ein Eilkurier aus Venedig in Brügge eintreffen kann.«

Keiner antwortete. Alle wussten, worauf sie anspielte.

Matthis hatte bislang kaum Zeit für seine Nachforschungen gefunden. Alle vorsichtigen Erkundungen verliefen im Sande. Allgemein galt Hendrik van der Molen als Ehrenmann, wenngleich es auch niemand zu geben schien, der Freundliches über ihn sagte. Gewieft, rücksichtslos nach Gewinn strebend und ohne jeden Skrupel, das waren die Worte, die er am häufigsten vernommen hatte.

Er wollte sich eben aus dem Familienkreis zurückziehen, als Kaspar gemeldet wurde und ohne lange Vorreden seine Neuigkeiten verkündete. »Der Kapitän einer Hansekogge, die heute früh in Damme anlegte, glaubt, die *Espérance* vor einer guten Woche gesehen zu haben.«

»Wo? In Höhe der französischen Küste oder bereits auf dem Weg zur Biskaya?« Contarini war aufgesprungen.

»Weder – noch. Die Kogge kommt aus London und hat Rohwolle, Pelze und Stockfisch aus dem Norden geladen«, zählte Kaspar in seiner peniblen Art alles auf. »Dem Kapitän ist in der Themsemündung ein Schiff mit neuartigem Aufbau und seltsamer Besegelung aufgefallen. Seine Beschreibung trifft auf van Liewes neue Karavelle zu. Den

Namen konnte er im Morgennebel nicht genau erkennen. Er sagt, dass das Schiff nach London unterwegs war.«

»Was zum Teufel hat die *Espérance* in London zu tun? Sie ist nach Venedig aufgebrochen und nicht nach England.«

Kaspar konnte dem Hausherrn nur Vermutungen als Erklärung anbieten. »Angeblich habe das Schiff einen havarierten Eindruck gemacht. Sturmschäden, vermutet der Hanse-Kapitän. In den vergangenen Tagen hat ein böser Orkan den Atlantik heimgesucht und mehrere Schiffe in höchste Seenot gebracht.«

»Heilige Madonna, beschütze meine Kinder«, hörte Matthis seine Mutter entsetzt sagen.

»Wir müssen überprüfen, was es mit dieser Nachricht auf sich hat.« Contarini erhob sich. »Komm mit, Matthis.«

»Was willst du tun, wenn sie stimmt?«

Alle Köpfe wandten sich der Seniorin des Hauses zu, die ruhig und besonnen Auskunft forderte.

»Das nächste Schiff nach London nehmen«, erwiderte Contarini mit einem hörbaren Unterton von Grimm in der Stimme. »Noch ist der Schiffsverkehr nicht eingestellt, und die Zeit drängt.«

Matthis sah seine Großmutter zusammenzucken. Sie hatte ihren ersten Mann beim Untergang eines Schiffes verloren. Sie erhob keinen Einspruch, aber man merkte ihr an, dass sie es am liebsten getan hätte. Unvermittelt fiel ihm auf, wie dünn und zerbrechlich sie in den vergangenen Monaten geworden war. Kummer und Krankheit zehrten an ihr. Er hätte sie gerne getröstet, aber er wusste nicht, mit welchen Worten.

Von den eigenen Gefühlen in Verlegenheit gestürzt, eilte er seinem Vater nach. Er holte ihn erst im Kontor ein.

»Du musst mich vertreten«, begann Contarini ohne Vorrede und griff nach den Papieren, die auf seinem Tisch neben der Münzwaage lagen. »Es geht in erster Linie um die Ladung der Flanderngaleeren, die wir ... Was ist denn noch?«

Kaspar ließ einen Mann eintreten, den das Wappen von Burgund auf dem Wams als Boten des neuen Herzogs auswies. Er überbrachte seine Nachricht ohne Umschweife.

»Unser allergnädigster Herr und Herzog bittet Simon Contarini, den Handelsherrn, sich dem Rat in Gent anzuschließen. Das Gremium tritt in zwei Tagen im Gravensteen zusammen.«

Die Einladung war eine Ehre, aber sie kam zum falschen Zeitpunkt. Matthis ahnte, was sein Vater dachte, obwohl er dem Boten ruhig und höflich beschied, dass er dem Ruf des Herzogs Folge leisten würde.

»Ausgerechnet jetzt«, sagte er, sobald sie wieder allein waren. »Was kann der Herzog von dir wollen? Einen neuerlichen Treueschwur?«

»Das auch, aber in erster Linie wird er Gold wollen«, antwortete Contarini nüchtern. »Wie sein Vater und vor ihm sein Großvater versteht auch er es besser, ein Vermögen auszugeben, als eines zu erwerben. Ich habe jeden Tag mit einer solchen Aufforderung gerechnet. Leider muss ich diesem Ruf folgen, wir können es uns nicht leisten, beim neuen Herzog in Ungnade zu fallen.«

»Dann werde ich an deiner Stelle nach London reisen«, bot Matthis an.

»Unmöglich. Wie stellst du dir das vor? Willst du etwa deine Großmutter und deine Mutter ohne männlichen Schutz in Brügge zurücklassen? Das kommt nicht in Frage. Auch unsere Geschäfte erfordern deine Anwesenheit. Ich will mir gar nicht ausmalen, was die van der Molens unternehmen, wenn sie erfahren, dass wir ihnen das Terrain in Brügge ohne Gegenwehr überlassen.«

»Aber was wird aus Christina und Lucas?«

Zum ersten Mal war auch sein Vater um eine Antwort verlegen. Er verschob die Papiere auf dem Tisch, tippte zerstreut gegen die Münzwaage und traf eine Entscheidung, die ihm erkennbar schwerfiel.

»Ich habe keine Wahl. Du bist mein Nachfolger, also musst du währenddessen meinen Platz einnehmen und dafür sorgen, dass alles seinen Gang geht. Ich verlasse mich auf dich, so wie ich mich in dieser schwierigen Lage auch darauf verlassen muss, dass Christina und Lucas die Stimme der Vernunft nicht völlig überhören. Ich sehe keine andere Möglichkeit, als den Dingen vorerst ihren Lauf zu lassen. Wenn ich aus Gent zurückkomme, können wir neue Pläne schmieden. Vielleicht haben wir bis dahin sogar Nachricht von ihnen. Unser Agent in London wird ohnehin informiert.«

Die Tatsache, dass ihm sein Vater zum ersten Mal die alleinige Befehlsgewalt über das Haus Contarini anvertraute, bereitete Matthis keine Genugtuung. Er hatte von diesem Augenblick geträumt. Jetzt empfand er lediglich die Last der Verantwortung, die ihn eisern an Brügge fesselte. Sie hielt ihn davon ab, seinen Geschwistern zu Hilfe zu eilen. Er hatte dem Vater sein Wort gegeben, aber er fühlte sich nicht wohl dabei.

Die Unruhe trieb ihn aus dem Haus, und er schlug den Weg zum Minnewaterhafen ein. Schon nach wenigen Schritten vertrat ihm ein Gassenjunge den Weg.

»Ich soll Euch das geben, Herr!«
Verblüfft nahm Matthis das gefaltete Papier an sich.
»Von wem hast du das?«
Er erhielt keine Antwort. Der Bursche war ebenso schnell wieder verschwunden, wie er aufgetaucht war. Matthis strich neugierig das Blatt auseinander. Papier war selten und kostbar, man verschwendete es nicht für wertlose Botschaften. Er las die wenigen Zeilen, die mit ordentlichen Federstrichen niedergeschrieben worden waren.
»Wenn Ihr mehr wissen wollt, dann kommt zum Morgengebet in die Sankt-Jakobs-Kirche.«
Keine Anrede, keine Unterschrift und dennoch wusste er, wer ihm geschrieben hatte. Anneke van der Buerse.
Die Sankt-Jakobs-Kirche war nicht besonders groß, aber sie lag in der Nähe des Hauses van der Buerse. Was war geschehen, dass sie sich auf so ungewöhnliche Weise an ihn wandte? Sie hatte den Eindruck einer sehr scheuen und wohlerzogenen jungen Frau auf ihn gemacht. Wenn sie ihn so zu einem Treffen bat, dann tat sie das sicher nicht leichtfertig. Was steckte hinter dieser Botschaft? Wusste sie etwas, das ihm weiterhalf?
Ein jäher Funke der Hoffnung erhellte Matthis trübe Gedanken und hob seine Laune. Sollte er in Brügge mehr für seine Geschwister tun können als in London?

Sechster Teil

Das Totenschiff

24. Kapitel

Auf der *Bona Confidentia*, 28. September

Dein Ungestüm wird eines Tages dein Verderben sein. Den oftmals gehörten Tadel ihrer Mutter in den Ohren, schloss Christina die Augen. Umsonst. Die Bewegung der Deckplanken unter ihren Füßen ließ keinen Zweifel zu. Es ging den Fluss hinab, an Southwark vorbei. Wie zum Hohn läuteten die Vesperglocken einen Abschiedsgruß. Der Klang hallte dröhnend in ihrem Kopf nach, als wären es die Glocken des Jüngsten Gerichts.

»Was können wir tun?«, fragte sie mehr sich selbst als Daniel.

»Nichts.«

Christina öffnete die Augen. Auf Daniels bleichen Zügen stand dasselbe Entsetzen, das auch sie erfüllte. Seine schmale, dunkle Gestalt vor dem hellgrauen Himmel verschwamm. In Southwark hatte sie gedacht, den absoluten Tiefpunkt ihres Lebens erreicht zu haben. Welch eine Täuschung! Es ging noch weiter hinab in die Hölle des Elends, in die Kavernen von Krankheit und Tod.

»Wir müssen auf Gott vertrauen. Er lässt die Seinen nicht im Stich«, versuchte Daniel sie zu trösten. »Schon der große König David hat gesagt: Der Herr ist meines Lebens sicherer Schutz, vor wem sollte ich mich erschrecken.«

Das fromme Zitat verfehlte seine beruhigende Wirkung

auf Christina. Im Gegenteil, heißer Zorn auf die eigene Unbedachtheit durchlief sie.
»Komm mir jetzt nicht mit frommen Sprüchen, Daniel«, sagte sie heiser. Sie strich mechanisch mit den Handflächen über den Samt ihres Kleides, als müsse sie sich ihrer Existenz ausdrücklich versichern. »Ich will nicht glauben, dass Gottes Wille etwas mit unserer Situation zu tun haben soll. Ich werde weder dem Himmel noch der Unterwelt die Schuld für meine Fehler geben. Es waren allein Ungeduld und Hast, die uns in diese Lage versetzt haben. Aber vielleicht gibt es doch noch irgendeine Möglichkeit für uns, dieses Schiff wieder zu verlassen.«
»Wie denn?« Daniel betrachtete sie prüfend. Ihre Seelenstärke hatte den kurzen Anflug der Hoffnungslosigkeit bereits überwunden. Sie wappnete sich für den Kampf.
»Ich will leben, Daniel, nicht sterben. Hast du unsere Pläne für die Zukunft vergessen?«
Die City von London war inzwischen fern gerückt. Mit grimmiger Miene taten die Ruderer in den Schleppbooten ihren Dienst, die Strömung unterstützte sie dabei. Die Männer an den Rudern waren Gefangene, die für diese gefährliche Arbeit unter Zwang abgestellt worden waren. Auch sie fürchteten die unbekannte Krankheit.
Christina drehte ihnen den Rücken zu und konzentrierte ihre Aufmerksamkeit auf die unmittelbare Umgebung. Neben dem Rauschen des Flusses, dem Wind, der sich in den Wanten und Masten verfing, und dem kaum noch hörbaren Glockengeläut drang ein weiteres Geräusch an ihre Ohren. Der Lärm stieg aus den offenen Luken des Unterdecks und erinnerte sie daran, dass sie nicht allein auf der Kogge waren. Dort unten befanden sich Seeleute. Sie hat-

ten sich offensichtlich einen so kräftigen Rausch angetrunken, dass sie die vom Magistrat erzwungene Verlegung des Schiffes gar nicht bemerkten.

»Wir müssen uns umsehen«, sagte sie mit einem tiefen Atemzug. »Wir wissen nichts von der *Bona Confidentia*, ihrem Kapitän und ihrer Besatzung. Lass uns vor allem herausfinden, was es mit dieser Krankheit auf sich hat.«

Daniel gab einen unbestimmten Laut von sich. »Das werden wir nicht tun«, lehnte er ihren Vorschlag strikt ab. »Wir wissen nicht, wie diese Seuche übertragen wird. Ob man sie einatmet oder mit der Nahrung aufnimmt.«

»Dann sollten wir vielleicht nach dem Beiboot suchen«, schlug Christina vor.

»Du denkst an Flucht? Der Magistrat von London wird uns nicht an Land lassen. Ich bin sicher, dass das Schiff aus der Ferne bewacht wird, damit keiner den Tod an Land bringen kann.«

Obwohl Daniel auch damit recht hatte, verärgerte Christina die Ablehnung all ihrer Vorschläge.

»Wir können aber auch nicht vierzig Tage lang hier stehen bleiben und beten, Daniel«, sagte sie nervös und ergriff seinen Arm. »Komm mit.«

Sie zog ihn unter den Heckaufbau der Kogge, während auf dem Wasser Befehle erteilt wurden und eine Ankerkette rasselte. Offensichtlich waren sie am Ort ihrer Verbannung angelangt.

»Was hast du vor?«

Daniel sträubte sich gegen jeden Schritt.

»Wir brauchen einen Winkel, wo wir uns verstecken können, bis wir herausgefunden haben, ob nicht vielleicht doch eine Flucht möglich ist.«

Ohne auf seine Antwort zu warten, drang sie weiter den Gang vor und entdeckte eine Art Leiter, die einen Stock tiefer auf das Deck mit der zweiten Fensterreihe führte. Hier gab es keine abgeschlossenen Räume, sondern nur ein einziges großes Warenlager. Die Decke wurde von Holzpfosten getragen. Ersichtlich diente der Raum dem Transport besonders wertvoller Güter. Hoch über der normalen Wasserlinie gelegen, hielten hölzerne Läden das spritzende Seewasser ab. Im Dämmerlicht, das zwischen den Läden hereinsickerte, fand sie Fässer, Ballen, Körbe und Holzkisten. Letztere sorgsam auf zusätzliche Kanthölzer gestapelt und mit Planen vor Feuchtigkeit geschützt.

»Was ist das?« Daniel war hinter sie getreten. Sie hörte ihn schnuppern.

»Ich nehme an, in erster Linie Olivenöl und die eingelegten Früchte des Olivenbaums«, antwortete sie leise. »Das dort hinten muss Wein sein, riechst du es? Eines der Fässer ist bereits geleert. Was wohl in den Ballen ist? Stoffe? Und in den Körben? War nicht von getrockneten Weinbeeren die Rede? Vielleicht sind es auch Zitronen und Pomeranzen. Diese Ladung ist ein Vermögen wert.«

»Deswegen verankern sie das Schiff auch so sorgfältig«, vermutete Daniel. »Sie hoffen darauf, dass die Waren nicht verderben. Die Menschen sind ihnen egal. Das ist die christliche Nächstenliebe.«

»Du bist ungerecht«, rügte Christina. »Die Nächstenliebe erfordert doch auch, dass man eine Stadt und ihre Bewohner schützt vor der Gefahr, mit einer lebensbedrohenden Krankheit angesteckt zu werden. Lucas wird mittlerweile wissen, was geschehen ist. Er wird wütend auf uns sein. Hoffentlich behält er einen klaren Kopf und schickt Peter zu van Liewe. Ich wüsste an seiner Stelle auch keinen anderen Rat ... Bis dahin ist es wohl am besten, wenn wir uns zwischen den Waren verschanzen und hoffen, dass man uns in Ruhe lässt.«

»Das klingt vernünftig«, pflichtete Daniel ihr bei. »Bereite dich jedoch darauf vor, dass wir Geduld aufbringen müssen. Kapitän van Liewe kann auch keine Wunder vollbringen.«

»Ob er etwas erreichen kann?« In Christinas Stimme schwang plötzlich doch bange Sorge.

Daniel legte die Arme um sie und zog sie an sich. »Solange wir uns den Kranken nicht nähern, sind wir in Sicherheit. Auch scheint mir, dass wir bei dieser Ladung weder Hunger noch Durst leiden müssen«, versuchte er abzulenken.

Plötzlich waren die Rollen vertauscht. Daniel verbreitete Zuversicht und Christina wurde zaghaft. Sie ließen sich auf weichen Ballen nieder, die in der dunkelsten und tiefsten Ecke des Zwischendecks lagen.

»Dein Bruder wird Himmel und Hölle in Bewegung setzen, damit wir so bald wie möglich die *Bona Confidentia* verlassen können. Glaub mir, alles wird ein gutes Ende finden.«

Eng an Daniel gelehnt, versuchte Christina ihm zu glauben und Ruhe zu finden. In der Geborgenheit seiner Umarmung spürte sie seinen Herzschlag, aber ihre Phantasie ließ sich weder ruhigstellen noch ablenken. Schreckensbilder und düstere Visionen bedrängten sie.

»Schließ die Augen«, raunte Daniel an ihrem Ohr. Er spürte, wie verkrampft sie war, und erinnerte sich an ihre Angst vor der Dunkelheit. »Ich liebe dich. Wir dürfen jetzt nicht die Hoffnung verlieren.« Er küsste sie. Dass sie nach einer

Weile in Daniels Armen einschlief, war allein ihrer Erschöpfung zuzuschreiben.
Als sie wieder zu sich kam, konnte sie nicht sagen, wie viel Zeit inzwischen vergangen war. Durst, Hunger und der Drang der Notdurft quälten sie. Was sollte sie tun?
Daniel rührte sich nicht. Schlafend hielt er Christina fest im Arm. Als sie sich zu befreien versuchte, schreckte er sofort auf.
»Was gibt es?«
»Ich ... ich brauche einen privaten Ort.«
Christina wand sich vor Verlegenheit. Nicht einmal die drangvolle Enge auf der *Espérance* hatte sie in solche Verlegenheit gebracht.
Daniel half ihr aufzustehen.
»Wir suchen einen Platz an Deck.«
Die Hand in sein Wams gekrallt, tastete sie sich mit seiner Hilfe aus dem Lagerraum. Die unheimliche Atmosphäre des Schiffes, der Lärm der betrunkenen Männer und die Furcht, entdeckt zu werden, ließen sie schlottern.
Auf Deck verriet ein rötlicher Schimmer über einer rechteckigen Luke, dass im Mannschaftsquartier eine Laterne brannte, während ringsumher finsterste Nacht herrschte. Weder Sterne noch Mond waren am Himmel zu erkennen. Nicht einmal das Wasser des Flusses reflektierte die kleinste Spur von Licht. Es lag Nebel über der Themse, und seine feuchten Schwaden benetzten Christinas Wangen.
Als sie sich Daniel erleichtert wieder zuwandte, fand sie ihn mit gekrümmtem Leib gegen die Reling gelehnt. Sie wollte ihn eben besorgt nach seinem Befinden fragen, als ein Poltern und Fluchen sie ablenkte.
Sie verstand ein paar venezianische Worte.

»Die Männer holen neuen Wein aus dem Lager. Wir können nicht mehr zu unserem Versteck zurück«, flüsterte sie Daniel leise ins Ohr.
Er rührte sich nicht. Zögernd streckte sie die Hand nach ihm aus.
»Daniel, was ist mit dir?« Sie umfasste seine Schulter und rüttelte ihn. »Ist dir nicht gut? Was fehlt dir?«
»Nichts«, antwortete er keuchend. »Alles ist in bester Ordnung. Lass uns einen trockenen Platz suchen, sonst werden wir tatsächlich noch krank.«
»Lüge nicht. Es geht dir nicht gut«, widersprach sie angstvoll.
Sie erinnerte sich an den Kranken, der zu Daniels Füßen zusammengebrochen war. Er hatte versucht, ihm zu helfen. Er hatte ihn berührt.
»Daniel.«
Ihre Stimme brach.

25. Kapitel

LONDON, 30. SEPTEMBER 1419

Was habt Ihr in Erfahrung gebracht?« Lucas überfiel Kapitän van Liewe mit seinen Fragen, noch ehe dieser die Kammer in der Herberge vollends betreten hatte. »Wann können wir Christina und Daniel endlich von diesem verdammten Schiff holen?«

Liewe wich seinem Blick aus. Er schloss die Tür und grüßte Hannah mit einer gemessenen Verneigung. Da sie ihn ebenfalls ansah, als erwarte sie eine Heilsbotschaft von ihm, kam er ohne Umschweife zur Sache.

»Meine Nachrichten sind nicht gut. Kein Mensch und kein Packstück darf die *Bona Confidentia* in den nächsten 38 Tagen betreten oder verlassen. Man hat sie an der breitesten Stelle des Flusses, weitab der City von London, verankert.«

Hannah und Lucas wechselten einen betroffenen Blick. Schon zwei Tage hatten sie nun tatenlos auf van Liewes Rückkehr warten müssen. Ihre Beherrschung war dünn und brüchig geworden. Lucas hatte sein Bett verlassen, obwohl ihm jeder Atemzug Schmerzen bereitete. Jetzt trat er auf van Liewe zu und packte sein Handgelenk.

»Um Gottes willen, können wir denn wirklich gar nichts für sie tun?«

Hannah spürte ein Würgen im Hals. Sie fürchtete sich im

Voraus vor dem, was der Kapitän sagen würde. Seine Antwort bestätigte ihre Ängste.

»Nicht mit legalen Mitteln.«

»Was soll das heißen?« Lucas konnte nur schwer an sich halten. »Der Magistrat von London hat nicht das Recht, eine Bürgerin von Brügge zum Tode zu verurteilen. Und das tut er.«

»Beruhigt Euch«, riet van Liewe und drückte Lucas gewaltsam auf die Bank, weil er sah, dass ihm vor Schwäche der Schweiß ausbrach. »Ihr macht es nicht besser, indem Ihr Euch sinnlos erregt. Welchen Einwand wir auch immer haben, niemand wird ihn anhören. Den Londonern steckt die Erinnerung an die große Pest noch in den Knochen. Die Seuche wurde damals von Schiffen in die Stadt gebracht, und mehr als die Hälfte aller Bewohner kam um. Noch heute leidet die City unter diesem Aderlass. Das Elend der Stadt ist eine Folge davon. Niemand, der Einfluss hat, lässt mit sich reden. Allesamt würden sie sogar ihre eigene Mutter auf dem Schiff belassen, wenn sie damit das Risiko eines neuerlichen Ausbruchs der tödlichen Seuche verhindern könnten.«

»Ist es denn tatsächlich die Pest?«, warf Hannah ein.

»Es sieht nicht so aus«, beruhigte sie Kapitän van Liewe. »In der ersten Aufregung wurde das behauptet, weil einer der Seeleute, die das Schiff am Dock vertäuen sollten, dabei zusammengebrochen ist. Aber die Anzeichen sind andere als bei der Pest. Wie ich gehört habe, hat der Mann an grässlichem Durchfall gelitten. Es sind vor ihm wohl noch andere bereits auf See davon befallen worden.« Er seufzte und fuhr fort mit seiner für ihn ungewöhnlich langen Rede. »Das Ganze sieht nach einer Krankheit aus, die man auf den Inseln des Mittelmeeres antrifft. Die Griechen haben ihr den Namen Cholera gegeben. Man sagt, sie sei ansteckend und führe innerhalb kürzester Zeit zum Tod, weil die Betroffenen weder Nahrung noch Flüssigkeit bei sich behalten können. Aber weder die einfachen Seeleute noch die Obrigkeit der Häfen machen einen Unterschied zwischen der Pest und der Cholera. Beide Krankheiten haben zumindest eines gemeinsam: Man weiß nicht, wie sie ausbrechen.«

»Sind die Männer gestorben?« Hannah rang die Hände.

»Ja, man hat sie wohl über Bord geworfen. Und jetzt haben die Stadt und der Hafen von London die üblichen vierzig Tage Quarantäne über die *Bona Confidentia* verhängt. Hafenmeister, Stadtwache und Soldaten sorgen dafür, dass die Quarantäne strikt eingehalten wird. Das Schiff wird vom Ufer aus bewacht. Es gibt keine Möglichkeit, es ungesehen zu verlassen oder zu betreten. Ihr dürft mir glauben, dass ich alles überprüft habe. Dieses Mal ist es Eurer eigenwilligen Schwester wahrhaftig gelungen, sich in eine ausweglose Falle zu manövrieren.«

»Ich werde etwas unternehmen und wenn es sein muss, mit Gewalt. Ich habe Geld, ich werde Männer anheuern. Peter kann mir dabei helfen«, erwiderte Lucas grimmig.

»Vergesst es«, fiel ihm van Liewe ins Wort. »Ihr werdet auch gegen Bezahlung niemanden finden, der zu einem solchen Handstreich bereit ist. Ihr zieht nur unliebsame Aufmerksamkeit auf Euch, wenn Ihr versucht, Leute anzuwerben.«

Lucas geriet außer sich. Zorn, Angst und Verzweiflung trieben ihn zum Handeln, aber gleichzeitig war ihm bewusst, dass er allein nichts tun konnte. In diesem Augen-

blick hätte er ohne Zögern sein Leben gegeben, wenn er damit Christinas hätte retten können.
»Kommt zu Euch.« Van Liewe mahnte noch einmal zur Besonnenheit, nachdem er sowohl Lucas wie auch Hannah beobachtet und einen tiefen Atemzug getan hatte. »Ihr könnt nicht drauflosstürmen wie ein Stier auf das rote Tuch. Es würde damit enden, dass auch Ihr auf dem Schiff unter Quarantäne gestellt werdet. Ich sehe nur eine einzige Chance, wenn man versuchen will etwas zu tun: Man muss sich der *Bona Confidentia* in jedem Fall des Nachts nähern. Ehrlich gesagt, weiß ich aber auch noch nicht genau, wie.«
Lucas schlug die Hände vors Gesicht. Erst nach geraumer Zeit sah er wieder auf. Hannah schien es, als habe er Tränen in den Augen.
»Bei Gott, Ihr habt allen Grund, uns zum Teufel zu wünschen, Kapitän van Liewe. Seit wir in Antwerpen Euer Schiff betreten haben, machen wir Euch nichts als Ärger«, sagte er mit heiserer Stimme. »Aber seid gewiss, wir werden unsere Dankesschuld abtragen, so gut wir nur können.«
Van Liewe schüttelte den Kopf und verschränkte die Arme vor der mächtigen Brust. »Das ist weder jetzt noch später mein Problem, Lucas Contarini. Aber nachdem ich einmal den Fehler begangen habe, mich mit Euch, Eurer Schwester und Euren Freunden einzulassen, bleibt mir gar nichts anderes übrig, als die Sache rechtschaffen zu Ende zu bringen. Ich werde erst wieder ruhig schlafen können, wenn ich Euch alle in Sicherheit weiß.«
»Was habt Ihr vor?«
Hannah hielt dem Blick des Mannes stand, obwohl ihr das Herz bis in den Hals hinauf pochte. Sie hatte großes

Vertrauen zu van Liewe. Er war stur, aber durch und durch ehrenwert und von großem Sachverstand. Wenn es einen Menschen gab, der Christina und Daniel helfen konnte, dann war er es.

»Verlasst Euch darauf, dass ich mit aller gebotenen Eile und Vorsicht zu Werke gehe. Ich muss bei Nacht und Nebel ein Boot in die Nähe der *Bona Confidentia* bringen, damit ich sie zu meinen Verbündeten mache.«

Lucas gab einen unterdrückten Laut von sich und kam auf die Beine. »Ich will nicht tatenlos hier herumsitzen. Ich will etwas unternehmen. Sagt mir, was ich tun kann, Kapitän. Gebt mir eine Aufgabe.«

»Ihr habt bereits eine Aufgabe, Lucas Contarini. Die Gefährtin Eurer Schwester kann nicht alleine bleiben. Ihr seid für ihren Schutz und ihr Wohlergehen verantwortlich. Bleibt in der Herberge und unternehmt nichts, was mich oder Euch in Gefahr bringen könnte. Denkt daran, auch mein Leben steht bei dieser Angelegenheit auf dem Spiel.«

»Ihr habt mein Wort.« Die Einsicht kam Lucas schwer an, aber van Liewe hatte ihn überzeugt.

»Nun denn, das habt Ihr mir schon einmal gegeben«, erinnerte der Kapitän nüchtern. »Aber – belassen wir es dabei. Ihr hört von mir. Sollte sich hier etwas Unvorhergesehenes ereignen, schickt Peter zu mir. Er weiß, wo er mich findet, und er hat mein Vertrauen.«

Er machte Anstalten, Lucas aufmunternd auf die Schulter zu klopfen, entsann sich aber seiner Verletzungen und unterließ es. Dafür reichte er Hannah ein Bündel, das er die ganze Zeit bei sich getragen hatte. »Peter hat mir das für Euch gegeben. Eure Freundin hat ihn gebeten, diese Dinge zu besorgen.«

»Bringt bitte Christina und Daniel zurück. Alles andere ist unwichtig.« Hannah presste das Bündel an sich. »Gott sei mit Euch, Kapitän van Liewe.«

Erst als sie die Tür hinter ihm geschlossen und den Riegel vorgelegt hatte, ging sie zu Lucas. Er saß mit gespreizten Beinen auf der Bank und hatte die Unterarme auf die Oberschenkel gelegt. Auf seinen verschränkten Händen verschorften die Wunden. Sein Gesichtsausdruck sprach von so viel Elend, dass Hannah einfühlsam vor ihm in die Hocke ging, ehe sie seinen Blick suchte.

Er wischte sich verlegen mit dem Handrücken über die Augen. »Schau mich nicht so an, Hannah. Ich bin ein Versager, ein lebensuntüchtiger Schwächling. Du solltest mich verachten, nicht bedauern.«

»Du bist ein Künstler und kein Kämpfer«, korrigierte sie leise. »Entsinne dich deiner wahren Fähigkeiten, Lucas. Jeder Mensch hat andere Talente.«

»Welcher Fähigkeiten?« Er lachte bitter auf. »Ich bin weder so klug wie Daniel noch so todesmutig wie Christina. Ich bin nicht so barmherzig wie du und nicht so stark und unbesiegbar wie Kapitän van Liewe.«

»Das stimmt.« Hannah nickte und lächelte heimlich, als sie sah, wie Lucas zusammenzuckte. Ihre unerwartete Zustimmung riss ihn aus seinem Selbstmitleid.

Gut, dachte Hannah zufrieden. Ich werde nicht zulassen, dass du in Selbstmitleid zerfließt und resignierst.

»Nun, wenn auch du dieser Meinung bist, können wir das Gespräch beenden«, antwortete er.

Sie hörte, wie viel Mühe es ihn kostete, nicht gekränkt zu klingen und bekämpfte den törichten Impuls, ihm zuliebe alles richtigzustellen. Sie half ihm nicht, wenn sie ihm nach dem Munde redete. Es galt vielmehr, seinen Stolz zu wecken, wenn sie ihn aufrichten wollte.

»Gut. Dann ist es vielleicht auch an der Zeit, dass du dich mit etwas anderem beschäftigst«, sagte sie, und legte ihm das Bündel auf den Schoß, das der Kapitän ihr übergeben hatte.

»Was ist das?«

»Sieh nach.«

Hannah erhob sich und trat ans Fenster. Aus den Augenwinkeln verfolgte sie, wie Lucas den groben Stoff zurückschlug. Als Erstes fielen ihm geheftete Papierblätter in die Hände. Dann unterschiedlich große Pergamentreste, Rötelstifte, Kohle und eine Wachstafel mit einem schwarz angelaufenen Silberstift. Der Händler, der Peter die Dinge verkauft hatte, wusste offensichtlich, worauf es ankam.

Lucas bewegte sich nicht. Er saß da und starrte vor sich hin. Weder zeigte sich das erhoffte Lächeln auf seinem Gesicht, noch gab er einen Laut von sich.

Enttäuschung machte sich in Hannah breit. Sie hatte gehofft, ihm etwas Lebensfreude zurückgeben zu können. Stattdessen sah er aus, als frage er sich, was er mit alldem solle.

Aus der Enttäuschung wuchs langsam ein Gefühl des Ärgers. Wusste er nicht, wie viel Mühe es gekostet hatte, all das aufzutreiben?

»Was hat sich Christina nur dabei gedacht«, hörte sie ihn murmeln.

»ICH habe sie gebeten, das für dich besorgen zu lassen«, antwortete Hannah. »Stell dir vor, ich nahm an, das Malen würde dir Freude bereiten. Wie einfältig von mir. Vielleicht hätte ich sie besser einen Strick besorgen lassen.«

Sein Kopf ruckte hoch. Endlich sah er sie genauer an und erkannte, was sie bewegte.

»Du bist mir böse?«

Seine verständnislose Frage brachte Hannah nur noch mehr auf. Eine innere Stimme riet ihr, sich zurückzuhalten, aber die Worte brachen sich Bahn.

»Denkst du, für mich ist es leicht? Ich kann nicht mehr schlafen. Sobald ich die Augen schließe, ist alles wieder da. Ich sehe die Gesichter, spüre den Schmerz, die Demütigung, die Niedertracht. Es ist wie ein Sumpf, in dem ich versinke. Aber wenn ich nachgebe, hat das Böse gesiegt. Das kann und will ich nicht zulassen. Also kämpfe ich, so schwer es mir auch fällt. Nacht für Nacht. Tag für Tag.«

Das Erstaunen in Lucas' Augen machte erst dem Mitgefühl, dann der Bewunderung Platz.

»Du zeigst Krallen, wie eine Katze«, antwortete er beeindruckt. »Und du schiltst mich wie meine Großmutter. Sagst du mir auch, was ich tun soll?«

»Das ist nicht meine Sache, denn du weißt es selbst. Du wolltest kein Händler, kein Bankier und kein Tuchmacher werden. Du wolltest immer nur ein Maler sein. Fang an zu arbeiten. Wenn du in Venedig einen Meister finden willst, der dich ausbildet, will er Proben deines Könnens sehen.«

Mit angehaltenem Atem beobachtete sie, wie Lucas einen der Rötelstifte ergriff und das Papier sorgsam durchblätterte, ehe sein Blick sich ihr wieder zuwandte.

»Wirst du mein Modell sein?«

»Ich?« Hannah errötete verwirrt. »Was gibt es an mir, das es wert wäre, im Bild festgehalten zu werden?«

»Das musst du meinem Urteil überlassen«, entgegnete Lucas und trug die Sachen endlich an den Tisch, wo er sie ausbreitete und sortierte. »Wenn ich malen soll, benötige ich ein Modell.«

»Und was ist mit den Bildern in deinem Kopf?«, widersetzte sich Hannah. »Mit dem Meer, den Wolken und dem Sonnenlicht, das du festhalten wolltest? Nach der Natur wolltest du doch malen. Davon hast du auf der *Espérance* ununterbrochen gesprochen.«

»Alles zu seiner Zeit. Lass uns eine Abmachung treffen, Hannah. Ich versuche, ob meine Finger wieder geschmeidig genug sind, einen Stift zu führen. Dafür sitzt und stehst du mir Modell. Du kannst die Bilder des Schreckens vertreiben, die mich im Augenblick beherrschen. Es kostet dich nicht mehr Mühe, als ein wenig stillzuhalten.«

Das Meer und die Wolken halten doch auch nicht still, wollte sie sagen, aber dann nickte sie ohne jedes weitere Wort. Sie hatte ihr Ziel erreicht, und stillzusitzen war sie ohnehin gewohnt.

Lucas begann damit, den Silberstift zu polieren und die Pergamentfragmente zu prüfen. Zum ersten Mal in diesen Tagen sah sie ihn nicht mit dem Elend hadern. Erleichterung ließ auch ihr Herz ruhiger schlagen. Sie ließ ihn nicht aus den Augen.

26. Kapitel

AUF DER *BONA CONFIDENTIA*, 30. SEPTEMBER 1419

Nach zwei Tagen und zwei Nächten der Angst und des Wartens verlor Christina die Hoffnung. Sie waren dazu verdammt, das Schicksal derer auf der Kogge zu teilen. Daniels Durchfälle wurden zunehmend schlimmer. Krämpfe schüttelten seinen fieberheißen Körper. Es war nur noch eine Frage der Zeit, wann die lebensbedrohende Krise einsetzte.

Der Verschlag neben den Lagerräumen, in dem sie sich inzwischen versteckten, hatte zuvor das Schlachtvieh beherbergt, das die Kost der Seeleute während der Überfahrt ergänzte. Inzwischen stand er leer. Fauliges Stroh bedeckte den Boden, aber es stank noch immer so betäubend nach Hühnerkot und Schweinekoben, dass die Gerüche von Daniels Ausscheidungen sie nicht verrieten.

Daniel schlief die meiste Zeit. Wenn er wach war, tat er sein Bestes, seine Schwäche zu verbergen und Christinas Sorge zu zerstreuen. Anfangs hatte sie ihm nur zu gerne geglaubt, dass sie sich umsonst sorgte. Inzwischen war die Erkrankung jedoch immer weiter fortgeschritten. Auch jetzt vernahm sie qualvolle Geräusche. Er hatte sich in die hinterste Ecke geschleppt, weil er von der nächsten Kolik geschüttelt wurde.

»Halte Abstand von mir, Christina«, warnte er immer

wieder. Auch jetzt mahnte er sie eindringlich, als er das Ärgste überstanden hatte. »Ich weiß nicht, wie ich mir die Krankheit eingefangen habe. Mir scheint jedoch, ich habe sie mir zugezogen, als ich den Mann an Deck berührte. Halt dich also bitte fern von mir, sonst wirst du dich anstecken und mit mir sterben.«

»Du wirst nicht sterben, und mein Schicksal ist mit deinem verbunden«, antwortete Christina mit leidenschaftlichem Nachdruck. »Glaube mir, wenn, dann will ich mit dir sterben. Ich werde um deine Gesundheit und dein Leben kämpfen!«

Daniel nahm seine schwindenden Kräfte zusammen. Er beschwor sie zur Besonnenheit, bis ihm die Stimme versagte. »Tu das nicht, denke doch an dich! Ich spüre am eigenen Leib, wie diese Krankheit das Gleichgewicht der Körpersäfte völlig durcheinanderbringt. Ich lasse nicht zu, dass du dich an meiner Seite in Gefahr begibst.«

Christina hörte sein Keuchen, seine Schwäche. »Schscht! Still! Überanstrenge dich nicht.«

»Du musst fort.« Seine Sorge um Christina setzte Daniel mehr zu als die Krämpfe in seinen Eingeweiden. »Sieh zu, dass du dieses Schiff verlassen kannst. Wenn ich schon so elend zugrunde gehen muss, dann will ich wenigstens wissen, dass du gerettet bist. Du sollst leben. Du musst leben.«

»Rede nicht so«, widersprach sie. Fast hätte sie vergessen, ihre Stimme zu dämpfen. »Wie soll ich leben ohne dich? Wie kann ich dich jetzt alleine lassen, wo du mich brauchst wie noch nie? Du hast gesagt, ich sei deine Frau. Das bleibe ich, bis zum Tod. Wir gehören zusammen. Niemand und nichts kann mich von deiner Seite vertreiben.«

Daniel hustete. Er röchelte vor Schmerzen. Jeder Laut quälte Christina und bewies ihr zugleich, dass er noch lebte.

Am Tag zuvor hatte sie hinter einer Taurolle zwei halb vertrocknete Äpfel gefunden und neben der Stiege zum Zwischendeck einen vollen Weinschlauch, den ein Betrunkener wohl dort verloren hatte. Die Äpfel hatten Daniel Magenschmerzen bereitet, der Wein hatte ihn glücklicherweise benebelt. Inzwischen war der Schlauch längst leer. Sie musste keine Heilerin sein, um zu begreifen, dass es seinem gepeinigten Körper an Flüssigkeit fehlte. Woher sollte sie das Wasser oder den Wein nehmen, die Flüssigkeit, die er so dringend brauchte. Nebel hüllte das Schiff so vollkommen ein, dass man das Ufer nicht mehr sah. Ein Wolkenbruch würde guttun, dachte Christina. Regen, Wasser gegen Daniels Durst.

Sie musste eine Möglichkeit finden, ihm zu helfen. Um jeden Preis.

»Ich muss irgendetwas zu essen und zu trinken für uns auftreiben. Sorge dich nicht, ich bin vorsichtig.«

Sie erhielt keine Antwort. Sie schlüpfte vorsichtig aus dem Verschlag und sah sich nach allen Seiten um. Die volltrunkenen Seeleute machten sich glücklicherweise nicht die Mühe, Deckwachen aufzustellen. Die Angst vor ihnen saß ihr ständig im Nacken. Die Erinnerung an die Grauen in Southwark stieg wieder in ihr hoch. Nur für Daniel wagte sie sich dennoch, mit zusammengebissenen Zähnen, vorwärts, während sie sich stumme Befehle erteilte.

Irgendwo müssen die Wasserfässer sein und die Truhen mit dem hartgebackenen Schiffsbrot. Außerdem brauchst du Werkzeug, damit du eine der Kisten mit den Pomeranzen

öffnen kannst. Ein Stück Eisen oder ein Messer. Gib nicht auf, egal, was passiert. Daniels Leben liegt in deiner Hand.
Ruckartig blieb sie stehen. Kalter Schweiß brach ihr zwischen den Schulterblättern aus. Da war jemand! Die Vermutung, beobachtet zu werden, wurde pfeilschnell zur Gewissheit. Sie fuhr herum und prallte mit einem schrillen Schrei mit jemandem zusammen.
»Madonna! Sei leise, wenn du nicht entdeckt werden willst«, mahnte eine Stimme. »Wenn die anderen herausfinden, dass eine Frau an Bord ist, werden sie sich wie die Raubtiere auf dich stürzen.«
Christinas Herz hämmerte.
»Wer bist du?«
»Der Schiffsjunge. Man nennt mich Mauro. Mein Onkel ist der Kapitän der *Bona Confidentia*. Und wer bist du? Ein Hafenmädchen? Was machst du auf einem fremden Schiff? Du sitzt ganz schön in der Patsche, weißt du das?«
Christina begriff, dass sie es mit einem Halbwüchsigen zu tun hatte. Sie versuchte sich zu fassen.
»Wenn dein Onkel der Kapitän des Schiffes ist«, fragte sie, »wo zum Teufel steckt er? Bei seinen Männern dort unten?«
Ein Glucksen sagte ihr, dass den Jungen diese Vermutung amüsierte.
»Messer Gianbattista Giambelli? O nein, der hat sich in seinen Räumen eingeschlossen, sobald ihm klargeworden ist, dass wir nicht nur Öl und Wein an Bord haben, sondern wahrhaftig Scheiße. Merda in jeder Beziehung. Er hat sich blitzartig zurückgezogen, als der erste Matrose auf der Höhe von Lissabon zusammenbrach. Die anderen muss-

ten die Leiche des armen Kerls auf seinen Befehl hin über Bord werfen. Dem Capitano war vor allen anderen klar, dass weitere Kranke folgen würden. Seitdem tut er keinen Schritt mehr aus der Kajüte, und ich darf sehen, wie ich seine Wünsche weitergebe und erfülle. Er zieht mir die Haut ab, wenn er erfährt, dass du an Bord bist. He, wieso verstehst du mich überhaupt? Bist du etwa Venezianerin? Was hat dich in dieses Land verschlagen?«

Obwohl sie Venezianisch sprach, hatte sie Mühe, dem schnellen Wortschwall des Jungen zu folgen. Die verschlossenen Räume im obersten Deck waren also jene des Kapitäns. Hätte Messer Gianbattista Giambelli auf der Brücke seines Schiffes gestanden, wie es sich gehörte, wäre sie mit Daniel nie in diese ausweglose Lage geraten.

»Führ mich zu deinem Onkel.«

Mauro wich zurück.

»Du bist nicht bei Trost. Den größten Teil des Tages ist er betrunken, und ich muss dir sagen, dass er in diesem Zustand kein netter Mann ist. Ein erfahrener Kapitän, ein gewitzter Händler, aber kein freundlicher Mensch. Lass dich lieber nicht mit ihm ein, auch wenn du daran gewöhnt bist, den Männern zu Gefallen zu sein. Er würde nicht die geringste Rücksicht auf dich nehmen. Er kann ein grober Teufel sein, der schnell zuschlägt.«

Christina packte Mauro, damit er ihr nicht entwischte. Auch wenn er fast noch ein Kind war, sie brauchte jemanden wie ihn. Er kannte sich auf diesem Schiff aus und er schien noch gesund zu sein.

»Du musst mir helfen.« Mit hastigen Worten erklärte sie, wer sie war und warum sie mit Daniel an Bord geraten war. Wenn der Onkel aus Venedig stammte, sei ihr Name ein zusätzliches Argument zu ihren Gunsten, erklärte sie dem Jungen.

»Mein Mann ist krank. Ich fürchte um ihn. Er braucht etwas zu essen und zu trinken.«

»Dein Mann?« Mauro glaubte ihr kein Wort, man hörte es ihm an. »Der Kerl muss dir ja ziemlich wichtig sein, wenn du dich so für ihn ins Zeug legst. Mal sehen, ob wir beide miteinander ins Geschäft kommen können. Die Contarini in Venedig kenne ich. Die Familie ist einflussreich und wohlhabend. Wenn ich später eine dicke Belohnung bekomme, verbünde ich mich mit dir.«

Christina streckte ihm die Hand entgegen, aber der Junge ergriff sie nicht. Er war vorsichtiger als sie.

»Du kannst auf mein Wort vertrauen«, schwor sie ihm. »Deine Hilfe wird reichlich belohnt werden.«

Der Schiffsjunge gab ihr Anweisung, ihm zu folgen. Er öffnete eine der verschlossenen Kammern auf dem oberen Deck und sperrte die Tür von innen sofort wieder zu.

»Der Capitano hat in der Biskaya mit eigener Hand die kostbarsten Teile der Ladung hierhergebracht. Er wollte die *Quarantäne* in leidlichem Luxus hinter sich bringen.«

»Warum hat er das Schiff nicht verlassen?«, fragte Christina verwundert.

»Das hätte der Hafenmeister nie erlaubt, und er hätte es auch nie freiwillig getan.«

Im grauen Licht des Tagesanbruchs, das inzwischen durch die offenen Fensterluken hereindrang, erkannte Christina das hagere Gesicht des Jungen, die spitzen Wangenknochen und die kohlschwarzen Augen. Sein schmächtiger Körper steckte in verschmutzten Kleidern, und sein strähniger Schopf hatte seit Venedig kein Wasser mehr gesehen. Sein Grinsen zeigte zwei Reihen erstaunlich kräftiger weißer Zähne.

Er bemerkte ihre Musterung und erwiderte sie seinerseits. Flüchtig fragte sie sich, was er sah. Eine zu große Frau in beschmutzten Kleidern? Es schien ihn nicht zu irritieren, denn er sprach ohne Zögern weiter.

»Die Ladung der *Bona Confidentia* gehört dem Capitano. Er hat sie Ölhändlern, Weinbauern und Seidenstickern abgekauft. Nicht einmal um den Preis seines Lebens würde er sie im Stich lassen. Er hat alles hineingesteckt, was er außer dem Schiff besitzt. Nun will er damit untergehen oder, noch lieber, damit reich werden.«

»Und du? Was willst du?«

»Einen vollen Bauch und nicht täglich das Fell gegerbt bekommen. Vielleicht irgendwann mein eigenes Schiff. Ein richtig schnittiges, schnelles Schiff, nicht so eine lahme Ente wie diese hier.«

Er sprach mit solcher Inbrunst, dass sie unwillkürlich lächelte. Das Herz schien er am richtigen Fleck zu haben. Dass er so felsenfest an seine Zukunft glaubte, bewies, dass er nicht damit rechnete, auf diesem Schiff sein Leben zu lassen. Die Gefahren der Seuche hatten ihm den Lebensmut nicht genommen.

»Ich wünsche dir von Herzen, dass deine Wünsche in Erfüllung gehen«, sagte sie aufrichtig. »Wenn du mir jetzt hilfst, diesen Alptraum zu überstehen, werden mir deine Zukunftspläne so wichtig sein wie dir selbst.«

Mauro kratzte sich mit einer Grimasse hinter dem Ohr.

»Ist der Kerl, der krank ist, wirklich dein Mann?«

Sie wollte schon nicken, aber etwas in ihr sträubte sich, ihn zu belügen. »Er ist der Mann, der zu mir gehört, und er muss wieder gesund werden.«

»Also gut, abgemacht«, sagte er strahlend. »Wir müssen sehr vorsichtig sein. Alle an Bord hier suchen überall nach Wein und Speckseiten. Sie wissen, dass der Capitano hier oben seine eigenen Vorräte lagert, während sie da unten nur von Zwiebeln, altem Brot, getrockneten Feigen und gesalzenem Stockfisch leben. Sie versuchen immer wieder mir aufzulauern, obwohl sie wissen, dass der Capitano sie über die Klinge springen lässt, wenn sie ihn bestehlen. Du musst mit deinem Mann in eurem Versteck bleiben. Ich werde euch alles bringen, was ihr braucht.«

Christina nickte gehorsam, und Mauro fügte hinzu: »Eines noch als Warnung: Fass deinen Mann nicht an. Vor allen Dingen, berühre nicht seine Ausscheidungen. Ich habe es beobachtet. Die Seeleute, die mit den einfachen Matrosen keinen direkten Kontakt hatten, sind nicht krank geworden. Wenn du überleben willst, halte dich daran.«

»Du kannst mich Christina nennen. Mein Mann heißt Daniel.« Sie lehnte sich erschöpft gegen die Wand, weil der Raum vor ihren Augen verschwamm. Als sie die Lider wieder hob, winkte Mauro sie hinaus.

»Die Luft ist rein«, flüsterte er.

Eilig verriegelte er die Tür und war so schnell verschwunden, wie er aufgetaucht war.

Sie kehrte zu Daniel zurück, mit einem Krug Wasser und getrocknetem Brot. Er lag reglos wie zuvor, aber von seiner Stirn rann der Schweiß über die Schläfen in die Haare. Er murmelte ununterbrochen hebräische Worte. Gebete? Seine Züge wirkten schärfer, älter. Christina kam es vor, als ziehe die Krankheit die Jugend aus ihm.

Sie stellte die kostbare Flüssigkeit ab, sank in die Knie und legte die Stirn in ihre gefalteten Hände. In ihr war nur ein einziges brennendes Gebet.

Herr, erbarme dich. Daniel Katz ist dein Kind. Lass nicht zu, dass sein Leben zu Ende geht, ehe es richtig begonnen hat. Ich brauche ihn so sehr. Wie soll ich ohne ihn die Zukunft meistern? Er ist der einzige Mensch, der mich nimmt, wie ich bin. Mit ihm möchte ich mein Leben teilen.

27. Kapitel

London, 2. Oktober 1419

Sie müssen denken, dass wir sie im Stich lassen«, murmelte Lucas entmutigt und wischte die Kohlestriche vom Papier. Immer wieder versuchte er das Gesicht seiner Schwester aus dem Gedächtnis zu skizzieren. »Glückliche Christina, hat jemand einmal gesagt, weil sie mich zum Bruder hat. Welch ein Irrtum.«

Hannah schwieg und beobachtete ihn. Seine Hände waren einigermaßen verheilt. Die Schmerzen beim Atmen ließen nach, und mit der Genesung wuchs seine Ungeduld. Sie konnte es ihm kaum verübeln. Auch sie legte sich mit dem Gedanken an Christina und Daniel nieder und stand mit der Sorge um die beiden wieder auf. Sie hätte zu gerne gewusst, was van Liewe unternahm und wie weit seine Bemühungen in der Zwischenzeit gediehen waren.

»Es gelingt mir nichts.« Lucas legte die Zeichenkohle verdrossen zur Seite. »Sie ist meine Schwester, und doch bringe ich es nicht fertig, sie aus dem Gedächtnis heraus zu zeichnen. Die Angst, dass ich sie nicht wiedersehen könnte, gaukelt mir die schlimmsten Bilder vor.«

»Du siehst sie wieder«, entgegnete Hannah mit aller Überzeugungskraft. »Du kannst dich unter diesen Umständen nur nicht konzentrieren. Außerdem stelle ich es mir in jedem Fall schwer vor, Christina über einen typischen

Ausdruck zu charakterisieren und zu fassen. Ich kenne niemanden, dessen Gesicht so wandelbar ist.«

»Ich fürchte, im Augenblick ist sie wütend auf uns. Vielleicht auch ratlos und verzweifelt. Sie muss sich fragen, warum wir ihr nicht zu Hilfe eilen.«

»Hör auf damit.«

Hannah war inzwischen der Meinung, dass es zu nichts führte, wieder und wieder das Gleiche zu sagen. Gestern hatten sie eine knappe Nachricht von van Liewe erhalten, seitdem war Lucas angespannter als zuvor. Geduld war noch nie seine Stärke gewesen. Sie musste ihn immer und immer wieder ablenken.

»Du wolltest, dass ich dir Modell sitze. Sag mir, wie und wo soll ich mich plazieren? Dort am Fenster?«

Er ging ein auf sie, was sie gar nicht zu hoffen gewagt hatte. Er hob den Kopf und begegnete ihrem Blick.

»Bleib, wo du bist«, sagte er und räusperte sich. »Ich will es versuchen.«

Er griff nach einem neuen Blatt. Hannah merkte ihm an, dass er Zeit und Raum vergaß, sobald er die ersten Striche gemacht hatte. Sie wagte kaum zu atmen. Je länger sie so ruhig saß, umso mehr gefiel es ihr, seine volle Aufmerksamkeit auf sich gelenkt zu sehen.

Das gleichmäßige Kratzen der Zeichenkohle beruhigte und betäubte sie zugleich. Sie lauschte den kurzen Strichen und überhörte dabei völlig den Lärm, der von draußen hereindrang. Den Singsang der Pastetenverkäufer auf der Gasse. Das Rattern der Handkarren. Das Knarren des Wirtshausschildes an seinen Eisenketten und die menschlichen Stimmen.

Erst ein schriller Aufschrei direkt unter ihrem Fenster riss

sie beide aus der Versunkenheit. Lucas ließ die Zeichenkohle sinken. Hannah stand auf und öffnete, ohne nachzudenken, den Fensterflügel.
Eine Gruppe von Neugierigen hatte sich vor dem *Löwen von Flandern* um einen vornehm gekleideten, bärtigen Mann mit Federhut und Samtmantel gesammelt. Er hielt Peter am Ohr gepackt und schüttelte ihn hin und her, während der Junge laut protestierte.
Sie spürte, dass Lucas hinter sie trat. Seine unmittelbare Nähe lenkte sie von den Geschehnissen ab. Ihr Herzschlag ging schneller, als sein Atem über ihre Wange strich. Nie war sie Lucas körperlich so nahe gewesen. Die unterschiedlichsten Empfindungen weckte diese Nähe in ihr. Scheu vor der Berührung eines Mannes. Vertrautheit zu dem Freund ihrer Kindheit. Eine Erregung, die sie nicht einordnen konnte.
Er stützte sich leicht auf ihre Schulter und beugte sich nach vorn, um mehr erkennen zu können. Sie versteifte sich unter der Berührung etwas und fühlte gleichzeitig, dass er zusammenzuckte. »Was hast du? Vermutlich ist Peter dem Mann auf irgendeine Weise zu nahe getreten«, sagte sie. Es kostete sie Mühe, ihre Stimme normal klingen zu lassen.
»Ich mache mir keine Sorgen um den Jungen. Es ist der Graubart, der mich beunruhigt. Ich kenne ihn.«
Hannah sah fragend über die Schulter. Sie entdeckte eine senkrechte Falte auf Lucas' Stirn und Zorn in seinen schmal verengten Augen. »Bist du sicher? Woher solltest du einen Londoner Bürger kennen?«
»Das ist Robert Blackfriar, der Handelsagent meines Vaters in London. Er hat uns in Brügge besucht, daher kenne ich ihn. Er ist ein gewiefter Makler und raffinierter Takti-

ker, er weiß seine Interessen stets zu wahren. Eine Nachricht meines Vaters könnte ihn erreicht haben.«
Betroffen versuchte Hannah sich ein Bild von Blackfriar zu machen. Peter krakeelte aus vollem Hals, ohne dass es den Mann zu berühren schien. Sie begegnete Peters Blick, sah seine Grimasse und begriff. Sein Gezeter war Absicht. Eine Warnung, die ihnen galt.
Sie trat hastig vom Fenster zurück, um keine weitere Aufmerksamkeit zu erregen. Da Lucas den Blickwechsel nicht bemerkt hatte, war er stehengeblieben, und sie prallte voll gegen ihn. Instinktiv schlang er seine Arme um sie, damit sie nicht aus dem Gleichgewicht geriet. Eng aneinandergepresst, verharrten sie beide. Jeder gelähmt von dem unerwarteten Körperkontakt und den Empfindungen, die er auslöste.
Der Radau auf der Gasse wurde nun von Mistress Marys befehlsgewohnter Stimme übertönt. Sie verstanden nicht, was gesagt wurde, aber es führte dazu, dass augenblicklich Ruhe einkehrte. Hannah zwang sich, den Bann zu brechen. Sie befreite sich mit geröteten Wangen aus Lucas' Umarmung und eilte zum Tisch. Hinter ihr wurde das Fenster zugeworfen. Lucas' Schritte kamen zögernd näher.
»Verzeih mir. Ich hatte für einen Moment vergessen, was dir angetan wurde, Hannah. Ich weiß, wie unerträglich die Berührung eines Mannes für dich sein muss. Ich wollte dich nicht erschrecken.«
Seine Entschuldigung machte sie noch verlegener. Sie konnte schlecht antworten, dass seine Berührung Balsam für ihre verletzten Sinne war. Sie sah nur einen Ausweg, sie wechselte das Thema. »Erwartest du, dass uns der Handelsagent deines Vaters Schwierigkeiten macht?«

»Dessen bin ich mir sogar sicher«, antwortete Lucas. »Blackfriar wird den Auftrag von unserem Vater haben, zu sehen, ob er uns hier ausfindig machen kann, und er wird alles tun, um unserem Vater zu Gefallen zu sein, denn er sieht seinen Profit darin. Sobald er einmal herausgefunden hat, dass wir uns hier verbergen …«
»Weder Peter noch seine Mutter werden uns verraten.«
»Was sollte sie daran hindern?«
»Auch sie schätzen den eigenen Vorteil.« Hannah verschränkte die Arme vor der Brust. »Versetz dich in ihre Lage. Mistress Mary wird gut bezahlt. Mit unserem Verschwinden versickert ihre Geldquelle. Also wird sie erst einmal schweigen und sich das dann ebenfalls noch von uns bezahlen lassen.«
Lucas nickte langsam. »Das hört sich logisch an. Wenn es um …«
Der Satz blieb unvollendet, denn Mistress Mary stapfte ohne große Förmlichkeit in die Kammer. Eine Wolke von Biermaische und Kneipendunst begleitete sie, und sie betrachtete ihre Gäste mit gewohnt mürrischer Miene.
»Es geht mich nichts an, welche Händel Ihr mit Eurem Herrn Vater habt, junger Mann, aber es vertreibt meine Gäste, wenn seine Männer hier herumlungern und neugierige Fragen stellen. Blackfriar ist ein Mann von Einfluss. Früher oder später wird er erfahren, dass ich Euch beherberge, und mir eine Menge Ärger einbrocken. Könnt Ihr mir sagen, wie ich das verhindern soll?«
»Haltet ihn hin«, forderte Lucas knapp. »Sobald meine Schwester und mein Gefährte zurück sind, werden wir London ohnehin verlassen. Für Euch ist es ein gutes Geschäft.«

»Denkt Ihr wirklich, dass das so kommt? Seht der Wahrheit ins Auge. Auf dem Schiff herrscht die Pest, sagt man. Die wenigsten überleben diese Seuche, und von den Toten hört man nie wieder etwas. Sie werfen sie in den Fluss, damit die Strömung sie bei Ebbe ins Meer hinausträgt.«

Die erbarmungslose Schilderung der Tatsachen ließ Hannah, mit der Hand vor dem Mund, einen Laut unterdrücken.

»Ihr redet dummes Zeug.« Lucas wappnete sich sowohl gegen Mistress Marys Schwarzseherei wie auch gegen Hannahs Verzweiflung. »Meine Schwester weiß, was sie tun muss, um sich auf dem Schiff nicht anzustecken, und auf Kapitän van Liewe ist Verlass. Es wird keine drei Tage mehr dauern, bis wir sie gesund in die Arme schließen können.«

»Euer Gottvertrauen möchte ich haben, mein Junge.«

Die Wirtin stemmte die molligen Arme in die Hüften und trat neugierig näher an den Tisch. Vor Hannahs angefangenem Porträt blieb sie staunend stehen.

»Habt Ihr das gemalt? Wahrhaftig, ich wusste nicht, dass Ihr ein Künstler seid.«

»Es freut mich, dass Euch meine Arbeit gefällt.« Lucas nahm umgehend die Möglichkeit wahr, die Wirtin auf ihre Seite zu bringen. Ganz fremd war ihm der contarinische Kaufmannsgeist doch nicht. Er nutzte seine Chance. »Ich wollte Euch schon längst fragen, ob Ihr nicht ein neues Gasthausschild für den *Löwen von Flandern* haben wollt. Die Tafel dort draußen ist kaum noch zu erkennen, geschweige denn zu lesen.«

»Das könntet Ihr für mich anfertigen?« Mistress Mary war hocherfreut.

»Es wäre mein Dank für Eure Gastfreundschaft. Eine zu-

sätzliche Entschädigung für den einen oder anderen Aufwand, den Ihr unseretwegen gehabt habt.«
Lucas setzte sein überzeugendstes Lächeln ein, und Hannah sah die Wirtin vor ihm dahinschmelzen.
»Könntet Ihr die Tafel vielleicht auch mit meinem Konterfei versehen?« Geschmeichelt, aber dennoch gewieft, stellte sie unverzüglich Forderungen.
Im Nu entwickelte sich eine lebhafte Debatte über die Gestaltung des neuen Schildes. Hannah beobachtete staunend, wie Lucas das Wappen von Flandern in einer schnellen Skizze mit einem gefährlich aussehenden Löwen kombinierte. Sie hatte Mühe, sich ein schallendes Lachen zu versagen.
Mistress Mary war hell begeistert. Die Skizze in der Hand, eilte sie davon, eine möglichst große Holzplatte zu besorgen. Von Lucas kunstvoll bemalt, sollte sie künftig noch mehr Zecher in ihre Herberge und an ihre flämischen Bierfässer locken.
»Niemand in der ganzen City wird ein Schild haben wie dieses«, hörten sie sie murmeln, ehe die Tür zufiel.
Lucas und Hannah lachten gemeinsam und vergaßen einen kostbaren Augenblick lang ihren Kummer in der verschwörerischen Freude.
Erst jetzt fand Hannah die Muße, die Skizze zu betrachten, die Lucas von ihr angefertigt hatte. Sie zeigte das Gesicht einer fremden Frau, beherrscht von Augen, die zu groß für das Antlitz erschienen. Vom eigenen Blick gefesselt, erkannte sie, dass das ahnungslose Mädchen, das ihr in Brügge aus dem Handspiegel ihrer Mutter entgegengeblickt hatte, auf der Reise verlorengegangen war.
»Man sieht es gar nicht«, sagte sie leise, wie zu sich selbst.

Lucas sah sie fragend an.

»Ich dachte, man würde sehen, dass mir Gewalt angetan wurde. Oder wolltest du es vertuschen?«

»Aber nein. Ich will nichts vertuschen oder schönen. Ich will die Wirklichkeit wiedergeben.«

Der Zweifel in Hannahs Gesicht verärgerte ihn, und er fügte hinzu: »Was erwartest du? Etwa ein Kainsmal? Ein Brandzeichen auf deiner Stirn? Komm zu dir, Hannah, du trägst keine Schuld an dem, was dir zugestoßen ist. Niemand sieht es dir an. Du solltest es vergessen.«

»Das kann ich nicht. Es hat mich verändert«, erwiderte sie und legte das Blatt auf den Tisch zurück.

»Wir haben uns alle verändert«, räumte Lucas ein. Er streckte ihr seine Hände entgegen. »Ich war immer stolz darauf, dass es mir gegeben ist, mit diesen Händen etwas zu schaffen, zu malen. Dass ich den flüchtigen Augenblick der Schönheit in einem Bild festhalten kann. Ich habe Matthis und die anderen, die bloß ihre Listen schreiben und ihre Waren verkaufen, nie beneidet. Ich wollte nichts Alltägliches tun und habe sogar auf sie herabgesehen. Mein Hochmut ist mich teuer zu stehen gekommen, Hannah. Ich bin dabei, Demut und Respekt zu lernen. Ich gestehe, es fällt mir schwer.«

Lucas hielt Hannah die ausgestreckten Hände entgegen. »Lass uns gemeinsam die neue Hannah und den neuen Lucas kennenlernen. Solange wir einander haben, sind wir noch nicht verloren.«

Sie ergriff seine Hände. Er zog sie an sich und bekräftigte die Abmachung mit einem sanften Kuss auf Hannahs Stirn.

28. Kapitel

Auf der *Bona Confidentia*, 2. Oktober 1419

Christina starrte schon so lange in das schwarze Nichts, dass sie Lichtpunkte zu entdecken glaubte. Goldene Funken, die wie winzige Sternschnuppen aufblitzten. Sie nahmen der Dunkelheit ihren Schrecken. An einen Stützbalken des Stallverschlages gelehnt, kauerte sie seit Stunden am selben Ort. Sie hatte das Tageslicht schwinden und die Nacht hereinbrechen sehen. Es blieb ihr nichts anderes übrig, als zu warten. Das Leiden des Mannes, den sie liebte, lähmte sie.

Krämpfe durchliefen Daniels Körper in immer kürzeren Abständen. Sie hörte ihn leise stöhnen. Der mörderische Gestank seiner Ausscheidungen, die zu entfernen ihr verboten war, drang bis zu ihr hinaus. Seine Kräfte ließen von Stunde zu Stunde nach. Es waren nur noch wenige Worte, die sie miteinander austauschen konnten.

»Christina?«

Der Ruf war ein schwaches, heiseres Keuchen. Sie schreckte auf. »Daniel. Soll ich dir zu trinken geben?«

»Du bist immer noch hier? Was muss ich sagen, damit du dich in Sicherheit bringst? Du bist in Lebensgefahr. Hör auf mich …«

»Verschwende deine Kraft nicht«, antwortete sie. Ihre Stimme klang rauh. »Mein Herz würde zu schlagen aufhören, wenn ich dich verließe. Aber ich bin vorsichtig. Ich schwöre es dir. Mauro hat mir ein Tuch gebracht, das ich mit Wein befeuchtet und über Mund und Nase gebunden habe. Sein Onkel, der Kapitän, hat ihm geraten, ein solches Tuch zu tragen, wenn er es nicht verhindern kann, mit der Mannschaft in Kontakt zu kommen. Er scheint große Erfahrung mit dieser Seuche zu haben.«

Hohles Würgen und Rascheln verrieten ihr, dass Daniel sich bewegte. Er lag inzwischen auf einem großen Stück Segeltuch, das der Schiffsjunge zu diesem Zweck herbeigezerrt und auf sein Strohbett gelegt hatte. Daniel hatte weit vor ihr begriffen, wozu. Unter Aufbietung seiner letzten Kräfte hatte er sein Lager gewechselt. Mauro musste ihr eine Erklärung abgeben.

»Wie sonst sollen wir seinen Leichnam bewegen, wenn es mit ihm zu Ende ist?«, hatte er mit nüchterner Zweckmäßigkeit gefragt. »Wenn er stirbt, müssen wir ihn, so schnell es geht, über Bord befördern, und zwar so, dass wir seinen Leichnam dabei nicht berühren.«

»Er wird nicht sterben.«

»Es liegt nicht in unserer Macht.«

»Er ist Jude, Mauro«, hatte sie voller Entsetzen eingewandt. »Ein Jude muss in der Erde zur Ruhe gebettet werden. Sein Glaube verlangt die ungestörte Ruhe in Gottes Erde.«

Mauros Antwort hatte sie verstummen lassen.

»Wir haben hier keine Erde. Nur den Fluss. Es ist nicht so, dass wir eine Wahl hätten. Jeder Tote geht über Bord, das ist das Gesetz der Seefahrt. Wir können einen Leichnam nicht für dreißig und mehr Tage auf dem Schiff liegen lassen. Ganz abgesehen davon, dass man uns ebenfalls über Bord wirft, wenn man herausfindet, was wir getan haben.

Ein Toter wird schnell zu einem unerträglichen Anblick, und der Leichengeruch würde sich über das ganze Schiff ausbreiten. An den Gestank von Scheiße haben sich alle schon gewöhnt, aber das wäre noch einmal etwas anderes, glaubt mir.«

Dass Mauro recht hatte, machte die Sache nicht besser. Bisher hatte sie den Gedanken an Daniels Tod erfolgreich verdrängen können. Schon die Befürchtung schnitt dermaßen tief in ihr Herz, dass der Schmerz sie um den Verstand zu bringen drohte.

»Was ist mir dir? Warum sagst du nichts mehr?«, drang Daniels Frage durch die Finsternis. Er spürte ihren Kummer und ihre Angst. »Verheimlichst du mir, dass du dich angesteckt hast?«

»Ich bin gesund«, sagte Christina mit aller Eindringlichkeit, deren sie noch fähig war. »Sorge dich nicht um mich. Mauro sagt, dass nur die einfache Mannschaft der *Bona Confidentia* von der Seuche befallen ist. Männer, die im Gemeinschaftsquartier Hängematten, Becher und Näpfe geteilt und die gleiche Luft geatmet haben. Steuermann, Bootsmaat und Rudergänger, die mit dem Kapitän im Achterkastell wohnen, sind offensichtlich alle bei bester Gesundheit. Auch du wirst wieder genesen, ich weiß es. Du bist stark, du kannst die Krankheit besiegen. Du wirst mich nicht im Stich lassen.«

Bei diesen Worten musste Christina an ihren Großvater denken. Schon einmal hatte sie den nahenden Tod eines geliebten Menschen nicht wahrhaben wollen. Alles Flehen hatte auch bei ihm nichts bewirkt. Großvater. Die Kehle wurde ihr eng, die Augen brannten. Sie konnte ein Schluchzen nicht mehr unterdrücken.

»Weine nicht«, röchelte Daniel. »Es tut mir weh, zu sehen und zu hören, wie du leidest, Christina. Du musst frische Luft atmen … ist es nicht Nacht? Geh … geh hinaus …«

»Ich will in deiner Nähe bleiben«, antwortete sie mit der ihr eigenen Hartnäckigkeit. »Neben dir steht ein Krug mit verdünntem Wein. Ich bringe dir neuen, wenn du ihn ausgetrunken hast. Du musst trinken. Du musst die Flüssigkeit ersetzen, die dein Körper verliert. Nur so kannst du diese Krankheit überwinden. Kämpfe. Tu es für mich.«

»Ach, Christina, wenn es nur so einfach wäre.«

»Es ist so einfach«, versicherte sie ihm. Dass sie dabei die Hände zu Fäusten ballte, um den eigenen Jammer zu bezähmen, blieb ihm verborgen. »Tu, was ich dir sage, dann tu ich auch, was du sagst.«

»Machst du Geschäfte mit mir?« Sein heiseres Lachen klang mehr nach Stöhnen. Sie begriff, dass er es nur ihr zuliebe ausstieß.

Sie fröstelte und stemmte sich an dem Stützbalken hoch.

»Wenn es sein muss, auch das, Daniel. Komm schon, ein wenig vom Geschäftssinn deines Vaters muss auch in dir sein. Überwinde dich.«

Er griff nach dem Wein. Sie hörte den Rand des Tonkrugs gegen seine Zähne schlagen. Sein angestrengtes Schlucken und das Plätschern des Rebensafts, der dabei auf sein Lager rann. Es kostete sie alle Kraft, ihm nicht zu Hilfe zu eilen. Wie tröstlich wäre es gewesen, seinen Kopf zu stützen und sein Gesicht zu trocknen, ihn in den Armen zu halten und ihn zu spüren. Dass das nicht möglich war, konnte sie nur ertragen, indem sie ging.

Du bist feige, du fliehst, warf sie sich vor. Sie hatte es längst aufgegeben zu zählen, wie oft er sich in Darmkrämpfen wand und sich gleichzeitig erbrach. Niemand konnte so viel Flüssigkeit trinken, wie diese Krankheit es verlangt hätte. Es war hoffnungslos.

Mauro hatte ihr eine Luke gezeigt, durch die sie auf das Steuerdeck hinaufklettern konnte, ohne gesehen zu werden. Inzwischen kannte sie jede Stufe der steilen Stiege. Sie mied auch im Dunkeln jene, die besonders laut knarzten.

Bisher war es ihr mit der Hilfe des Schiffsjungen gelungen, den Männern aus dem Weg zu gehen, die, von Wut und Langeweile geplagt, ihre Stunden mit Trinken, Würfeln und Streiten verbrachten. Kranke gab es nach Mauros Auskunft inzwischen nicht mehr. Der arme Teufel, der Daniel und sie davon abgehalten hatte, das Schiff zu verlassen, war der letzte Tote gewesen, den sie in den Fluss geworfen hatten. Christina klammerte sich mit aller Inbrunst an die Hoffnung, dass er auch der letzte bleiben würde.

Wenn Daniel stirbt ... Sie blieb reglos auf dem höchsten Aussichtspunkt des Decks stehen. Der Wunsch, das ganze Elend ihrer Tage und Stunden hinauszuschreien, wurde übermächtig. Dennoch presste sie die Lippen zusammen, damit ihr kein Laut entkam. In der Stille der Nebelnacht klangen schon die eigenen Atemzüge zu laut.

Sogar das Grölen der Säufer war zu dieser Stunde verstummt. Bis auf das leise, kaum hörbare Rauschen des Flusses, das Knarren des Rumpfes und das kratzende Flüstern, mit dem das schlaffe Tauwerk in der Bewegung des Schiffes gegeneinanderrieb, herrschte Stille. Offensichtlich war gerade Flut, denn der Moderhauch des trägen Flusses drang viel schwächer als sonst herauf. Stattdessen roch sie das Meer in der Luft, wie sie es bei Westwind von Brügge kannte.

Brügge. Allein der Name weckte eine Fülle von Erinnerungen, und am Ende blieb allein das Gesicht ihrer Mutter präsent. Zum ersten Mal fragte sie sich, wie es ihr ging. Christina war oft mit ihr aneinandergeraten, aber sie hatte nie daran gezweifelt, dass sie ihre Kinder über alles liebte. Natürlich wollte sie das Beste, und genau hier lag die Wurzel aller Schwierigkeiten. Selten waren sie einer Meinung gewesen, wie dieses Beste aussehen sollte. Dennoch wünschte sie sich inständig, sie könnte sich jetzt in ihre Arme flüchten. In die Geborgenheit eines Lebens, das keine Entscheidungen, keine Kämpfe und keine Fehler kannte. Ein Stoßgebet kam über ihre Lippen.

»Heilige Mutter Maria, auch du bist eine Mutter und kannst in mein Herz sehen. Hilf mir in meiner Verzweiflung! Lass mich nicht im Stich …«

»Christina? Seid Ihr das?«

Ihr halblautes Flehen brach abrupt ab. Erschrocken fuhr sie herum und erkannte die Stimme wie auch den imposanten Schattenriss, den sie trotz der Dunkelheit wahrzunehmen glaubte.

»Kapitän van Liewe?«, keuchte sie fragend.

»Ja. Welch ein Glück, dass Ihr an Deck seid. Ich hatte schon befürchtet, ich müsste alle Winkel durchsuchen, um Euch zu finden. Seid Ihr gesund? Wo ist Katz? Kommt mit! Schnell. Wir dürfen nicht erwischt werden.«

Christina tastete im Dunkeln nach seinem Arm und packte zu. Sie spürte Stoff und Muskeln, körperliche Wärme und jene zuverlässige Stärke, die sie auf einmal zu schätzen wusste. Grenzenlose Erleichterung durchlief sie, unmittelbar gefolgt von tiefer Niedergeschlagenheit.

»Ihr seid es wirklich«, flüsterte sie und verriet ihm mit

diesem verzweifelten Griff mehr über ihre Verfassung, als ihr bewusst wurde. »Ich habe so sehr darauf gehofft, dass Ihr kommt. Jetzt ist es zu spät.«

Christina löste sich von Kapitän van Liewe. Begreifen, Mutlosigkeit und Angst schlugen über ihr zusammen. Der Himmel strafte sie für ihre Sünden, ihren Ungehorsam, ihren Stolz und ihre dummen Fehler. Sie stand vor der schwersten Entscheidung ihres Lebens.

»Daniel ist krank. Er hat sich angesteckt.«

Van Liewe murmelte etwas, das sie nicht verstand. Er umfasste ihre Schultern. »Umso wichtiger ist es, dass Ihr mit mir kommt. So tragisch sein Schicksal ist, es wird nicht besser, wenn Ihr es mit ihm teilt.«

Sie schüttelte im Dunkeln den Kopf und stieß ihn zurück. Alles in ihr war taub, nur ihr eiserner Wille hielt sie noch aufrecht. »Ich werde Daniel nicht im Stich lassen. Auch wenn er auf diesem verdammten Kahn zugrunde geht.«

»Ihr seid verrückt. Dann werde ich Euch eben mit Gewalt fortbringen.«

Christina duckte sich instinktiv, als er erneut nach ihr griff. Sie nutzte den Vorteil, dass sie sich auskannte, und brachte sich hinter einer Taurolle vor ihm in Sicherheit.

»Ihr könnt mich nicht einfach wie ein Packstück von hier nach dort schleppen. Es ist mein fester Wille, zu bleiben. Versucht nicht, mich zu zwingen.«

»Ich habe selten eine unvernünftigere, eigensinnigere Person als Euch kennengelernt, Christina Contarini. Was denkt Ihr Euch dabei? Euer Bruder hat mir das Versprechen abgenommen, Euch zurückzubringen.«

»Auch ich habe etwas versprochen. Ich liebe Daniel Katz und werde ihm die Treue halten.«

»Ihr wisst nicht, was Ihr sagt, er ist todkrank. Ihr stürzt Euren Bruder und mich ins Unglück. Ihr denkt nur an Euch.« Van Liewe fluchte herzhaft. »Zum Henker, ich habe Euch unterschätzt. Ihr seid mit nichts zur Vernunft zu bringen. Alle sollen nach Eurer Pfeife tanzen.«
Sie fühlte, dass er näher kam, ohne dass sie einen Laut hörte. Van Liewe bewegte sich mit der Geschmeidigkeit einer Raubkatze. Sie ließ sich nicht einschüchtern.
»Wenn Ihr Gewalt anwendet, schreie ich das ganze Schiff zusammen«, drohte sie. »Die Besatzung wird mich hören. Die Männer werden sich die Chance nicht entgehen lassen, das Boot in ihre Gewalt zu bringen, mit dem Ihr gekommen seid. Uns werden sie vermutlich über Bord werfen. Denkt nach, ehe Ihr Euch und mich auf solche Weise in Gefahr bringt. Bisher ist es mir gelungen, mich vor ihnen zu verbergen. Nur der Schiffsjunge hat uns entdeckt. Er hilft uns.«
»Verdammt, das könnt Ihr nicht von mir verlangen.« Seine Zähne knirschten. »Wollt Ihr gemeinsam mit Daniel Katz an der Pest krepieren?«
»Es ist nicht die Pest, das wisst Ihr vermutlich längst. Es ist eine Krankheit des Gedärms namens Cholera. Daniel hat schon davon gehört. Wer von ihr befallen wird, krümmt sich in Krämpfen und scheidet Flüssigkeit aus allen Körperöffnungen aus. Wenn es indes gelingt, das Verdursten des Kranken zu verhindern, besteht durchaus die Möglichkeit, dieses grässliche Leiden zu überleben.«
»Ihr macht Euch Illusionen.«
»Nein. Vertraut mir«, beschwor ihn Christina. »Ich verstehe Eure Sorge. Es hat tatsächlich den Anschein, als beschränke sich die Seuche auf das Mannschaftsquartier im

Zwischendeck. Seit Tagen ist keiner mehr gestorben. Daniel scheint der Letzte gewesen zu sein, der sich angesteckt hat. Wenn er genügend Flüssigkeit zu sich nehmen kann, wird er wieder gesund werden. Er ist auf mich angewiesen. Wenn ich mit Euch gehe, wird er mit Sicherheit sterben. Alle Vorsichtsmaßnahmen halten wir streng ein. Ihr seht es doch an der Tatsache, dass ich noch gesund bin, dass ich die Wahrheit sage.«

»Bei allen Heiligen im Himmel, Ihr verlangt fast Unmögliches von mir. Was soll ich Eurem Bruder sagen?«

»Dass mein Schicksal und das von Daniel in Gottes Hand liegen«, erwiderte Christina mit fester Stimme. »Wenn Ihr mir wirklich einen Gefallen tun wollt, dann kümmert Euch um Lucas und Hannah. Die beiden werden Trost brauchen.«

»Da sind sie nicht die Einzigen, Christina Contarini. Hoffentlich tut mir meine Nachgiebigkeit nicht noch einmal leid.«

»Ich werde Euch nicht enttäuschen.«

»Kann ich noch etwas für Euch tun?«

»Grüßt Flandern, wenn Ihr nach Hause segelt.«

»Das werde ich nicht tun. Ich bleibe in London, bis die Quarantäne abgelaufen ist. Euer Vater lässt in London nach Euch suchen. Er scheint herausgefunden zu haben, dass Ihr auf meinem Schiff gereist seid.«

»Lasst Euch keine Schuld zuweisen«, riet Christina leise. »Unsere Flucht aus Brügge hat nichts mit Euch zu tun. Mein Vater weiß das sehr genau.«

»Es widerstrebt mir dennoch, das Opfer seines Zorns zu werden«, entgegnete van Liewe. »Simon Contarini ist ein mächtiger Mann in Brügge. Sein Einfluss reicht bis nach

Brabant. Selbst mein Vater würde nicht begeistert sein, wenn ich ihn mir zum Feind machte. Schon deshalb muss ich mein Möglichstes tun, Euch und Euren Bruder zu retten. Gott schütze Euch, Christina. Ich kann nur hoffen, dass Daniel Eure selbstlose Liebe zu schätzen weiß.«

»Adieu, Kapitän van Liewe«, flüsterte Christina und huschte zu ihrer Luke.

Sie schuf vollendete Tatsachen, damit sie nicht im letzten Moment in Versuchung geriet mit ihm zu gehen. Sie hatte eine Entscheidung des Herzens getroffen. Vernunft hatte keine Rolle gespielt dabei.

29. Kapitel

London, 4. Oktober 1419

Der Löwe stützte sich mit einer gewaltigen Pranke auf das Wappen von Flandern. Majestätisch, einschüchternd und bereits in seinen Umrissen auf eine Weise lebendig, die Mistress Mary in Begeisterung versetzte.

»Guter Gott, die Bestie sieht aus, als würde sie im nächsten Augenblick herabspringen und einen anfallen. Ihr seid wahrhaftig ein Künstler, Master Lucas. Ich möchte wetten, dass Ihr es noch weit bringen werdet.«

Dass sie ihm mit so viel Respekt begegnete, tat Lucas gut. Ohne Widerspruch nahm sie auf dem Hocker Platz, der neben dem Fenster stand. Um auch das gewünschte Bild der Wirtin auf die andere Seite des Wappens zu malen, hatte er sie gebeten, ihm Modell zu sitzen.

»Aus der ganzen City werden sie gerannt kommen, um den neuen Löwen von Flandern zu bestaunen«, freute sie sich und schmiedete unverzüglich Pläne. »Vielleicht sollte ich den Preis für einen Krug Bier erhöhen und flämische Fleischpasteten dazu anbieten.«

Lucas setzte die Kreide ab und runzelte die Stirn. Ihm lag nicht daran, dass halb London zu Mistress Marys Gasthaus pilgerte.

War er dabei, mit seiner Kunst den eigenen Zufluchtsort zu verraten?

Er suchte Hannahs Blick. Sie befürchtete dasselbe. Mit jedem Tag wurden sie vertrauter.
»So schnell geht es nun auch wieder nicht«, versuchte er die Begeisterung der Wirtin zu dämpfen. »Wenn ich fertig bin, muss das Bild mit Harzfirnis überzogen werden, sonst wäscht der nächste Regen die ganze Herrlichkeit wieder ab. Eine solche Schicht sollte mindestens einen ganzen Monat trocknen.«
Hannah schmunzelte. Bei allem, was Lucas ihr über das Handwerk der Bildermacherei erzählt hatte, war von einer so langen Trockenzeit nie die Rede gewesen. Ihr wurde klar, dass er Zeit zu gewinnen versuchte. Zeit, bis Christina und Daniel wieder bei ihnen waren.
»So lange?« Mistress Mary reagierte sichtlich enttäuscht. »Nun denn, dann habe ich Zeit, mir alles genau zu überlegen. Im November, wenn es kalt ist, und der Nebel die Stadt in seinem Würgegriff hält, sind die Leute ohnehin ganz wild darauf, sich die Zeit im Wirtshaus zu vertreiben. Mein Geschäft wird blühen.«
November? Am Martinstag wurde die Schifffahrt eingestellt. Bis dahin hoffte Lucas inständig, bereits auf hoher See zu sein. Mit Christina und Daniel. Jeder seiner Gedanken führte in den letzten Tagen auf verschlungenen Wegen stets zu Christina und Daniel.
»Lucas …«
Hannahs Stimme riss ihn in die Wirklichkeit zurück und er nahm die Kreide wieder auf. Sie quietschte leise, während er Mistress Marys kompakte Umrisse aufs Plateau brachte und sich bemühte, alle Konzentration ausschließlich auf seine Arbeit zu richten. Es konnte nicht schaden, der Wirtin ein wenig zu schmeicheln. Er ließ die scharfen

Falten in ihren Mundwinkeln weg und gab dem voluminösen Busen, der nahtlos in Taille und Hüften überging, auf der Tafel gefälligere Konturen.

Kapitän van Liewe drang wie ein Sturm in das stille Gemach. Nach einem kurzen Klopfen riss er die Tür auf, blieb unter dem Rahmen stehen und betrachtete die Szene mit einer Miene, die weder Lucas noch Hannah genau zu deuten wussten. Er schwieg, sein Blick ruhte auf der Tafel.

Mistress Mary erhob sich von ihrem Hocker. Ungewohnt eitel schüttelte sie die sauberen Röcke aus, die sie für diesen Anlass angelegt hatte.

»Eine Mahlzeit, Kapitän? Ein Pint Bier?«

»Nein«, erwiderte er schroff. »Seid so freundlich und lasst mich mit meinen Freunden allein. Zudem habe ich Blackfriar in Eurer Schankstube gesehen. Es wäre gut, wenn Ihr Euch darum kümmertet, dass er nur Auskünfte erhält, die uns genehm sind. Ich traue ihm nicht über den Weg.«

Die Wirtin eilte mit einem Schnauben davon. Hannah kam aus dem Schatten des Alkovens. Sie stellte sich neben Lucas. Das ganze Auftreten des Kapitäns ließ keine guten Nachrichten erwarten.

»Ihr habt etwas über Christina und Daniel herausgefunden«, erkannte Lucas. Er legte die Kreide aus der Hand, ehe er seine Finger an einem Tuch sauberwischte.

»In der Tat. In der vergangenen Nacht ist es mir gelungen, auf das Schiff zu kommen. Das indes ist alles, was ich an Erfolg vermelden kann. Eure Schwester hat sich strikt geweigert, mich zu begleiten. Sie will an Daniel Katz' Seite bleiben, denn er ist erkrankt. Kein Argument konnte sie davon überzeugen, dass sie sich in Sicherheit bringen muss.«

»Natürlich nicht, sie liebt Daniel.«
Lucas und van Liewe sahen Hannah an, die diese Erklärung mit ruhiger Stimme gegeben hatte und jetzt fortfuhr: »Sie ist willensstark und aufopfernd in der Liebe. Niemals würde sie einen Menschen um der eigenen Sicherheit willen im Stich lassen. Womit hat sie Euch überzeugt?«
»Überzeugt?« Van Liewe kratzte sich das bärtige Kinn. »Sie hat mich erpresst. Ich hatte nur die Wahl, mich ihrem Willen zu beugen. Sie hätte sonst das ganze Schiff rebellisch gemacht und ich hätte mich mit den verzweifelten Besatzungsmitgliedern der *Bona Confidentia* um mein Ruderboot prügeln müssen. In Anbetracht der Tatsache, dass mir mein Leben lieb ist, habe ich mich gefügt. Glaubt nicht, dass es mir leichtgefallen ist. Aber kein Argument konnte sie umstimmen. Eigentlich bewundere ich Eure Schwester sogar. Mir ist noch nie ein Mensch wie sie begegnet.«
»Wem sagt Ihr das?« Lucas trat wie blind an den Tisch, ließ sich auf einen Stuhl fallen, stützte die Arme auf und vergrub das Gesicht in den Händen. Über seinen gesenkten Kopf hinweg trafen sich Hannahs und van Liewes Blicke.
»Was können wir tun?«, fragte sie leise.
»Warten«, antwortete er lakonisch. »Nach Auskunft von Christina ist die Seuche abgeklungen. Daniel ist der Letzte, der sich angesteckt hat. Sie konnte sich die Unterstützung eines Schiffsjungen sichern. Wenn es ihr weiterhin gelingt, gesund zu bleiben und sich zu verbergen, gibt es Chancen, dass sie die langen Tage der Quarantäne überleben kann. Ich traue ihr zu, das Schicksal mit purer Willenskraft zu überwinden, mehr kann ich nicht sagen.« Van Liewe schüttelte den Kopf, noch immer wie betäubt von der Begegnung.

Seine Erklärung riss Lucas jedoch aus seiner Erstarrung. Er hob den Kopf. »Ich wünschte, Ihr hättet recht. Sie ist aber trotz allem eine Frau. Frauen sind schwach, sie brauchen den Beistand eines Mannes.«

»Eure Schwester nicht«, widersprach van Liewe mit solcher Überzeugung, dass Hannah überrascht die Brauen hob. »Ich kenne niemand, der ihr an Entschlossenheit und Kraft gleichkommt. Sie hat das Feuer und den Mut eines Kriegers. Habt Vertrauen in ihre Fähigkeiten. Und der Schiffsjunge ist ein gewiefter Bursche.«

»Sagt Ihr das aus Überzeugung oder nur, um uns zu beruhigen?«, fragte Lucas misstrauisch.

»Nein, es ist meine Überzeugung, aber auch meine Hoffnung.«

Lucas widersprach nicht, sondern kam auf die andere Gefahr zu sprechen. »Habt Ihr nicht gesagt, dass Blackfriar wieder in der Schankstube sitzt? Es dauert bestimmt keine dreißig Tage mehr, bis er uns entdeckt. Er scheint bereits einen Verdacht zu haben, denn er ist nicht der Mann, der seine Tage grundlos in einem Wirtshaus wie diesem vertrödelt.«

Van Liewe pflichtete ihm bei. »Unter diesen Umständen könnt Ihr nicht länger im *Löwen von Flandern* bleiben. Ich werde sehen, dass ich ein anderes Quartier für Euch auftreibe. In London ist es üblich, zahlende Gäste ins Haus zu nehmen. In einem Privathaus könnt Ihr Euch für den nächsten Monat besser verbergen.«

»Was werdet Ihr danach tun? Nach Antwerpen segeln?«

»Um Eurem Vater dort ins Messer zu laufen? Gewiss nicht. Während der Quarantäne bleibe ich in London. Danach will ich Euch wieder nach Hause bringen.«

Lucas versagte sich jede Entgegnung.
»Wir sind sehr froh und dankbar, auch weiterhin Eure Unterstützung zu haben«, hörte er Hannah den Kapitän verabschieden. »Gehabt Euch wohl und seid gewiss, dass wir hier auf Nachrichten von Euch warten.«
Van Liewe erwiderte den Gruß, dann klappte die Tür. Lucas sank auf einen Stuhl. Hannah trat zu ihm, legte eine Hand auf seine Schulter und drückte sie sanft.
»Hör auf, vor dich hin zu stieren. Du trägst keine Verantwortung für das, was geschehen ist. Du hilfst ihnen nicht, indem du dich mit düsteren Gedanken folterst und nur das Ärgste fürchtest.«
Lucas spürte die zwingende Wärme ihrer Berührung. Er musste nur den Kopf drehen, schon konnte er das Gesicht an ihrem Busen bergen. Es war die unbewusste Bewegung eines Kindes, das mütterlichen Trost sucht. Hannah erstarrte dennoch unter der Annäherung. Sie hielt den Atem an. Erst als er in seiner Haltung verharrte, ohne etwas zu tun, holte sie tief Luft und legte beide Arme um seine Schultern. Die Zeit blieb stehen.
Unter dem Wollstoff vernahm Lucas den Schlag ihres Herzens. Regelmäßig und beständig. Als Nächstes nahm er ihren Duft wahr. Er glaubte Veilchen zu erkennen, ein wenig Minze und etwas, das er nicht benennen konnte, das aber warm und zutiefst weiblich war. Es hüllte ihn ein, linderte seinen Kummer und vertrieb die Angst. Der Wunsch, ganz in diesem Duft zu versinken, stieg unwiderstehlich in ihm auf. Er wollte Hannah im Arm halten und mit ihr das Vergessen suchen, das diese weichen, verlockenden Brüste versprachen. Aus Verzweiflung wurde Leidenschaft. Verlangen.

Hannah erschrak, als er seine Hände hob und auf ihre Brüste legte, aber sie überwand ihren inneren Widerstand. Seine Worte halfen ihr dabei.

»Du glaubst gar nicht, wie glücklich ich bin, dass du bei mir bist. Eigentlich möchte ich immer mit dir sein.«

Von diesem Geständnis wie von seiner Berührung völlig aufgewühlt, verlor sie sich in einem Wirrwarr der widersprüchlichsten Gefühle. Hatte sie nicht stets davon geträumt, von Lucas gewollt zu werden? Ihm wollte sie die Frau sein, die er begehrte. Wegen dieses Traums war ihre Welt zusammengebrochen, als man ihr auf so schreckliche Weise Gewalt angetan hatte.

»Ich bin für dich da«, flüsterte sie erstickt. »Aber ich bin nicht mehr die Hannah, die ich war. Du weißt es.«

»Du bist alles, wonach ich mich sehne. Zuneigung. Wärme. Friede. Zuflucht. Vergessen.«

Das Wort Liebe fehlte in seiner Aufzählung. Hannah war ihm deswegen nicht böse. Wenn sie Lucas all das geben konnte, dann war es gut. Ihre Liebe war tief und groß genug für sie beide. Sie war zu allen Opfern bereit. Sie hatte nichts zu verlieren, sie konnte nur gewinnen. Erinnerungen, Augenblicke, die sie wie einen Schatz hüten wollte.

Lucas spürte den Zeitpunkt genau, als sie ihren Widerstand aufgab. Ihr ganzer Körper wurde geschmeidig, schmiegsam und hingebungsvoll. Es war ganz leicht, die Bänder zu lösen und das Gewand über ihre Schultern zu schieben. Anbetungswürdige, runde, schneeweiße Schultern. Die Haut unter seinen Lippen war glatt wie Marmor und warm wie die Sonne. An ihrem Hals pochten die Adern im Rhythmus ihres Herzens.

Im Gegensatz zu Hannah verfügte er über Erfahrung und

Geschick. Allein, in diesem Augenblick wurde beides von seinen eigenen Gefühlen erstickt. Seine Hände zitterten, in seinen Ohren rauschte das Blut. Sie war anders als jede Frau, die er zuvor in den Armen gehalten hatte. Sie löschte die Erinnerung an Michelle von Frankreich und ihre Vorgängerinnen aus, als habe es sie nie gegeben. Ihre Lippen fanden sich zu einem innigen Kuss. Nur das Rascheln der Kleider, ihr schnellerer Atem und der unterdrückte Laut, mit dem Hannah über die eigene Nacktheit erschrak, waren zu hören.

Er führte sie zum Alkoven, in dessen Schatten die gelblichen Male kaum noch zu sehen waren, die auf der hellen Haut ihrer Oberarme und Schenkel nur langsam verblassten. Erinnerungen an die Grausamkeiten anderer Männer. Obwohl er vor Verlangen fast von Sinnen war, bewegte ihn dieser Anblick. Mit vorsichtigen Liebkosungen, Geduld und inniger Zärtlichkeit musste er sie diese Erfahrung vergessen machen. Ihm war es wichtig, dass es ihr eigener Wunsch war, sich mit ihm zu vereinigen.

Hannah schenkte ihm rückhaltlos Vertrauen und Hingabe. Sie nahm ihn in sich auf und umklammerte ihn, als wolle sie ihn nie wieder loslassen. Er spürte die Lust, die sie empfand, und der Seufzer ihrer Erfüllung fand ein Echo in dem Stöhnen, mit dem er sich in ihr verströmte. Er zog sich nicht vorher zurück, wie er es gewohnt war, und diese Entscheidung kam aus der Tiefe seines Herzens.

Hannah gehört zu mir.

In der schmucklosen Kammer des *Löwen von Flandern* machten beide eine neue Erfahrung. Während Hannah entdeckte, dass die Vereinigung mit einem Mann nicht schmerzhaft und demütigend, sondern lustvoll und schön

sein konnte, erkannte Lucas, dass allen seinen körperlichen Begegnungen mit anderen Frauen etwas Wichtiges gefehlt hatte.
Mit Hannah in den Armen fühlte er sich stark und zu Hause angekommen. Er war nicht länger allein!
Hannahs Glücksgefühle wurden von der Wirklichkeit getrübt. Sobald die Erregung nachließ, stiegen erste Zweifel in ihr auf. Ihre Erziehung machte sich bemerkbar. Sie hatte gesündigt, gegen alle Tugenden verstoßen, die von Kindheit an wichtigster Bestandteil ihres Lebens gewesen waren. Gehorsam gegenüber dem Vater. Unschuld bis zur Ehe. Die Achtung der eigenen Religion. Sie hatte ihren Vater bitter enttäuscht, sich einem Mann geschenkt, der kein Jude war, und ihren Glauben verraten. Wer sich einem Christen hingab, wurde aus der jüdischen Gemeinschaft ausgestoßen!
Habe ich genügend Kraft, um mit dieser Bürde leben zu können? Wie wird Lucas sich verhalten? Wird er zu mir stehen? Fragen über Fragen gingen ihr durch den Kopf. Dennoch bedauerte sie nichts. Nur das Glück, das sie empfand, wollte sie festhalten.
Sie wurden beide aus ihrer neuen Vertrautheit gerissen, ehe sie das Gespräch miteinander suchen konnten. Es klopfte an der Tür. Zum Glück hatte Lucas den Riegel vorgeschoben. Ein Brummen war zu vernehmen.
»Peter? Bist du es?«, rief Lucas.
»Ja. Wer sonst.«
»Gedulde dich einen Moment, ich mache gleich auf.«
In aller Hast kleideten sie sich an. Hannah bedeckte ihre Haare, während er die seinen nur flüchtig mit den Fingern glattstrich. Dann öffnete Lucas die Tür.

»Meine Mutter schickt mich. Ich soll Euch fortbringen.«
»Kommt die Anweisung von Kapitän van Liewe?«
»Was weiß ich. Ich tu nur, was man mir sagt. Packt Euer Zeug zusammen. Wir müssen dort sein, ehe es dunkel wird. Der Weg ist weit.«
»Es ist die Art des Kapitäns, schnelle Lösungen zu finden, Lucas. Er hat sicher mit unserer Wirtin gesprochen.« Hannah erhob sich und begann zu packen. Sie faltete sein Wams zusammen, dessen Risse sie kunstvoll geflickt hatte. »Wohin bringst du uns, Peter?«
»Nach Saint Marys of Bethlehem vor den Mauern der City«, antwortete er. »Im Dorf neben dem Kloster wohnt mein Onkel mit seiner Familie. Sie werden Euch aufnehmen. In ihrem Haus ist Platz.«
»Die City verlassen?« Lucas war entsetzt. »In einer großen Stadt können wir uns doch viel leichter verbergen als in einem kleinen Ort.«
»Das glaubt Ihr nur, weil Ihr London nicht kennt«, widersprach Peter. »In unserem Viertel weiß jeder über die anderen Bescheid. In Saint Marys könnt Ihr in eine andere Rolle schlüpfen. Mutter hat der Verwandtschaft ein Weberpaar aus Flandern angekündigt, das Ärger mit seiner Zunft gekriegt hat. Von dieser Sorte kommen viele über den Kanal. Man ist an sie gewöhnt.«
Hannah war eifrig damit beschäftigt, alle Habseligkeiten zusammenzusuchen. Lucas protestierte noch immer wortreich.
»Und wer bringt uns die Neuigkeiten aus dem Hafen? Von meiner armen Schwester und ihrem Begleiter? In dem Dorf werden wir von der Welt abgeschnitten sein. Es gefällt mir nicht, so weit fortzugehen.«

»Ihr habt keine andere Wahl«, antwortete ihm Peter. »Lasst das Papierzeug und die Farben da. Es wird nur nass auf unserem Weg. Ich bring es Euch später, Ihr könnt Euch auf mich verlassen. Entweder kommt der Kapitän oder ich, wenn es etwas Neues gibt.«

Lucas sah nicht überzeugt aus.

Hannah wusste natürlich, was in ihm vorging. In ihren Armen oder wenn er malte, fand er vorübergehend Ablenkung von Christinas Nöten, gegen die er nichts unternehmen konnte. Sich vom *Löwen von Flandern* zu trennen kam ihm vor, als ließe er seine Schwester im Stich.

»Lass uns gehen«, schloss sie sich Peters Aufforderung an. Ihre Stimme zitterte, denn es kostete auch sie Überwindung, diesen Zufluchtsort zu verlassen.

»Wir müssen keine Angst haben, solange wir zusammen sind«, versuchte Hannah sich selbst und Lucas zu beruhigen.

Lucas spürte ihre Beunruhigung und bemühte sich auf der Stelle, sie zu zerstreuen. Er war so besorgt, dass Hannah Mühe hatte, ihn davon zu überzeugen, dass sie den privaten Ort im Hof der Herberge noch aufsuchen musste, ehe sie das Gasthaus verließen.

Eine Windbö riss ihr die Brettertür der schäbigen Hütte aus der Hand, als sie wieder ins Freie trat. Der Knall machte den Mann auf sie aufmerksam, der sich im grauen Zwielicht des Hofes, den Wind- und Regenschauer durchbrausten, jetzt nach ihr umdrehte. Es war Robert Blackfriar, der Agent des Hauses Contarini.

Wie angewurzelt blieb sie stehen. Er setzte sich in Bewegung und kam auf sie zu. Wahrscheinlich ahnte er, wer sie war. Geistesgegenwärtig raffte sie ihre Röcke und rannte ohne Rücksicht auf die Wasserpfützen und Schlammlöcher auf geradem Weg ins Haus zurück.

»So wartet doch, ich …«

Seine Stimme verlor sich im Wind. Sie wurde von der zuschlagenden Hintertür abrupt abgeschnitten. Hannah legte den Riegel vor, um ihn auszusperren. Ehe Blackfriar aus dem Hof auf die Gasse und von dort über den Schankraum wieder ins Innere des Hauses gelangte, blieb ihnen eine kurze Spanne Zeit, die sie nutzen mussten. Sie hetzte zur Seitentür, wo Lucas und Peter auf sie warteten.

»Großer Gott, was ist geschehen? Du siehst aus, als wärst du dem Leibhaftigen begegnet?« Lucas legte besorgt den Arm um ihre Schultern.

»Blackfriar«, keuchte Hannah. Sie fing eben noch ihr Kopftuch auf, das von den festgesteckten dunklen Zöpfen rutschte. »Ich fürchte, er hat mich erkannt.«

»Der alte Fuchs.« Lucas fluchte ausgiebig. »Zum Teufel mit diesem Sturm, wir müssen fort. Halt dich gut an meinem Arm fest, Hannah, damit wir uns nicht verlieren. Das Wetter ist grausam.«

»Ein solcher Orkan schon Anfang Oktober ist auch für uns ungewöhnlich.« Peter verteidigte seine Heimat. »Dennoch bringt Euch das Wetter Vorteile. Die Arbeiter auf den Docks fürchten, dass die höchste Flutmarke der Themse zum ersten Mal in diesem Jahrhundert überschritten wird. Die meisten Fährleute weigern sich schon jetzt, den aufgewühlten Fluss zu überqueren. Nicht einmal Blackfriar wird damit rechnen, dass Ihr unter diesen Umständen in der Stadt unterwegs seid. Sicher vertut er kostbare Zeit damit, das Haus nach Euch zu durchsuchen.«

Hannah band ihr Kopftuch fester und nahm ihr Bündel

auf. Lucas und Peter schleppten sich zusätzlich mit Daniels und Christinas Gepäck ab. Peter flitzte voraus, nachdem er die Nase auf die Gasse gestreckt und ihnen bedeutet hatte, dass niemand Zeuge ihres Aufbruchs wurde.

Er drängelte, hetzte und maulte, so dass sie schon kurze Zeit später auf einen Karrenweg kamen, der in gerader Linie zwischen ärmlichen Fachwerkhäusern nach Nordwesten führte. Lucas schirmte Hannah so gut es ging vom Wind ab. Sie sprachen nicht miteinander, denn Peter ging so schnell, dass sie außer Atem gerieten. Sie begegneten kaum anderen Menschen. Selbst die allgegenwärtigen Straßenhändler, Taschendiebe und Bettler warteten in irgendeinem Unterschlupf auf bessere Gelegenheiten für ihr Gewerbe.

Sie waren völlig durchnässt, als der Torwächter sie durch das Tor von Bishopsgate winkte und das Ende der Landstraße im Regengrau vor ihnen verschwand. Hannah nahm das kleine Dorf kaum wahr, das sie wenig später erreichten. Bauernhäuser scharten sich um das große Kloster wie Küken um eine behäbige Glucke.

Peters Onkel besaß ein unerwartet großes Landgut, das bescheidenen Wohlstand verriet. Ein Bach und eine alte Mühle gehörten dazu. Das Erdgeschoss des großen Wohnhauses bestand aus grauem verfugtem Stein. Erst im Stockwerk darüber wechselten sich Mauerwerk und Holz ab. Das weit vorgezogene Dach schützte vor dem Regen, als sie an die Tür klopften.

Peter übernahm es, seinem Onkel die Botschaft der Mutter zu überbringen. Hannah stieg das starke Malzaroma frisch gebrauten Bieres in die Nase. Offensichtlich wurde Mistress Marys original flämisches Bier hier, im Schatten eines englischen Gotteshauses, gebraut und nicht im Hinterhof der Herberge. Sie entdeckte das kleine Sudhaus neben dem Backhaus, stabile Ställe, Scheunen und die gelblich verfärbten Blätter und Baumspitzen eines Obstgartens dahinter.

Als Peter geendet hatte, wandte sich John Rope seinen neuen Mietern zu und nannte die Zinssumme, die er für seine Gastfreundschaft verlangte. Lucas akzeptierte ohne lange Verhandlungen, obwohl Peter sich anschickte, den Preis drücken zu wollen.

»Lass gut sein«, beruhigte ihn Lucas.

Wenig später betraten sie eine Wohnung in einem Nebengebäude, die aus zwei bescheiden ausgestatteten Räumen bestand. Immerhin brannte ein Feuer im Kamin, und in einem Kessel auf dem Sims davor dampfte Hammeleintopf mit Wurzelgemüse. Erfreulicherweise sprachen sowohl Master John wie auch seine Frau ein paar Brocken Flämisch, so dass sie sich nicht ganz verloren vorkamen, als Peter auf der Stelle wieder kehrtmachte. Er wollte vor dem Abendläuten zurück in der City sein.

Hannah breitete die nassen Umhänge zum Trocknen über einer Bank aus, schob sie näher ans Feuer und sank auf die freie Ecke des Möbelstücks. Erschöpft mühte sie sich, die verdreckten, durchweichten Lederschuhe abzustreifen, in denen ihre Füße so sehr gelitten hatten.

»Warte.« Lucas ging vor ihr auf dem gestampften Lehmboden in die Knie. Er ergriff ihren Knöchel und entfernte den triefenden Schuh. »Du lieber Himmel, du hast blutige Fersen. Das muss gesäubert und verbunden werden.«

Die Wärme seines Griffs riss sie aus ihrer Erschöpfung.

»Tu das nicht. Du bist nicht meine Magd.«

»Aber dein Mann.«

Er lachte sie an. Seit Brügge hatte sie dieses unverwechselbare und unbeschwerte Lachen nicht mehr gesehen. Ihr wurde warm, und es fiel schwer, ihm zu widerstehen, dennoch sträubte sie sich gegen seine Hilfsbereitschaft.

»Sag auch das nicht, Lucas. Du weißt selbst, dass viel dagegen spricht, dass ich deine Frau werden kann. Nur weil wir uns geliebt haben, musst du dich nicht verpflichtet fühlen, mich zu heiraten.«

»Ich sage das nicht einfach so dahin. Wenn du meine Frau werden willst, Hannah, so werden wir einen Weg finden, gemeinsam zu leben.«

»Aber ich weiß nicht, ob es mir gelingt, nach deinem Glauben zu leben«, antwortete Hannah tonlos. Sie war zu entkräftet für eine längere Auseinandersetzung. »Ich bin nicht so stark und klug wie deine Schwester. Ich weiß nur, dass ich bei dir sein will. Solange Daniel und Christina in solch elender Lage sind, sollten wir keine Pläne machen. Erst müssen sie wieder bei uns sein.«

Lucas hatte inzwischen ihren zweiten Schuh und Strumpf abgestreift. Nun massierte er behutsam die schmalen, eisigen Zehen. Die Zartheit seiner Bemühungen trieb Hannah ein Brennen in die Augen.

»Ich weiß nicht, wie es kommt«, hörte sie ihn gedankenvoll murmeln. »Wir sind auf der Flucht vor meinem Vater. Wir sorgen uns um Christinas und Daniels Leben. Wir haben keine Ahnung, wie unsere Zukunft aussieht. Dennoch verspüre ich einen nicht gekannten Frieden in mir.«

Hannah ließ ihren Tränen freien Lauf.

30. Kapitel

London, 4. Oktober 1419

Tränen sind meine Speise geworden.

Das Bibelzitat wollte Christina, die Wache bei Daniel hielt, nicht aus dem Kopf gehen. Ich habe keine Ahnung von echter Verzweiflung gehabt, haderte sie mit sich. Ich war selbstgerecht und dumm. Jetzt weiß ich, wie es ist, wenn Körper und Geist eine einzige offene Wunde sind. Wenn jeder Gedanke Qual bedeutet und keine Hoffnung mehr besteht.

»Du musst trinken. Trinken und essen und du brauchst frische Luft«, mahnte Mauro, der nicht mit ansehen konnte, wie sie sich quälte. »Komm an Deck. Du wirst unbemerkt bleiben.«

»Ich bleibe in Daniels Nähe«, wiederholte Christina eigensinnig. »Jetzt verlasse ich ihn schon gar nicht mehr.« Sie beide wussten, was der letzte Satz bedeutete. Daniels Leiden neigte sich dem Ende zu. Im Licht der Laterne lagen seine Augen tief in den Höhlen. Seine Haut spannte sich straff und ausgetrocknet über die Knochen. Sogar in gnädiger Bewusstlosigkeit zuckten seine Arme und Beine unter Krämpfen. Die Phasen seiner Ohnmacht dauerten von Mal zu Mal länger. Er kam nur noch selten zu sich. Schon lange hatte er nicht mehr mit ihr gesprochen.

Mauro schob den Blendschutz tiefer vor die Laterne. Das Zwielicht des Verschlages umfing sie.
»Hast du schon einmal darüber nachgedacht, was du tun willst, wenn er tot ist?«, fragte er an Christina gewandt. »Du weißt, dass du nicht auf Dauer in diesem Verschlag bleiben kannst.«
Christina starrte ihn an, bis sie endlich sagte: »Warum sollte ich ihn verlassen?«
»Komm zu dir.« Mauro schüttelte den Kopf über so viel Ahnungslosigkeit. »Alles ist verschmutzt und verseucht und stinkt wie die Pest. Außerdem muss dir doch aufgefallen sein, dass die Mannschaft unruhig wird. Seit keiner von ihnen mehr erkrankt ist, lässt ihre Angst nach. Langeweile und Streitsucht machen sich breit. Sie geraten sich ständig in die Haare. Früher oder später muss der Bootsmann im Namen des Capitano gewaltsam für Ordnung sorgen. Vermutlich lässt er sie erst einmal das Schiff vom Bug bis zum Heck reinigen, damit sie Beschäftigung haben. Es ist nur eine Frage der Zeit, wann sie dich entdecken. Hast du genügend Phantasie, um dir auszumalen, was dann passiert?«
So gerne sie ihm widersprochen hätte, sie konnte es nicht. Unwillkürlich faltete sie die Hände und versuchte sich zu konzentrieren. Southwark kam ihr erneut in den Sinn. Sie wollte wirklich kein zweites Mal in die Hände betrunkener Seeleute fallen.
»Was also schlägst du vor?«, fragte sie Mauro, der offensichtlich einen Plan hatte.
»Du hast nur eine Möglichkeit«, erklärte er. »Du musst dich unter den Schutz des Capitano stellen. Er ist der Einzige auf diesem Schiff, der deine Sicherheit garantieren kann.«

Christina erinnerte sich an seine Schilderung des reizbaren, schwierigen Charakters des Capitano. »Und wer sagt mir, dass er mir Schutz gewährt? Dass er selbst mich in Frieden lässt?«
»Niemand. Aber du hast keine andere Wahl.«
Sie schloss die Augen. Mauro rückte näher an sie heran. Als sie den Arm um seine Schultern legte, weil sie menschliche Nähe suchte, spürte sie, dass er noch mehr zitterte als sie.
»Was ist mit dir?« Besorgt vergaß sie einen Moment ihre eigenen Nöte. Hatte er sich am Ende doch noch angesteckt? Gütiger Gott, nur das nicht.
»Kalt ist mir, das ist alles«, maulte er jetzt missmutig und rieb die Handflächen gegeneinander. »Die Nässe dringt durch alle Ritzen, und der Mistwind ist so eisig wie ein Fischfurz im Winter. In Venedig lebt sich's besser. Da wärmt die Sonne auch im Herbst noch die Platten auf der Piazza, damit unsereins sogar ohne Schuhe warme Füße hat.«
Christina hob die Laterne ein Stück höher, um den Schiffsjungen genauer in Augenschein zu nehmen. Sein freches Mundwerk klang wie immer, und auch das pfiffige Gesicht sah normal aus. Schmutzig und schmal. Sein rechtes Auge war jedoch geschwollen, und die Haut darunter war blutunterlaufen.
»Um Gottes willen, wer hat dich geschlagen?«
»Wer schon? Der Capitano. Er fand, dass ich ihm sein Essen nicht schnell genug gebracht habe. Wenn er betrunken ist, hat er so seine Launen, und er ist seit Tagen ausschließlich besoffen. Er säuft sich noch um den Verstand, bis diese beschissene Quarantäne zu ihrem Ende kommt.«

»Und diesen Mann soll ich um Schutz bitten?«
»Du bist ja kein Mitglied seiner Mannschaft. Dich wird er sicher nicht verprügeln. Er schlägt keine Frauen. Glaube ich zumindest.«
Er wird ganz andere Dinge von mir wollen, sinnierte Christina, doch sie sprach es nicht aus. Schläge waren nicht das Schlimmste. Ihre Schmerzgrenze war erreicht. Noch mehr Angst und Kummer konnte sie nicht empfinden.
Sie sank in sich zusammen, umklammerte die angezogenen Beine und überließ sich ihren Gedanken. Sie verirrten sich in einer Mischung aus Traum und Wunschdenken. Das Stichwort Venedig hatte eine Fülle von Bildern in ihr wachgerufen. Bilder eines Lebens, das Daniel und sie sich in langen Stunden ausgemalt hatten. Ein Haus am Kanal. Daniels Studierzimmer und seine Bücher. Kinder, deren Lachen die Räume erfüllte.
Die Venezianer hätten Monna Christina zu ihr gesagt und ihm den Respekt erwiesen, der einem großen Gelehrten zukommt. Was bleibt mir von allem, wenn du mich verlässt?, warf sie Daniel stumm vor. Du nimmst mir alles. Wofür habe ich Brügge, meine Eltern, meine Familie aufgegeben? Damit du mich in diesem Elend alleinlässt und ich auf der *Bona Confidentia* den Verstand verliere? Nimmt dieses Grauen gar kein Ende?
Sie döste ein. Als sie irgendwann wieder zu sich kam, konnte sie weder sagen, wie viel Zeit vergangen war, noch, was sie geweckt hatte.
Sie lauschte mit angehaltenem Atem in Daniels Richtung. Stille. Die Krämpfe hatten aufgehört. Er lag reglos, nicht einmal seine Brust hob und senkte sich. Sie starrte zu ihm hinüber. Ihr Herz lag wie ein Stein in der Brust. Irgendwo

grölte ein Seemann. Der Sturm schien nachgelassen zu haben.

»Es ist vorbei.«

Mauro rüttelte sie am Arm, als sie nicht antwortete. Er war bei ihr geblieben. Verständnislos schaute sie ihn an. Was wollte er damit sagen? Was war vorbei?

»Wach auf. Dein Mann ist …«

Grauenhaftes Begreifen überflutete Christina. Sie fiel ihm heiser ins Wort. »Nein, sag es nicht. Solange du es nicht aussprichst, ist es nicht endgültig. Ich habe nichts gehört, keinen einzigen Laut. Du musst dich täuschen.«

»Da war nichts zu hören.« Ungeschickt tätschelte Mauro ihre Schulter. Er hatte keine besondere Übung im Trösten. »Er hat einfach aufgehört zu atmen. Es ist mir eben erst aufgefallen. Wenigstens leidet er nicht mehr.«

Sie vernahm seine Worte, ohne sie mit dem Verstand zu erfassen. Alles in ihr blieb taub und gefühllos. Gefangen in einem Alptraum aus Verzweiflung und Entsetzen, fehlten ihr die Worte wie die Tränen. Alle Empfindungen waren mit Daniel dahingegangen.

»Lass uns ein Gebet für ihn sprechen, ehe wir ihn hinausziehen«, sagte der Schiffsjunge.

Als sie ihn lediglich stumm fixierte, murmelte er ein schnelles *Vaterunser*, gefolgt von einem *Ave-Maria* und einem *Herr erbarme dich uns armen Sündern*.

Auf einer fernen Ebene ihres Bewusstseins sagte sich Christina, dass das nicht die passenden Sterbegebete für einen Juden waren. Trotzdem hielt sie Mauro nicht davon ab. Es war bedeutungslos.

»Ich bitte dich, komm zu dir!« Mauro stieß sie auffordernd in die Seite. »Es ist nicht mehr weit bis zur Morgendämmerung, und an Deck herrscht Ruhe. Es gibt keinen besseren Zeitpunkt, um ihn dem Fluss zu übergeben. Wir dürfen nicht länger warten. Wickle dir die sauberen Lumpen um die Hände. Pack mit an! Später kannst du um deinen Mann trauern, so viel du möchtest, jetzt müssen wir an uns und unsere Sicherheit denken.«

Es gelang ihm, Christina so weit aus ihrer Trance zu reißen, dass sie seinen Anweisungen folgte. Obwohl sein Körper nur noch aus Haut und Knochen bestand, war Daniel überraschend schwer. Ihn über den Boden zu ziehen kostete Kraft.

Er lag wie eine verrenkte Gliederpuppe in dem beschmutzten Segel. Die Hände, die sie so zärtlich umfasst hatten, hielten die Fransen seines Gebetsschals umklammert. Sie sank erschüttert neben ihm in die Knie, als sie die Brüstung des Decks erreicht hatten.

»Bist du verrückt geworden?«

Mauro riss sie im letzten Moment zur Seite. Ihre ausgestreckten Arme gingen ins Leere.

»Fass ihn nicht an. Er ist tot. Du machst ihn nicht wieder lebendig, indem du dein eigenes Leben riskierst. Willst du, dass alles umsonst war?«

»Es *war* alles umsonst«, antwortete Christina. Bittere Tränen rannen ihr über die Wangen. »Hätte ich auf meinen Vater gehört und gehorcht, dann wäre Daniel noch am Leben«, warf sie sich vor.

Die Erkenntnis vernichtete den letzten Rest ihres Lebenswillens. Der Weg, den sie an jenem Morgen in Brügge begonnen hatte, endete hier und jetzt.

»Avanti!« Mauro duldete nicht, dass sie sich in Selbstvorwürfe versenkte. »Du musst mir helfen. Ich kann ihn nicht

allein über die Reling heben. Nimm das Tuch zu seinen Füßen zusammen und pack mit an.«

Christina kam auf die Beine und gehorchte. Es wurde heller. Sie schaute Daniel ein letztes Mal an. Seine in Qual erstarrten Züge waren ihr bereits fremd geworden. Sein Mund stand halb offen. Auch das stoppelbärtige Kinn und die verklebten Haare gehörten einem Unbekannten. Das war nicht Daniel. Das war ein Leichnam, der nun mit dumpfem Platschen in den Fluss fiel und davontrieb, während sich das Segel um ihn blähte und sich mit Wasser vollsog.

»Wirf die Lappen hinterher und sieh nicht mehr hin«, riet Mauro. Er drehte sie gewaltsam mit dem Rücken zum Fluss. »Lass uns gehen. Ich bringe dich zum Capitano.«

»Nein.« Sie wich vor ihm zurück. Ihr Antlitz war totenbleich, die Augen so stumpf und grau wie die Nebelfetzen über dem Fluss. »Lass mir Zeit, Mauro.«

»Du hast keine«, antwortete er knapp und fasste nach ihrem Handgelenk.

Von Schmerz und Trauer überwältigt, verweigerte sich Christina in diesem Augenblick allen Vernunftgründen. Sie riss sich los und stolperte davon, ohne genau zu wissen, wohin sie eigentlich wollte. Sie bemerkte den betrunkenen Steuermann nicht, der an einen Stützbalken gelehnt seinen Rausch ausschlief. Sie fiel über seine weit ausgestreckten Beine und stürzte hart auf die Planken. Bevor sie sich aufrichten konnte, kam er brummend und fluchend zu sich.

Am Stoff ihres Rocks zog er sie so nahe heran, dass sie von seinem Schweiß und dem Weindunst halb betäubt wurde. »*Madonna mia,* wen haben wir denn da? Ein Frauenzimmer. Halt still, lass dich ansehen. Wo kommst du denn her, Herzchen?«

Christinas Lebenswille flammte auf und riss sie aus ihrer Passivität. Strampelnd, kratzend und beißend setzte sie sich gegen den Steuermann zur Wehr, der, von ihrer Heftigkeit verblüfft, nicht wusste, was er zuerst tun sollte. Schließlich bekam er ihr Haar zu fassen und packte so brutal zu, dass sie einen Schrei ausstieß. Mit der anderen Hand ergriff er ihr Kinn und drehte es von einer Seite zur anderen.

»Lass sie los«, vernahmen sie beide Mauros Stimme.

»*Eh, ragazzo* … Kennst du das Täubchen?«

»Sie gehört dem Capitano. Er schneidet dir die Eier ab, wenn du sie anfasst. Gib sie frei.«

Erleichtert bemerkte Christina, dass sie losgelassen wurde. Sie rappelte sich eilig auf. Mauro und der Steuermann maßen sich mit wütenden Blicken. Der Junge ergriff ihren Arm und zog sie hastig zum Achterkastell.

»Schnell«, flüsterte er. »Jetzt musst du zum Capitano, ob du willst oder nicht.«

Christina nickte stumm. Ihre Kopfhaut brannte, rote Haarsträhnen nahmen ihr die Sicht. Sie hatte keine Wahl. Wenn sie leben wollte, musste sie es mit dem jähzornigen Capitano aufnehmen. Und sie wollte leben. Das war das Einzige, was sie in diesem Augenblick mit unumstößlicher Sicherheit sagen konnte. Egal, welchen Preis sie für dieses Leben zahlen sollte. Daniel hatte gewollt, dass sie lebte. Das verlieh ihr Kraft.

Gianbattista Giambelli öffnete auf Mauros Klopfsignal knurrend und missmutig seine Tür. Er trug Kniehosen, ein offenes Hemd, und seine nackten Waden waren ebenso dicht behaart wie seine Unterarme und die stämmige Brust.

Da er einen Kopf kleiner als Christina war, sah sie zudem, dass seine struppigen schwarzen Locken auf dem Hinterkopf bereits dünn wurden.

»Was ist das denn?«, schnauzte der Capitano und nahm sie misstrauisch in Augenschein. »Ist sie gesund, Mauro? Wo hast du das Frauenzimmer so plötzlich her?«

Er trat zurück und hielt sorgsam Abstand.

»Sie ist schon in London an Bord gekommen, um mit uns nach Venedig zurückzukehren«, begann Mauro ohne große Vorrede seine Erklärung.

Christina kam es vor, als erzähle er die Geschichte einer Unbekannten. Ihre Blicke schweiften durch den Raum. Er glich dem Warenlager ihres Vaters. Lediglich Bett und Tisch waren frei von Kästen, Ballen und Gegenständen. Sogar das breite, geschnitzte Fenster, vor dessen bleigefassten Scheiben soeben der Morgen über den Fluss stieg, war teilweise mit Bündeln, Kisten und Fässern verstellt. Wo sollte hier noch Platz für eine zweite Person sein?

»Sie spricht Venezianisch und sie sagt, die Contarini werden dich reich belohnen, wenn wir sie sicher in die Serenissima bringen«, hörte sie Mauro enden.

Er hatte Daniel mit keinem Wort erwähnt. Sie nickte ihm anerkennend zu. Beide hielten den Atem an und warteten darauf, wie der Capitano reagieren würde.

Sie fühlte seine Augen auf sich ruhen und straffte unwillkürlich ihre Schultern. Vielleicht schüchterte ihn ihre Größe ein. In Brügge hatte sie die Erfahrung gemacht, dass Männer es nicht mochten, wenn man auf sie herabsah. Unendliche Müdigkeit senkte sich auf sie. Hinter ihren Schläfen pochte hämmernder Schmerz, und ihre Augen brannten. Sie hielt sich nur mit Mühe aufrecht.

»Sie ist völlig erschöpft und verängstigt, nicht krank.« Mauro ergriff Christinas Hand und führte sie zu einer Reihe von weichen Ballen an der hinteren Wand. »Aus Angst vor der Mannschaft hat sie seit Tagen nicht geschlafen, Onkel. Wie du sehen kannst, ist sie am Ende ihrer Kräfte. Ich habe ihr gesagt, sie kann dir vertrauen. Du wirst sie beschützen und ihr helfen. Das stimmt doch – oder?«

»Ich bin kein Unmensch«, brummte der Capitano. »Leg dich dort nieder, Christina Contarini. Das sind Bärenfelle aus Makedonien. Sie werden dir ein prächtiges Lager bieten. Reden können wir, wenn du ausgeschlafen bist. Wir haben viel Zeit dafür. Zeit gibt es in rauhen Mengen, die nächsten dreiunddreißig Tage auf der *Bona Confidentia.*«

»Ich danke Euch«, antwortete Christina.

Sie erkannte die eigene Stimme nicht mehr. Es hörte sich an, als hätte sie tagelang aus vollem Halse geschrien und geweint. Der Klang schnürte ihr erst recht die Kehle zu. Sie streckte sich mit Mauros Hilfe aus und sank übergangslos in eine Mischung aus Schlummer und Ohnmacht.

Sie bemerkte nicht, dass Gianbattista Giambelli zu ihr trat, nachdem er Mauro hinausgeworfen hatte. Er setzte sich neben sie und rieb eine Haarsträhne zwischen seinen Fingern, die sich aus ihrem Zopf gelöst hatte. Ein schiefes Lächeln auf dem Gesicht, betrachtete er den unerwarteten Gast genauestens. Der stolze Schwung der sinnlichen Lippen entging ihm ebenso wenig wie die Makellosigkeit ihrer Haut unter all dem Schmutz und die geballten Fäuste.

Er stand auf, füllte seinen Weinpokal und hob ihn zu ihrem Wohl.

»Ruh dich aus, Rotschopf. Danach werden wir sehen, was wir beide miteinander anfangen können.«

31. Kapitel

Saint Marys of Bethlehem, 6. Oktober 1419

Obwohl Hannah denselben Kittel wie alle anderen unter der Schürze trug, fiel sie unter den Mägden auf Anhieb auf. Für Lucas war sie wie eine Perle, die sich zwischen Kieselsteine verirrt hatte. Ihre flinken Bewegungen verrieten, dass sie es gewohnt war, mit anzupacken. Sowohl ihre Sachkenntnis wie auch die Autorität, mit der sie die anderen Frauen bei der Ernte im Obstgarten beaufsichtigte, überraschte ihn. Je mehr er sie beobachtete, umso größer wurde sein Erstaunen. Diese tüchtige Hannah Salomon kannte er überhaupt nicht.

Master Johns Frau hatte sich vor zwei Tagen den Fuß verstaucht und konnte nur noch mit Hilfe einer Holzkrücke, mühsam humpelnd, ihren Hausstand versorgen. Hannah war ihr sofort zur Hand gegangen. Es entging Lucas nicht, dass sie froh war, endlich eine Aufgabe zu haben. Im groben Mägdekleid, über dem der braune Zopf im Rhythmus ihrer Bewegungen über den Rücken schwang, war sie wie verwandelt. Das Lachen, mit dem die anderen Frauen ihre Bemühungen, englische Worte zu lernen, belohnten, ließ sie aufblühen. Es gelang ihm kaum, die Zeichenkohle so schnell über das Papier zu führen, wie es ihn danach drängte, die neue Hannah festzuhalten. Noch nie hatte er sie so offen und heiter erlebt. Ihre Tatkraft war einfach mitreißend.

Er beendete seine Skizzen und packte Blätter und Werkzeug zusammen, ehe er seinen Platz an der Mauer verließ, die den Obstgarten umgab. Zu seinen Füßen summten Bienen in den fauligen Früchten, die für die Tiere des nahen Waldes und die Vögel liegengelassen worden waren. Das schlechte Wetter, das sie seit ihrer Ankunft in London begleitet hatte, war mit dem Sturm verschwunden. Die Sonne, von der er schon bezweifelt hatte, dass sie wieder einmal scheinen könnte auf dieser Insel, trocknete die Pfützen und wärmte seinen Rücken.

Läge die Sorge um Christina nicht wie ein Fels auf meinem Herzen, es wäre ein wunderbarer Tag. Ich sollte mir ein Beispiel an Hannah nehmen. Sie scheint ganz aufzugehen in ihrer Arbeit, nicht einmal mich zu brauchen.

»Warum in aller Welt machst du ein Gesicht, als würde es immer noch Bindfäden regnen?«, vernahm er ihre Stimme im selben Augenblick. Sie war ihm gefolgt und reichte ihm einen Apfel. »Sie schmecken wunderbar. Koste.«

Er griff zu, biss in die Frucht und passte seinen Schritt dem ihren an. Eine Weile gingen sie kauend und schweigend nebeneinander her. Ohne nachzudenken, hatte Lucas den Weg in Richtung Kloster eingeschlagen. Hannah blieb an seiner Seite.

»Ist alle Arbeit getan?«, fragte er schließlich.

»Im Obstgarten schon«, gab sie zurück.

»Und was kommt danach? Kerzen ziehen? Seife kochen? Das Stroh in Master Johns Halle erneuern?«

Unter Hannahs aufmerksamem Blick wurde er verlegen. Es war ihm peinlich, dass er seine Eifersucht auf ihre Arbeit zu erkennen gegeben hatte. »Schon gut, ich sollte mich nicht beschweren, aber du hast kaum noch Zeit für mich.«

In Hannahs Augen las er erst Verblüffung, dann Trauer.
»Ja, ich war tatsächlich für ein paar Stunden glücklich. Über der Arbeit habe ich alle Sorgen vergessen. Ich gefiel mir in der Illusion, es sei mein Haus und mein Gesinde.«
Lucas bereute seine kleinliche Bemerkung auf der Stelle. Unter diesem Gesichtspunkt hatte er Hannahs Tätigkeitsdrang nicht betrachtet. Ebenso wenig hatte er darüber nachgedacht, dass sie mit leeren Händen, nur aus Freundschaft zu Daniel und Christina, in die Fremde aufgebrochen war.
»Ich werde alles tun, damit deine Illusionen keine bleiben«, antwortete er. »Aber ich hoffe inständig, dass ich dich dafür nicht zur Bäuerin machen muss, und mich zum Bauern.«
»Ich habe mir darüber noch nie wirklich Gedanken gemacht«, erwiderte sie nach einer langen Zeit des Überlegens. »Zu Hause war es die Sache meines Vaters, meine Zukunft zu planen. Die meine war es, zu gehorchen und meine Arbeit zu tun.«
»Komm, für heute hast du genug gearbeitet. Lass uns den Tag genießen und ein wenig durch das Dorf spazieren. Wir kennen bisher nur Master Ropes Hof. Sonst nichts.«
Hannah schluckte ihren Widerspruch hinunter. Sie wäre lieber am Waldrand entlanggegangen, statt in Richtung Dorf und Kloster, aber sie wollte keinen neuen Disput vom Zaun brechen. Lucas sorgte sich um Christina, und das machte ihn reizbar. Wie schade, dass er nicht auch Ablenkung in einfacher Arbeit fand. Sein Skizzieren lenkte ihn ganz offensichtlich nicht ausreichend ab, ließ ihm viel zu viel Zeit zum Nachdenken.
Im Schutz der Hecken breiteten sich die längst abgeernte-

ten Felder aus, auf einer Wiese am Bach weidete eine Ziegenherde. Am anderen Ufer des Wasserlaufs erstreckte sich Brachland bis zum Wald. Knorrige Weiden säumten das Flüsschen, das zum Haus der Ropes führte und dort die Mühle betrieb. Unter den Bauerngütern, die zum Kloster gehörten, war das von Master John bei weitem das Größte. Die Anwesen, die sich rund um das Klostergelände erstreckten, machten einen bescheideneren Eindruck. Nur wenige Bauern besaßen einen getrennten Stall oder zusätzliche Scheunen. Die meisten Anwesen bestanden aus einem ebenerdigen Holzhaus, dessen einzigen Raum sich die Bewohner mit den Tieren teilten.

Die Menschen in den Gärten und Höfen waren beschäftigt und schenkten ihnen kaum Aufmerksamkeit. Lediglich ein paar Gänse, die mitten auf der Dorfstraße die Schlammpfützen nach Nahrung durchsuchten, fühlten sich von ihnen gestört. Sie verfolgten sie laut schnatternd und zeterten so angriffslustig, dass Hannah sich furchtsam hinter Lucas versteckte.

Er fand nur eine Möglichkeit, das Federvieh loszuwerden: Er führte Hannah schnurstracks auf den Eingang der Kirche zu, die die schmucklosen Gebäude des Klosters sowie das Dorf überragte.

»Ich kann doch kein christliches Gotteshaus betreten.«

Hannah blieb auf den Stufen stehen und ging keinen Schritt weiter, obwohl die Gänse unbehaglich nahe kamen und nach ihren Rocksäumen schnappten.

»Was hindert dich daran?« Lucas legte seinen Arm um ihre Schultern. »Das Haus Gottes steht für alle offen. Komm mit mir, und du wirst sehen, dass dich weder Bannstrahl noch Fluch treffen.«

Die Gänse entschieden. Hannah brachte sich vor ihnen in Sicherheit und folgte Lucas. Er zog das Portal hinter ihnen zu und sperrte die schnatternden Verfolgerinnen aus.
Es war ziemlich dunkel. Erst nach und nach erkannte sie die Höhe der Halle, in der sie standen, und die steinernen Säulen. Lucas ging in die Knie und bekreuzigte sich, während Hannah unsicher aufrecht verharrte. Was sollte sie tun? Das Gleiche wie er?
Ehe sie sich entscheiden konnte, stand er wieder auf und zog sie vorwärts in Richtung Altar. Im seitlichen Chorgestühl knieten Mönche, tief in ihre Gebete versunken. Keiner beachtete sie, dennoch setzte Hannah nur zögernd einen Schritt vor den anderen.
Die absolute Stille zwischen den Mauern dröhnte geradezu in den Ohren. Ihre schweifenden Blicke blieben auf dem Kreuz über dem Altar haften, an dem ein geschnitzter Christus hing. Bis auf Dornenkrone und Lendenschurz war sein Körper nackt. Die Darstellung tiefen menschlichen Leidens berührte Hannah.
»Wie kannst du beten beim Anblick des leidenden Christus?«, flüsterte sie.
»Er hat für uns Sünder gelitten und ist für uns gestorben. Der Anblick seines Leides gibt uns Hoffnung. Aber von meiner Schwester weiß ich, dass auch sie ihre Gebete lieber an seine Mutter richtet. Sieh nur, dort ist eine Seitenkapelle. Bestimmt ist sie der Heiligen Mutter Maria gewidmet. Du wirst bei ihr …«
Lucas brach ab. Sie standen vor einer Baustelle statt vor einem Altar. An der Stirnwand ragte ein Holzgerüst auf. Den schlichten Steintisch davor bedeckte eine dicke Lage Kalkstaub. Die Wand dahinter zeigte den Aufriss eines

Wandgemäldes. Die Arbeit schien zum Stillstand gekommen zu sein. Mehr als die Umrisse einiger Figuren und einer Säule konnte man nicht erkennen.
»Was ist das?«, fragte sie neugierig.
Ehe ihr Lucas antworten konnte, gab ihr ein Mönch in fast akzentfreiem Französisch Auskunft. Sie hatten ihn nicht kommen sehen.
»Das Wandbild sollte die Verkündigung Mariens darstellen. Der Erzengel überbringt der Jungfrau die frohe Botschaft, dass sie den Sohn Gottes zur Welt bringen wird. Wie Ihr seht, ist es bei dem Plan für dieses Bild geblieben. Der Maler, der das Werk für uns schaffen wollte, war einer jener bedauernswerten Menschen, die von ihrer Familie nach Saint Marys of Bethlehem gebracht wurden. Solange seine Zustände nur von Zeit zu Zeit auftraten, konnte er noch arbeiten. Inzwischen ist er schon nicht mehr fähig, den Pinsel zu führen. Wir alle sind darüber sehr betrübt, denn es ist uns eine Herzensangelegenheit, der Muttergottes einen eigenen Altar zu widmen.«
Lucas sah sich den Mönch genauer an. Im braunen Habit stand er jetzt vor ihnen, die Hände in den Ärmeln seiner Kutte vergraben. Er betrachtete sie aus sanften braunen Augen. Seine Gestalt war verwachsen, hässlich und abschreckend. Die schiefe rechte Schulter bildete einen Buckel unter dem Stoff. Sein Gesicht war von alten Narben verunstaltet.
»Ich bin Bruder Raimond von den Mönchen von St. Marys of Bethlehem. Ihr kommt aus Flandern, wie ich höre. Verzeiht, dass ich nur auf Französisch mit Euch sprechen kann. Das Flandrische ist mir nicht geläufig. Seid willkommen unter dem Dach unseres Gotteshauses. Ihr tut gut

daran, den Herrn um seinen Segen zu bitten. Es ist sicher nicht leicht, seine Heimat hinter sich zu lassen und ein neues Leben auf unserer Insel zu beginnen.«

»Wie kommt Ihr darauf, dass wir uns hier sesshaft machen wollen, ehrwürdiger Bruder?« Lucas drückte beruhigend Hannahs Arm. Er spürte, dass sie die Anwesenheit des Mönchs beunruhigte.

»Ich lebe seit dreißig Jahren in diesem Kloster, und ich kenne jeden Menschen, der vor seinen Mauern wohnt. Es ist mir bekannt, dass John Rope Flüchtlinge aus Flandern aufnimmt, die von der Gemahlin seines Bruders unterstützt werden. Gott segne Euren neuen Anfang in unserem Land.«

»Habt Dank für Eure freundlichen Worte. Es tut gut, so herzlich empfangen zu werden. Was sind das für bedauernswerte Menschen, die in eurem Kloster untergebracht werden?«, erkundigte sich Lucas.

Bruder Raimond stieß einen tiefen Seufzer aus. »Wir beten für sie, mehr können wir auch nicht tun. Es handelt sich um arme Verwirrte, Besessene und von Dämonen heimgesuchte Menschen, denen kein Arzt helfen kann. Manche von ihnen sind bereits so zur Welt gekommen, bei anderen bricht das Leiden langsam oder auch von einem Tag auf den anderen aus. Wir kümmern uns um sie und behüten sie. Manche müssen wir sogar mit Ketten an die Wand schmieden, damit sie sich nicht selbst verletzen oder gar töten. Es ist ein Elend, das nur der Tod beenden kann. Seit unser Hospital im Jahre 1377 die Ersten von ihnen aufgenommen hat, kommen immer mehr, denn es hat sich herumgesprochen, dass wir für sie sorgen.«

Hannah ließ kein Auge von dem Mönch. Sie entdeckte in

seinen entstellten Zügen ein Mitgefühl, das ihr Herz anrührte. Bruder Raimond mochte hässlich sein, aber er verströmte pure Güte.
Lucas hingegen ließ das angefangene Bild nicht los.
»Was wollt Ihr damit tun?« Er zeigte auf die Spuren an der Wand.
»Du könntest es für die Mönche fertig malen«, warf Hannah in flämischer Sprache ein. »Ich sehe dir an, dass es dir förmlich unter den Nägeln brennt, es zu tun.«
»Unmöglich. Ich weiß nicht genug von Wandbildern. Ich habe lediglich den Bildermachern über die Schulter gesehen, die zu Hause, in der Sankt-Salvator-Kathedrale von Brügge, eine Wand bemalt haben.«
»Wie ich dich kenne, hast du ihnen tausend Fragen gestellt und ihnen genau auf die Finger geschaut. Außerdem hast du für Mistress Mary dieses wunderbare Schild gemalt. Dir ist es gelungen, sogar ihr angenehme Züge zu verleihen. Die Gottesmutter wird dir sicher viel weniger Schwierigkeiten bereiten.«
Der Mönch lauschte ihrer Debatte und verstand offensichtlich ein paar Worte. »Kann es sein, dass du Fähigkeiten als Maler besitzt, mein Sohn?«, mischte er sich erfreut ein. »Dann bist du also kein Weber?«
»Ich bin aber auch kein kundiger Bildermacher«, sagte Lucas wahrheitsgemäß. Er konnte seine Erregung kaum verbergen. »Noch gehöre ich keiner Zunft an und habe deswegen auch kein Recht, Aufträge anzunehmen.«
»Ich könnte dir auch keinen Auftrag erteilen, mein Sohn. St. Marys ist kein reiches Kloster. Aber wenn es dir möglich sein sollte, dieses Wandbild zu beenden, dann tust du ein gutes Werk für deine neue Heimat.«

Lucas sah sich um. Das Gotteshaus war groß, aber einfach gefertigt und ohne jede künstlerische Finesse. Es gab nirgendwo das Werk eines echten Meisters, an dem seine Arbeit gemessen werden konnte. Sogar die Schnitzerei über dem Altar war einfach gehalten. In jeder flämischen Dorfkirche hing Besseres. Die Versuchung wuchs. Er konnte ihr schließlich nicht widerstehen.

»Ich will Euch gerne zuerst einige Skizzen machen, nach denen Ihr beurteilen sollt, ob ich dieser Aufgabe gewachsen bin, Bruder Raimond. Die Umstände zwingen mich dazu, bis zum Beginn des Monats November in Eurem Dorf zu bleiben. Ich bin mir sicher, dass ich bis dahin in dieser Kapelle ein Wandbild schaffen kann.«

»Der Himmel wird es dir lohnen, mein Sohn. Frage an der Klosterpforte nach mir, wenn du die Skizzen fertig hast. Ich werde sie ungeduldig erwarten. Ich segne dich und deine liebe Frau für diese Großherzigkeit. Willst du mir nicht eure Namen sagen?«

Er war so freundlich, dass es Lucas widerstrebte, seine Frage mit einer Lüge zu beantworten. »Hannah ist erst meine Verlobte, Bruder Raimond. Mein Name ist Lucas. Unsere überstürzte Flucht hat uns leider noch keine Zeit gelassen, zu heiraten.«

Wenn der Mönch begriff, dass er ihm die Namen ihrer Familien absichtlich verschwieg, so gab er es mit keiner Silbe zu verstehen. Er nickte nur und fügte hinzu: »Ihr solltet nicht zu lange zögern, den Herrn um seinen Segen für eure Verbindung zu bitten.«

»Das haben wir auch nicht vor«, versprach Lucas in tiefem Ernst.

Bruder Raimond segnete sie zum Abschied. Als sie wieder

ins Freie traten, war Lucas von der Möglichkeit, die sich so unverhofft für ihn aufgetan hatte, wie berauscht.

»Ich werde *al secco* malen müssen, Hannah. Für *al fresco* ist es zu spät, denn der Kalkputz auf der Mauer ist längst getrocknet. Peter muss mir unverzüglich Farbpigmente und Öle besorgen, damit ich die passenden Farben anrühren kann ...«

»Ich verstehe kein Wort von dem, was du sagst«, warf Hannah ein.

Unverhofft wurde sie um die Taille gefasst und unbeschwert über die Dorfstraße gewirbelt. Lucas war so begeistert, dass er kaum seine schmerzenden Rippen bemerkte.

»Du wirst mein Lehrling sein, Hannah. *Al secco* bedeutet, dass ich auf trockenen Untergrund male, im Unterschied zu *al fresco* auf feuchten Kalkputz. Letzteres können nur geübte Meister, denn die Zeit eilt dabei. Man muss ebenso präzise wie schnell arbeiten.«

»Lass mich auf eigenen Füßen stehen«, wehrte sie sich gegen seinen Überschwang. »Die Leute sehen uns nach. Pass auf, sonst halten sie dich auch für einen der armen Kranken, die im Kloster leben.«

»Ich habe mich nie gefragt, was aus solchen Menschen wird. Erinnerst du dich noch an den schwachsinnigen Bettler, der neben den Fisch- und Muschelhändlern an der Waterhalle saß? Eines Tages war er fort. Ob es vor den Toren von Brügge auch eine Bewahranstalt gibt?«

»Ich weiß es nicht«, erwiderte Hannah nachdenklich, Bruder Raimonds Gesicht vor Augen. »Es bedarf großer Güte und großer Frömmigkeit für solche Nächstenliebe. Ich muss diesen Mönch und seine Brüder dafür bewundern.«

»Es freut mich, dass Bruder Raimond dir wie mir solchen Eindruck macht. Er tut Dienst an den Ärmsten der Armen und ist ein leuchtendes Beispiel christlicher Nächstenliebe.«

Wenn die Geschehnisse in St. Marys dazu beitrugen, ihr die Entscheidung für seinen Glauben leichter zu machen, dann wollte er alles dafür tun, damit sie es nicht bereute.

»Ich werde deine Hilfe brauchen, wenn ich male«, bat er. »In der kurzen Zeit werde ich mich sputen müssen. Wir müssen nach Peter schicken.«

»Er kommt morgen ohnehin mit dem Fuhrwerk, das die vollen Bierfässer, das Holz und die anderen Vorräte für den *Löwen von Flandern* holt. Vielleicht hat er auch Neuigkeiten für uns.«

32. Kapitel

Auf der *Bona Confidentia*, 6. Oktober 1419

Luft! Ich ersticke!

Christina atmete in tiefen, gierigen Zügen, als der Fensterflügel endlich aufsprang. Ein Schwall kühler Herbstluft drang herein.

Von den gedrechselten Holzstreben des Fensters gerahmt, zeigte sich die Themse von ihrer besten Seite. Gemächlich dahinstrebend, zwischen flachen, von Weiden bestandenen Ufern, lag sie im Sonnenschein. Christina stützte sich mit den Ellbogen auf dem Fenstersims ab und reckte den Kopf nach draußen, um die Wärme der Sonnenstrahlen auf ihren Wangen spüren zu können.

Ein tiefes Brummen, gefolgt von einem Aufschnarchen, machte ihr klar, dass sie auch andere Dinge vergessen hatte. Daniels Tod. Den Capitano. Ihre verzweifelte Lage. Wie lange hatte sie geschlafen? Was war in der Zwischenzeit geschehen? Sie erinnerte sich an Mauros drängende Stimme, mit der er ihr das Essen förmlich aufgezwungen hatte, bis sie erschöpft von neuem zusammenbrach und der Wirklichkeit entfloh. Ihr Körper hatte so sehr nach Ruhe verlangt, dass er ihr den Dienst aufgekündigt hatte. Bis heute.

Wie viel Zeit war inzwischen vergangen?

Sie musste ihren ganzen Mut zusammennehmen, damit sie

sich umdrehen und ihre Umgebung in Augenschein nehmen konnte. Der Capitano, nur halb bekleidet auf schmutzigen Laken in seinem Bett liegend, schnarchend, machte nicht gerade einen vertrauenerweckenden Eindruck. Sein Schlaf verschaffte ihr die Gelegenheit, ihn ungeniert zu betrachten. Bärtig, verwahrlost, betrunken und abstoßend, gehörte er zu der Sorte Mann, um die man auf dem Markt in Brügge einen großen Bogen machte. Die Einsicht, dass sie ihm und seinen Launen mehr als einen Monat lang ausgeliefert sein würde, rief Abscheu wie Angst in ihr hervor.

»Wenn du damit fertig bist, mich anzustarren, Christina Contarini, solltest du dich ausziehen. Solange du in diesen Kleidern steckst, will ich nichts mit dir zu tun haben.«

Erst zum Ende seiner Aufforderung hin hob Gianbattista Giambelli seine Lider. Mit aller Macht unterdrückte sie ihr Erschrecken. Wie lange war er schon wach und beobachtete sie verstohlen?

»Ihr seid betrunken«, antwortete sie verächtlich, ohne auf seine Forderung einzugehen.

»Eben nicht. Deswegen fürchte ich ja den Fehler, den ich begangen habe, als ich dich bei mir aufnahm. Die Spuren dieser verdammten Seuche hängen mit Sicherheit auch in deinen Kleidern und an deinen Schuhen. Du wirst dich ausziehen und reinigen, so gut es geht. Ich will verdammt sein, wenn ich ein zusätzliches Risiko eingehe. Das Zeug muss aus dem Raum.«

Er sprach von einer Vorsichtsmaßnahme gegen die Cholera und nicht davon, ihr Gewalt antun zu wollen. Es dauerte, bis diese Erkenntnis in Christinas Bewusstsein sickerte. Dann stieß sie den angehaltenen Atem aus und räusperte sich. »So gerne ich Euch gehorchen würde, Capitano, dies

sind meine einzigen Kleider. Ich kann sie nicht ausziehen, auch wenn ich Eure Sorge begreife.«
Sie zwang sich, die Abneigung gegen den Mann zu überwinden. Auf irgendeine Weise musste sie sich mit ihm arrangieren. Wenn sie ihn verärgerte, war es sicher zum eigenen Nachteil.
Seine Antwort zeigte ihr, dass sie den richtigen Ton gefunden hatte. Er knurrte, aber gleichzeitig deutete er auf eine Reisetruhe mit starken Messingbeschlägen in ihrer Nähe.
»Da drin ist jede Menge Weiberzeug. Such dir etwas aus, aber erst, wenn du gewaschen bist. Nach einer Contarini siehst du wahrlich nicht aus. Ist der Zweig der Familie, den es nach Norden verschlagen hat, verarmt, oder lügst du mich an? Schaff Wasser für sie heran. Sie muss sich waschen. Lauf schon. Glotz nicht.«
Mauro war eingetreten. Ihm galten die letzten Befehle des Capitano. Er hatte vor der Tür darauf gewartet, dass er gebraucht wurde. Mit einer Decke, die er über eine Schnur drapierte, schuf er ein Kabinett für Christina, in dem sie sich waschen und neu ankleiden konnte. Sie beeilte sich so sehr, dass sie ihr neues Gewand erst richtig besah, als sie es über einem seidenen Unterkleid in Form zupfte. Für den reichen Faltenwurf des Rocks war ellenweise tannengrüner Samt verarbeitet worden, aber das Oberteil bestand lediglich aus einem ärmellosen, reich bestickten Leibchen, das eng geschnürt über dem Unterkleid getragen wurde. Der runde Ausschnitt, mit Goldborte gesäumt, betonte provozierend die Wölbung ihrer halb entblößten Brüste. So konnte sie unmöglich vor dem Capitano erscheinen.
»Ich brauche ein Schultertuch«, bat sie Mauro, als sie ihm ihre alten Kleider hinter dem Vorhang herausreichte. »Das

Gewand ist zu eng. Ich kann es nicht schließen, wie es sich gehört.«

»Es gehört so«, widersprach der Schiffsjunge. »Das ist die neueste Mode in Venedig. Alle Kleider in der Truhe sind wie dieses geschnitten. Ich finde, es steht dir.«

Christina hatte anderes im Sinn als Mode. Sie kam gar nicht auf den Gedanken, dass das dunkle Grün ihr schmeichelte und das Rot der Haare betonte. Stattdessen ärgerte sie sich darüber, dass es kein Schultertuch gab. Ihre Mähne zu einem halbwegs ordentlichen Zopf geflochten, trat sie dem Capitano schließlich hochmütig entgegen. Sie hatte von ihrer Mutter gelernt, jedes Gewand in tadelloser Haltung zu tragen.

Giambelli lehnte am Tisch und betrachtete sie von oben bis unten, als schätze er ihren Preis ein.

»Was ist das da?« Er deutete auf eine Goldkette, die zwischen Christinas Brüsten verschwand und die in diesem Kleid zum ersten Mal sichtbar wurde.

Sie hatte sich so sehr an die Kette gewöhnt, dass sie erst begriff, was er meinte, als sie die Hand auf ihren Ausschnitt legte und dabei den Schmuck berührte. Der schwere Goldring mit dem markanten Mittelteil, der unter ihrem Kleid verborgen daran hing, war viel zu groß, um an einer Frauenhand getragen zu werden. Die erhabene Gravur zeigte das flandrische Siegel der Contarini. Der Ring war ihr Talisman, seit sie das Elternhaus verlassen hatte. Eine Erinnerung an ihren Großvater, an ihr Zuhause, an alles, was sie in Brügge aufgegeben hatte.

»Der Siegelring meines Großvaters«, antwortete sie und barg ihn zwischen den Fingern, als der Capitano seine Hand danach streckte.

»Zeig her.«
Er stand so blitzschnell neben ihr, dass sie erschrak. So viel Behendigkeit hätte sie dem plumpen Mann gar nicht zugetraut. Er bog ihre Finger auseinander und studierte das Wappen schweigend. Alles in ihr rebellierte gegen seine Nähe. Er wäre gut beraten gewesen, sich gleichfalls zu waschen. Seine Ausdünstungen hüllten sie in eine übelkeiterregende Wolke, und ihr Magen hob sich.
»Das Siegel des Hauses Contarini, immerhin«, hörte sie ihn murmeln. »Mir scheint, du lügst doch nicht, Rotschopf. Setz dich, Christina Contarini. Bring uns zu essen, Mauro. Spute dich und räum das Lumpenzeug da fort. Die Kleider wirfst du in den Fluss. *Avanti.*«
»Ich habe es nicht nötig, zu lügen«, brauste Christina auf, entriss ihm den Ring und trat aus seinem Dunstkreis heraus, in die Nähe des Fensters. Sie war so wütend, dass sie das unpassende Kleid ebenso vergaß wie ihre guten Vorsätze, diplomatisch zu sein. »Es ist allein Eure Schuld, dass ich auf diesem Schiff in Gefahr und Gefangenschaft geraten bin. Hättet Ihr, wie es Vorschrift für ein Seuchenschiff ist, verhindert, dass wir die *Bona Confidentia* betreten, müsstet Ihr Euch jetzt nicht mit mir herumärgern. Dann wäre auch Daniel noch …«
Sie brach ab und biss sich auf die Zunge. Daniel sollte sie besser nicht erwähnen.
»Wer ist Daniel?«, fragte der Capitano unverzüglich nach.
»Niemand, den Ihr kennt. Er konnte das Schiff verlassen«, antwortete Christina heiser. Ihre Augen brannten, aber sie blieben trocken. Sie verbot sich die Tränen, die ihr drängend aufstiegen.
»Also gut.« Der Capitano gab sich überraschend zufrieden

und deutete auf einen geschnitzten Lehnstuhl. »Setz dich, bis das Essen kommt. Du siehst aus, als würde dich der nächste Windhauch umwehen. Ich vermute, die vergangenen Tage waren nicht angenehm für dich.«

Christina blieb stumm. Lediglich ein Seufzer entrang sich ihrer Kehle. Sie folgte seinem Befehl, denn sowohl das Waschen und Ankleiden wie auch die seelische Erregung hatten sie angestrengt. Sie wusste nicht, wann sie zum letzten Mal bewusst etwas gegessen hatte. Die Trauer um Daniel tat ihr Übriges. Mit versteinerter Miene kämpfte sie um Haltung.

»Trink!« Er reichte ihr einen Silberpokal, bis zum Rand mit Rotwein gefüllt. »Ein kräftiger Schluck wird dir auf die Beine helfen und die bösen Erinnerungen vertreiben. Komm schon, wenigstens einen Schluck.«

Sie gehorchte. Tatsächlich hinterließ der Wein eine Spur von Wärme in ihren Adern. Sie trank noch einmal. Sie konnte jedes bisschen Wärme gebrauchen.

»Was habt Ihr in all den Kästen und den Ballen?«, fragte sie vorsichtig, im Bemühen, ein Gesprächsthema zu finden. Sie deutete auf die vollgestopfte Kammer.

»Glaswaren, duftende Seifen, Seidenstoffe, Pelze, Gewürze, Schleier, Juwelen und allerlei kostbaren Tand, den es nur in Venedig gibt. Ich hoffe, in London ein schönes Geschäft damit zu machen, sobald wir erst einmal diese Quarantäne hinter uns haben. Die Krankheit scheint überstanden zu sein.«

»Dem Himmel sei Dank dafür.«

»Er hätte sie gar nicht erst zu schicken brauchen«, hielt der Capitano verärgert dagegen. »Ich habe ein gutes Drittel meiner Mannschaft eingebüßt durch diese Krankheit, auch meinen Schiffsschreiber. Er war der Einzige, der die Stückzahlen kannte und den genauen Wert der einzelnen Packstücke. Ich muss Ersatz für ihn finden. Woher ich den in London bekommen soll, ist mir ein Rätsel. Kennst du vielleicht jemanden im Kontor der Venezianer in London, der für diese Aufgabe geeignet ist?«

Mauros Klopfsignal unterbrach das Gespräch. Christinas Augen weiteten sich, als sie den Inhalt des Korbes sah, den er hereinschleppte. Dem Anschein nach war das Kochfeuer im Zwischendeck wieder in Gang gebracht worden. Es gab frische Brotfladen und eine Fischsuppe. Der Duft ließ ihr das Wasser im Mund zusammenlaufen. Der Capitano musste sie nicht überreden, ihren Teil davon zu nehmen, während er sich laut schlürfend über seinen eigenen Napf hermachte.

Sie fragte sich, wie sie die nächsten Wochen auf engstem Raum mit diesem Wüstling zusammenleben sollte. Würde er sie in Frieden lassen? Seine Blicke, die sie förmlich zu durchbohren schienen, rieten auf jeden Fall zur Vorsicht. Sie musste einen Weg finden, ihn auf Abstand zu halten.

Wozu hatte sie ihren Verstand? Gebrauche ihn, Mädchen!, riet sie sich selbst mit den Worten ihres Großvaters, eine andere Waffe hast du nicht. Du musst dich unentbehrlich machen, Christina. Wenn er dich braucht, dann gibt dir das Sicherheit.

»Meine Großeltern haben dafür gesorgt, dass ich über das Handelsgeschäft genau Bescheid weiß«, platzte sie heraus. »Ich kann schreiben, rechnen und ein Lager ordentlich führen. Wenn Ihr wollt, sehe ich mir die Ladelisten Eures verstorbenen Schreibers an und prüfe die Waren. Als Dank für Eure Gastfreundschaft. Wir können die Zeit nutzen, solange wir hier festsitzen.«

»Du willst dich als mein Schreiber verdingen?«, schmatzte er mit vollem Mund und griff erneut nach seinem Weinpokal. »*Dio mio,* das nenne ich verrückt. Seit wann verrichten Frauen Männerarbeit? Ich hatte eher daran gedacht, dich für dieses Bett dort zu interessieren. Dein Busen ist zu klein, aber ich habe seit Wochen keine Frau mehr gehabt.«

»Redet keinen Unsinn«, herrschte sie ihn beherzt an. »Ich bin kein Hafenmädchen, das Ihr in Euer Bett zerren könnt. Bringt mir den Respekt entgegen, der einem Mitglied der Familie Contarini gebührt, und ich biete Euch im Gegenzug unsere Geschäftstüchtigkeit an. Mit dieser Ladung könnt Ihr reich werden. Allerdings nur, wenn Ihr einen vernünftigen Makler dafür findet und nicht auf den nächstbesten Engländer hereinfallt. Ihr habt den Hafen gesehen. London ist keine reiche Stadt. Der König von England braucht sein ganzes Geld für den Krieg mit Frankreich. Seine Untertanen stöhnen unter den Abgaben an die Krone. Wer soll Euch denn, Eurer Meinung nach, all die Goldstücke zahlen, die diese Ladung wert ist?«

Ihre Geste umfasste den ganzen chaotischen Raum, ehe sie gelassen ihren Holzlöffel zur Seite legte. Würde es ihr gelingen, Gianbattista Giambelli zu überzeugen? Konnte sie am Ende ungeschoren davonkommen?

»Es wird sich schon einer finden. In einer solchen Stadt gibt es trotz allem vermögende Leute. Edelmänner. Patrizier. Pfeffersäcke. Sie alle haben Frauen, die sich gerne schmücken wollen«, antwortete er merklich mürrischer. »Sie werden mir das Zeug aus den Händen reißen.«

»Das mag schon sein, aber warum wollt Ihr Euch mit dem

Zweitbesten zufriedengeben, wenn Ihr das Beste haben könnt? Dieser Luxus ist an London verschwendet. Geht dahin, wo es wirklichen Reichtum gibt.«

»Und wo sollte das sein?«

»In Flandern!« Christina fühlte sich unverhofft in ihrem Element. Sie wusste, was das Haus Contarini in Brügge aus diesen Schätzen machen konnte, und sie knüpfte die Fäden mit ererbtem Geschick. »Ich kenne einen Kapitän aus Antwerpen, der Euch bestimmt weiterhelfen würde. Er verfügt über beste Kontakte nach Flandern. Sein Schiff liegt vor Southwark und er sucht Ladung für seine Heimreise nach Brabant. Wenn Ihr wollt, werde ich mit ihm reden. Ich bin sicher, dass der Gewinn für Eure Waren zufriedenstellend ausfallen wird.«

Die Art und Weise, wie sie ihre Worte vorbrachte, schien den Capitano zu überzeugen. Die Dame wusste offensichtlich, wovon sie sprach.

»Ich würde gerne zuvor eine Summe hören, damit ich mir das Ganze durch den Kopf gehen lassen kann«, antwortete er nichtsdestoweniger aalglatt. »Zufriedenstellend sagt mir zu wenig.«

»Sobald ich alles begutachtet und die Listen verglichen habe, kann ich mehr sagen«, entgegnete sie sachlich. »Es hängt von der Reinheit der Juwelen und Schmuckstücke ab. Ich kann mich an die Arbeit machen, sobald Ihr es wünscht.«

»Nicht so eilig, Mädchen. Wir haben Zeit.«

Sie beendete ihre Mahlzeit, erhob sich und ging zu ihrem Platz am Fenster zurück. Fröstelnd rieb sie sich über die bloßen Arme. Weder die Herbstsonne noch das Gewand wärmten sie sonderlich gut.

»Da bin ich nun der Cholera entronnen«, sagte sie zu sich selbst, aber laut genug, damit es auch die Ohren des Capitano erreichte, »nur um hier vor Kälte mit den Zähnen klappern zu müssen und darauf zu warten, dass mich das Lungenfieber dahinrafft.«
Ohne den Fluss zu sehen, starrte sie blicklos hinaus. Hinter ihr rumorte es, und ein Truhendeckel klappte. Sie zuckte zusammen, als unerwartet Stoff über ihre Schultern glitt. Sie hatte den Capitano nicht kommen hören. Gerade noch rechtzeitig griff sie zu und hielt ein federleichtes Tuch in den Händen. Im Blau des Gewebes leuchteten verschlungene goldene Ranken, und die schmalen Seiten waren mit geknüpften Goldfransen versehen. Hastig zog sie es über ihren bloßen Busen und hörte ein missmutiges Brummen.
»Ich bringe mich um mein Vergnügen, allein deiner Gesundheit zuliebe. Ich hoffe, du weißt es zu schätzen.«
Christina schwieg. Das Tuch fest um sich geschlungen, wartete sie vergeblich darauf, dass ihr Zittern nachließ.
Daniel! Warum hast du mich alleingelassen? Wie soll es ohne dich weitergehen?

Die Steine kollerten aus dem Ledersäckchen über den Tisch. Bunte Kiesel in allen Farben des Regenbogens. Christina sortierte sie mit den Fingerspitzen. Braungeäderte Achate lagen neben Amethystkristallen, Karneole zwischen Bernsteinbrocken und Korallen. Sie entdeckte Opale und Heliotroptropfen, Mondsteine, Jadekugeln und Topase, auch zwei Karfunkelsteine, wie die Rubine im Volk genannt wurden. Die Auswahl würde jeden Goldschmiedemeister in Entzücken versetzen. Die Ladung des

Capitano zu prüfen hatte Tage in Anspruch genommen. Die Steine waren der letzte Posten – und der kostbarste.
Sie warf einen Blick zur Seite, wo der Capitano hingebungsvoll mit dem Fingernagel in seinen Zähnen herumfuhrwerkte. Er tat, als würde ihn ihre Meinung zu diesem Schatz nur am Rande interessieren.
»Die Steine sind von unterschiedlicher Qualität«, beschränkte sie sich auf die nüchternen Tatsachen. »Einige sind bereits geschliffen, andere müssen noch bearbeitet werden. Wenn es sich bei den Rubinen um indische Ware handelt, dann seid Ihr ein Glückspilz. Woher habt Ihr eine solche Menge der verschiedenartigsten Steine?«
»Sie stammen aus derselben Quelle wie die Gewänder«, antwortete der Capitano mit einem Unterton, der Christina zur Vorsicht mahnte. Sie hatte bereits einige Kostproben seiner Launen erhalten, deshalb schwieg sie. »Es gibt in Venedig eine Reihe sehr geschäftstüchtiger Frauen, Christina Contarini. Frauen, denen daran liegt, schöne Dinge wie diese hier in Goldstücke zu verwandeln. Möchtest du wissen, welche Frauen das sind?«
Sie verbot sich das Nicken, aber ihre Neugier siegte.
Der Capitano grinste zufrieden.
»Kurtisanen sind es, Mädchen. Frauen, die ihren Körper und ihre Liebesdienste an den Meistbietenden verkaufen. In Venedig leben die schönsten und geschicktesten ihrer Zunft. Sie lassen sich mit Juwelen entlohnen, tragen stets die neuesten Gewänder und ziehen die Männer an wie ein Honigtopf die Fliegen. Was du da trägst, zählt zu den abgelegten Kleidern von Monna Vittoria. Sie versteht sich nicht nur auf erotischen Zeitvertreib, sondern auch auf Geschäfte. Sie hat mit beiden Händen zugegriffen, als ich

vorschlug, den Inhalt ihrer übervollen Truhen weiterzuverkaufen. Auf dem Festland besitzt sie inzwischen schon mehr Land als mancher Herzog. Sie vertraut mir.«
Christina bewegte unbehaglich die Schultern unter ihrem enggeschnürten Kleid. Der Capitano schätzte sie richtig ein. Es gefiel ihr nicht, das Gewand einer Hure zu tragen.
Reiß dich zusammen, befahl sie sich energisch. Gönne ihm nicht den Triumph, dich verunsichern zu können, genau darauf legt er es an.
Gianbattista Giambelli gefiel es, ihr zu demonstrieren, dass sie von seiner Gutmütigkeit abhängig war. Er kaschierte seine kleine Gestalt, indem er ihr nur näher kam, wenn sie saß und schrieb. Genau dann stand er jedoch so dicht hinter ihr, dass sie seine Blicke in ihrem Ausschnitt fühlen konnte. Meist sagte er nichts dazu. Er starrte nur. Es amüsierte ihn offensichtlich grenzenlos, mit ihr zu spielen und darauf zu warten, dass sie die Nerven verlor.
»Ich hoffe für die Dame, dass Ihr einen anständigen Preis für diese Edelsteine geboten habt«, sagte sie betont kühl und griff wieder zur Schreibfeder. »Sie sind der letzte Posten auf Eurer Ladeliste, und eine korrekte Schätzung kann Euch nur ein ehrlicher Steinhändler geben. Vielleicht kann Euch Kapitän van Liewe in London zu einem solchen Mann bringen. Er kennt sich gut in der Stadt aus. Was verbergt Ihr in dieser letzten Kassette dort?«
Sie deutete mit der Federspitze auf ein flaches Holzbehältnis, dessen Deckel ein kompliziertes Rankenwerk aus Alabaster und schwarzem Ebenholz schmückte.
Der Capitano öffnete es kommentarlos, und Christinas Augen weiteten sich beim Anblick seines Inhalts.

»Ein persisches Schachspiel. Welch ein Kleinod.«
Die handgroßen Figuren, in verblüffender Detailgenauigkeit geschnitzt, ließen in ihren Augen alle Edelsteine und Gewänder verblassen. Ihr Großvater hatte ein ähnliches Schachspiel besessen. Die Stunden, die sie mit ihm vor dem schwarz-weiß gewürfelten Brett verbracht hatte, zählten zu denen, die sie in ihrer Erinnerung bis heute als besonders kostbar hütete.
»Sag mir nicht, dass du das Spiel der Könige beherrschst?«
»Ist das etwa eine Kunst, an der es Euren venezianischen Kurtisanen mangelt?«, fragte sie spitzzüngig zurück und warf den Kopf in den Nacken, so dass ihr roter Zopf in Bewegung geriet. »Natürlich kann ich Schach spielen. Mein Großvater hat es mich gelehrt. Domenico Contarini war ein Meister dieses Spiels. Sogar mein Vater schätzte es von Zeit zu Zeit, sich mit mir zu messen.«
»Beweise es mir, was ist das für eine Figur?«
»Ein Läufer, Capitano, und das da sind die Bauern, die Springer, die Türme und schließlich der König und die Königin. Es ist nicht nötig, mich zu prüfen. Ich sagte Euch schon, dass ich nicht lüge. Wollt Ihr ein Spiel wagen?«
Er kratzte sich nachdenklich den Bart und betrachtete sie mit zunehmendem Interesse.
»Du steckst voller Überraschungen. Glaubst du, mich besiegen zu können? Worum wollen wir spielen? Eine Partie ist nur unterhaltsam, wenn es um einen Gewinn geht. Was wünschst du dir am meisten?«
Was sie am meisten ersehnte, konnte er ihr nicht geben. Weder lag es in seiner Macht, Daniel aus dem Reich der Schatten zurückzuholen, noch konnte er sie vor Beendigung der Quarantäne von diesem Schiff bringen. Hatte sie

noch andere Wünsche? Ohne dass es ihr bewusst wurde, erschien eine nachdenkliche Falte auf ihrer Stirn.

»Wie wäre es, wenn wir um dich spielen, meine spröde Schöne?«, stichelte der Capitano aufreizend. »Wenn du verlierst, ergibst du dich und teilst freiwillig mein Lager.«

Christina schnappte nach Luft. »Ihr seid verrückt. Darauf lasse ich mich nicht ein. Meine Familie wird Euch teeren und federn, wenn Ihr Euch an mir vergreift. Kapitän van Liewe, den ich Euch als Partner für Eure Geschäfte empfohlen habe, weiß zudem, dass ich auf diesem Schiff bin. Er weiß auch, dass ich lebe und keiner der Seeleute mehr erkrankt ist. Er wartet mit meinem Bruder und meiner Freundin auf meine Rückkehr. Er hat schon einmal versucht, mich zu befreien.«

»Umso besser ist es, wenn ich dein Einverständnis dafür gewinne, bei mir zu liegen. Komm schon, Christina Contarini, wo bleibt dein Mut? Deine Bereitschaft zum Risiko hast du doch bereits hinreichend bewiesen. Wer nicht wagt, der nicht gewinnt. Niemand wird je erfahren, was in diesen vier Wänden geschieht.«

Sie schoss vom Stuhl hoch und brachte sich vor ihm in Sicherheit. Die Arme schützend vor der Brust verschränkt, hob sie entrüstet das Kinn.

»Ihr könnt mir nichts bieten, das mich zu einer solchen Torheit veranlassen würde. Kein Spiel rechtfertigt diesen Einsatz.«

»Wirklich nicht?« Lauernd drang er auf sie ein. »Jede Frau ist käuflich, auch die sittsamste. Es kommt nur auf den Preis an. Was ist dein Preis, Christina Contarini?«

Sprachlos blieb ihr der Mund offen stehen. Das war nicht

sein Ernst – oder doch? Das Spiel gefiel ihm offensichtlich, und er grinste diabolisch.
»Überleg es dir in aller Ruhe, Mädchen. Ich lasse dir Zeit bis zum nächsten Sonnenaufgang, dann musst du dich entschieden haben.«
»Und wer sagt mir, dass Ihr Euer Wort haltet?«
»Du bist eine Patriziertochter, aber ich bin ein Ehrenmann. Ich habe mein Wort noch nie gebrochen.«
Christinas Linke schmerzte. Sie öffnete die Finger und entdeckte den Läufer, den sie so fest umklammert hielt, dass sich seine Konturen in ihre Handfläche gruben. Sie war eine gute Schachspielerin. Von Großvater und Vater geschult, traute sie sich zu, ihn zu schlagen. Aber sie hatte keine Ahnung, wie es um die Fähigkeiten des Capitano stand. Er war in jeder Hinsicht überzeugt von seiner Überlegenheit. Beruhte das auf Selbstüberschätzung oder auf seinem Können? Musste sie sich auf dieses Spiel einlassen?
Und was, wenn er sie besiegte?

33. Kapitel

Saint Marys of Bethlehem, 10. Oktober 1419

Hannah nahm das Geräusch kaum mehr wahr. Leise knirschend rieb Stein auf Stein. Die Farbpartikel, die sie für Lucas bearbeitete, verloren ihr kristallines Aussehen und wurden zu gelblichem Mehl. Hauchfein und leuchtend zogen sie das Licht an. Sie wandte das Gesicht ab. Lucas hatte sie eindringlich vor dem kaum sichtbaren Staub gewarnt, der bei dieser Arbeit entstand.

»Man darf ihn nicht einatmen. Auripigment ist zwar der Grundstoff für eine besonders schöne gelbe Farbe, aber das Pulver selbst ist giftig und führt in hoher Konzentration sogar zum Tod.«

Obwohl Peter vorgefertigte Farben in Schweinsblasen für ihn bei den Londoner Händlern aufgetrieben hatte, mischte Lucas den größten Teil seiner Farben lieber selbst. Die Pulver, die Hannah für ihn rieb, setzte er mit den unterschiedlichsten Ölen und Laugen an, damit sie auf der weiß gekalkten Wand hinter dem künftigen Altar wie in der Natur leuchteten.

Innerhalb weniger Tage hatte er die Skizzen seines Vorgängers auf dem Untergrund ergänzt, verbessert und zu einer Komposition zusammengefügt. Schon in unfertigem Zustand erkannte Hannah, dass er bei dieser Arbeit Brügge im Kopf gehabt haben musste.

Die Muttergottes, die, betend und demütig, kaum den Engel anzusehen wagte, der vor ihr aufragte, kniete in einem Gemach, dessen Ausstattung der prächtigen Stube des Hauses Contarini glich. Die zierlichen Säulen des dreiteiligen Fensters hinter ihr waren wie dort in Sandstein-Maßwerk ausgeführt. Das Schnitzwerk des Alkovens zeigte Ranken, die sie am Treppengeländer des palastartigen Gebäudes gesehen hatte. Lucas schwelgte in Erinnerungen an sein Elternhaus. Sie wagte nicht, ihn zu fragen, ob er das bewusst oder unbewusst tat.

Zufrieden mit der Konsistenz des Pulvers, richtete sie sich nun auf. Sie säuberte die Finger in dem bereitstehenden Wassereimer, wie Lucas es ihr beigebracht hatte. Erst als sie sie mit einem Tuch trocknete, entdeckte sie Bruder Raimond, der stumm an einer Säule stand. Die Hände unsichtbar in den Ärmeln seiner Kutte vergraben, die verwachsene Schulter im Schatten verborgen, sah er ihnen zu.

Obwohl sie ihre Scheu vor der christlichen Kirche ein wenig abgelegt hatte, erschrak sie noch immer, wenn sie so unverhofft einem ihrer Repräsentanten begegnete. In Bruder Raimonds Blick lagen so viele Fragen, dass sie auch dieses Mal die Augen abwandte und verunsichert an ihren Rockfalten zupfte. Es kostete sie ihre ganze Selbstbeherrschung, nicht vor ihm zurückzuweichen, als er auf sie zukam.

»Der Herr sei mit dir, meine Tochter. Er wird es dir und Lucas danken, dass ihr so emsig daran arbeitet, sein Haus zu schmücken. Ich frage mich, was dein Gefährte über sein Handwerk noch lernen will? Mir kommt es vor, als überträfe er jeden Maler, zumindest die, die ich bisher kennengelernt habe.«

»Ihr schmeichelt mir, Bruder Raimond«, antwortete Lucas an Hannahs Stelle und wandte sich um. »Allein die Herstellung der verschiedenen Farben und die Beherrschung der unterschiedlichen Maltechniken erfordern ein Wissen, das ich längst noch nicht in vollem Umfang besitze.«
»Aber sind es nicht gerade die Bildermacherwerkstätten in Flandern, die von allen Kennern gerühmt werden? Wieso vervollkommnest du deine Kunst nicht in deiner Heimat?«
Lucas säuberte den Dachshaarpinsel, mit dem er eine Grundierung aufgetragen hatte, auf ähnlich umständliche Weise wie Hannah zuvor ihre Finger. Sie begriff, dass er seine Antwort sorgsam überdachte. Auch er begegnete dem Mönch trotz allem mit Vorsicht.
»Steht nicht schon in der Bibel, dass der Prophet im eigenen Lande nichts gilt?« Lucas sah auf und grinste. »Kaum jemand außer Hannah und meiner Schwester glaubte mir, dass es mir ernst damit ist, dieses Handwerk zu ergreifen. Und für die Arbeit eines simplen Lehrlings, der nur die Werkstatt zusammenkehrt und in endloser Folge Ranken kopiert, bin ich, ehrlich gesagt, zu ungeduldig. Ich möchte mich bei einem Meister meiner Zunft weiterbilden.«
Es war die Wahrheit. Aber es war nicht die volle Wahrheit, das durchschaute auch Bruder Raimond. »Du hast einen schwierigen Weg gewählt, Lucas. Dennoch habe ich das Gefühl, dass Gottes Segen auf deinem Tun liegt.«
Hannah hörte ruhig zu. Bruder Raimond war so durchdrungen von der Gewissheit, dass sein Gott gütig, alles verzeihend und gnädig war, dass sie immer öfter den Wunsch verspürte, Fragen an ihn zu stellen. Würde er sie beantworten?

»Wenn Ihr dieser Meinung seid, so will ich mich darüber freuen«, entgegnete Lucas und nahm einen anderen Pinsel auf. »Sagt mir, was hieltet Ihr davon, wenn der Hintergrund des Fensters, zwischen den Säulen, eine Landschaft zeigen würde? Es würde Gottes Schöpfung mit ins Bild nehmen. Der Gedanke gefällt mir.«
»Wie ungewöhnlich.« Bruder Raimond trat näher und verengte die Augen, damit er die angedeuteten Linien besser erkennen konnte. »Mehr als die Heilige Jungfrau und den Erzengel Gabriel darzustellen käme mir nie in den Sinn. Warum willst du dir diese Mühe machen? Es geht schließlich um die Verkündigung der Geburt des Heilands.«
»Und um das Lob Gottes«, antwortete Lucas. »Diese Welt ist sein Werk.«
Hannah war erstaunt. Frömmigkeit gehörte nicht eben zu Lucas' hervorstechenden Eigenschaften. Er musste etwas im Hinterkopf haben, wenn er so argumentierte. Aber, was?
»Gott hat auch die Welt geschaffen«, erklärte er. Die Vorstellungen, die ihm auf der *Espérance* noch neu und ungewohnt erschienen waren, hatten inzwischen ganz von ihm Besitz ergriffen. »Sind die Wunder der Natur nicht wie geschaffen, den Glauben an Gottes Allmacht zu begründen und seine Herrlichkeit zu preisen?«
Er war ganz Kaufmann, Hannah sah es voller Bewunderung. Er verkaufte dem Mönch seine Sicht der Dinge wie Simon Contarini seinen Kunden Luxuswaren. Am Ende nickte Bruder Raimond langsam.
»Du hast mich überzeugt, Lucas. Aber was ist mit all diesen zusätzlichen Dingen, die Maria umgeben?« Er deutete auf eine Vase mit Lilien auf dem Tisch, eine Wasserschale

und eine Kerze im fein ziselierten Silberleuchter. »Lenkt dieser weltliche Tand nicht ab?«

»Wasser, Licht und Lilien sind das Symbol für die Keuschheit und Reinheit Mariens, ehrwürdiger Bruder. Die Maler der flämischen Werkstätten nehmen sie deshalb in ihren Tafelbildern auf.«

»Obwohl dies eine höchst erstaunliche Sicht der Dinge ist, kann ich nicht leugnen, dass sie mir gefällt«, sagte der Mönch nach einer längeren Pause der Besinnung. »Sie bringt uns die Personen aus der Heiligen Schrift ungewohnt nahe. Es wird unserem Abt gefallen, dass unser Gotteshaus ein Kunstwerk flämischer Art erhält. Lass dich nicht in deinem Bemühen aufhalten.«

Er wandte sich um und bemerkte, wie Hannah Lucas mit absoluter Hingabe betrachtete. Erst sein leises Räuspern riss sie aus dieser Versunkenheit.

Röte stieg ihr in die Wangen, was sie gegenüber dem Mönch verlegen werden ließ. Er hatte sicher bemerkt, dass sie Lucas nicht nur wegen seiner Ausführungen an den Lippen hing. Hatte er durchschaut, dass sie eine Fremde in diesem christlichen Gotteshaus war? Eine Ketzerin sozusagen. Eine aus dem Volk der Juden? Sie nahm ihre Arbeit wieder auf und hoffte inständig, dass ihm ihre zitternden Hände nicht auffielen. Erst als sich das unregelmäßige Tappen seiner Sandalen auf dem Steinboden langsam entfernte, löste sich ihre Anspannung.

Lucas bemerkte nichts von alldem. Er verfiel in einen wahren Rausch, wenn er malte. Während das hübsche Schild für den *Löwen von Flandern* nur Zeitvertreib für ihn gewesen war, bot sich ihm in der Klosterkirche die Möglichkeit, sein Können unzweifelhaft unter Beweis zu stellen.

»Du bist Lucas sehr ergeben.«

Hannah kam vom Brunnen zurück, als ihr Bruder Raimond unter dem Vordach entgegentrat. Sie fuhr erschrocken zusammen. Wasser schwappte aus dem Eimer auf ihren Rocksaum.

»Verzeih, ich wollte dich nicht erschrecken.« Er nahm ihr hilfsbereit den schweren Eimer ab. »Aber es verwundert mich, dass ich dich weder bei der Beichte noch bei der Messe sehe. Welcher Kummer liegt dir so schwer auf dem Herzen, dass du ihn nicht einmal Gott anvertrauen kannst? Erbitte seine Vergebung, dann wird es dir bessergehen. Wohl dem, dessen Übertretung vergeben und dessen Sünde bedeckt ist, sagt schon die Bibel.«

Hannah antwortete nicht. Sie senkte beharrlich den Blick und rief stumm nach Lucas, aber der hatte gesehen, dass sie zum Brunnen gegangen war und würde sie nicht so schnell vermissen.

»Ich will Euch nicht mit meinem Kummer behelligen«, sagte sie schließlich leise, als sie begriff, dass er ohne Antwort nicht weichen würde. »Ihr habt sicher Wichtigeres zu tun, als Euch mit den Torheiten einer Fremden zu beschäftigen.«

»Du befindest dich im Hause unseres göttlichen Vaters, Hannah. Du bist sein Kind und keine Fremde.«

»Nein, Ihr täuscht Euch. Ich bin eine Fremde. Eine Fremde, und vielleicht nennt Ihr mich sogar eine Ungläubige, Bruder Raimond«, platzte sie zu ihrer eigenen Überraschung heraus, der ewigen Lügen mit einem Schlag überdrüssig. »Ich bin jüdischen Glaubens. Mein Name ist Hannah Salomon.«

Zu spät schlug sie die Hand vor den Mund. Die Worte waren schon heraus. Die Güte in Bruder Raimonds Augen wich Erstaunen.

Schuldbewusstsein überflutete Hannah. Warum hatte sie sich verraten? Sich auf solche Weise in die Hände eines christlichen Mönchs zu geben, war reine Torheit. Entsetzen stieg in ihr auf, und Angst vor den Folgen.

Als der Mönch kein Wort sagte und das Schweigen zwischen ihnen lastend wurde, sank ihre Hand herab. Woher sie den Mut nahm, seinem Blick zu begegnen, wusste sie selbst nicht zu sagen.

»Ich weiß, Ihr werft meinem Volk dieses Verbrechen vor.« Sie trat in die offene Tür und deutete mit einer vorsichtigen Geste auf das Abbild des Gekreuzigten über dem Hauptaltar. »Und doch hatte Gott eine Jüdin dazu auserwählt, seinen Sohn zur Welt zu bringen. Er hat seinen Erzengel zu Maria gesandt, und nicht die Juden haben Jesus Christus gekreuzigt, sondern die Römer.«

»Du erstaunst mich, Hannah Salomon«, vernahm sie seine Stimme, als sie die Hoffnung auf eine Antwort längst aufgegeben hatte. »Deinen Worten entnehme ich, dass du bereits darüber nachgedacht hast, was dich und Lucas trennt. Du weißt, dass weder ein Priester noch ein Rabbi je bereit sein werden, euren Bund zu segnen, wie es sich gehört, damit ihr in Ehren Mann und Frau sein könnt.«

»Helft mir!« Sie fasste nach den Händen des Mönchs. »Lehrt mich, eine Christin zu sein. Tauft mich, damit ich Lucas zum Mann nehmen kann.«

Die Kühnheit ihrer Bitte bestürzte sie mehr als den Mönch. Bis auf die Tatsache, dass sein Griff fester wurde, konnte sie keine Reaktion bei ihm ausmachen.

»Ihr denkt, ich bin so verrückt wie die armen Seelen, die

Ihr mit Euren Klosterbrüdern in den Gewölben von St. Marys beherbergt und bewacht, nicht wahr? Eine Jüdin, die ihren Glauben verrät, um einen Christen zu heiraten, kann nicht bei Verstand sein.«

»Nicht so hastig, Kind«, mahnte der Mönch. »Zügle deine Ungeduld. Eine solche Entscheidung will wohlbedacht werden. Du würdest allem den Rücken kehren, was bisher dein Leben bestimmt hat.«

»Das habe ich längst getan, Ehrwürdiger Bruder. Bitte helft mir.«

»Das will und kann ich nicht alleine entscheiden, Kind. Solch schwerwiegende Fragen müssen mit unserem Abt besprochen werden.«

Um zu ahnen, wie die Antwort des Abtes aussehen würde, musste Hannah nur in Bruder Raimonds Augen sehen. Männer wie er, die Andersgläubige anhörten und sie nicht nach dem ersten Satz verurteilten, waren selten. Sein Abt würde weniger nachsichtig sein. Womöglich würde er sie sogar vor ein Kirchentribunal zerren. Sie konnte von Glück sagen, wenn man sie nicht dafür bestrafte, dass sie es gewagt hatte, dieses Gotteshaus mit ihrer Anwesenheit zu entweihen.

Ihr Kopf sank mutlos nach unten.

»Ihr denkt, ich weiß nicht, was ich tue. Aber Ihr täuscht Euch. Ich bin bereits als Kind in einer christlichen Familie, ebenso wie in meiner eigenen, zu Hause gewesen. Ich sehne mich nach christlicher Güte und nicht nach jüdischer Strenge. Ich will meine Gebete an die Muttergottes richten dürfen. Helft mir.«

Es war etwas an dieser jungen Frau aus Flandern, das Bruder Raimond bewegte, gegen jede Vorschrift zu handeln.

Vielleicht, weil sie so sehr der Gottesmutter glich, der Lucas Gestalt gab. Hannah hatte klug argumentiert, als sie ihm in Erinnerung gerufen hatte, dass auch sie aus dem Volk der Juden stammte.

»In der Heiligen Schrift steht: An Liebe habe ich Wohlgefallen und nicht an Schlachtopfern. Es ist deine Liebe zu dem Maler, die dich bewegt, diesen Schritt zu tun, ich sehe es sehr wohl. Aber wenn es dir ernst mit deinem Wunsch ist, unserer Mutter Kirche beizutreten, so will ich dich in unseren Geboten unterrichten und dich taufen«, setzte er sich über seine Bedenken hinweg.

Hannah wollte ihren Ohren nicht trauen. »Und Euer Abt, was wird er dazu sagen?«

»Das lass meine Sorge sein.«

»Ihr werdet Schwierigkeiten bekommen.«

»Nicht, wenn ich eine Seele auf den rechten Weg bringe. Dennoch ist es vielleicht angebracht, wenn du deinen Wunsch und unsere Abmachung für dich behältst. So, wie du bisher deinen Glauben verschwiegen hast. Hinter der Mühle, die Master Rope betreibt, findest du einen Uferpfad, der zu einer leerstehenden Einsiedelei am Waldrand führt. Der fromme Mann, der sie bewohnt hat, ist schon vor Jahren gestorben. Seit dieser Zeit steht sie leer. Die Dorfbewohner meiden den Platz, weil ein Dummkopf behauptet hat, der fromme Mann ginge als Geist dort um. Ich erwarte dich an dieser Stelle in der ersten Stunde nach Sonnenaufgang, um dich zu unterrichten. Wenn du diese Mühe auf dich nehmen willst, so wird Gottes Segen auf uns beiden ruhen.«

Er kürzte Hannahs Dank ab, indem er sich zum Gehen wandte. Sie sah ihm lange nach. Als sie den Wassereimer zu

Lucas schleppte, stellte sich heraus, dass dieser das Gespräch beobachtet hatte.

»Wo sind deine Furcht und deine Vorsicht geblieben, Hannah? Was wollte er von dir? Du plauderst mit dem Bruder, als wäre er ein Freund?«

»Ist er das denn nicht?«, antwortete sie mit einer Gegenfrage.

Sie zögerte, ihm Einzelheiten zu berichten. Wie würde er reagieren? Und vielleicht entschied Pater Raimond am Ende ja auch, dass sie nicht fromm genug war, eine Christin zu werden.

»Er ist ein guter Mensch, das bezweifle ich nicht«, entgegnete Lucas währenddessen. »Aber er ist auch ein Mann der Kirche und in ihren Geboten und Vorschriften verhaftet. Wir sollten alles vermeiden, was ihn in Konflikte bringt. Seine Entscheidung muss immer zugunsten seiner Kirche ausfallen, sonst bringt er sich selbst in Schwierigkeiten.«

»Woher willst du das wissen?«

Sie mied Lucas' Blick. Hatte sie einen Fehler gemacht, sich dem Mönch anzuvertrauen?

»Sieh mich nicht so bekümmert an.« Lucas nahm ihr Gesicht in beide Hände.

Seine Zärtlichkeit vertiefte ihr Unbehagen. Nun konnte sie ihm erst recht nicht mehr gestehen, was sie getan hatte.

34. Kapitel

Auf der *Bona Confidentia*, 11. Oktober 1419

An deiner Stelle wäre ich vorsichtig. Er führt etwas im Schilde. Ich kenne ihn«, fügte Mauro hinzu.

Er nutzte die Gelegenheit zum Gespräch mit Christina, während der Capitano dem mürrischen Steuermann Befehle erteilte. Sein Quartier verließ er immer noch nicht. Er bestand darauf, dass derjenige, den er zu sich bestellt hatte, auf dem Gang vor der offenen Tür stehen blieb. Schon gab es wieder Leben an Deck und erste Versuche, für Ordnung zu sorgen.

Christina nickte. Sie ahnte, dass Mauro Fragen hatte. Er war ein heller Kopf. Er spürte die Spannung, die sich in den letzten vierundzwanzig Stunden zwischen ihr und seinem Onkel aufgebaut hatte. Der Zeitpunkt der Entscheidung stand bevor, und sie wusste noch immer nicht, was sie tun sollte.

Wie sollte es weitergehen? Tatsache war, dass sie einer Zukunft ohne Daniel ins Auge sehen musste. Wie würde ihr Bruder auf Daniels Tod reagieren? Lucas hatte Daniel geschätzt. Die Verbindung mit seiner Schwester war ihm trotzdem ein Dorn im Auge gewesen. Er würde von einem Zeichen des Schicksals sprechen und alles daransetzen, dass sie und Hannah nach Brügge zurückkehrten.

Nein! Alles in Christina bäumte sich dagegen auf, heimzu-

kehren. Sie hatte ihre Liebe verloren, sie wollte nicht auch noch ihre Freiheit einbüßen. Hatte nicht schon ihr Großvater Perikles zitiert? Allein der Mut sei der Schlüssel zur Freiheit, hatte der weise Grieche gesagt.
In einer gefährlichen Mischung aus Verzweiflung und Tollkühnheit beschloss sie, alles zu wagen. Sie würde das Spiel mit dem Capitano, im Vertrauen auf die eigenen Fähigkeiten, riskieren. Aber sie musste einen Preis aushandeln, dessen Gewinn alles zu ihren Gunsten wenden würde. Sie musste etwas in der Hand haben gegenüber Lucas. Etwas, das ihn überzeugte, sie und Hannah unbedingt mit nach Venedig nehmen zu müssen. Die Freundin konnte genauso wenig in das Haus am Walplein heimgehen.
»Pack dich! Was lungerst du hier herum? Ich habe dir genügend Arbeit aufgetragen.«
Mauro flitzte davon, ehe ihn die schlagkräftige Hand des Capitano erreichen konnte. Er hatte Erfahrung darin, seinem jähzornigen Onkel aus dem Weg zu gehen. Christina indes bot ihm die Stirn, als er die Tür zuschlug. Sie verbot sich, daran zu denken, was ihr bevorstand, wenn sie die Schachpartie verlieren sollte. Sie musste gewinnen, und sie würde gewinnen. Hatte ihr Großvater sie nicht die beste Schachspielerin von ganz Brügge genannt?
»Ihr habt mir ein Spiel mit hohem Einsatz vorgeschlagen, Capitano«, sagte sie und versuchte keine Emotion erkennen zu lassen. »Ich habe mich entschieden. Ich werde mich mit Euch messen.«
»*Dio mio,* welche Herablassung«, spottete der Capitano und brach in solches Gelächter aus, dass sein Wanst unter dem befleckten Gewand bebte. »Wahrhaftig, wie eine echte Contarini gesprochen, Monna Christina.«

»Wir werden sehen, wer zuletzt lacht«, antwortete sie kühl. »Freut Euch nicht zu früh. Und außerdem ist da noch die Frage Eures Einsatzes zu klären. Mein Preis, wie Ihr es genannt habt.«

»Schön.« Obwohl seine Augen sich misstrauisch verengten, behielt er sein schmieriges Grinsen bei und nickte ihr zu. »Nenn mir deinen Preis.«

»Wenn ich diese Schachpartie gewinne, werdet Ihr mich und meine beiden Gefährten auf dem schnellsten Wege nach Venedig bringen, sobald die Quarantäne vorbei ist. Zudem gebt Ihr mir Euer Wort, dass Ihr mich für die restliche Zeit, die ich noch an Bord bin, in Frieden lasst und mich nicht mit Euren Wünschen verfolgt.«

»Selbst wenn ich mich darauf einlasse, Mädchen, bis ich mein Schiff und meine Mannschaft wieder freibekomme, ist die Schifffahrt für den Winter eingestellt. Wir können unsere Heimreise nicht vor Februar antreten.«

»Dann bin ich auch nicht bereit, meinen Einsatz zu wagen«, entgegnete Christina. »Denkt Ihr, ich spiele um meine Person und will im Gegenzug nur eine simple Passage nach Venedig? Entweder, Ihr geht das gleich hohe Risiko ein wie ich, oder das Spiel findet nicht statt.«

»Du willst uns im Winter über das Meer jagen?« Der Capitano stieß einen Fluch aus. »Bist du verrückt, Mädchen? Wir riskieren Schiff und Leben dabei. Du warst noch nie in Venedig, nicht wahr? Wenn du das verlangst, hast du keine Ahnung von Winterstürmen. Besonders nicht von denen, die vor der Küste Spaniens herrschen.«

»Sie sind mir egal.«

Ihre Blicke begegneten sich, und sie sah zuerst Verblüffung, dann Erkenntnis darin aufglimmen.

»Für solche Eile, die sogar den Tod missachtet, gibt es nur eine Erklärung. Du bist auf der Flucht. Wovor?«
»Ihr lenkt ab«, warf ihm Christina vor, statt zu antworten. »Ich habe Euch meinen Einsatz genannt. Wollt Ihr spielen oder nicht?«
Mit angehaltenem Atem wartete sie. Nun, da sie sich entschieden hatte, wollte sie die Schachpartie so schnell wie möglich hinter sich bringen. Je weniger Zeit sie dem Capitano ließ, Ränke zu spinnen, umso kalkulierbarer erschien ihr das Risiko, das sie einging. Trotzdem fiel es ihr schwer, Ruhe zu bewahren. Er stapfte zwischen seinen Warenstapeln auf und ab und rang mit sich. Wie lange noch?
»Ich muss ebenso verrückt sein wie du, wenn ich mich darauf einlasse«, schnaufte er schließlich. »Aber es sei. Es zählt nur der Sieg. Bei Gleichstand spielen wir so lange, bis es einen Sieger gibt. Hier, meine Hand darauf.«
Zögernd legte Christina ihre schmale Hand in die Pranke des Capitano. Es war zu spät für weitere Bedenken. Sie beschwor ihren ganzen Mut und reckte in ihrer üblichen Art das Kinn. Im bislang so stumpfen Grau ihrer Augen blitzte Angriffslust. Feine Röte stieg ihr in die Wangen und betonte die kaum sichtbaren Sommersprossen auf den Jochbögen, die ihr Antlitz prägten.
»Abgemacht«, sagte sie mit klarer Stimme. »Lasst uns beginnen.«
»Nicht so hastig.« Schwungvoll riss der Capitano die Tür wieder auf und brüllte nach Mauro. »Wein, Schinken, Brot, Früchte und etwas von dem orientalischen Zuckerwerk, das wir mit den getrockneten Trauben gelagert haben. Und wasch dir die Hände, ehe du das Zeug anfasst. Unser Gast soll nicht meinen, dass es uns an Manieren fehlt.«

»Wir wollten Schach spielen und nicht tafeln«, protestierte Christina.

Er hörte nicht auf sie, sondern gab Mauro zusätzlich Anweisungen, Kissen auf die Stühle zu legen und neue Kerzen in die Leuchter zu tun. Die Vorbereitungen erhöhten ihr Unbehagen. Sie wollte nicht weich sitzen und Zuckerwerk naschen. Sie wollte gewinnen.

Bis sie sich endlich, das Schachbrett mit den aufgestellten Figuren gebrauchsbereit, gegenübersaßen, waren ihre Nerven aufs äußerste gespannt. Es strapazierte ihre Geduld, seinem nicht enden wollenden Grinsen mit gelassener Miene zu begegnen. Noch schwieriger war es, ihre innere Stimme zum Schweigen zu bringen.

Bist du verrückt, Christina Contarini, fragte sie sich voller Entsetzen zum wiederholten Mal. Weißt du eigentlich, worauf du dich hier einlässt?

»Schwarz oder weiß?«

Der Capitano nahm einen Bauern von jeder Farbe und verbarg seine Arme auf dem Rücken, damit ihr entging, wie oft er die Figuren tauschte. »Du hast die Wahl, Monna Christina.«

Ein Stoßgebet zum Himmel schickend, deutete sie auf seine Rechte. Achtsam nahm sie den weißen Bauern entgegen, den ihr die Entscheidung verschafft hatte. Würde Weiß ihr Glück bringen?

»Weiß beginnt. Aber lass uns erst anstoßen. Dieser Wein stammt von den Hängen des Veneto. Er schmeckt wie die Sonne meiner Heimat. Auf den Sieg, Monna Christina.«

Sie nippte lediglich am Becher. Wenn er glaubte, sie betrunken und leichtsinnig machen zu können, so würde er sich täuschen. Die Contarini handelten auch mit guten

Weinen. Sie wusste um die Gefahr eines Tropfens, der ölig und schwer aus dem Krug floss und nach Sommer und Trauben duftete.

»Auf den Sieg, Capitano.«

Sie beobachteten einander, ehe sie, fast ohne hinzusehen, ihren ersten Zug tat. Sich in die Polster zurücklehnend, die Mauro so eilfertig herangeschleppt hatte, ließ sie auch weiterhin kein Auge von ihm. Ihr Schultertuch war verrutscht und gab den Ausschnitt ihres Gewandes frei. Sie unterdrückte den ersten Impuls, es wieder hochzuziehen. Auch sie konnte für Ablenkung sorgen, obwohl sie solche Mittel im Grunde ihres Herzens verachtete.

Die Selbstverständlichkeit, mit der er ihre Spieleröffnung erwiderte, verriet ihr ebenso wie sein triumphierendes Lächeln, dass sie es mit einem Gegner zu tun hatte, den sie nicht unterschätzen durfte. Auch wenn er den Eindruck machte, mehr Muskeln als Hirn zu besitzen, er verstand es, sie schnell in Schwierigkeiten zu bringen. Christinas Nacken prickelte unbehaglich.

Ruhig, beschwor sie sich, lass dich nicht provozieren.

»Ist dir warm? Hier trink, es ist genügend Wein da ...«

Sie missachtete seine Aufforderung. Den Siegelring ihres Großvaters umklammernd, überdachte sie die Folgen ihrer nächsten Züge sorgfältiger als zuvor. Das leise Klacken eines gesetzten Springers durchbrach die Stille. Seine neue Position entlockte dem Capitano einen Laut der Überraschung.

»Du weißt anscheinend wirklich, was du mit deinem *Cavallo* tust«, brummte er anerkennend.

Er revanchierte sich, nach einer zermürbend langen Phase des Nachdenkens, mit einem Gegenzug, der ihre Dame in

Gefahr brachte. »Wie erfreulich, mit einer Gegnerin zu spielen, die es mir nicht einfach macht«, sagte er dazu.
Christinas Pupillen weiteten sich. Auf ihrer Stirn erschien eine senkrechte Falte. Mit Ausnahme ihres Großvaters hatte sie noch keinen Schachspieler kennengelernt, der mit ihrem bildhaften Gedächtnis mithalten konnte. Dass ausgerechnet ein Wüstling wie der Capitano der zweite sein sollte, wollte sie nicht wahrhaben.
Das ist nur ein Zufall, beruhigte sie sich und konzentrierte sich auf die Partie. Sie hatte jegliches Zeitgefühl verloren, und so entging ihr, dass vor den Fenstern des Achterkastells die Nacht herabsank. Mit einem kühnen Wechsel ihrer Taktik brachte sie den Capitano ihrerseits an den Rand der Niederlage.
Beide besaßen sie nur noch wenige Figuren, als er seine Augen vom Schachbrett nahm und sie so tückisch anstarrte, dass sie unwillkürlich ihr Tuch aufnahm und den Busen bedeckte. Die Vorstellung, nicht nur seine Augen, sondern seine Hände auf der Haut zu fühlen, würde sie noch aus der Fassung bringen.
»Freu dich nicht zu früh, Monna Christina«, zischte er und kratzte sich den verfilzten Bart. »Noch bin ich nicht am Ende meiner Weisheit. Die Nacht ist lang, und dieses Spiel kennt viele Tücken.«
»Tut Euren Zug.«
Sie griff nach ihrem Becher und befeuchtete die trockene Kehle.
Der Capitano, mittlerweile beim zweiten Krug Wein angekommen, hob den seinen zum Trinkspruch. »Auf dein Wohl. Du spielst Schach wie ein Orientale, aber du hast Pech. Ich geriet als Schiffsjunge in die Gewalt von musel-

manischen Piraten. Die Finessen des Schachspiels sind nur eines von vielen Dingen, die ich in den langen Jahren der Berber-Sklaverei erlernt habe.«

Sie hatte den Capitano unterschätzt. Schon wieder ein Fehler. Die Summe ihrer Irrtümer lastete schwer wie ein Mühlstein um ihren Hals. Sie stellte den Wein hastig ab und faltete die Hände in ihrem Schoß, damit er nicht sah, wie sie zitterten. Sie war sich ihrer selbst zu sicher gewesen. Würde sie dafür bestraft werden?

Auf der Suche nach einem Ausweg huschten ihre Blicke gehetzt durch den Raum. Unruhiges Kerzenlicht fiel auf den Tisch. Die wenigen Figuren, die noch auf dem Schachbrett standen, warfen dünne Schatten. Um sie herum verschluckte das Dämmerlicht die Konturen von Ballen und Kästen. Die exotischen Düfte der Stoffe, Gewürze und Tinkturen wurden überlagert vom Schweißgeruch, der aus den Kleidern des Kapitäns und von den Decken des zerwühlten Lagers aufstieg. Christina atmete durch den offenen Mund. Nur so konnte sie die drohende Übelkeit unter Kontrolle halten.

»Schach dem König!«

Mit lautem Knall positionierte der Capitano seine schwarze Dame vor dem weißen König. Sie blockierte den letzten Ausweg. Christina hatte verloren. Sie saß in der Falle!

Dröhnendes Gelächter jagte ihr die Hitze ins Gesicht, obwohl sie gleichzeitig fror. Schock, Angst und Ekel raubten ihr den Atem. Die feiste Gestalt auf der anderen Seite des Tisches verschwamm vor ihren Augen.

»Komm schon, mach nicht so ein Gesicht.« Wein gluckerte in ihren Becher. »Trink mit mir. Der Spaß ist noch längst nicht vorbei.«

Blindlings griff Christina nach dem Wein und trank, ohne abzusetzen. Prompt verschluckte sie sich. Tränen stiegen ihr in die Augen. Der Capitano stemmte sich hoch und schlug ihr einige Male kräftig zwischen die Schulterblätter. Bis wieder Luft in ihre gepeinigten Lungen drang, spürte sie seine Hand in ihrem Ausschnitt.

»Bastardo!« Sie sprang so überstürzt auf, dass die Schachfiguren in alle Richtungen davonflogen. »Nimm deine schmutzigen Pranken da weg!«

»Ich denke nicht daran. Für den Rest der Nacht gehörst du mir, Schätzchen. Wir haben eine klare Abmachung getroffen. Ich habe in einem ehrlichen Spiel gewonnen. Willst du das leugnen?«

Sie wollte, aber sie konnte es nicht. Der Capitano hatte sie weder betrogen noch übertölpelt. Der Sieg gehörte ihm. Wenn sie überhaupt jemandem Vorwürfe machen konnte, dann nur sich selbst.

Die Erkenntnis spiegelte sich so unmissverständlich auf ihren Zügen, dass er zufrieden nickte.

»Na also. Dort ist das Bett. Zieh dich aus und lass mich nicht warten. Ich will keine Zeit verschwenden, und ich habe keine Lust, Gewalt anzuwenden. Seit Venedig habe ich keine Frau mehr besessen.«

Christina schluckte angestrengt. Unfähig zur kleinsten Bewegung, konnte sie nur dastehen und ihn anstarren. Der Capitano wurde zusehends ungeduldiger.

»Täusche dich nicht, wenn du dich widersetzt, werde ich mir nehmen, was mir gehört, und das wird dir kein Vergnügen bereiten.«

Bittere Galle stieg aus ihrem Magen bis in die Kehle hinauf. Der schwere Schlag ihres Herzens dröhnte wie ein

Hammerwerk. Zu spät. Verstört sah sie auf ihre Hände. Dass sie auch noch selbst die Schnüre und Verschlüsse ihres Kleides öffnen sollte, war eine zusätzliche Demütigung.

Du hast verloren. Bezahle deine Rechnung. Du bist die Tochter eines Händlers, du weißt, was das heißt. Du bist der Preis.

Wie die ewig gleiche Litanei eines Gebetes, kreisten die Sätze durch ihren Kopf. Sie starrte in das gleißende Licht einer Kerzenflamme und löste die erste Schlaufe ihres Kleides. Dann die nächste, und so fort. Ihre Finger zauderten ungeschickt, aber sie zwang sie. Luft strich über ihre bloße Haut. Der metallische Geschmack von Blut überlagerte das Weinaroma in ihrem Mund. Sie hatte sich die Unterlippe aufgebissen.

»Löse dein Haar.« Der Capitano rülpste donnernd und griff nach dem nächsten Krug Wein. »Stell dich ins Licht. Ich will sehen, was ich gewonnen habe.«

Christina konnte keinen klaren Gedanken mehr fassen. Steif und hölzern gehorchte sie dem Befehl, den Blick über seinen Kopf hinweg ins Nichts gerichtet.

Es dauerte grauenvoll lange, bis er sich sattgesehen hatte und näher trat. Sie starrte auf seine bleiche Kopfhaut unter dem schütteren Haarwuchs. Am liebsten wäre sie auf der Stelle gestorben, als er mit beiden Händen nach ihren Brüsten griff. Die Begierde brachte ihn noch mehr zum Schwitzen. Den größten Teil seines unflätigen Gemurmels verstand sie nicht. Beim Sprechen sprühte er jedoch Speichel über ihren Busen. Ein erstickter Laut des Abscheus drang zwischen ihren Lippen hervor.

»Nun hab dich nicht so, Herzchen«, grunzte er. Gleichzei-

tig schlug er mit der flachen Hand klatschend auf ihr Gesäß und schubste sie zum Bett. »Dort ist dein Platz, Monna Christina. Zier dich nicht länger.«
Der energische Stoß gegen ihre Schulter warf sie nach hinten. Sie landete hart auf dem Rücken und stieß sich den Hinterkopf an der Wand. Der Raum verschwamm, Haare flogen vor ihr Gesicht.
Benommen versuchte sie sich auf einen Arm zu stützen, doch ein enormes Gewicht presste sie im selben Augenblick auf die Matratze zurück. Schwabbelig und unentrinnbar hielt sie der nackte Körper des Capitano gefangen. Ohne sich wehren zu können, war sie allem ausgeliefert. Seinem widerlichen Eigengeruch, der schweißfeuchten Haut, den fettigen Haarsträhnen und erst recht den Händen, die ihre Oberschenkel rabiat spreizten. Keuchend versuchte er, seine Männlichkeit in ihren Schoß zu zwingen.
Fast erstickt, sah Christina kreisende Feuerräder vor Augen. Sie begriff nur eines, er würde sie umbringen, ehe er zum Ziel kam. Aber obwohl sie sich noch eben den Tod verzweifelt gewünscht hatte, ihr Körper wollte leben. Er entwickelte Eigenleben. Kratzend und beißend versuchte sie, den Ballast von sich zu stoßen.
»*Maledetto!* Der Teufel soll dich holen, du … aaah!«
Mit einem gurgelnden Aufschrei brach der Capitano zuckend über ihr zusammen. Christina spürte klebrige Feuchtigkeit über Oberschenkel und Knie rinnen. Ihr Magen verkrampfte sich. Der eben getrunkene Wein stieg beißend bitter in ihre Mundhöhle. Der Capitano rührte sich nicht mehr. Erst als es ihr gelang, ihren Oberkörper mit schier übermenschlicher Kraftanstrengung unter ihm

herauszuwinden, konnte sie erkennen, dass er die Augen geschlossen hatte. Es kümmerte ihn nicht länger, was sie tat.

War er tot?

Sie empfand nicht einmal Entsetzen darüber. Sie zitterte am ganzen Leib und vermochte sich erst nach mehreren vergeblichen Versuchen vollends zu befreien. Als sie die Beine unter dem leblosen Koloss hervorzog, rollte er von selbst auf den Rücken. Seine Arme fielen zur Seite, sein Mund klaffte auf. Lautstarkes Schnarchen folgte auf einen hechelnden Atemzug. Er lebte. Er schlief lediglich den totenähnlichen Schlaf eines Betrunkenen.

Christina schluchzte trocken auf. Sie wich vor ihm zurück, bis sie die Kante des Tisches in ihrem bloßen Rücken spürte. Sie riss ihre Kleider an sich. Zuvor säuberte sie jedoch ihre Oberschenkel, indem sie den restlichen Wein aus dem Krug darübergoss. Sie bespritzte Schachspiel und Kissen dabei.

Das Begreifen, dass ihr das Schlimmste erspart geblieben war, erleichterte sie keineswegs. Sie ekelte sich vor dem eigenen Körper, vor sich selbst. Der schnarchende Mann würde irgendwann wieder zu sich kommen. Was dann? Würde er einfordern, was ihm entgangen war und was er für sein gutes Recht hielt?

Mehrmals schon und endgültig nach Daniels Tod hatte sie geglaubt, den absoluten Tiefpunkt ihres Lebens erreicht zu haben. Sie hatte sich getäuscht. Weder Gewand noch Decken konnten sie wärmen. Nachdem sie die Kerzen gelöscht hatte, brannte nur noch das Öllicht in der Ampel. Blicklos in die Schatten starrend, fand sie keinen Schlaf.

»Was ist mit dir?«

Mauro rüttelte Christina am Arm, und sein besorgtes Gesicht verriet ihr mehr als jeder Spiegel. Sie befreite sich aus seinem Griff.

»Nichts.«

»Erzähl das einem anderen. Du siehst aus wie ein Gespenst. Deine Haare machen den Eindruck, als würden Vögel darin nisten, außerdem hast du dein Leibchen nicht geschlossen. Hat er sich an dich herangemacht?«

Gemeinsam wandten sich ihre Köpfe zum Bett, wo der Capitano schnarchte. Nackt. Ein abstoßender Fleischberg. Christina drehte ihm den Rücken zu.

»Es ist alles in Ordnung«, flüsterte sie.

»Du lügst.« Der Schiffsjunge starrte auf seine Schuhspitzen und wartete darauf, dass sie endlich ihre Brüste bedeckte. »Ich hasse ihn. Hat er dir Gewalt angetan? Ich ahnte nicht, dass er so tief sinken kann.«

»Ich habe den Fehler gemacht.« Sie befestigte gewohnheitsmäßig die Schlaufen des Oberteils und schloss die Bänder. »Du musst mir die Vorwürfe machen. Ich wünschte, ich wäre tot.«

»So etwas darfst du nicht sagen.«

Grunzend und prustend löste sich der Capitano aus dem Schlaf, rollte sich schwerfällig aus dem Bett. Er setzte sich auf und kratzte sich ausgiebig den schwabbelnden Bauch. Danach gähnte er, bis seine Kieferpartie knackte, und begann zu fluchen.

»Was ist los hier? Wo steckst du, Mauro?«

»Hier.« Zögernd trat der Junge hinter den Warenballen vor und gab den Blick auf Christina frei. Der Capitano stutzte und stellte das Kratzen ein.

»Ah ja«, sagte er zerstreut. »Irgendwo hier muss meine Kniehose liegen. Such sie, Mauro, mach schon.«
Kein Wort fiel, während er sich ankleidete und den Weinkrug an den Mund setzte. Nur Gluckern und Schmatzen füllte den Raum. Endlich setzte er den leeren Krug ab, wischte sich den Mund mit dem Handrücken und trat zu Christina.
»*Dio mio*, schau mich nicht so an. Habe ich dich geschlagen? Gefoltert? Gezwungen?«
Sie schüttelte stumm den Kopf, während Mauro misstrauisch von einem zum anderen sah. Christinas Reaktion verwirrte ihn. Er stand auf ihrer Seite, aber es schien ihr einerlei zu sein. Sie machte den Eindruck einer Verurteilten, einer Frau, deren Wille gebrochen worden war.
»Was hast du ihr angetan, Onkel?«
»Das hat dich nicht zu kümmern, Naseweis. Verschwinde. Hol mir neuen Wein und etwas zu essen. Und kein Wort von dem, was du hier gesehen hast, zu irgendeiner Menschenseele, *capito?*«
Er packte Mauro am Kragen und warf ihn aus dem Raum, als er erkannte, dass der Schiffsjunge zögerte. Dann nahm er Christina genauer in Augenschein und räusperte sich umständlich. Ihre hilflose Gestalt weckte ein ungewohntes Mitgefühl und ein schlechtes Gewissen in ihm. Das machte ihn noch griesgrämiger, als er es ohnehin schon war.
»Immerhin weißt du, wann du deinen Mund zu halten hast«, knurrte er schlecht gelaunt. »Die Sache war ja auch kaum der Rede wert. Ich bin Besseres gewöhnt. Dabei siehst du mit deinen roten Locken aus, als würdest du erheblich mehr Temperament im Bett entwickeln. Zieh nicht so ein Gesicht. Was bedrückt dich? Du kannst gerne trotz-

dem mit uns reisen, wenn wir im Frühjahr heimkehren. Ich will ja nicht so sein. Wir haben ohnehin kein anderes Ziel, sobald die Schiffsrouten wieder offen sind.«

Christina zerrte an ihrem Schultertuch, dass der Stoff knisterte. War es möglich, dass er sich nicht mehr an alle Einzelheiten erinnerte? Dass die Erniedrigung, die wie Säure durch ihre Adern rann, ihm kaum ein Schulterzucken wert war? In ihrem kreideweißen Gesicht brannten die grauen Augen wie flüssiges Silber. Ihre Unterlippe trug die verschorften Spuren der eigenen Zähne. Die Verletzung brach unter der Anspannung auf, als sie die Lippen zusammenpresste. Ein Blutstropfen bildete sich und rann abwärts.

Der Capitano wich vor ihr zurück.

»Schau mich nicht so an, zum Donnerwetter. Ich tu dir nichts mehr. Es bleibt unter uns, was geschehen ist. Niemand wird davon erfahren. Auch der Junge weiß, dass ich ihm die Ohren abschneide, wenn er den Mund nicht hält. Und jetzt verschwinde in deine Ecke. Deine säuerliche Miene verdirbt einem wahrhaftig den Tag. Dabei könnt eher ich beleidigt sein, so wenig, wie ich von dir gehabt habe.«

Sie ging rückwärts, jeden Augenblick gewärtig, dass er seine Meinung ändern würde.

Wie lange würde ihre Schonzeit dauern?

35. Kapitel

St. Marys of Bethlehem, 20. Oktober 1419

Das Dach des Hauses war halb eingebrochen, die Mauer des Ziehbrunnens von Unkraut überwuchert. Die schäbige Unterkunft hatte bessere Zeiten gesehen. Lucas bezweifelte, dass die Ruine auch den kommenden Winter überstehen würde. Zwei Eichhörnchen nahmen keckernd Reißaus, als er auf die Lichtung trat. Er war dem kaum sichtbaren Pfad gefolgt, auf dem nur ein paar zertretene Grashalme bewiesen, dass er seit kurzem wieder genutzt wurde. Von Hannah! Was hatte sie hier zu suchen?

Anfangs hatte er angenommen, sie helfe den Mägden bei den morgendlichen Arbeiten. Heute jedoch hatte er einer beiläufigen Bemerkung von Mistress Rope entnommen, dass Hannah ihr nicht mehr zur Hand ging. Sie hatte ihr gesagt, dass sie gegenwärtig alle Zeit für ihn und das Bild in der Kirche benötigte.

Sie hatte Mistress Rope angelogen. Was tat sie nahezu jeden Morgen nach Sonnenaufgang? Wohin ging sie, wenn er das erste Tageslicht zum Malen nutzte? Weshalb machte sie ein solches Geheimnis daraus? Fragen über Fragen. Was ging in ihr vor? Er kannte Hannah zwar ein Leben lang, aber über ihre Gefühle wusste er noch viel zu wenig. Ihr Körper war ihm inzwischen vertrauter als ihre Gedanken. Seit Tagen hatte er den Eindruck, dass etwas zwischen ihnen stand. Dass sie nicht mehr offen mit ihm über alles redete. Sie war noch nachdenklicher geworden, seltsam abwesend. Manchmal gab sie ihm zu verstehen, dass sie lieber alleine sein wollte. Waren ihre Gefühle für ihn schon nach so kurzer Zeit erloschen?

Lucas wurde zwischen Angst und Zorn hin- und hergerissen. Die Befürchtung, Hannah zu verlieren, setzte ihm zu. Aber was hatte er ihr auch zu bieten? Eine ungewisse Zukunft. Das rechtlose Leben einer Verfolgten, die sich weder an ihre Glaubensgenossen, noch an die seinen um Hilfe wenden konnte, wenn sie in Not geriet. Wie sah Hannahs Schicksal aus, wenn ihm etwas zustieß? Sie führten ein Leben der Ungewissheit und Gefahr, noch nie war ihm das so bewusst geworden.

Stimmengemurmel, aus Richtung der eingefallenen Mauern, riss ihn aus seinem Grübeln. Es war einwandfrei eine Männerstimme, der Hannah antwortete. Eine Woge von Eifersucht und Wut überkam ihn. Dass Hannah sich tatsächlich mit einem anderen Mann traf, erschütterte ihn zutiefst.

Woran sollte er noch glauben, wenn nicht an sie?

»Was zum …«

Die Worte erstarben Lucas in der Kehle.

Hannah kniete vor einem schlichten Holzkreuz. Bruder Raimond stand darunter, die Hand zum Segen erhoben. Beide waren bei seinem unverhofften Auftauchen wie ertappte Sünder zusammengezuckt. Hannah kam so flink auf die Beine, dass sie um ein Haar mit Bruder Raimond zusammengeprallt wäre.

»Was hat das zu bedeuten?« Lucas sah fassungslos von einem zum anderen. »Was tust du hier?«

Hannahs erkennbare Verlegenheit machte ihn unsicher. Er erkannte, wie lächerlich sein Argwohn war, aber gleichzeitig setzten ihm neue Fragen zu.

»Beruhige dich, Lucas.« Bruder Raimond fasste sich als Erster und richtete die Augen vorwurfsvoll auf Hannah. »Du hast es ihm nicht gesagt?«

Sie schüttelte den Kopf und blickte zu Boden. »Ihr habt mir gesagt, ich soll es für mich behalten.«

»Ich nahm an, du hättest längst vorher mit ihm darüber gesprochen. Du hast ohne den Rat deines Bräutigams gehandelt? Das ist unklug.«

»Wovon zum Donner noch mal redet ihr beiden? Was bedeuten diese Heimlichkeiten?« Es fiel Lucas schwer, seine Emotionen zu zügeln.

»Ich habe Bruder Raimond gebeten, mich im Glauben seiner Kirche zu unterweisen.« Hannahs Stimme durchschnitt seine aufgewühlten Gedanken. »Ich will Christin werden und die Taufe empfangen.«

»Du willst …« Lucas trat überrumpelt einen Schritt zurück. Er sah zum Kreuz, danach zu Hannah. »Warum hast du mir nichts davon gesagt? Bist du dir wirklich sicher? Hast du es dir gut überlegt? Weißt du, was du tust?«

»Es ist mein heiliger Ernst«, antwortete sie schlicht.

Eine Fülle von Argumenten, Widersprüchen und Einwänden drängten sich auf Lucas' Zunge, aber er schluckte sie alle hinunter. Vor Bruder Raimond darauf hinzuweisen, dass es falsch war, aus Gründen der Liebe auch den Glauben zu wechseln, erschien ihm nicht ratsam. Er wollte Hannah nicht in Schwierigkeiten bringen.

»Ich dachte, du freust dich darüber.«

»Lieber Himmel.« Lucas griff nach ihren Händen. »Ich weiß nicht, was ich dazu sagen soll. Es ist eine so bedeutsame Entscheidung. Du durchtrennst damit endgültig alle Bande, an dein Volk und deine Familie.«

»Du bist jetzt meine Familie, Lucas. Dein Glaube soll auch der meine sein. Ich will, dass unsere Kinder Christen werden und dass Gottes Segen auf unserer Verbindung ruht. Bruder Raimond hat versprochen, uns zu vermählen, sobald er mich getauft hat.«

Hannah schmiegte sich in seine Umarmung, und Lucas sah den Mönch über ihren Kopf hinweg fragend an. Bruder Raimond lächelte, er wirkte zufrieden. Seine Gedanken waren für Lucas leicht nachzuvollziehen. Er bekam nicht nur ein Wandgemälde für seine Kirche, er rettete auch noch eine verlorene Seele. Hannahs geliebte Seele.

»Wenn du das wirklich willst, so bin ich der Letzte, der dich davon abhalten wird«, sagte er schließlich nach einem tiefen Atemzug. »Was mich befremdet, ist jedoch die Geheimnistuerei. Was hat das zu bedeuten, Ehrwürdiger Bruder?«

Die Antwort ließ auf sich warten, aber als Lucas seinen Blick nicht losließ, gab der Mönch die Wahrheit preis. »Deine Braut gehört einem Volk an, das den Engländern gründlich verhasst ist. Seit sie von der großen Pest heimgesucht wurden und den Juden die Schuld daran geben, leben die Juden in steter Gefahr in unserem Land. Ein falsches Wort, ein vager Verdacht, und sie landen vor einem Kirchentribunal. Eine Frau wie Hannah ist diesen Männern nicht gewachsen. Man würde ihr jedes Wort im Munde umdrehen und sie als Ketzerin brandmarken, ehe sie einmal vollständig das Vaterunser gesprochen hat.«

Unwillkürlich schlossen sich Lucas' Arme fester um Hannah. »Auch wenn sie sich entschieden hat, eine Christin zu werden?«

»Das wird man ihr anrechnen. Aber es könnte höchstens zur Folge haben, dass man sie gnädigerweise vor dem Verbrennen erdrosselt.«

»Davon habt Ihr mir nichts gesagt«, warf Hannah Bruder Raimond vor.

»Hätte das denn etwas an deinem Entschluss geändert?«

Sie befreite sich sanft aus Lucas' Armen und schüttelte den Kopf. »Nein. Ihr habt mir in diesen Tagen viele Antworten auf Fragen gegeben, die ich mir schon immer gestellt habe. Ich bin bereit, den Weg zu gehen, den Ihr mir gewiesen habt. Ich glaube an Gottvater, den Heiligen Geist, Christus meinen Erlöser und seine Mutter Maria.«

»Amen.«

Der Mönch schlug noch einmal das Kreuz über ihrem Scheitel und wandte sich an Lucas. »Im Hinblick auf Hannahs und deine Sicherheit ist es dennoch ratsam, sowohl die Taufe wie auch eure Heirat in unserer Kirche in aller Heimlichkeit zu feiern. Ich werde euch Bescheid geben, welche Nacht dafür am besten geeignet ist.«

»Und was ist mit dem erforderlichen Eintrag in das Kirchenregister von St. Marys?« Lucas kannte die Vorschriften. »Er wird uns verraten.«

»Keine Sorge. Die Mönche von St. Marys sind fromme, aber einfache Männer. Sie dienen Gott, indem sie die armen verwirrten Seelen der Stadt London bei sich aufnehmen. Außer mir und unserem Abt kann keiner von ihnen lesen und schreiben. Unser Ehrwürdiger Vater ist alt und krank. Er sieht schlecht. Es ist an mir, die Kirchenbücher zu führen und Schriftstücke auszufertigen. Bis mein Nachfolger einmal feststellen sollte, dass im Herbst dieses Jahres eine Jüdin zum Christentum übergetreten ist, wirst du längst ein bekannter Maler sein. Niemand wird deine Gemahlin mit dieser Frau in Verbindung bringen.«

»Ihr habt an alles gedacht.«

»Das hoffe ich doch. Gott sei mit euch, meine Kinder.«

Der Mönch verließ humpelnd die Einsiedelei. Lucas und Hannah blieben vor dem Holzkreuz allein. Beide betrachteten sie es lange, ehe sich ihre Augen trafen.

»Wie hast du uns gefunden?« Ein Hauch von Vorwurf schwang in Hannahs Stimme. »Ich wollte diese Entscheidung für mich behalten, bis ich getauft bin.«

»Du kannst keine Geheimnisse vor mir haben. Ich spüre es, wenn du dich von mir abwendest. Es ist, als schöbe sich eine Wolke vor die Sonne und die Welt würde dunkel und kalt. Ich liebe dich, Hannah. Ich habe nicht gewusst, wie sehr ich dich liebe.«

Er hatte Hannah entwaffnet. Sie küssten sich vor dem Kreuz und sie strich liebevoll über die angespannten Muskeln in Lucas' Nacken. Obwohl sie von der Richtigkeit ihres Entschlusses überzeugt war, wollte sich eine letzte Spur von Unbehagen nicht vertreiben lassen.

Was würde Daniel zu ihrem Schritt sagen? Trotz seiner Liebe zu Christina war er ein gläubiger Jude, und ihre Konversion würde ihn entsetzen. Auch Christina, die doch auf ihren Schutz zählte, würde kaum begeistert sein. Sie würde beide enttäuschen.

»Die Beziehungen zwischen dem Königreich Frankreich und dem neuen Herzog von Burgund sind schlechter denn je.« Kapitän van Liewe war mit Peter nach St. Marys gekommen und berichtete Lucas und Hannah, was sich auf dem Festland tat. Er hatte sich rasiert. Im ersten Moment hatte ihn Hannah kaum erkannt.

»Die englischen Truppen sind bis an die Tore von Paris vorgerückt, wenngleich sie die Stadt nicht eingeschlossen haben. Frankreich darbt. Die Weinernte fiel der Schlechtwetterperiode im Herbst zum Opfer. Die Lebensmittelpreise sind so sehr gestiegen, dass die einfachen Leute kein Brot mehr kaufen können. Sie sterben vor Hunger. Dieses Mal ist keine Pest nötig, um die Bevölkerung zu dezimieren. Die wetterwendische Hauptstadt hat ihren Ruf bestätigt, ihre Fahnen stets nach dem Wind zu hängen. Seit dem Mord in Montereau ist sie wieder der Partei des Burgunderherzogs zugetan und verfolgt die Armagnacs.«

»Und wie stehen die Dinge in Flandern?«, erkundigte sich Lucas.

»Besser, wie immer. Der Dauphin hat angeblich einen Brief an den neuen Herzog von Burgund gerichtet, in dem er aufs heftigste beklagt, was geschehen ist. Er fleht geradezu darum, den Frieden, den Johann Ohnefurcht mit ihm schließen wollte, mit dem Sohn schließen zu dürfen. Alles deutet indes darauf hin, dass der Herzog ein Bündnis mit den Engländern favorisiert. Er hat seinen Rat nach Gent gerufen.«

»Ihr seid hervorragend informiert«, stellte Lucas fest, ohne seine Arbeit zu unterbrechen.

»Unter anderem auch vom Agenten Eures Herrn Vaters.«

»Ihr habt mit ihm gesprochen?« Nun setzte er doch den Pinsel ab und trat zurück.

»Es ließ sich nicht vermeiden.« Van Liewe betrachtete das Gemälde, das unter Lucas' Händen entstand, voller Hochachtung. »Ihr vollbringt Wunder mit Euren Farben, aber es ist sicher nicht die Art von Wunder, die Euer Herr Vater von Euch erwartet.«

»Er hielt es stets für eine Zeitverschwendung, die mich davon abhält, vernünftigere Arbeit im Kontor zu tun. Er verkauft zwar illustrierte Bücher und bemalte Bildtafeln an seine reichen Kunden, aber er hat kein Verständnis für den Wunsch, solche Werke mit eigenen Händen zu schaffen.« Lucas wechselte den Pinsel und begann die Schattierungen im Haar des Erzengels zu betonen, ehe er beiläufig hinzufügte: »Was hat Blackfriar Euch gesagt?«

»Nichts, was Ihr nicht selbst wisst. Man sucht nach Euch und man nimmt an, dass Ihr Antwerpen auf meinem Schiff verlassen habt.«

Hannah griff nach dem Pinsel, den Lucas abgelegt hatte, und wusch ihn erst in Lauge und dann in einem bereitstehenden Eimer aus, ehe sie ihn mit einem Stofflappen trocknete. Sie wusste inzwischen, wie wichtig es war, dass er stets genügend saubere, frische Pinsel zur Hand hatte. Ein verschmutzter Pinsel konnte eine ganze Farbpartie verderben. In Anbetracht der Mühe, die es machte, die Farben herzustellen, erledigte sie ihre Arbeit besonders gründlich. Da sie so jedoch nur mit den Händen beschäftigt war, blieb ihr Zeit, van Liewe aus den Augenwinkeln zu beobachten. Noch nie hatte sie ihn so unruhig, besorgt und zerstreut erlebt. Irgendetwas beschäftigte oder belastete ihn. Was?

»Und? Habt Ihr unseren Aufenthaltsort an Blackfriar verraten?«, fragte Lucas gereizt.

Van Liewe reagierte gelassen auf die Unterstellung. »Wollt Ihr einen Rat von mir annehmen, Lucas Contarini?«

»Warum nicht. Wenn er etwas taugt. Aber sagt nicht, dass wir mit Blackfriar nach Brügge zurückkehren sollen.« Obwohl er mittlerweile selbst einsah, dass er sich im Ton vergriff, fiel es Lucas schwer, sich zurückzunehmen.

»Streift endlich die Kinderschuhe ab, mein Freund. Wenn Ihr aus dem Schatten Eures Vaters treten wollt, müsst Ihr Euch wie ein Mann verhalten, und nicht wie ein Milchbart. Es ist weder Euch noch ihm gedient, wenn Ihr Reißaus nehmt und stumm schmollt. Sagt ihm ehrlich, was Ihr plant und weshalb Ihr es tut. Ihr schuldet Eurem Vater die Wahrheit. Wie könnt Ihr eine Kirche schmücken und gleichzeitig nicht gottesfürchtig sein? Erinnert Euch an die zehn Gebote. Überlegt gut, ehe Ihr antwortet. Ich habe Blackfriar gesagt, dass Ihr an Bord der *Espérance* wart und mich in London verlassen habt. Dass Ihr nach Venedig weiterreisen wolltet und mir keine Auskünfte über Eure genauen Pläne gegeben habt. Das ist das Äußerste an Lüge, was Ihr von mir erwarten könnt. Was immer zwischen Euch und Eurem Vater steht, er sorgt sich um seine Kinder. Ihr habt nicht das Recht, ihn in Angst zu versetzen.«

»Ihr mischt Euch in Angelegenheiten, die nicht die Euren sind«, entgegnete Lucas steif. »Ihr habt uns geholfen. Wir sind Euch dafür dankbar, aber wenn Ihr nur gekommen seid, uns Vorschriften zu machen, wie unser Vater, so muss ich Euch enttäuschen.«

»Schreibt Eurem Vater einen Brief. Ich gebe Euch mein Wort, dass er ihn erhalten wird. Natürlich ist mir klar, dass Ihr nicht mit mir nach Hause reisen werdet. Und eine Frau wie Eure Schwester, die ihr Leben einsetzt, um einen Mann gesund zu pflegen, der vieles ist, aber wahrhaftig nicht der richtige Ehemann für eine Contarini, lässt sich ebenfalls keine Vorschriften machen. Sie wird auch weiterhin ihren Willen gegen alle Widerstände durchsetzen. Trotzdem müsst Ihr Euren Vater verständigen.«

Entwaffnet wandte Lucas den Blick ab und nahm seine Arbeit wieder auf. »Ich werde darüber nachdenken. Was hört Ihr von der *Bona Confidentia*?«

»Dem Anschein nach sind keine neuen Krankheitsfälle aufgetreten. Die Wachen haben beobachtet, dass die Mannschaft mit der Reinigung des Schiffes begonnen hat. Alles deutet darauf hin, dass wieder Befehle erteilt werden.«

»Noch sechzehn Tage«, sagte Hannah, die sowohl den Ablauf der Quarantäne wie auch das Datum für die Einstellung der Schifffahrt genau im Kopf hatte. »Sie könnten vor dem Sankt-Martins-Tag nach Venedig aufbrechen.«

»Rechnet nicht damit«, dämpfte van Liewe ihre Hoffnungen. »Die Ladung muss gelöscht und verkauft werden. Die Überlebenden werden in den Hafenschenken von London feiern wollen. Ganz abgesehen davon, dass das Wetter umschlagen wird. Mein Bootsmann sagt Sturm voraus, und er täuscht sich selten.«

»Und wie steht es um Eure Pläne?«, wagte Hannah zu fragen.

Sie erhielt keine Antwort, denn Peter tauchte auf, um van Liewe abzuholen. Die leeren Bierfässer waren gegen volle ausgetauscht worden und die Körbe mit den Herbstfrüchten, den Kohlköpfen und den Käselaiben auf das Fuhrwerk verladen. Die Waren wurden im *Löwen von Flandern* drin-

gend erwartet. Er wollte aufbrechen, damit sie bei Helligkeit das Stadttor erreichten.
Lucas arbeitete bis Sonnenuntergang stumm und verbissen an seinem Erzengel. Als er endlich zurücktrat, weil das Licht nicht mehr ausreichte, fand er Hannah betend auf den Knien vor dem Altar. Er wagte nicht zu fragen, wofür sie betete. Aber er verspürte den heftigen Wunsch, ihr die Traurigkeit zu vertreiben.
Unter dem Eindruck von van Liewes unverblümter Zurechtweisung fürchtete er, dass auch sie nicht mit allen seinen Handlungen einverstanden war. Zum ersten Mal stellte er sich und seine Entschlüsse ernsthaft in Frage. Die Prügelei in Southwark hatte den Glauben an seine Kraft erschüttert, jetzt stellte er auch seine persönliche Integrität in Zweifel. Er hatte den Weg des geringsten Widerstandes genommen, weil es ihm zu mühsam gewesen war, Christina und ihre Gefährten in Antwerpen zur Vernunft zu bringen. Ein starker Mann hätte diese Mühe nicht gescheut. Er hätte seine Schwester davon abgehalten, sich in Gefahr zu bringen. Aber dann hättest du nie erfahren, dass Hannah die Frau ist, nach der du immer gesucht hast. Er unterdrückte einen Fluch. Hannah beendete ihr Gebet, weil sie sein Gebrummel für eine Aufforderung hielt.
»Schreib diesen Brief«, riet sie ihm, als er sich endlich überwand und sie auf dem Heimweg um ihren Rat bat. »Du liebst deinen Vater trotz allem. Es passt nicht zu dir, ihm absichtlich Kummer zu machen.«
Ein Schwarm Krähen stieg von einem nahe gelegenen Feld auf. Der Sturm, den der Kapitän angekündigt hatte, machte sich in kurzen, harten Böen bemerkbar. Die schönen Herbsttage schienen vorbei zu sein.

Van Liewe hatte recht, es war an der Zeit, dass er erwachsen wurde.
Lucas war aufgerüttelt. Er musste sich dem Sturm stellen.
»Ich werde ihm schreiben«, murmelte er und führte Hannah eilig nach Hause.

36. Kapitel

Auf der *Bona Confidentia*, 6. November 1419

Christina hatte angenommen, sie würde vor Freude außer sich sein. Aber nun, da es so weit war, empfand sie nichts. Weder Jubel noch Trauer, weder Erwartung noch Aufregung. Dafür hüpfte Mauro neben ihr von einem Fuß auf den anderen und wusste sich vor Überschwang kaum zu fassen. Mit kleinster Takelage, von einem steifen Ostwind getrieben, nahm die *Bona Confidentia* Fahrt in Richtung London auf. Die Quarantäne war aufgehoben. Kapitän und Mannschaft waren wieder frei.
Gianbattista Giambelli trat neben sie. Rasiert, in sauberen Kleidern und so nüchtern, wie sie ihn noch nie erlebt hatte, war er jeder Zoll der absolute Herr seines Schiffes. Der Mann aus der Nacht der Schachpartie war nicht wiederzuerkennen. Die demütigenden Erinnerungen lebten dennoch in Christina weiter. Sie musste sich beherrschen, seine unmittelbare Gegenwart zu ertragen.
Immer wieder hatte der Capitano versucht, die Geschehnisse herunterzuspielen. Je näher das Ende der Quarantäne gerückt war, umso klarer wurde ihm, dass Christina Menschen kannte, die ihm Schwierigkeiten bereiten konnten, sollten sie je erfahren, was er ihr angetan hatte.
»Ihr haltet Euer Wort?«, wollte er zum unzähligsten Male ihre Bestätigung.

»Ihr solltet am besten wissen, dass ich das tue«, antwortete sie tonlos und hielt die Kapuze ihres Umhangs fest. »Wendet Euch an Kapitän van Liewe, um Eure Waren zu verkaufen. Seht zu, dass Ihr baldmöglichst die Segel nach Venedig setzt. Dann sind wir quitt.«

So unangenehm ihr die Gegenwart des Capitano war, so empfand sie doch keinen Hass gegen ihn. Sie war ja nicht, wie Hannah, mit roher Gewalt überfallen worden. Sie hatte sich auf ein gefährliches Spiel eingelassen und verloren. Bei Lichte betrachtet, war es sogar anständig von ihm, ihnen trotzdem noch die Möglichkeit zu geben, nach Venedig zu reisen. Es lag ihm sichtlich daran, im Guten von ihr zu scheiden und alles auf die besonderen Umstände der Quarantäne zu schieben.

Brummend entfernte er sich nun, und Mauro zupfte an ihrem Mantel.

»Wirst du meinen Unterricht auf der Reise nach Venedig fortsetzen, Monna Christina?«

Sie hatte begonnen, ihn Lesen und Schreiben zu lehren und ihm die Grundzüge einfachster Mathematik beizubringen. Es lenkte sie von ihrem Kummer ab. Mauro träumte bereits davon, sich von der Schifffahrt zu verabschieden, in einem Handels- oder Bankkontor Arbeit zu finden. Er sah sich in feinen Kleidern und von seinen Freunden bewundert.

»Wenn du Zeit dafür findest«, antwortete sie geistesabwesend. Noch lieber hätte sie »Gib Ruhe!« gesagt, aber sie hatte ihm viel zu verdanken. Er war ihr einziger Halt und Freund gewesen. Nur seinen hartnäckigen Bemühungen war es zu verdanken, dass sie regelmäßig gegessen, getrunken und auch geschlafen hatte. Trotzdem war sie hohläugig

und mager geworden. Haare und Augen hatten ihren Glanz verloren. Ihr Blick ging viel zu oft ins Leere.
Mauros Zukunftspläne machten ihr bewusst, dass sie selbst keine mehr hatte. Sie würde ihrem Bruder zur Last fallen müssen. Lucas und Hannah waren der Halt, an den sie sich klammerte. Mit ihrer Hilfe konnte es ihr vielleicht gelingen weiterzuleben. Allein besaß sie keine Kraft mehr dafür. Sie hatte das Gefühl, aus fließendem Wasser zu bestehen, die Stabilität ihrer Knochen eingebüßt zu haben. Das Leben zerrann ihr zwischen den Händen.
Sie sieht krank aus, das war auch das Erste, was Kapitän van Liewe bei ihrem Anblick feststellte. Er war an Deck gestürmt, kaum dass das Schiff am Dock festgemacht hatte. Zahllose Neugierige verfolgten das Manöver. Ihm war es im Gewühl gelungen, sich unter die Ersten zu drängen, die mit dem Sheriff von London und seinen Männern an Bord gingen. Ein Schiffsjunge hatte ihn in das Achterdeck geführt, wo Christina mit versteinerter Miene wartete.
»Dem Himmel sei Dank«, sagte er schnell und verbarg sein Erschrecken hinter aufgesetzter Fröhlichkeit. »Wir haben jeden Tag für Eure Gesundheit gebetet. Kommt, Euer Bruder erwartet Euch ungeduldig.« Er sah sich um. »Wo ist Daniel Katz?«
Christina brachte das Wort nicht über die Lippen. Sie schüttelte stumm den Kopf.
»Der Herr sei seiner Seele gnädig.« Van Liewe begriff und bekreuzigte sich betroffen. Das erklärte ihre Veränderung. Sie war nur noch ein Schatten ihrer selbst. »Umso mehr werdet Ihr nun den Trost Eurer Familie benötigen. Lassen wir sie nicht warten.«

»Sie müssen dennoch Geduld haben.« Keinerlei Emotion färbte ihre Worte. »Ich habe dem Capitano versprochen, dass Ihr den Makler für seine Ladung machen werdet, Kapitän van Liewe. Ich habe die Waren selbst geprüft. Die Listen und Mengenangaben stammen von mir. Wenn Ihr diese Güter mit nach Flandern nehmt, solltet Ihr sie dem Handelshaus Contarini anbieten. Ihr vermögt damit ein Geschäft zu machen, das Euch für die Wartezeit und Eure Unannehmlichkeiten reich entschädigen wird.«

»Wie könnt Ihr in einem solchen Augenblick von Geschäften reden«, wunderte sich van Liewe. »Ihr seid erschöpft, ich sehe es Euch an. Ihr habt einen schlimmen Verlust erlitten und eine schwere Zeit hinter Euch. Der Handel kann warten.«

Christina schüttelte stumm den Kopf.

»Hört auf mich und kümmert Euch um diese Ladung. Ich warte so lange hier. Sorgt Euch nicht, ich habe mich jetzt an das Warten gewöhnt.«

Sie übertrieb nicht. Er fand sie später in exakt der gleichen Haltung wieder, die Hände im Schoß gefaltet, das Antlitz verschlossen. Daniels Tod hatte ihr Tatkraft und Energie geraubt. Mitleid erfasste ihn. Sie war eben doch eine schwache Frau. Er ertappte sich dabei, dass er sich die hochfahrende, lebensprühende, dickköpfige Christina Contarini zurückwünschte, die ihn so oft an den Rand seiner Beherrschung gebracht hatte. Der Schatten, den er von der *Bona Confidentia* nach St. Marys brachte, gefiel ihm nicht. Genaugenommen machte ihm ihre Verwandlung sogar Angst.

»Das ist nicht mehr meine Schwester Christina.«
Lucas brach das Schweigen und riss Hannah aus ihren Gedanken. Auch sie grübelte über Christina nach.
»Was erwartest du, Lucas? Sie hat Daniel verloren, und sie hat vierzig schreckliche Tage der Quarantäne hinter sich. Glaubst du wirklich, dass das spurlos an einem Menschen vorübergeht?«
»Spuren könnte ich verstehen, aber sie hat sich vollständig verändert. Wie sollen wir ihr helfen, wenn sie sich uns gegenüber so vollständig verschließt? Sie will ja nicht einmal getröstet werden. Du hast es gehört, wir sollen sie in Ruhe lassen.«
Hannah gab die Rüben, die sie geputzt und kleingeschnitten hatte, in den Topf, der auf dem Dreifuß über dem Feuer stand, und rührte seinen Inhalt noch einmal um. Der aromatische Duft von Kohl und Brühe verbreitete sich im Raum. Die Handgriffe verschafften ihr Zeit zum Nachdenken.
Das Wiedersehen mit Christina hatte sie beide aus ihrem eben erst erreichten Frieden gerissen. Dass sie sich weigerte, auch nur eine Silbe über Daniels Tod oder die Ereignisse auf dem Schiff zu erzählen, stieß sie vor den Kopf. Hatte sie kein Vertrauen mehr zu ihnen? Gab sie vielleicht ihnen die Schuld daran, dass sie Daniel verloren hatte?
»Wir müssen ihren Wunsch respektieren«, sagte sie endlich und richtete sich wieder auf. »Deine Schwester ist krank. Krank an Seele und Leib, sieh sie dir an. Gib ihr Zeit zur Genesung, Lucas.«
»Genau die haben wir nicht. Wenn wir wirklich mit diesem unsäglichen Schiff nach Venedig reisen wollen, so ist sicher Eile geboten. In wenigen Tagen muss die Schifffahrt voll-

ends eingestellt werden. Schon jetzt ist das Wetter so abscheulich, dass sogar der Fährverkehr über die Themse ruhen muss. Wenn es nach mir ginge, dann sollte van Liewe mehr Druck auf den venezianischen Capitano ausüben, seine Geschäfte in größerer Eile abzuwickeln. Die Zeit drängt. Der Winter steht vor der Tür, und ich will ihn nicht in England verbringen. Christina müsste den Willen aufbringen, sich zu kräftigen, damit sie diese Reise übersteht.«

»Du vergisst dein Wandbild. Es ist noch nicht fertig.«

»Ich kann jederzeit die letzten Pinselstriche tun. Bruder Raimond hat versprochen, dich danach zu taufen und uns zu verheiraten. Es ist kein Problem, noch vor dem Martinstag aufzubrechen.«

Hannah zögerte und sah sich um, ehe sie sich zu ihm umwandte. Es fiel ihr schwer, das vorübergehende Zuhause zu verlassen, das sie mit Lucas geteilt hatte. Dennoch musste sie ihm beipflichten.

»Ich bin sicher, dass es auch Christina lieb wäre, wenn wir so bald wie möglich reisen. Vielleicht wird sie schneller gesund, wenn sie England und die schlimmen Erinnerungen daran hinter sich gelassen hat.«

Lucas knetete seine langen Finger, was bei ihm stets ein Zeichen großer Unruhe und Besorgnis war.

»Ich fürchte, Venedig ist keine Lösung für Christina.«

»Was soll das heißen?«

»Glaube mir, ich denke dabei nur an sie. Christina wird sich dort nicht wohl fühlen.«

»Du willst dich von deiner Schwester trennen? Das kannst du ihr nicht antun. Das ist herzlos. Umso mehr, als sie auch Daniel verloren hat.«

Lucas hielt ihrem entrüsteten Blick stand.

»Betrachte die Sache mit Vernunft und nicht allein mit dem Herzen. Sie ist eine Contarini. Bis wir in Venedig ankommen, hat mein Vater auch dort alle Verbindungen spielen lassen. Man wird sie als Familienmitglied aufnehmen. Damit verliert sie jedes Recht, über sich selbst zu bestimmen. Ihr Ruf ist ruiniert, aber sie ist immer noch eine der besten Partien. Man wird sie schnellstmöglich passend verheiraten. Ihr Erbteil wiegt eine fehlende Jungfernschaft auf. Mein Vater liebt seine einzige Tochter, auch wenn sie ihn zur Weißglut bringt. Er wird alles tun, um ihre Zukunft zu sichern. Du weißt selbst, dass es in unseren Kreisen nur zwei Wege gibt, einen solchen Skandal zu vertuschen. Das Kloster oder eine Ehe.«

»Sie kann mit uns leben«, erinnerte Hannah an den bestehenden Plan, aber dem Einspruch fehlte bereits die Überzeugungskraft.

»Im Hause eines schlichten Bildermalers? Das werden die Contarini niemals zulassen. Wenn wir uns dort ihretwegen mit der Familie anlegen, können wir unsere sichere Zukunft in Venedig vergessen. Das kann und darf ich nicht zulassen, Hannah. Ich muss an dich und an unsere Kinder denken.«

Unwillkürlich presste Hannah die Hände auf ihren Leib. Vielleicht trug sie schon ein Kind von ihm unter dem Herzen. Seitdem sie das erste Mal das Lager in Liebe miteinander geteilt hatten, konnten sie nicht mehr voneinander lassen. In Lucas' Augen fand sie die eigene Sorge gespiegelt.

»Wie können wir unsere Zukunft auf Christinas Leid gründen?«, sagte sie tonlos.

Lucas nahm sie stumm in den Arm.

Die reglose Gestalt, die auf dem Gang neben der halb geschlossenen Tür stand und das Gespräch verfolgte, gab keinen Laut von sich. Christina war auf dem Weg zu den beiden gewesen. Lucas' erste Worte hatten sie davon abgehalten, den Raum zu betreten.

Lucas und Hannah waren ein Paar! Nicht nur das, sie hatten auch einen Priester gefunden, der bereit war, Hannah zu taufen und beiden seinen Segen zu geben. Das erklärte das Gefühl der Fremdheit und des Ausgeschlossenseins, das sie schon bei der ersten Umarmung verspürt hatte. Es waren also nicht nur ihre eigenen Erlebnisse, die sie trennten. Wie lange fragten sich die beiden schon, was sie mit ihr anfangen sollten?

Sie war ihnen bei ihren Plänen nur im Wege.

Obwohl sie sich seit Daniels Tod mit aller Macht bemühte, keine Art von Gefühlen zuzulassen, überkam sie eine wilde Mischung aus Neid und Eifersucht, aus Trauer und Enttäuschung. Auch der Bruder und die Freundin ließen sie im Stich. Niemand, der ihr Halt gab.

Sie stand mit leeren Händen und leerem Herzen da.

Allein.

Siebter Teil

Matthis (III)

37. Kapitel

Brügge, 4. November 1419

Dem Himmel sei Dank.«

Mathilda streckte die Hände aus. Obwohl blind, erkannte sie Matthis, sobald er durch die Tür ihrer Stube trat. »Wo hast du gesteckt? Seit Tagen warte ich ungeduldig auf deinen Besuch. Nicht einmal Anneke ist erschienen, damit ich sie zu dir schicken konnte.«

Verblüfft über den erregten Empfang, kümmerte sich Matthis als Erstes um das Feuer. Er warf zwei ſrische Scheite auf die Glut. Holz war teuer im flachen, kaum bewaldeten Flandern. Obwohl er dafür sorgte, dass sie stets reichlich davon besaß, sparte sie ihre Vorräte lieber, statt sie zu verbrennen. Erst danach zog er sich einen Hocker in ihre Nähe und griff endlich nach ihren Händen. Die Finger glichen dünnen Zweigen, und er rieb sie liebevoll, weil sie eiskalt waren.

»Jetzt bin ich ja gekommen«, verteidigte er sich. »Was gibt es so Wichtiges?«

»Dringt das Gerede nicht bis zu dir durch? Wo hast du gesteckt in diesen Tagen?«

»Im Kontor, Mathilda. Du weißt doch, dass Vater beim Rat des Herzogs in Gent ist. Ich führe die Geschäfte unseres Hauses in seiner Abwesenheit. Das ist nicht leicht.«

Er konnte den Stolz nicht ganz verbergen. Die Position,

die er in Abwesenheit seines Vaters einnahm, gefiel ihm. »Also sag, was gibt es so Wichtiges?«

»Du weißt also nicht, dass sich die ganze Stadt das Maul über euch zerreißt?«, wunderte sich seine ehemalige Kinderfrau. »Die Ohren müssen dir doch klingen von all dem böswilligen Tratsch. Angeblich hat dein Vater sich die Ungnade des Herzogs zugezogen. Man munkelt gar, Herzog Philipp will den Contarini ihre Privilegien beschneiden. Was weißt du von dem Zerwürfnis?«

»Nichts«, entgegnete Matthis konsterniert. »Es muss sich um Lügen handeln. Vater hätte uns Bescheid gegeben, wenn es tatsächlich so ernst um uns stände.«

»Bist du sicher?« Sie beugte sich näher zu ihm. »Dein Vater hat schon immer dazu geneigt, die Seinen vor allem zu schützen. Er denkt, er könne alles allein ins Lot bringen. Seine Maria will er schon gar nicht in Sorge stürzen.«

Sie brach ab, denn in diesem Moment ging noch einmal die Tür auf. Anneke van der Buerse blieb bei Matthis' Anblick verdutzt stehen. Sie war erkennbar überrascht, ihn hier zu treffen.

»Gott zum Gruß, Mathilda. Euch auch meinen Gruß, Herr Contarini«, sagte sie nach einem tiefen Atemzug schüchtern. Sie stellte den offensichtlich schweren Henkelkorb auf dem Tisch ab. »Ich habe dir frisches Brot und eingelegte Pflaumen gebracht, Mathilda.«

Sie begann die Vorräte auszupacken.

»Lass das und setz dich zu uns.« Die Blinde winkte sie heran. »Was hörst du in der Herberge deines Onkels? Sind auch dort die Contarini im Mittelpunkt des Geredes?«

Anneke suchte nach den richtigen Worten. Sie wollte Matthis nicht verletzen, aber auch sie wusste nicht, was es zu bedeuten hatte, dass eine der einflussreichsten Patrizierfamilien so plötzlich im Mittelpunkt der Häme stand. Sie wich seinen Augen aus.

»Es geht sogar ausschließlich um die Contarini«, sagte sie leise. »Man sagt, der Herzog habe Herrn Simon vom Großen Rat ausgeschlossen. Angeblich legt er keinen Wert mehr auf die Stimme eines Mannes, der ihm nicht mit der gewünschten Loyalität dient.«

»Das ist eine Lüge!«, protestierte Matthis. »Unsere Familie dient den Herzögen von Burgund seit mehr als hundert Jahren in unverbrüchlicher Treue. Niemand kann dies in Zweifel ziehen, nicht einmal der Herzog.«

»Das ist nicht alles.« Sie sah ihn an, als rechne sie damit, dass er ihr die schlechten Nachrichten persönlich anlasten würde. Dennoch sprach sie aus, was gesagt werden musste. »Man glaubt sogar allgemein, dass sich die Geschäfte des Hauses Contarini in verzweifelter Lage befinden müssen. Die Tatsache, dass Euer Vater in diesem Jahr keiner der Flanderngaleeren auch nur ein größeres Stück abgekauft hat, wird dafür als Beweis angeführt. In der Trinkstube gibt es nur noch dieses Thema.«

Es hielt Matthis nicht länger auf seinem Stuhl. Dieser bösartige Klatsch ging über bloßes Geschwätz hinaus. Das Haus Contarini hatte stets Wert auf einen einwandfreien Ruf gelegt. Er war für ein Handelshaus genauso wichtig wie ausreichendes Kapital.

»Wer kann Interesse daran haben, uns auf solche Weise zu schaden«, rief er aus. »Es gibt nicht den Hauch eines Beweises für all diese Behauptungen.«

Mathilda zupfte energisch an seinem Wams, damit er sich wieder setzte. Anneke betrachtete ihn voller Mitgefühl und sprach weiter. »Die Tatsache, dass sich das Bankhaus Contarini von seinen langjährigen jüdischen Partnern, den Salomons, getrennt hat, wird ebenfalls zum Beweis angeführt. Hinzu kommt, dass man beobachtet hat, dass Maria Contarini seit Wochen in fast allen Kirchen Brügges geweihte Kerzen stiftet. Sie betet zu jedem Heiligen, und sie tut es mit solcher Inbrunst, dass es auffällt. Was treibt sie an, wenn nicht der Wunsch, den Himmel zu bitten, weiteres Unheil von ihrer Familie abzuwenden?«

»Bei Gott, die Leute sind verrückt.« Matthis rieb sich das Gesicht mit den Handflächen, als könne er auf diese Weise das Gespinst der Lügen loswerden. »Mutter betet für Christina und Lucas, das muss ich euch doch nicht erklären. Oder?«

»Die Klatschmäuler wissen das nicht«, erklärte Anneke. »Für sie sieht es so aus, als sei die Ermordung Johann Ohnefurchts für Euren Vater nur ein vorgeschobener Grund gewesen, um die Hochzeit mit Hendrik van der Molen abzusagen. Man denkt inzwischen, dass Hendrik Christina den Laufpass gegeben hat, weil er sich nicht mehr mit den Contarini verbinden will, da er früher als alle anderen durchschaut hat, dass es mit ihnen abwärtsgeht. Doch ich fürchte, das ist noch längst nicht alles.«

»Was denn noch, um Himmels willen?« Matthis riss den Halsausschnitt seines Wamses auf, als bekäme er nicht mehr genügend Luft.

»Man tuschelt auch über Euren Bruder Lucas.«

»Das ist nun wirklich Idiotie. Er begleitet unsere Schwester nach Venedig. Es ist wohl auch für die Klatschbasen einzusehen, dass eine junge Frau aus gutem Hause nicht allein auf eine solche Reise gehen kann. Oder was finden die Böswilligen daran zu kritteln?«

»Sie denken, dass Euer Vater seine Kinder und sein Vermögen in Sicherheit bringt. Auch dass er Lucas außer Reichweite des Herzogs schafft, ehe er noch größeres Unheil anrichtet.«

»Wer? Lucas oder der Herzog?«

Anneke reagierte nicht auf den verzweifelten Spott. In ihren sanften braunen Augen stand immer mehr Mitgefühl.

»Man hat Lucas Contarini erkannt, als er der Gemahlin des Herzogs, Michelle von Frankreich, ein sehr persönliches Geschenk in den Palast gebracht hat. Einen Stoff, so selten und kostbar, dass er ein Vermögen gekostet haben muss. Vielleicht sogar die Tugend einer Prinzessin, die von ihrem Gemahl vernachlässigt wird. Einem Gemahl, der mehr durch seine Eifersucht als durch seine eheliche Treue von sich reden macht. Lucas' Ruf als Herzensbrecher ist stadtbekannt. Er liebt es zu tändeln. Keine Schöne widersteht ihm auf Dauer. Auch eine Prinzessin ist nur eine Frau ...«

Matthis sank in sich zusammen.

»Wer zum Teufel kann ein Interesse daran haben, unsere Ehre und unseren Ruf auf solche Weise zu schädigen?«

»Das fragst du noch?« Die Kinderfrau ließ ihrer Entrüstung freien Lauf. »Er hat es euch doch geschworen. Er hat damit gedroht, euch zu vernichten, falls er Christinas Mitgift nicht bekommen sollte.«

»Hendrik van der Molen?«

»Ebender. Dein ehemaliger Freund, Matthis Contarini. Dein Vater mag sich vielleicht nicht von ihm erpressen lassen, aber eine solche Schlammschlacht ist gefährlich. Wenn die üble Nachrede einmal so weit gediehen ist, kann man kaum noch dagegen ansteuern. Dann glaubt der Pöbel letztendlich sogar, dass ein ehrenwerter Herr wie dein Vater ein abgefeimter Schurke ist.«

Matthis wollte widersprechen, aber die Worte blieben ihm im Halse stecken. Das Schlimme war, dass hinter all dem Gerede ein Quentchen Wahrheit steckte. Christina hatte Brügge tatsächlich auf heimliche und skandalöse Weise verlassen. Lucas konnte mit seinem Charme immer einige Verwirrung schaffen. Vermutlich war auch im Großen Rat etwas geschehen, das aufgebauscht und verfälscht worden war.

»Wir müssen diesem Treiben Einhalt gebieten«, sagte er schließlich heiser. »Auch wenn Fehler begangen wurden, diesen Rufmord haben wir nicht verdient. Es erscheint mir unwahrscheinlich, dass allein Hendrik eine solche Fülle an Gerüchten in die Welt gesetzt haben sollte.«

Anneke konnte nicht länger in Ruhe sitzen bleiben.

»Es gibt eine Menge Leute, die Hendrik van der Molen verpflichtet sind. Er war schon immer ein Schurke und hat es stets verstanden, andere in seine zweifelhaften Unternehmungen hineinzuziehen. Meistens ging er als Saubermann aus der Sache hervor, und die anderen waren die Dummen. Erinnert Euch an die Liste mit Namen, die ich bei meinem Vetter, Jan van der Buerse, nach seiner Ermordung gefunden habe. Als ich sie Euch in der Jakobskirche gezeigt habe, konnten wir beide nichts damit anfangen. Jetzt möchte ich wetten, dass diese Männer dem Schuft verpflichtet sind. Es sind Händler darunter, der Meisterschütze einer Bogenschützengilde, der Leiter des Hansekontors in Gent, hochrangige Beamte des Herzogs von

Burgund und gleichaltrige Freunde einflussreicher Familien. Mein Vetter hatte sicher einen Grund, diese Liste anzufertigen. Er war Hendrik van der Molens Freund, ehe er sein Feind wurde. Möglicherweise war er auch in seine Schurkereien verwickelt. Bevor er um die arme Greta warb, war er ein Nichtsnutz, der seinem Vater viel Kummer machte. Wie ich ihn kenne, hat er sicher nach Beweisen gesucht, um Hendriks Machenschaften an die Öffentlichkeit zu bringen, und dafür musste er sterben. Jeder der notierten Männer kann Hendrik Informationen zugetragen haben. Eure Familie ist immer Gegenstand der Neugier und des Neides.«

Von ihrem unerwarteten Feuer überrascht, konnte Matthis die Blicke nicht von ihr nehmen. Bis heute hatte er sie für eine ruhige und liebenswürdige Person gehalten. Eine, deren Leben von Hilfsbereitschaft und Vernunft bestimmt wurde. Sie plötzlich voller Leidenschaft und Angriffslust zu erleben verblüffte und faszinierte ihn zugleich. Welche Geheimnisse verbarg sie noch hinter der Fassade, die auf den ersten Blick so still und unaggressiv wirkte?

»Wenn Hendrik wirklich wie eine Spinne in der Mitte dieses Netzes sitzt«, holte Mathilda ihn wieder aus seinen Gedanken, »dann ist dieser Schurke raffinierter, als wir auch jetzt noch annehmen. Ihm seine Untaten nachzuweisen wäre eigentlich nur möglich, wenn einer der Männer, die auf dieser Liste stehen, den Mut hätte, sich auf unsere Seite zu schlagen. Vielleicht könnten wir gemeinsam mit ihm dann etwas erreichen.«

Da Matthis noch immer Anneke betrachtete, sah er die Röte in ihre Wangen kriechen. Sie schämte sich für die flammende Rede, die sie gehalten hatte. Sie war es nicht

gewohnt, im Mittelpunkt der Aufmerksamkeit zu stehen. Trotzdem sah man, sie wollte noch etwas loswerden.
»Sagt es. Tut Euch keinen Zwang an. Ihr habt noch etwas auf dem Herzen. Wir sind unter uns.« Er beugte sich über Mathilda hinweg auf die andere Seite und ergriff Annekes Hand. Sie war kühl und überraschend fest. »Welcher der Namen geht Euch durch den Kopf, Jungfer Anneke?«
»Ludewig Beervelde.«
»Ich kenne ihn. Er ist der beste Schütze der ›Gilde von St. Joris mit dem stählernen Bogen‹. Er hat im vergangenen Sommer das Wettschießen gewonnen.«
Matthis war Ludewig in der Zeit begegnet, da er noch mit Hendrik und seinem Anhang gezecht hatte. Auch Ludewig gehörte zu diesem Kreis, aber er besaß keinerlei Einfluss. Was konnte er für einen wie Hendrik schon tun? Ihn darin unterrichten, mit der Armbrust zu schießen?
»Mein Onkel hat Herrn Ludewig als Gemahl für mich ausgesucht.« Anneke betrachtete ihre Rocksäume, deswegen entging ihr auch Matthis' überraschter Gesichtsausdruck. »Das passende Wort brächte ihn bestimmt zum Reden. Er ist mir zugetan. Er würde sich freuen, wenn ich endlich eine seiner Einladungen annähme. Er ist gutherzig, wenn auch nicht besonders klug. Vielleicht würde er sich mir zuliebe bereit erklären zu helfen, auch wenn er Hendrik aus unbekannten Gründen verpflichtet ist.«
»Ein guter Gedanke.« Mathilda tätschelte anerkennend Annekes Arm. »Rede mit ihm, Mädchen. Wir brauchen jede Unterstützung, die wir kriegen können.«
»Das ist viel zu gefährlich.« Matthis war ganz anderer Ansicht. »Wenn Hendrik davon Wind bekommt, dass Ihr gegen ihn etwas im Schilde führt, wird er zurückschlagen.

Wir wissen doch, dass er nicht einmal vor einem Mord zurückschreckt.«

»Denkt Ihr, er kümmert sich um die Neugier einer Frau?« Anneke war enttäuscht, dass er ihre Hilfe so strikt ablehnte. »In seinen Augen bin ich ein Nichts. Eine arme Verwandte der van der Buerses. Was sollte es ihm ausmachen, wenn ich meinen künftigen Mann über seine Freunde aushorche? Er weiß nicht, dass ich ihm Gretas Tod anlaste und ihn hasse.«

»Das ist sicher richtig, Junge. Lass es sie tun.«

Mit vereinten Kräften gelang es Mathilda und Anneke, Matthis' Bedenken zu entkräften. Dennoch war er zutiefst beunruhigt, als er den Heimweg antrat. Er fühlte sich wie der siedende Inhalt eines Kochtopfs.

Die Tatsache, dass sie seit Wochen weder etwas von Albinus noch von Hendrik van der Molen gehört hatten, hatte ihn in trügerischer Sicherheit gewiegt. Er musste umgehend seinen Vater warnen und ihm auch von den hässlichen Gerüchten berichten. Er würde unverzüglich einen Boten schicken.

Die Federkappe mit einer Hand festhaltend, stemmte er sich gegen den Wind, der durch die Gassen pfiff. Dunkle Wolken entluden sich in einem heftigen Graupelschauer. Obwohl die Eiskörner auf den Straßen sofort tauten und in den Kanälen versanken, verbreiteten sie eine erste Ahnung von Winter. Es waren kaum Menschen unterwegs. Die wenigen, denen er begegnete, machten jedoch den Eindruck, als würden sie bereits einen Bogen um ihn schlagen, damit er sie nicht in ein Gespräch verwickelte.

Dass die Contarini Gegenstand von Gerüchten waren, traf ihn zwar nicht überraschend, aber dass diese Gerüchte von

Hass und Neid durchsetzt waren, machte ihm zu schaffen. Dass ihre Familienehre nicht mehr unantastbar sein sollte, wollte ihm kaum in den Kopf. Bislang hatte er es für selbstverständlich gehalten, dass man den Contarini Achtung und Respekt entgegenbrachte. Taten sie nicht alles, um diese Wertschätzung zu verdienen?

Warum sein ehemaliger Freund nun alles daransetzte, ihren Ruf zu zerstören, konnte Matthis trotz allem nicht verstehen. Was trieb Hendrik zu solcher Bosheit an? Der Wunsch zu zerstören, was er nicht besitzen konnte? Der Gedanke war Matthis ebenso fremd, wie er ihm absurd vorkam. Wie sollten die Contarini und die van der Molens einander unter diesen Umständen in den nächsten Wochen begegnen?

Der Winter in Brügge war eine Jahreszeit, in der sich die Stadt und ihre Bewohner gezwungenermaßen auf sich selbst besannen. Eine Zeit der Feste, der Gastmähler, der Gespräche, der Bilanzen und der persönlichen Allianzen. Eine Feindschaft wie diese würde auffallen, Fragen provozieren und zusätzliches Getuschel.

Die Einstellung der Schifffahrt im Winter hatte zur Folge, dass nur kleinere Flusskähne und Ruderboote die Stadt erreichten und der Fernhandel völlig zum Erliegen kam. Nicht selten war es im Dezember schon so kalt, dass man auf den gefrorenen Kanälen laufen konnte, wenn man sich Kufen aus Holz oder Tierknochen unter die Schuhe band. Seine Schwester Christina war eine Meisterin dieses Zeitvertreibs. Sie zog die anmutigsten Kreise und Bögen über das Eis, und sogar der jetzige Herzog hatte ihr noch im vergangenen Januar Beifall gespendet, als sie wie ein eleganter Schmetterling vor seinem Hof tanzte.

Im kommenden Winter würden andere Patriziertöchter auf den Kanälen eislaufen. Ob Anneke unter ihnen war? Matthis konnte sich nicht erinnern, sie je gesehen zu haben. Aber in seiner Vorstellung schwebte sie so graziös wie Christina über die Kanäle. Wenn sie bis dahin nicht mit dem Armbrustschützen verheiratet war. Es würde für beide eine gute Partie sein. Die van der Buerses verstärkten ihren Einfluss in der Schützengilde und brachten eine arme Verwandte gut unter die Haube. Ludewig hingegen verband sich mit einer der einflussreichsten Familien der Stadt.

Gleichwohl löste auch dieser Gedanke Missmut in ihm aus.

38. Kapitel

Brügge, 5. November 1419

Der Mann schritt die Eingangsstufen des Hauses Contarini so erhaben herab, dass Matthis zur Seite treten musste, damit er ihn nicht anrempelte. Gleichgültig glitt sein Blick über ihn hinweg, kein Gruß bewegte die farblosen Lippen. Sein dunkler Talar schwang um eine dürre Gestalt mit absurd langem Hals. Der gleichfalls schwarze Hut verriet, dass es sich um den Magister einer Universität handeln musste. Um einen Gelehrten mit ausnehmend schlechten Manieren.

»Welch unhöflicher Patron«, murmelte Matthis entrüstet und sah ihm nach.

»Ein Rechtsgelehrter. Er hat deinen Vater besucht.«

»Vater ist zurück?«

Matthis fuhr herum und sah, dass seine Mutter ebenfalls das Haus verlassen wollte. Hinter ihr schleppte eine Hausmagd einen schweren, in feines Tuch gehüllten Gegenstand. Das Bündel sah einer Opferkerze ähnlich, und Matthis unterdrückte einen Seufzer. Genau diese Kerzen waren es, die den Gerüchteschmieden aufgefallen waren.

»Dein Vater traf vor einer Stunde völlig überraschend ein«, bestätigte seine Mutter. »Es geht wohl um dringende Geschäfte. Er hat mich flüchtig begrüßt und sich sofort in sein Kontor zurückgezogen.«

Matthis ahnte, dass ihm ein höchst unerfreuliches Gespräch bevorstand.
»Weißt du, was der Magister in unserem Hause wollte?« Er deutete mit dem Daumen auf den Besucher, der soeben den Hof verließ.
»Da fragst du mich zu viel, mein Sohn.« Sie schlug die Kapuze ihres Umhangs schützend über die Haube. »Du weißt besser als ich, was im Kontor geschieht. Wo bist du gewesen? Vater hat sogleich nach dir schicken lassen.«
Obwohl es Matthis drängte, sofort in das Hauptkontor zu eilen, zögerte er. Seine Mutter teilte ihm zwischen den Zeilen mit, dass es um die Stimmung seines Vaters nicht zum Besten stand.
»Es wäre schön, wenn du deinem Vater keinen weiteren Kummer machen würdest«, fügte sie besorgt hinzu.
»Nichts liegt mir ferner«, verteidigte er sich und schenkte ihr ein beruhigendes Lächeln. »Musst du denn bei diesem Wetter aus dem Haus gehen, Mutter? Der Nebel kriecht aus den Kanälen, und halb Brügge schnupft und schnieft.«
»Die Beginen vom Weingarten warten auf diese Kerze, die deine Großmutter extra für ihr Gotteshaus ziehen und verzieren ließ. Da die Gicht sie daran hindert, ihr Bett zu verlassen, habe ich es übernommen, die Gabe an ihrer Stelle zu überbringen. Es kann nicht schaden, wenn uns auch die Beginen in ihre Gebete mit einschließen, Matthis. Dafür nehme ich gerne einen unangenehmen Weg in Kauf.«
Sie würde sich nicht davon abhalten lassen, er sah es an den strengen Falten in den Mundwinkeln. Die Flucht ihrer beiden Kinder hatte ihr geordnetes Dasein zwar völlig auf den Kopf gestellt, aber sie blieb die Frau, die ihre Pflichterfüllung über alles stellte. Nur in Gebeten fand sie Trost.

Voller Verständnis dafür, hielt er sie nicht weiter auf. Er rief jedoch nach einem Hausknecht, der die schwere geschmückte Kerze anstelle der Magd tragen sollte. Es fiel ihm nicht auf, wie sehr er seine Mutter mit dieser Anordnung erstaunte.

Noch nie hatte sich Matthis Gedanken darüber gemacht, ob eine Hausmagd schwer tragen musste. War es möglich, dass auch sie ihn falsch einschätzte?

Matthis durchmaß unterdessen die großen Kontore des Handelshauses, ohne wie sonst die Arbeit der Schreiber zu kontrollieren, die an ihren Stehpulten das Tagesgeschäft erledigten. Die Lehrjungen ersetzten Schreibfedern und archivierten Schriftstücke. Es war üblich, dass die Geschäfte zu Beginn des Winters nachließen, aber er vermochte dennoch ein Gefühl des Unbehagens nicht zu unterdrücken. War es nicht doch zu ruhig?

Sein Vater stand am Fenster seines Arbeitskabinetts. Eine stille Gestalt, die sich umwandte und ihn zur Begrüßung in die Arme schloss.

»Endlich, da bist du ja.«

»Ich bedaure, dass ich unterwegs war. Du hast deine Rückkehr nicht angekündigt, Vater.«

»Nun ist es ohnehin zu spät. Du hast ihn bereits verpasst.«

Matthis glaubte zu ahnen, von wem er sprach.

»Du meinst diesen Rechtsgelehrten? Ich bin ihm vor dem Haus begegnet. Ein unfreundlicher Patron. Was wollte er von uns? Woher kommt er?«

»Von der Universität in Paris. Er hält sich viel auf seine Kenntnis aller Gesetze und Vorschriften zugute. Angeblich gehörte er zum Hausstand Johann Ohnefurchts, der nach dessen Tod, der Sitte gemäß, aufgelöst wurde. Nun hat er sich auf der Suche nach einem neuen Auskommen nach Flandern gewandt. Er faselte von einer Universität, die der ermordete Herzog bei uns gründen wollte. Er hofft wohl, dass sein Erbe diese Pläne weiterverfolgt und ihn mit der Gründung einer Fakultät des Rechts beauftragt. Aber das war nicht der eigentliche Grund seines Besuchs.«

»Sondern ...?«

»Er steht inzwischen in den Diensten von Albinus van der Molen. Er ist gekommen, die Einlösung des Ehevertrags zu fordern. Wenn dies nicht möglich sein sollte, weil die Braut nicht mehr zurückkommt, gibt er sich auch mit der Auszahlung von Christinas Mitgift zufrieden. Er hat eine Menge Gesetze zitiert und am Ende damit gedroht, die Sache vor den Herzog zu bringen, damit der darüber entscheidet. Aufgrund seiner guten Beziehungen hat er keinen Zweifel daran gelassen, dass man dort in jedem Fall auf seiner Seite stehen wird.«

»Das ist der Gipfel!« Matthis brauste auf. »Zum Henker, langsam beginne ich die perfide Strategie zu erkennen, mit der die van der Molens gegen uns vorgehen.«

»Was weißt du?« Simon Contarini trat in den Lichtschein des schweren Kerzenleuchters, der seinen Arbeitstisch trotz des düsteren Tages in Helligkeit badete. Sein Blick wurde indes zunehmend finsterer, als Matthis nach und nach die hässlichen Gerüchte zu Gehör brachte, die sich von allen Seiten um die Contarini rankten. Lediglich die Gerüchte über Lucas wollten nicht über seine Lippen kommen. Es genügte, dass der Bruder unter Mordverdacht stand.

»Also steht es noch schlimmer, als ich angenommen habe«, fasste er die Lage zusammen, als sein Sohn geendet hatte. »Wir sind wahrhaftig vom Pech verfolgt. Wie konnte es nur so weit kommen?«

»Das wüsste ich auch gerne«, seufzte Matthis. »Wir haben nichts in den Händen und müssen gegen einen Feind ankämpfen, der sich nicht zur offenen Schlacht stellt. Es tut mir leid, dass ich nicht früher bemerkt habe, was sich hier zusammenbraut, Vater.«

»Ich mache dir keine Vorwürfe.« Contarini verschränkte die Hände über dem Hauptbuch, das geschlossen vor ihm lag. »Du hast hier vorbildliche Arbeit geleistet. Aber diese Art von Gerüchten können wir uns, in Anbetracht meiner Differenzen mit dem Herzog, ganz und gar nicht leisten.«

Matthis konnte sich über das väterliche Lob nicht freuen. »Dann ist etwas Wahres an dem Gerede? Du bist beim Herzog in Ungnade gefallen?«

»Es hat keinen Sinn, darum herumzureden. Die Ratgeber seines ermordeten Vaters sind nicht länger die seinen. Er will seinen eigenen Großen Rat. Einen, in dem Männer seines Alters sitzen und nicht die, die schon zu Zeiten seines Vaters keinen Weg gefunden haben, den Bürgerkrieg zu beenden.«

»Er hat euch nach Hause geschickt?«

»Nein, er ist zu klug, das zu tun. Er will als guter Sohn, guter Burgunder und guter Franzose handeln. In erster Linie brennt er darauf, das feige Attentat an Johann Ohnefurcht zu rächen. Jede Mahnung zur Vorsicht provoziert einen Wutanfall bei ihm.«

Matthis wusste, was er meinte, denn er kannte den jungen

Herzog seit vielen Jahren. Philipp von Burgund war in Gent aufgewachsen und erzogen worden. Er war der zweite der burgundischen Herzöge, dessen Muttersprache Flämisch war. Sein vielschichtiger Charakter vereinte die unterschiedlichsten Wesenszüge. Einer Vorliebe für Prunk und Feste, für sportlichen Wettkampf und schöne Frauen standen tiefe Frömmigkeit und striktes Beharren auf ritterlichen Tugenden entgegen. Er liebte es, kluge Männer um sich zu versammeln. Aus diesem Kreis ausgeschlossen zu werden kam einer Verbannung vom Hof gleich. Warum hatte sein Vater unter diesen Umständen Gent verlassen?

Sein Vater zögerte die Antwort darauf hinaus. Es hatte den Anschein, als sei er mit seinen Gedanken meilenweit entfernt.

»Die politische Lage ist verworrener denn je«, erklärte er schließlich. »Im Augenblick steht Frankreich wieder auf Seiten der Burgunder. In seiner Empörung über den Mord an Johann Ohnefurcht glaubt das Volk, dass sein Erbe und Nachfolger Herzog Philipp fähig ist, den Bürgerkrieg zwischen Burgundern und Armagnacs endlich zu beenden. Noch ist die Stimmung pro Burgund, aber wir stehen vor einem Hungerwinter. Die Ernte war schlecht, die Handelswege sind gefährdet. Du kannst dir selbst ausrechnen, was das bedeutet. Ich habe im Großen Rat dringend dafür plädiert, Frieden zu schließen.«

»Aber Herzog Philipp lechzt nach Rache.« Matthis sah den Konflikt. »Du konntest ihn nicht überzeugen.«

»Deswegen blieb mir nur ein ehrbarer Weg offen. Ich habe meinen Sitz im Rat freiwillig geräumt. Der Herzog machte keinen Versuch, mich zu halten. Vielleicht, weil es zu allem

Überfluss auch in Gent Gerüchte gab. Böswilligen Tratsch, der behauptet, dass die junge Herzogin in Brügge in ein romantisches Abenteuer verwickelt gewesen sei. Hinter vorgehaltener Hand fiel der Name deines Bruders. Es ist absurd, aber Philipp scheint tatsächlich zu glauben, dass etwas Wahres an der Sache sein könnte. Der Name Contarini klingt in seinen Ohren nicht länger angenehm.«

Matthis zögerte seine Antwort hinaus und betrachtete seinen Vater. Obwohl erst Mitte vierzig, schien er seine Spannkraft in den letzten Wochen eingebüßt zu haben. Der graue Schimmer an seinen Schläfen hatte das dunkle Haupthaar erfasst. Die Ereignisse hatten ihn binnen kurzer Zeit um Jahre altern lassen.

»Mit Johann Ohnefurcht hätte ich reden können«, fügte er düster hinzu. »Sein Sohn verweigert mir das Vertrauen.«

»Wir müssen der Wahrheit ins Auge sehen.« Obwohl er fürchtete, dass ihm sein Vater falsche Motive unterstellen könnte, enthüllte Matthis widerstrebend auch das letzte Geheimnis. »Lucas ist nicht unschuldig an diesen Gerüchten. Er hat Prinzessin Michelle persönlich den Ballen aquamarinblauer Seide überbracht, den die letzte Lieferung aus Florenz enthielt. Der Stoff ist in den Büchern als verkauft eingetragen, aber der Nachweis über die Bezahlung fehlt. Vielleicht war es tatsächlich eine Liebesgabe ...«

Er erhielt keine Antwort. Lediglich der Umstand, dass sich Contarini nun mit den Handflächen auf dem Tisch abstützte und den Kopf senkte, deutete darauf hin, dass er gehört und verstanden worden war.

»Ich habe den Lagerbestand überprüft, als ich davon hörte. Lucas hat den Vermerk mit eigener Hand geschrieben. Ich wünschte, ich könnte dir anderes sagen, Vater.«

»Du kannst nichts dafür. Es ist wohl so, wie es ist«, erhielt er zur Antwort, »und vermutlich ist es für uns alle im Augenblick das Beste, wenn Lucas tatsächlich für längere Zeit in Venedig bleibt. Bei Gott, ich hätte nie gedacht, dass ich einmal einen solchen Satz über die Lippen bringen würde. Hier. Das hat mich gestern in Gent erreicht. Es ist auch der Grund, dass ich auf schnellstem Wege nach Hause geeilt bin. Ich wollte es keinem Boten anvertrauen.«

Contarini zog einen Brief unter dem Hauptbuch hervor und reichte ihn Matthis. »Lies.«

Zögernd faltete er das Blatt auseinander und erkannte die Schrift. Lucas! Hastig las er die Zeilen.

Die Bitten um Verständnis und Vergebung überflog er. Erst danach folgten die wichtigeren Informationen. Lucas plante, nach Venedig zu reisen. Nichts würde ihn davon abhalten, sich der Malerei zu widmen und in eine Werkstatt einzutreten.

»Wenn Meister Jacobello del Fiore einen Flamen als Schüler annimmt, werde ich bei ihm mein Handwerk studieren und unter seiner Leitung arbeiten«, schrieb er. »Ich werde mein Bestes tun, um dem Namen Contarini keine Schande zu machen, das verspreche ich dir bei allem, was mir heilig ist. Sage Mutter und Großmutter, dass sie sich nicht um mich sorgen müssen, es geht mir gut. Es ist Christinas Wunsch, mich nach Venedig zu begleiten. Ich bin mir der Verantwortung für ihr Wohlergehen und ihren Ruf bewusst.«

Matthis sah auf. »Woher kommt dieser Brief?«

»Er war in der Kurierpost aus London. Lucas hat ihn meinem dortigen Agenten zur Weiterleitung anvertraut. Immerhin kann man sich wenigstens in diesen Dingen auf seine Vernunft verlassen.« Simon Contarini klang verbittert. »Ich bin noch nicht einmal dazu gekommen, deiner Mutter und deiner Großmutter von diesem Schreiben zu berichten. Van der Molens Magister hat mich mit seinen Forderungen überfallen, ehe ich den Reiseumhang vollständig abgelegt hatte. Ich muss es sofort nachholen.«

»Sie ist zu den Beginen gegangen, Vater.« Matthis hielt ihn auf. »Lass mich etwas sagen. Lucas und Christina sind über den Winter in London in Sicherheit. Wenn sie sich an unseren Agenten gewandt haben, genießen sie dort seine Gastfreundschaft. Wir müssen vorrangig die Schwierigkeiten hier in Brügge in den Griff bekommen. Wir müssen uns gegen diese Intrige wehren. Wir müssen unseren Ruf verteidigen.«

»Dazu müssten wir den Herzog auf unserer Seite haben, und das ist nicht länger der Fall. Nein, wir sitzen in der Falle, mein Sohn. Wir müssen uns mit van der Molen einigen. Wir können nur noch eines tun: den Schaden der Heimtücke klug begrenzen.« Er unterband Matthis' Widerspruch mit einer Handbewegung.

»Wir haben keine andere Wahl. Ich kann nicht zulassen, dass diese leidige Angelegenheit vor den Herzog getragen wird. Hast du vergessen, dass auch noch dieser ungeklärte Mord im Raum steht, den Hendrik Lucas anlastet? Wenn der Herzog auch davon erfährt und den Dolch sieht, den Hendrik zum Beweis vorlegen kann, wird man Lucas als entflohenen Mörder brandmarken. Dann haben wir auch noch die van der Buerses mit ihrer weitverzweigten Familie und ihrem enormen Einfluss gegen uns. So weit darf es keinesfalls kommen.«

Sich der Entscheidung seines Vaters fügen zu müssen gefiel Matthis überhaupt nicht. Seine Fäuste ballten sich, aber er schwieg. Ihm war klar, dass er ihm jetzt nicht mit einem Komplott kommen konnte, das eine alte Kinderfrau, eine arme Verwandte der van der Buerses und sein ältester Sohn miteinander ausgeheckt hatten. Er selbst zweifelte ja auch am Erfolg dieser Aktion.

»Kopf hoch.« Ein aufmunterndes Schulterklopfen unterstrich den väterlichen Rat. »Wir werden unseren Ruf reinwaschen, Matthis. Das Haus Contarini hat schon andere Stürme überstanden. Immerhin besteht ja die Möglichkeit, unseren Einfluss und unseren Wohlstand mit einer klugen Heirat neu zu festigen.«

»Wessen Heirat?«

Hoffte der Vater etwa, Christina aus England zurückzuholen? Lucas hatte so gut wie nichts über sie und ihre Pläne geschrieben, aber wenn Christina nach Venedig wollte, so würde sie wie üblich ihren Dickkopf durchsetzen. Er wagte nicht, Daniel Katz zu erwähnen, der ebenso wenig wie Hannah in Lucas' Schreiben Erwähnung fand.

»Deiner Heirat, mein Sohn«, vernahm er da die Antwort seines Vaters. »Du bist alt genug, eine Familie zu gründen. In deinem Alter war ich bereits Vater von zwei Söhnen. Ich muss mit deiner Mutter darüber sprechen, sie kennt die Töchter der einflussreichsten Familien am besten. Oder hast du bereits eine von ihnen ins Auge gefasst? Ich will nicht über deinen Kopf hinweg entscheiden.«

»Nein. Natürlich nicht. Ich ...«

»Dann ist es ja gut. Albinus van der Molen und sein dürrer Rechtsgelehrter werden sich noch wundern. Wenn sie den Kampf wünschen, dann sollen sie ihn haben.«

Zu Matthis' Erleichterung erwartete sein Vater keine Antwort darauf. Er hätte nicht gewusst, was er sagen sollte. Eine Heirat?
Unwillkürlich dachte er an Anneke. Aber vermutlich nur, weil auch sie von ihrer Heirat mit dem Bogenschützen gesprochen hatte.

39. Kapitel

Brügge, 6. November 1419

Es sind die letzten Hundsrosen dieses Jahres. Ich habe sie an einem Strauch in der Stoofstraat entdeckt und gedacht, dass sie Euch vielleicht gefallen, Jungfer Anneke.« Ungeschickt hielt Ludewig Beervelde Anneke das Sträußchen hin. Bislang hatte sie seinen bescheidenen Gaben kaum Aufmerksamkeit geschenkt. Dieses Mal indes lächelte sie. Ihr leise geflüsterter Dank machte ihn so verlegen, dass er rote Ohren bekam.

Sie warf ihm einen Blick unter halb gesenkten Wimpern zu. »Wollt Ihr mich begleiten, Herr Ludewig? Ich muss an der Poterie eine Botschaft unserer Hausherrin überbringen, die neuen Weinbecher betreffend. Wir könnten am Kanal entlanggehen und ein wenig miteinander plaudern. Ich weiß fast gar nichts von Euch.«

»Das ist ... das ist ... gerne komme ich mit Euch«, stotterte er verblüfft. Was war geschehen, dass sie seine Werbung plötzlich ernst nahm? Hatte ihr Onkel es gefordert? Es war ihm egal. Allein die Tatsache, dass Anneke neben ihm ging und seine Blumen trug, belebte seine Hoffnungen.

»Gefällt es Euch, Bogenschütze der Sankt-Joris-Gilde zu sein?«

Anneke hatte sich ihre Fragen vorher zurechtgelegt. Sie war es nicht gewohnt, draufloszuschwatzen, sie ahnte, dass es hölzern klang, aber Ludewig schien es nicht aufzufallen. Auch als sie ihn nach seinen Freunden ausfragte, gab er bereitwillig Auskunft, während sie an der Augustijnenrei entlangschlenderten.

»Verratet mich nicht, Jungfer, aber mein Freund ist der van der Molen wirklich nicht. Ich kann es mir nicht leisten, ihn zu verärgern, deswegen muss ich so tun, als fühlte ich mich in seiner Gesellschaft wohl. Aber die Wahrheit sieht ein wenig anders aus.«

»Ich mag ihn auch nicht«, gab Anneke zu. »Er hat meine Base Greta auf dem Gewissen. Sie ist seinetwegen ins Wasser gegangen. Er hat sie gegen ihren Willen genommen und sie nur ausgelacht, als sie ihm gesagt hat, dass sie ein Kind bekommt. Er ist boshaft und gefährlich. Ich versuch immer, ihm aus dem Weg zu gehen, wenn er in die Trinkstube kommt. Er kann nie seine Hände bei sich behalten.«

Ludewig blieb vor Entrüstung mitten auf dem Uferweg stehen. »Er steigt Euch nach?«

Anneke nickte, auch wenn es nicht der Wahrheit entsprach. Wenn Ludewig den Eindruck bekam, er müsse sie vor Hendrik beschützen, passte ihr das gut in den Plan. »In seinen Augen war Greta nur ein Schankmädchen, und von mir glaubt er das auch. Er denkt, ich bin billig zu haben. Dabei würd ich lieber sterben, als mich von ihm anfassen zu lassen. Ich bin sicher, dass er es war, der Vetter Jan erstochen hat.«

»Anneke, Ihr wisst nicht, was Ihr sagt. Achtet auf Eure Worte.«

»Ich weiß, was ich fühle«, beharrte sie auf ihrer Aussage. »Jan wollte ihn zur Rechenschaft ziehen, weil er Schuld an Gretas Tod trägt. Er suchte nach einem Beweis, der die

Schöffen von seiner Schuld überzeugt. Er hat Hendrik immer mehr in die Enge getrieben. Ich wünschte, es wäre ihm gelungen, dann müsste ich van der Molen nicht fürchten.«
»Ihr müsst ihn auch so nicht fürchten. Ihr seid meine Braut, niemand darf Euch zu nahetreten, auch Hendrik nicht.«
»Aber Ihr seid ihm verpflichtet. Aus welchen Gründen? Sagt es mir, Ludewig. Vertraut es mir an.«
Ludewig zögerte und mied ihren Blick. »Ihr werdet mich verachten, wenn Ihr es wisst.«
»Niemals. Ich schwöre es.«
Die Aufrichtigkeit in ihren Augen überzeugte den Bogenschützen. Zögernd beichtete er sein Vergehen. Er hatte im vergangenen Hungerwinter vor zwei Jahren in Damme aus dem öffentlichen Speicher Getreide gestohlen.
»Wir hatten nichts mehr zu essen, und meine Mutter war krank. Ich war damals so verzweifelt, dass ich nicht mehr ein noch aus wusste. Damals war ich noch kein Bogenschütze, nur ein Lastenträger im Hafen. Ich habe für die van der Molens gearbeitet, und Hendrik ist mir auf die Schliche gekommen. Er hat mich nie verraten, aber seitdem musste ich ihm immer wieder den einen oder anderen Dienst erweisen. Und seit ich das Bogenschießen gewonnen habe, genießt er es besonders, dass er mich in der Hand hat. Ich bin ein Dieb, Anneke.«
»Ihr seid ein liebevoller Sohn, der seine Mutter nicht verhungern ließ«, widersprach sie sanft. »Nur einer wie Hendrik zieht daraus einen Nutzen und will Euch einen Strick daraus drehen. Befreit Euch. Ihr dürft ihm nicht länger erlauben, über Euch zu bestimmen.«
»Das würde ich von Herzen gerne. Allerdings, wie soll das gehen?«

Sie sah über die Schulter, aber niemand schenkte ihnen Aufmerksamkeit. Sie waren nur ein Paar unter vielen. Die Wege an der Reie entlang waren beliebte Spazierpfade für Brügges Jugend.

»Helft mir, Jan zu rächen«, sagte sie danach drängend. »Wir müssen beweisen, dass van der Molen ihn erstochen hat. Ich weiß, dass er es mit einem gestohlenen Dolch getan hat, den er irgendwo verbirgt. Wenn wir zum Beispiel herausfinden, wo dieser Dolch geblieben ist ...«

Sie ließ die Möglichkeiten offen, die das eröffnen würde. Aber ihr Eifer färbte ihre Wangen und ließ ihre Augen blitzen. Ludewig hätte sie am liebsten in die Arme genommen, aber das war unschicklich.

Anneke ließ ihm Zeit, ihre Bitte zu bedenken. Sie ahnte, dass er sich nicht sofort entscheiden konnte. Das Räderwerk seiner Gedanken lief schleppend und griff nur langsam ineinander. Ludewig war schwerfällig. Anders als Matthis Contarini, bei dem sich hinter anscheinender Langsamkeit Besonnenheit verbarg, ein kluger Kopf, der sorgfältig das Für und Wider eines Problems erwog.

Unwillkürlich verglich sie die beiden jungen Männer, während Ludewig angestrengt grübelte. Beide größer als der Durchschnitt, blond und kräftig, trotzdem sehr unterschiedlich, nicht nur von der Herkunft. Es gefiel ihr, dass Matthis nicht wie so viele andere mit leeren Worten um sich warf, sondern nur sprach, wenn er wirklich etwas zu sagen hatte. Er gefiel ihr viel zu gut. Dabei wusste sie, dass es vermessen war, auf diese Weise an ihn zu denken. Eine arme Verwandte der van der Buerses war vielleicht die richtige Frau für einen Bogenschützen, aber nie und nimmer für einen Contarini.

Sie unterdrückte einen Seufzer und richtete ihre Aufmerksamkeit auf Ludewig, der nun aufsah.

»Wie sollte ich den Dolch finden?«, fragte er besorgt.

»Das ist fürs Erste gar nicht wichtig«, beschwichtigte sie ihn. »Spielt ein wenig Komödie. Macht ihm weis, dass Ihr froh seid, dass Jan aus dem Weg geräumt ist. Dass Ihr ihn nie gemocht habt und den unbekannten Mörder für seine Tatkraft bewundert.«

»Warum sollte ich so etwas sagen?«

»Weil es ihm schmeichelt, Ludewig. Lasst geschickt die Frage durchklingen, ob er vielleicht Jan zum Schweigen gebracht hat. Ihr hättet oft genug gehört, dass Jan gegen Hendrik wütete. Ihr wisst von der Mädchengeschichte, die beide entzweit hat. Hendrik liebt es, wenn man ihm schöntut, er ist über die Maßen von seiner Unwiderstehlichkeit eingenommen. Es ist sehr wohl möglich, dass er sich mit dieser Schwäche verrät. Es gilt, ihn aus der Reserve zu locken. Tut es für mich. Wenn sein Verbrechen ans Tageslicht kommt, bin ich Euch ewig dankbar.«

»Ich bin nicht sehr geschickt im Komödiespielen, aber für Euch will ich es versuchen, Jungfer Anneke.«

Sie musste sich zu dem Lächeln zwingen, das er von ihr erwartete. Es kam ihr schäbig vor, seine Zuneigung so auszunutzen und doch – es ging um Matthis' Ehre. Für ihn tat sie das.

Hendrik van der Molen glaubte Grund zum Feiern zu haben. Der Bericht des Magisters über seinen Besuch bei Simon Contarini klang über die Maßen erfreulich.

»Der alte Fuchs sitzt in der Falle«, teilte er seinem Vater mit. »Spätestens zu Weihnachten gehören unsere Schulden der Vergangenheit an. Ich denke, ich werde die Feiern rund um die Christtage ausnutzen, um der Tochter der Rappoldi den Hof zu machen. Sie ist keine solche Herausforderung wie Christina Contarini, aber in jedem Falle eine lohnende Partie.«

Dino Rappoldi, ein Finanzier aus dem toskanischen Lucca, zählte zu den bevorzugten Geldgebern des neuen Herzogs und man hielt ihn für den reichsten Ausländer Brügges. Seine Tochter war ein begehrtes Heiratsobjekt bei den Patriziersöhnen, aber bisher hatte noch keiner von ihnen ihre Hand erringen können.

»Der Niedergang der Contarini wird sich positiv auf Rappoldis Geschäfte auswirken«, vermutete Hendrik selbstgefällig. »Was immer wir Simon Contarini abnehmen werden, wir sollten es bei Rappoldi anlegen und vermehren. Im Verein mit der Mitgift seiner Tochter ...«

»Du teilst das Fell des Bären, ehe du ihn erlegt hast, Hendrik«, unterbrach Albinus van der Molen seinen Sohn. Er war in den vergangenen Wochen sichtlich gealtert. Gallenkoliken trübten seine Tage, und seine Nächte wurden von schweren Träumen heimgesucht. Er billigte Hendriks Ehrgeiz, aber er konnte nicht die Augen davor verschließen, dass er seine Ziele mit immer zweifelhafteren Mitteln verfolgte.

»Du musst vorsichtiger auftreten. Du darfst deine Pläne nicht überall herumposaunen. Was tust du mit deinen Freunden so viele Stunden in der Trinkstube der van der Buerses? Das Oberhaupt dieser Familie ist einflussreich, und es kann ihm nicht gefallen, dass ihr unter seinem Dach trinkt und scherzt, während er selbst um seinen ermordeten Neffen trauert, der einmal zu eurem Kreis gehört hat. Jan van der Buerses Tod gibt den städtischen Behörden Rätsel auf, noch immer wird nach seinem Mörder gesucht. Es wäre sicher klug, mehr Mitgefühl zu zeigen.«

»Muss ich in Sack und Asche gehen, weil Jan sich die falschen Freunde ausgesucht hat?« Hendrik gab sich belustigt. »Vergiss deine Sorgen, Vater. Nimm dir ein Beispiel an meinem Gleichmut.«

»Das ist kein Gleichmut. Das ist Kaltschnäuzigkeit, Frevel. Hast du keine Angst, dass dich der Himmel eines Tages dafür straft?«

Hendrik verdrehte verächtlich die Augen. »Seit wann drischst du fromme Sprüche, Vater?«

»Seit ich Angst um meinen einzigen Sohn haben muss. Dein Mutwille besorgt mich, Hendrik. Du forderst das Schicksal auf gefährliche Weise heraus. Ich will dagegensteuern und Sühne tun, indem ich die alte Kapelle am Kanal wieder instand setzen lasse. Es wird uns öffentliche Anerkennung verschaffen und zudem den Himmel milde stimmen. Ich habe bereits mit Paulus Laurinus darüber gesprochen. Er soll mir ein Angebot für einen kleinen Flügelaltar machen und …«

»Öffentliche Anerkennung wird uns billiger zuteil, wenn wir unsere Schulden von Contarini begleichen lassen und uns mit den Rappoldi verbinden.«

»Noch hat Simon Contarini keine Kupfermünze bezahlt, und bislang handelt auch dein hochgelobter Magister des Rechts nur mit leeren Worten. Was sollte Contarini dazu bewegen, unsere Forderungen zu erfüllen?«

»Die Angst davor, dass sein Sohn des Mordes an Jan van der Buerse angeklagt und überführt wird.«

»Was redest du da? Wer äußert diesen Unsinn? Lucas Contarini ist nie und nimmer ein Mörder. Nicht einmal ich kann das glauben. Oder ...«

Albinus brach ab, und Hendrik versah seinen Vater mit einem tückischen Lächeln.

»Ich sehe, du verstehst mich. Ich habe Contarini in der Hand, Vater. Jeder Knabe in Brügge weiß, dass Lucas den Rubindolch des Venezianers geerbt hat. Jan wurde mit dieser Waffe erstochen. Meine Freunde können es bezeugen. Und das Schönste ist ....« Hendriks Lächeln wurde noch eine Spur gemeiner und seine Stimme kälter. »Der allseits bekannte Dolch befindet sich in meiner Hand. Matthis weiß das, und damit weiß es auch sein Vater.«

Schweißtropfen erschienen auf Albinus' Stirn. Er suchte den Blick seines Sohnes. Ratlosigkeit, Begreifen und Entsetzen standen ihm ins Gesicht geschrieben. Er kämpfte um Fassung.

»Was hast du getan?«

»Das willst du doch gar nicht wissen, Vater.«

Ein Hausknecht betrat den Raum und beendete das Gespräch. Er kündigte einen Besucher an.

Hendrik reagierte gereizt. »Ludewig Beervelde? Was will er? Sag ihm, ich komme gleich. Er kann mich in die Trinkstube begleiten, wo unsere Freunde warten. Was dich betrifft, Vater, halt doch bitte die Ausgaben für diese vermaledeite Kapelle im Rahmen. Ich denke nicht daran, der Kirche unser sauer verdientes Gold in den Rachen zu werfen.«

»Hendrik, du versündigst dich ...«

Die Tür fiel zu und schnitt dem Vater das Wort ab. Hendrik fiel es zunehmend schwerer, dem Alten den Respekt entgegenzubringen, den der Anstand forderte. Er war ihm zu ängstlich, zu zaghaft geworden. Seine Krankheit brachte ihm offensichtlich zu Bewusstsein, dass seine Tage gezählt waren. Hendrik würde sich darum kümmern müssen, dass Albinus sich sein Seelenheil nicht auf seine Kosten erkaufte.

»Beervelde? Was gibt es Neues bei den Bogenschützen von Sankt Joris? Hat Euch der Herzog tatsächlich in seine Truppen eingegliedert?«

Gönnerhaft schlug er dem Bogenschützen auf die Schulter und blieb dabei wohlweislich eine Stufe über ihm stehen, damit er ihn überragte. Ludewig sah aufgewühlt aus, aber schon seine ersten Worte verrieten, dass es ihm nicht um mögliche militärische Ehren ging. Hendrik lauschte zunehmend ärgerlicher. Waren denn heute alle um ihn herum verrückt geworden?

»Habt Ihr den Verstand verloren? Trinkt einen Becher mit mir und vergesst diesen Unsinn. Ich kenne Eure Braut nicht, und zu nahegetreten bin ich ihr auch noch nie. Wer hat Euch nur diesen Unsinn erzählt, mein Freund? Kommt schon, Ihr werdet das doch nicht glauben?«

Da Beerveldes Vorwürfe lauter wurden, zog er ihn zum Hinterausgang des Hauses. Eine Auseinandersetzung wie diese hatte besser keine Zeugen. Die schmale Gasse hinter dem Haus verlief an einem Seitenarm der Spiegelreie, der nur selten von Booten befahren wurde und von tief hängenden Weidenzweigen fast verborgen war. Was immer der Bogenschütze vorzubringen hatte, hier würde ihn niemand hören.

40. Kapitel

Brügge, 7. November 1419

Zwischen Waterhalle und Drehkran drängelten sich die Schaulustigen. Matthis änderte spontan seine Richtung. Er wollte sehen, warum sich dort so viele Menschen versammelten. Die übermannshohen Treträder des Krans standen still. Ein Weinfass, soeben entladen, schwebte noch dicht über dem Boden, ohne dass die Arbeiter es entgegennahmen. Das Stimmengewirr und der Gestank der Miesmuschelhändler, die ihre Ware unter den Arkaden anboten, waren ihm von Kindheit an vertraut, dennoch kam es Matthis vor, als berühre ihn unverhofft eine Hand im Nacken.

Der Baggerprahm lag vertäut am Kai. Das ungeschlachte, schwerfällige Fahrzeug und seine Besatzung hatten den Auftrag, des Nachts, wenn keine Schiffe unterwegs waren, die Kanäle von Brügge von Schlamm und Unrat zu befreien. Sie fischten mit Netzen heraus, was nicht ins Wasser gehörte. Verrottete Pflanzen, ertrunkene Haustiere, Holzplanken, verlorene Packstücke. Manchmal auch einen armen Teufel, der des Nachts in seinem Suff vom Weg abgekommen war.

Es überraschte Matthis nicht, dass eine Wasserleiche der Grund für die Menschenansammlung war. Was ihn jedoch mit der Schärfe eines Blitzes lähmte, war die Erkenntnis, dass er den Toten kannte. Keiner hatte es bislang gewagt, ihn zu berühren. Die gebrochenen blassblauen Augen starrten anklagend gen Himmel. Die silberne Kette, die ihm der Herzog persönlich um den Hals gelegt hatte, wies ihn als besten Schützen der Stadt Brügge aus. Seine Kleider, nass und zerrissen, klafften über der Brust auf. Eine Platzwunde auf der Stirn legte den Schluss nahe, dass er im Fallen auf einen Stein geprallt war. Dennoch schien nicht diese Wunde die Todesursache zu sein, sondern ein Stich in Höhe des Herzens.

»Die Leiche hatte sich an einem der Holzpfähle vor der Waterhalle verfangen«, hörte er einen der Baggermänner erklären. »Wer weiß, wie lange der arme Teufel dort schon gehangen hat.«

»Ich habe ihn noch gestern Abend in der Trinkstube der van der Buerses gesehen«, warf ein anderer ein.

»Was Wunder, ist er nicht einer van der Buerse versprochen?«

»Eines steht fest, die wird er nicht mehr heiraten.«

»Zur Seite! Macht Platz für die Stadtwache! Zur Seite!«

Matthis wurde nach vorne gestoßen und befand sich so direkt neben der Leiche, als sich der Hauptmann der Stadtwache über den Toten beugte. Nach einer Weile richtete er sich auf und bestätigte, was jeder selbst sah: »Das ist Ludewig Beervelde. Er wurde erstochen und danach in den Kanal geworfen. Was für ein Jammer. Unser bester Schütze. Das ist innerhalb von wenigen Monaten schon der zweite Tote.«

Matthis drängte sich aus dem Kreis der Neugierigen und schritt eilig in Richtung Grauwwerkerstraat. Dort lag die Herberge der van der Buerses, mittlerweile fast ein Stadtviertel für sich, mit zahllosen Ställen, Lagerschuppen, Wohnhäusern und der vielbesuchten Trinkstube. Hatte Anneke wie versprochen versucht, Ludewig für seine Sache zu gewinnen? War der Bogenschütze in seinem Eifer, ihr zu gefallen, seinem Mörder zu nahe gekommen? Wusste Anneke bereits von seinem Tod?

Matthis' erster Blick fiel auf Hendrik van der Molen, als er die beliebte Trinkstube betrat. Er saß an einem Ecktisch neben dem großen Kamin. Umgeben von Freunden, die schon am Morgen keinen nüchternen Eindruck machten, hob er seinen Krug und prostete Matthis gönnerhaft zu, als sich ihre Blicke begegneten.

Hendrik zechte in bester Laune. Er kniff einer vorbeilaufenden Schenkmagd in den Po und lachte schallend, als das Mädchen schimpfend weitereilte.

Matthis unterdrückte einen Fluch. Gott sei Dank bediente Anneke nicht in der Trinkstube. Es war zwar üblich, dass die ärmere Verwandtschaft in großen Familien das Gesinde verstärkte, aber Anneke war Besseres beschieden. Allerdings, was sollte eine Sippe wie die van der Buerses schon mit all den ärmeren Töchtern, Basen und Witwen machen, die unter ihrem Dach lebten? Sie fanden mangels Mitgift meist keine Männer, benötigten aber doch zu essen, zu trinken und den Schutz eines Familienoberhaupts.

»Habt Ihr es schon vernommen?« Ein Tuchhändler drängte Matthis von hinten rüde zur Seite und lenkte die allgemeine Aufmerksamkeit auf sich. »Ludewig Beervelde ist heute Nacht erdolcht und in die Reie geworfen worden. Es ist eine Schande, dass die Stadt ihre Bürger nach Einbruch der Dunkelheit nicht besser beschützt. Niemand will das

Verbrechen bemerkt haben. Die Baggermänner haben seine Leiche entdeckt. Ein wahrhaft trauriges Ende für einen guten Schützen.«

Matthis machte kehrt und verließ die Trinkstube, ohne den Bierkrug anzunehmen, den ihm eine der Schankmägde lächelnd anbot. In Gesellschaft Hendriks würde ihm nie wieder etwas schmecken.

Im Hof der Herberge der van der Buerse herrschte das übliche Kommen und Gehen. Das mehrere Stockwerk hohe Backsteinhaus war bis unter den Dachfirst gefüllt. In den unteren Geschossen befanden sich die Warenlager der ausländischen Kaufleute, mit Gütern aus aller Welt, sowie die Stallungen. Darüber lag der große Speisesaal, und eine Etage höher folgten die Kammern und Säle, die sich stets mehrere Gäste teilten. In einem Seitentrakt lebte die Familie van der Buerse.

Während Matthis noch darüber nachsann, unter welchem Vorwand er dort einen Besuch abstatten könnte, sah er Anneke mit zwei Holzeimern aus dem Kücheneingang kommen. Sie trug einen grauen Mägdekittel und schleppte schwer an ihrer Last. Im Nu war er an ihrer Seite.

»Was hat das zu bedeuten?«, fragte er aufgebracht anstelle einer Begrüßung. »Seit wann lassen sie Euch die Arbeit eines Küchenmädchens tun? Was habt Ihr in den Eimern? Abfälle?«

»Für den Schweinestall«, nickte sie und ging zielstrebig an ihm vorbei. Unappetitliches Zeug schwappte über die Eimerkanten und bespritzte seine Lederschuhe. Er achtete nicht darauf.

»Lasst mich diese Eimer tragen.«

»Das würde einen feinen Aufstand geben«, sagte sie ablehnend. »Ich lasse den Erben der Contarini die Küchenabfälle der van der Buerses zu den Schweinen schleppen. Danke, ich habe für heute schon genug Kummer am Hals.«

»Dann wisst Ihr also schon von dem Unglück. Habt Ihr Ludewig nicht davor gewarnt, auf eigene Faust zu handeln?«

Anneke stemmte die Tür des Schweinestalls mit der Schulter auf und trat ein. Trotz des erstickenden Gestanks folgte Matthis. Hinter ihnen fiel die Tür wieder zu. Dämmerlicht und Ferkelquieken umgaben sie. Ohne ihren Protest zu beachten, packte Matthis die Eimer und kippte ihren Inhalt in den Futtertrog der Schweine.

»Einer der Kranmänner hat die Neuigkeit gleich heute Morgen verbreitet.«

Er hörte ihr an, dass sie nur mit Mühe Fassung bewahrte. Unsicher, wie er sich verhalten sollte, trat Matthis von einem Fuß auf den anderen.

»Ich habe ihn gesehen«, platzte er heraus. »Er wurde erstochen. Genauso wie Jan. Danach hat man seine Leiche in den Kanal geworfen.«

»Der Herr sei seiner Seele gnädig.«

Ihre von Tränen erstickte Stimme schmerzte Matthis.

»Habt Ihr ihn gemocht?«

Anneke senkte den Kopf noch tiefer.

»Er war meine einzige Hoffnung auf einen eigenen Hausstand, auf Kinder. Wenn ich keinen Mann finde, werde ich ein Leben lang die Dienstmagd meiner Tante bleiben müssen. Sie führt ein strenges Regiment. Sie hat mich in die Küche verbannt, weil sie herausgefunden hat, dass ich mich hinter ihrem Rücken mit Ludewig getroffen habe und mit ihm am Kanal spazieren gegangen bin. Sie hat unsere Heirat immer wieder hinausgezögert, weil sie nicht auf meine Arbeitskraft verzichten will. Ich mache mir schreckliche Vorwürfe. Ich habe Ludewig in diese Sache hineingezogen. Ohne dies würde er noch leben.«

Sie sahen sich an, und Matthis fand seine schlimmsten Befürchtungen bestätigt. »Ihr glaubt also auch, dass er zu ungeschickt vorgegangen ist und Hendrik gereizt hat?«

»Gibt es eine andere Erklärung? Er hat ihn aus dem Weg geräumt, ehe er Schaden anrichten konnte. Ludewig hatte wohl ins Schwarze getroffen.«

Sie wischte sich mit einer wütenden Geste über die Augen. Matthis starrte auf das Gewimmel rosagrau gefleckter Rücken im Schweinekoben. Welch eine Umgebung für dieses erschütternde Gespräch.

»Macht Euch keine Vorwürfe«, sagte er leise. »Beervelde war ein erwachsener Mann. Er wusste, was er tat und welches Risiko er einging. Aber wenn stimmt, was wir befürchten, dann müsst Ihr auf der Stelle alle Nachforschungen beenden. Ihr seid ebenfalls in Gefahr. Wir wissen nicht, was Beervelde Hendrik gesagt hat.«

»Es ist mir egal«, entgegnete Anneke. »Erst habe ich Greta durch van der Molens Schuld verloren, dann Jan, nun meinen Verlobten. Ich stehe mit leeren Händen da. Ich habe nichts mehr zu verlieren.«

»Ihr wisst nicht, was Ihr sagt, Anneke van der Buerse. Ihr könntet Euer Leben verlieren.«

»Was ist das schon wert.«

Matthis hätte sie am liebsten bei den Schultern gepackt und geschüttelt, bis sie zur Vernunft kam. Es machte ihn rasend, dass sie seine Sorge einfach abtat.

»Seid vernünftig.« Es kostete ihn Anstrengung, ruhig zu bleiben. »Versprecht mir, dass Ihr in dieser Sache nichts mehr auf eigene Faust unternehmt. Bitte, gebt mir Euer Wort.«

»Das Wort einer Frau. Wer nimmt das schon ernst.«

»Ich. Die Frauen meiner Familie haben mich gelehrt, das zu tun. Meine Großmutter, meine Mutter, meine Schwester. Leider habe ich erst nach Christinas Flucht begriffen, wie teuer sie mir sind.«

Anneke erwiderte seinen Blick aus großen braunen Augen. Er hätte gerne gewusst, was sie dachte.

»Ich hatte so sehr gehofft, Euch helfen zu können«, sagte sie schließlich mit erstickter Stimme.

»Es liegt nicht in Eurer Macht, das zu tun.«

Er hatte das Falsche gesagt, und es war schroffer herausgerutscht, als er es beabsichtigte. Sie zog sich erkennbar von ihm zurück.

»Das scheint mir auch so. Dann lebt wohl, Matthis Contarini. Ich lege Euch ans Herz, Eure Warnungen auch selbst zu beachten. Auch Ihr seid in Gefahr.«

»Anneke ...«

Sie griff nach den leeren Eimern, als er nicht weitersprach, weil ihm die richtigen Worte fehlten. Sie ging so schnell aus dem Stall, dass die zurückschlagende Tür ihn um ein Haar am Kopf getroffen hätte. Sie warf keinen Blick zurück. Sie schlängelte sich geschickt durch den Hof, und er verlor sie im Nu aus den Augen.

Sollte das ein Abschied für immer gewesen sein?

»Matthis Contarini? Das seid Ihr doch, nicht wahr?«

Der Fremde blickte Matthis so erfreut an, dass dieser betreten mit den Schultern zuckte. Noch tief in Überlegungen

versunken, in deren Mittelpunkt Anneke van der Buerse stand, fand er es nur lästig, angesprochen zu werden.
»Der bin ich, aber Euch kenne ich nicht. Es tut mir leid.«
»Das könnt Ihr auch nicht«, lachte der Mann erkennbar zufrieden. »Euer Bruder Lucas zählt zu meinen Freunden. Er hat eine Vorliebe, die Mitglieder seiner Familie zu zeichnen. Mit Euch hatte er noch vor kurzer Zeit seine Probleme. Zu viel Fleisch und zu wenige Konturen. Aber er hat Euch doch leidlich gut getroffen. Sagt mir, wie geht es Eurem Bruder?«
»Lucas?«
»Habt Ihr noch einen anderen? Ja, Lucas, aber verzeiht meine Unhöflichkeit. Mein Name ist Robert Campin. Ich leite eine Malerwerkstatt in Tournai, und ab und zu besuche ich Meister Paulus Laurinus, der seine Werkstatt hier in der Grauwwerkerstraat betreibt. Er hilft mir bei meinen Aufträgen in Brügge. Dort habe ich Euren Bruder kennen- und schätzen gelernt. Er gehörte zu Paulus' Schülern, wenn er Zeit dafür fand. Dieses Mal freilich vermisse ich ihn. Könnt Ihr mir sagen, wo er steckt?«
Matthis zögerte. Was durfte er sagen, ohne die Schwierigkeiten zu vergrößern, in denen sie sich befanden? Er hatte von Campin gehört. In Tournai war er ein Mann von Einfluss und Ansehen. Mitglied des Stadtrates und in vielen öffentlichen Ämtern tätig.
»Lucas begleitet meine Schwester auf ihrer Reise nach Venedig«, entschied er sich für die offizielle Version.
»Dann hat er also meinen Rat befolgt.« Campin nickte sichtlich zufrieden. »Das ist gut. Ich hatte schon gefürchtet, er würde sich seinem Vater beugen.«
»Welchen Rat?«

»Je nun, Flandern zu verlassen. Seine Ausbildung in Venedig fortzusetzen. Verzeiht meine deutlichen Worte, aber der Einfluss Eures Herrn Vaters reicht weit. Er hätte dafür gesorgt, dass Euer Bruder nie eine Möglichkeit gehabt hätte, seine Kunst in seiner Heimat zu vervollkommnen. Er hat es sogar strikt abgelehnt, dass Lucas in meine Werkstatt eintritt. Ein herber Verlust für mich, das dürft Ihr mir glauben.«

»Unsere Familie ist Euch nicht dankbar für diesen Rat, Meister Campin«, rutschte es Matthis wütend heraus. »Warum habt Ihr Euch nicht aus Lucas' Leben herausgehalten? Schätzt Ihr ihn so wenig?«

»Ganz im Gegenteil.« Robert Campin richtete sich auf und hielt Matthis' Blick gelassen stand. »Eurem Bruder wurde ein seltenes Talent in die Wiege gelegt. Es würde seiner Bestimmung und Gottes Wunsch widersprechen, diese Fähigkeiten brachliegen zu lassen.«

»Lucas ist ein Contarini!« Für Matthis war damit alles gesagt.

Campin war anderer Meinung. »Warum sollte ein Contarini kein Maler sein? Kein Künstler?«

»Kunstwerke …«

Der verächtliche Unterton erregte Campins Unmut.

»Kommt mit!« Er packte Matthis kurz entschlossen am Arm und zog ihn die Straße entlang.

»Was wollt Ihr von mir?«

»Euch etwas zeigen. Danach werdet Ihr mir sagen, was Ihr davon haltet. So viel Objektivität schuldet Ihr Eurem Bruder und auch mir. Mehr verlange ich gar nicht von Euch, Matthis Contarini.«

Von der Entschiedenheit verblüfft, mit der ihn Campin in

Bewegung setzte, gehorchte Matthis ohne Gegenwehr. Wenig später öffnete der Maler die Tür zur Werkstätte des Paulus Laurinus. Sie war weder besonders groß noch besonders betriebsam. Öffentliche Aufträge für Kirchen oder Gildehäuser gingen an bekanntere Namen. Meister Laurinus hielt sich mit privaten Altarbildern, Buchmalereien und jenen Heiligenbildern über Wasser, deren Gesichter stets ein wenig hölzern und geziert ihrem Betrachter entgegensahen.

Lediglich ein Buchmaler sah von seiner Arbeit auf und grüßte, als sie eintraten. Von Blättern und Farben umgeben, saß er direkt am Fenster, um das Tageslicht zu nutzen. Die Wand neben ihm war mit unzähligen Skizzen bedeckt. Studien menschlicher Bewegungen zeigten Arme, Beine, Hände. Gefaltete Finger, Finger voller Münzen und mit Ringen verziert. Die Hände einer stickenden Frau, eines molligen Kleinkindes, eines Kriegers, der seinen Dolch zückte, und eines segnenden Priesters.

Campin ließ Matthis keine Muße, all dies zu betrachten. Er zog eine große Mappe aus einem Regal an der Wand und legte sie auf den großen Tisch in der Mitte des Raums.

»Seht.« Er öffnete die Bänder, winkte Matthis heran und schlug die steife, mit Stoff bezogene Hülle auf. »Dies sind die Arbeiten Eures Bruders. Er hat sie bei Laurinus zurückgelassen, als ihm sein Vater das Malen verbot. Ich bin freier Meister der Malergilde von Tournai und berechtigt, Lehrlinge auszubilden. Lasst Euch eines sagen, Matthis Contarini: In all den Jahren war Lucas der Begabteste, der mir je untergekommen ist. Prüft diese Blätter, und dann sagt mir, ob Ihr der Kunst Eures Bruders noch immer jeden Respekt verweigern wollt.«

Die erste Rötelzeichnung zeigte fünf Porträts auf einem einzigen Blatt, die durch ihre Lebhaftigkeit und Lebensechtheit bestachen. Matthis blickte nicht nur in sein eigenes Gesicht, sondern in das seiner Großmutter, seiner Mutter, seiner Schwester und seines Vaters. Es war Lucas gelungen, bei jedem Einzelnen von ihnen die Besonderheit des jeweiligen Charakters festzuhalten. Christinas Lebhaftigkeit kontrastierte mit der frommen Ruhe ihrer Mutter und der alterslosen Schönheit ihrer Großmutter. In den eigenen Zügen entdeckte Matthis eine nie gesehene Ähnlichkeit mit dem Vater. Der kantige Kopf Simon Contarinis hingegen offenbarte die eherne Strenge und den ungebrochenen Stolz. Er konnte seinen Vater, Domenico Contarini, nicht verleugnen.

»Ihr schweigt.« Matthis' Reaktion befriedigte Robert Campin. »Mit diesen Fähigkeiten sollte Euer Bruder nicht gewaltsam in ein Handelskontor gepfercht werden. Er besitzt das Potenzial, Werke zu schaffen, die die Spanne unseres bescheidenen Lebens weit überdauern werden. Er wird dem Namen Contarini vielleicht mehr Ehre machen als all Eure Handelsgeschäfte.«

Mit nie gefühltem Respekt für seinen Bruder blätterte Matthis durch die Zeichnungen. In dieser bescheidenen Werkstatt hatte Lucas offenkundig die Anerkennung gefunden, die ihm zu Hause nicht zuteilgeworden war. Bedauern stieg in ihm auf. Wie gerne hätte er ihm in diesem Moment gesagt, dass er ihn bewunderte.

»Trotzdem frage ich mich, ob eine Malerwerkstatt die Umgebung ist, in der mein Bruder glücklich werden könnte«, sagte er schließlich widerstrebend.

»Diese Entscheidung müsst Ihr wohl ihm überlassen«,

entgegnete Campin und schloss die Mappe, noch ehe er alles gesehen hatte. »Nehmt diese Blätter an Euch. Sie sind mein Geschenk an Euren Vater. Lucas sendet bitte meine Grüße und meine Anerkennung. Ich nehme an, Ihr werdet ihm früher oder später schreiben.«

Die Worte verfolgten Matthis, als er die Werkstatt des Bildermachers wieder verließ. Vielleicht hätte Lucas Brügge nie verlassen müssen, wenn er einen Bruder gehabt hätte, der sich die Mühe machte, ihn zu verstehen.

Noch nie hatte er sich das in dieser Eindringlichkeit klargemacht. Auch einer seiner Fehler. Falsche Freunde, Verrat an der eigenen Schwester, Hochmut und Selbstgerechtigkeit waren nur einige andere. Wieso hatte er geglaubt, anständiger, klüger zu sein? Weil er der Älteste war? Vielleicht war er nur der Einfältigste von dreien.

Anneke van der Buerse hatte recht getan, als sie sich von ihm abwandte.

Achter Teil

Die Entscheidung

41. Kapitel

St. Marys of Bethlehem, 21. Dezember 1419

Obwohl es nur ein kurzer Ritt aus der Stadt nach St. Marys war, suchten Pferd und Reiter eilig die Sicherheit des Stalles von Master Rope auf. Der nasskalte, stürmische Herbst war in einen strengen Winter übergegangen. Londons Bürger erstickten nahezu im Rauch der ununterbrochen nachgeschürten Holzkohlen-, Dung- und Kohlefeuer. Dennoch gab es genügend Bettler und Waisen, die des Morgens verhungert und erfroren von den Stadtwachen eingesammelt wurden. Kapitän van Liewe war dem Karren mit den Toten begegnet, und es kostete ihn Mühe, die Erinnerung daran zu verdrängen.

Er nickte Lucas zu und musterte ihn aus Augen, die er zum Schutz gegen den eisigen Wind eng zusammenkniff. War es Zufall, dass er ihn an der Stalltür erwartete, oder gab es schon wieder unerfreuliche Neuigkeiten?

»Wie geht es ihr?«, stellte er gleich seine Frage.

»Unverändert. Bringt erst Euer Ross herein. Master Rope hat sicher nichts dagegen, wenn Ihr es bei den seinen unterstellt. Bei diesem Wetter jagt man keinen Hund vor die Tür. Was hat Euch hergetrieben?«

Lucas hielt das Tor auf und sah van Liewe zu, wie er das gemietete Pferd versorgte und den Mantelsack vom Sattel schnallte.

In den ersten Novembertagen hatte Christina ein hartnäckiges Fieber ergriffen, das trotz Hannahs sorgsamer Pflege nicht weichen wollte. Es lagen Wochen hinter ihnen, in denen sie zwischen Leben und Tod geschwebt und der Krankheit keinerlei Widerstand geleistet hatte.

Die Frage, ob Capitano Giambelli das Risiko eingehen wollte, mit der *Bona Confidentia* trotz der Herbststürme nach Venedig aufzubrechen, hatte sich dadurch erledigt.

»Sie ist wieder auf den Beinen, wenn auch schwach«, antwortete Lucas endlich. »Pater Raimond hat mit dem Bruder Apotheker nach ihr gesehen. Er glaubt, dass sie endlich über den Berg ist. Dennoch nimmt sie kaum Nahrung zu sich und ist auch weiterhin in tiefe Niedergeschlagenheit versunken.«

»Sie benötigt Zeit. Die Wunden der Seele brauchen länger, um zu heilen, als jene des Körpers. Habt Ihr nicht selbst diese Erfahrung gemacht?«

Christinas Bruder rang erkennbar mit sich selbst, ehe er antwortete. »Ich gebe zu, es ist schwer für sie. Sie hat Daniel geliebt, und ihre Trauer ist groß. Hätte ich an ihrer Stelle Hannah verloren, mir ginge es auch nicht besser.«

»Habt Ihr aber nicht«, unterbrach der Kapitän nüchtern.

»Das Schlimme ist, dass sie sich in ein Schneckenhaus zurückgezogen hat. Sie redet nicht über die Vergangenheit auf dem Schiff und auch nicht davon, wie sie sich ihre Zukunft vorstellt.«

Der Kapitän war schon halb aus dem Stall, als ihn ein wütendes Fauchen und Quieken noch einmal über die Schulter blicken ließ. Ein ganzes Knäuel junger Herbstkatzen raufte sich im Stroh um die Zitzen der Mutter, die das wilde Treiben mit ein paar gezielten Tatzenhieben in Ordnung zu bringen versuchte. Das schwächste Junge hatte dabei das Nachsehen. Abgeschlagen, mit verklebten Augen und sichtlich magerer und hungriger als seine Geschwister, fand es keine freie Nahrungsquelle. Es quiekte erbärmlich. Ein Fellbündel von undefinierbarer Farbe, vom Schmutz verklebt und dennoch nicht bereit, aufzugeben.

»Wartet«, bat van Liewe Lucas und wandte sich um. Ein schneller Griff beförderte den Jämmerling in die Tasche seines Umhangs, wo er, verblüfft vom jähen Wandel seiner Lebensumstände, nicht einmal gegen die Gefangennahme protestierte.

Durch die Stube des Pächterhauses schwebte der harzige Geruch von verbrannten Tannenzapfen, überlagert von Honig und Minze. Hannah versenkte soeben einen rotglühenden Eisenstab, den sie mit einer Zange festhielt, in einem Tonkrug. Zischend und dampfend erwärmte sich sein Inhalt bei dieser Prozedur, und es roch zusätzlich nach Kamille und Lindenblüten. Ihr hatten die Wochen in St. Marys trotz aller Sorgen gutgetan. Sie erschrak nicht länger bei jedem Geräusch und schenkte den beiden Männern sogar ein Lächeln, als sie eintraten.

»Sieh nur, wen der Schneesturm nach St. Marys geweht hat«, verkündete Lucas mit forcierter Fröhlichkeit in Christinas Richtung. Sie saß an ihrem üblichen Platz, dicht neben dem Kamin, den Blick auf das Feuer gerichtet. Mit keiner Geste tat sie kund, dass sie ihn gehört hatte.

Obwohl sich van Liewe innerlich darauf vorbereitet hatte, dass sie leidend und blass aussehen würde, fiel es ihm schwer, sein Entsetzen zu verbergen. Ihre Haut war so dünn und blass geworden, dass sich die Adern darunter als Schattenspuren abzeichneten. Das dunkle Kleid schlot-

terte an ihr. Sie hatte noch nie üppige Formen, jetzt freilich war sie so mager, dass sie ausgezehrt wirkte.
Hannah reichte ihr einen Tonbecher.
»Trink«, mahnte sie liebevoll. »Ich habe Honig und Minze dazugetan, das lindert den Schmerz in deiner Brust.«
Christinas Antwort bestand aus röchelndem Husten. Sie verschüttete einen Teil der Medizin, und Hannah griff helfend ein. Erst als sie Christina das Gefäß an die Lippen hielt, trank sie wenige Schlucke. Dann hob sie abwehrend die Hand. Hannah suchte Hilfe bei Lucas, aber der verdrehte nur die Augen und hob eine Schulter.
Van Liewe hatte genug gesehen. Er trat zum Kamin.
»Seid gegrüßt, Christina Contarini. Wie ich sehe, geht es Euch tatsächlich besser. Ich freue mich, Euch wieder auf den eigenen Beinen zu finden.«
Hannah sah ihn erstaunt an. Lucas schüttelte den Kopf. Was redete der Kapitän da? Sah er nicht, wie krank seine Schwester war?
»Bei meinem letzten Besuch konntet Ihr Euer Bett nicht verlassen, und jetzt sitzt Ihr wieder am Feuer«, begründete der Kapitän seinen Optimismus. »Zu Dreikönig könnt Ihr sicher schon in die Kirche gehen und das prächtige Wandgemälde bewundern, das Euer Bruder für St. Marys geschaffen hat.«
»Wir würden Eure Zuversicht ja gerne teilen«, antwortete Lucas ohne große Überzeugung in der Stimme.
»Es wird schon.« Van Liewe klang überzeugt. Er ließ sie nicht aus den Augen.
Christina wirkte vollkommen unbeteiligt. Den Blick in die Flammen gewandt, glich sie einer Statue. Hatten die Ereignisse sie wirklich zerbrochen, wie Lucas glaubte? Oder

hatte sie sich in diese Krankheit geflüchtet, um keine Entscheidungen treffen zu müssen?
Vielleicht war es ein Fehler, sie wie einen venezianischen Glaskelch zu behandeln. Sie war eine Contarini. Das Erbe ihrer Großeltern und Eltern floss durch ihre Adern. Sie hatte ihre Flucht aus Brügge bewerkstelligt, in einem schauderhaften Sturm auf dem Atlantik Nerven gezeigt, vierzig Tage Quarantäne unter schlimmsten Umständen auf einem Seuchenschiff überstanden und ihren Geliebten verloren. Warum sollte sie ausgerechnet jetzt aufgeben? Das Schlimmste war überstanden, es galt für das Morgen zu planen.
»Ich habe Euch etwas mitgebracht, Christina Contarini«, sprach van Liewe sie noch einmal direkt an.
Dieses Mal hob sie den Kopf. Eine Spur von Neugier war in ihrem Gesicht zu erkennen.
Van Liewe ließ sich Zeit, ehe er in seine Tasche griff. Das kleine Knäuel, das sich dort im Warmen eingerichtet hatte, kratzte ihn empfindlich, als es gestört wurde. Dennoch verzog er keine Miene, als er das winzige Tier vorsichtig in Christinas Schoß legte. Das Katzenkind zappelte blind zwischen den Falten des Rockes.
»Was ist denn das?« Hannah riss die Augen ungläubig auf.
Lucas entfuhr etwas, das verdächtige Ähnlichkeit mit einem »Seid Ihr verrückt?« hatte.
Christina fixierte das Fellbündel, dessen räudiger Pelz sich stumpf-grau über einem spindeldürren Knochengerüst spannte. Verklebte, halb blinde Augen, Beine so dünn wie Ästchen und Krallen, die sich spitz durch den Stoff bohrten. Welch eigenartige Gabe. Ein kümmerliches Geschöpf,

das dennoch herzzerreißend um das bisschen Leben kämpfte, das in ihm steckte.

»Das ist das jüngste Kind der Stallkatze«, erklärte der Kapitän, als sei es das Normalste der Welt, dieses Häufchen Elend zu verschenken. »Eine arme Kreatur, die sich gegen ihre Brüder und Schwestern nicht durchsetzen kann. Wenn sich nicht jemand um sie kümmert, wird sie in den nächsten Tagen verhungern und sterben.«

»Warum?« Christinas Augen richteten sich groß und unglücklich auf van Liewe.

»Vielleicht um Euch daran zu erinnern, dass Ihr nicht die Einzige seid, die in diesen Tagen leiden und doch weiterleben muss.«

Er provozierte, aber er hatte Erfolg damit.

Die Bewegung, mit der Christina nun das kleine Geschöpf aufnahm und an ihrer Schulter barg, gab ihm recht. Noch war sie zu schwach, mit ihm zu debattieren, aber ein Funke von Aufbegehren tauchte in ihrem Gesichtsausdruck auf.

Lucas wollte sich einmischen. Hannah legte ihm beschwörend die Hand auf den Arm. Ihre Blicke trafen sich, und wie immer kapitulierte er vor der Liebe und der Wärme, die sie ihm entgegenbrachte. Stille legte sich über den Raum, lediglich durchbrochen von einem kaum hörbaren, seltsamen Geräusch.

Christina erkannte es als Erste, weil sie als Einzige auch das Beben des Tierkörpers spürte.

»Sie schnurrt.«

»Willkommen im Leben«, erwiderte van der Liewe. »Gebt ihr zu trinken und haltet sie warm.«

»Wir brauchen getrocknete Kamillenblüten.« Hannah ging

die Sache praktisch an. »Wir müssen ihre Augen mit dem Sud auswaschen, sonst bleibt sie blind.«

Lucas hatte sich verblüfft auf die Bank hinter dem Tisch verzogen.

»Ihr habt eine seltsame Art, mit meiner Schwester umzugehen, Kapitän, aber Ihr seid damit erfolgreicher als wir«, gab er halblaut zu, als van Liewe sich zu ihm setzte.

»Sie ist nicht so schwer zu verstehen, wie Ihr denkt. Gebt Ihr eine Aufgabe. Verantwortung für etwas, und sie wird sich daran erinnern, dass sie eine Contarini ist. Nur die Zeit kann ihren Schmerz und ihre Trauer heilen. Wie steht es um Eure Arbeit in der Kirche?«

»Das Gemälde ist fertig. Ich könnte ohnehin in diesen Tagen nicht daran arbeiten. In der Kälte gefrieren die Farben, und die Pinsel werden steif. Wir haben nichts Besseres zu tun, als enger um das Feuer zusammenzurücken. Was gibt es Neues in der Stadt?«

Van Liewe verschränkte die Arme vor dem Brustkorb und begann seinen Bericht. »Der junge Herzog von Burgund hat einen Waffenstillstand mit dem englischen König ausgehandelt. Über die Weihnachtszeit und danach sollen für neun Wochen alle Waffen ruhen. Man ist in London allenthalben sehr erleichtert darüber, denn es bedeutet, dass auch die englische Handelssperre in dieser Zeit aufgehoben wird. Kaufleute und Makler versuchen sich bereits Schiffsraum über den Kanal zu sichern. Ich hätte mir keinen besseren Winter aussuchen können, um hier zu stranden.«

Obwohl in das Gespräch mit Lucas vertieft, ließ er Christina nicht aus den Augen. Sie hielt sorgsam die Pfoten des Katzenkindes, damit Hannah seine verklebten Augen reinigen konnte.

»Habt Ihr die Waren für Brügge auf Eurem Schiff untergebracht?«
»Ich bin kein Anfänger, Lucas Contarini. Natürlich sind Wein, Öl und alle verderblichen Güter in einem Speicherhaus zwischengelagert, wo sie nicht unter dem Frost leiden. Wir laden sie um, sobald die Schifffahrt zu Beginn des Monats Februar freigegeben wird.«
Ein Wort gab das andere, während er zusah, wie Christina eine Ecke eines Leinentuchs in einen Milchnapf tauchte und das Kätzchen daran saugen ließ. Sie tat das erkennbar nicht zum ersten Mal. Es fiel ihm immer schwerer, sich auf das Gespräch mit Lucas zu konzentrieren, der sich für die Verhandlungen interessierte, die in der Folge des Waffenstillstands für März vereinbart worden waren. In Troyes, auf dem französischen Festland, wollten sich die kriegführenden Parteien im Frühling treffen.
»Dort soll dann endgültig über die Anwartschaft des englischen Königs auf den Thron Frankreichs entschieden werden. Der französische König will Heinrich an Sohnes statt annehmen. Ob er zum Zeitpunkt der Verhandlungen fähig sein wird, das entsprechende Dokument zu unterschreiben und zu siegeln, ist allerdings fraglich. Seine Anfälle von geistiger Umnachtung nehmen zu. Wolle Gott, dass Frankreich von ihm nicht weiter ins Unglück gestürzt wird.«
»Wenn der Himmel will, sind wir bis dahin schon in Venedig«, antwortete Lucas. »Hört Ihr auch Neuigkeiten aus Flandern?«
»Blackfriar, der Agent Eures Vaters, unterhält regen Nachrichtenverkehr zum Festland. Man erzählt sich, er nutze die Kurierwege des Königs. Sein Bote hat mir einen Brief

überbracht, der an Euch gerichtet ist. Wie es scheint, ist Eure Nachricht in Brügge angekommen.«

Das Kätzchen maunzte, weil ihm Christina das nahrhafte Tuch entzog. Sie hörte also doch zu.

Lucas erbrach das Siegel der Contarini und faltete das Blatt auseinander. Sein Vater hatte mit eigener Hand geschrieben und auf die Dienste eines Kontoristen verzichtet.

»Lies vor«, forderte Christina leise und tauchte das Tuch wieder in die Milch.

Lucas räusperte sich.

»Meine geliebten Kinder. Ich hoffe, dass euch dieser Brief erreicht, ehe ihr die Reise nach Venedig antretet. Dass ihr tadelnswert gehandelt habt, wisst ihr. Dennoch zwingen mich die Ereignisse in Brügge, Gottes Willen in eurem Ungehorsam zu erkennen. Begebt euch nach Venedig, wo ihr von unseren Verwandten erwartet werdet. Offiziell bist du, Lucas, der Begleiter deiner Schwester. Euer Besuch in Venedig bekommt so den Anstrich der Ehrbarkeit und hält den Skandal eurer Flucht in Grenzen. Ich bedauere, dass es so weit kommen musste, aber es gilt in die Zukunft zu sehen. Gott segne das Werk deiner Hände, Lucas, wenn du wirklich dein Glück im Handwerk des Malers finden willst. Er schütze auch dich, meine Tochter, vor den Folgen deiner Unbesonnenheit und deines Eigensinns. Wir alle beten täglich um eure gesunde Rückkehr und senden euch unsere Liebe, Vater.«

»Welche Ereignisse in Brügge?«, brach Christina die Stille, die sich über alle gesenkt hatte, nachdem Lucas zu Ende gelesen hatte.

»Das kann ich Euch nicht sagen.« Van Liewe fühlte sich angesprochen.

»Er hat von dem Skandal unserer Flucht gesprochen.« Lucas überflog das Schreiben noch einmal. »Erinnere dich. Du hast einen Bräutigam zurückgelassen, Schwester.«
»Einen Erpresser«, verbesserte Christina. »Ich habe Hendrik van der Molen nie als meinen künftigen Mann angesehen, das weißt du.«
Ihre zunehmende Lebhaftigkeit erfreute Lucas. Er wollte kein Streitgespräch vom Zaun brechen.
»Auf jeden Fall scheinen wir in Venedig erwartet zu werden. Vater hat uns bereits den Weg geebnet. Er wird auch eine Möglichkeit finden, deine Zukunft dort zu sichern, Christina.«
Lucas klang erleichtert. Er gab die Verantwortung für Christinas Zukunft mit Freuden an die Contarini in Venedig ab. Sosehr er sie liebte, in dieser Angelegenheit unterwarf er sich gerne dem Diktat des Vaters.
Seine Schwester schwieg dazu. Das Kätzchen hatte sich in ihrem Schoß zusammengerollt und schlief. Eine hilflose Kreatur, die Schutz unter ihrer streichelnden Hand suchte. Sie spürte, dass der Kapitän sie beobachtete, und hob den Kopf. Erst jetzt bemerkte sie, dass er keinen Bart mehr trug. Ohne diesen Bart sah er unerwartet jung aus. Seine Augen leuchteten blauer als je zuvor.
Ihre Augen wanderten weiter zu Lucas. Eine Narbe auf seiner Stirn erinnerte an Southwark. Er faltete den Brief und streckte die Hand nach Hannah aus. Sie trat zu ihm. Sie brauchten einander, boten sich gegenseitig Halt. Sie wechselten einen Blick, der in Christinas Brust ein heißes Sehnen nach Daniel entfachte. Nur indem sie sorgsam und langsam ein- und ausatmete, konnte sie den Schmerz eindämmen. Sie wollte Hannah und Lucas nicht zur Last

fallen, deswegen musste sie einen eigenen Weg finden. Eigentlich war ihr das klar, seitdem sie das Schiff verlassen hatte, aber erst jetzt verspürte sie die Kraft, diesen Entschluss in die Tat umzusetzen.

»Ihr müsst Eurem Schützling einen Namen geben«, brach van Liewe das gedankenvolle Schweigen.

Christina sah auf das Kätzchen, dann auf den Kapitän.

»Ich werde es *Speranza* nennen. Das ist Venezianisch und heißt Hoffnung. Das ist ein schöner Name, findet Ihr nicht auch?«

Verstand er die Botschaft?

42. Kapitel

St. Marys of Bethlehem, 26. Januar 1420

Christina war von dem Gemälde ihres Bruders überwältigt. Sie hatte seine Bilder und Skizzen stets hoch geschätzt und ihn zum Malen ermuntert, weil sie ihn liebte. Nun zu erkennen, dass er tatsächlich das Talent eines großen Künstlers hatte, erfüllte sie nahezu mit Ehrfurcht. Das Licht der Altarkerzen flackerte über die Szenerie und verlieh dem Gemälde eine Lebendigkeit, wie sie ihr noch bei keinem anderen begegnet war. Lucas hatte das Wunder vollbracht, alles zum Leben zu erwecken. Gleichzeitig löste das Bild Heimweh in ihr aus. Hinter der Muttergottes erkannte sie die Türme von Brügge, den Blick über die Kanäle. Daneben Buchsbaumrabatten, wie sie im Kräutergarten ihrer Mutter die einzelnen Beete voneinander trennten.

»Besser kann ich es noch nicht«, murmelte Lucas, der sie nicht aus den Augen ließ. Diese Bescheidenheit war ebenso neu an ihm wie die Unsicherheit, mit der er ihr Urteil erwartete. Christina erkannte erst in diesem Bild seine Ernsthaftigkeit. Er würde nie wieder der leichtfertige, strahlende Sohn aus gutem Hause sein, der sein Leben nutzlos vertändelte. Vor ihr stand ein Mann, der sein Ziel gefunden hatte. Ein Künstler, der durch Leid und Verzicht gereift war.

Sie wandte sich zu ihm um und schloss ihn in die Arme.

»Es ist wunderbar. Mir fehlen die Worte, es zu beschreiben. Es gibt keinen passenderen Ort, an dem du Hannah zu deiner Frau machen könntest.«
Sie umarmte auch ihre Freundin heftig. »Ich bin so glücklich, dass ausgerechnet du es bist, die Lucas' Leben teilen und seine Kinder zur Welt bringen wird.«

Sie waren kurz nach Mitternacht in der Klosterkirche zusammengekommen. Pater Raimond hielt sein Wort, aber man sah ihm an, dass er die Zeremonie schnell hinter sich bringen wollte.
Lucas und Hannah knieten vor dem Altar. Christina stand an der Seite Lionel van Liewes. Sie bezeugten die Eheschließung.
Bereits im ersten Morgengrauen wollten sie gemeinsam St. Marys of Bethlehem verlassen und im *Löwen von Flandern* auf das Auslaufen der *Bona Confidentia* warten. Da der genaue Termin des Ankerlichtens auch von Ebbe und Flut abhing, hielten Lucas und van Liewe es für ratsam, schon jetzt in die Stadt zurückzukehren.
Christinas Gedanken verirrten sich. Es fiel ihr schwer, dem Ritual vor dem Altar die nötige Aufmerksamkeit zu schenken. So ungewöhnlich es war, dass ein Patriziersohn aus Brügge eine Jüdin heiratete, die zum Christentum konvertiert war, so selbstverständlich erschien es ihr doch, dass Lucas und Hannah ein gemeinsames Leben führen wollten. Niemand verstand ihren Bruder besser als ihre Freundin. Sie besaß die innere Stärke, die Lucas brauchte, und ihre Liebe würde ihm Halt geben.
»Willst du, Lucas Contarini, Hannah Salomon zu deinem Eheweib nehmen, sie beschützen, sie lieben und ehren …«

Eine Berührung an ihren Rocksäumen lenkte Christina erneut ab. Speranza hatte ihre Inspektion des Gotteshauses beendet und kehrte zu ihr zurück. Das Kätzchen wich nur für kurze Ausflüge von ihrer Seite. Es hatte sie als Ersatzmutter akzeptiert.

Gemeinsam hatten sie die Folgen von Vernachlässigung und Krankheit überwunden, und in Speranzas silbernem Fell glänzten jetzt weiße und goldfarbene Flecken. Ihr Lieblingsplatz war auf Christinas Schulter, von dort hatte sie den besten Überblick. Mistress Ropes Mägde bekreuzigten sich jedes Mal abergläubisch, wenn sie dort saß. Sie tuschelten hinter ihrem Rücken. Dreifarbige Hexenkatzen brachten bekanntermaßen Unglück.

Sie löste die gefalteten Hände und griff nach dem Tier. Es schien zu spüren, was sie suchte. Es rieb den Kopf an ihren Fingerknöcheln. Seine rauhe Zunge leckte tröstend über ihre Haut. Sie fürchtete den Augenblick des Abschieds von Lucas und Hannah schon jetzt. Längst hätte sie ihnen erklären sollen, was sie bewegte, aber der richtige Moment dafür hatte sich nie ergeben.

Bruder Raimond sprach die Worte des Segens und fügte Hannahs und Lucas' Hände zusammen. Nun war sie Hannah Contarini, Gemahlin des Lucas Contarini aus Brügge. So stand es wenig später auch im Kirchenbuch des Klosters, das Bruder Raimond eilig an sich nahm, sobald auch Christina und Kapitän van Liewe die nächtliche Heirat mit ihrer Unterschrift bestätigt hatten.

»Gott sei mit euch, meine Kinder«, sagte er und zeichnete einem jeden von ihnen das Kreuz auf die Stirn. »Ich werde euch in meine Gebete einschließen. Ihr habt unserem Gotteshaus ein Bild der Andacht und der Schönheit ge-

schenkt. Wir können euch nicht genügend dafür danken.«
Dennoch schloss er die Seitentür der Kirche mit erkennbarer Hast hinter ihnen. Er war sich bewusst, dass sein Abt sein Handeln nicht gutheißen würde, auch wenn er der Mutter Kirche eine neue Seele zugeführt hatte.
Der Riegel kratzte so laut über das Eisenblech, dass Christina voller Sorge um sich sah. Kloster und Dorf lagen in nächtlicher Ruhe. Nur das ferne Bellen eines Hundes und das Flügelschlagen eines großen Vogels waren zu hören. Der Mond wurde immer wieder von Wolken verdunkelt. Der Weg war kaum auszumachen.
Lucas nahm Hannahs Arm, damit sie nicht strauchelte. Christina spürte Speranzas Krallen auf ihrer Schulter und die Hand des Kapitäns an ihrem Ellbogen. Er bot ihr denselben Dienst, aber sie befreite sich mit einem Schritt zur Seite. Sie gewann immer mehr den Eindruck, dass er ihre Gedanken lesen konnte. Alles in ihr sträubte sich dagegen. Er würde sie verachten, sobald er ihre Geheimnisse entdeckte.
»Ihr werdet Euch den Fuß verstauchen und Euch am Ende einmal mehr über Euch selbst ärgern. Sogar das kleine Raubtier hier ist vernünftiger als Ihr.« Er sprach leise. »Ich weiß doch, dass Ihr die Dunkelheit fürchtet.«
Ein zweites Mal befreite sie sich nicht aus seinem Griff. Sie war viel zu verblüfft darüber, dass sie selbst die Dunkelheit nicht bemerkt hatte. War es möglich, dass sie ihre panische Angst vor der Finsternis überwunden hatte?
Offensichtlich. Sie hatte herausgefunden, dass es Schlimmeres gab. Hilflosigkeit. Tod. Einsamkeit. Weiterleben, ohne einen vernünftigen Grund dafür.

Dennoch hatte ihr die schlichte Feier in der Kirche heute Nacht Trost geschenkt. Offensichtlich war ihre Bindung an das Christentum tiefer, als sie bislang gedacht hatte. Sie würde als Erwachsene in ihr Elternhaus zurückkehren. Schon deswegen glaubte sie fest daran, dass sie mit ihren Eltern eine für alle Beteiligten vernünftige Lösung finden würde. Sie hatte ebenso gelernt, sich zu behaupten, wie sich zu fügen, wenn es sich nicht umgehen ließ.
Bis es so weit war, blieb ihr genügend Zeit, zur Muttergottes zu beten und sie um Vergebung ihrer Sünden zu bitten. Es konnte nicht schaden, auch sie auf ihrer Seite zu wissen.

Mit dem Öffnen des Stadttors ergoss sich die Menge wie ein Strom in die City. Hoch zu Ross, hinter Kapitän van Liewe, hatte Christina guten Einblick in die Kiepen, Karren und Behältnisse, die Bauern, Handwerker und Reisende mit sich führten. Die Stadt benötigte diese täglichen Lieferungen, um zu überleben.
Lucas und Hannah ritten ebenfalls zu zweit auf einem gemieteten Pferd. Wobei es die Freundin vorzog, vor ihrem Mann zu sitzen. Immer wieder sahen sie sich lächelnd an. Christina hingegen schätzte ihren Platz hinter dem Kapitän. Sein breiter Rücken schützte sie vor dem Wind und gab ihr Sicherheit.
London, das ihr beim ersten Mal so schmutzig und elend vorgekommen war, wirkte nun ganz anders auf sie. Nicht dass es sauberer, heller oder freundlicher geworden wäre, eher hatte sich ihr Blickwinkel auf die Metropole geändert. Es genügte ihr, frei atmen zu können und nicht auf der Flucht zu sein, um sich gut zu fühlen.

Der Anblick des *Löwen von Flandern* berührte sie indes auf eigenartige Weise. Dass sich das Wirtshaus, mit Ausnahme seines schönen neuen Schildes, nicht eine Spur verändert haben sollte, konnte sie kaum glauben. Vor Monaten hatte sie die Herberge zusammen mit Daniel verlassen. Jetzt kehrte sie alleine zurück, Schmerz und Trauer im Gepäck.

Sie lernte nur mühsam, diese Gefühle zuzulassen.

Ein Maunzen aus dem kleinen Weidenkorb, den sie zwischen sich und van Liewe eingeklemmt hatte, riss sie aus ihren düsteren Gedanken. Speranza protestierte gegen die Enge ihres Reisekäfigs und lenkte sie ab. Sie kratzte wütend an den Wänden. Sie war es nicht gewohnt, gefangen zu sein, und inzwischen war sie auch kräftig genug, gegen diese Gefangenschaft zu rebellieren. Christina hatte volles Verständnis dafür.

Mistress Mary hatte sich ebenso wenig verändert wie ihre Herberge. Sie entdeckte auf der Stelle den Korb, den Christina vorsichtig vom Pferd hob.

»Was schleppt Ihr da mit Euch herum? Eine Katze? Lieber Himmel, als ob wir hier keine Mäusefänger hätten.«

Christina ersparte sich die Antwort. Vor den Ställen sah sie Peter auf einem umgedrehten Zuber sitzen. Er nickte ihr zu, ohne sein Würfelspiel mit einem anderen Jungen zu unterbrechen, der ihnen den Rücken zuwandte. Dennoch besaß dieser Umriss etwas Vertrautes. Die schwarzen Locken taten ihr Zusätzliches. »Mauro?«

Der Junge kam blitzartig auf die Beine und eilte herbei. »Monna Christina. Da bist du ja. Sind das die Leute, die dich begleiten sollen? Ihr habt euch Zeit gelassen, wir warten schon ungeduldig.«

»Woher weißt du …?«

»Von ihm.« Mauros Daumen deutete auf van Liewe. »Er sagte, man könne dich heute hier erreichen. Du bist ja immer noch so dünn, dass man durch dich hindurchsehen kann. Musstest du bei deinen Leuten hungern? Dann wärst du besser bei uns geblieben.«

Christina schloss ihn in die Arme. Das erste Lächeln seit Wochen lag in ihren Mundwinkeln. »Frechdachs. Wie schön, dich wiederzusehen. Hast du eine Botschaft für mich?«

»Das kann man wohl sagen. Der Capitano will, dass ihr euch unverzüglich auf die *Bona* begebt. Das Wetter ist vorzeitig mild geworden. Er will früher als geplant absegeln. Er rechnet sich gute Geschäfte aus, wenn sein Schiff nach der Winterpause als Erstes aus dem Norden in Venedig eintrifft. Wir sind bereits vollbeladen. Pelze aus den russischen Wäldern, Fässer voller Tran, feinste Wolle und Kupferwaren.«

»So schnell?«

Das hatte sie nun davon, dass sie ihr Gespräch mit den anderen so lange hinausgezögert hatte. Was sollte sie tun? Wie, so überhastet, ihre Argumente vorbringen?

Lucas war neben Christina der Einzige, der den venezianischen Dialekt verstand. Er übersetzte Hannah und van Liewe das Anliegen des Schiffsjungen, während Mauro in Christinas Miene das Widerstreben las.

»Du hast dem Capitano gesagt, es eilt. Jeder Tag, den er früher abreist, würde dir genehm sein. Hat sich daran etwas geändert?«

»Nein. Du hast völlig recht. Wir wollen dir auf der Stelle zum Hafen folgen.« Sie traf eine Entscheidung, wandte sich an die anderen und sprach wieder Flämisch. »Lasst uns aufsitzen und zu den Docks reiten. Der Capitano erwartet uns bereits. Wir sollten seine Geduld nicht zu sehr strapazieren.«

»So schnell?«

Hannah wiederholte ihre Worte. Christina kannte sie gut genug, um zu wissen, was in ihr vorging. Sie fürchtete sich vor der erneuten Seereise.

»Was ist mit den Kammern, die ich für Euch freigehalten habe?«

Van Liewe erledigte den Einspruch der Wirtin mit einer Silbermünze, ehe er Hannah beruhigte. Auch er ahnte, was sie besorgte.

»Das Schiff ist mit wertvoller Fracht beladen. Der Capitano wird eine Route nahe dem Festland wählen, damit er im Falle von Gefahr sofort einen Hafen anlaufen kann. Ihr werdet sicher nicht unter solchen Stürmen zu leiden haben wie im Herbst. Damals befanden wir uns weitab von der Küste auf dem offenen Meer, um zu sehen, ob sich mein neues Schiff unter schwierigsten Wetterverhältnissen behaupten kann.«

»Ich wünschte, ich könnte Euch glauben«, seufzte Hannah und ließ sich von Lucas aufs Pferd heben.

»Habe ich Euch je belogen?«

»Nein. Ich hoffe, Ihr habt es nicht eben das erste Mal getan.«

»Ich bin bei dir.« Lucas fasste sie mit einer Hand um die Taille und griff mit der anderen nach den Zügeln des Pferdes. Ihm konnte es nicht schnell genug gehen.

Kurze Zeit später waren sie auf dem Weg zur Themse. Mauro eilte ihnen voraus. Der Capitano erwartete sie, ruhelos am Kai auf und ab stapfend. Fast hätte ihn Christina in seinen prächtigen Kleidern nicht erkannt. Die tatenlosen Wintermonate hatten aus seiner gedrungenen Gestalt eine Tonne auf kurzen, stämmigen Beinen gemacht.

»Ihr seht, ich halte mein Wort, Christina Contarini«, empfing er sie kurzatmig, aber betont respektvoll. Er war sichtlich darum bemüht, ihr mit Ehrerbietung zu begegnen, auch wenn seine Verneigung eher komisch als elegant ausfiel.

»Habt Dank«, antwortete sie ebenso höflich. Es lag ihr nicht im Sinn, Ärger zu machen. Ihre Erinnerungen waren ihre eigene Sache. »Dies sind mein Bruder, Messer Lucas Contarini, und seine Gemahlin Monna Hannah. Ich verlasse mich darauf, dass Ihr sie sicher nach Venedig bringt.«

»Ihr kommt nicht mit?«

»Was soll das heißen?«

»Christina! Nein!«

Die einzelnen Aufschreie mischten sich zu einem Sprachgewirr. Lediglich van Liewe blieb stumm. Er wirkte nicht sonderlich überrascht, eher zufrieden.

»Ich werde mit Kapitän van Liewe nach Antwerpen zurückkehren und von dort nach Brügge reisen.« Sie bot ihrem Bruder aufrecht die Stirn. »Nein, du wirst mich nicht umstimmen, Lucas. Ich will nicht der Klotz an eurem Bein sein, den ihr nach Venedig schleppt. Ihr sollt euer Leben dort mit leichtem Herzen und ohne alten Ballast beginnen.«

»Was ist nur in dich gefahren?« Lucas bedrängte sie und packte ihre Hände. »Du wolltest mit Daniel nach Venedig. In Brügge wartet nur Hendrik van der Molen auf dich.

Willst du es wirklich riskieren, ihm wieder in die Hände zu fallen? Dann hast du alles umsonst auf dich genommen.«
Christina überging die Antwort auf seine Frage.
»Warst nicht du es, der an meine Vernunft appelliert und gesagt hat, ich müsse nach Hause? Nur dort könne ich das Leben führen, das mir angemessen ist? Warum willst du es mir nun ausreden?«
»Du vergisst Vaters Brief.«
»Nein, genau das tue ich nicht, Lucas. Diese Ereignisse in Brügge, die er in seinem Brief erwähnte, hängen mit mir zusammen. Ich bin davon überzeugt, dass einiges gelöst werden kann, wenn ich zurückgehe. Du weißt, dass es das Beste für mich ist.«
Sie sahen sich an, und Lucas entdeckte in Christinas Augen wieder einmal nur eines: Entschlossenheit.
»Ich kann mir nicht vorstellen, dass dies unser Abschied sein soll«, sagte er fassungslos.
Christina berührte mit den Fingerspitzen seine Wange. Sie war glatt, der Bart, den er für die Hochzeit abgeschabt hatte, kaum nachgewachsen.
»Du wirst immer in meinem Herzen sein, Lucas. Aber sei ehrlich. Du hast Brügge vor Monaten verlassen, ohne uns allen zu sagen, wohin du gehst. Der Abschied heute ist mehr, als du uns damals zugestanden hast. Lass uns nicht streiten und gib mir deine Hand.«
Aufgewühlt gehorchte er. Christina griff in die Tasche ihres Kleides, holte einen Gegenstand heraus und legte ihn auf seine Handfläche. Mit ihren Händen schloss sie seine Finger darum und suchte seinen Blick. »Er soll dir Glück bringen. In Venedig wird er dir zudem alle Türen öffnen. Halte ihn in Ehren.«

Bewegt erkannte Lucas den Goldreif. »Das flandrische Siegel der Contarini. Großvaters Ring. Es war sein Wunsch, dass du ihn trägst.«

»Er wäre sicher damit einverstanden, dass er jetzt in deinen Besitz übergeht, Lucas. Du brauchst ihn dringender als ich. Dieses Siegel sichert dir und Hannah in der Lagunenstadt einen ehrenvollen Empfang. Es soll dich zudem immer an jenen Teil deiner Familie erinnern, der in Flandern geblieben ist. Gott schütze dich, Bruder.«

»Ich weiß nicht, was ich sagen soll ...«

Sie schloss ihn wortlos in die Arme und küsste ihn auf beide Wangen, ehe sie sich Hannah zuwandte. »Ich wünsche dir alles Glück dieser Welt, Schwester. Schreib mir, wie es euch ergeht. Die Kuriere des Hauses Contarini sind die schnellsten von Venedig. Sie werden dafür sorgen, dass wir uns trotz allem nicht verlieren. In unseren Briefen wird unsere Freundschaft weiterleben.«

Hannah schluchzte haltlos. Mit nassen Wangen und bebenden Händen klammerte sie sich an Christina, bis diese sie sanft von sich zu Lucas schob.

»Aber was willst du tun? Wohin willst du gehen?« Lucas blickte sie über Hannah hinweg an. »Du kannst unmöglich allein und schutzlos in London bleiben, bis die *Espérance* in See sticht.«

Den Fragen, Gefühlsausbrüchen und Tränen den Rücken zukehrend, suchte Christina van Liewes Blick. »Habt Ihr für Speranza und mich einen Platz auf Eurem Schiff, Kapitän? Ich werde mich dort wohler fühlen als unter jedem Londoner Dach. Ich habe Heimweh nach Flandern.«

»Seid willkommen an Bord der *Espérance*, Christina Contarini.«

Obwohl der Capitano nicht alles verstanden hatte, waren ihm ein paar Sprachbrocken vertraut. Er reimte sich das Seine aus der Aufregung zusammen. Und er fragte sich, weshalb sie nicht mit ihm segeln wollte.

»Ihr reist nicht mit der *Bona Confidentia*? Wegen alldem, was auf meinem Schiff geschehen ist? Ihr tragt es mir nach? Das ist ungerecht. Die Seuche war eine Strafe des Himmels, und das andere? Je nun, es war ein redliches Spiel, ohne alle Finten. Ihr wurdet zu nichts gezwungen.«

»Meine Entscheidung hat weder mit Eurer Person noch mit Eurem Schiff zu tun, Capitano.« Sie sah auf ihn hinab. »Ihr seid zu Eurem Wort gestanden, und ich habe das meine gehalten. Ich werde für Eure unversehrte Überfahrt beten, und ich wünsche Euch auch künftig gute Geschäfte. Wenn Ihr mir einen Gefallen tun wollt, dann erlaubt meiner Schwägerin, Mauro weiterhin zu unterrichten. Gebt ihn frei, sobald Ihr in Venedig angekommen seid. Lucas wird ein gutes Wort für ihn einlegen, damit er im Handelskontor der Contarini eine Anstellung findet. Ihr wisst sicher selbst, dass er nicht zum Seemann geboren ist.«

»Ihr habt mein Wort, dass Eure Schwester Brügge unversehrt und sicher erreichen wird. Ich stehe mit meinem Leben dafür ein«, schwor van Liewe zur selben Zeit dem ratlosen Lucas.

Dem war nichts hinzuzufügen.

Erst als Lucas die immer noch tieftraurige Hannah über den Laufsteg zum Schiff führte und Mauro sich zu einem letzten Winken umwandte, drang Christina ins Bewusstsein, dass sie irgendetwas so heftig umklammerte, dass sich ihre Finger verkrampften. Van Liewes Hand war zu ihrem Rettungsanker geworden.

»Verzeiht.«
Sie löste verlegen den Griff. Ihre Nägel hatten sich tief in seine Haut gegraben. Rote, halbmondförmige Male zeugten davon.
»Kein Grund«, wehrte er ab und sah ihr ernst in die Augen. »Ich bewundere Eure Stärke.«
»Darf ich Euch um einen zweiten Gefallen bitten?«
»Jeden.«
»Bringt mich fort von hier, damit ich nicht doch noch auf dieses Schiff laufe und mit ihnen fahre. Ich fürchte, ich bin nicht so stark, wie Ihr denkt.«
»Ihr seid noch viel stärker, Christina Contarini.«
Würde er das auch sagen, wenn er wüsste, was auf der *Bona Confidentia* geschehen war? Woher nahm er dieses unbegründete Vertrauen in ihre Kraft?
Sie schwieg und schloss die Augen. Sie hatte in den vergangenen Monaten die Wohltat des Schweigens kennengelernt.

43. Kapitel

London, 8. Februar 1420

Robert Blackfriar, zu Euren Diensten, Mistress Contarini.«

Die Stimme riss Christina aus ihrer Lektüre. Sie unterdrückte mit aller Beherrschung einen erschrockenen Ausruf. Woher kam der Mann und wieso wusste er ihren Namen? Wie lautete der seine? Blackfriar? Robert Blackfriar? Hatte sie ihn nicht schon einmal gehört? Natürlich, er war Agent der Contarini in London.

Sie ließ das Buch sinken und erhob sich von ihrem gepolsterten Sitz. Die Unterkunft des Kapitäns in der äußersten Bugspitze der *Espérance* war durch ihre vielen Fenster von Sonnenlicht erfüllt.

»Ich grüße Euch, Master Blackfriar«, entgegnete sie zurückhaltend. »Was verschafft mir die unerwartete Ehre Eures Besuches?«

»Ich bin gekommen, Euch die Gastfreundschaft meines Hauses anzubieten, Mistress Contarini. Ihr könnt nicht wissen, dass wir alle einen Winter in größter Sorge um Euer Wohlergehen verbracht haben. Als Handelspartner Eures Herrn Vaters und Agent seiner Geschäfte habe ich in ganz London nach Euch und Eurem Bruder gesucht. Warum habt Ihr Euch nicht an mich gewandt? Gebt Anweisung, Euer Gepäck zu mir zu schaffen, und

begleitet mich. Meine Frau wird Euch in ihre Obhut nehmen.«
Christina wusste nicht genau, ob sie sich über die arrogante Selbstverständlichkeit, mit der er ihr Befehle erteilte, ärgern oder wundern sollte. Sie dachte keineswegs daran, dieses Angebot in Betracht zu ziehen.
»Ich danke Euch für Eure Sorge«, entgegnete sie mit kühler Höflichkeit. »Aber ich fühle mich sehr wohl auf der *Espérance*. Sicher hat Euch Kapitän van Liewe gesagt, dass wir in Kürze nach Flandern aufbrechen.«
Die Antwort missfiel ihm. Sein Mund, von einem sorgfältig getrimmten schwarzen Bart umrahmt, bekam einen verkniffenen Zug. »Euer Herr Vater hat mich gebeten, für Euer Wohlergehen zu sorgen. Ihr seid eine Frau, Ihr bedürft des Schutzes und der Führung eines Mannes.«
Ärger färbte Christinas bleiche Wangen. Ihr Temperament, seit Monaten begraben unter einem Berg von Trauer und Schmerz, begann sich zu regen. Irgendwo in ihrem Kopf sagte eine Stimme, dass ihr van Liewe diesen selbstherrlichen Handelsherrn auf den Hals gejagt haben musste. Er hatte so seine eigenen Methoden, sie aus ihrer Niedergeschlagenheit zu reißen. Dennoch brachte sie es nicht fertig, sich zu bezähmen. Die Worte schossen wie Pfeile aus ihrem Mund.
»Ihr habt mir keine Anweisungen zu geben, Master Blackfriar«, sagte sie knapp. »Ich bin freiwillig und gerne auf diesem Schiff. Ihr habt keinen Grund, Euch um meinetwillen zu beunruhigen. Seid versichert, ich werde meinem Vater sagen, dass Ihr versucht habt, seine Wünsche zu erfüllen. Mehr kann ich nicht für Euch tun. Ihr hättet Euch nicht der Mühe unterziehen müssen, mich aufzusuchen.«

Blackfriar schwollen die Schläfenadern. Er trat einen Schritt auf Christina zu. Sie umklammerte ihr Buch und straffte die Schultern, ohne zu weichen. Sie gab ihm dabei Gelegenheit, den Titel zu erkennen. Es war eine Ausgabe der »Stadt der Frauen«, Christine de Pisans bekanntestem Werk. Sie hatte es bei van Liewe entdeckt.

»Ihr macht Eurem Vater Kummer, und ich kann nicht zulassen, dass Ihr Eurem Ruf schadet, indem Ihr Euch einem fremden Mann anvertraut.« Ihr Besucher war kein Mann, der sich so ohne weiteres davonschicken ließ. »Im Übrigen ist dieses Schiff unerprobt, wie man an den Sturmschäden gesehen hat. Ihr setzt nicht nur Euren Leumund, sondern auch Euer Leben aufs Spiel. In der Obhut meiner Frau werdet Ihr Tätigkeiten finden, die Euch besser anstehen, als dieses Buch zu lesen. Bis ich Zeit finde, Euch nach Brügge zu bringen.«

»Ich weiß nicht, wer Euch auf dieses Schiff eingeladen hat, Master Blackfriar«, rief Christina so entrüstet, dass sogar Speranza in ihrem Körbchen erwachte und den Kopf hob. »Aber ich war es nicht. Seid so freundlich und lasst mich allein. Gehabt Euch wohl.«

»Da hört Ihr es«, mischte sich van Liewe gelassen ein, ehe Blackfriar Christina noch mehr in Rage bringen konnte. Keiner von beiden hatte sein Eintreten bemerkt. »Glaubt Ihr mir jetzt, dass Mistress Contarini aus freiem Willen auf meinem Schiff ist und Eure Gastfreundschaft nicht annehmen wird?« Es gelang ihm, den aufgebrachten Kaufmann so weit zu besänftigen, dass er zwar wütend, aber ohne Widerstand den Rückzug antrat.

Christina hatte sich noch immer nicht beruhigt, als er sie danach aufsuchte.

»Dachte er wirklich, Ihr würdet mich gewaltsam auf dem Schiff festhalten?«, schnaubte sie. Sie trug die kleine Katze auf dem Arm. Sie hatte eine beruhigende Wirkung auf sie. »Denkt er, ich ließe mich wie einen Wollballen von ihm nach Hause liefern! Woher wusste er eigentlich, dass ich an Bord bin? Tratscht man im Hafen über mich?«

»Nein. Beruhigt Euch. Er sprach mich am Kai an. Weil er die Briefe Eures Bruders und Eures Vaters über seine Kurierwege befördert hat, wusste er von Eurer Anwesenheit in London. Er machte einen sehr besorgten Eindruck. Ich hielt es für angemessen, ihm zu sagen, dass Ihr Euch auf dem Heimweg befindet. Von da an bestand er darauf, mich an Bord zu begleiten. Es wäre unhöflich gewesen, ihn abzuweisen. Auch unklug, er verfügt über Einfluss in der Stadt und im Hafen. Dies ist sicher nicht mein letzter Besuch in London.«

Sie seufzte. »Beleidigt es Euch denn nicht, dass er Euer Schiff für unerprobt hält?«

»Warum sollte es das?« Der Kapitän tat sich keinen Zwang an. Er lächelte offen. »Es stimmt. Ihr habt es auf der Herfahrt selbst erfahren müssen. Als Kapitän bin ich in seinen Augen vermutlich noch grün hinter den Ohren. Zudem ist er wütend darüber, dass ich ihm die Ladung der *Bona Confidentia* vor der Nase weggeschnappt habe. Sie hätte ihm einen schönen Batzen Gewinn gebracht. Er hat jedes Fass Wein mitgezählt, das meine Männer aus dem Speicherhaus in unseren Lagerraum geschafft haben. Dies allein war vermutlich der wahre Grund, warum er so geschäftig auf dem Dock umherwieselte.«

»Und da habt Ihr ihm gesagt, dass auch ich mich auf Eu-

rem Schiff befinde«, fügte sie an. »Um ihn dort draußen loszuwerden.«
Sie erhielt keine Antwort. Van Liewe hatte sich über eine der Seekarten auf dem großen Tisch gebeugt und hantierte mit dem Astrolabium, dessen Gebrauch ihr nach wie vor ein Rätsel war. Den Stand der Sterne zu bestimmen, ohne den Himmel dabei zu sehen, kam ihr wie Zauberei vor. Mechanisch strich sie über Speranzas Kopf und sah sich um. Dass er ihr angeboten hatte, im großen Vorkastell zu wohnen, das sowohl bequem eingerichtet war wie auch die vielfältigen Interessen seines Besitzers verriet, hatte sie verblüfft.
»Ich will Euch nicht aus Eurem Quartier vertreiben«, so hatte sie sich geweigert, die großherzige Offerte anzunehmen.
Er hatte nichts davon hören wollen. »Bleibt und fühlt Euch wohl. Ihr habt genügend gelitten. Ich kann gut auf einer der Pritschen dort schlafen. Während des Tages müsst Ihr meine Gesellschaft eben manchmal erdulden. Hier sind meine Gerätschaften, meine Pläne und meine Bücher. Ich brauche sie für meine Arbeit.«
Besonders die Bücher faszinierten Christina. Sie boten ihr die Möglichkeit, aus der Realität zu entfliehen. Ihn am Tisch zu sehen, wenn sie die Augen von der Seite hob, wurde immer mehr zum vertrauten Anblick. Er verfügte sowohl über eine beeindruckende Konzentrationsfähigkeit wie auch über umfassende Bildung auf den unterschiedlichsten Gebieten. Kein Wunder, dass Daniel so oft das Gespräch mit ihm gesucht hatte.
Sie drückte die Katze so fest an sich, dass sie miaute und sich aus ihren Armen befreite. Wie üblich rettete sie sich

nach oben, auf ihre Schulter. Der Laut erregte van Liewes Aufmerksamkeit. Wieder einmal erkannte er auf den ersten Blick, was in ihr vorging. Die Leichtigkeit, mit der er sie durchschaute, wurde ihr zunehmend unheimlicher.
»Hört auf damit«, befahl er streng und richtete sich auf. »Ich nahm an, es würde Euch amüsieren, Eure Krallen an Blackfriar zu wetzen. Er sollte Euch mit seinen dummen Reden nicht entmutigen. Ihr habt eine couragierte und ehrenhafte Entscheidung getroffen, als Ihr Euren Bruder und seine junge Frau gehen ließt. Nun bereitet Euch auf den nächsten Schritt vor, damit Ihr gewappnet seid, wenn Ihr Eurem Vater die Stirn bieten müsst.«
Christina lachte bitter. »Die Stirn? Sollte ich nicht besser auf die Knie sinken und um Verzeihung bitten?«
»Und damit fast ein halbes Jahr Eures Lebens für sinnlos erklären? Seid Ihr sicher, dass Ihr das wollt? Damit verwerft Ihr auch das Glück, den Schmerz, die Überwindung und den Mut, all die mächtigen Gefühle, die Eure Handlungen bestimmt haben. Sie haben Euch geprägt. Sie haben diese neue und bemerkenswerte Frau aus Euch gemacht, zu der das Mädchen aus Brügge geworden ist.«
»So könnt Ihr nur sprechen, weil Ihr nicht wisst, was ich getan habe«, widersprach sie heiser. »Meine mächtigen Gefühle haben mich in die Irre geführt. Sie haben Daniel das Leben gekostet. Hätte ich gehandelt, wie es einer Tochter aus ehrbarem Hause ansteht, er würde sich an der Sonne erfreuen und seinen Talmud studieren. Ich kann meine Fehler nicht beschönigen.«
Van Liewe strich sich das Haar aus der Stirn und verzog den Mund. »Niemand wirft Euch das vor. Im Gegenteil, Ihr badet geradezu in Eurer Schuld und in Eurem Schmerz.

Ihr reist nach Hause, um Buße zu tun, nicht wahr? So sehr ich diesen Schritt billige, so wenig bin ich mit den Gründen dafür einverstanden. Wacht endlich auf, Christina Contarini. Blickt den Tatsachen ins Auge und bleibt nicht auf halbem Wege stehen. Wie soll Euer Leben weitergehen? Was wollt Ihr in Brügge tun? Hendrik van der Molen heiraten? Nach allem, was ich von diesem Herrn weiß, ist das kein besonders guter Ausweg.«

»Hört auf damit. Ihr könnt Euch kein Urteil erlauben. Ihr wisst nichts. Nichts. Nichts.«

In der verzweifelten Wiederholung erstarb ihre Stimme.

»Dann erzählt mir, was ich nicht weiß.«

Sie hob den Kopf und starrte in seine blauen Augen, deren Blick sie förmlich durchbohrte. Ihre Fäuste ballten sich. Am liebsten hätte sie in dieses ruhige, selbstgewisse Männergesicht geschlagen. Warum ließ er sie nicht in Ruhe? Warum mischte er sich ein?

Vielleicht tut er es deinetwegen, sagte ihr eine innere Stimme. Gib nach. Entledige dich der schlimmen Bilder, die dir das Herz vergiften. Brenne die Verletzung mit glühendem Eisen aus, damit sie heilen kann. Danach wird er dich nicht mehr ansehen wollen, aber was kümmert dich das? Er ist nicht wichtig. Niemand ist mehr wichtig.

»Gut.«

Sie tat einen tiefen Atemzug, setzte die Katze auf dem Fenstersims ab und verschlang die Hände vor der Brust. Ohne dass es ihr bewusst wurde, veränderte sich ihre Haltung. Da sie mit dem Rücken zum Sonnenlicht stand, bildete sich eine feurige Aureole um ihren Kopf. Sie trug keine Haube. Der Elfenbeinton ihrer Haut kontrastierte mit den roten Löckchen, die sich rund um ihr Gesicht aus den aufgesteckten Zöpfen gelöst hatten. Ihre dunkle, herbe Stimme bildete einen außerordentlichen Kontrast zu dieser sehr weiblichen und zerbrechlichen Erscheinung.

»Alles begann am vorletzten Tag des August im vergangenen Jahr ...«

Ohne sich zu schonen, breitete Christina die Ereignisse vor van Liewe aus. Weder verschwieg sie die empörende Tatsache, dass sie sich Daniel hingegeben hatte, noch den Umstand, dass Hendrik van der Molen den Mord an Jan van der Buerse benutzt hatte, um sie zur Heirat zu erpressen. Sie vertraute dem Kapitän. Sie wusste, dass dieses gefährliche Geheimnis bei ihm gut aufgehoben war.

»Wir waren wie Kinder«, sagte sie, ohne zu wissen, dass auch er genau dies von ihnen gedacht hatte. »Ohne jede Ahnung von der Welt und ihren Gesetzmäßigkeiten. Heute sehe ich unsere, sehe ich meine Fehler. Ich habe Daniel und Hannah vorangetrieben, Lucas überzeugt und jene überhastete Entscheidung getroffen, die Daniel schließlich das Leben gekostet hat.«

Als sie die bedrückenden Tage auf dem Seuchenschiff und Daniels Tod schilderte, kam es Christina vor, als lausche sie sich selbst. Sie bemerkte nicht, dass ihr jetzt ununterbrochen Tränen über die Wangen liefen. Dass sich ihre Hände wie in Trance nach Daniel ausstreckten. Van Liewe ergriff und wärmte die eiskalten Finger. Sie sprach weiter. Die Berührung nahm sie nicht wahr. Da war noch eine letzte hässliche Begebenheit, die gebeichtet werden musste.

»Mein Großvater hat mich das Schachspiel gelehrt. Ich bildete mir auf diese Fähigkeit ebenso viel ein, wie auf manches andere«, stürzte sie sich vorwärts. Sie wollte es hinter

sich bringen. Vielleicht konnte sie anschließend besser mit den Erinnerungen leben.
Benommen von ihrer Erzählung, die sie nun so schnell herunterhaspelte, als wolle sie vermeiden, dass er die Details richtig verstand, beobachtete der Kapitän jede Regung auf ihren Zügen. Er litt mit ihr. Die Erniedrigung, die Scham, den verzweifelten Stolz, der sie in letzter, absoluter Konsequenz sogar gezwungen hatte, sich selbst zu opfern, konnte er ebenso nachvollziehen wie ihren Zorn auf sich selbst.
Seine Zähne mahlten knirschend aufeinander. Ihr Verstand hatte sie nicht davor bewahrt, sich in einem Alptraum zu verlieren. Glaube, Erziehung und Elternhaus formten ein verwinkeltes Labyrinth aus Vorschriften, in dem sie nun vergeblich nach einem Ausweg suchte. Wie konnte er ihr helfen?
»Im Grunde ist es egal, ob ich nach Venedig oder nach Brügge gehe. Es ist mir gelungen, mein Leben und meine Zukunft für immer zu verpfuschen«, sagte sie nun erstickt. »Indem ich mich für Brügge entscheide, versuche ich wenigstens, meine Schuld an meinen Eltern abzutragen. Sie haben es nicht verdient, sich auch noch um mich sorgen zu müssen. Ich weiß inzwischen, dass sie in bester Absicht gehandelt haben und dass ich besser daran getan hätte, zu gehorchen. Hendrik van der Molen war nicht der einzige Mann, den mir mein Vater vorgeschlagen hat.«
»Amen.«
Das scharf hervorgestoßene Wort riss Christina aus ihrem Selbstmitleid. Sie bemerkte, dass er ihre Hände hielt, und zog sie mit einem Ruck zurück.
»Ihr verachtet mich. Das habe ich erwartet.«

»Haltet mich nicht für einen engstirnigen Trottel«, fuhr er sie an. »Ihr habt Fehler gemacht, das ist menschlich. Nur Gott ist unfehlbar. Hier, trinkt einen Schluck und spült die hässlichen Erinnerungen hinunter.« Er goss einen Becher voll Wein und bestand darauf, dass sie ihn bis zum Boden leerte. »Und jetzt legt Ihr Euch nieder. Ihr könnt Euch kaum noch auf den Beinen halten.«

Christina entdeckte erst jetzt, dass es über ihrer Erzählung Abend geworden war. Der Wein brannte in ihrer Kehle, und sie fühlte sich tatsächlich so müde, als sei sie eine weite Strecke gerannt. Mit weichen Knien sank sie auf einen Fenstersitz und starrte auf das Wasser der Themse. Barken, Ruderboote und Fähren, auf denen Laternen und Fackeln brannten, passierten die Docks auf dem Weg flussauf- und flussabwärts. Flackernde Leuchtkäfer, von denen jeder einzelne einem Ziel zustrebte. Wo lag ihr Ziel?

Van Liewe hatte die Kabine mit dem Hinweis verlassen, er wolle sich um einen Fidibus zum Anzünden der Lichter kümmern. Ein Vorwand? Seine Abwesenheit gab ihr auf jeden Fall Zeit, sich zu fassen. Die Tränen zu trocknen und das merkwürdige Gefühl zu prüfen, das sie erfüllte. War es Erleichterung?

»Ihr sitzt ja immer noch herum. Hört auf zu grübeln und legt Euch nieder.«

Sie hatte nicht mehr die Kraft, dem Kapitän Widerstand zu leisten. Er nötigte sie zum Bett, streifte ihr die Schuhe ab und breitete eine Decke über sie, als sie einfach nach hinten sank. Sie mied seinen Blick und schloss die Augen. Ihr Atem beruhigte sich. Die angenehme Stille im Raum besänftigte das Trommeln ihres Herzens.

Ab und zu hörte sie ein Rascheln, wenn van Liewe seine

Pläne zur Seite legte. Das Kratzen der Feder, mit der er seine Überlegungen notierte. Ein Murmeln, als Speranza auf den Tisch sprang und über die Papiere marschierte, um seine Aufmerksamkeit auf sich zu lenken. Ihr Schnurren, als sie von ihm gestreichelt wurde.

Christina entspannte sich. Sie würde nicht schlafen können. Die Geister, die sie geweckt hatte, würden es nicht zulassen. Aber es tat gut, einfach nur so dazuliegen und einen Menschen um sich zu haben, dem sie nichts mehr vorzuspielen brauchte und dem sie vertraute.

44. Kapitel

An Bord der *Espérance*, 12. Februar 1420

Das offene Meer lag silbergrau, von weißen Schaumreitern gesprenkelt vor ihnen. Beide Hände um die Reling geklammert, trotzte Christina dem Wind. Er riss an ihren Haaren und Kleidern, ehe er weiterstürmte und sich schließlich in der neuen Takelage der *Espérance* verfing. Knatternd blähte sich das Segeltuch. Es schien ihr, als könne sie unter den Füßen die Energie spüren, mit der das Schiff rauschend durch die Wellen schnitt. Nach Osten. In Richtung flandrische Küste.

Sie hatte London ohne jedes Bedauern verlassen. Die überfüllte, lebhafte Stadt mit ihrer so besonderen Mischung aus Elend und Reichtum, aus Macht und absoluter Hilflosigkeit, hatte ihr kein Glück gebracht. Aus den Augenwinkeln sah sie zu van Liewe. Er hatte den Steuermann abgelöst und lenkte sein Schiff. Die Beine breit auf das Deck gestemmt, barhäuptig, beherrschte er die *Espérance*. Das Lachen in seinen Mundwinkeln verriet pure Lebenslust. Wie beneidenswert, so mit sich selbst im Reinen zu sein.

Es fiel ihr schwer, den Blick abzuwenden. Immer wieder ertappte sie sich, dass sie ihn heimlich beobachtete. Es wollte ihr nicht in den Kopf, dass er mit keinem Wort mehr auf ihre Beichte einging.

Seit dem Gespräch hatte sie sich verändert. Sie richtete ihre Gedanken nicht mehr ausschließlich auf das Gestern. In einem gab sie ihm recht: Sie musste wissen, wie ihre Zukunft aussehen sollte, ehe sie vor ihren Vater trat.

»Wenn der Wind anhält, werden wir so schnell wie diese Möwen dort oben zum Festland fliegen. Die neue Besegelung bewährt sich hervorragend.«

Sie hatte nicht bemerkt, dass er neben sie getreten war.

»Und noch etwas.« Van Liewe fasste sie sanft an der Schulter. »Die Reise über Antwerpen würde länger dauern und einen Transport unserer Waren über Land bedingen. Wir werden Brügge direkt ansteuern, die Fracht im Tiefwasserhafen von Damme löschen und auf Flussbooten nach Brügge schaffen. Dies ist eine prächtige Gelegenheit, den Handelsherren von Brügge den verminderten Tiefgang meines neuen Schiffes zu demonstrieren.«

Christinas Miene gefror. »Das heißt, wir sind in wenigen Tagen in Brügge?«

»Wenn uns der Wind treu bleibt, ja.«

Er gab sie frei, und sie schlang fröstelnd die Arme um sich. Wäre es nach ihr gegangen, er hätte sich nicht so sehr beeilen müssen. Nach langen tatenlosen Wochen überstürzten sich für sie die Ereignisse.

»Ihr seht nicht erfreut aus«, hörte sie ihn sagen.

»Wundert Euch das?«

»Zweifelt Ihr etwa noch immer daran, dass Euch Eure Familie mit offenen Armen empfängt? Ihr müsstet es besser wissen.«

»Das tue ich auch. Genau deswegen weiß ich ja, dass auch meine zukünftigen Pläne ihnen nicht gefallen werden.«

»Und die wären?«

Van Liewe machte keinen Hehl aus seiner Neugier. Sie sah keinen Grund, ihm das Ergebnis ihrer Überlegungen zu verschweigen. Er wusste alles von ihr. Das Beste und das Schlimmste.

»Ich werde bei den Beginen vom Weingarten um Aufnahme bitten.«

Sie hatte ihn verblüfft. In sprachlosem Erstaunen stand ihm der Mund offen.

»Was findet Ihr daran so bizarr?« Verärgert über diesen unverhüllten Beweis, dass auch seine Gelassenheit Grenzen besaß, brauste sie auf. »Die Beginen vom Weingarten sind eine angesehene Gemeinschaft. Unsere Familie unterstützt sie, und die Großmutter meiner Großmutter ist sogar im Weingarten aufgewachsen.«

»Aber es sind Ordensfrauen. Ihr könnt keine Klosterschwester werden. Nie und nimmer. Das ist verrückt. Ihr fallt von einem Extrem ins andere. Erst wollt Ihr den jüdischen Glauben annehmen, und dann wollt Ihr mir einreden, dass Ihr am Leben einer Nonne Gefallen finden könntet. Ihr macht Euch selbst etwas vor.«

»Warum sollte ich, Kapitän van Liewe? Die Beginen vom Weingarten sind keine Nonnen im üblichen Sinne. Sie legen ein Keuschheitsgelöbnis ab, aber kein Armutsgelöbnis. Man lebt angenehm in ihrem Kreis.«

»Aber sie unterstehen der Autorität der Kirche. Habt Ihr nicht schon mit weltlichen Autoritäten genügend Schwierigkeiten? Was bringt Euch auf die Idee, dass Ihr mit den kirchlichen besser zurechtkommt?«

Sie verzichtete auf eine direkte Antwort.

»Es ist auf jeden Fall ein Plan, der dem Ansehen der Contarini nicht weiter schadet. Auch wenn mein Vater sich ebenso schwer wie Ihr damit anfreunden wird, so bin ich mir doch sicher, dass meine Großmutter mich darin versteht und unterstützt.«

»Aimée Contarini? Man spricht noch immer von ihrem Geschäftssinn und ihren bahnbrechenden Handelsplänen. Wenn das Alter ihren Verstand nicht getrübt hat, wird sie Euch hoffentlich den Kopf zurechtsetzen. Ihr müsst nicht eine Dummheit mit einer noch größeren übertreffen. Und jetzt entschuldigt mich, ich muss mich um die Takelage kümmern.«

Eine Ausrede, das durchschaute Christina. Sie sah ihm nach. Weshalb zürnte er? Weil sie eine Begine werden wollte? Was kümmerte ihn das?

»Auf Euer Wohl. Morgen werdet Ihr wieder am Tisch Eures Vaters sitzen.«

Kapitän van Liewe hob den Becher und prostete Christina zu. Sie hatten die Mündung des Zwin erreicht, jenes Meeresarms, der Brügge mit der See verband. Da er sein Schiff jedoch bei Dunkelheit nicht durch den Fluss steuern wollte, ankerten sie bis zum Morgengrauen. Christina saß ihm am freigeräumten Kartentisch gegenüber. Das eher bescheidene Nachtmahl, das nur aus gepökeltem Schinken, einfachem Brot und englischem Käse bestand, hatte sie kaum berührt. Sie schob die Brotbrösel mit den Fingerspitzen zusammen und warf Speranza ein Speckstück zu, das diese mit ihren kleinen, aber messerscharfen Zähnen auf der Stelle zernagte.

»Ihr seid mir immer noch böse«, stellte sie schließlich seufzend fest. »Weil Ihr meine Pläne nicht billigt? Was ist so schlecht an ihnen?«

»Ich finde es nicht gut, dass Ihr Euch dem Leben nicht stellen wollt, sondern Zuflucht bei der Mutter Kirche sucht«, antwortete er geradeheraus. »Ihr seid so aufgeschlossen, voller Tatendrang, voller Kampfgeist und voller Wissbegier auf alle Wunder dieser Welt. All das wird Euch in einer frommen Gemeinschaft nur im Wege sein.«
Sein eindringlicher Blick verriet Christina, dass es ihm mit seinen Worten sehr ernst war.
»Ihr wisst nicht, was Ihr sagt«, murmelte sie. »Das sind genau die Eigenschaften, die am Ende dazu geführt haben, dass wir auf der *Bona Confidentia* festsaßen. Ihretwegen musste Daniel sterben.«
»Die Cholera hat ihn das Leben gekostet, nicht Euer Charakter. Macht Euch das endlich bewusst. Wollt Ihr bis ans Ende Eurer Tage für etwas Buße tun, das außerhalb Eures Einflussbereichs gelegen hat? Das ist pure Dummheit, und Ihr seid nicht dumm.«
Berührt vom Enthusiasmus seiner Erklärung, wagte sie nicht, ihn anzusehen. Ihr Großvater war der letzte Mann gewesen, der so eindringlich mit ihr geredet hatte. Daniel hatte sie für ihre Energie und ihre Leidenschaft bewundert. Lucas für ihren Einfallsreichtum und ihre Eigenwilligkeit, aber keiner von beiden hatte an ihre Intelligenz appelliert.
Wie ihr Leben wohl verlaufen wäre, wenn sie Daniel nie getroffen hätte? Wenn sie von all den Namen auf der Heiratsliste ihres Vaters zufällig Lionel van Liewe ausgewählt hätte? Die Vorstellung, in seinen Armen zu liegen, besaß nichts Abstoßendes. Im Gegenteil, sie trieb ihr das Blut in die Wangen und beschleunigte ihren Atem. Sicher wäre seine Umarmung kraftvoll und …

Du lieber Himmel, wohin verirrten sich ihre Gedanken?
»Es schmeichelt mir, dass Ihr eine so hohe Meinung von mir habt«, erwiderte sie, energisch um Fassung kämpfend. Sie musste den Beschützer in ihm sehen, nicht den einzigen Mann, in dessen Armen sie Daniel vergessen konnte.
»Ich bin kein Schmeichler«, widersprach er kurz und bündig. »Von mir werdet Ihr immer nur die Wahrheit zu hören bekommen.«
Christina zuckte zusammen und zahlte es ihm mit gleicher Münze heim. »Ich brauche kein zweites Gewissen, Kapitän. Meines geht hart genug mit mir ins Gericht. Wenn ich etwas brauche, dann ist das ein Freund. Wollt Ihr das sein? Ihr seid so viel erfahrener, so viel älter. Euer Rat kann mir von Nutzen sein.«
Van Liewe begegnete ihrem Blick über den Tisch hinweg, mit unergründlicher Miene.
»Wenn Ihr in mir den Vater sehen wollt, fürchte ich schon wieder um meine Beherrschung«, sagte er beißend. »Belassen wir es dabei. Erzählt mir lieber, was Ihr mit Hendrik van der Molen tun wollt. Es könnte durchaus sein, dass er Euch immer noch zur Frau nehmen will. Ihr habt einen Ehevertrag erwähnt, der verleiht ihm Rechte.«
Er stand auf und begann eine Wanderung durch den Raum. Es war ungewöhnlich für ihn, seinem Bewegungsdrang auf solche Weise nachzugeben. Offensichtlich beunruhigte auch ihn mehr, als er nach außen hin zugab. Sie hätte gerne genauer gewusst, was.
»Dieser Punkt erledigt sich mit meinem Eintritt in den Beginenhof vom Weingarten«, winkte sie unwirsch ab. »Im Notfall bitte ich die Maestra der Beginen um ihre Inter-

vention. Sie ist eine starke Frau und hat schon vielen unwilligen Bräuten letzte Zuflucht gewährt. Nur die wenigsten Väter wagen es, eine Tochter daran zu hindern, ihr Leben Gott zu weihen.«

»Ihr habt an alles gedacht.«

Christina spürte, wie er hinter ihren Stuhl trat. Sie wagte nicht, sich umzusehen, aber sie war sich seiner unmittelbaren Nähe sehr bewusst.

»Habt Ihr auch an das Blut gedacht, das noch ziemlich heiß durch Eure Adern fließt, Christina Contarini? Wie wollt Ihr es zum Schweigen bringen?«, brach er nun flüsternd das kurze, spannungsgeladene Schweigen zwischen ihnen.

Er beugte sich zu ihr herab, und für einen Augenblick legte er seine Wange an die ihre. Sie spürte sie und hörte das Blut, von dem er gesprochen hatte, in ihren Ohren rauschen. Sie versuchte, sich Daniels Bild vor Augen zu führen. Es wollte nicht gelingen. Van Liewe nahm ihre Sinne so in Anspruch, dass sie nur ihn fühlte und sah.

Ehe sie reagieren konnte, war er wieder fort und stand an der Tür. Ihr Herz raste. Sie war sich ihres Körpers plötzlich wieder ungewohnt bewusst. Er vibrierte, wollte berührt werden und selbst berühren. Sie musste ihre Hände festhalten, damit sie sich nicht nach ihm ausstreckten. Was hatte er mit dieser unerwarteten Zärtlichkeit in ihr geweckt?

»Ich muss nach der Deckwache sehen und dem Stand der Sterne. Vergesst nicht, die Kerzen zu löschen, wenn Ihr Euch zur Ruhe begebt. Ich wünsche Euch eine gute Nacht und ungestörte Träume, Christina Contarini. Was ist mit dir, Speranza, kommst du auf einen Spaziergang mit?«

Die Katze reagierte mit steil erhobenem Schwanz auf die Einladung. Manchmal verstand sie jedes Wort. Sie flitzte nach draußen. Christina hätte es ihr gerne nachgetan. Der abwegige Wunsch, sich einfach in seine Arme zu stürzen, regte sich so übermächtig in ihr, dass ihre Stimme bebte.

»Gute Nacht, Lionel van Liewe.«

Sie hatte den Blick wieder abgewandt, deswegen sah sie nicht, wie sich seine Brauen erstaunt hoben, als sie seinen Vornamen aussprach. Niemand nannte ihn so, nur seine engsten Freunde und Verwandten. Er hatte ihn mit Sicherheit nie erwähnt. Woher kannte sie ihn?

Christina löschte die Kerzen, nicht ohne zuvor die Essensreste unter einem sauberen Leinentuch vor der Katze in Sicherheit gebracht zu haben. Dann schlüpfte sie aus ihrem Übergewand und legte sich zu Bett. Sie faltete die Hände für ein Gebet, aber sie fand nicht die richtigen Worte.

Der kurze Augenblick engster Vertrautheit beschäftigte sie nachhaltig. Sie war keine ahnungslose Jungfer mehr. Für einen Moment hatte sie die Erinnerungen an Daniel tatsächlich verdrängt und den Kapitän begehrt.

Van Liewe tat nie etwas ohne Absicht. Was wollte er mit dieser unerwarteten Berührung beweisen? Dass es nur einer Zärtlichkeit bedurfte, um ihre Gefühle in Wallung zu bringen? Dass sie sich nicht zur Nonne eignete? Noch eine Wahrheit. Sehnsüchtige Schwäche verengte ihre Brust. Hatte er diese Versuchung gespürt? War er deswegen so überstürzt gegangen?

Nein, er ist gegangen, weil er meine Entscheidung nicht beeinflussen wollte. Er weiß, was in mir vorgeht.

Sie löste die gefalteten Finger, presste sie auf ihren Nabel und setzte das Gespräch mit sich fort.
Sei ehrlich, Christina Contarini, er geht dir unter die Haut. Wie ist das möglich, wo er doch gar keine Ähnlichkeit mit Daniel hat? Er ist anders. Stark, ruhig, unabhängig und mit jenem Humor gesegnet, den du an deinem Großvater so geliebt hast. Stets hast du nach einem solchen Mann gesucht. Einem Partner, der dein Handeln und Denken respektiert, obwohl du eine Frau bist.
Noch nie hatte sie sich mehr als Frau gefühlt wie in seiner Nähe. Er erreichte nicht nur ihren Körper, sondern auch ihren Geist und ihre Seele. Die Erklärung dafür fiel wie Licht in die Dunkelheit.
Du liebst Lionel van Liewe!
Wenn das die Wahrheit ist, was soll ich tun? Ihm meine Gefühle gestehen? Dafür müsste ich erst wissen, was ich für ihn bin. Ein gutes Werk? Zeitvertreib? Eine Pflicht, die erfüllt werden muss?
Du wirst es nie erfahren. Du wirst ihm geziemend für seine Mühen danken und zu den Beginen gehen, beantwortete sie sich ihre Fragen mit kühler Vernunft. Dein Ruf ist ruiniert und dein Körper durch manche Hand gegangen. Eine Frau wie ich ist keine Partie für Schiffsbauer und Reeder. Wenn er jemals heiratet, muss seine Frau über jeden Tadel erhaben sein, und etwas anderes als eine Heirat könnte ich meinen Eltern nie antun. Sie haben genug unter meinen Tollheiten gelitten. Es gibt keinen Weg, den der Kapitän und ich zusammen gehen können. Mein Herz hat in dieser Sache nichts zu bestimmen.
Sie fand keinen Schlaf, sie wälzte sich unruhig von einer Seite zur anderen. Van Liewe blieb an Deck und ließ sich

nicht blicken. Bis sie die Rufe der Seeleute hörte, die sich bei Sonnenaufgang an die Arbeit machten und die Anker lichteten, störte niemand ihre Ruhe.
Brügge wartete auf sie.

45. Kapitel

Brügge, 15. Februar 1420

Noch nie hatte sie die Stadt vom Wasser aus betrachtet. An der Seite Kapitän van Liewes sah Christina Brügge deshalb mit völlig anderen Augen. Die Sturmflut von 1134 hatte bewirkt, dass ein Meeresarm, der Zwin, bis nach Damme für große Schiffe befahrbar wurde. Dort mussten die Waren auf Leichter und Frachtkähne umgeladen werden, um in das Herz der Handelsmetropole zu gelangen. Nur kleinere oder sehr flache Schiffe konnten die Reie und ihre zahllosen Seitenkanäle befahren. Auch van Liewe beförderte einen Teil seiner Waren auf diese Weise. Er gab der Bootsmannschaft die entsprechenden Befehle zur Weiterbeförderung, sobald sie an der Waterhalle anlangten.
Den Kopf weit in den Nacken gelegt, bestaunte Christina währenddessen das gewaltige Gewölbe der Halle. Es erhob sich turmhoch über den Schiffen, so dass sie unabhängig von Wind und Wetter be- und entladen werden konnten. Die Einmaligkeit und Schönheit ihrer flandrischen Heimatstadt hatte sie nie so bewusst wahrgenommen.
»So schweigsam, Christina Contarini?« Kapitän van Liewe trat neben sie und bot ihr seinen Arm. Er lächelte, als habe es nie mehr als Höflichkeit und Besonnenheit zwischen ihnen gegeben. »Seid Ihr bereit?«
Er hatte darauf bestanden, sie nach Hause zu bringen.

»Ich muss ohnehin Euren Vater aufsuchen, um ihm die Waren meines Schiffes anzubieten. Zudem macht es einen besseren Eindruck, wenn Ihr unter dem Schutz eines Mannes zu ihm zurückkehrt. Vielleicht wird es sein Gemüt etwas besänftigen.«

Ihr Vater würde von ihm angetan sein. Schweigend legte sie die Hand auf seinen Arm und raffte ihr Gewand, damit es ihr auf der schmalen Planke zum Kai hinüber nicht im Wege war. Man machte ihnen Platz. Der Respekt, den man dem Kapitän entgegenbrachte, rückte seine Begleiterin in den Mittelpunkt der Neugier. Es dauerte nicht lange, bis sie im Getuschel zum ersten Mal ihren Namen hörte. Die Waterhalle wurde schließlich auch Lakenhalle genannt, weil sie ein wichtiger Treffpunkt aller Tuchhändler war. In diesen Kreisen kannte man sich.

»Sobald die Nachricht bis zu den Miesmuschelhändlern unter den Arkaden durchgedrungen ist, weiß es die ganze Stadt«, murmelte Christina.

»Dann hebt das Kinn und blickt nicht wie eine Sünderin in den Straßenstaub.«

Christina zwang sich ein Lächeln ab, und van Liewe nickte zufrieden.

»Es scheint, das Stadthuis ist endlich fertig geworden«, plauderte er, ohne die Menschen zur Kenntnis zu nehmen. Genau gegenüber dem Belfried stand der Sitz der Stadtregierung vor seiner unmittelbaren Vollendung. »Sogar die achtundvierzig Figuren der Gräfinnen und Grafen von Flandern stehen schon auf ihren Sockeln zwischen den Fenstern.«

»Nach vierundvierzig Jahren des Bauens ist das vielleicht auch angebracht«, entgegnete Christina mit einem Hauch

von Spott. Zeit ihres Lebens war an dem prächtigen Gebäude gearbeitet worden.
Da sie jedoch unmittelbar darauf in die Gasse einbogen, an deren Ende das stolze Anwesen der Contarini auf sie wartete, verlor sie jedes Interesse am Stadthuis. Ohne van Liewes Arm wäre sie gestrauchelt. Ihre Beine zitterten, aber er hielt sie sicher und verlor kein Wort.
Durch das wappengeschmückte Bogentor erreichten sie den Hof des Handelshauses. Rechter Hand bei den Speichern wurden Fuhrwerke und Lastkarren entladen, links vor den Ställen zerkleinerten zwei Knechte Feuerholz. Die roten Backsteine des palastartigen Hauptgebäudes leuchteten im Kontrast zu dem Sandsteinmaßwerk der Fenster und Türen. Auf dem Turm wehte die Fahne mit dem Wappen der Familie in der frischen Brise. Die widersprüchlichsten Empfindungen tobten in Christinas Kopf.
»Christina!«
Der Ruf schallte wie ein Trompetenstoß durch die hohe Halle, kaum dass sie eingetreten waren. Ehe sie sich aus der unverhofften Umarmung befreien und denjenigen betrachten konnte, der sie so heftig an sich zog, öffneten sich von allen Seiten Türen. Schritte und Stimmen kamen näher, das vertraute Pock-Pock des Ebenholzstocks, auf den sich ihre Großmutter beim Gehen stützte.
»Matthis!?«
Verblüfft schaute Christina geradewegs in die hellblauen Augen ihres ältesten Bruders. Ein Matthis, der sie umarmte? Was war mit ihm geschehen?
Im Gewirr der Fragen und Ausrufe verlor sie immer mehr die Fassung. Das bleiche Gesicht ihrer Mutter, die beide

Hände vor den Mund hielt, das Lächeln der Großmutter, der strenge Blick ihres Vaters, der seine Aufmerksamkeit augenblicklich auf van Liewe konzentrierte, und das Geplapper der Hausmägde waren fast zu viel für sie.

»Ruhe«, ertönte die Stimme Simon Contarinis befehlsgewohnt, ehe er sich direkt an van Liewe wandte. »Ihr müsst denken, Ihr seid auf dem Jahrmarkt, Seigneur. Verzeiht das Durcheinander. Es ist die verständliche Aufregung einer Familie, die sich überraschend wiederfindet. Wir sind Euch zu Dank verpflichtet, dass Ihr meine Tochter nach Hause begleitet habt ....«

»Lionel van Liewe, Herr Contarini. Schiffsbauer und Kapitän aus Antwerpen. Ihr kennt meinen Vater, Hugo van Liewe.« Seine Verneigung war respektvoll, aber nicht unterwürfig.

Christina forschte vergeblich in den Zügen ihres Vaters. Bislang hatte er sie nicht angesprochen. Zürnte er ihr so sehr, dass er sie nicht einmal willkommen hieß? Ohne dass es ihr bewusst wurde, trat sie näher an van Liewe. Sie suchte die mittlerweile vertraute Sicherheit seiner Gegenwart, wie Speranza ihre streichelnde Hand.

»Darf ich Euch nach oben bitten, Kapitän van Liewe.«

Contarini ging voraus, die Treppe hinauf. Er überließ es seiner Frau und Matthis, seiner Mutter nach oben zu helfen. Erst als er mit beiden Händen die Tür zur großen Stube aufstieß, in der sich die Familie üblicherweise versammelte, und zur Seite trat, um alle einzulassen, trafen sich seine und Christinas Augen. Er besaß den schwarzen, undeutbaren Blick ihres Großvaters. Pupille und Farbkreis gingen dunkel ineinander über, verrieten weder Wärme noch Gefühl.

Wenn er schon nicht verzeihen konnte, würde er wenigstens verstehen?
»Willkommen zu Hause, Tochter«, sagte er, als habe er ihre Gedanken gelesen, und breitete die Arme aus.
Christina stürzte sich mit einem erstickten Laut an seine Brust. Es dauerte geraume Zeit, bis sich die erste Erregung gelegt hatte und ihr Vater die Frage stellte, die sie am meisten fürchtete.
»Ihr wart zu viert, als ihr aus Brügge fortgegangen seid. Warum bist du allein zurückgekommen?«
Sie zögerte so offensichtlich, dass er in diesem Augenblick nicht auf einer Antwort bestand.
»Schon gut, vielleicht solltest du uns die Einzelheiten später berichten. Wir langweilen Kapitän van Liewe mit unseren Familiengeschichten. Erlaubt, dass ich Euch die Gastfreundschaft unseres Hauses anbiete, Kapitän, solange Ihr in Brügge seid. Sind es auch Geschäfte, die Euch in unsere Stadt führen?«
Das Gespräch zwischen ihrem Vater, Matthis und van Liewe gab Christina die Gelegenheit, Mutter und Großmutter mit gedämpfter Stimme zu beruhigen. »Sorgt euch nicht um Lucas. Er ist wohlauf, und es geht ihm gut. Er ist auf dem Weg nach Venedig, wie es Vater gewünscht hat.«
»Die gütige Muttergottes möge seine Wege beschützen.« Ihre Mutter bekreuzigte sich, aber auch ihre Großmutter sank in sich zusammen.
»Ihr müsst nicht um ihn fürchten«, versuchte sie die Sorge der beiden zu entkräften. »Die *Bona Confidentia* ist ein erprobtes Schiff und steuert die gefahrlose Route an den Küsten entlang. Ihr Kapitän ist ein Mann von Erfahrung.«
»Das war Kapitän Ballard auch.«

Sie hatte den Namen noch nie gehört und sah ihre Großmutter fragend an.
»Kapitän Ballard hat das letzte Schiff der Handelsflotte des Hauses Cornelis gesteuert. Es ist in einem verheerenden Sturm gesunken, und er ist gemeinsam mit Ruben ums Leben gekommen.« Die Greisin war sichtlich erregt. »Ruben Cornelis war mein erster Ehemann.«
»Großvater war …«
»Die Liebe meines Lebens, Christina, aber nicht mein erster Ehemann. Das Haus Contarini war einst das Handelshaus Cornelis. Nur noch der Name der Gasse, die an unserem Haus vorbeiführt, erinnert daran.«
Christina zog die Augenbrauen in die Höhe. Sie hatte sich nie viel über die Vergangenheit ihrer Familie Gedanken gemacht. Nun jedoch empfand sie tiefes Verständnis für Aimées Sorge. Dass sie in den Armen von Domenico Contarini ein neues Glück gefunden hatte, musste Trost und Wunder zugleich für sie gewesen sein. Unwillkürlich wanderten ihre Blicke zu van Liewe.
»Du siehst schmal aus, Kind. Abgezehrt«, meldete sich ihre Mutter zu Wort. Sie hatte keinen Sinn für die alten Geschichten der Contarini. Ihr lag allein am Wohlergehen ihrer Kinder. »Dem Himmel sei Dank, dass du zu uns zurückgefunden hast. Unter unserer Obhut werden die Spuren deines Abenteuers bald verschwunden sein.«
»Bedränge sie nicht, Maria«, rettete die Großmutter ihre Enkelin vor der mütterlichen Sorge. »Sie ist nach Hause gekommen, das ist alles, was in diesem Augenblick zählt. Und in … Was ist das?«
Mit dem Stock deutete die Greisin auf den Weidenkorb, den Christina beim Eintreten auf den langen, polierten

Tisch gestellt hatte, und der nun unter Speranzas unwilligen Pfotenhieben schwankte.
Christina öffnete den Korb und gab ihrer vierbeinigen Gefährtin die Freiheit zurück. »Speranza liebt es nicht, eingesperrt zu sein.«
»Dann passt sie ja zu dir«, entgegnete Aimée trocken. Sie beobachtete interessiert, wie die Katze nach einem kurzen Blick in die Runde vom Tisch sprang, zu Kapitän van Liewe marschierte und ihren dreifarbigen Kopf an seinem Knöchel rieb. Christina musste lächeln, Speranza entzog ihr absichtlich die Liebe. Sie hatte sie schon wieder eingesperrt, und das nahm sie übel.
»Du wirkst müde«, vernahm sie die leisen Worte ihrer Großmutter.
»Ich bin es.« Die schlichte Antwort enthielt einen Unterton von Mutlosigkeit.
»Du wirst mir später berichten, was dich bedrückt.«
»Es wird dir nicht gefallen.«
»Nein. Aber das ändert nichts daran, dass ich es trotzdem wissen möchte.«
Wie üblich ließ ihre Großmutter nicht locker. Glücklicherweise hatten sich nicht alle Dinge geändert, ging es Christina durch den Sinn. Sie sah ihrer Mutter zu, die sich auf ihre Gastgeberpflichten besonnen hatte und eine Magd beaufsichtigte, die Wein auftrug und dazu kleine Fleischpasteten.
Die drei Männer hatten noch immer die Köpfe über der Ladeliste der *Espérance* zusammengesteckt. Sie beobachtete van Liewe. Bei dem Gedanken, dass er bald nicht mehr in ihrer Nähe sein sollte, begannen ihre Augen zu brennen. Ohne ihn würde sie sich wie ein verlassenes Kind fühlen.

Ein kalter Schauer lief ihr den Rücken hinunter. Würde sie ihn wiedersehen?

»Das kann nicht sein. Lucas hat eine Jüdin geheiratet? Das würde er nie tun.«

Christina begegnete dem Ausruf ihrer Mutter mit einem Kopfschütteln. »Hannah ist keine Jüdin mehr. Sie ist jetzt eine getaufte Christin. Ihre Ehe mit Lucas wurde von einem christlichen Priester geschlossen, gesegnet und beurkundet.«

»Das wird dem alten Salomon nicht gefallen«, sagte ihr Vater nachdenklich.

»Es gibt keinen Grund, es ihm zu sagen«, antwortete Christina leise. »Warum ihn noch mehr entsetzen? Er betrauert sie seit Monaten, als wäre sie tot. Genügt das nicht? Wenn er erfährt, dass sie dem Glauben abtrünnig geworden ist, der ihm alles bedeutet, wird es ihn in noch tiefere Verzweiflung stürzen. Besser, alles bleibt, wie es ist.«

»Es gehört sich nicht, einem Vater zu verschweigen, was mit seiner Tochter geschehen ist«, warf ihre Mutter ein. »Das ist gegen jeden Anstand.«

»Ist Anstand wichtiger als Barmherzigkeit, Mutter?«

»Sie hat recht, Maria. Vergessen wir Hannah Salomon, es gibt nur noch Hannah Contarini, die Gemahlin unseres Sohnes, die in Venedig mit ihm lebt. Wir müssen ihre Entscheidung respektieren.«

Simon Contarini gelang es, seine Frau zu beruhigen. Durch sanftes Zureden ließ sie sich endlich bewegen, zu Bett zu gehen. Die Ereignisse hatten ihr zugesetzt, und Christina versprach ihr, am nächsten Tag ihre Fragen in aller Ausführlichkeit zu beantworten.

»Hannah und Lucas? Nie hätte ich das gedacht.« Matthis konnte sein Erstaunen kaum verbergen, als die Mutter den Raum verlassen hatte. »Sie ist so anders als all die Mädchen, denen er sonst nachgestiegen ist.«

»Dem Himmel sei Dank dafür«, antwortete Christina. »Nicht eine von ihnen empfand so viel Liebe für Lucas wie Hannah. Sie hat ihm ihre Seele verschrieben. Ihr reines Herz ist ihm Halt und Zuversicht.«

»Und was ist mit deinem Herzen, Tochter?«

Die Kerzen waren fast heruntergebrannt. Van Liewe hatte sich in seine Kammer zurückgezogen, und ihre Großmutter war schon vor Stunden erschöpft zu Bett gegangen. Das Hornsignal vom nahen Belfried, das das Löschen der Lichter ankündigte, war verklungen. Brügge lag in nächtlichem Frieden. Christina zögerte, das Gespräch hatte einen friedlichen Verlauf genommen. Aber sie hatte gelernt, dass es wenig Sinn hatte, Unangenehmes zu verschweigen.

»Du fragst nach Daniel Katz, Vater?«

Sein Nicken entlockte ihr einen tiefen Seufzer.

»Er ist tot. Er ist in London gestorben. Die Cholera hat ihn dahingerafft. Die Krankheit muss auf ihn übergegangen sein, weil er einen Kranken berührt hat, um dem armen Mann zu helfen.«

Mehr würde sie nicht dazu sagen. Sie war mit van Liewe übereingekommen, ihren Eltern die vierzig schrecklichen Tage auf der *Bona Confidentia* zu verschweigen. Es machte nichts besser, wenn sie davon wussten. Im Gegenteil, es würde sie nur belasten. Sie nahmen an, dass allein die Einstellung der Schifffahrt ihre Heimkehr verzögert hatte. Dabei sollte es bleiben.

»Du trauerst um ihn.«

Sie sah ihren Vater an. Ihr Gesicht verriet mehr als alle Worte.

»Er verdient es, Vater.«

»Dann wollen auch wir ihm nicht weiter zürnen.« Er machte eine kurze Pause und sah ihr direkt in die Augen. »So bleibt die Frage deiner Zukunft. Deiner Wünsche und Hoffnungen, Tochter.«

»Ich werde Hendrik van der Molen nicht zum Manne nehmen, Vater, wenn es das ist, was du fragen möchtest. Ich will überhaupt nicht heiraten. Ich beabsichtige, mich den Beginen vom Weingarten anzuschließen. Das Erbe meines Großvaters, das an mich gegangen ist, dürfte genügen, damit mich die frommen Frauen in ihrem Kreis aufnehmen.« Sie hatte in aller Ruhe gesprochen, ohne die Proteste zur Kenntnis zu nehmen, die sie zu unterbrechen suchten. Am Ende war es Matthis, der als Erster das Wort ergriff, als sie schwieg.

»Vergiss Hendrik van der Molen, Christina. Ich mache mir größte Vorwürfe, dass ich auf seine falschen Freundschaftsbeteuerungen hereingefallen bin. Er ist ein Schurke der schlimmsten Art. Du musst ihn nicht heiraten. Niemand verlangt das von dir. Deswegen musst du dich wirklich nicht zu den Beginen flüchten. Vergiss dieses absurde Vorhaben.«

Christina betrachtete ihren großen Bruder mit höchstem Erstaunen. Dass er sich so gewandelt haben sollte, konnte sie kaum fassen.

»Ich flüchte keineswegs zu den Beginen, Matthis. Ich habe den ehrlichen Wunsch, mein Leben in ihrem Kreise zu verbringen. Ich wäre schließlich nicht die erste Frau unserer Familie, die dies tut.«

»Wenn du damit auf die Großmutter meiner Mutter anspielst, Tochter, so erinnere dich auch daran, dass sie den Weingarten verlassen hat, um Mathieu von Andrieu zum Mann zu nehmen«, riss ihr Vater das Gespräch wieder an sich. »Matthis trägt seinen Namen im Gedenken an ihn. Sie war, wie alle Frauen dieser Familie, viel zu unabhängig und zu klug, um sich stumm zu unterwerfen. Ebendies verlangt die Kirche mehr denn je von ihren Dienerinnen. Die Freiheiten der Beginen vom Weingarten sind schon vor vielen Jahren erheblich beschnitten worden.«

»Du untersagst es mir, Vater?«

»Ich bitte dich, eine solche Entscheidung sorgfältig zu überdenken. Dies ist die erste Nacht, die du wieder in deinem Elternhaus verbringst. Du solltest sie nicht damit vertun, darüber nachzusinnen, wie du es am schnellsten wieder verlassen kannst. Du bist unter diesem Dach von Herzen willkommen, allen deinen Zweifeln zum Trotz. Und dein Bruder hat wahr gesprochen. Deine Heirat mit Hendrik van der Molen ist nicht länger unser Ziel. Wir haben uns mit den van der Molens auf andere Weise geeinigt.«

»Danke.«

Von einem unwiderstehlichen Impuls getrieben, erhob sich Christina, trat zu ihrem Vater, sank vor ihm in die Knie und barg ihren Kopf in seinem Schoß, wie sie es als Kind so oft getan hatte. »Ich bitte dich um Verzeihung. Ich war ungestüm und dumm. Heute weiß ich, dass ich die Folgen meines Handelns besser hätte bedenken sollen.«

Sie sah nicht den erstaunten Blick, den Contarini und sein Sohn tauschten. Solche Worte hatte keiner von ihnen bislang von ihr gehört. Eine Hand stützte ihren Ellbogen,

und sie fand Matthis an ihrer Seite. Einen Matthis, der offensichtlich bemüht war, ihr zu helfen.
Noch skeptisch, ob sie ihm tatsächlich trauen konnte, sah sie zwischen ihm und dem Vater hin und her. Matthis ahnte, dass sie ihm noch immer mit Zweifel begegnete.
»Bitte, Christina, steh auf. Du machst mich verlegen. Auch ich bin schuld an dem, was geschehen ist. Ich glaube, wir müssen einander alle verzeihen. Wir haben Großmutter nicht genau genug zugehört.«
Erst jetzt ergriff Christina Matthis' Arm und erhob sich.
»Es ist gut, einen großen Bruder zu haben, der mich versteht. Aber jetzt sagt mir noch, wie sieht sie aus, diese Einigung mit dem Haus van der Molen?«
»In Erfüllung des geschlossenen Ehevertrags hat unser Vater den van der Molens die Faktorei in Damme überschrieben und ihnen das Recht eingeräumt, die fertigen Kleidungsstücke, die dort produziert werden, über unsere Handelsverbindungen auf die Märkte zu bringen.«
Bestürzt fuhr Christina zu ihrem Vater herum. Er nickte zu Matthis' Worten. Zahllose Gedanken schossen zugleich durch ihren Kopf. Die Fertigung von Kniehosen, Wämsern und Unterzeug, das die kämpfenden Truppen des Herzogs unter ihrem Harnisch trugen, war ein lukratives Geschäft, für das ihre Großmutter im vorigen Jahrhundert die Basis gelegt hatte.
»Warum seid ihr auf eine so unverschämte Forderung eingegangen?« Fassungslosigkeit schwang in ihrer Stimme. Sie klang so empört, dass ihr Bruder zurückwich.
»Hendrik van der Molen hat uns in der Hand«, erwiderte ihr Vater ruhig.
Christina begriff.

»Uns oder Lucas?«, flüsterte sie.
»Ist das nicht dasselbe?«, antwortete Matthis.
»Entschuldige, Bruder, ich wollte dich nicht kränken. Es ...«
»Es hat sich vieles geändert«, fiel der Vater ihr ins Wort. »Weißt du Bescheid? Was hat Lucas dir gesagt?«
»Er musste mir nichts sagen, Vater. Ich war dabei, als es geschehen ist.«
Simon kämpfte um Fassung. »Habe ich recht? Lucas ist kein Mörder. Aber wie ist es zugegangen, dass Jan van der Buerse mit dem Dolch der Contarini erstochen wurde? Wie kam die Waffe in Hendriks Besitz?«
Christina gab Vater und Bruder eine knappe Schilderung der Ereignisse. »Niemand weiß, wie Lucas' Dolch ins Spiel gekommen ist. Es gab ein schreckliches Durcheinander, und dann lag Jan auf der Straße. Hendrik nahm den Dolch an sich. Nur er weiß, was wirklich geschehen ist.«
»Das bestätigt nur, dass wir richtig gehandelt haben«, nickte Contarini. »Wir werden den Verlust der Kleiderfabrikation verschmerzen.«
Aber was wird sein, wenn Hendrik erfährt, dass ich zurück bin? Christina wagte nicht, auch noch diese Frage laut auszusprechen.
»Lasst uns zu Bett gehen, Kinder.«
Sie folgten der Bitte des Vaters. Beide erleichtert, für den Augenblick nur Kind sein zu dürfen.

46. Kapitel

BRÜGGE, 17. FEBRUAR 1420

Matthis umklammerte fest die rechteckige Hülle. Er war wild entschlossen, seinem Vater endlich die Mappe mit den Skizzen zu überreichen, die ihm Robert Campin im vergangenen Herbst anvertraut hatte.
Alle vorherigen Versuche Matthis', das Gespräch auf die Malerei des Bruders zu bringen, waren an einer Mauer des Schweigens gescheitert. Die Angst, Lucas mit dieser Mappe mehr zu schaden als zu helfen, hatte ihn immer wieder bewogen, seine Arbeiten zurückzuhalten. Er wollte auf eine günstige Gelegenheit warten.
Leider traf er auch heute den Vater nicht allein an. Kapitän van Liewe saß ihm gegenüber. Matthis registrierte die Vertrautheit, die beider Haltung verriet. Wäre es ausschließlich um Geschäftliches gegangen, hätte sein Vater sicher nach ihm schicken lassen. Offensichtlich bestand zwischen ihnen gutes Einvernehmen.
»Was bringst du da, Matthis?« Die scharfen Augen Contarinis entdeckten die Mappe sofort.
Matthis zögerte. Van Liewe hatte mit Respekt von Lucas gesprochen. Würde er ihm eine Hilfe sein?
Er entschied, das Risiko einzugehen, löste seinen verkrampften Griff und legte die Mappe auf den Arbeitstisch. Vom nahen Fenster fiel ein breiter Sonnenstreifen herein.

Schweigend löste er die Bänder und schlug den Schutzdeckel zurück. Das Blatt mit den Porträts der Familienmitglieder lag obenauf.
»Lucas?«
Contarini erhob sich und griff nach der Zeichnung. Keine Regung bewegte seine Miene. Diese Fähigkeit, jedes Gefühl zu verbergen, war unschätzbar in wichtigen Verhandlungen, dennoch hätte Matthis heute gerne gewusst, was er dachte.
Sein Vater betrachtete gründlich Bogen für Bogen und legte sie achtsam wieder zur Seite. Endlich brach er das Schweigen. »Woher hast du diese Bilder?«
»Robert Campin hat sie mir übergeben. Meister Campin ist ein Maler aus Tournai, der …«
»Ich weiß. Ich kenne Campin. Er war kurz vor Lucas' Flucht bei mir, um für ihn zu sprechen. Ich habe seine Worte nicht ernst genug genommen. Er ist nicht nur ein bekannter Maler, er hat auch einen höchst anrüchigen Ruf als Frauenheld und Leichtfuß in Tournai. Lucas in seine Obhut zu geben erschien mir damals undenkbar. In meinen Augen wäre das ein Freibrief zur Fortsetzung seines lockeren Lebenswandels gewesen.«
»Campins unbestrittene Lebensfreude hat ihn nicht davon abgehalten, beeindruckende Werke zu schaffen«, verteidigte van Liewe den Künstler zur allseitigen Überraschung. »Das Triptychon der Kreuzabnahme, das die Sankt-Jakobs-Kirche Eurer Stadt schmückt, ist ein gutes Beispiel dafür. Niemandem ist es bislang gelungen, menschliches Leid und tiefe Frömmigkeit so anrührend einzufangen. Vielleicht muss man das Leben so lieben wie dieser Meister, um es in all seinen Facetten darstellen zu können.«

Matthis lauschte dem Kapitän verdutzt. Dass sich ein Schiffsbauer für Kunstwerke interessierte, erstaunte ihn. Er hatte den neuen dreiteiligen Flügelaltar der Jakobskirche, über den alle Welt sprach, zwar ebenfalls bewundert, aber er wäre bei seiner Betrachtung nie auf die Gedanken des Kapitäns gekommen. Allerdings galten seine Gedanken auch ausschließlich Anneke, wenn er in der Kirche war. Seit Wochen hatte er sie nicht mehr zu Gesicht bekommen, obwohl er weiterhin regelmäßig zur Frühmesse ging. Ihre Ankündigung, ihn künftig nicht mehr zu behelligen, machte sie wahr. Er hatte nicht damit gerechnet, dass er sie vermissen würde.

»Ich kann Euch schwer widersprechen, Kapitän«, antwortete sein Vater. »In Verbindung mit Eurer flammenden Schilderung des Altarbildes, das Lucas, nach Eurer Erzählung, für die englische Klosterkirche geschaffen hat, kann ich wohl nichts anderes tun, als meine Sicht der Dinge zu ändern. Ich weiß heute, dass ich mehr Vertrauen in meinen Sohn hätte setzen sollen.«

»Es ist nicht zu spät, damit zu beginnen«, erwiderte van Liewe sachlich. »Erlaubt Ihr mir einen Blick auf Lucas' Arbeiten? Ich interessiere mich in der Tat sehr für Malerei, seit ich seine Bekanntschaft gemacht habe.«

Er sah langsam die Blätter durch. Auf einmal stutzte er, zog ein Blatt heraus und hielt es hoch. Es handelte sich um eine Bewegungsstudie, wie Matthis sie in der Werkstatt des Paulus Laurinus in unzähligen Variationen bemerkt hatte. In diesem Fall eine Männerhand, die eine Waffe führte. Einen Dolch mit ausgefallen ziseliertem Heft, von einem Edelstein gekrönt.

»Diese Zeichnung hat Lucas sicher nicht angefertigt. Er-

kennt Ihr den Unterschied in der Strichführung? Außerdem ist sie mit anderen Buchstaben signiert. Warum befindet sich dieses Blatt in seiner Mappe? Könnt Ihr Euch einen Grund dafür vorstellen?«
Matthis beugte sich vor und stieß einen Schrei aus. »Verdammt! Das ist der Dolch der Contarini.«
Sein Aufschrei veranlasste auch seinen Vater, genauer hinzusehen. »Ihr habt recht, Kapitän, das ist auch nicht die Hand meines Sohnes. Er trägt weder Ringe, noch hat er eine Narbe am Handgelenk. Wer also hält seinen Dolch?«
»Wenn es nicht Lucas war, wer hat dann diese Skizzen angefertigt?«, fragte Matthis. »Sieht das nicht danach aus, als wolle uns jemand aus der Malerwerkstatt einen Hinweis geben? Vielleicht Campin? Möglicherweise ist das der wahre Grund dafür, dass er mir diese Mappe gegeben hat.«
»Aber es ist nicht Campins Meisterzeichen, das auf diesem Blatt steht«, warf van Liewe ein. »Ich kann ein B oder ein P erkennen.«
»Laurinus hat keine sonderlich große Werkstatt«, warf Matthis ein. »Seine wenigen Gesellen und Schüler kann man an einer Hand abzählen. Wir müssten sie und den Meister befragen.«
»Wir müssen mit Campin sprechen«, fügte auch van Liewe an. »Ist er noch in der Stadt?«
»Ich traf ihn schon im November. Es ist anzunehmen, dass er Brügge inzwischen längst wieder verlassen hat.«
Matthis sah seinen Vater um Entschuldigung bittend an. »Hätte ich geahnt, dass sich ein Hinweis auf den Mord in der Mappe verbirgt, ich hätte sie dir natürlich unverzüglich übergeben.«

Van Liewe blätterte weiter und entdeckte ein zweites Blatt, das sich von den anderen unterschied. Es war übereck zusammengefaltet. Er hob es an und sah Vater und Sohn an. »Noch ein Hinweis?«

»Gebt«, bat Contarini und streckte auffordernd die Hand danach aus. »Ihr tut viel für unsere Familie, Kapitän. Hoffentlich kann ich meine Dankbarkeit zu einem späteren Zeitpunkt beweisen.«

Er öffnete das Blatt und erbleichte. Matthis und van Liewe traten neben ihn.

Mit akribischer Genauigkeit festgehalten, wies die Szene eine Fülle von Details auf, aber das Wichtigste stach auf Anhieb ins Auge. Der Mord. Der Mord an Jan van der Buerse. Das Opfer, unverkennbar mit seinen schulterlangen Locken und dem Familienwappen auf der Gürtelschnalle, brach unter dem Dolchstich in die Knie.

Matthis starrte gebannt auf das Wams des Mörders, den der Künstler im Profil dargestellt hatte. Die scharfe Habichtsnase stand in krassem Gegensatz zu der faltenreichen, üppig mit Zaddelschmuck versehenen Houppelande, die er trug. Ein modisches, unpraktisches Gewand, das Aufsehen erregt hatte mit seinen gezackten Säumen und dem Schulterkragen. Hendrik van der Molen hatte sich im vergangenen August in dem Ruhm gesonnt, als Einziger diese neueste Mode zu tragen. Er hatte unter der Jugend Brügges freilich weder Neider noch Nachahmer gefunden, da er mehr einem bunten Hahn als einem Edelmann damit glich.

»Es ist Hendrik gewesen, der Jan van der Buerse umgebracht hat«, sagte Matthis erschüttert. »Wir sollten diese Zeichnung auf der Stelle dem Magistrat zukommen lassen.«

»Nicht so hastig.« Contarini umfasste sein Handgelenk und schüttelte den Kopf. »Ich fürchte, dem Magistrat wird dies als Beweis nicht genügen.«

»Aber es ist einwandfrei Hendrik«, widersprach Matthis. »Halb Brügge hat ihn in diesem Gewand gesehen.«

»Aber er könnte mit Fug und Recht behaupten, dass dieses Blatt ausschließlich der Phantasie des unbekannten Zeichners entsprungen ist«, entgegnete sein Vater. »Wir brauchen den Mann, der den Stift geführt hat. Er muss uns sagen, was er gesehen hat, und er muss diese Aussage vor dem Magistrat beeiden. Nur handfeste Tatsachen können Lucas von jedem Verdacht reinwaschen. Alles andere würde lediglich einen neuen Skandal entfachen und mehr Schaden als Nutzen bringen.«

»Verdammt!« Matthis schlug eine Faust in die flache Hand. »Er hat einen Mord beobachtet und dieses Verbrechen gezeichnet, statt es anzuzeigen. Warum? Was steckt hinter seinem Schweigen?«

Van Liewe hatte die ganze Zeit über fieberhaft nachgedacht. Offensichtlich hatte Lucas Contarini mehr als einen guten Grund gehabt, Brügge so heimlich den Rücken zu kehren.

»Wenn Ihr erlaubt, will ich die Nachforschungen gerne übernehmen«, bot er an. »Man kennt mich in Brügge nicht, und ich hätte die Freiheit, Fragen zu stellen, ohne dass Euer Name fällt.«

»Warum tut Ihr das alles?«

Jäher Argwohn färbte Matthis' Frage. Die Ereignisse der letzten Monate hatten sein Vertrauen in andere Menschen tief erschüttert.

»Ich habe Euren Bruder und Eure Schwester schätzen ge-

lernt, Matthis Contarini. Wir haben in London gemeinsam eine schlimme Zeit durchgemacht.«
Matthis wollte antworten, aber sein Vater kam ihm zuvor.
»Ich wäre Euch zutiefst dankbar, Kapitän. Wenn Ihr in der Werkstatt wart, entscheiden wir über unser weiteres Vorgehen. Aber seid vorsichtig. Im November ist auch noch ein Bogenschütze ermordet worden, der nach Matthis' Ansicht ebenfalls Hendrik van der Molen in die Quere gekommen sein kann. Sollte diese Vermutung stimmen, ist es lebensgefährlich, diesen Kerl in die Enge zu treiben. Er darf nicht bemerken, dass wir ihm auf den Fersen sind.«
»Ihr könnt Euch auf mich verlassen. Eine Bitte noch. Kein Wort von alldem zu Eurer Tochter. Zeigt ihr auch nicht diese Skizzen. Sie benötigt dringend etwas Frieden, um zu sich zu finden. Es würde sie nur in neue Unruhe stürzen.«
»Die Sorge um Christina ehrt Euch, Kapitän van Liewe.«
Contarini erhielt nur eine stumme Verneigung zur Antwort. Matthis hingegen glaubte in den Augen seines Vaters etwas aufblitzen zu sehen.
Hoffnung?

Speranza haschte nach den Seidenfransen, die beide Enden des Schals zierten, der die Schultern der Seniorin des Hauses Contarini wärmte. Die Ornamente auf dem Stoff strahlten in allen Farben des Sonnenuntergangs. Die Stickfäden waren so dicht nebeneinandergesetzt, dass sie sogar den Krallen der Katze standhielten. Christina zog das Tier trotzdem vorsichtig zurück, bevor es Schaden anrichten konnte.

»Du solltest Speranza keine Dummheiten erlauben, Großmutter«, sagte sie und setzte sie auf dem Boden ab. Augenblicklich jagte sie dort hinter dem nächsten imaginären Opfer her und geriet auf den polierten Holzbohlen ins Schlittern.

»Das ist das Privileg von Großmüttern, Kind. Wir müssen jene, die wir lieben, nicht länger erziehen. Wir können es uns leisten, langmütig zu sein. Hast du mit deiner Mutter gesprochen?«

»Ich habe mich bemüht, ihre Ängste zu zerstreuen. Ich fürchte, dass sie mich trotz allem nicht versteht. Es will ihr nicht einleuchten, dass ich Daniel auch über seinen Tod hinaus die Treue halten will. Meine Trauer um ihn ist in ihren Augen ein Fieber, das vorübergehen wird.«

Ihre Blicke hielten einander fest, bis Christina sich vornüberbeugte und die Stirn auf die Hände der Greisin legte.

»Ich sehne mich nach einer Zuflucht, Großmutter. Ich will nicht länger aufbegehren und kämpfen. Ich suche Stille und Zurückgezogenheit. Bei den Beginen werde ich meinen Frieden finden, dessen bin ich mir sicher.«

»Komm doch erst einmal mit allen Sinnen nach Hause, ehe du deine nächste Flucht planst.«

Christina seufzte. »Es ist keine Flucht, Großmutter. Es ist eine vernünftige Überlegung. Wo sonst könnte ich leben, ohne den Befehlen eines Vaters oder eines Ehemanns gehorchen zu müssen? Ich zweifle nicht an der Zuneigung meiner Eltern, aber sie würden irgendwann wieder nach einer passenden Partie für mich Ausschau halten. Ich will sie nicht erneut mit einer Ablehnung kränken.«

»Lass dir mehr Zeit mit diesem Schritt, mein liebes Kind. Versprich mir, dass du keine endgültige Entscheidung triffst, ohne zuvor mit mir darüber zu reden. Zwei Köpfe können manchmal klüger sein als einer.«

»Ich bin keine gute Gesellschafterin. Kummer und Erinnerungen halten mich gefangen.«

»Auch der größte Kummer wird irgendwann vom Alltag besiegt. Vergrabe dich nicht in deinen Erinnerungen. Ich spüre, dass du uns nicht alles erzählst, weil du fürchtest, uns damit zu belasten. Das ist ein Fehler. Teile deine Alpträume mit mir, dann werden sie leichter. Glaube mir, man muss wenigstens einmal aussprechen, wovor man sich fürchtet, damit es seine Schrecken verliert.«

»Das habe ich getan, Großmutter.«

»Wem hast du dich anvertraut? Deiner Mutter?«

»Nein. Kapitän van Liewe.«

»Ach ...«

Der winzige Laut schien keine Antwort zu erfordern. Christina beobachtete Speranzas Spiel mit sich selbst und fühlte, dass ihre Großmutter kein Auge von ihr ließ.

»Du bist dem Kapitän gewogen.«

»Zu sehr, um zu erlauben, dass du irgendwelche närrischen Gedanken in Bezug auf ihn hegst.«

»Tue ich das?« Die Greisin lächelte sanft. »Irgendwann wirst du bereit für eine neue Liebe sein.«

»Niemals! Wie kannst du so etwas behaupten? Du weißt nicht, wovon du sprichst.«

Der Widerspruch kam zu schnell und zu heftig. Es fehlte ihm an Glaubwürdigkeit. Christina merkte es zu spät, und Aimée schüttelte den Kopf.

»Du irrst. Ich weiß es sehr wohl. Ruben Cornelis, mein erster Mann, konnte mit einem Lächeln Steine erweichen. Ich habe ihn mit solcher Leidenschaft geliebt, dass ich alles für ihn aufgab. Bei seinem Tod stand ich mit leeren Händen und leerem Herzen da. Ich glaubte, nie wieder lieben zu können, und doch ist es geschehen.«

»Großvater?«

»Er verstand es, meinem Leben wieder Sinn und Freude zu geben. Die Liebe hat so viele Gesichter, Kind.« Die brüchige Stimme Aimées hielt für kurze Zeit inne. »Verschließe die Augen nicht davor. Ich bin sicher, auch Daniel Katz würde dies nicht von dir fordern. Er hat seine ewige Ruhe gefunden, aber du hast noch ein ganzes Leben vor dir. Manchmal begegnet man ein zweites Mal einem Menschen, mit dem man eine große Übereinstimmung verspürt und zu dem man sich über die Maßen hingezogen fühlt, weil er die eigene Person auf das Vortrefflichste ergänzt. Wie ist das mit Herrn van Liewe und dir, beispielsweise?«

»Großmutter!« Christina fühlte das Blut in die Wangen steigen. »Was du denkst, ist absurd.«

»Ich bin alt, aber nicht blind.«

»Was du siehst, hat lediglich damit zu tun, dass er Lucas sein Wort gegeben hat, mich sicher nach Hause zu bringen. Nur das war ihm wichtig.«

»Und was ist dir wichtig?«

»Van Liewe ist ein ehrenwerter und anständiger Mann, Großmutter. Er besitzt meine Achtung, und ich schulde ihm Dank für seine Geduld und seinen Schutz. Hüte dich, Vater irgendwelche Ideen in den Kopf zu setzen. Es ist höchste Zeit, dass sich der Kapitän wieder um seine eigenen Angelegenheiten kümmern kann. Und jetzt entschuldige mich bitte, ich muss einen Brief an Hannah schreiben. Vater hat versprochen, ihn der nächsten Kurierpost nach Venedig beizulegen.«

»Achtung und Dank. So, so ...«
Die vielsagenden Worte missachtend, verließ Christina das Schlafgemach in auffälliger Eile. Speranza vergaß sie.
Die kleine Katze sprang auf den Alkoven und nahm ihr Spiel mit den Schalfransen wieder auf. Die streichelnde Hand der Greisin entlockte ihr ein zufriedenes Schnurren.
»Was tun wir nur mit diesem Mädchen, kleine Speranza? Sie erinnert mich fatal an mich selbst, in längst vergangenen Zeiten.«

47. Kapitel

Brügge, 18. Februar 1420

Kapitän van Liewe musste den Kopf einziehen. Die Tür der Werkstatt an der Grauwwerkerstraat war zu niedrig für seine Statur. Eine Stufe nach unten nehmend, richtete er sich wieder auf und sah sich um. Der große Raum, dessen Decke von Holzpfeilern getragen wurde, roch nach Leim, Staub und Holzspänen. Zwei Lehrlinge waren beschäftigt, Farben zu reiben. Sie sahen neugierig auf, und einer kam respektvoll auf ihn zu.

»Ich bin auf der Suche nach einer frommen Bildtafel für meine Hauskapelle«, erklärte van Liewe freundlich und wurde augenblicklich zu Paulus Laurinus geführt.

Der einstmals wohlgenährte Flame, dessen graues Haar eine Tonsur auf seinem Schädel bildete, empfing ihn im hellsten Raum der Werkstatt. Große Fenster führten den Blick auf den Kanal hinaus, und am Arbeitstisch davor saß ein Buchmaler. Der Meister arbeitete an einer Altartafel, die die Geburt Christi darstellte

»Willkommen, Seigneur«, grüßte er überschwenglich. »Ich bin geehrt, dass Ihr ein Werkstück aus meinem Haus für Eure Kapelle in Erwägung ziehen wollt. Schaut Euch um. Hier findet Ihr die fertigen Werke. Wir können aber auch genau nach Euren Wünschen arbeiten.«

»Wie ich sehe, illustriert Ihr auch Bücher?«

Der Jüngling am Fenster, so tief über die Arbeit gebeugt, dass seine Nasenspitze fast das Pergament berührte, führte mit feinsten Federstrichen den Anfangsbuchstaben eines Textblattes aus. Er sah auf, zwinkerte mit den Augen und zeigte sich auf der Stelle geschäftstüchtig. »Wir fertigen auch Rahmen, verzieren Räume und vergolden geschnitzte Figuren, Herr.«

»Eine prachtvolle Arbeit«, lobte van Liewe ehrlich und trat näher an den Arbeitstisch. Was er hier sah, gefiel ihm bei weitem besser als die Tafelbilder. »Ihr seid ein Künstler, junger Mann. Wie ist Euer Name?«

»Balthasar Laurinus, Herr. Er ist mein Sohn«, riss der Meister die Verhandlungen wieder an sich. »Seid Ihr interessiert an einem frommen Stundenbuch?«

»Möglicherweise. Habt Ihr noch andere Muster Eurer Kunst?«

Während beide eilfertig Musterzeichnungen herbeischleppten, betrachtete der Kapitän die Skizzen, die an der Wand neben dem Fenster hingen. Wie magisch angezogen blieb sein Blick an einer Hand mit einem Dolch hängen. Der Griff der Waffe war nicht zu Ende gezeichnet. Der Ring an der Hand fehlte, aber die Narbe war vorhanden. Seine Erkundung gestaltete sich einfacher, als er geglaubt hatte.

»Wofür habt Ihr diese Studien angefertigt, Balthasar?«, fragte er betont beiläufig. »Sie erscheinen mir zu groß für ein Buch.«

»Das sind nur Versuche, Herr.« Verlegen riss Balthasar das Blatt von dem dünnen Nagel, der es gehalten hatte.

»Aber Ihr habt auch das hier angefertigt.«

Er zog das Gegenstück der Skizze unter seinem Wams her-

vor. Balthasar erblasste. Er wollte nach dem Papier greifen, aber der Kapitän entzog es ihm.
»Nicht so hastig, junger Mann.«
»Wie kommt Ihr dazu? Ich habe es einem Freund gegeben. Ihr habt kein Recht, es herumzuzeigen.«
»Wer hat dieses Recht? Lucas Contarini?«
»Bringt Ihr Nachricht von Lucas? Endlich! Habt Ihr eine Botschaft für mich? Wie geht es ihm. So sprecht doch.«
»Ja, ich kann Euch eine Nachricht geben. Er ist auch mein Freund. Zuerst aber möchte ich von Euch hören, was Ihr tatsächlich gesehen habt und was Euch zu dieser Zeichnung veranlasst hat.«
Paulus Laurinus trat ungehalten näher. Sein Gefühl sagte ihm, dass es hier wohl doch nicht um das Geschäft ging, auf dessen Gewinn er so dringend hoffte.
»Wer seid Ihr?« Balthasar schwankte zwischen Misstrauen und Angst.
»Lucas ist auf meinem Schiff nach London gereist und von dort weiter nach Venedig, wo er sein Handwerk ausüben und bei den venezianischen Meistern studieren möchte. Ich bin auch ein Freund seiner Familie, die verständlicherweise höchst beunruhigt war, als sie diese Zeichnungen unter jenen von Lucas entdeckte. Ihr schuldet uns allen eine Erklärung, Balthasar. Auch für Euer Schweigen und Euer Zögern. Ihr wisst, wie wichtig Eure Beobachtungen sind.«
»Was sollte ich sonst tun?« Der junge Laurinus wies den Vorwurf trotzig zurück. »Lucas ist mein Freund. Ich wollte ihm nur helfen. Aber er kam danach bloß noch ein einziges Mal in unsere Werkstatt. Er sprach ausschließlich mit Robert Campin, der zu diesem Zeitpunkt wegen des Al-

tars in Sankt Jakob bei uns war. Lucas wirkte aufgeregt, verzweifelt. Er stürzte ohne Gruß davon und ließ sogar die Mappe mit seinen Arbeiten liegen. Ich nahm sie an mich, um sie in Sicherheit zu bringen. Als er die nächsten Tage nicht erschien, versuchte ich aus meinem Gedächtnis die Ereignisse zu zeichnen, die ich gesehen hatte. Die Skizzen legte ich in seine Mappe. Ich wollte mit ihm darüber sprechen, wenn er wieder auftauchte. Nur Lucas wollte ich damit helfen, aber er blieb für immer fort. Ganz Brügge rätselte unterdessen über den Mord an Jan van der Buerse. Irgendwann vernahm ich das Gerücht, Lucas sei mit seiner Schwester auf Reisen gegangen. Es kränkte mich, dass er uns ohne Gruß einfach verlassen hatte. Unsere Freundschaft hatte ihm wohl nicht so viel wie mir bedeutet, und deshalb schwieg ich. Warum sollte ich mich in die Streitigkeiten der Patriziersöhne einmischen, deren Eltern unsere Auftraggeber sind?«

»Und wie kam Lucas' Mappe in die Hände von Robert Campin?«, brach van Liewe das Schweigen, als Balthasar nicht mehr weitersprach.

»Es war im November.« Balthasar starrte auf seine Hände. »Ich hatte Lucas und die Mappe fast vergessen. Wir hatten Aufträge, eine Menge Arbeit. Auch für Albinus van der Molen, der einen Hausaltar bei uns in Auftrag gab. Ich brachte ihm die ersten Skizzen, weil mein Vater krank darniederlag. Mein Besuch kam ungelegen. Niemand öffnete mir. Da ich jedoch auf einen Vorschuss hoffte, versuchte ich mein Glück am Hintereingang, auf der Kanalseite. Dort war ein heftiger Streit im Gange. Hendrik van der Molen prügelte sich mit Ludewig Beervelde, dem Bogenschützen. Es sah ganz danach aus, als behielte der Bogenschütze die Oberhand, und ich machte mich hastig davon. Dem jungen van der Molen gönnte ich die Prügel von ganzem Herzen.«

»Das war der Tag, an dem Beervelde zu Tode kam«, vermutete van Liewe.

»So ist es. Als ich erfuhr, dass man ihn tot aus dem Wasser gezogen hatte, bekam ich es mit der Angst zu tun. Mir wurde klar, dass ich nicht länger schweigen durfte. Ich gab Lucas' Mappe Meister Campin. Sein Name würde ihm leichter als mir Zugang zum Haus Contarini verschaffen. Ich war mir sicher, dass Herr Simon die Zeichnungen seines Sohnes durchsehen würde, deswegen habe ich meine Skizzen über den Mord dazwischengelegt. Aber nichts ist seitdem geschehen. Es hat mich gewundert, aber es war nicht länger meine Angelegenheit, versteht Ihr?«

»Mein Gott.« Paulus Laurinus war auf eine Bank gesunken. »Davon hast du nie etwas gesagt. Was ist das für eine schreckliche Geschichte?«

»Eine, die am vorletzten Augusttag des vergangenen Jahres geschehen ist. Beervelde ist schon das zweite Opfer. Wollt Ihr riskieren, dass es noch ein drittes gibt?«

Unter van Liewes ernstem Blick erbleichte Balthasar.

»Ihr könnt nicht wissen, wie sehr ich mir gewünscht habe, ich wäre nicht Zeuge dieser Tat geworden. Ich wollte Lucas seine Pigmentsteine bringen. Der Aufruhr um die Juden hat mir den Weg versperrt. Als ich Lucas und van der Molen entdeckte, beschloss ich zu warten. Es war eine tolle Prügelei, bei der Lucas seinen Dolch verloren hat. Ich sah, wie sich Hendrik danach bückte, und dann … Bei Gott, er hat kaltblütig zugestochen, ohne zu zögern. Ich war wie gelähmt. Bis ich mich gefasst hatte, flohen schon alle. Auch ich bin nach Hause gerannt. Den Rest habe ich Euch erzählt.«

»Was wollt Ihr von meinem Sohn, Herr?« Laurinus raffte sich müde auf. »Er hat nichts mit diesen Verbrechen zu schaffen. Er ist ein ehrsamer Handwerker, mein Nachfolger, der diese Werkstatt weiterführen wird.«

»Niemand will ihn davon abhalten, Meister Laurinus. Aber zuvor muss Balthasar seine Aussage vor dem Magistrat machen. Er allein kann bestätigen, dass Hendrik van der Molen ein Mörder ist.«

»Sie werden mich dabehalten.« Balthasar war ein Buchmaler und kein Held. Die Angst ließ seine Stimme schrill klingen. »Wer glaubt schon einem wie mir?«

»Ihr habt Simon Contarini und die Familie van der Buerse auf Eurer Seite, Balthasar. Sie werden Eurem Wort Gewicht verleihen und dafür sorgen, dass der Mörder seiner gerechten Strafe zugeführt wird. Ich gebe Euch mein Wort, dass es Euer Schaden nicht sein wird, wenn Ihr Euch jetzt ermannt und die Wahrheit ans Tageslicht bringt.«

Das Vertrauen und die Sicherheit, die der Kapitän seiner Mannschaft einzuflößen vermochte, verfehlten auch auf Balthasar nicht ihre Wirkung. Schon von zaghafter Beherztheit erfüllt, richtete er sich auf und rieb die schweißfeuchten Handflächen an seinem Kittel ab.

»Wenn es trotzdem schiefgehen sollte, werdet Ihr Euch um meinen Vater kümmern, Herr? Er ist alt und krank. Allein ist er nicht mehr länger fähig, die Werkstatt zu führen. Meister Campin unterstützt uns, aber nur solange ich ihm als Buchmaler zu Diensten bin.«

»Euer Vater wird meine Hilfe nicht benötigen, Balthasar.

Wenn es Euch aber beruhigt, Ihr habt in jedem Fall mein Wort darauf, dass ich ihm helfe.
»Dann lasst uns gehen, ehe mich der Mut verlässt.«

»Wie wollt Ihr diese Geschichte beweisen, Kapitän van Liewe?«
Der Vertreter des Schöffenrats von Brügge, der van Liewe im Schreibzimmer des Steen, des Stadtgefängnisses, angehört hatte, zeigte sich von der Anklage sichtlich erschüttert. Seine Blicke glitten zu Simon Contarini, seinem ältesten Sohn und Johann van der Buerse, die neben einem ihm unbekannten jungen Mann saßen, den sein farbbekleckster Kittel als Bildermaler auswies.
»Es gibt einen Augenzeugen, der die erste Tat beobachtet hat. Wie es der Zufall will, hat Balthasar Laurinus auch gesehen, wie sich Beervelde am Abend vor seinem Tod mit Hendrik van der Molen prügelte.«
»Tretet vor, Balthasar.« Der Schöffe winkte den Buchmaler zu sich.
Van Liewe legte dem Jungen die Hand auf die Schulter, um ihm Mut zu machen. »Balthasar ist ein hervorragender Illustrator, mit einem unbestechlichen Auge für Details. Er hat den Mord an Jan van der Buerse auf einer Zeichnung festgehalten.«
»Ich will diese Zeichnung sehen!«
Der Schöffe streckte auffordernd die Hand aus.
Van Liewe entrollte die Blätter auf dem Tisch und beschwerte ihre Ecken mit Tintenfass und Siegel. Auch Johann van der Buerse konnte sich so zum ersten Mal ein Bild davon machen, was mit seinem Neffen geschehen war.

»Lasst ihn in den Steen werfen und klagt den Verbrecher des Mordes an«, forderte er, als er wieder aufsah. Seine Züge waren von Zorn verzerrt. »Vermutlich sitzt der Schurke auch noch in unserer Trinkstube. Er und seine Freunde gehören dort fast zum Inventar.«

»Er ist dort«, bestätigte Contarini. »Ich habe ein paar Fuhrknechte gebeten, ein Auge auf ihn zu haben, damit er nicht entwischt.«

»Die Gerechtigkeit soll ihren Lauf nehmen«, erklärte schließlich auch der Ratsbeamte, nachdem Balthasar einen heiligen Eid auf die Wahrheit seiner Aussage geschworen und umständlich erklärt hatte, warum er erst jetzt sein Schweigen brach.

Hendrik van der Molen saß noch vor Sonnenuntergang im Verlies des Steen. Der Büttel und seine Männer hatten ihn nicht besonders freundlich behandelt. Die Auseinandersetzung mit Jan gab er schließlich zu. Er behauptete, Jan hätte ihn mit einer Vergewaltigung, die er nie begangen habe, erpressen wollen. Den Mord an Ludewig Beervelde stritt er vehement ab.

Die hochnotpeinliche Befragung des Gerichts wurde für den folgenden Tag angesetzt. Sie würde die Wahrheit in jedem Fall ans Licht bringen.

Brügge hatte seinen Skandal.

48. Kapitel

Brügge, 19. Februar 1420

Die Bank stand unter einer Weide, deren tiefhängende kahle Zweige das Sonnenlicht in dünne Streifen zerlegten. Christina sah zu ihrer Rechten das Band des Kanals glitzern. Auf der anderen Seite grub eine Amsel in den Kräuterbeeten ihrer Mutter nach Nahrung. Auf den Plattenwegen warb ein Täuberich, aufgeplustert und mit dickem Hals, gurrend um die Aufmerksamkeit seiner Auserwählten.

Je mehr Christina überlegte, umso unruhiger wurde sie. Die Gespräche mit ihrer Großmutter brachten ihre Vorsätze ins Wanken. Wie würde ihr Leben im Beginenhof aussehen? Womit würde sie dort ihre Tage ausfüllen? Mit Gebeten, Fürbitten und Lobpreisungen? Was tat sie in der übrigen Zeit? Wolle spinnen? Spitze klöppeln?

Sie betrachtete ihre Hände. Auf Schreibarbeiten, Rechnungen und Lagerhaltung verstand sie sich. Sticken, Weben und Spinnen waren jedoch weniger ihre Sache. Sie hatte noch nie etwas Vernünftiges mit Nadel und Spindel zustande gebracht.

Christina verzog den Mund. Sie musste ihrer Großmutter auch in einem anderen Punkt recht geben. Gehorsam und Demut waren ihr ebenfalls nicht in die Wiege gelegt worden. War der Beginenhof …

»Hendrik van der Molen hat die Morde an Jan van der Buerse und Ludewig Beervelde gestanden!«

»Das ist nicht möglich.«

Christina schaute Matthis ungläubig an. Er war so plötzlich vor ihr aufgetaucht, dass sie nicht einmal wusste, woher er kam. Hatte sie ihn richtig verstanden? Sie sprang auf.

»Hendrik hat sein Geständnis unterschrieben«, wiederholte Matthis. Er fasste nach ihren Händen. »Man wird ihn wegen zweifachen Mordes zur Rechenschaft ziehen und zum Tode verurteilen. Unser Bruder Lucas ist seit heute über jeden Verdacht erhaben.«

»Setzen wir uns.« Sie deutete auf die Bank und zog den Bruder an ihre Seite. »Ich will alles genau wissen. Wie und wer hat ihn zu diesem Geständnis gebracht? Sag mir nicht, dass Hendrik, vom schlechten Gewissen geplagt, Buße tun wollte. Der Schurke hat kein Gewissen.«

Die letzte Feststellung klang schon eher nach der alten Christina. Auf einmal war sie nicht mehr die gelassene junge Frau, die davon sprach, sich aus der Welt zurückzuziehen.

»Ein Gewissen vielleicht nicht, aber er fühlt Schmerzen, Christina. Die Folter hat ihn zum Reden gebracht. Auf der Streckbank ist er zusammengebrochen und hat seine Verbrechen gestanden.«

Matthis verschränkte die Hände zwischen den gespreizten Oberschenkeln und senkte den Kopf. Trotz allem ging ihm das Schicksal seines ehemaligen Freundes nahe. Seine Schwester ahnte, was er fühlte. Sie berührte ihn sacht zwischen den Schulterblättern. »Es ist nicht deine Schuld, dass er die Tortur erdulden musste, Mathis. Hendrik hat es sich und seinen Verbrechen zuzuschreiben. Wie seid ihr ihm nur auf die Spur gekommen?«

Matthis überlegte, wo er beginnen sollte.

Als Erstes kam ihm Anneke in den Sinn. Er hatte nicht gewagt, ihren Onkel zu fragen, wie es ihr erging. Hatte er bereits eine neue Heirat für sie ausgehandelt? Die Vorstellung widerstrebte ihm zutiefst.

»Dass Hendrik versuchte uns zu erpressen, weißt du«, begann er bedächtig. »Vater wollte den Schaden auf seine Weise begrenzen, und ich wollte ihm dabei behilflich sein. Bei Mathilda lernte ich Anneke van der Buerse kennen.«

Die Pause, die dieser Erklärung folgte, ließ Christina aufhorchen. Je weiter Matthis' Erzählung fortschritt und je öfter Annekes Name fiel, umso hellhöriger wurde sie schließlich. Sie kannte Anneke nicht. Dass Matthis ihre Klugheit, ihr Geschick und ihren Mut so ausgiebig rühmte, weckte jedoch den Wunsch in ihr, sie so bald wie möglich kennenzulernen.

»Sie zählt nicht zur engeren Familie«, erklärte er gerade. »Sie nennt Johann van der Buerse zwar ihren Onkel, aber er ist wohl ein Vetter ihres verstorbenen Vaters. Obwohl sie im Hause der van der Buerses lebt, wird sie dort wie eine Dienstmagd behandelt.«

»Sie gefällt dir«, stellte Christina unverblümt fest.

»Das ist meine Sache«, antwortete Matthis verschlossen. »Willst du nun wissen, wie Ludewig Beervelde in unsere Sache verwickelt wurde?«

Christina bezähmte ihre Neugier in Bezug auf Anneke. Dafür würde später noch Zeit genug sein.

»Erzähl bitte weiter«, bat sie so höflich, dass Matthis sie misstrauisch ansah. Mit Staunen vernahm Christina nun,

was sich im vergangenen November in Brügge ereignet hatte.
»Seit dieser Zeit hast du Anneke nicht mehr gesehen?«
»Nur von weitem«, gestand Matthis ein. »Es gab ja keinen Grund, miteinander zu sprechen. Zu Mathilda kommt sie auch nicht mehr. Zumindest nicht, wenn ich da bin.«
»Keinen Grund«, wiederholte sie kopfschüttelnd. »Sind die Gefühle, die du für sie hegst, etwa kein Grund?«
»Gefühle? Du weißt nichts von meinen Gefühlen.«
»Dass Anneke van der Buerse dein Herz erobert hat, Bruder, ist leicht zu erkennen. Du siehst mich erstaunt. Ich wusste nicht einmal, dass du ein Herz hast.«
»Spotte du nur«, reagierte er gereizt auf die Neckerei. »Du hast dich immer leicht damit getan, deine Wünsche in Worte zu fassen. Mir fehlt diese Unbeschwertheit. Ich musste stets der Ältere, der Vernünftigere, der Erbe sein. Der, auf dem die Hoffnung für die Zukunft ruht und der deswegen nie einen Fehler machen darf.«
Betroffen entschuldigte sich Christina. »Ich wollte dich nicht kränken, verzeih. Was geschah, nachdem der tote Meisterschütze gefunden worden war? Man muss doch nach dem Mörder gesucht haben?«
»Vergeblich.« Matthis nahm den Faden seiner Erzählung wieder auf. »Aber das Unglaublichste ist, dass ich selbst die Lösung des Rätsels die ganze Zeit in den Händen hielt. Sie lag zwischen den Skizzenblättern in Lucas' Mappe. Erst Lionel van Liewe hat sie entdeckt und die Zusammenhänge begriffen.«
»Willst du etwa sagen, dass auch der Kapitän in diese Angelegenheit verwickelt ist?« Christina fuhr auf und verriet Matthis eine Menge über ihre eigenen Gefühle. »Wie das?

Ich nahm an, er würde nur noch sein Geschäft mit Vater abwickeln und Brügge umgehend verlassen.«

»Tatsächlich? Mir scheint, du bist noch blinder als ich.« Er grinste und sah Lucas in diesem Augenblick geradezu schmerzlich ähnlich. »Van Liewe war uns bei der Aufklärung eine große Hilfe. Was glaubst du, warum?«

»Du redest Unsinn.« Christina verweigerte sich dem gefährlichen Thema. »Warum habt ihr mich nicht früher eingeweiht?«

»Es geschah auf Lionels Bitte hin. Er fand, es sei angebracht, dir weitere Aufregungen zu ersparen. Möglicherweise fürchtete er auch, dass du auf eigene Faust losstürmst. Er scheint dich gut zu kennen.«

»Ich bin erwachsen geworden, Bruder. Neben dir sitzt nicht länger das ungestüme Mädchen von einst. Ich habe gelernt, erst nachzudenken und dann zu handeln. Ich dachte, das wisse auch van Liewe.«

»Mach das mit ihm aus«, riet Matthis geschickt. »Aber reiß ihm nicht den Kopf ab. Wir Contarinis sind ihm zu großem Dank verpflichtet. Allein seine Überzeugungskraft hat Balthasar den Mut gemacht, die Wahrheit zu enthüllen. Ich weiß nicht, ob ein anderer die richtigen Worte gefunden hätte. Der Buchmaler ist ein rechter Hasenfuß.«

Christina schwirrte der Kopf. Sie wusste nicht mehr, was sie denken sollte. Erleichterung flutete durch ihren Körper. Am liebsten hätte sie Matthis umarmt. Endlich war er der Bruder, den sie sich immer gewünscht hatte. Lucas brauchte nichts mehr zu befürchten. Es war wundervoll. Trotzdem war ihr nicht nach Jubeln zumute.

»Das also hat ihn von der Abreise abgehalten«, murmelte sie und knetete zerstreut ihre Hände.

»Du klingst enttäuscht. Wenn du möchtest, dass er bleibt, musst du es ihm zu verstehen geben.«

Sie wussten beide, von wem sie sprachen, ohne dass der Name fiel.

»Ich habe kein Recht, ihn um irgendetwas zu bitten. Er fühlt sich ohnehin dem Wort viel zu verpflichtet, das er Lucas gegeben hat. Hoffentlich entschädigt ihn wenigstens das Geschäft mit Vater für all seine Mühen.«

»Wenn du mich fragst, dann schwebt ihm eine andere Art von Gewinn vor. Meinst du nicht, dass er der passende Mann für dich wäre?«

Matthis' Frage entlockte ihr ein Lachen, dem jede Heiterkeit fehlte. »Kümmere dich lieber um Anneke van der Buerse, wenn du meinst, du müsstest unbedingt eine Ehe stiften.«

»Sicher, das würde Vater gefallen«, spottete er bitter zurück. »Eine Hausmagd. Eine arme Verwandte. Eine solche Schwiegertochter hat er vermutlich im Sinn gehabt, als er davon sprach, eine passende Frau für mich zu finden. Eine Partie, die das Ansehen der Contarini in Brügge fördert.«

Sie entdeckte den Schmerz in der Ironie. »Du täuschst dich in unserem Vater, Bruder. Er würde nie wieder eine Heirat gegen unseren Willen erzwingen. Gestehe ihm, wie viel dir Anneke bedeutet. Du wirst sehen, dass er Verständnis dafür hat. Nicht nur wir, auch unsere Eltern haben dazugelernt, Matthis.«

»Ich weiß ja nicht einmal, ob Anneke meine Gefühle teilt«, erwiderte er achselzuckend.

»Nach deiner Schilderung ist sie kein Mädchen, das aus Abenteuerlust und Geltungsdrang handelt. Sie hat sich in

Gefahr gebracht, als sie dir beistand. Warum sollte sie dies tun?« Sie strich weiterhin liebevoll über den gebeugten Rücken des Bruders. »Nur Mut, Matthis. Geh zu ihr. Mit Vater kannst du immer noch sprechen. Wenn Anneke so reizend ist, wie du sie schilderst, wird sie ihn zweifellos für sich einnehmen. Sie scheint ein wenig wie unsere Mutter zu sein. Er schätzt Frauen von ihrer Art.«
Matthis richtete sich langsam auf und suchte ihren Blick. »Du könntest recht haben, Schwester. Ich hatte von Anfang an das Gefühl, dass sie mich an jemand erinnert.«
Christina lächelte ihn aufmunternd an.
»Ich finde es unglaublich, dass wir beide ein solches Gespräch führen«, sprach er ihre Gedanken aus. »Vor einem Jahr wäre das völlig unmöglich gewesen.«
»Wie du siehst, kann in einem Jahr viel geschehen.« Sie umarmte ihn kurz und heftig. »Wie sagt Großmutter immer? Gottes Wege sind unergründlich. Nun zögere nicht länger. Geh zu Anneke und gestehe ihr deine Gefühle. Ich wünsche dir Glück. Es sieht mir ganz danach aus, als würdest du von ihr mit offenen Armen empfangen werden.«
Sie sah ihm nach. Sie kämpfte mit jähem Neid, als sie sah, wie eilig er es hatte, ihrem Ratschlag zu folgen. Warum war sie nicht wie die unbekannte Anneke? Anständig. Ehrenwert. Gehorsam. Eine ideale Ehefrau.
Nun, meine Liebe, spottete eine Stimme in ihrem Kopf. Was hast du vor? Willst du weiterhin den Kopf in den Sand stecken und deine heimlichen Sehnsüchte leugnen? Noch ist Lionel in Brügge. Du weißt genau, dass er auf ein Zeichen von dir wartet.
Weiß ich es wirklich genau? Nie hat er mir mit einem Wort zu verstehen gegeben, dass er mich liebt.

Müssen es denn immer Worte sein? Hat er nicht mit Taten bewiesen, was er für dich empfindet?
Unsicher ging sie ins Haus zurück und traf auf ihren Vater, der soeben die Halle betrat. Er wirkte sichtlich erleichtert, um Jahre verjüngt und von neuer Tatkraft erfüllt. Sie zwang ihre Mundwinkel zu einem Lächeln. Niemand sollte von ihrem heimlichen Kummer wissen.
»Du weißt es also schon«, freute er sich und schloss sie in die Arme. »Komm, wir gehen zu deiner Mutter und Großmutter. Sie erwarten uns mit Spannung.«

Sogar Großmutter, die sonst nie weinte, brach in Freudentränen aus. Ihre Mutter war ohnehin vor Erleichterung außer sich und schluchzte ununterbrochen.
Christina bückte sich nach Speranza und legte das Kätzchen an ihre Schulter. Noch einmal wurden die Ereignisse in aller Ausführlichkeit berichtet. Sie beteiligte sich nicht an diesem Gespräch. Sie streichelte die Katze und versuchte sich den Anschein von Gelassenheit zu geben. Das Festmahl, das ihr Vater für diesen Abend anregte, sollte auch Dank und Abschied für Lionel van Liewe sein. Er hatte sich den Respekt und die Achtung aller verdient.
»Wir sind ihm für seine Hilfe tief verpflichtet«, sagte ihr Vater an dieser Stelle nachdrücklich und sah bedeutungsvoll in die Runde. »Ich wünschte, ich könnte ihm den Lohn dafür verschaffen, den er sich wünscht.«
»Was hindert dich daran?«, fragte ihre Mutter irritiert.
Auch Christina hätte das gerne gewusst. Erwartungsvoll sah sie ihren Vater an. Er räusperte sich, ehe er weitersprach.
»Meine Vaterliebe im Verein mit dem persönlichen Vor-

satz, nie wieder über den Kopf meiner Kinder hinweg Entscheidungen über ihr Leben zu fällen. Kapitän van Liewe hat um deine Hand angehalten, Tochter. Du bist der Lohn, den er für sich erstrebt. Ich muss zugeben, sein Antrag hat mich hocherfreut. Er ist ein Mann, den ich gerne meinen Sohn nennen würde.«

Alle Blicke flogen zu ihr. Christina stand wie vom Donner gerührt. Eine unsichtbare Nebelwand schob sich zwischen sie und die anderen.

Lionel van Liewe hatte bei ihrem Vater um ihre Hand angehalten? In allen Ehren?

»Schau nicht so entsetzt, Christina«, drang die Stimme Simons aus weiter Ferne an ihr Ohr. »Ich habe ihm bereits gesagt, dass wir dich keinesfalls ein zweites Mal zu einer Heirat zwingen werden. Es ist allein deine Entscheidung, ob du ein Leben in frommer Zurückgezogenheit führen willst oder Ehefrau und Mutter sein möchtest. Niemand wird dir zürnen, wenn du seinen Antrag ausschlägst. Wenngleich ich nicht verhehlen kann, dass ihr gut zusammenpassen würdet. Er hat mir versichert, dass er dich trotz allem, was geschah, von Herzen liebt.«

Sie sah ihre Mutter bestätigend nicken. Großmutter polierte ihren Lieblingsring. Speranza befreite sich aus der Umarmung und erklomm Christinas Schultern. Sie spürte ihre Krallen durch den Stoff dringen und erwachte.

Das war kein Traum. Das war Wirklichkeit.

Typisch für ihn, dachte sie. Es ist seine ganz persönliche Art, mich aus meiner Unentschlossenheit zu reißen. So sagt er mir, dass ich nach dem Leben greifen soll. Nach einem Leben an seiner Seite.

Sie nahm Speranza von ihrem Sitz und trug das Kätzchen

zum Alkoven, wo sie es vorsichtig auf Aimées Schoß legte.
»Darf ich sie bei dir lassen, Großmutter? Sie wäre mir im Wege.«
Ohne die Antwort abzuwarten, wandte sie sich ihrem Vater zu und ergriff seine Hände.
»Wo finde ich den Kapitän?«
Simon Contarini sah sie unverwandt an. Er glaubte, ihre Entscheidung in ihren Augen lesen zu können. Ein zufriedenes Leuchten glomm zur Antwort in den seinen.
»In seiner Kammer, nehme ich an. Er ....«
»Ich werde ihn auf meine Antwort nicht warten lassen, Vater!«
Christina eilte zur Tür und war schon halb hinaus, ehe sie ihre Mutter fragen hörte: »Gott steh uns bei, was tut sie nun wieder?«
Die Antwort ihrer Großmutter begleitete sie.
»Ich nehme an, sie wird diesen klugen Mann nie wieder loslassen.«

ENDE

Anhang

Philipp der Gute
Unter diesem Namen geht Herzog Philipp von Burgund in die Geschichte ein. Geboren 1396 in Dijon und gestorben 1467 in Brügge, regiert er fast ein halbes Jahrhundert. Neben seinen unbestrittenen politischen Verdiensten – unter seiner Herrschaft wird das Herzogtum Burgund zu einem Zentrum der Macht und der abendländischen Kultur – bescheinigen ihm seine Zeitgenossen auch gutes Aussehen, vornehmes Auftreten, ritterlichen Mut und vielfältige Interessen. Seine politischen Erfolge erringt er unter anderem durch seine Fähigkeit, die wichtigsten Positionen im Staat mit hervorragenden Männern zu besetzen. Sein Kanzler Nicolas Rolin führt die Staatsgeschäfte unter seiner Regierung vierzig Jahre lang. Erst seine dritte Gemahlin, Isabella von Portugal, bringt im Jahr 1433 schließlich den ersehnten Sohn und Erben, den späteren Karl den Kühnen, zur Welt. Seine Ehefrauen hindern Philipp indes nie daran, sich in seinem Privatleben größte Freiheiten zu erlauben. Die Historiker können mehr als dreißig Mätressen beim Namen nennen und sechsundzwanzig illegitime Kinder aufführen. Viele von ihnen erlangen – vom Vater gefördert – höchste kirchliche und weltliche Würden.

Michelle von Frankreich
Die Tochter König Karls VI. von Frankreich und seiner Gemahlin Isabeau von Bayern wird mit vierzehn Jahren mit dem 13-jährigen Philipp von Burgund vermählt. Nach dem Attentat von Montereau, bei dem Philipps Vater Johann Ohnefurcht in Gegenwart von Michelles Bruder ermordet wird, ist die politisch erzwungene Ehe endgültig zerrüttet. Im Alter von nur siebzehn Jahren stirbt Michelle am 8. Juli 1422 an einem Fieberanfall – unglücklich, kinderlos und von ihrem Gemahl verstoßen.

Die Stadt Brügge
Zu Beginn des fünfzehnten Jahrhunderts zählt Brügge zu den bedeutendsten Städten des Abendlandes. Zu diesem Zeitpunkt hat es rund 40000 Einwohner und eine selbständige Stadtverwaltung. Adel, Patriziat und Zünfte vertreten die städtische Macht. Der *Schöffenrat* besteht aus gewählten Mitgliedern, in der Regel geachtete und einflussreiche Bürger, meist Kaufleute. Seine Aufgabe ist es auch, über Streitigkeiten zu richten und Recht zu sprechen. Lehrlingen, Gesellen, niederen Handwerkern, Lohnarbeitern, Frauen und Juden ist sowohl Sitz wie auch Stimme in diesem Gremium versagt.
Die *Zünfte*, auch *Gilden* genannt, bilden den Zusammenschluss bestimmter Berufsstände. Erst in langen Auseinandersetzungen ist es ihnen gelungen, sich ebenfalls Sitz und Stimme im Schöffenrat zu erkämpfen. Zu den einflussreichsten unter ihnen zählt die *Schützengilde*. Vom Ursprung her eine städtische Miliz, die innerhalb der Mauern für Recht und Ordnung sorgen soll, wird sie unter Herzog Philipp auch für militärische Aktionen eingesetzt. Neben

der *Sankt-Sebastianus-Gilde,* ist die *Gilde von Sankt Joris mit dem stählernen Bogen* eine der ältesten von Brügge. Im heutigen Kreuzbogenmuseum der Stadt kann man den Festsaal der Sankt-Joris-Schützen besichtigen.

Gotteshäuser
Bei den *Gotteshäusern* von Brügge handelt es sich um eine mittelalterliche Stiftung für Arme und Alte. Sie werden sowohl von wohlhabenden Patrizierfamilien wie auch von Zünften und von Kirchengemeinden errichtet. Meist handelt es sich dabei – ähnlich wie bei den Beginenhöfen – um kleine Häuschen, die einen gemeinsamen Komplex bilden, in dessen Mittelpunkt sich eine Kapelle oder ein Gebetsraum befindet. Ihre Bewohner müssen zum Dank dafür, dass sie kostenlos wohnen, täglich für den barmherzigen Stifter ihres Gotteshauses beten. Im heutigen Brügge existieren noch etwa fünfzig dieser Gotteshäuser. Sie sind inzwischen Besitz des *Amtes für gesellschaftliches Wohlergehen* (entspricht unserem Sozialamt) und werden noch immer von Senioren und Bedürftigen bewohnt.

Flämische Meister und Maler
Im vierzehnten und zu Beginn des fünfzehnten Jahrhunderts ist ein Maler in erster Linie ein Handwerker. Der Berufszweig schließt sich in Zünften zusammen und organisiert Anfertigung und Verkauf seiner Werke nach Zunftregeln. So ist bekannt, dass der erste große flämische Meister *Rogier van der Weyden (1399/1400-1464)* im Jahr 1427 bei *Robert Campin* in dessen Werkstatt eine Lehrzeit absolviert, und 1432 von der dortigen Malergilde als Freimeister aufgenommen wird.

Robert Campin ist erst in neuer Zeit von der Kunstwissenschaft als jener Mann identifiziert worden, der unter den Namen *Meister von Flemalle* oder *Meister von Mérode*, bedeutende Werke geschaffen hat. Neben *Jan van Eyck* ist er eine der herausragenden Persönlichkeiten der Altniederländischen Malerei. 1410 erwirbt er die Bürgerrechte von Tournai und bekleidet in der Folge so wichtige öffentliche Ämter wie das eines Rechnungsprüfers, Schatzmeisters und Siegelbewahrers der Stadt. 1432 muss er seine Werkstatt auflösen, weil er wegen Ehebruchs zu einem Jahr Verbannung verurteilt wird. Obwohl die Strafe vorzeitig aufgehoben wird, erhält er danach nur noch wenige öffentliche Aufträge.

Näheres über die Blüte der Flämischen Malerei zu sagen würde den Rahmen dieses Anhangs sprengen. Besser ist es, bei einem Besuch in Brügge das Groeningemuseum zu besuchen. Die Meisterwerke von Jan van Eyck, Hugo van der Goes, Hans Memling und vielen anderen sprechen für sich.

Von dem Triptychon der Kreuzabnahme, das in der Brügger Sankt-Jakobs-Kirche stand, existiert heute nur noch ein Fragment, der sogenannte *Böse Schächer.*

Schiffbau und Schiffstypen in Flandern

Die fortschreitende Versandung des *Zwin*, jenes Meeresarms, der Brügge mit der offenen See verbindet, ist das große Problem von Brügge im fünfzehnten Jahrhundert. Schiffe mit Tiefgang müssen zu dieser Zeit im Vorhafen von Damme ankern. In Damme übernimmt eine Vielzahl von Kanal- und Flussbooten die Ladung. Alle haben sie eines gemeinsam: einen breiten, meist flachen Boden. So

gibt es die *Schute,* die mit der Stakstange fortbewegt wird, und den *Leichter,* der zu ganzen Schubverbänden zusammengefasst werden kann. Der *Prahm* oder *Prahme,* der groß und flach in erster Linie für Bauarbeiten im Wasser eingesetzt wird, und den *Schleppkahn,* der vom Treidelpfad aus gezogen werden kann.
Den Schiffbauern von Flandern eilt in diesen Jahren der Ruf voraus, besonders tüchtig und begabt zu sein. Möglicherweise ist in Flandern schon vor 1440 mit dem Bau von *Kraweelen* begonnen worden, wie die Vorläufer der *Karavelle* genannt werden. Bei *Kogge* und *Hulk* handelt es sich um Segelschiffe, die in erster Linie dem Transport von Waren dienen.
Am Ende verliert Brügge den Kampf gegen die zunehmende Versandung des *Zwin.* Die *Waterhalle* kann heute nur noch auf alten Gemälden bestaunt werden und der einstmals so betriebsame Minnewaterhafen ist zum *Minnewater* geworden – ein romantischer Treffpunkt unterhalb des Pulverturms an der Stadtmauer, in dessen Wasser sich weder Kräne noch Masten spiegeln, sondern Weiden und Schwäne. *Minne* meint im Altniederländischen auch keine Liebe, sondern bezeichnet das *allgemeine Wasser* des ehemaligen Hafenbeckens.

London

Zu Beginn des fünfzehnten Jahrhunderts besteht London aus einem Gewirr enger, gewundener Gassen, die fast ausschließlich von Häusern aus Holz und Stroh gesäumt werden. Die hygienischen Verhältnisse sind katastrophal und die Furcht vor der Pest allgegenwärtig. Nachdem im Jahre 1348 über dreißigtausend Menschen an der Pest starben, flackert die Seuche in den kommenden Jahrhunderten immer wieder auf und fordert neue Opfer. Auch wird die Stadt regelmäßig von Bauernaufständen heimgesucht. Plünderungen und Brandstiftungen sind an der Tagesordnung.

St. Marys of Bethlehem

Im Jahre 1247 wird vor dem Bishopsgate von London die Priorei der Mönche von St. Mary of Bethlehem gegründet. Es handelte sich um eine Stiftung des Kaufmanns Simon Fitz Mary, der auch Stadtrat und Sheriff von London ist. 1329 wird das Kloster zum königlichen Hospital. Es nimmt Menschen mit psychischen Erkrankungen auf und behandelt sie nach den Erkenntnissen der Zeit. Das bedeutet, sie vegetieren angekettet auf Stroh und werden nur mit dem Nötigsten versorgt. Tobsuchtsanfälle ahndet man mit Peitschenhieben und Wassergüssen. Dennoch nimmt die Zahl der Patienten stetig zu. St. Marys of Bethlehem wird im Volksmund auf *Bedlam* verkürzt und zum allgemeinen Ausdruck für *Irrenhaus,* der sich im Englischen bis zum heutigen Tage erhalten hat. Das Hospital zieht nach dem großen Feuer von London in andere Gebäude. Auf dem Gelände des alten Klosters wird 1874 der Bahnhof Liverpool Street errichtet.

Southwark

Am Südufer der Themse gelegen, ist Southwark im Mittelalter der Treffpunkt zwielichtiger Gestalten. Huren, Glücksspieler, Verbrecher und Komödianten siedeln sich dort an. Später entstehen in diesem Umfeld die ersten Theater der Stadt. 1598 öffnet das *Globe* seine Pforten, in dem viele Werke Shakespeares zum ersten Mal aufgeführt wurden.

Krankheiten und Ansteckungsgefahr
Die Furcht vor Krankheiten und Seuchen prägt das Alltagsleben des Mittelalters. Infektionskrankheiten, die sich explosionsartig verbreiten, werden gemeinhin als *Pest* bezeichnet, selbst wenn es sich nach heutigem Erkenntnisstand dabei auch um Typhus, Fleckfieber oder Cholera gehandelt haben kann. Die tatsächliche Beulenpest – *der Schwarze Tod* – flackert über Jahrhunderte hinweg immer wieder auf und wird zum wahren Schreckgespenst ganzer Generationen.
Um Seuchen aller Arten einzudämmen, werden die Erkrankten von den Gesunden abgesondert. Aussätzigenspitale und Leprosenhäuser entstehen. 1383 wird in Marseille zum ersten Mal auch eine vierzig Tage dauernde Quarantäne verhängt, die verhindern soll, dass fremde Schiffe und Seeleute unbekannte Krankheiten einschleppen. Systematische Beobachtung von Krankheitsabläufen legt die Isolierung von Kranken nahe, auch wenn zu diesem Zeitpunkt die genauen Bedingungen noch nicht erforscht sind, die eine Seuche von einem Patienten zum anderen weitertragen.

Dank

Mein herzlicher Dank gilt allen Leserinnen und Lesern, die mir Mut gemacht haben, die Schicksale des Hauses Cornelis/Contarini auch weiterhin zu verfolgen. Und wie immer, meiner Mitstreiterin und Lektorin Barbara Kiesebrink.

Stammbaum des Hauses Cornelis – Contarini

Piet Cornelis (1250–1326)

Margarete ∞ (1) (1255–1281)

Mareike ∞ (2) (1278–1309)

Margarete (1273–1299) ∞ Thomas von Courtenay (1265–1299)

Mathieu von Andrieu (*1278) ∞ Violante (Ysée) von Courtenay (*1291) — *(unehelich)* Simon von Andrieu (Mönch) (1283–1314)

Jean-Paul von Andrieu (*1315) ∞ Maria von Montfort (*1325)

Simon von Andrieu (1312–1356) ∞ Anne-Marie von Grancey (1328–1356)

Philippe von Andrieu (*1340)

Aimée Marguerite Ysée von Andrieu (*1350) ∞ Domenico Contarini (1342–1411)

Simon Contarini (*1375) ∞ Maria Breidel (*1377)

Matthis Contarini (*1396)

Lucas Contarini (*1398)

Christina Contarini (*1400)